一份献给人类的特殊礼物

人 | 类 | 笔 | 记

特·官布扎布 著

作家出版社

目　录

自 序
有必要讲述的一则故事

2016年元旦过后的一天晚上，我彻夜难眠。

我是一个较为关心自己的健康，但并不注重体检的人。在我看来，人的身体就是由血肉组成的综合处理器。只要保证能量的供给和各部件的运行顺畅，生命的存在状态就应该是健康的。为此，在尽量吃好的前提下，我在年轻时打篮球，50多岁后打乒乓球，快到60岁改成类似走路的慢跑及一套自创的自我按摩和全身伸展活动。加之，自己成长在一个蒙医人家，参加工作后又幸遇一位蒙医好友，每年春秋两季又做3—4周的未病调理，身体状况一直是爽爽的。除了血压遗传性地有点高外，其他感觉都是很好的。

随着生活质量的提高，体检开始成为中国人关注健康的表现。我没有跟时髦，直到2014年时才去做体检。不去体检还好，这一体检毛病就出来了。待全部结果出来后，医院方面告诉我：共有18种毛病，甲状腺有结节，需要定期检查。但没有告诉我多长时间检查一次。说实话，对这样的结果，我是心不在焉的。因为在我的理解中，这是生命在穿过时间走廊的过程中必将留下的划痕，根本用不着在意它。都快60岁了，也超用心地侍候过生命了，如果还不行，那就由它怎样好了。

不过，尽管这样想着，但还是没有忍住去找我的那位蒙医朋友。荣耀满身，且已拥有国医大师称号的我朋友看过体检报告后说："没事，我们医院正好新近研制出了一个叫化瘤丸的蒙药。对有的人疗效明显，比如什么脂肪瘤、子宫肌瘤呀，像你这个结节什么的，吃段时间就会萎缩，或者就消失了。我的患者中有不少这样的例子，你就吃一段时间看看吧。"号完脉，抓完药，走出医院时，我的脚步是那样轻盈，心情是那样放松，还不知不觉地哼了几声民歌小调。原来，在潜意识之中，我还是在紧张啊……

蒙药有面剂和丸剂，面剂大多味苦难吃，但我不怕。况且，与化瘤丸配套吃的还是丸剂，所以，只要有一口水，我就能搞定它。不过，我吃药时而认真，时而马虎，甲状腺有结节的事也经常被忘掉。可有一天，突然发现我身上随意能摸到的脂肪瘤好像少多了，有的再也摸不到了。于是，脑海中开始出现药力如万箭般射入那些肉疙瘩之中，迫使它萎缩而去的想象……

又一年体检的时候到了。一向有抵触情绪的我，这次却有很顺从的表现。不仅起得早，去得也早，尤其在做B超时伸着耳朵听两位医生间的交流。我期待着他们说："哎，那块结节呢，怎么没有了？"但他们没说这样的话，而是一直说着我所听不明白的专业术语。

结果，我身上的那个结节并没有消失，也没有萎缩，反而变大了。

我有过几天的烦心，但过几天后又放下它不想了。因为这时，我正在写一部合同作品，而且是后成吉思汗时代的历史解读，事关生存圈运行现象的认识。而生存圈现象是我们在审视历史时从未注意到的一种现象，有必要解读清楚。所以，虽然医生说"还是专门去查一下的好"，但我怕耽误时间，如果住院，耽误的时间可能更长，这对业余写作的我来说是难以接受的。所以，我还是指望化瘤丸能将其化掉，并没有专门去查一查。

又到这一年该体检的时候。我既没有紧张，也没有幻想，不声不响而按部就班地去做了体检。几天后结果出来了，18种毛病一个也没少，而且甲状腺结节又大了一圈。医生也给出了警告式的建议，要我速去查一下！

这时，我已经完成了合同作品的写作，于是也萌生了查一查的念头。我开始思忖去哪里、找哪家医院最合适的问题。恰巧，我一同事也因甲状腺毛病，在北京肿瘤医院做过手术，每年还去复查一次。于是，在她的帮助下，我们顺利做好了预约挂号，2016年元旦假期一过就去北京肿瘤医院检查。

在很多情况下，我们都认为生命是自己的。其实不然，它不仅属于你自己，也属于你爱的人和爱你的人，属于你父母、子女，属于你兄弟姐妹、亲朋好友。他们爱你、惜你，不愿意让你离开他们，他们对你的心疼一点不亚于你对自己的心疼。要去检查了，老伴说要陪着去，女儿和儿子都争着一起去。因为又不是去住院手术，最后商定让儿子陪我去就行了。

那时，呼和浩特到北京还没有高铁，最方便的是夕发朝至的T89次。早上一到，我们就去抽血，下午是B超。B超检查也和从前一样，用一个抹了凉黏液的仪器，在脖子的两侧滑来滑去，还是两个医生，还是说着那些我听不懂的专业术语，不过这次与以往不同的是其中"占位"一词被我听懂了。我以为这是在说结节又长了，便问医生怎么样。医生说："见了专家后听他说吧。"一丝不安掠过心头，但只好走出B超室。

见我出来，儿子起身问我："医生怎么说？"我说："挺好，没啥。"儿子可能想进一步咨询一下，轻轻走进B超室，留下我在等候区等他。接着叫进去的是一位年轻女士，她是由两三个人陪着来的。不一会儿，她和我儿子前后脚走出来。

"说已经占位了。"那位女士边向亲人走去，边伤心地哭了起来。

我心里咯噔一下，心情也阴沉下来。到晚饭时间后，虽然什么也不想吃，但为了不让儿子看出我情绪不好，找了一家面馆吃面。儿子也装得啥事没有，大口大口地吃了一碗面。可，心事是藏不住的，走出饭馆没几步，他赶紧走到垃圾桶边，全吐了。

就在这一夜，我辗转反侧，睡不着了。那位女士边说"占位了"，边伤心流泪的情景，反复出现在我的眼前。我想，那位女士之所以那么伤心，医生所说的"占位"，暗指的肯定就是那个病了。可我觉得我不会是那样的，因父亲在世时说过，我们家族不会得那种病。但一丝安慰过后，烦躁又像云雾一样升腾起来，心思马上又是一片混乱。我想着，如果是那样了，也没有什么可怕的，身边不是也有人得过这个病吗，不也活了好长时间了吗……想着想着，心情平静了很多，开始有了规划下一步的想法。我想，果真得了那个病，在目前医疗条件下还可活十几年到二十年。原本有两个计划，一是写一部民族生活题材的长篇小说，素材准备得也差不多了，如果没有这茬事儿，半年后可能就动笔了，因为作品名称都已想好。另一个就是写一部与人类生存经历有关的历史文化大散文，以记述自己对人类经历的独特感受和认知。可这时的我，并不知道能够自主支配的时间还有多长，所以，掂量来掂量去，还是觉得以最有用的形式使用生命，是这时的我必须做出的选择。于是，长篇小说写作计划被我搁置下来，而这部作品却被提前了……

　　不管什么事，想通了，也就无所谓了。我赶去见专家前似乎睡了一小觉。专家是北京肿瘤医院的张教授，他的和善、大度和满腹经纶的样子，马上让人安心不少。他看了看那些检验单，又摸了摸我脖子，说："你这个结节吧，是良性的，不过已经挺大了，你想手术，我给你做，不想做也可以。"

　　我的紧张、担心、不安、恐惧，一下子全没了，但写这部作品的写作计划却没再变。经过三年半的日日夜夜，几十年来的读书，十几年来的思考终于变成了文字。

　　脱稿这天，儿子恰好来看我，我对他说：

　　"作品已写就，爸已经读懂了人类。接下来生命无论将我带向何方，爸都无憾了！"

特·官布扎布

2020年6月9日

第一章

遥望太古

  我不知道时间有没有记忆,但知道时间里充满着我们人类的多彩记忆。让我们回过头去,看看在岁月的深处,在远古的时代,储存着我们人类怎样的记忆和故事;那些记忆和故事,对我们今天的人类又有着怎样的意义。

  相信,火焰遗留的只会是烟尘,而岁月留下的绝不仅仅是灰尘!

寻找地球的母亲

真想一眼看透人类和人类的一切，但我知道这是不可能的。有智者告诉我，人类是一部超大的史书，要想读懂她，就要从认识地球开始，要从认识人类对地球的认知开始。还有人强调说，人类是无限复杂的存在形态，要想看清她，还应该有一双外星智慧的眼睛，需要从时空的深处静静打量她走向今天的历史脚步。可是，我既没有这样的天分，更没有透视一切的眼力，但我还是想探看一下人类的究竟。不然，总感觉愧对为人一辈子的经历！

人类是地球的孩子，就让我们从对母亲的认知开始，走进现已聪明绝顶，并已向火星展开了翅膀的人类那漫长的生存故事……

开始时，在自己的孩提时代，人类并不知道自己是地球的孩子，在他们的意识中没有地球这个概念，他们对这颗行走在宇宙间的蓝色星球毫无感觉。那时，他们很是懵懂无知，只懂得为填饱肚子而整天忙碌。后来，他们的大脑逐渐发育起来，琢磨的事情也随之多了起来。从这个时候起，人类的智慧就蹒跚起步了。有那么一天，他们终于在意起脚下的大地和头顶上的蓝天。于是，他们好奇地打量着不见尽头的大地和挂满星辰的天空，以各自的认知形容起眼前的这个世界。

生活在亚洲东方的中国古人认为大地是方的，天空是圆的，而非洲北部的埃及人则觉得天像一块穹隆的天花板，地像个方盒。从表述出的形状看，虽然基本形态差距不大，但古代埃及人的感觉稍显复杂一些。我不敢断言，这种感觉上的差异会不会成为民族文化基因上的微妙差异，进而会不会影响文明发展的日后方向。如果是，那么古代印度和俄罗斯人的感觉更让人联想颇多。古印度人认为，大地像一块盾牌，由三头大象驮着，大象动一下大地就震动。如果说，古印度人把大地放到了常在挪动的大象背上，那么古代俄罗斯人则把它放到了游动不停的鲸鱼背上。他们认为，大地像是一块盾牌，由三条鲸鱼用背驮着，漂游在茫茫的海洋里。好惊险的一个感觉呀，让人不由得产生摇晃在波涛上的紧张感！

如果说，动物是意愿性的生命体，那么人类就是理念性的生命体。观察人类历史，我们就会发现，某种理念一旦形成，就会深深地影响人类日后的行为。好在初始时期，人类还尚未被理念驯化，所以上述种种对地球的认识，并没有对人类生活造成太大的影响。可是，接下来形成的一些理念，却深深地左右了他们的生活。这个理念就是他们对脚下那个世界创始情况的猜想。

很显然，有了对大地形状的认识，人类自然会思考起这样一个问题：这样一个大地究竟是如何形成的？于是，比起形状说丰富得多的创世说就先后被提了出来。从我们可以查询的渠道看，人类关于创世的说法丰富而多彩，似乎各个民族都参与了这场大思考。让我们从中赏读几则，看看天南地北的人们是如何让这个世界形成的。

一向作为人类历史美好记忆的古代埃及人是让世界这样形成的："世界开初是一片海水，水上有一颗发光的蛋，拉就是从这个蛋中诞生的。当他长大以后，他越发强大，并成为造物主和众神之父。他先生下风神舒和雨神苔芙努特，这两位神祇逐渐变为天上的星星，称为'双子座'。接着拉又生下地神塞勃和苍天之神努特，塞勃和努特结合又生下冥王奥西里斯和王后伊西斯，还有恶神塞特和其配偶尼亚齐斯。之后拉神开始讲话，他吩咐天和地从一片废水中升起，拉先让自己的光普照大地，然后让风神把苍天之神努特举起，努特形成一个拱顶，而地神塞勃则平躺在下，就这样大地形成了。"当古代埃及人忙于让拉神创造大地时，古代印度人却把这个重任交给了一个叫"大梵天"的神，说："创世之初，什么也没有，没有太阳，没有月亮，也没有星辰，只有那烟波浩淼，天地无际的水。混沌初开，水是最先被造出来的。而后，水生火，由于火的热力，水中冒出一个金黄色的蛋。这个蛋，在水里漂流了很久很久。最后，从蛋中生出了万物的始祖——大梵天。这位创造之神将蛋壳一分为二，上半部成了苍天，下半部变为大地。为使天地分开，大梵天又在它们之间安排了空间，这位始祖在水中开辟了大陆，确定了东西南北的方向，奠定了年月日的概念。宇宙就这样形成了。"[1]

---

① ［美］唐纳·罗森伯格：《世界神话大全》，北岳文艺出版社，1990年。

　　对比是我们认知最拿手的办法，稍加注意就可发现，在上述两则神话里出现了令我们颇感好奇的一个现象，那就是相隔两洲的埃及和印度的古代人不约而同地从一颗神秘的蛋里催生出了一个神，并让他创造了天地世界。难道人类的思维在某种条件下会同频共振吗？与埃及、印度创世说相比，古代巴比伦和希腊的创世说则更为本分和踏实。古代巴比伦人说："很早很早以前，宇宙没有天，也没有地，只有浩瀚无边的海洋。在创世之初，水是最早出现的东西，她是宇宙万物之母。在浩瀚无边的海洋里，山慢慢长大，浮出水面后，成为一片陆地，山体里又萌生出了天和地。天是男的，名叫安，地是女的，名叫叶启。"也许，让思维同频共振的那个条件不存在于他们之间，所以，相隔不远的古希腊创世说很是幽默地冷落了海水，说："宇宙诞生之前，正处于混沌状态，它是一团浑浊不清的物体。混沌名卡俄斯，是一个不成形的东西，万物的种子都在混沌之内，都向着各自的方向转动，渐渐地这些原始的东西慢慢分离出来，重的部分下沉，就构成了土地，名叫盖亚，轻的飞腾上去，成为天空，名叫乌拉诺斯。"

　　当欧亚大陆的古代先民们纷纷发表着各自的创世猜想时，曾在地球另一端并与我们的历史泪别而去的古代玛雅人却认为世界是这样开始的："宇宙一开始一切都停止不动，没有人和任何生灵，到处黑暗一片，只有造物主特珀和古库玛茨，他们在被光围绕的水中，他们是天生的大贤人。然后他们聚在一起，开始讲话，他们一边说，一边讨论和思索。当他们沉思时，他们明白，'人'就要出现了。于是他们计划创世。他们先造了天之心，即三个卡库尔哈，然后又让天上有了光和黎明，他们让水退下，又造出大地和山，他们让山上流下河水，森林长出，随后，他们考虑创造一些动物来守护山林等，于是鹿、鸟、虎、豹、蛇等相继形成，但这些动物都不会说话，只能吱呀叫唤，于是又让它们有自己的食物、住处，使它们与神类分开，并注定它被杀和被吃掉。"当玛雅人的造物主有条不紊地创世时，古代中国人也让一位叫盘古的巨人开创起了世界："很久很久以前，天和地还没有分开，宇宙混沌一片。有一个叫盘古的巨人，在这混沌之中，一直睡了一万八千年。有一天，盘古突然醒了。他见周围一片漆黑，就抡起大斧头，朝眼前的黑暗猛劈过去。只听一声巨响，混沌一片的东西渐渐分开了。轻而清的东西，缓缓上升，变成了天；重而浊的东西，慢慢下降变成了地。天和地分开之后，盘古怕它们还会合在一起，就头顶着天，用脚使劲蹬着地。天每天升高一丈，盘古也随着越长越高。这样不知过了多少年，天和地逐渐形成了，盘古也累得倒下去了。盘古倒下后，他的身体发生了巨大的变化。他呼出的气息，变成了四季的风和飘动的云；他发出的声音，化作了隆隆的雷声。他的双眼变成了太阳和月亮；他的四肢，变成了大地的东西南北四极；他的肌肤变成了辽阔的大地；他的血液，变成了奔流不息的江河；他的汗，变成了滋润万物的雨露……"

哈，多么壮观的一幕啊！在难以确知的古代，我们的祖先们就这样进行了一次全人类的大思索、大讨论。讨论中，散居全球的各个民族竞相发言，把人类的思维从蛮荒引向了文明。这些创世说五花八门，各具特色，有的人文指向明显，有的神明暗示深刻。它们大致的共同点是，均以人类自身为母本，并对其进行无限的放大，最后创造出了开辟天地的原神和超人。这些原神和超人的出现，不仅显示了人类思维的虚拟能力，而且很快在后来让我们看到了那些创世的神——被演化成了宗教的神，开始驯化起了人类的心灵。理念对生活的影响就这样显现了！

人类的创世大讨论就这样众说纷纭地进行过了。虽然因知识条件等原因，未能接近地球形成的历史真相，但他们探知地球奥秘的好奇与努力并没有就此停止。他们毫不厌倦地观察着，思索着，当岁月走到公元前6世纪时，人类向地球的形体之谜跨出了巨大的一步。这一脚步的向导是当时生活在希腊和罗马的学者们。有位生活在公元前624—公元前547年间的、名叫泰勒斯的学者明显地体会到地球是圆的。泰勒斯的这一体会，被随后的欧多克斯、毕达哥拉斯及亚里士多德等学者呵护与经略，再经古罗马时代的天文学家托勒密的发力，将其发展成了统治人类认识1000多年的"地心说"。"地心说"认为，各行星都绕着一个较小的圆周运动，而每个圆的圆心则在以地球为中心的圆周上运动。绕地球的那个圆叫"均轮"，每个小圆叫"本轮"。地球并不恰好在均轮的中心，而偏开一定的距离，均轮是一些偏心圆，日月行星除做上述轨道运动外，还与众恒星一起，每天绕地球转动一周。所以，人居住的这个地球，静静地屹立在宇宙的中心。

对于特别在意自尊的人类来说，这是一个绝对愿意接受的认知，这个认知会向他们不断提供身居宇宙中心，让日月星辰围绕在身边，俨然一个宇宙之主的自大与自豪感。于是，在古罗马时代已经占取人类精神高地的天主教教会不仅将它作为人类认知的一大收获加以储存，还把它当成了规范后世认知的坚硬尺度。

在发现知识的道路上，每一个新的认知都应该成为新的心灵向导。但遗憾的是，"地心说"变成天主教教会的世界观之后，反而成了人类认知继续深入的绊脚石。就是这个绊脚石整整绊住人类探知地球的脚步长达十几个世纪之久。

　　好在人类的成长是阻挡不住的。在 16 世纪的某一天，有一个欧洲人在将要去世之前公布了自己对地球深思熟虑的新观点。这个人就是波兰天文学家尼古拉·哥白尼，他所公布的观点就是被后世人类称为"日心说"的"天体运行论"。哥白尼认为，太阳是宇宙的中心，地球和其他行星都绕着太阳转动，地球不是宇宙的中心，而是一颗普通的行星。"地心说"中表现出的行星围绕地球运动的一年周期，其实是地球每年绕太阳公转一周的反映。这样，被牢牢安放在宇宙中央的地球突然被抛向了太空，有人惊愕，有人摇头，天主教教会更是百般地担心和警惕。但是，科学家、天文学家伽利略、开普勒、牛顿等对此十分热心，他们跑接力般地用日益发展的观测技术和计算办法，终于在 17 世纪时使"日心说"变成了人类对地球的新认识。

　　从此，被抛向太空的地球再也未能落回原来的地方，而人类的认知空间却随之被拓展到了足以让太阳系游转其间的浩瀚。接着，人类的能力越来越强，望远镜不断地拉长着他们的视线，卫星不断地延伸着他们的手臂，使人类收获了太阳系也不是宇宙中心，而只是其中一部分的认知，尤其是在公元 1927 年，终于使人类找到了能够彻底说明地球由来的科学说法。这就是比利时天文学家、宇宙学家勒梅特提出的大爆炸宇宙起源说。这个说法不仅阐述了宇宙诞生的奥秘，更是彻底回答了历史之初人类大讨论所未能解释的地球世界的形成之谜。

　　这个学说，使人类终于明白，他们曾以为神或超人创造的这个地球，原来却是宇宙大爆炸之后的结果之一。天文学家、科学家、历史学家们不断地在告诉人们，原初 138 亿年前的那个大爆炸是"所有历史日期的开端"[①]，之后，爆炸导致的漫天飞舞的灰尘般的物质进行了百亿年计的聚散离合。就在这个漫长而复杂的聚散离合中，我们居住的这个地球与天体一起诞生了。

　　这是何等意想不到的结果啊！神秘没有了，高贵消失了，人类苦苦找寻的地球的母亲，原来是难以想象的大爆炸。于是，偶然和孤独变成了人类独有的特质，而不断从旧有的认知中挣脱前行却成了他们走向今天的路标！

---

① ［美］大卫·克里斯蒂安：《极简人类史》，中信出版集团，2016 年。

从神的孩子到虫子的后代

如果说，人类对地球的认知是不断挣脱旧有认知而获得的，那么他们对自身的认识则是不断丢掉头顶上的光环而得来的。

就像欲知地球之谜的急切心情一样，人类也非常希望知道自己的身世由来之谜。我们究竟是谁？来自哪里？来到这个世界为的是什么？应该如何认知生死更迭的现象？随着智力的发育和思维能力的提高，他们越来越想知道使他们困惑不已的这些问题。因为这些问题弄清楚了，他们就会知道怎样去生活，怎样去安排人生了。所以，从讨论创世之谜的那个时候起，人类就思考和讨论起了自己身世由来的问题。与创世大讨论类似，人类对自己身世之谜讨论的内容也非常丰富多彩。有的民族把人类的身世由来放到创世猜想之中，一并加以阐释。比如在埃及另一版本的创世说中认为，天神阿图姆创造了天地，接着他高兴的眼泪下滴的地方形成了人类。与此相近，古代中国人也认为，开天辟地的盘古死去之后，女神女娲非常寂寞，她从黄河水中捞出泥巴来制作泥人，这样第一个人类出现了。随后，她用树枝蘸上泥巴向地面上甩，无数个小泥点形成了多个人类。有的民族则与此不同，他们认为，人类是由专门的神来创造的。古代日耳曼人说："天神欧丁（Odin）有一天和其他神在海边散步，看到沙洲上长了两棵树，其中一棵姿态雄伟，另一棵姿态绰约，于是下令把两棵树砍下，分别造成男人和女人，欧丁首先赋予生命，其他的神分别赋予理智、语言、血液、肤色等，成为日耳曼的祖先。"与古代日耳曼人的猜想不同，古代希腊人却认为一位叫普罗米修斯的神缔造了人：普罗米修斯聪慧而睿智，知道天神的种子蕴藏在泥土中，于是他捧起泥土，用河水蘸湿调和起来，按照世界的主宰，即天神的模样，捏成人形。为了给这泥人以生命，他从动物的灵魂中摄取了善与恶两种性格，将它们装进人的胸膛里。在天神中，他有一个女友，即智慧女神雅典娜，她惊叹这天神之子的创造物，于是便朝具有一半灵魂的泥人吹起了神气，使它获得了灵性。

看来，想象是我们人类祖先挂在脖子上的一把钥匙。在那遥远的古代，面对熟悉而又陌生的世界，面对一个又一个难以解答的谜题，一次又一次地拿起想象这把钥匙加以思考和进行解答。就像我们已经解读的，当需要弄懂创世由来时，他们便动用想象给出了各自的回答。现在需要弄懂自身由来之谜了，他们又用想象开始给出回答了。如果说，古代埃及和中国人的解释透露着天地人一体的初始认知，古代日耳曼和希腊人特意让欧丁神和普罗米修斯神来造人的做法则好像表露着人类自身的独特性。与他们的认知相比，古代巴比伦人的想象更为独特，他们认为，马杜克神创造了人类，让人类做天神不愿做的苦力差事，如耕作和商业买卖等。

无论是与天地世界一同被创造，还是被天神专门来造就，或是被创造为神的打工者，人类的头顶上都有一个耀眼的光环，那就是：人类是神的孩子。就像英国作家凯伦·阿姆斯特朗所说："由于第一个人是从神祇身上的物质创造产生，因此不论程度是如何有限，他都分享到神圣的本质。"[①]光环也罢，本质也好，视自己为神的孩子的这种认知，对生活在远古时代的人类祖先是至关重要的。据此，他们可以有强大的依靠感、充分的优越感、自尊心和彼此之间的平等感。于是，他们底气十足地生活在那个原始的自然世界，尽管辛苦劳累，受冻挨饿，衣不遮体和满目恶劣，但他们心情不错。就这样，他们崇敬着神，感激着神，更不断地赞美着神，过着日复一日、年复一年的生活。

可是，有一天他们突然发现情况正在发生着微妙的变化。随着赞美的深入，神的队伍开始壮大了。原来曾经创造过他们的神被一些新面孔的神刷新和替代了。而且新出现的这些神越来越走近了人类，越来越走进了生活，与创造了人类的原神那庄严、高深相比，越来越关心起他们的一切了。终于有一天，被称为先知的一位叫耶稣的人发现，原来人类并不是别的神所创造，而是"上帝在地面上创造了第一个人类——亚当，上帝为亚当创造了一个伊甸园让他无忧无虑地生活，但是禁止他吃下伊甸园树上结的果实，这些果实来自善良和邪恶意识之树。亚当的

---

① ［英］凯伦·阿姆斯特朗：《神的历史》，海南出版社，2013年。

生活太寂寞孤单，于是上帝从亚当身上抽出一根肋骨创造了第一个女人夏娃。一条会说话的大毒蛇诱惑夏娃吃了禁果，之后夏娃又说服亚当也吃下了禁果。当上帝发现此事后，驱逐亚当和夏娃离开伊甸园，让他们成为凡人"（引自《圣经故事》）。之后还有一位叫穆罕默德的先知发现，人原来是真主用水和土创造的。

同样是神创造了人，但内容发生了微妙的变化，尤其在耶稣的发现中发生了让人警觉的变化。在原来认知中，神创造完人类后就让他自由自在地生活了。但在耶稣的发现中，被创造的人类亚当和夏娃因犯了偷吃禁果的罪，被逐出伊甸园成了凡人。字里行间透露着多么令人不安的信息呀，可是，曾经坚信过阿图姆神、普罗米修斯神、马杜克神等创造了人类的远古先民的子孙们，不仅未能坚持住祖先留下的主张，而且还很快相信并自愿变成了这一认知的传播者。他们还很欣慰，认为这是在深深地投入新神的怀抱之中。

这新的、创造了人的神比老一代的那些神有更多的讲究。他不仅告诉人们哪些是对的、哪些是错的，还告诫人类要按照他所允许的秩序和意志去生活和工作。作为孩子们的人类对此基本没有异议。于是，体现神的威严的教堂、庙宇、神殿被建起来了，维护和光大神的意志的教会与神父出现了。接着，神又通过各种形式把维持生存秩序的权力授予了世俗社会的统治者。这样，在同样为神的孩子的人们当中，那些握有权势的统治者转而变成了替神代为管理人类的主宰。然而，统治者们毕竟不是为神而活着，所以在他们的所作所为里充斥着维护统治的考量。这样，同为神的孩子的普世大众就成了统治者任意折叠拆解、欺压蹂躏的生命对象。

时光通常是麻木的，而人的感觉却很敏感。被折叠蹂躏得失尽尊严的人们突然发现自己不像是神的孩子了。他们觉得，如果人类果真是神来创造的，那么他们享有的尊严应该是平等的，在按神的意志所运行的秩序中不该有这样的差异和扭曲。难道人类并不是神来创造，而是另有由来？他们开始怀疑自己原有的身世，并小心翼翼地开始探寻起可能的另外一个由来。探寻终于在公元1859年迎来了一个惊人而巨大的发现。这个发现是由一位叫达尔文的博物学家在所见略同的学者华莱士的鼓励下完成并公布的。那是一本叫《物种起源》的著作，在该著作里，达尔文依据长期的观察和相关的实验，响亮地宣布：生命只有一个祖先，生物是从简单到复杂，从低级到高级逐渐发展而来的。[①]进而又明确地指出人就

---

① ［英］查理·达尔文：《物种起源》，重庆出版社，2009年。

是从猿进化而来！

　　达尔文窥见物种起源和人类起源的这一进化论，像一道高高的分水岭横亘在了人类认知的旧世界与新世界之间。沐浴在神光下的人们蜷缩着留在了旧的世界，而怀疑过身世的人们却跨步踏进了这个认知的新世界。跨步进入新认知的这些人没有因失去神的光环而沮丧，反而兴致勃勃地开展起了确证和发展这一认知的活动。"进化论"虽然以可见的物质为依据，不像神创说那样玄妙难证，但需要从已逝的岁月里找回一个又一个的物证，让那个低级的生命一步一步地进化到人的身上来。于是，人类学家、考古学家、生物学家、细胞学家们便一个一个地出发了。他们以遗址、遗存、化石现场、岩石记忆、细胞信息等为迈往古代的荒野小路，经100余年的艰辛努力，以物证为基础，基本排列出了从最初的低级生命逐渐演化出猿的清晰脚步，进而又从700万年前一种非洲猿的分化一步步找到了进化为人的由来和足迹。

　　如今，人类终于明白自己并不是什么神的创造物，而是从一个最初的、极其低级的生命体逐渐演化而来的顶级智慧生命。那个最初的低级生命体是随着地球的演化而产生的。经宇宙大爆炸形成的地球演化到适宜生命产生时，出现了一个被称为"原核生物"的最初的生物。再由这个生物的漫长的分裂组合，生成了能够在海洋里存活的多细胞生物。约在5亿年前开始，其中的部分生物蔓延到陆地，渐渐变成了爬行的和奔跑的动物。其中，体形较小的哺乳动物，很可能因穴居的原因，躲过6500万年前左右导致恐龙灭绝的劫难，并逐步又分化出了能够在树上生活的灵长类动物。约从2000万年前起，这些灵长类动物的一部分因某些需要较长时间地到地面上生活。这样进化着，约到700万年前时，在非洲大陆上的一些猿类动物开始用双脚站立，迈出了走向人类的重要一步。

　　有了双脚的直立，行走就是可以预期的下一步动作了。果然，一具被称作"露西"的能够直立行走的类人骨化石证明了这一点。露西的骨化石透露，约在320万年前被称作"南方古猿"的类人群落，已经在非洲埃塞俄比亚一带过着以直立行走为形式的生活。因此，透露了这一重要信息的露西被亲切地称为人类的祖先。时光就在他们直立行走的脚步下飞逝到200万年前时，东部非洲大地上有了能够制作简单石质工具的类人群落。这些类人群落被称为能人。能人群落再走到50万年以前时，又有了与我们现代人类相差无几的新类人群落。这个类人群落制造的石具更为精细，其生存已由制造来伴随了。有研究者相信，这个群落的一部分慢慢离开非洲，向其他地区蔓延开去。之后，约在25万年前，就在东非出现了被称为"现代智人"的人类群落。

　　从此，我们这个绕太阳自转的地球就进入了有人类生活的新纪元！

用石块叩开的生活之门

对人类来说，修补记忆可能比创建未来还要难。

比如，如果没有化石的存在，人类就很难看到自己从不如虫子的简单生命一步步演化成人的真实足迹。应该说，这是地球保存给人类的美好记忆。但遗憾的是，远古的存在不可能都变成化石，于是人类就不得不面对记忆空白的尴尬。所以，在看到了从猿到人的非洲例证后，人类又开始遭受了记忆缺失的困扰。那就是，如今布满地球的我们这些人，是已经变成了人的祖先们走出非洲，蔓延世界的结果？还是，这些肤色、毛发不尽相同的人们，就像非洲故事那样是在各自的故乡演化而成的成果？

看来，这个问题很重要。如果大家都是非洲祖先的子孙，那么又是什么使手足兄弟的他们相斗仇杀了几千年？如果不是，那么又是为什么他们的思维方向又那样一致同频？他们的生存方式又那样类同无别？他们的心灵活动又是那样如出一辙？所以，大家很是纠结。不过，这不是随便一说就能定下的小事，所以人类学家们只能依靠化石等证据小心论说。现有的说法主要有两种：有人认为，人类是在世界的多个地域独立起源的。这一观点持有者的背后有足以与非洲化石堪比的爪哇古猿化石和北京人化石。有人更认为，人类就是在非洲完成起源后，向世界蔓延开去的。大卫·克里斯蒂安先生甚至说："这个物种的部分成员离开非洲，迁移到其他地区，历经许多代，最远的到达了今天的中国境内。"[①]很显然，这是将非洲化石和其他相关发现连接起来的结论。还有人把多地起源说和走出非

---

① ［美］大卫·克里斯蒂安：《极简人类史》，中信出版集团，2016年。

洲说叠加在一起，认为："大约在7万年前，智人因为某种原因离开了东非，开始向世界扩张。他们从东非抵达中东，前往欧洲和东亚，最后甚至漂过大洋，在澳洲大陆上生根发芽了。毫无疑问，在东非之外的大地上，两种虽然相似但还是有诸多不同的人类相遇了。但只要智人抵达了一个新的地点，那里原来的居民就会迅速灭绝。"[1]这还没完，随着新手段、新证据的发现，新的说法也在不断地孕育……

多么复杂难明的事情呀，记忆的缺失就是这样让我们人类挣扎在无奈和尴尬之中。不过还好，面对那迷雾重重的由来足迹，有人终于将诸种分布说糅合在一起，小心地画起了人类走向世界的路线图。仅就我看到的路线图而言，中国学者张芝联、刘学荣画得较为概略，而英国作家赫伯特·乔治·韦尔斯画得却大胆而细致。按照韦尔斯先生所画出的结果，人类祖先走出非洲后，分化成了"克罗马农型"人和"格里马尔底型"人两大干支，再由这两大干支一而再、再而三地分化出若干的分支后，他们的子孙就遍布了这个世界。在这个体系中，我所属的蒙古利亚人种是"克罗马农型"人分化形成的。[2]

我所看到读到的世界史、人类史类著作仅几十种，加上网络上的相关文字和一些影视作品，这方面的文字寥寥无几。但就在这有限的范围内，我悄然发现较多的人倾向于走出非洲说。有人也把这一现象概括为主流说法。我想这也没有什么不好，与其纠缠在一片迷茫中，还不如有一个可以寻根的大致线条。这样，不仅古人类学家，或世界史学家，而且就像我这样一个闲不住的文人，也都可以触摸一下人类那磅礴激荡的历史脉搏。

人类是做梦的专家，他们是不是以这种方式尝试着与远古对话，我们不得而知。但一些好奇就像梦一样缠绕着我，让我常常沉思和发呆。那就是，我们那些原始的祖先，为什么要离开非洲呢？是因为人满为患而溢出非洲的，还是因为内讧而逃离了故土，或是漫无目的的游走使他们发现了更为丰饶的世界？也许，这是一个找不到答案的问题，所以研究家们都没有回答它。但我们可以揣摩，他们一定是出于生存的需要！

据研究家们的划分，这个时候的人类已经比其他动物本事大多了。这时，

---

① ［美］亚特伍德：《人类简史》，九州出版社，2016年。
② ［英］赫伯特·乔治·韦尔斯：《世界史纲》，译林出版社，2015年。

他们即将走出徘徊了百余万年的旧石器时代，快要跨入充满希望的新石器时代。不知因何，人类对石头如此地情有独钟，石头在他们的手里变成了宝物，变成了甩开动物种群的拐杖，变成了他们最可靠的生存能力。尽管，进化使他们从树上来到了地上，食谱菜单也发生了很大的变化，但他们依仗锐利的石具，能够获取的生存所需一天比一天多了起来。据化石透露，在他们的食谱中曾有"花粉、植物结晶体、羽毛、骨头、头发以及蛋壳"①等。这些荤素搭配而丰富起来的食物，让人类迎来第一次人口增长期是肯定的。面对野性自然无处不在的威胁，人口的增多无疑就是力量的壮大，是好事，是喜事。面对自然威胁的这一喜事，又会很快带出新的内部难题。人多了，嘴就多了，消耗的食物量也就大了。于是，能够获取的食物又开始不能满足需求，人类又不得不到更远更新的地方去寻找食物。这样，走出非洲的脚步就迈开了。这个脚步向着可能找到食物的方向一步步拓展，经难计其数的循环遍布了全世界。其过程中，新的环境不断变为老的地方，而留在老地方的人就成了它的主人，而且，慢慢地人们也就把它叫作了故乡。

需求是何等不可抗拒的力量啊！在它的引动下，我们那还不会说话的祖先们连再见也未能表达就四处散去了。后来，在他们越离越远的距离里长满了一个叫陌生的怪物，几千年后再见时已经使他们相互六亲不认了。让我们可以推理到的是，他们并非成群结队地四散而去，而应该是只与不能分离的生命组合，或三五个或七八个地分头走去的。虽然，他们每到一处的环境是野性的，自然是恶劣的，但他们手里的石头是神奇的、非凡的。那些曾是山的孩子的石头，在越来越聪明的人的手里不断改变着自己的形状，或以锋利，或以尖锐，或以需要的其他各种形式，充当了他们抵御威胁、狩猎采集、加工食物的武器和工具。于是，先后散落世界各地的祖先们又开始繁衍起来，他们的历史脚步又慢慢地从家的组合一步步地跨入了斯塔夫里阿诺斯先生所判断的"20至50人"的自治团体时代。

让我们深情地回望一下人类之初这20至50人的团体吧！虽然，岁月的烟尘已把他们遮蔽在历史的深处，但我们还是依稀可以看见他们笨拙而忙碌的身影。或在山洞里，或在简陋得难以想象的草棚中，或在架建在树干上的栖身之所内，他们不只是以家的组合，而是以家族化的组合开始生活了。这好比一棵树，从原

---

① ［美］斯塔夫里阿诺斯：《全球通史》，北京大学出版社，2012年。

初的一根树干成长成枝繁叶茂的大树了。然而，树根可以不管枝叶如何去成长和摇曳，但人类是不行的。人多了，辈数延伸了，相互间的关系复杂了。于是，随着人口增多而衍生出的一个问题首次出现在人类的面前。那就是，他们该以怎样的秩序维持生存的活动呢？斯塔夫里阿诺斯先生明确地指出，处在这个阶段的他们"没有成立任何正式的配备专职领导人的政治机构"，因而，他把他们称作为"各自成群地结合成的自治的团体"。那么，在这个没有配备专职领导人的自治团体里，究竟有没有按一定秩序摆布生存活动的权威呢？我们可以肯定地说，当然是有的，那个权威就是各个家族化团体里的家长老大。啊，原来让当今的我们享受并挑剔着的文明与制度的摇篮就在这里，让我们认可并厌烦着的权力的根子就在这里，就在这自治团体社会化起来的步伐之中。

的确，这20至50人的自治团体无疑就是我们人类一切文明成果的内容之源。因为，没有社会化的生活，我们现有的一切是没有必要存在的。语言究竟是什么时候发端的，史学家们还未给出明确的答案。但我们可以从一些语种的相近性和一些语种的迥异性中窥见到它发端与发展的一二足印。当初，祖先们一拨儿接一拨儿地走出非洲时，他们可能没有表达心情的复杂声音。待到散落他方的先民们繁衍发展到社会化生活的程度时，进化的本能使他们的声音开始变得复杂起来，一些意义慢慢地被固定在某一发声上。随着时间的推移，被固定在发声上的意义多了起来，语言便诞生了。语言是让其他动物刮目相看的神奇之能，但他们不能守着它总是生活在一起。那个使他们不得不四散而去的原因，继续使他们散开到新的地域。于是，同根的一些语言经继续发展，最终成了不同但又相近的语种。而在语言发端之前散开去的祖先们，则在各自的地域创造了自己的语言。迥异性就这样被造就了。

咿呀说事的语言，就这样在那个20至50人甚至更多人群的自治团体里蹒跚起步了。于是，语言便责无旁贷地变成了权力的拐杖。史学家们判断说："旧石器时代，团体首领的权力受到严格的限制，那时还不存在由制度确立、为大家公认的强制性的权力。首领们由于特殊的目的自然地产生，熟悉宗教仪式的老人被大家推举为司仪，而狩猎本领出众的年轻人则当选为狩猎团体的首领。"①很显然，这是一种无奈下的判断。因为，作为一名史学家不得不触及权

---

① ［美］斯塔夫里阿诺斯：《全球通史》，北京大学出版社，2012年。

力产生的问题，但又找不到它孕育发端的确切证物。也许，这样的判断更像是权力形成之后某一阶段的存在形态，而且又可以使我们进一步猜想的巨大诱导。我们已经断定过，那个20至50人甚至再多些人的自治团体的掌管者应该是他们的家长老大。应该说，这是人类还早在动物的时候就自然生成的产物，与狮群、马群中的老大并无二致。曾经没有社会意义的这个权力，在辈数伸延、人口增多到20至50人甚至更多的时候就自动转化为具有社会功能的责任。在没有语言的时候，这种权力的效能是很低的，但它一旦与语言相结合就变得很神气了。

我们现有的一切文明成果是人类的造化物，其中权力的作用不可忽视。伦理可能是权力所建立的第一个基本秩序。我们所指的家长老大，当然就是该家族生命的生产者，所以在辈数延伸、子孙增多的情况下，需要给他们设定一个有次序，可和睦，既能尊崇长老，还能爱怜幼小的辈分秩序。尽管类似秩序在动物阶段已有雏形，但那太过简单，链条又很短，无法解决层级繁多的辈分关系。于是，伦理开始被确立起来，而在愈发完备的过程中，权力本身的地位随之也被巩固了。我们应该深深地感激他们，因为有了他们的初创，今天的我们才有了不曾迷失的伦理方向！

这样，成员的位置一个个被确定下来，接下来权力的责任就该是维护食物分配的机制了。谈到原始人类团体的食物分配，史家学者们要说的话就多很多了。他们从上下左右的各个角度进行长期打量后，几乎异口同声地确认，那个最原始的自治团体过的是共有、共享、共生的生活。这样的生活被后来的人类定义为原始公社或原始的社会生活。有的说：这个"旧石器时代的社会组织的实质是协作。从根本上来说，家庭和部落都是相互协作的团体，它们共同为生存而进行艰苦的斗争"[1]。有的说："什么是原始公社制度？就是原始人类对于生产资料的社会公有制。那时候，生产力非常低微，人们借以生活的工具，仅仅是石器以及后来出现的弓箭。那时候，没有生产资料私有制，没有剥削，没有阶级。"[2]也有的说："在原始社会中，几乎所有的土地都是公有的。"[3]还有的说："古代的采集部落主要并不是由一夫一妻的核心家庭组成，而是一群人共同住在一起，没

① ［美］斯塔夫里阿诺斯：《全球通史》，北京大学出版社，2012年。
② 范文澜等：《中国通史》，人民出版社，2009年。
③ ［美］威尔·杜兰特：《世界文明史》，华夏出版社，2010年。

有私有财产。"①面对史家学者们类此种种或冷峻学术或笼统概念抑或冷淡铁面的表述，人类学家R.B.李严肃而温情地提醒说："一种真正的公社生活时常被当作乌托邦式的理想而不予考虑，时常在理论上得到认可，然而在实践中却实现不了。但是，有关食物采集者的证据却告诉了我们一种截然相反的情形。这种有物共享的生活方式不但在世界上的许多地方都存在，而且还延续了很长一段时间。"②R.B.李先生这番深情的表述，尽管不应被看作是对财富畸形的当今社会的批判，但至少应该是对满怀宗教情怀的当今人类的郑重提问。是啊，自誉为智慧至极的人类为什么还不搭建起一个充满和谐温馨的社会呢？

让我们继续停留在这个原始的世界里，看看究竟是什么使人类丢掉了总让我们深情回望的这个美好生活？有研究者认为，是采集生活中出现的剩余现象；还有人认为，生产资料的私有制是罪魁祸首。研究结果肯定是准确无疑。其中使我们好奇不已的是，那样一个破坏力在他们原始的生活中是如何形成的？也许，这在人类久远的历史中可能是太过微小的细节，所以史家学者们全部笑而不谈了。于是，我们只好做一些历史的合理猜想，尽管这是极其不科学的。庆幸的是，我们已经窥见了他们居住的原始情形。不论在山洞中，还是在其他什么地方，他们就像可爱的羊群举族拥居在一处，每个人均不拥有独立的个体空间。没有独立的个体空间，即便狩猎采集的东西有了剩余，他们也只能留作下一次的共同分享，而没有私占藏匿的地方。就这样，日子一天一天地过着，年轮一圈一圈地飞转着，他们就在那个共有共享的生活中进行着生死的轮回。然而，进化是不知不觉的，随着它对人类身心的不断作用，他们的想法越发复杂，使用的工具也愈发多样有效，大自然的变幻莫测也迫使他们考虑挡风遮雨的问题。于是他们开始搭起原始而简单的窝，过起了有所遮蔽的生活。开始时，它对共有共享的生活影响不大，但随着这一个体空间的完备、拓宽和专有化，一种让人类发生重大变化的力量被孕育了。那就是让人们有了可藏匿私物的地方，有了可藏匿私物的地方，与权势扭合在一起的私有化占有不就可以大摇大摆地登场了吗？从此，本能的纪元开始被本性接手了。

我写着这些文字，寻觅着私有制产生的蛛丝马迹，突然对个体空间这个当今

---

① ［以色列］尤瓦尔·赫拉利：《人类简史》，中信出版社，2014年。
② ［美］斯塔夫里阿诺斯：《全球通史》，北京大学出版社，2012年。

的常见存在产生了巨大的兴趣和恐惧。这个当今被我们认为生活的港湾和隐私的储存地，原来却是一个各种欲念和善恶美丑的孕育之所啊！它使我不由得想起了一位蒙古老人所讲的故事。很显然，老人用这一故事，试图为我们诠释人类各种罪业起始的情形，包括私化占有的。他说：起初的人都是天神的化身，所以有无限的寿命。他们休息时落到地上，而行走时足不触地飞在空中。他们不吃地上的秽食，去吃圣界的净食。出生时没有男女之别，没有怀胎生育，只有神变而出。看东西时不靠日月之辉，而靠自身之光。那时候还没"人"这个称谓，他们都被统称为众生。

后来，一个贪婪的众生找到一种叫大地之油的食物吃下，大家也跟着去吃，于是原有的那个圣界的食物就绝迹了。众生们吃了那个叫大地之油的食物后，失去飞翔的本领，落到地上，身上的光亮也消失了。他们开始在黑暗中度日，愚痴罪业由此开始了。后来靠众生的修炼，升起日月星辰照亮了大地。此后，又一个贪馋的众生找到一种叫青苗的食物吃下了，大家也跟着他去吃下。因常吃地上的秽食，从此出现了男女之别，开始相互爱慕，生儿育女，贪欲罪业就此产生了。此后，又一个馋嘴的众生找到叫撒鲁的自然生长的稻谷，迟疑稍许后吃下了它。于是大家也跟着吃，结果那个叫青苗的食物也绝迹了。之后，大家只好吃那个叫撒鲁的稻谷。当大家现吃现取那种稻谷时，有一个奸猾的众生拿回次日的份额储存了起来，结果那种稻谷也绝迹了，而嫉妒罪业也由此开始了……

童年的故事也很智慧

如果，远去的历史就像寓言，那事情就简单多了。可它不是。它是已被吹散的薄雾，不再蒸发的露珠。所以，我们人类才一次次地派出优秀的儿女，去岁月的深处寻找现有一切的发端痕迹。比如，家庭、婚姻、图腾、宗教、社会、国家、政权以及数字、文学、文字、艺术、法律、规章、冲突、战争等是如何发芽发端，又如何衍化和发展的。想来也是，如果我们全然不知它们的由来，人类就很难正确对待它们的种种作用。

要想知道一条河是如何形成的，我们就有必要到它的源头去探看。同样，想要看清左右人类身心方向的，那些被称之为文化或文明的产物是如何发端产生的，我们就应该在它可能产生的生存环境中加以寻找和观察。从目前已知的情况看，那个不论生活在哪处的，从20至50人的家族自治团体繁衍起来的，开始有了自我专有空间的族群团体，就是所有文化与文明的种子发芽和破土的地方。所以，我们就在这个远古蛮荒中逗留片刻，看看已经起步的人类生活是如何蹒跚开启文明之门的。

不过，需要有一点胆量和勇气，因为有一道门槛需要我们去跨越。史家学者们经常提醒说："必须提防那些对原始人类生活没有事实依据的想象。"[1] 照此看来，除了化石和遗迹开口说话，人类就无计可施了。然而，情况也不完全是这样。比如，在探讨家庭的最初形态时，威尔·杜兰特先生就说："家庭最简单的形式就是妇女与她的子女，母亲与兄弟们一起住在家族里。"《全球通史》作者斯

---

[1] ［美］威尔·杜兰特：《世界文明史》，华夏出版社，2010年。

塔夫里阿诺斯先生也说："社会组织的基本单位是家庭，由父亲、母亲和他们尚未完婚的子女组成。"[1]很显然，二位权威专家的这段表述肯定不是化石或遗迹开口说话的结果，而应该是他们各自基于对原始人群的点滴依据推想得来的。不然，在家庭成员的构成方面，不会有如此巨大的差异。由此我们可以得知，在未知领域的探索中，并不完全排斥一定条件下的推想。

那么，导致专家意见难以一致的"家庭"这个事物，是如何产生的呢？我们在上一节中已经观察到相对独立的个体空间在人类生活中的出现。不过，那不是家，更不是家庭，而是将要发展成为家这一完美个体空间的基础和雏形。起初，出入这个空间的应该是一个女性和她所生养的儿女及同胞的兄弟姐妹，而不会有父亲这一成员的。因为，在远古蛮荒的时代，人类在交合方面没有什么可遵循的伦理之规，所以，男性对于自己的下一代没有明确的责任意识。这对被文明征服了的现今的我们来说实在是难以理解。不过，这一点是史学家们普遍同意的。威尔·杜兰特先生在他的《世界文明史》中举例说："在新几内亚东部的特罗布里恩（Trobriand）岛上的人认为怀孕并不是因为两性的交合，而是由于有个Baioma的鬼怪物进入了妇人的体内。通常是妇女们洗澡时鬼就进入体内。"[2]这是一个有趣的故事，因不知交合的作用而剥夺了男性成为家庭成员的资格。或许就是这样，也可能还有其他方面的无知，在那个个体空间向家的方向发展的漫长历史中，因有难以舍弃的养儿育女的天职，女性就成了支撑那个个体空间的生命主体。之后，随着生存技能的提升和个体意识的成长，那个空间的构造越来越完备，其相互间的独立性也越来越明确，一个可以称为家的事物在人类生活中真正出现了。

对那时的人类而言，家的出现既是福音，也是灾难。人类原来过着混乱交配，共同抚养的原始生活。个体空间的出现和完善，必然催生和唤起人们的拥有意识。于是，原有的生养体系受到挑战，尤其因交合问题引起的争斗，开始破坏他们由共有共生带来的和谐生存。这样，人类不可避免地迎来了有史以来第一次的人为选择。这个选择不可能自然完成，而是必须在权力的参与下进行摆布和完成。这个时候，人类生活中自然生成的家长老大，几经发展和衍化，已经变成了族群的长老或首领。如果说，他们之前的职责是统筹狩猎采集，并维持共有共享

---

① ［美］斯塔夫里阿诺斯：《全球通史》，北京大学出版社，2012年。
② ［美］威尔·杜兰特：《世界文明史》，华夏出版社，2010年。

的秩序，那么这下则到了考验他们智慧的时候了。于是，散落生活在世界各处、尚未开始互相来往的他们着手进行了选择。有的选择了指配组合的模式，有的选择了一夫多妻的模式，有的选择了一夫一妻与一夫多妻混合的模式，而有的延续了原有的模式。尽管开始时没有那么一律和到位，但人类走向文明的路从此出现了分岔，并埋下了文明发展千差万别的种子。

就这样，人类的交合行为开始有了一定的约束，而且交合的快感与抚养的责任第一次被捆绑在了一起。从此，我们现今人类千般呵护、万般珍惜的家庭与婚姻正式诞生了。

一粒种子若已发芽，它必将走向开花和结果。家庭的出现也会一样，必将对人类原有的生存秩序发挥自己的作用。显而易见的是，它的作用不在于巩固共有共享的原有秩序，而是相反。我们曾经坚定地认为，生存资料的剩余导致了私有制的产生，进而破坏了美好的共有生活。现在看来并不尽然，而发挥作用的就是这个起初并不起眼、后来发展成为家庭的个体空间。因为，它的出现在给人类带来文明的同时，也为私欲的成长提供了摇篮。

私欲开始茁壮成长。不论出于喂养孩子的需要，还是出于对饥饿的担心，或是为解决家中卧病老者的饮食之需，那些为人父母或为人子女的男男女女总想往家里带回一些食物。这些食物可能来自长老从狩猎采集中分给他们的残羹剩饭，也可能来自他们采集捕获于野外并占为己有的猎物。不论来自何种渠道，他们带回家里的东西，越来越多样，越来越丰富。在共有生活的模式中，在看似合理的情形下，家就这样丰富着拥有，拓展着占有，快速地成长起来了。

生活就是这样在悄然的变化中继续着。或在早些时候，或就在这个过程中，先民们发现他们采集于野外的一些植物就在他们房前屋后零星地长出来了。这是那些植物的种子无意间掉落的结果。于是，他们懂得了种植的原理，农业开始发芽了。研究家们说，农业是在早期的人类生活中独立起源的。他们肯定地认为："农业除了独立起源于墨西哥、中国北部地区和秘鲁外，还独立地起源于中东地区——包括埃及和苏丹的尼罗河流域、叙利亚和伊拉克的底格里斯河和幼发拉底河流域，以及土耳其、叙利亚、黎巴嫩和以色列所属的地中海以东海岸地区。"[1]这就是说，农业在人类生活中的出现并不是交往互学的结果，而是同受

---

[1] ［美］斯塔夫里阿诺斯：《全球通史》，北京大学出版社，2012年。

自然启发的杰作。由此，我们可以得知，最初散落生活在各自独立环境中的人们，在开化认知方面基本是同步的，而差异是后来才出现的。差异为什么会出现，难有一致的答案，恐怕这可能是永远高悬在人类头顶上的一大问号！

如果说，在农业起源的过程中，自然是人类的老师，那么在畜牧业起源的过程中，动物则是人类的导师。人类与动物打交道的时间远远早于与植物打交道的时间。因为他本来就是动物的一员。所以，从开始捕食其他动物的时候，他们就知道大动物是从幼崽长大而成的。因此，在他们的狩猎中，有猎杀的，也有捕获的。就是那些被捕获的动物，教会了人类畜养它们的办法。于是，畜牧业也发端起步了。我们应该明白的是，这种农业和畜牧业，在独立生活于世界各地的，由那个20至50人的自然团体繁衍起来的家族群落中，有的是成双而至，有的则是单脚落地的。原因很简单，自然条件不允许！

无论是成双而至，还是单脚落地，农业和畜牧业的出现给人类的生存带来了重大的转折。尽管有史家认为："农民的工作要比采集者更辛苦，而且到头来的饮食还要更糟。农业革命可说是史上最大的一桩骗局。"①我很难想象这样的结论是如何得来的。与此相比，作为务过农，又长期生活在游牧文化氛围中的我却有着全然不同的认知。就畜牧业而言，比起狩猎对人类的贡献是巨大的。原因很简单，当畜养的牲畜都还是野兽时，人能够捕获到它们的数量总是有限的，所能养活的人口也总是有限的。这就是至今保留着狩猎生活的一些民族，在人口增长方面较为缓慢的主要原因。与此不同，那些桀骜不驯的山野生灵，一旦被驯养之后就会变成其主人收集大地滋养的有效工具，以自身和不断繁殖的种群肉体满足主人们对滋养的需求。一些古老的民族，从狩猎生活转型到游牧生活后迅速发展壮大的奥秘也在这里。与此道理相同，农业也是用种子收集大地滋养的学问。如果将种子随意撒到野外，不去料理，不去管护，有的种子可能就不发芽，即便发芽生长，也结不出沉甸甸的头穗来。可是，一旦上心了，料理了，一粒种子就会给你繁殖出几百倍的自己。由此可见，农业对还在野性自然里过着狩猎采集生活的人类来说，帮助会是多么巨大呀！

是的。从此，人类的收获越来越丰富了，饮食物品的剩余越来越多了，流向家庭的物品也越来越丰厚，以家庭为单位的私有化占有越来越扩展了。随之，人

---

① ［以色列］尤瓦尔·赫拉利：《人类简史》，中信出版社，2014年。

类的利益关系也开始被改变了。

需求是生命的根本权利。这是过去、现在或将来都不会变的存在。当还是动物的时候，其需求在它与大自然的直接关系中得到解决。而进化成人后，情况就复杂了。由于野性本能的减弱，人必须以群体的形式面对大自然和猛禽野兽，才能获取满足需求的狩猎采集物。然后，通过一定形式的分配解决个体人的需求。这种个体人从群体中获取需求的方式，就是令我们非常在意的利益关系。自从变成人直到这个时候，人们一直生活在原始共有的社会里。虽然，人们获取食物的劳作非常艰辛，所能获得的食物也非常有限，但在那里只有共有，没有私产，其席地聚餐的利益分配关系是平等的、均衡的。可是，现在情况不同了。尽管共有的劳动仍还继续，但席地聚餐的分配形式没有了，取而代之的却是长老或首领的日常分配。起初，人们并不感觉到有什么不妥，因为自从家的功能完备起来，人们常常用这样的方式把生活所需的东西带回家去的。可是，时间长了，日子久了，那个被尊敬的长老或首领就变成了家族化农牧公司的大老板。而那些虽由一个祖先发源，但经多代繁衍，亲情意识已变模糊的后代人们则成了人类历史的第一代打工者。

从此，人类的生活进入到了一个崭新的利益关系之中。我不敢妄言这就是奴隶制社会，虽然历史知识反复告诉我接替原始共有生活的就是奴隶制社会。可不论从哪个角度看，这不像是奴隶制社会，而更像是早期家族化的经营公司。因为，人身权利仍还在自己手里。真是没承想，原来以为衔接严密的两种社会形态之间还存在着另一种社会形态。不过，它存在的时间不会很长，在化石或遗迹中也不会留下痕迹，所以被史家学者们都忽略了。

私人占有的出现，是人类本性得到释放的结果，还是权力迷路的后果，或是人类进化发展的必然成果？我不敢断言什么，这应该是我们人类的智库和精英们抛开自我的一切属性去深度思考的一大问题。

为人类的命运有所思考是应该的，但已经出现的私人占有行为并没有顾忌什么，而是变本加厉地进行下去了。据心理学分析，占有会引发快感，进而让人越发执着。同样，被占有引发的则是反感，进而导致恼怒和对抗。即便是原始社会早期的长老和首领，也不可能置身规律之外。于是，为使自己的占有继续下去，面对向心力正在弱化的人们，长老和首领不得不想一些凝聚人心的办法。图腾的说法可能就在这时应运而生了。某一天，这位长老或首领神秘而郑重其事地指着某一植物或动物，对大家说，这就是我们最早的祖先，大家都是他手足相亲的后代，所以应该和气愉快地生活在一起。之后虔诚恭敬地祭拜起来。就这样，至今让我们疑惑不解，猜想万千的图腾这个古老的崇拜，突然出现在尚还懵懂的人类面前。祭祀之事，巫师之业随之出现的前提就这样被准备就绪了。

写到这里，我喜上眉梢地自我庆祝了一下。如果没用心灵跟随远古先人生活到这个时候，我就做梦也窥见不到图腾产生的蛛丝马迹，而只能人云亦云到最后时光。但现在不会了，就连那些动物和植物为何被指定为图腾，我都得到了明显的提示。那就是：在初期的人类生活中，人们不懂得如何给死者以尊严，后来开始有所意识了。于是，有的群落把死者安放到树上，有的寄放在野外，有的则托付给了河流。时间长了之后，已经不知其由来的人们开始产生错觉判断。比如，经常看见死者在树上的人们就会认为树与祖先的关系神秘，而看见狼或鹰在清除野外遗尸的人们就会以为狼或鹰与他们的先人关系神秘。得益于这样的错觉判断，一些动物和植物堂而皇之地成了接受人类供奉的图腾。

起初，图腾的作用还是很灵的。它不仅向群落人员提醒了亲情，也一定程度上缓解了人们对占有者的不满。对此，长老或首领看在眼里，喜在心上，越发加深了对图腾的崇拜，开创起种种庄严肃穆的祭祀仪式，并扮演起既是首领又是巫师的角色。所以，史家学者们同意："视为宗教崇拜对象的图腾主要用来帮助部落团结，每一个人都能为他们与它休戚相关，或是从它世代传递而来，而团结在一起。"①尽管，起初的图腾与宗教没有什么关系。

---

① ［美］威尔·杜兰特：《世界文明史》，华夏出版社，2010年。

第二章

后古代记忆

　　有必要沿着人类历史的河岸漫步一遍，这倒不是为了满足简单的好奇，也不是为了去证实史家学者们的一些观点，而是要去触摸一下如今百态原初的根，进而形成一些自己的想法、自己的观点，好让自己活得更为自己！

　　因为，脚就在我们的身上，用不着担心有没有路……

孤独谷里的成长足迹

当图腾威严地光临人间时，崇拜它的人们都还孤独地生活在各自的生存点。不用说洲与洲之间，也不用说国与国之间，就是说一国之内的两个生存点之间都还没有开始接触和来往。他们只知道自己的存在，不知道别人的存在。所以，他们没有外面的世界很精彩的想法，也没有探索未知世界的认知冲动，有的只是和群落一起好好活着的愿望。可群落内部的一些变化已经不与这一愿望一致了。图腾也不是为帮助这一愿望而出现的。

在各自的生存点上，由那个20至50人繁衍起来的家族群落在生活方式、生存形态、社会秩序方面究竟如何一环扣一环地发展起来的呢？就像种子播下去后禾苗长出来了，料理的需要随之就产生。料理禾苗不能没有工具，于是去买的必要就产生了，工具买回来了，发挥其作用的必要也就产生了，作用发挥好了，禾苗就长成了颗粒饱满的农作物，接着收割的需要又出现了……与此相同，人类历史的发展也是一个需要衍生出另一个需要，再催生又一个需要的结果，而绝非是在游手好闲的搬弄中创造出来的。但是，历史学家和人类学家们没有告诉我们太多的细节，只是对那个年代的可能情况做了一些概述性谈论。

关于占有他人劳动成果的情况，尤瓦尔·赫拉利举例说："在苏联的松希尔，考古学家于1955年发现了一个3万年前的墓地遗址，属于一个狩猎长毛象的文化。在其中一个墓穴，他们发现一名年约50岁的男性骨架，盖着长毛象象牙珠串，总共约有3000颗。死者戴着以狐狸牙齿装饰的帽子，手腕上还有25只象牙手镯。其他同一个墓地的墓穴里，陪葬物品数量远远不及该墓穴。学者推断，松希尔长毛象猎人社群应该阶级十分明显，而该名死者也许是部落的首领，甚至是几个部落共同的领导者。"①是不是几个部落共同的领导者,我们可以不用去讨论它,但从陪葬品的规模中,我们完全可以看出,该首领对他人劳动成果的大量占有。以此推测,在其他地方这种占有情况的出现不会太晚于这个时间。

就早期的家族群落可能活动的范围,赫伯特·乔治·韦尔斯举例说:"很多英格兰的农民在18世纪从没有离村远过8或10英里,他们以前的祖祖辈辈也是这样。"②这一例子,让我们完全可以想象到一两万年前家族群落生活状况的闭塞、孤独和与世隔绝。至于农业的出现,斯塔夫里阿诺斯先生说:"尽管人类在很早以前就已懂得如何种养食物,但直到10000年前才转向农业。"③显然,这里所说的农业肯定是较为成熟的,已成为主要生存方式的农业,而且会遍布在纬度较低的地区。而大多的地方还是将狩猎、养畜、种植综合运用在生活中,以增加食物来源的渠道。图腾就应该在这样的情形中,人类踏步在新旧石器时代交会地带时俨然出现。

出现之初,图腾的确对其创造者帮助很大。它不仅提醒了亲情,缓解了不满,也为占有者身份的虚构性变化开辟了一条新路。沿着这条路,长老或首领开始时是图腾祭祀人,之后是上天的儿子,再后是神圣化身,然后是上帝的臣子。巫师与祭祀阶级就是由放弃或旁落于世俗权力的长老或首领分化形成的。

对虚构能力尚还很弱的人类来说,玄妙的头衔固然很有吸引力,但还是不及财富占有对人的诱惑与吸引。长老或首领一面虔诚地祭拜着图腾,一面又加大着占有他人劳动成果的力度。富有者更加富有起来,贫困者更加贫困。于是,图腾的功效开始弱化,不满又开始在被占有者的心中燃起,甚至对抗和反抗也开始出现了。这是占有者所不能接受和让步的。那么,接下来如何才能使人们俯首听命,接受占有呢?看来没有什么好办法让人们欣然接受一个不合理的利益关系。于是,占有的欲望使长老或首领开始蛮横起来,他们伙同近亲组成了统治集团,对那些不满者和反抗者及亲情关系已经模糊的人们进行了强力占有。他们不仅用强力,甚至用暴力既占有了他们的劳动成果,也占有了他们的人身权利。这样,奴隶制社会悄然而至。

在小心地记述人类早期生活一步步变化的过程中,我也用另一只眼睛一直观

---

① [以色列] 尤瓦尔·赫拉利:《人类简史》,中信出版社,2014年。
② [英] 赫伯特·乔治·韦尔斯:《世界史纲》,译林出版社,2015年。
③ [美] 斯塔夫里阿诺斯:《全球通史》,北京大学出版社,2012年。

察着权力在其中的一举一动和微妙表演。我们曾经瞭望过权力始于动物时代的痕迹。比如，狮群中的狮王，狼群中的狼王，它们对所属兽群的统治资格，就是权力存在的最初形态。当进化使人类走出动物行列，进入原始人类生活之后，权力就依附到了家长老大或家族头人的身上。在语言出现之前，这种权力的体现形式与动物的行为方式没有太多的不同。语言出现后，权力就长出了翅膀。权力，原本是个体生命的自我负责意志。但原始的群体化生活不仅淡化和挤压了个体的自我负责意志，而且让家族群落的长老或首领垄断了它。于是，它在垄断者的手里涅槃成了一个叫权力的神奇之物，开始大力度地左右他人的生活。这个时候，它不再只以意识的形式存在，而已成长为具有具体架构并由人力来司职的实体存在。从此，权力的力量远远超过了任何一个个体生命的力量，统治力真正形成了。

权力就这样成长起来，并帮着族群的长老或首领把人类的生活推入了奴隶制的存在形态。

关于权力的成长，我想暂时就观察到这里，因为还有一个重大的问题需要我们认真地观察和探究一下。那就是：原始的共有生活为什么没有向利益关系更加合理的方向发展而去，而是向着利益关系愈发不合理的奴隶制社会形态发展过来了呢？这个问题对人类很重要，所以趁它再向复杂发展之前，有必要去端详一下它的来龙去脉。究竟什么是人的本性，虽然我不想冒险地下定义，但我比较坚信的是人的本性一定源自生命的本能。只要是生命，如果是植物形态的，成长就是它的本能；如果是动物形态的，生存就是它的本能。为满足这一本能需求而存在的潜在意识就是本性的雏形，而它在行为上的表现形式就是永不知足的占有。这就是我们常说的贪婪，也是人之本性的基本内容之一。本性的这一内容得以实现的前提是要有足够的能力。但是，自动物时期到共有生活时代，人从野性自然中获取的能力是非常低的，所以，他们本能地聚合在一起，满足本性的最低要求。其间，随着使用工具的进步、认知的提升和个体空间的完备，人们满足本性要求的能力得到了很大的提高。但是甚为初步的文化创造尚未培育起能够修正和抑制本性的理性，所以，人类的生活就顺着本性的轨道发展下来了。

不过，奴隶制不是人的本性普遍得到解放的成果，而只是少数人的本性在权力的帮助下开始发作的成果。那么，怎样的条件才能使人的本性得以任性地发作呢？英国社会学家霍布豪斯先生认为："在文化演进的初级阶段，如在低级狩猎部落里，是没有奴隶制的。只有技术发展到一个劳动者能生产出超过他本人所需的剩余财富时才能有效地使用奴隶，所以奴隶制的出现常限于一个相当发达的农业社会里。"按照这样的论断，我们可以坦然地说，在10000年前的某一天，我们人类的先锋群落跨入了奴隶制社会的门槛。因为，斯塔夫里阿诺斯先生坚定指出人类"直到10000年前才转向农业"。

终于，古代的古与我们只有10000年左右的距离了，史家和学者们开始看到的事和物更具体、更清楚了。他们看到，8000多年前小米已在中国的农田里飘香，大米也在5000多年前已经盛满了中国人的饭碗。同样，他们也看到9000至7500年前小麦、燕麦、豌豆在中东大地上翻起的滚滚绿浪，也听到山羊、绵羊和牛在他们的庭院里叫唤的声音。他们那敏锐的目光也还看到了7000多年前在哥斯达黎加、萨尔瓦多、墨西哥的田庄里生长的玉米、蚕豆和南瓜（历史学家、人类学家认定的农业在这些地方出现的时间）……

我不敢武断地说，农业已经发展起来的这些地方步调统一或不约而同地进入了奴隶制社会。因为，除了大多数中国的史学家确信，约在4000年前已有奴隶制之外，其他有早期农业的中东古巴比伦，非洲古埃及，欧洲古希腊、古罗马和亚洲的印度等地区，或被史学家们认为因为有了战俘才有了奴隶制，或像印度那样被认为不曾有过奴隶制。我们不知，是因为奴隶制太过冷酷，还是因为奴隶制认定标准不一而导致了如此之大的认识差异。尽管这样，我还是坚信当文化还没有培育出能够抑制本性的理性之前，古代人类的生活除了顺着本性轨道发展而去，没有其他可以幻想的模式。所以，在那散发着米香的滚滚绿浪的农作物背后，肯定存在着以深度占有为特质的生活形态……

石木时代的奇迹

继续讲述各自独处的那些家族群落的故事。

虽然，可食植物的种子从野外荒地来到了人类开垦的田园里，但人类群落的本身还没有走出各自独处的生存天地。因对水的需要，他们无一例外地紧靠河流或湖泊居住。他们依存的这些河流和湖泊，有的是一个庞大水系的一条支流或为一处汇聚点，而且位于气候温和的温带以内，为生存在那里的族群领先人类历史的脚步提供了天然的条件。而有的则位于寒冷干燥的温带边沿，由此那里的人们与人类其他成员同步前行的脚步被阻碍了。

在河边，在温暖地带，不仅杂草茂盛，树木更是可想而知地茂密与粗壮。所以，这样的地方很少有肥沃的闲置地。但这样的地方就是种植农业别无他选的好地方。这样，问题就出来了。那就是，他们用什么工具刨土开辟出农田呢？

尤瓦尔·赫拉利风趣地说："很多人以为在农业革命前的人类都只使用石器，其实这是考古偏误造成的误解。所谓的石器时代，其实说是'木器时代'更精确。"[1]由此，我们完全有理由说，在铁器出现的约5000年前，人类经历了很长很长一段时间的石器木器混同使用的"石木时代"。那些注定要走到人类前列的人们就是用石器和木器，为人类创造出了不朽的荣耀。

大地自然是生命滋养的唯一宝藏，至今人类采集它的方式只有几种。最早和动物一样，只懂得捕猎和采摘。然后随着智力的发育，又懂得通过畜牧与农耕加以采集的办法，并且沿用至今。在传统的条件下，畜牧被动于自然较多，而农耕

---

[1]　［以色列］尤瓦尔·赫拉利：《人类简史》，中信出版社，2014年。

则主要依靠人的能动劳作。所以，推动人类历史发展的发明很多来自农耕文化。农业对人类的重要性不是天然显现出来的，而是被组织起的有效劳动将它呈现出来的。在那个时代能够组织起劳动力队伍的，就是那些可被称作奴隶主或深度占有者的人们。因为，权力在他们的手中已经成长为统治力，并且也已经很大程度地占有了族群成员的人身权利。所以，他们在占有欲的驱使下，有力地组织起族群的成员，让他们拿着木头的或石头的器具，开始开垦野性的大地。然而，在温润的自然条件下，没有一块拒绝草木生长而专门等待人们来耕种的土地。反之，每一块地方或早已被野草占据，或早已被森林覆盖。

大多史学家们认为，早期的农业主要以"刀耕火种"的技术开发农田，进行耕种。可是，有过务农经历的我怎么也想象不出一块森林之地得以刀耕火种的可能性。因为，即便烧掉了地面上的树木，但盘根错节在地表下面的根茎既难以刨出，农作物更是不能在其上面生长。所以，他们只能选择没有树木的草地为开发对象。即便这样，对只有石木工具的人们来说，其难度是可想而知的。可人们不得不像蚂蚁啃碎土一样，一点一点去刨，一点一点去挖，使之变成能够耕种的农田。因为，他们的那个首领和统治者强迫他们去这样劳动。

日复一日，年复一年，劳动在继续，成果在扩大，文明创造也日趋加速了。随着人类与泥土深度交往的继续，泥土开始有了人的灵性。依照人的需要和想象，泥土被垒筑成了房屋，被捏制成了器皿，被烧制成了陶器，文明借泥土的身躯现形了。从泥制器皿到陶制器具，中国流传有这样一则故事：距今1万多年前，有位心灵手巧的妇女叫尤陶氏，她用泥巴捏一些玩具供小孩玩。有一天，一场大火烧毁了她的家园。这场大火以后，悲伤的尤陶氏发现，她用手工捏制的各种玩具变得更加坚实，而且耐水。于是，人们就尝试着这种办法，制作各种器皿和食用器物。如果说，就像这则故事，从泥器到陶器的跨越缘于偶然的自然提示，那么已经出土的陶器遗址向我们透露着，这样的提示在日本和中国发生得早一些，其次为印度，再次在西亚，然后在世界各地。时间，从1万多年前到5000多年前。

日复一日，年复一年，劳动在继续，收成在增多，人口增长的速度加快了。由于被开发的农田一天比一天多，投入的劳动一天比一天精细，所收获的粮食越来越多了。粮食多了，能够养活的人也就更多。人口的增多，对劳动者来说增加的是负担，而对占有者来说带来的问题可就更多了一些。首先是，孩子多了，长大成人了，分家的必要就产生了。接着是，家分出去了，但一无所有，生活又难以为继，财产分割的必要又产生了。再接着，因为当时的人还没有公司化管理的智慧和知识，父母长辈就简单地把部分财产一一地分给了他们。所分得财产中，既包括物质的财富，也包括现有的耕地，还包括生产财富的劳动者。这样，原来那个组织单一的社会，就衍化成了以首领为总的占有者、以孩子们为分级占有者的多层级占有的复杂性社会。这样，家族群落向族群部落转型了。

日复一日，年复一年，劳动在继续，财富的需求量更大了。由于下级占有者须向总的占有者——首领缴纳一定的财物，所以他们对劳动效率的要求越来越高。在技术还很原始的条件下，提高劳动效率的办法只有一个：加大劳动的强度。于是劳动者被强制的程度越来越高，使他们的体力付出经常处在极限状态。毕竟，人体是血肉组合，当压力超过承受力时，它就启动摆脱的程序。因为人们尚未形成颠覆力，所以精神上的抗衡不知不觉地成了他们的选择。神产生的条件已经具备。针对不绝于耳的图腾说教和强迫劳作的蛮横权力，人们开始酝酿威力远远大于图腾和权力的虚拟存在。有一天，这个威力终于被虚拟出来。这就是威赫曼·史密特神父所认为的"太初人类造了一位神，他是造物主，是天地的统治者"。宗教评论家凯伦·阿姆斯特朗阐释说："有时也称作苍天之神。"神就这样被造出来，并开启了人类神话时代的大门。人类没有无目的的创造，神就是为抗衡图腾，尤其是为抗衡权力而被创造出来的，所以有着深刻的底层性。神来了，但因没有权力的支持，未能及时解决人们的需求，不过还是为他们身世认知提供了一条思路。

日复一日，年复一年，时光在流逝着，世代在更替着，权力文化也发育起来了。因为，权力必须与生命相结合，才能显现出它的效能。所以，权力永远不会成为陪葬品。然而生命是有限的，一代更替一代是它延续的基本程序。这样，权力的接续与更替就成了古代人类必须解决的一大问题。关于古代没有文字记录时期的权力，斯塔夫里阿诺斯先生认为可能是这样存在的："当一个公社偶遇外来进攻的威胁时，这个公社的成年男子举行大会，选举一人担任这一非常时期内的战争领导人。但是，随着和平的间隔时间越来越短，这些战争领导人的任期越来越长，直至成为永久的军事首领，最后当上国王。"[①]而威尔·杜兰特先生则认

---

① ［美］斯塔夫里阿诺斯：《全球通史》，北京大学出版社，2012年。

为可能是这样的："拥有同一片土地，同一种血统，并生活在同一风俗与条规的管辖下，几个家族结合起来，在同一个酋长管辖之下就形成了部落，这就是成为国家的第二步骤。这种发展是缓慢的，有些集团根本就没有首领，有一些似乎仅在战争状态下才组合在一起。依我们的现代民主看来，这样的组织形成的确不值一提，仅仅是几个原始团体的结合，如说有政府存在的话，也就是在他们家族中，有一些家族的长老们出来管理家族，但并不具有专断的权力。"中国史学家范文澜认为，禅让和世袭已经成为权力接续更替的主要形式。①不论是哪种，都说明人类已经开始认真对待权力接续的问题。

是的，这是他们不得不认真对待的问题。因为总的占有者只有一个，而二级占有者不止一个，他们是总的占有者繁殖出的几个或多个。更因为，总的占有者自然早于二级占有者离世，所以他的位置由二级占有者中的某一个来接替。这样，争夺就不可避免了。争夺可能是和风细雨式的，也可能是明争暗斗型的，还可能是暴风骤雨般的。不论怎么样，结果都会产生一个新的智勇超群的总占有者。按此机制产生的首领，很快会转身成为部落联盟盟主或酋长。

时光仍然在日复一日，年复一年。争当了首领，也不会万事大吉，能争当的更不会消沉而去。反之，他们情愿或不情愿地拥戴新主后，很快转入自己新一轮的发展中去。于是，农田开发从他们各自的占据地向外扩展开去。随着农田一块接一块、一圈又一圈地扩延开去，他们惊奇地发现山外有山、天外有天，终于还看到了和他们一样、两条腿走路的其他部落的人。

经过难以确说的漫长岁月的独立发展，领先历史脚步的人们就这样开始相见了。这时，他们已经不知同根的亲情，所以眼睛里充满了陌生、恐惧甚至是敌意……

---

① 范文澜等：《中国通史》，人民出版社，2009年。

握手，或者是出拳

现今这个世界的格局是人类无数次分分合合的结果，而且分合还将继续下去。

我们用心灵跟随最早的、从非洲走出来的、由20—50人组合而成的自治团体，一直生活到他们发展成为从事农耕的部落联盟的这个阶段，获得的收获是巨大的，受到的心灵启迪也是巨大的。而且，我们也已经看到，他们将要走出方寸天地，与其他同类部落迎面相见的下一步历史方向。不论他们将选择握手相见的形式，还是选择出拳相击的模式，都将导致耕地越来越连接、居住越来越集中、权力越来越政府化、人群越来越一体化的历史结果。这是农耕生活带给他们的厚礼，而农耕生活是自然世界带给他们的大礼。

据地质学家研究，我们这个世界自然形成以来共经历了4次大冰期，最后一次为第四冰期。有的地质学家认为，第四冰期已经结束，有的则认为还没有结束。这期间，厚厚的冰层从两极向内覆盖，北半球曾被覆盖到北纬45度左右。那时的地球就像个满头白发的老人，表情冰冷地行走在茫茫宇宙间。约到10000多年前时，阳光开始逼退冰川，形成了现今的地理气候。这个地理气候，为落脚到低纬度地区的先民们提供了发展农业的先天条件，而为散落到高纬度地区的先民们准备了一个严酷恶劣的环境。

如果说，斯塔夫里阿诺斯先生"20—50人"的自治团体的判断符合普遍的情况，那么同样在狩猎为生的年代里，散落到高纬度地区的先民们的生活，比落脚到低纬度地区的先民们的生活要艰苦得多。他们首先要面对的是寒冷的气候。高纬度地区温暖期短，而寒冷时间却很长。所以，他们不能像低纬度先民那样席地而居，而必须找一个有利于保暖的场所居住。于是，洞穴就成了他们必须入住的地方。

可以坚信，洞穴是散落高纬度地区的狩猎先民们走向文明的摇篮，也是创造与落脚低纬度地区人们不同类型文化的起跑点。比起席地而居，寄居洞穴有着明显的空间限度。由于带着同一祖先指向进化的基因，散落高纬度地区的先民们在智力发育的进度上与落脚低纬度地区的人们是一样的。只不过，他们面对的情况有所不同。所以，随着使用工具的进步与优化，他们所能猎获的食物就会多起来，随之人口也开始增加。洞穴的空间开始不够用了，于是需要部分人员搬离出去，到别的地方生存。

那么，谁应该离开呢？我们无法知道，而他们的首领却了如指掌。于是，他和他的继承者们，一次一次地把人群分化出去，自己则总是保持洞穴所容纳的人群规模。被分化出去的人们不一定完全是漫无目的，也有可能存在着已经发现的无人居住的新洞穴，或再去寻找新的寄身之所。他们离别而去，多少年多少代之后，在其他很多地方出现了各有称谓的部落和人群。久而久之，生存条件的这种散落化需要变成了他们后代人们喜欢我行我素的心灵遗传。由此，我们可以相信，众多游猎民族最早的根就是这个时期分化出去的。

人们一直认为，狩猎部落的活动范围大得惊人。其实，在早期他们的范围并不会很大，因为他们只靠双腿，而且也不能离开洞穴太远。穴居在一处山洞里，走遍周围的山山水水，他们看到了很多东西，于是在行猎之余把那些所见的东西刻画到了岩石上，使北半球上的我们不断有惊奇的发现。他们活动于有限范围的时间很长很长，长到具备了两个条件后才离开。一个是能够搭建简陋的、但能够保暖的棚舍的技术，另一个就是拥有驰骋如飞的马。

据现有的考古发现，距今5000多年前人类已经开始驯养马。马的出现意味着穴居狩猎者的生活发生了质的变化。对马和棚舍技术的拥有，使洞穴居住者的世界获得了巨大的解放。首先，像因开拓耕地而走向融汇的农耕者那样，穴居者们也借助马蹄的奔腾走进了与其他部落迎面相见的岁月。在这个岁月里，有的聚落相互结拜成了兄弟，有的聚落则相互进行了征服，最终形成了大小不同的部落联盟。故义气和力量成了游猎民族的精神崇拜。其次，是为他们转入游牧的生存方式提供了可能。研究者们断定，在成功驯养马之前，人类已经有了畜养牛、驴、绵羊和山羊等的能力。所以，他们已经发现畜养牲畜的生活没有狩猎生活辛苦的秘密。但森林里是无法放养数量众多的牲畜的。于是有人尝试走出森林，走向原野，开始用牲畜的嘴收集大地的滋养。研究者们说，这个事情可能发生在公元前1500年至公元前1000年左右的时间里。不论事情发生在这个时间段的哪一天，我们都应以惊奇的目光凝视一下，身后抛下群山与森林的历史故乡和神奇豪放的狩猎生活，赶着数量不多的牛羊群，走向草原，走向游牧生活的那些人。因为，他们的走出为生活在地球高纬度地区的人们开启了新的、发展潜力更大的生存模式。这就是马带给他们的变化，所以狩猎游牧民族对马有着深深的喜爱情结。

转入游牧，其本质就是狩猎人同大自然关系的一大调整。狩猎，其实就是抓捕猎杀野生动物的活动。猎物再多，但毕竟都是各怀绝技的山野生灵，所以人能捕获到的总是很有限。于是，因为食物有限，能够养活的生命也总是很有限。这就是狩猎生存者人口增长缓慢的根本原因。而游牧生活就不同了。它一改直接猎杀的简单方式，而通过不断繁殖的数量众多的牲畜收集大地自然的滋养，然后根据需要宰杀食用。这样，不仅能够满足养活更多人的食物需求，而且活着的畜群均以剩余的形式继续收集滋养。食物就在掌控下，且还自行繁殖，能够满足生存与发展需求的活动资源就这样形成了。

如果说，森林给狩猎人准备了森林般的艰辛，那么草原就给游牧人提供了草原般广阔的发展前景。不知不觉，他们的人口快速地增长起来，势力壮大了。这样的事例，在蒙古人留下的史书《蒙古秘史》里有着清晰的记录。他们约从一对叫朵奔篾儿干、阿阑豁阿夫妇时期开始转入游牧生活，在经过8代人的繁衍发展后，他们就成了东北亚草原上威震一方的大部族。虽然蒙古人转入游牧生活的时间较晚，但这一事例本身完全可以说明游牧生活带给高纬度地区人们的发展与壮大。

人多了，牛羊也成群了，他们会选择怎样一个生存的秩序形态呢？在高纬度地区生存的先民们与生活在低纬度地区的先民一样，都有着以自私为内容的本性。所以，作为首领的人不可能没有强烈的占有欲。但是，在低纬度地区，尤其是农耕生活所能产生的剩余是静态的、不动的，所以能够实现完全的占有。可是，在高纬度地区，无论是狩猎，还是游牧，所能产生的剩余则基本都是无法仓储起来的，桀骜不驯的兽类，难以实现静态化的占有。对劳动力也一样，很难进行对人身的占有。因为，人们的胯下都有奔马，若有不满便可赶着牛羊行走天涯了。这样，首领或头人的本性不得不同自然赋予的生存方式妥协，形成一个既能让权力者足够富有，也不穷绝其他人的基本拥有，且以血缘关系紧密相连的游牧部落社会。

在这样的生存模式下，狩猎游牧的人们发展起了不同于农耕文化的文化。与农耕文化所特有的一物为抗衡另一物而产生的抗进性相比，狩猎游牧文化里则充满着服从自然的顺进性。因为，他们无力抗衡自然，所以只好按照自然默许的形式安排生存的模式与社会的形态。农耕文化已使生活在低纬度地区的人们转变成了食物或者是说生存资源的生产者，而狩猎游牧使人们只能停留在不饱和的生存资源生产形式上。所以，生存所需的滋养永远是他们伸手的方向。

第一步总是很珍贵的。随着那些开拓者来到草原，转入游牧，他们的发展壮大都提挡前行了。他们的人口不断增多，他们的牲畜日益成群，最初开拓者的后人们一个一个地发展成了强大部落的首领或酋长。接着，人口增多，牲畜增群的他们必将走向更大的草场，占有更加辽阔的领地。这样，草场的争夺就成为他们部落与部落间的不断打斗，进而将发展成部落间的兼并与征服行动。最终都会出现一个称霸一方草原的游牧利益集团。这个故事，从欧罗巴大地到东北亚细亚的大草原，从阿拉伯的山地到高加索山脉的南北，在曾有游牧生活的世界各地，激情演义到人类历史的近代时期。

当生活在地球高纬度地区的人们还在酝酿这一程序的时候，转入农耕生活的人们已经进入了部落与部落和部落联盟间碰面与碰撞的年代。在有文字记录之前，这些农耕生活的人们，在中国的黄河、长江流域，在印度次大陆地区，在中东的底格里斯河、幼发拉底河流域，在尼罗河中下游地区，在环地中海的一些沃野上，以及在南北美洲的一些地区，不知上演了怎样一个你争我夺、你死我活，或征服了别人，又被他人征服；兼并了他部，又被别部兼并的聚散离合与爱恨情仇！我有时候想，神话是不是这个年代的故事经过长久的口耳相传，变异下来的民间记忆呢？

不论是怎样的激烈与残酷、曲折与复杂，就在这期间，他们发现了铁，发明了车，创造了文字，锻造了武器，整合了越来越大的地域，统合了越来越多的人口，形成了多个以地理区域独立存在的大型利益集团。这个集团就是历史学家们常说的邦或国，各有酋长或君主的生存集团。

这样的集团究竟在地球的哪个地方第一个出现？我们不知道。其实，历史学家、人类学家、考古学家们也都不知道。只不过……

城市、权力、神及其他

时间过得说慢就慢，说快也很快。当人在期待中度日，时间走得那个慢，比蜗牛还不着急；当老了，突然回首，仿佛一切都在昨天，时间过得太快了。感悟历史可能也一样。

是啊，当我们目不暇接于历史风光间，那同出非洲的人类先民们沿地球的高低纬度线繁衍形成了农耕的和游牧的两大类群，建立起了傲立一方的国和邦，并且已经走到了将要激情碰撞的大路口。他们所建立的国或邦，已远远不同于起初的那个血缘组织，而已发展出了共同而有秩序的生活方式。

在我们人类的认知中，有一个响彻全球而光芒无比的词语，那就是：文明。史家、学者们为文明的成立设定了不少的特征。比如，要有城市中心，要有由制度确立的国家的政治权力，要有纳贡或税收的制度，要有文字，而且社会应分为阶级或等级，还要有巨大的建筑物和各种专门的艺术与科学，等等。而我愿意把它理解为在某一生存资源形式上形成共识的共同而有秩序的生活方式。因为，人类不是为创造文明而活着，而是为共同而有秩序地生活而创造着文明。

共同而有秩序地生活，是进入兼并、统合进程的农耕地区的人们所必须实现的生活方式。经复杂、往复的兼并与统合，胜者一方的占地面积大了，拥有的人口多了，其首领也成了举足轻重的一邦之主。一邦之主可不像原始群落之首，与其成员席地露营，而是会百般奢侈地为自己建造华丽的宅舍。这个宅舍建得高大了、阔绰了，人们就将它恭敬地叫成了宫殿。宫殿有了，侍奉的、保护的、提供生活所需的，都需要集中密集地分布坐落。于是，这个地方不仅成了繁华的中心，也成了最为安全和便于谋生的地方。人们便往这个地方靠拢集中，加上原来的住民，就会形成一个建筑密集、方圆连片的城市聚落。这就是城市或城市中心。无论在近东、中东，或在中国、印度还是在世界其他地方，这是农耕生活必然走出的历史结果。

那么，在地球广袤的低纬度地带上，究竟是哪里的农耕族群最早走出了这样的历史结果呢？研究者们曾认为，尼罗河流域是这一结果最早出现的地方。后来，他们不断发掘，不断发现，最后改变主意，并向全世界宣布：最早的文明中心是苏美尔！对于我们这些历史的读者来说，"苏美尔"既是地理概念，也是人种的概念。从地理概念来说，苏美尔就是今伊拉克南部、南临波斯湾的平原地区，这个地区正位于赫赫有名的美索不达米亚的南部，是底格里斯河与幼发拉底河养育出的平原。从人种概念来说，生活在这片平原上的一个古代人群叫苏美尔人。这些苏美尔人究竟属于什么种族，如何来到苏美尔地区的，学者们至今研究未果。令研究者们奇怪的是他们的语言中，含有不少蒙古语。

就在苏美尔这个地方，自1922年至1934年，考古学家发掘了12处深埋地底的城邦遗址。据介绍，深度达百余英尺，是一位叫伍莱的英国考古学家和他的团队发现的。于是，专家、学者们的目光立即从尼罗河流域转移到这里，并认为，这里是人类文明之光最早出现的地方。如果地球上再也找不出比它更早的其他文明遗址，我们就可以认为，苏美尔人就是最早走出农耕生活所必有的历史结果的人们。时间是公元前3000年左右。

公元前3000年左右，有学者认为表述为公元前3500年左右更合适些。不论公元前3500年，还是公元前3000年，距今天的我们都有5000多年的时间。从很远很远的那个远古走到并非很近的5000多年时，我们人类先民们那曾和动物并无二致的生活方式，究竟发育成长到了什么样一个程度？他们那个已经远离动物物种而走向人这个特殊物种的脚步究竟到达了怎样的一个境界？在发现苏美尔之前，人们对此一知半解，所知有限。而发现苏美尔之后，那些从地底深处跃然重见天日的文物，激动无比地说出了隐藏多年的一切秘密。这些鲜为人知的秘密分别是：

手更长更灵了

我们人类的手，本来就是为采撷大地自然的滋养而进化形成的。起初，人类的这双手很笨，只能采撷一些现成的、由动物或野生植物所吸收而成的大地滋养。随着转入农耕，不仅调整了与大地自然的关系，更是改变了获取滋养的方式，使自己从一个简单的狩猎采集者变成了心灵手巧的滋养生产者。到苏美尔年代时，玉米、大麦、小麦、枣和一些蔬菜等已经成为人类伸向大地的无数只手，为他们奋力吸收着所需的滋养。尤其是，在这个时候，人类在与水的关系中变得能动起来，已经知道沟渠引水，灌溉农田了。同时，牛已经成了农田里的大力神，犁、管状播种机、木制的带有硬齿的打谷机等都已经变成人类采撷大地滋养的帮手，为他们忙碌在田间地头、房前屋后。

这时，人类的手也已灵巧到会织布造物了。织造的出现不仅使人类更加体面起来，而且也开启了手工业的序幕。考古学家们发现，这时的"织造，系以国营方式"①存在，说明当时很为紧俏和重要。考古学家们还发现，人类已经学会用船在水上走路，用金环、银环等装饰自己。也许，还有一些秘密还没有找到。不过，已发现的这些秘密也足以说明，农耕生活使我们人类先民采撷大地滋养的手更长更灵，农业化已成为他们走向未来的宽广大路！

权力长大了

在打量人类历史发展的过程中，我们一直在观察权力每一步的变化情况。在进入农耕、出现剩余、进入深度占有的社会时，我们曾观察到它从首领这一个体人的存在形式转变为具有司职人员的统治实体的成长情况。通过再一次漫长岁月的演进，到苏美尔年代时，那个还较为粗放的权力已经成为能够维持共同而有秩序的生活的统治体系。研究家们已将它称为"政府"。据介绍，已被称为政府的这个权力体系，从最初的以占有为目的的存在已经转化为以统治为目的的存在。其标志是，将赋税确定为百姓对权力的义务，将执法确定为权力对社会的义务。

---

① ［美］威尔·杜兰特：《世界文明史》，华夏出版社，2010年。

虽然，研究家们还没有找到苏美尔人成文的法律典章，但从已出土的文物中，他们解读出了这一点。此外，研究家们还把占据了若干城市的权力体系称为"帝国"，把这帝国的最高统治者称为"国君"，以此将权力和它版图的叫法透露给了世界。至此，权力对于人的既需要又厌烦，而且还无法挣脱的特殊性已基本形成。

与神更亲近了

我曾推断，神是底层百姓为抗衡胁迫他们的权威而创造出来的。所以，在利益关系不合理的历史条件下，它总能受到底层百姓的欢迎和信赖。同时，权威者们也不怎么反感，于是神化思维便广泛地传播开去，转而成为解读宇宙世界一切未知现象的一把钥匙。这样，被创造的神越来越多，越来越具体，受到的信赖也越来越真切。作为官方的掌权者对此也是看在眼里、记在心里，为了更好地博取神的佑护，建起专门的庙宇，安排至亲、至信的人，毕恭毕敬地将它供奉起来。这是人类功利本性毫无掩饰的玄妙表演。起初，神刚被创造时，人们不会有供奉的意识，而清楚地知道这是他们的心灵创造。可是，时间长了，说得多了，一个虚幻缥缈的创造就在人们心中真实而具体地存在起来。于是，人类的功利本性就以敬神的美名伸出双手，想要得到超乎人力的恩泽与佑助。所以，他们创造各个方面的神，供奉在各自的期许上。可是，神似乎不愿介入人间的事务，不然为何出现导致毁灭性灾难的黑死病，第一、二次世界大战怎么会爆发？苏美尔人并不知道后来的这些事，所以，他们创造了城神、国神、光明神、美女之神、弱者的守护之神、灌溉之神等很多的神，虔诚地供奉在庙宇之中。

从最初的苍天之神到苏美尔人创造的各路神灵，我不知道人类对所创造的神进行了多少次更新。但清楚的是，比起苍天之神的遥不可及，苏美尔年代的神不仅已被请到人间，而且还被托付了繁重而艰辛的满足人类欲望的工作任务。苏美尔人曾认为神是凶恶的，所以开始时以人为祭品，后来不知发生了什么，才改以羊羔等为祭品。这无疑就是人和神的关系走向理解与亲近的表现！

记忆可以储存了

记忆是经验的载体，是人类生命灵性的存在形式，并对人类的发展与进步不断提供导师般的作用。我们都知道，动物也是有记忆的，但存在的时间较短，所以对动物行为上的进步不能提供有效的帮助。在那遥远的原始时代，人的灵性虽然超出了其他动物，但它保存记忆的时间也极其有限。可以说，当一代人辞世时，留给后代的记忆不会很多，而遗失在往日里的东西却太多太多。原因与动物的情况差不多，那就是：除了能用一辈子的大脑之外，没有储存记忆的工具和手段。如果先民们没有创造文字，没有发明固定文字的物体，那么真不知今天的我们还处在怎样一个境况。好在这个担心是多余的，到苏美尔年代时，这里的人们不仅有了较为成熟的文字，而且还有了固定这些文字的物品——泥简。研究家们发现，苏美尔人用的文字是古老的象形文字，最早出现在公元前3600年左右。那时，他们把文字刻在石头上，而到公元前3200年时，他们就扔掉石头，改用书写更为方便的泥简。泥简由湿软的黏土制成板状物，然后用铁笔把字刻写上去，再后以火或阳光烘干，之后它就变成可以永久保存的物品。谁也不知道苏美尔人制作了多少块泥简，储存了多少生存的记忆。仅在一个叫特罗的地方，法国考古学家德·萨泽克就发掘到3万多块泥简。现今，研究家们所讲述的苏美尔故事多来自这样的泥简。

创造文字，再创造固定文字的物体，然后把记忆储存起来，以供后人欣赏与使用。看来这是人类走向开化的过程中必须走过的一条路，不然在远东的中国就不会出现刻字的甲骨和竹简等固定文字的物体。人类的这个过程好像还没有结束，当如今的我们乐此不疲地收集和珍藏着纸质图书时，记忆的声光电储存已经大行其道了……

经验开始被传授了

经验对人类的重要，犹如月光对天空的重要。

在生存的过程中，每一个生命都是经验的探索者和总结者。可是，在远古蛮荒的年代，人类缺乏统合与放大经验的能力，致使很多用生命换来的经验未能成为历史发展的有效动力。我曾深深地思考过非洲野牛与狮子的关系。如果做一对一的比较，不论从体重、体力，还是自卫武器，狮子绝对不是非洲野牛的对手。但是，在生活的现场里，非洲野牛都是狮子们的盘中美食。狮子们的策略很是有效，它们先在牛群旁奔跑，以引起牛群的恐慌和奔逃。待牛群慌忙奔逃起来后，狮子们从中选定一头目标牛，穷追不舍并终能合力将它制服，再狼吞虎咽起来。在这个过程中，牛群基本上是自顾自的状态，偶尔有个路见不平的拔刀相助也不彻底，最后都是眼巴巴地看着同伴被吃掉。如果牛群有总结经验和传授经验的智商，能够把逃跑变成迎战列阵，能够把偶尔的拔刀相助改成完整的解救行动，那么再强大的狮群也只能是望着牛群白流口水而已。可是，牛至今没有进化出这种智商，所以它一代一代的后辈都未能逃脱惨死狮口的命运。

庆幸的是，人类的进化中没有出现这样的缺陷，到苏美尔年代时，这里的人们已经懂得了经验的珍贵，不仅发明了记录储存的办法，也开始有了将这些经验传授给他人和后代的举措——教育。研究家们发现，苏美尔人的教育被祭师掌控。祭师们是为了巩固和扩大自己的权势，在各个神庙开设了学校，教授学生。所教的课程有写、算、宗教、礼俗、法律等。谁能想得到，在他们的教学中竟有这样的内容："人类在原始时代，不知吃饭，不知穿衣。他们在地面爬行，饿了，就地吃草，渴了，就沟喝水。"[1]

朴实，简捷，也透露着苏美尔人已经走完神化时代的信息……

公共约束出现了

简单地说，法律就是强制执行的公共约束。

威尔·杜兰特先生在他的《世界文明史》中明确无误地说："苏美尔人的法律，在乌尔恩格及敦吉时代，即已颇具规模。其后举世闻名之《汉谟拉比法典》，即系导源于此。苏美尔人之法律，可说包罗万象。"在这段表述中，"包罗万象"一词很是重要，它说明在苏美尔人的法律中已经包含了能够维系共同而有秩序的生活的基本约束。尽管，一切是按统治者的意志提出的。

在对历史没有解读能力时，我曾对苏美尔人之法律现象深深地感慨过。曾认

---

[1] ［美］威尔·杜兰特：《世界文明史》，华夏出版社，2010年。

为，苏美尔人简直就是个大天才，竟创造出了师表人类的法律这一宝贝，如无这一创造不知人类何时才能有它。现在的我没有以前的那种冲动了，也已经悟出了这样一个道理：在远古年代，部落与部落的碰撞开始之后，一方对另一方的征服是常常发生的结果。于是，就出现几个不同部落的人，共同生活在一个君主统治之下的情形。如何使这个共同的生活有秩序地运行下去呢？统治者能够做的就是将自原始聚落以来孕育形成的家规部法等行为约束进行补充和放大，使之成为统治之下全体民众的行为约束。其中，已有文字记载的，被我们兴奋地称之为"法律"了。

从苏美尔人已有包罗万象的法律来看，在5000多年前，生存在这里的农耕部落已经进入部落间的碰撞期，并开展起了惊心动魄的征服与统合活动。

心灵找到了存在的形式

在进化过程中，那日益复杂起来的心灵会让人类做出怎样一些事情来？如果带着这样的问题去观察太古时代的人类生活，我们除了说"天才知道"以外，别无他话可说了。因为，那个时候，人类刚从动物的类别中分离出来，尚不清楚他向哪个方向进化发展。后来，随着时间的推移，这个问题越来越清楚了，那就是：人类没有向身强力壮的方向发展，而是向着心灵智慧的方向进化过来了。所以，他们不是靠着体力，而是靠着心灵的智慧把曾经的动物伙伴留在猎物追逐场，自己却变成了生存资源的生产者。其间，随着智慧与能力的不断提高，面对复杂百态的生存境遇，人们不再像动物那样迟钝不觉，而是日益敏感地意识到在身体的某一处正在产生着难以抑制的一种东西。这就是人的心灵对外部世界及生存体验的内在感应。这种感应看不见摸不着，又难以控制在身体的某一处，于是就通过身体的各个出口流露到外面的世界来。

也许，远古人类对生存境遇的一声感慨，可能就是这种感应最早的外化，接着被兴奋控制的手舞足蹈，消解孤独与寂寞的吟唱，把所见之物涂写在石壁上的岩画，等等，感应以各种各样的形式外化成生命本身的种种行为。由此可见，心灵的发育与成长是人类在进化过程中所得到的最大收获和恩惠。

因为有了心灵外化的表现，人类的生命就有了两样的存在形态：一种是生物的，另一种就是心灵的。如果说，生物形态的生活是人类生命绵延不绝的保证，那么心灵形态的生活则是使生命具有意义的关键。因为，心灵的发育并没有以初期所有的感应而止步，而在后来进一步发展成了一切现象及其规则的感悟。其中一部分是润泽生命的，我们通常称它为文学艺术，另一部分是为生命搜索方向的，现今的人们一般称它为意识形态。到苏美尔年代时，人类心灵感悟中的方向搜索部分尚不明显，但润泽生命的文学艺术部分则已经开始出现了。

研究家们发现，在当时苏美尔人的生活中存在着故事、传奇、诗歌等文学的形式和史诗《吉尔迦美什》的流传。此外，雕绘、雕像和庙宇、圆柱、穹隆等艺术现象也都开始出现。研究家们还发现，诗歌在苏美尔，不是以爱情诗，而是以颂圣诗为最早的诗篇。

……

对人类史家们来说，苏美尔可能是一个巨大的兴奋点，因为它使这些苦苦勘探人类历史的人们找到了年代最早的文明足迹。所以，他们心花怒放，像诗人一样大发感慨："人类之有国家，始于苏美尔；人类之有灌溉，始于苏美尔；人类之有文字，始于苏美尔；人类之有法典，始于苏美尔；人类之有学校、图书馆，始于苏美尔；人类之有宫室庙宇，始于苏美尔。"[1]

看吧，何等发自内心而光照岁月的感慨呀！使人类史学家们如此兴奋的苏美尔，对我们这些历史的观光者来说，也是一个风景绝佳的观光区，它使我们看到了向着心灵智慧进化过来的人类在5000多年前所取得的文明成绩。

---

[1] [美]威尔·杜兰特：《世界文明史》，华夏出版社，2010年。

第三章

路的方向

路是人类按照心灵指向反复行走的痕迹。

关于路，人类有太多太多的体会。所以，他们认为，人生有人生的路，爱情有爱情的路，财富有财富的路……那么，有没有人类之路呢？如果有，它是根据什么的指向，又向着哪个方向延伸下去的呢？

长期以来，人类史家们一直为解释这一问题而忙碌着。其实，我们这些人也何尝不想一眼望穿它……

引力场是如何形成的

作家对待文字就像恋人对待爱情，都会掂量每一句话的妥当与否。尤其是我，胆小如鼠，既怕表达不清自己的想法，又怕浪费读者的时间，更怕因言语不妥引起不满而遭读者的嫌弃。前几天，我就有些忐忑，不知道读者们能不能认同我那"人类是向着心灵智慧进化过来的"这一个体认知，所以放下笔和纸足足思考了一周之多。反复地打量穿过远古的人类身影，又反复地思来想去，最后还是觉得自己的这个认知基本符合人类进化的历史方向，只不过表述方面并非专业而文学一些，不至于引起大的反感。于是又拿起笔，小心地续写这个作品。

其实，事情就是这样。在远古的那个年代，面对虎狼成群的野性自然，人类拿起石头或树枝的那个动作就预示了他注定向心灵智慧进化的天然选择，否则他只会和其他动物一样，用身体的变化来应对自然的严酷，而不会利用他物去武装自己。所以，从粗糙的旧石器到苏美尔年代所已有的一切非天然的进步成果，无疑都是心灵智慧这棵大树上注定要结出的果实，乃至直到今天的无数创造，岂不都是它的果实吗？因此，在史家学者们兴奋地谈论起人类在苏美尔的成就时，我心里充满的是惊奇，而不是意外。

我的惊奇，首先是对人类之伟大的赞叹。不论岁月何等漫长，牺牲多么巨大，在生存需要的恒定支配下，经过千万代的辛苦努力，终于远远地走出动物的行列，从一个只会服从环境的群体，进化成了能够制造适合于生命的局部环境的神奇人类。其次是，从石器出现的200余万年前直到5000余年前人类才迈入最初的文明形态，让人不得不感到进化的蹒跚与缓慢。最后，也是最重要的，是农耕劳作终于使人类开辟出了大地滋养的泉涌之地。大地滋养是生命得以延续的根本之物。所以，所有动物都为了获取它而绞尽脑汁。开始时，人类也和动物同样或以狩猎或以采摘的方式加以获取，而且基本处于劣势地位。为了避免同强壮狂野的禽兽们争夺，寻找到容易获取食物的地方，人类的祖先们无奈地从故乡的非洲一批接一批地走了出来，遍布了全世界。其间，他们凭借开化的智慧，手持石木工具，尝试并学会了农作物的耕种，终于在走到苏美尔年代时已经在大地的一些区域开辟出了收集大地滋养的专有场地——农耕基地。这是使我惊奇不已的重要一点。因为，有了农耕基地这样一个种植农作物、获取滋养的专有场地，人类才能获得生存方式的主动，才能走向按照自己意愿创造生活的方向。

在我看来，这对人类比什么都重要，甚至可以肯定地说，历史的方向就在于人类开辟生存滋养生产基地的这一脚步之下！

苏美尔人开辟出的生存滋养生产基地就是苏美尔地区。这是经幼发拉底河与底格里斯河常年泛滥，冲积而成的沃土，位于著名的美索不达米亚地区靠南的一侧。从考古发掘可知，这个地区冲积土层的厚度达 100 米左右。冲积而成的原野，最大的特点就是肥沃，而肥沃就是撒下种子就能丰收的天然条件。就在这样的土地上，苏美尔人开始种植黍子、小麦、大麦、枣以及各种蔬菜，后又学会用牛犁田，用一种管状的播种机播种，还用一种木制的打谷机来帮助收割，开辟出了世界上第一块生产和收集大地滋养的基地。

人类史家们认为，农业是植物的种子透露天机的结果。当苏美尔人不动声色地过起农耕生活时，落脚到尼罗河中下游的古代埃及人也没有错过种子的提示，也在那块神奇的土地上发展起了农业。从史书的描述看，埃及可能是这个地球上最容易开发农耕生产的地方。被史家学者尊称为"历史之父"的希罗多德曾对埃及发出过这样的感慨："埃及人所获土地的收成真可说是不劳而获。"[1]他介绍说："他们不必犁，不必锄，就可收获到一般农夫必须辛苦才能得到的成果。他们只等待大河水涨，灌满沟渠田畴，水退后，他们随即播种。然后赶猪下田，以便把种子踩到泥土中。当猪猡把种子踩入泥土后，他们就等着收获了。"也许，希罗多德老人有些言过其实，因为撒下种子之后赶猪进去是很麻烦的，猪会毫不客气地吃掉撒在泥土上的种子，而把很少的种子踩到泥土里的。原因是猪不知道那是种子，它的心智没有得到人类的开化。尽管这

---

① ［美］威尔·杜兰特：《世界文明史》，华夏出版社，2010年。

样，我们还是可以从老人的描述中感知到那块土地的肥沃。这块肥沃的土地就是尼罗河中下游地区，就是那每年泛滥一次的河水冲积出来的三角形原野。就河水泛滥而言，一条河总比两条河规律得多。所以，埃及这个地方比起苏美尔更有利于耕种和收获，只要觉察到并效仿种子落地与生长现象，就能从食物的追逐者转变成生存滋养的生产者。

古代埃及人就是在这样的土地上按照种子的提示，开始播种和收获的。据考古发掘，古埃及的农业发端于公元前4000年前，到公元前2600年前的古王国时期得到了较快的发展。种植的农作物有大麦、小麦、亚麻及卷心菜、黄瓜、大蒜、萝卜等蔬菜和枣、无花果、葡萄、石榴等水果。在种植这些农蔬作物时，古埃及人很早就开始使用了犁、镰刀、锄头、叉子、铲子、篮子等工具，并会使用牛、驴等牲畜帮他们耕作。帮助古埃及人发展农业的这些工具主要为木制，让生活在当今的人类为其绿色和生态垂涎。

当古埃及的土地上稻谷飘香时，印度河流域的沃土上也翻滚起了金色的麦浪。印度河流域的沃土，比苏美尔、埃及适宜农耕的面积都要大，50万平方公里的面积着实让人羡慕和嫉妒。开发这一沃土，使印度列入文明古国行列的并不是现今印度和巴基斯坦国民的祖先，而是一个已经行踪全无的叫达罗毗荼的古人种。史家们说，就是这个叫达罗毗荼的人种，自公元前4000年前后起耕种大麦、小麦以及豌豆、甜瓜、芝麻、椰枣和棉花等。到公元前2500年左右时，他们从事的农耕生产发展到了出现城市中心的阶段。达罗毗荼人究竟建造了多少座择中而居、周边耕作的城市中心，人类至今心中没数。仅找到的两处，一个叫哈拉帕，另一个叫摩亨佐-达罗的城市遗址，是英国东印度公司军队的逃兵偶然发现的。经发掘发现，其文明造化体现了农耕生产高度发达的水平。据说，他们种植的棉花是用来织布和做衣服的。但遗憾又遗憾的是，把印度河谷开辟成生存滋养生产基地的达罗毗荼人后来失踪了。

人类是最懂得感恩的动物。中国人视黄河为母亲，自古以来多有赞美黄河的文学艺术作品。的确，黄河对中国人，如同两河对苏美尔和美索不达米亚人，尼罗河对埃及人，印度河对达罗毗荼人，都有帮他们从食物追逐的蛮荒转入食物生产之文明的父母之恩。相对而言，中国人更幸运一些，他们不仅有黄河，还有长江，这两条河不像幼发拉底河与底格里斯河那样只冲积出一个美索不达米亚，而是在中国的南北冲积出了两条宽大的适宜耕种的沃土带。古代中国的先民们就在这两个沃土带上开始了农作物的耕种。据《中国通史》透露，中国从事农耕事务的痕迹出现于9000年前左右的仰韶文化的遗址之中。对于中国的古代农业，民间至今流传着刀耕火种的传说。较美索不达米亚和埃及，中国的大地还很羞涩，不过从已经被发掘的遗址中，考古学家们已经得知，长江流域的农业以种植稻子为主，而粟为黄河流域农业的主要种植物。有趣的是，近日听一位考古专家朋友说，就在我生活的内蒙古草原的敖汉旗红山文化遗址上发现了6000多年前的粟，被联合国粮农组织认定为人类优秀文化遗产，之后这个地方出产的小米就成了内外热销的产品。初听之际我还想，好吃的小米哪有我家乡荞面的可口与保健。不过，话又说回来，就是这些如今让我们挑来拣去的食物，在遥远的年代使古中国人从居无定所的猎物追逐者变成了定居村落的食物生产者。

多希望写下的这些文字都有白发飘舞、满口无牙的老态，都有辛劳无度、筋疲力尽的倦态，都有离合如梦、悲欢如风的沧桑历史姿态，好让读者们感知到远古先民从食物的寻觅者变成滋养的生产者，并不是一蹴而就的，而是经历了万千多年的试探再试探、揣摩又揣摩、失误再失误，最后得以成功的，充满蹉跎坎坷的艰辛与曲折。同样，孕育了几大古代文明的亚非那些江河冲积平原，也不是神造般地一夜之间或一天之内，从野草丛生的荒野转身就变成了生存滋养的超大种植场的。而也是散落各处的，由那些20—50人开始的原始群落们一块块、一片片开辟出来后，经统合连接才得以形成的。

有史以来，人类建造了很多纪念设施，纪念他们难以释怀的人和事。其实，最该给树碑立传、缅怀和感激的就是这些为人类提炼出了农业的经验，并把亚非两洲最大几块冲积平原统合为人类生存滋养种植场的先民和部落。可惜，人类已心有余而力不足，虽然他们知道其中隐藏着人类对历史方向的选择之谜，所以也很想知道他们每个人、每一个家族集团及部落的名称和他们之间发生过的每一件事情。可是时光带走了大多秘密，而大地留下的只够我们去粗略地认识和品读。

苏美尔的情况，可能比其他稍好一些，连续的发掘和解读已经勾勒出了当时的大致情景。就在公元前3000多年时，农耕生活的发展导致了城市的出现。当时，苏美尔地区出现的城市共有12个，人类史家们称它们为城邦。这些城邦互不相属，各自独立，都由一个居核心地位的家族集团来掌管和统治。这时，这里的生活已经进入共同而有秩序的阶段，所以权力已经成长到了政府雏形的模样。

这个已有政府功能的权力，在从原始公社后期的深度占有制转向农业城邦时，虽然对统治的形式和手段做了一些调整，但对沿着本性轨道发展的历史走向未能进行理性的干预，进而使掌权者个体的本性贪婪，转化成了体制性的存在。这种贪婪表现形式怪异，势力强大时成为野心，势力弱小时则成为恐惧。那时，苏美尔的城邦主们已经知道山外有山、人外有人，自己的城邦之外还有别的城邦。对各城邦主而言，所属城邦的产物虽然能够满足他们的奢华需要，但由本性使然的贪婪使他们总是感到缺少什么，让他们总是盘算增添些什么。于是，他们的手就不可避免地伸向对方，就实施整体对整体的暴力。从此，战争被引入人类生活，其孽根就在这里！

苏美尔的城邦主们未能违背本性制导的这一规律，为了占有更大的生存滋养种植地，开始对外发动战争。起初，他们都很英勇，但战具很原始，后来各种奇思妙想被用到战具制造上，胜负开始出现了。互相间的争夺漫长而激烈，于是苏美尔就出现了"王权从天而降，王权在埃利都；埃利都衰落了，王权转移到巴德提比拉；巴德提比拉衰落了，王权转移到拉萨尔；……王权在基什，基什被打败，王权转移到埃安娜；……乌鲁克被打败，王权转移到乌尔姆……"[1]的你方唱罢我登场的热闹局面。

就在争夺日趋激烈之际，一个"卑贱"而"乡下"的人大步走进了争夺的行列。他的"卑贱"如他自己所说：我那可怜的母亲，怀了我见不得人。好不容易生下了我，却偷偷地把我藏在了一个废木箱里。在封箱之前，她用沥青涂满了箱盖，我是只知其母、不知其父又被母亲丢弃了的孩子。而他的"乡下"贬称是因为，他所属的闪米特人是从别处迁徙过来的人群，原来比苏美尔人蒙昧、落后。就是这个蒙昧的闪米特人之子，名叫萨尔贡的卑贱的人，在美索不达米亚中部地带，靠近苏美尔的地方，建立起一个叫阿卡德的城邦，组建起人类历史上第一个常备军，势力日益强大起来。当苏美尔的王权停留在乌鲁克第三王朝卢加尔扎克西手上时，萨尔贡也毫不犹豫地加入到争夺土地的纷争之中，并打败苏美尔各城邦主，于公元前2334年建立起了一个叫阿卡德的帝国。这个帝国不仅占有了苏美尔的全部，还不断向北拓展，最后把整个美索不达米亚地区统合到了自己的统治之下。

---

① 　[美]威尔·杜兰特：《世界文明史》，华夏出版社，2010年。

古代埃及人也未能逃脱本性对他们的摆布。史家们发现，为占取尼罗河中下游的肥沃空地，不仅古代埃及人开展过激烈的争夺，而且部分西亚人很早也开始加入到他们的争夺之中，导致对峙状态的上下埃及的出现。经激烈的再争夺，最后一位叫美尼斯的传奇人物，约在公元前5100年左右，把尼罗河中下游地区全部统合到自己的麾下。照此断想，由本性制导的行为规律，也不会不眷顾古代印度人，但因达罗毗荼人没有留下相关信息之故，他们对印度河两岸土地的争夺，至今不被人类所知。

本性的制导似乎很精确。虽然苏美尔与东方中国相隔万里，而且相互间的来往还没有开始，但人们对资源产地的争夺，如出一辙地激烈与复杂。据传说化的记忆，远古年代在黄河中游和汾水下游一带，曾有10000个以上的大小部落。经过漫长时间的争夺，后来由叫作神农的部落、九黎的部落和有熊的部落，各占去了大部分土地。但他们没有就此满足和罢休，仍然酝酿着进一步的争夺与占有。传说称，有熊部落的首领叫轩辕，是一个有大智慧、大能力的人。当三个部落的争夺处在对峙状态时，轩辕率领部落力量，先向神农部落发动进攻，战胜并占取其土地和民众。之后，他们又在一个叫涿鹿的地方，大战九黎部落。传说称，九黎头人蚩尤也是一个很有魔法的人。战事一起，双方勇猛无比，难分胜负。见状，蚩尤张开大口，喷出滚滚浓雾，三日三夜不散，有熊部落的人都迷失了方向。于是，轩辕发明指南车，使队伍辨识道路。蚩尤接着又施用一些魔法，但一一被轩辕破掉，最后九黎部落大败，蚩尤也战死沙场，其土地民众由轩辕占领……

阅读着人类先民的这些故事，我突然感觉到猜测历史是冒险的。当人类原始聚落发展成为各有耕地的农业部落，并经进一步发展壮大，将要走出各自的疆界时，我曾为他们的相遇与相见设想过几种可能。首先是惊喜。某一天，他们突然发现有个地方还生活着和他们一样的人群。于是，一直孤独无朋的他们惊喜不已，不仅部内奔走相告，还和对方热情相拥，携手共存。其次是好奇。还是某一天，他们突然相互发现，于是愕然好奇，上下打量，并慢慢走向对方，渐渐地相识和相知起来。最后就是熟视无睹互不理睬。仍是某一天，他们突然发现对方，于是出于本能，他们警觉不已，并为安全起见，他们不相往来，但相安无事地生活着。可是，从北非的埃及到西亚的苏美尔，再到遥远的东方中国，生活在这些地方的部落们，在结束各自孤独无朋的原始生活，转向共同而有交汇的人类生活时，并没有如我设想的方向走去，而是一经发现对方就开始了对土地与人民的激烈争夺，使人类交汇共生的历史一开始就被鲜血染红了。

于是，我发现了自己的幼稚和简单，更是发现了他们浴血争夺背后的一个秘密。原来，对依靠农耕发达起来的他们来说，肥沃的土地和勤劳的人民是当时这个世界最重要的生存资源。所以，已按体制化存在的本性贪婪，驱使着他们进行了置生死于度外的争夺！

来者，都不是客人

宇宙有没有方向，人类可以不在意，但人类有没有方向，我们不能不认真。

为了寻找食物，我们的祖先走出非洲，遍布了全世界。开始时，猎物就是他们的方向。哪里有猎物，他们就往哪里移动。后来，他们懂得了采集，山林里的猎物和枝头上的果实共同变成了他们的方向，于是哪里有众多的猎物和丰富的果实，他们就往哪里集结。再后来，情况开始复杂。落脚到地球高纬度地区的先民们，因发现将猎物驯养成牲畜的方式更便于生存的秘密后，逐步从深山密林走向了草原。而落脚到低纬度地区先民中的一些人，发现并复制种子泄露的秘密之后，经多代人的血汗劳作，把地球上的几块大地打造成了最便于生存的人间乐园。在《圣经》的想象中，这样的地方就是伊甸园。

那么，这样的地方还能成为人类一个新的发展方向吗？回答是肯定的。远古年代的苏美尔人、埃及人、印度达罗毗荼人和中国人，已用自己的行为做出了回答。因为，对为生存而奔波的人类来说，生命所需的一切都是生存资源，而生存资源就是他们无法拒绝的方向。所以，他们走出部落领地、走向交汇共生时就开始了对农耕土地这一生存资源的争夺。

史家们注意到，古代的争斗是野蛮而激烈的，所以，它在摧残生命的同时，也加快了很多人造物的设计与创造。这种创造从打斗器具到作战武器，进而又启发生产用具的设计和创造。一旦冲突间歇或停止，它就给生产和生活带来发展。这种现象虽然不能认定为冲突促进法则，但它在远古年代确实使那些冲突激烈的地区，比其他地区有了更快更好的发展。结果，这个地区对外界的吸引力更加增强，而不会因为发展的高度让他人望而却步。

历史恰好就是这样。闪米特人进入苏美尔，以阿卡德帝国的形式经略两个世纪左右，不仅使这支闪米特人变成了苏美尔的居民之一，也使他们像所有的苏美尔人一样，希望不再有人侵扰他们。可是事与愿违，生活在他们东面扎格罗斯山区的古梯人已经积蓄足够的冲击力，就像当年的闪米特人一样，摧枯拉朽地进入了正被日益拓展的苏美尔地区，开始分享由两河之水和先人血汗结合生成的生存资源。

据史家发现，约20年之后，古梯人又被逐出了苏美尔。不知道是他们的冲击力损耗得太快，还是抗击力过于顽强，古梯人未能完成融入苏美尔的进程。但是，还有一支闪米特人，他们是明知山有虎偏向虎山行。这支闪米特人与已经融入苏美尔的闪米特人同种，约在他们建立阿卡德城邦时，这支闪米特人也进入巴比伦，建立起城邦政权。到公元前2100年时，在一位叫汉谟拉比的王者的统治下快速强盛，聚集起强大的冲击力，不仅占有了苏美尔，还把整个美索不达米亚统合到了自己的版图之内。人类史家们很欣赏这位汉谟拉比王，因为他编出了一部法典并把它刻到一根石柱上，有人认为这是人类史上第一部成文的法律。可能这是显而易见的部分，而隐形的且对人类更有贡献的，并应让我们表示敬意的是，闪米特人对美索不达米亚的一而再的统合，实际上推进了把苏美尔这个小片的生存乐园拓展为整个美索不达米亚大片地区的进程。

当这支闪米特人成功进入苏美尔百余年之后，又有一部人群向这边挤占而来。这部人群就是加喜特人，原住扎格罗斯山区，雄赳赳地举族而来，推翻汉谟拉比后人的王朝，建起一个叫加喜特的王朝，获取了融入这个生存乐园的一份权利。

接着又一支闪米特人也毫不迟疑地走过来了。人类史家称他们为亚述人，因为早在公元前3000多年前他们在美索不达米亚的最北部建起一个叫亚述的城，故在后来就被叫成了亚述人。虽然亚述人较早就开始了农耕的定居生活，而且底格里斯河畔的土地也较为适合农耕生产的发展，但南方的苏美尔对他们仍然有着难以抗拒的吸引力。于是，他们踏上了征程，向加喜特人所建的王朝发起了攻击。公元前1225年，亚述人攻占加喜特王朝都城巴比伦，其王图库尔蒂-尼努尔塔让书记官写下了这样的文字："我掳获了巴比伦国王，用脚踩在他高傲的脖子上，就像踩在脚凳上那样。……就这样我成了整个苏美尔和阿卡德的主人，以下海为国界。"①

---

① 《世界通史》，中国书店出版社，2011年。

看来亚述人积蓄了足够强大的力量，他们不仅把苏美尔占为己有，而且还把从叙利亚到地中海东岸及安纳托利亚东南部地区都统合到了自己的统治之下，并把帝国权力延续了 150 多年。亚述帝国让史家们频频回头的有两大景致：一是在尼尼微建造的图书馆，共收藏得自苏美尔的泥简 22000 余块，较完整地保存了早期人类的开化智慧；二是出了一位女王，这对人类的启示意义可能不小。此外，常被史家们忽略的是，他们以一体化的统治放大和拓展苏美尔生存资源功能区的无意识贡献。

与曾经的进住者们一样，当亚述人高傲而蛮横地主宰着这个生存乐园的花开花落时，有人来猛烈地敲门了。来者就是被后代人类称作迦勒底人的另一支闪米特人。他们原生活在苏美尔及美索不达米亚生存乐园功能区外的东南，见亚述帝国抗击力日渐衰落，他们就在两部雅利安语族人的帮助下，成了苏美尔-美索不达米亚新的主人。他们从公元前 600 年左右到公元前 538 年，风光短暂，但有个叫尼布甲尼撒的王者被人类记住了。

当一支支闪米特人一浪高过一浪地涌向苏美尔-美索不达米亚时，那片可用猪蹄踩种就能丰收的尼罗河三角洲也吸引着外面人贪婪的目光。传说时代的美尼斯统合上下埃及后，农业使这个灵性的民族和肥沃的土地，变成了当时那个世界最耀眼的地方。但是，埃及与苏美尔-美索不达米亚的开放型地理环境不同，深受大自然的袒护。所以，垂涎者不积蓄相当的冲击力是进不来的。这样，古代埃及人得天独厚地独享这个生存乐园几千年。终于，到公元前 17 世纪时，一个被称为喜克索斯的民族，从叙利亚巴勒斯坦地区气势汹汹地破门而来，推翻本土上的王朝，建立了被称为十五、十六王朝的王朝。史家们认为，叫喜克索斯的这个民族可能不是血统单一的人群，他们可能由塞姆族的一些部落、部分胡里特人和其他一些印欧人混合而成。而且，极有可能是因未能挤入苏美尔而转向尼罗河三角洲这块肥沃至极的生存资源产地的。喜克索斯人留给历史的东西不多，只是给我们再次宣示了向生存资源移动是古代人类难以克制的行为。

海洋和沙漠是上天造给古埃及的防御工事，而东西两侧的陆地则是留给它走向世界的通道。可谁知，它首先成了向生存资源移动者纷至沓来的坦途。当喜克索斯人的埃及化进程接近尾声时，生活在西边的利比亚人也不失时机地挤了进来。利比亚人控制三角洲地区，建立"利比亚王朝"，即第二十一王朝，约公元前 10 世纪到公元前 8 世纪执掌北埃及 200 余年。

　　与古埃及很相似的是，一片辽阔的大海和一座高耸的山脉是古代印度的护堤。但由达罗毗荼人开发而成的印度河流域生存乐园的芳香，常常飘过喜马拉雅山脉，飘向北方的亚欧世界。当闪米特人一个集群一个集群地挤向苏美尔-美索不达米亚时，一部游牧的雅利安人在心灵的暗示下，从北方一路南下，约在公元前1500年左右强势进入了这块生存乐园。关于这些雅利安人，威尔·杜兰特有这样的记述："这些雅利安族与其说是征服者，还不如说是移民。他们都具有强壮的体格，又能喝能吃，残忍成性，好勇斗狠，很快就统治了印度的北部。他们善用弓箭作战，战士穿铠甲，坐兵车，或舞战斧，或挥起长矛。他们一点都不装模作样：'天真无邪'地降伏了印度，并没有假借要提高他们文明的口实。他们要的是土地与草原来饲养牛羊。在他们看来，战争这个词与国家的荣誉无关，意思很简单，就是'需要更多的牛羊'。他们渐渐地沿印度河与恒河向东进发，直到全部的印度斯坦纳入其控制之下。"①如果，威尔·杜兰特先生的话是这样的那该多好：人类对生存资源的需求是多么地强烈和难以拒绝呀，任它万水千山和出生入死，脚步总是向着它！

　　对印度来说，来者简直是天外之人。但对中国黄河流域的中原地区来说，挤过来的人都是相近周边的左邻右舍与北村南落。传说年代的那个有熊部落打败神农部落和九黎部落后，占据中部地区，标定自己为该地的主人，将周边的其他人称作东夷、南蛮和西戎、北狄等。但人们对生存资源的需求，不会因为方位标定而消失，而照样按其规律引动人们的行为，尤其是在古代条件下。所以，自传说年代开始，同根部族对中原大地控制权的争夺和周边部族拥向中原的冲击从未停止过。有时，控制权的争夺让人目不暇接；有时，冲击与抗击的战事让人眼花缭乱。其中，让人不由得苦笑的是发生在公元前8世纪时的一个故事。

　　那时，作为生存资源产地和周边族群向往之地的中国的中原地区由一个被称作周王朝的王朝来统治和控制。在周王朝控制区的西部生活着被称作犬戎的族群。这个族群觊觎富饶中原已久，所以，为防范他们侵入，周王朝在西部的一个叫骊山的地方构筑了一个报警系统。他们在这个地方垒起20多个相互能够照应的高台，派人值守，并配备必要的物资。前沿上的值守一旦发现有人来犯，就在高台上点燃狼烟开始报警，随后沿线高台的值守们一个接一个地燃起狼烟，把警报传到指挥部。

---

① ［美］威尔·杜兰特：《世界文明史》，华夏出版社，2010年。

各地诸侯看到狼烟后，带着各自人马集结，以便按指挥官的指令抗击来敌。公元前8世纪80年代，周幽王为王朝君主。这个君主非常喜欢美女，所以有下臣送给他一个叫褒姒的美人。这个美人可能是我们人类最严肃的人之一，她到周幽王身边后一直没有笑过一次。周幽王很想看看这个美人笑逐颜开的面容，便发动手下官员想办法、出创意。于是，有个下官对周幽王说："现在天下太平，烽火台长久没有使用了。大王跟娘娘不如上骊山去玩。到了晚上把烽火点起来，让附近的诸侯见了赶来，上个大当。娘娘见了这许多兵马扑了个空，保管会笑起来。"①

周幽王听到这个妙计，不禁拍手叫好，马上带美人到骊山，当晚就点燃了骊山一带的报警系统。邻近的诸侯看到烽火，都以为犬戎部族打过来了，急忙带着兵马前来集合。结果，诸侯们发现犬戎部族并没有打过来，而是周幽王来这里听歌看舞。周幽王见大家到来，解释说："谢谢各位，没有外寇，我只不过用烽火解闷罢了。请你们原路回去，等候犒赏。"这样，诸侯们百般无奈地回去了。美人见此，果然笑了一下。

后来，犬戎部族真的打过来了，周幽王下令赶紧点起烽火，可上过一次当的诸侯们仍以为在游戏，所以谁也没有来。这样，犬戎部族轻而易举地进入中原地区的西部地带，分享这片土地上出产的生存资源。

史家们观察到，中国的中原大地是世界东方最大的一块开发较早，又是连成一片的生存资源富产区。从开始到较晚的年代，它一直被周边部族视为目标和方向，出现过各种各样的挤入与进住的故事……

回望较早的那些年代，使我们可以拨开历史的迷雾，可以看到人类的大移动、大迁徙。对早期历史的这一大移动、大迁徙情况，威尔·杜兰特先生说："当时的几个文明古国，看起来颇像几座小岛。在这些小岛的四周，尽是蛮族之海。文明代表财富和舒适，野蛮代表饥饿和嫉妒。饥饿和嫉妒像海浪不断冲向小岛，小岛虽筑有堤防，但一旦堤防破裂，小岛即被淹没。"②为文明袒护的心情是多么强烈。与之相比，斯塔夫里阿诺斯先生则另有一番感慨："欧亚大陆边缘地区那些古老的文明中心对周围的游牧部落来说，有如一块块有着不可抗拒的吸引力的磁铁。丰富的农作物，堆满谷物的粮仓，城市里令人眼花缭乱的各种奢侈

---

① 李伯钦等：《中国通史》，万卷出版公司，2009年。
② ［美］威尔·杜兰特：《世界文明史》，华夏出版社，2010年。

品，所有这一切都吸引着大草原和沙漠地区饥饿的游牧民。因此，诸古老的文明中心不时遭到侵掠，尤其是美索不达米亚的城市，它们比克里特岛、尼罗河或印度河流域的城市更易受到侵掠。不用说，所有文明的定居民族都将游牧民视为令人厌恶的东西。中国的一位朝廷大臣同样辱骂蒙古人说：'他们胸藏虎狼之心……自古以来，就没人把他们当人看过。'"①

需要讨论一下的是，威尔·杜兰特和斯塔夫里阿诺斯先生虽然在谈论同样一个历史现象，但提炼出的归结点各不相同。由此可以得知，历史只有一部，而看法却有高低深浅不同。至于那位中国朝廷大臣的一席话，我们有理由相信，当蓝天和白云、空气和水、处女般的草地生物和工业制成物成为人类主要的生存资源时，他们不会再说这样的话了。

其实，让我们百般揣摩而不得其解的游牧族群的大移动、大迁徙现象，并没有难以破解的密码，他们早就用自己一次次头破血流而不回头的脚步，在大地上画出了人类永远向生存资源移动的红色箭头。当猎物为生存资源时这样，当猎物和果实共同作为生存资源时也这样，当生产粮食和各种物品的土地作为生存资源的情况下还是这样！

---

① ［美］斯塔夫里阿诺斯：《全球通史》，北京大学出版社，2012年。

权力的梦想与追求

农作物是一茬茬儿反复生长的骗子吗？

是，还是不是，或不知道，我从来没有尝试过回答。

不过，尤瓦尔·赫拉利先生认为，这是肯定的。他说："农业革命可说是史上最大的一桩骗局。"至于为什么，他解释说："早在农业革命之前，采集者就已经对大自然的秘密了然于胸，毕竟为了活命，他们不得不非常了解自己所猎杀的动物、所采集的食物。农业革命所带来的非但不是轻松生活的新时代，反而让农民过着比采集者更辛苦、更不满足的生活。狩猎采集者的生活其实更为丰富多变，也比较少会碰上饥饿和疾病的威胁。确实，农业革命让人类的食物总量增加，但量的增加不代表吃得更好了、过得更悠闲，反而只能造成人口爆炸，而产生一群养尊处优、娇生惯养的精英分子。普遍来说，农民的工作要比采集者更辛苦，而且到头来的饮食还要更糟。"[1]

尤瓦尔·赫拉利先生所说似乎不是危言耸听，古埃及农夫的悲惨生活的确让人心疼不已。威尔·杜兰特先生在他的《世界文明史》中透露说："每个农夫仅纳十分之一的税，想象中其负担似乎很轻松，但事实上则不然。麦尚未成熟，虫先吃了一半。另一半成熟后，又受害于河马。加之田里的老鼠、蚱蜢、小鸟再吃，收回来的已所剩无几。其实，能收回一点，已算幸运。更倒霉的人遇上恶人半抢半偷，根本一点也拿不回来。犁朽了、耙坏了，正愁中，税吏来了，'要十分之一！'没有。没有？法老的兵丁加上吆喝的黑人，就动手揍人，打得鼻青脸

---

[1] ［以色列］尤瓦尔·赫拉利：《人类简史》，中信出版社，2014年。

肿不算，还绳捆索绑地拖到河边。孩子被绑成一串，妻子和农夫用绳系在一块。兵丁凶狠地把农夫头下脚上持着，说一声'去'，头便被浸在水里……"

多么悲惨和让人心疼难过的生活状况啊！可这是农业和那些反复生长在农田里的农作物带给农民兄弟的吗？非常明显的是，不是！那么，是什么让那些从食物的追逐者已经变成食物的生产者的人类的一部分还过着这样水深火热中的悲惨不已的生活呢？

那就是，权力！就是权力对生存资源的占有形式和由此形成的生产方式及利益关系，就是被史家学者们称为"秩序"的社会存在形态！

是的，已经结束自闭的部落生活的人们，纷纷向本区域内的生存资源地集结与汇聚。就像在苏美尔、美索不达米亚的集结，就像在埃及、印度和中国中原地区的汇聚。不论用的是战争的形式还是其他方式，汇聚到一起的人们不可能继续过去的生活，也不可能各自为王混乱无序，而是需要过一个共同而有秩序的生活。这种共同而应有的秩序并不是凭空想象的结果，而是权力对生存资源占有形式的体现。

在远古时代，权力很是懵懂，对生存资源并没有明显的占有意识，所以原始人类过了一段很长时间的共有生活。后来，生存资源从单纯的猎物发展到猎物和果实时，权力已经成为贪婪本性极度膨胀的社会主导力。所以，在拥有意识的驱使下，权力就对这个生存资源进行了整体性的占有，并以此为总的依据安排社会的结构、生产的布局和利益关系，也就是人们通常所说的秩序。

那个让人恻隐不已、心疼不止的埃及农夫的悲惨生活就是古代埃及生存秩序的必然产物。

因为，农业虽然使人类有了丰富的食物来源，而且足可以改善他们的生存状况，但已经成长并开始主导社会走向的权力，没有按照尤瓦尔·赫拉利先生所希望的那样将农业革命的成果用到改善人们的生活之上。相反，却建构起了满足自身贪婪需求、确保自己统治地位且能万代永续的社会秩序或生存形态。

埃及古王朝规定，尼罗河两岸的每一寸土地都是法老的。周朝时的中国人都知道，普天之下莫非王土，古印度《乔达摩法经》《阿帕斯檀跋法经》都将国王称为"大地的主人"，确定国王原则上是全国土地的最高所有者，凡占有土地者皆得向国王政府交纳税赋。不论在埃及，还是在中国，或是在印度，权力对生存资源的这种占有，是人类进入交汇共生的历史阶段之后的基本的和典型的占有方式。这种占有是未经商议、未经授权，更没有征得全体民众之同意，而是由权力擅自决定的蛮横的占有。所以，它给走向交汇共生的人类提供一种秩序模式的同时，也成了权力追寻梦想的天堂和一切不公正、不公平批量出现的温床。

权力手舞足蹈起来，一个人类至今还在进行的探索就此开始了。那就是秩序和制度的探索，就是对社会存在形态的探索。首先是标定人在社会中的层级与地位。埃及古王朝标定，国王或法老是社会这个金字塔的塔尖，因为他们是太阳神的儿子，所以必须处在与太阳最近的位置上。其次是专职的祭司们，因为他们替国王或法老维护与料理着与神的关系，所以位次仅次于国王或法老。再下来就是被称为宰相等的社会与生产的管理者，他们中有被称为"全国管家"和"国王耳目"的宰相及掌玺大臣、赏赐大臣、州长、市长等，因为这些人既是权力本身的延伸，也是它的利益承包方，所以被排在第三个层级上。他们之下是一些大小不一的诸侯，因为他们都是一些与权力有着藕断丝连的关系的人们，所以稳稳地站在第四个层级。再往下就是处在塔基般社会底层的农夫、奴隶等为数众多的人类成员。

与埃及古王朝的古老相比，印度的古代还是较为年轻。这缘于达罗毗荼人与雅利安人交汇共生的形式和结果。是的，达罗毗荼人和雅利安人的交汇碰面的形式总是让我们用疑惑的眼神去遥望它。因为，这块大地后来呈现出来的历史实在让人迷惑难解。如果雅利安人有组织地入侵而来，那么征服摩亨佐-达罗、哈拉帕等已经进入相当程度文明的达罗毗荼人之后，在南亚次大陆一定区域内出现的应该是军事专制的统治体系。但史家们没有从历史中找到这样的痕迹。如果就像威尔·杜兰特先生所说那样他们是"移民"的话，当时的雅利安人并不是有组织地举族入侵而来，而是不相统属的雅利安人以各自的部落之群，沿着一条历史走廊陆续拥入印度，打败所到之地的达罗毗荼人，建立起自己统治体系的。要是这样的话，原住的达罗毗荼人和后来的雅利安人之间应该产生一个文化交融的结果。可是，史家们在后来的印度文明中找不到原来文明的印痕。于是，让我们不得不做一个荒唐的猜想，以找到古代印度进入交汇共生的历史阶段之后秩序出现的状貌。那就是，互不相属的雅利安人拥过来时，发展出摩亨佐-达罗、哈拉帕文明的达罗毗荼人已经被一个不明的力量灭绝已久，只有处在最原始状态的乡野村落的人幸存下来。于是，以群落集体拥进来的雅利安人轻松征服所到之处的达罗毗荼人，不仅与他们一起重走一遍从孤独的部落生活到多部落交汇共生的社会化之路，而且在此过程中又形成了耐人寻味的秩序体系与社会结构。

他们重新进入交汇共生之历史时期的步伐，使古代印度大地上出现了许多大大小小的王国。这些林立的王国，虽然不统属一个大的王国，但他们不约而同地孕育出了一种以种姓的区别确定人的社会层级的特殊制度。被固定在印度社会顶层的是婆罗门种姓。这是一个极其特殊的阶层，他们不是国王或君主，而是一些从事解释宗教经典和祭祀神灵的僧侣人群。这些人不掌握具体权力，但有受掌权者和一切人群供奉的特权。在以权力为主导的人类存在中，为什么会出现这样的情况？人类史家们至今没有给出明确的解释。是权力慑于神力的制度化结果，还是人类尊重知识的极致化做派，或是在远古时代印度确实发生过神秘的毁灭，所以后人对它的不断考问导致了这一局面的形成？总之，这是印度一大神秘所在。位于印度社会第二层级上的是刹帝利种姓，他们是掌握印度社会具体权力的人们，一般为军事贵族或行政方面的贵族。这个种姓的人们拥有征收各种税赋的特权，同时也有供奉婆罗门的义务。处在第三层级的便是未能挤进前两个种姓的其他雅利安人。这些人被称为吠舍种姓，是印度社会里的自由平民，他们必须承担的义务是以布施和纳税的形式供养前两个种姓。处在最底层的叫首陀罗种姓，是印度原本住民的达罗毗荼人。他们人数众多，从事农牧渔猎等生产外被认为卑贱的所有其他行当。

与印度的含蓄相比，权力在古代中国的表现本色而大方。进入交汇共生的生活，尤其是随着周边民族不断向生存资源产地拥进，中国的中原大地上就出现了许多以"国"自称的政权地盘，后经一段时间的聚散离合约在公元前17世纪形成了可以追溯而较为稳定的王朝。这个王朝也和古代埃及与印度一样搭建出了早期中国的社会层级。占据顶层位置的是王族，就是为王者的家族成员。位居其次的是旧姓贵族，就是除了王族成员以外的、对王朝有贡献的新旧贵族们。位于第三层级的是叫百工的人群，这是一些有手工技术并管理工房奴隶的人们，他们既有供养王族和贵族的义务，也有剥削工奴的权利。处在最底层的就是耕农和奴隶，他们人数最多，对劳动成果甚至对自身生命都没有自主权。与苏美尔、埃及等西部世界和南亚次大陆的印度相比，令人惊奇的一个不同是，在早期中国的社会层级中没有给神职人员安排任何的位次。是这个地方没有神，还是没有专门服侍神的人员？我们需要做一下简单的观察。

神，在人类的生活中究竟是一个什么样的存在？我想这个世界永远说不一致。在我的认知中，神是随着神话出现在人类面前的心灵客人。起初可能是针对权力的超感能想象，也可能是用来解决困难的创造，后经普遍和无数次的重复被固定成为一方民众的共同意象。这个意象就像是建造在人类心灵天空的空间站，被不断运送上去的内容装备得丰满而神秘。到这个时候，人们不再回味它最初的想象形态，而是根据各自对它的认知形式调整和建立与它的关系。由于古代埃及等西部世界和古代印度的先人们为它注入了诸多的超然能力和神奇的功能，使它发展成为让人容易产生功利向往的神圣意象体。所以这些地方的权力不失时机地拉近了与它的距离，甚至独自占有了其中的一些。比如，太阳神是埃及法老的专有之神。于是，神职阶层在社会层级中占据了高端位置。与之相比，中国的神话开始出现时就较为饱和，很少带有可供后续打造的不饱和空间。就像埃及的拉神，他创造完天地世界后仍然毫发无损地生活在高天之上，留出了被赋予各种功力的可能性空间。而中国的盘古开辟出天地后，又让身体的各个部分变成了日月星辰、山河花草和空气与雨水，这样他就不再以个体形式存在了。所以，他既保持了更浓的人性特征，也没有留出后续打造的任何空间，只为后人提供了去敬仰和崇拜的选择。于是，中国的权力与它保持了一定的距离，服侍神灵的人们在社会层级中没有确切的位置。也许，这就是预示了中国社会后续发展的方向！

随着社会层级的被标注确定，人类进入交汇共生期后最初的利益关系也就被设计完成了。埃及与中国大同小异，国王和王族都把自己设计成了利益汇集的中心，以体现自己生存资源之主人的身份。印度则有所不同，婆罗门虽然高居在社会的顶层，但处在第二层级的刹帝利才是印度社会的权力主体。于是，印度社会的利益关系就被设计成了劳动创造的财富既向婆罗门流动，又向刹帝利汇集的别样模式。权力占有生存资源的目的就是让它产生取之不尽、用之不竭的财富，满足其尚未被理性干预的欲望之需。于是，政府在埃及，村落在印度，诸侯在中国，扮演了生产组织者和财富转运码头的角色。他们管理生产劳动大众，并收取对权力体系的赋税，再向权力主体，也就是向国王、王族、婆罗门、刹帝利进行汇集。从此，权力对梦想的追求毫无掩饰地开始了。

要说这个世界最自私的是什么，我想非权力莫属。人类之初，权力朴实而又自然。它可以蜷缩在一根羽毛之内，也可以栖息在一把拐杖之上，还可以安居在戴在头顶的冠冕之中。可是，占有了肥沃的生存资源并将自己设计为财富汇集之中心之后，它就不再满足于原来的存在方式，而是穷尽想象地装饰和打造起自己的存在形式。仅就埃及情况而言，就有让我们惊愕不已的记忆。据史料显示，伺候法老的人不计其数。这些人中，有总管、衣物浆洗与保管的人、御厨以及其他高级官员。单以每天负责法老化妆的官员来说，便有20多位。理发师只能修面与剪发，梳发师负责整饰头饰和戴上王冠，指甲师负责修剪并擦亮指甲，美容师负责喷香水、刷眼睑、涂胭脂以及口红等。仅对仪表面容就如此讲究的权力，将会住什么样的房子、走什么样的路，我们可想而知其大概的。所以，后来的人们都听说，有位法老在宫中曾乘平底船，令无数美女着薄纱牵引为乐的荒唐行为。

著名的卢克索神庙和卡尔纳克神庙是古埃及建筑，其中卡尔纳克是世界上现存的规模最大的神庙。它占地80余英亩，由蒙特神庙、阿蒙大神庙和赖特神庙组合而成。其大气宏伟及所含工艺等至今令世界惊叹不已。它著名的大柱厅面积达5000多平方米，厅顶距地面高25米，由134根圆形石柱支撑着这大空间的顶部。每根石柱的直径约4米，高约21米，皆由1米多高的鼓形石块垒成，石柱顶端可站100多人，有着"艺术世界奇观"的美誉。被称为神庙的这个建筑，其实就是埃及法老存放自己对神的虔诚之心的地方。虽然神是心灵有关的存在，并不需要物的中介，但随心任意的权力却以耗费巨大的资源为代价，设计它，建造它，利用它。如今，神庙尚在，法老却已去，豁达的人类并不计较神庙是否带来了神对法老的佑助，而是庆幸于因它的存在而能够了解到4000多年前人类的埃及聚落所具备的人为能力，以及权力存在形式的一个侧面。

"世人怕时间，时间怕金字塔"，能够让阿拉伯人如此感叹的建筑究竟是怎样一个永恒之作？不仅是阿拉伯人，而且是全人类都为之惊奇的金字塔在埃及有100多座。其中，体积最大、最为壮观的是建于公元前2560年的胡夫金字塔，也叫大金字塔。该金字塔原高146.5米，现高136.5米，四方形底边全长921.5米，用230万块巨石垒砌而成，最重的石块重达100多吨。4000年的时间很快就要过去，这些山峦般的金字塔傲立在埃及大地，目送着尼罗河水般潺潺流去的时间，不得不让人产生"时间怕金字塔"的感觉。可是，很难会想到这样一些雄伟的建筑却竟都是坟墓，是那些曾是古埃及权力的依附体——法老们的坟墓。古埃及的法老们为什么会建造这样的坟墓呢？原来，古埃及人对生命有很深的期许，他们不认为人的身体是生命的一次性用品，而是认为，人死后只要躯体完整不腐烂，那么灵魂与躯体就还能在另一个世界生存。如果躯体残缺或腐烂了，灵魂就消失，人真的就死去。于是，法老们不仅把自己死后的躯体做成不会腐烂的木乃伊，而且还用巨形石块垒砌出一座座小山，把自己放到其胸腔之中，永远地规避了被损坏的可能。

看吧，虽然"来世永生"只是一个虚无的说法，但只要有符合自身奢望的东西，权力就不惜代价地去追求、去尝试。因为，权力的拥有远远超过了它主持社会所应有的需要，所以掌权者都希望它永远停留在自己或子孙的手上。古埃及十二王朝之主曾告诫其儿子说：

> 来，让我说给你听。
> 在你将来登基之后
> 若谨记住下列的话，相信对你必十分有益：
> 臣属一个也不可信任，
> 提防那些带有危险性的人，
> 不可单独接见任何人
> 别以为他们是你兄弟
> 别以为他们是你朋友
> ……
> 睡觉时千万要警惕
> 你要知道，这种邪恶时代
> 人是不可信赖的。①

多么珍视权力，又多么警惕被别人夺去！这只是因为，权力能够使其掌管者变得伟大、高贵、稀奇、富足，使其变得无所不能、无所不为，使其变得贪婪、凶恶、无情……

我们可以彻悟的一个问题已经非常清楚了，那就是：古代埃及权力存在的不恰当形式就是导致埃及农民悲惨生活的真正原因，而不是为增多人类的食物而奋力生长的农作物，而且，这不只是在古埃及，而是在苏美尔、美索不达米亚，在古印度、古中国，在古代权力处在懵懂自信、为所欲为的情形下都曾有过的普遍现象。

————————————

① ［美］威尔·杜兰特：《世界文明史》，华夏出版社，2010年。

有一种现象，叫调适

权力啊，权力，请你撩起面纱，让我们见一见真容吧！

权力啊，权力，请让我久久地凝视你，静静地品味你，以看清你在人类生活中的相貌体态！

如果，我把人类比作是荒野上的动物，那么你就是那威风凛凛、迎风傲立的雄狮吗？

如果，我把人类比作是奔腾在草原上的马群，那么你就是那挥舞着套马杆、驰骋在马群边的牧马人吗？

如果，我把人类和人类的生活比作是滚滚向前的洪流，那么你就是那确定流向的河岸和堤坝吗？

权力啊，权力，多少人垂涎你、争抢你，又有多少人挑剔你、埋怨你；

权力啊，权力，你是一个何等复杂、多么深遂而难以理解的存在呀……

因为，有着这般叫人捉摸不透的复杂而神秘，所以在沿着人类历史的长河漫步浏览时，我们不得不一次又一次地聚焦权力这个奇物，反复查看它由来的足迹，不断刷新对它的认识，努力获取关于它本真而精当的知识。

权力不属于任何物种，所以在太古时代并不存在。生命出现之后，尤其是同类生命繁衍成群后，它就开始出现了。当生命在动物阶段时，权力可能就是为得以交配而战胜其他雄性的暴力，或者是为占先吃饱而吓退同类的霸气。再后来，在较有智商的群体性动物中，它进一步发展成为一只强有力的雄性动物对一群雌性动物及幼崽们的占有力和统治力。在人类的初期，权力存在的形式与动物阶段的情况不会有太大不同。走出非洲或在向世界各地散落开去时，权力的原有形式也经历了一次向人类化转换的过程，在延续了占有力与统治力的同时还增多了关心、保护等不少爱的内涵。待散落各地的人们繁衍成为部落时，权力进一步衍化成了对群体的管控力。当人类从单一的部落生活跨入多部落交汇共生的新历史后，权力随之就转变成了主持社会的强力实体。由此可以看出，权力以私自的需要产生于并无需求的动物时期，之后随着人的进化而进化，在苏美尔、美索不达米亚、埃及、印度和中国等地产生人类交汇共生的生活之后，就以主持社会的身份牢牢地存在于人们的意识和生活之中。因为，私自的需要是权力最早的基因，所以在理性干预力很弱的那个年代，权力在各国各地无一例外地选择了以占有为目的的存在形式。而这样的存在形式就是导致埃及农夫悲惨生活的直接原因。

需要以人类的口吻问一句的是：权力的存在形式注定就是这样的吗？

应该！权力的回答可能是这样的。

然而人类说：我们需要你存在的形式并不是这样的！

那么它应该是什么样的呢？对此当初的人类也并不是很清楚。但他们知道，对不合理、不需要的存在可以去调适的，通过不断的调适使它向所需要和希望的方向转动。

调适最早开始的地方可能是古埃及。根据现有的人类记忆，古埃及第一王朝开始于公元前3050年左右，国王或法老为被称为统一了上下埃及的传说式人物阿哈·美尼斯。在神被确认为真实存在的古埃及，王朝的法老们自豪地宣布自己是埃及神灵的老大——阿蒙大神的儿子，以建立不可替代的永恒地位。但是，仅过200多年后，他们就被认为不适于继续存在，便被另一批自称为阿蒙大神的儿子的法老调适下去，开启了以赫特普塞凯姆威为法老的第二王朝。这样的调适在古埃及很是频繁，从公元前3000多年到公元前300多年共调适产生了31个王朝。虽然这些调适不是直接来自过着悲惨生活的农夫阶层和奴隶阶层，也不会对他们的生存状况带来改善，但人类对权力的干预就是这样开始的。在可以说是很长很长的历史时间内，人类并不清楚导致古埃及农夫生活悲惨情况的是社会的利益分配关系，而懵懂地把责任推给神、天意或命运之后，以对旧权力的推翻和新权力的形成来体现着对它存在形式的不断调适。所以，威尔·杜兰特先生在概括古埃及历史时无奈地说："这种集权一阵、分权一阵的情形，似为历史演进之公例。"①

---

① ［美］威尔·杜兰特：《世界文明史》，华夏出版社，2010年。

其实，集权一阵、分权一阵，只是调适过程的一种表现，而且调适的表现并不仅限于此。

有的调适来自女人之手。在埃及的传统中，法老必须为太阳神——拉蒙大神的儿子，而儿子肯定是男性。权力的这种存在方式使作为人类一半的女性很不服气。于是，有位叫哈特谢普苏特的女性勇敢地站出来，努力去做一次调适。哈特谢普苏特是古埃及第十八王朝法老图特摩斯与王后唯一的孩子。图特摩斯去世后，他与王妃所生的孩子中的长子继承王位，成了图特摩斯二世。根据当时王室法老必须以亲姐妹为王后的规矩，哈特谢普苏特便顺理成章地成为图特摩斯二世的王后。图特摩斯二世继位后，他的身体很不给力，多病而体弱，难以正常履行法老的日常职责，只好由王后哈特谢普苏特代他料理。对法老业务的这样代办，使哈特谢普苏特清楚地意识到女性的能力是可以管理朝政的。不久，她的丈夫图特摩斯二世去世。因称王的条件还未成熟，哈特谢普苏特并没有顺势宣布称王，而是按照丈夫的生前指定，让丈夫与妃子所生的10岁的儿子与自己的女儿完婚后继位成为图特摩斯三世。虽然扶立了新法老，但哈特谢普苏特没有把权力交给他，而以摄政王的身份继续管理全国。可是，小法老一年一年地长大，亲政的愿望也一点一点迫切。但是，在该他亲政的时间到来之前，哈特谢普苏特却把他流放到外地。这样，经过多年的筹划打造，哈特谢普苏特宣布为法老的条件基本成熟了。

于是，她在祭师们的配合下，编制了使自己顺利登位的神话，说是：太阳神为让自己的后代统治埃及，化作图特摩斯一世，与王后生下一个女儿。如今，这个女儿已经历经磨难，锤炼成熟，可以成为统治埃及的法老了。之后，她正式登上法老宝座，首次成功以女性的特质对权力存在的形式进行了调适。看来这种调适一定程度上符合了当时埃及人的期许，所以后世的我们经常能读到称她为"英明女王"的文字。

对权力存在形式的调适，不一定每次都能让它向合理方向移动，有的时候还可以向其他方向转去。在古埃及，祭司本来是替法老侍奉其神灵的。而且凭借神的名义获得了享用不完的权力，但他们仍不满足，还想当一当法老。据说二十王朝后期，高级祭司阿孟霍特普在首都底比斯统揽宗教与政治的权力，使法老拉美西斯九世变成了宫殿中的普通客人。与此相近，图坦卡蒙是在风华正茂的18岁时神秘死亡的法老。史家学者们经研究基本确定，年轻的法老死于谋杀，而谋杀者可能就是后来娶了他王后，后又行使了法老权力的宰相阿伊。本来，宰相是法老财富的经营管理者，权力和地位仅次于祭司，但他还是不满足，于是伸出手将权力存在的形式向有利于自己的方向转动了一下。

这样，将权力存在的形式转向有利于自己方向的事例，在历史演进中的各个王朝都是层出不穷的。其花样之多，手法之巧，令人眼花缭乱，有的让人不禁一笑。在公元前6世纪，波斯帝国缔造者居鲁士离世后，其子冈比西斯继承了王位。冈比西斯继位后，为了扩大帝国的版图远征埃及。当他在埃及英勇奋战时，后方宫廷发生政变，有一个声称其弟弟的人代替了他。冈比西斯听到后万分惊诧，便停下战事踏上归程，以赶紧解决这幕怪异的政变。冈比西斯觉得怪异，是因为他早就秘密杀掉了弟弟巴尔迪亚，不知以巴尔迪亚的名义夺去了王位的那个人究竟是谁。所以，他日夜兼程，急着查出阴谋的真相。可不料，冈比西斯在匆忙返回的路途中却突然死去了。于是，号称其弟巴尔迪亚的人稳稳地坐住了王位宝座。这个人很贪，不仅占了王位，还占了冈比西斯全部的后妃。有一天，前王的一个后妃发现一个天大的秘密，自称为巴尔迪亚的这个新王没有耳朵。于是，她把这件事告诉她的父亲，朝中老臣欧塔涅斯。老臣一听，真相便在他心中大白了。原来，这个新王并不是什么巴尔迪亚，而是早在居鲁士王在世时，因犯过失而被割掉双耳的僧侣高马达。于是，又一次政变接着发生，高马达又被新王代替。比波斯帝国的这个故事更有意味的是，发生在中国商朝的另一类故事。公元前17世纪到公元前11世纪，是中国商王朝统治时期。随着王朝存续时间的持续，商朝的王权传到了一位叫武乙的人的手上。据传，武乙接手王权时，荒淫享乐已成他们的传统，此外武乙还有狩猎的一大嗜好。于是，享乐与狩猎占满了他的时间，而朝政事务却相对被荒废了。手下臣僚们不敢直接规劝，所以借祭祀、占卜等形式对他进行干预。对此，他很不高兴。有一天，他命令工匠用木头雕成一尊天神像安置在王庭之中，然后把大臣们都召集到一起，让他们观看自己与天神下棋。有祭司认为这样做不妥，便出面制止说："天神是不会下棋的。"武乙很为诧异地说："天神不是无所不能吗？你既然常能替天神说事，不如今日就替天神来下棋吧。"这位祭司很是无奈，只好按武乙的指令替天神下棋。在走棋过程中，为人之臣的祭司只好被动应付，步步退让，让武乙连赢了三局。武乙压抑着心中的畅快，故意皱着眉头说："你既是替天神下棋，为何还连连惨败，可见天神无灵！"说罢，命侍卫们将天神像痛打了一顿。在场的大臣们吓得面色苍白，又不敢反驳，只得在背后骂他：无道，无道！

武乙知道手下大臣们私下的议论，于是又命工匠缝了一个特大的皮口袋，里面灌满了牛羊的血，在郊外立一根很高的木杆，然后将口袋挂在杆上。照例被召集到一起的大臣们很是疑惑，不知武乙又要耍出什么新花样。就在大家小心等待之际，武乙弯弓搭箭，高高举过头顶后奋力射出，飞箭"嗖"的一声，正中挂在杆子上的皮口袋，血水便瞬间喷流下来。正当大家惊恐万分、不知谁被射杀时，武乙哈哈大笑着对大家说："天也被我射得流血了。"

从此以后，祭司和手下大臣们不敢再劝谏什么，武乙的任性妄为已无任何约束了。可是，就在一次狩猎途中，武乙傲步走上一个山顶，忽然天色阴沉下来，一个炸雷从天上直打下来，将商王武乙劈死了。[①]

武乙之死，是真有其事，还是编造故事，中国的史家们仍在探讨。不过，无论是真与假，它都表明了一个道理，那就是：即便权力扭曲到让人无能为力时，对权力存在形式的调适也不会停止，因为上天也会出手帮忙！

与个体行为的作用相比，改朝换代是人类进入轴心时代之前对权力存在形式所进行的最有效的调适方式。不论在苏美尔，还是在美索不达米亚地区，或是在埃及和印度，抑或是在中国，各王朝都实行王权的家族化延续方式。权力的这种存在形式，随着时间的绵延极易使掌权者忽略主持社会的职能，而沉湎于占有和享乐，并走向腐朽导致调适的到来。

中国的商王朝是从公元前17世纪一直延续到公元前11世纪的长寿王朝。但王权传到最后一位大王时，权力的存在形式发生了重大的扭曲，使这个政权走到了不适宜继续存在的地步。史料显示，新王帝辛极为聪明，极为智慧，所以有人说：他的聪明足够使他拒绝规劝，其智慧也足够使他掩饰错误。这个既聪明又聪慧的人一继位就开始修建一个叫"瑶宫"的宫殿，共花费7年的时间。宫殿里堆放着各种肉，酒不是装在瓶子里，而是盛在一个大池子里，可以在上面划船游乐。帝辛和王妃苏妲己就住在这个宫里，经常举办酒肉盛宴。每当举办宴会，男男女女都裸露着身子，嬉笑追逐，整夜狂欢，连续七天七夜吃喝不停，然后沉醉不醒。帝辛不仅喜欢用女人和酒肉款待自己，也喜欢用残酷对待他人生命来娱乐自己。酷刑是他娱乐自己的主要方式之一。在他创造的酷刑中，对人肉进行加工

---

① 李伯钦等：《中国通史》，万卷出版公司，2009年。

的刑法最为恐怖，其中有将人肉做成肉醢、肉脯和肉羹。将人肉剁成肉酱叫肉醢，将人肉烤干是肉脯，将人肉做成肉汤叫肉羹。此外，还有一个酷刑叫"炮烙"，这个刑法就是在燃烧的炭火上横放一根铜柱子，铜柱子上涂抹上膏油后，让犯人赤脚从上面走过。安全走过抹了油的铜柱子是不可能的，犯人无疑都将掉落到燃烧得通红的炭火里被活活烧死。帝辛最喜欢看到掉落火坑的人挣扎悲号的惨状。

帝辛的宠妃苏妲己也是有过之而无不及。她一旦看到赤脚走过结了冰的小河的人，就将他抓来敲碎腿骨，查看他不怕冷的原因。看到孕妇，便要下令剖开孕妇肚子，看看未出生的婴儿是什么样的。

权力存在形式的这种扭曲和变态，很快招致了调适的到来。商朝周姓一侯与朝廷的关系一直不错，到帝辛掌朝时其姑姑是周姓侯姬昌的夫人，所以周氏家族很亲近朝廷和帝辛。有一天，姑父姬昌到都城朝见，听到这些消息后，不禁叹了口气，结果经人告状被逮捕了。

姬昌被囚禁后，其长子带着七香车、醒酒毡与白色猿猴三样异宝，前来营救父亲。姬昌长子将异宝献呈帝辛的过程中，苏妲己见其俊美秀气，后又发现其琴艺也绝伦，便要和他亲近。姬昌长子不敢胡来，躲闪推托，苏妲己便觉得被羞辱了，于是向帝辛告状说被调戏了。帝辛不分青红皂白，将姬昌长子抓起来，先割下他的四肢，然后又把他剁成肉饼，还送给其父亲吃下。见姬昌忍痛而吃的样子，帝辛得意地宣称说："谁说姬昌是圣人，连自己的儿子都吃。"此后，周姓部落的人们不甘心首领被囚，再筹措大批名马、美女和珠宝等贵重之物，终于换回了首领姬昌。据说姬昌一踏入自己的土地，强烈的恶心自腹上涌，张口吐出了三只小白兔。他知道，这是其长子的灵魂也随他回来了，便不禁热泪横流。

受尽折磨的姬昌回到领地后不久便死去了，临死之前他要求另一个儿子一定要灭掉商王帝辛。于是其子姬发开始做消灭帝辛的准备。过些年之后，机会终于来了。由于帝辛实行暴政失尽人心，奢靡享乐挥霍无度，动辄征伐物耗巨大，最后导致了朝廷储备亏空的境况。为了筹集所需物品，帝辛特意举行了一个威逼诸侯贡献的阅兵仪式。他把王朝各地诸侯召集到今中国山西黎县地方，用武威震慑大家一番后，要求各地根据特点按期加倍交纳税赋和特产。面对无礼威逼的诸侯们只好点头答应。

东夷的首领觉得意志被强迫了，没等活动结束就跑回了领地，然后宣告拒绝纳贡。帝辛一听大怒，便一边搜刮百姓和诸侯们的一切可用财物，一边组织兵丁讨伐。正当王朝大军东去讨伐之际，姬昌的儿子姬发联合不满帝辛压榨的其他诸侯，举起讨伐商王帝辛大旗，率兵攻打而来。正在都城沉浸享乐的帝辛得到情报后，急忙组织起包括奴隶、囚犯在内的7万人大军，迎击前来讨伐的军队。不料，两军一经相遇，帝辛军队不战倒戈，并将讨伐军引入了都城。

帝辛见末日已到，便登上收藏宝物的亭台，对跟随身边的卫官说："我后悔啊！不该不听群臣的劝说，被谗佞迷惑，以致今日之祸。……你取些柴草来，我要和这座台同焚。"卫官不忍，帝辛又说："去吧，这是天亡我啊！"于是，帝辛与存续了近6个世纪的商王朝一起被大火焚烧了。①这样，权力在中国大地上的存在形式迎来了新一轮的刷新和调适。

权力啊，权力，你的复杂和灵动，让我总是画不好你；

权力啊，权力，你虽然是人类的需要，但他们决不愿意供养你有害于他们的存在形式；

所以，他们将终生不停地掂量你，评判你，调适你！

---

① 李伯钦等：《中国通史》，万卷出版公司，2009年。

第四章

开化时代

如果历史只是流逝而去的时间，那么它对我们没有任何意义。人类的历史之所以使我们频频回头，是因为在其记忆中有太多太多应去总结和归纳的。

虽然我们很想创新，但我们往往是不知不觉的经验主义者。因为我们深信，经验是对已往事情的科学而正确的综合之结果。所以，它不仅是往事的记忆，更有着对方向的指导功能。于是需要我们对过往的事情做好认真的总结，为未来储蓄更多科学而正确的经验参考。

一个地球与它的两颗心脏（一）

在过去，如果要让我写一篇公元前1000年左右时期人类历史发展概况的读书笔记，我会非常忠实于已有的知识和现有的认知共识。我会根据所读各种史书的记载，非常欣喜地清点和归纳文明在美索不达米亚、在埃及、在印度、在中国发育成长的情况，并会兴奋地罗列出宗教的形成、道德的发育、政府的出现、法律的进步、文学的成长、艺术的发展等方方面面的成就，并发出由衷的感慨。然后，以这些文明摇篮为地理坐标，向东西南北的四面八方放眼过去，展望人类的其他群落在其他地区的生存情况。这时，我首先会想到波里比阿的一句话："从前，世界上发生的各种事情彼此间没有任何联系。每一种活动仅引起当地人的注意。但自那以后，一切重大事件都开始连接成为一个整体。"[1]然后，综合各个史书的记载，概括地描述文明地带以北从大西洋东岸到太平洋西岸欧亚大陆各个民族和部族的生活情况。其中，我会风趣地讲到如今很绅士的欧洲人深深处在未开化的野蛮阶段，中亚北亚那些强悍的民族尚处在从狩猎到游牧的聚散离合之中。并借用赫伯特·乔治·韦尔斯的话说："大平原上的这些人却变得移动不定，从缓慢的流浪生活发展而为完全的季节性游牧生活。"[2]

接着我会回头向南，以敬重的目光眺望人类祖先的故乡——撒哈拉沙漠以南的非洲大地，除了看到忙碌在未开化条件下的人群背影外，说不出其他嵌入人类

---

[1] ［美］斯塔夫里阿诺斯：《全球通史》，北京大学出版社，2012年。
[2] ［英］赫伯特·乔治·韦尔斯：《世界史纲》，译林出版社，2015年。

记忆的事情来。从非洲转身向东，就是南部亚洲印度洋与太平洋夹缝之间的大小岛屿和大洋洲。据记载，在公元前1000年左右时有的岛屿上根本没有人居住，有的岛屿上住着在无可稽考的年代漂移过来的人，但他们都挣扎在远古胎盘里的蛮荒之中。再往东就是茫茫的太平洋和海岸以东的美洲大地。如今让人刮目相看的这片大地，那时还是文明的大片荒地。从东西伯利亚迁徙而入的蒙古利亚人种慢慢向南分布，过着驱赶和猎杀生性暴烈为数众多野牛的生活。写到这里后，我会惆怅片刻，并会为某种悲壮有所感叹。但这不会影响我太多，我会继续向南看去，以说出那里的文明情况。

这时，我的读史笔记需要从新的另起行开始，因为美洲的事情很奇特，是我们人类常用带有问号的目光打量的地方。据研究家说，那些蒙古利亚人种是约在30000年前经过冰封的白令海峡，初次踏入阿拉斯加的。之后，约到3000年前，仍有零零星星的人群聚落顺着先人的足迹纷至沓来。由于是无人的大地，到处都有众多的猎物和丰盛的果实。于是，他们已有的知识和技能足以使他们衣食无忧。这样，信马由缰地蔓延开散就成了他们向大地深处遍布而去的缓慢节奏。不过，衣食无忧的天然恩赐，虽然解决了他们生存与繁衍的需要，但由此滋生的惰性大大缓解了他们开化的进程。待他们到达墨西哥、厄瓜多尔中部和智利中部，人口不断增多，天然赐予开始不再能满足需求时，他们才用心于自然的奥秘，在人类历史走到公元前1200年左右时踏入了定居的农耕生活。不同的环境和遭遇使他们有了更具特点的想象，使他们迈开了认知与形式有异于他人的拜神之步。数着太阳的升起与沉落，数着月亮和星星的光亮，他们有了与当时欧洲不相上下的天文知识。在不知不觉中，他们为日后的人类发现和培育了玉米、马铃薯等果腹农作物。但他们不知道地球上有种叫铁的东西。总之，在那个时间点上，他们与地球这端的开化有着较大的差异。

这般将公元前1000年左右文明摇篮之外的情况环视一周后，我的心情会沉重下来，会为仍然挣扎在蛮荒中的人们的可能遭遇感到不寒而栗，会为人类进化的不同步做一些思考，找一些原因，然后会为人类间的紧密联系和文明成果的共享表达我迫不及待的呼唤。之后，我会自然想起人类史界的一个基本共识，那就是：摇篮地区的那些文明使欧亚大陆走上了整体化的道路。并表达对这一判断的归顺态度。接着就饶有兴趣地写道，曾经相互陌生和毫无关联的欧亚大陆将在不断进步的技术能力、不断增多的商业活动、不断延展的文化影响的推动下，一步一步地联结成为相互关联密切的一大整体。

写完这些后，我的读史笔记也就写完了。这时，如果是白天，我会走到镜子前面，向镜子里面的自己伸出大拇指，表达对自己的满意和欣赏；如果是深夜，我会站起身子，面对着堆放在书桌上的近百本参考书籍做一个深深的鞠躬，以感谢它们开阔了我、丰富了我、深厚了我！

可是如今，就是在写这部人类史学散文的现在，我不会这样总结和判断人类历史的走向。因为，这样的总结和判断是以文化和文明为要素及工具，来观察和诠释人类的聚散离合。但人类进化的目标并非为创造文化和文明，而是为更好地生存，所以，以文化和文明为主线的观察很难找出那些纷争与动荡、战争与杀戮没完没了的内在缘由。这样，我不得不鞠躬道别已成共识的认知方法，仍然沿着生存所需不断向生存资源运动的规律性线路，观察人类在公元前1000年左右时间里的历史方向。

就像前面反复强调的，生存资源所在的方向就是人类前往的方向。当古代苏美尔人、古代埃及人、古代印度达罗毗荼人和古代中国中原地区的人，懂得耕种并将自己居住的地方开发成生存资源的产地之后，周边的部族人群没有认为他们有专享的权利，而是为了分享与获取那里的生存资源，不顾头破血流地纷纷挤了过去，从野蛮的外来人逐渐融汇成了当地人。经过千余年一轮又一轮的不断拥入，使生存资源富产区的面积不断向外扩展，并渐渐使它变成了人类历史的中心舞台。

自第一批闪米特人进入苏美尔以后，位于两河流域下游的这块生存资源富产区就进入了面积不断增大的扩展模式。外人的不断进入使生存资源产地的人口，批次性地超出它所能供养的产出能力，于是人们开发出的耕地日益向周边延展，使生存资源产地的面积从小小的苏美尔向整个美索不达米亚地区扩展。与此同时，那些一批批从外面汹汹而来的人，都尽力将更多的土地纳入自己的统治之下，以整体的形式使这片生存资源产地又从美索不达米亚向地中海东北的小亚细亚和地中海南岸的埃及扩展而去。如果用想象去理解这种变化，可能有些模糊，但拿起世界历史地图就能清楚地看到它整体化的面积不断延展的情形。在公元前2371年之前，苏美尔这块人类最早开发出的生存资源产地在地球的表面上只是个巴掌大的地方，但随着首批闪米特人的进入，阿卡德王朝就把它扩展到了整个美索不达米亚地区。接着，汉谟拉比建立的巴比伦帝国在推翻阿卡德王朝的过程中，不仅全盘接受了其所有的领土，而且还使它的面积向外拓展不少。接着，邻近地区的利益势力，如古埃及十九王朝的拉美西斯二世、小亚细亚赫梯国国王穆瓦塔利，为占取美索不达米亚的主导权而征战多年，其结果推动了这块生存资源产地与小亚细亚和尼罗河三角洲的整体化连接。之后，亚述人来了，他们建立的帝国扎扎实实地将美索不达米亚与小亚细亚东部、叙利亚、腓尼基、巴勒斯坦、埃及等环地中海东、南两侧大地汇入自己的掌控之下，率先使地中海东岸地区和南岸地区连接成了一体相连的生存资源产地。

在人们的纷纷拥入中，欧亚非连接处的这块生存资源产地的面积继续向西延展时，有人从地中海的北岸和岛屿中明确地表达出了对生存资源和生存资源产地的需要和向往。这些人就是古希腊人。

对于我们当今人类来说，古希腊似乎是个遥远的神话，它不时地向我们散发着色彩斑斓的神奇之光，以让我们很好地辨识和解读。人类史家们说，在被我们称之为古希腊人的人群进住希腊地区之前，有更古代的古希腊人生活在这个地方。欧亚非三洲相接处为什么会有那么深的盆地，我们很难说清它的原因。那些更古代的古希腊人是在大西洋的海水灌进盆地前分布到其中地势较高的地方，还是大西洋的海水灌进盆地使它成为叫地中海的海之后，已经学会使用船只的人们从别处来到这里的，对此人类史家们尚无专断的结论。其中，认为来自开化较早的东岸亚洲地区和南岸非洲地区的说法较为符合历史的逻辑。这些人从东岸亚洲不远的岛屿分布开去，直到地中海北岸的半岛与陆地。当这些人互不统属地生存到公元前2000多年的时候，从地中海北岸的欧洲大陆有部落人群不断拥入这个地区。斯塔夫里阿诺斯先生称他们为亚该亚人，并说他们是最早侵入希腊的印欧语系的人。研究家们发现，被称为希腊的这些岛屿和半岛，没有像苏美尔、尼罗河中下游地区那样厚厚的冲积土壤，有的只是少许的平原和土层较薄的山地。

在古代的通常情况下，如果没有开化智慧的参与，这样条件的土地是很难变成较有吸引力的生存资源产地的。看来，古希腊最早的住民无疑就是来自开化地区的拓荒者。他们划着船带着将土地开发成为农田的技术来到这里，逐步把这岛屿和山地开发成了能够生产谷物、葡萄和橄榄的地方。同时，船只使用能力越来越好的他们，还源源不断地从东岸的美索不达米亚和南岸的尼罗河三角洲地区获取所需的其他生存产品。其中，多少是交换而来，多少是劫掠而来，谁也说不清楚。这样，尽管土地条件一般，但在开化智慧的参与下被称为希腊的这些山地与岛屿变成了既能生产基本的生存资源，又能较轻易地获取其他所需生存资源的好地方。使这里的早期居民按生存资源的生产及获取需要，开始过起了互不统属的城邦化生活。

可能是缺少一点文学的浪漫，但中国汉语中的一句话非常适合在这里引用，那就是：没有不透风的墙！希腊地区便于生存的消息，不断被从地中海上吹来的南风飘散到岸北方向的欧洲大陆深处，强烈地吸引了北方挣扎在蛮荒之中人们南下的脚步。于是，亚该亚人起步南下，成了最早侵入希腊的北方人。斯塔夫里阿诺斯先生说，"他们是手执青铜武器的战车兵"，虽然开化水平落后于原住民创造的米诺斯文明，但冲击力很强，一步一步地逼退老希腊人，并且变成了希腊的新主人。

南下而来的这些亚该亚人，就像当年拥入古代印度的雅利安人，并不是建立了帝权的有统一指挥的一体人群，而是种群同源但各按集群迁徙移动的人们。他们一批又一批地从色萨利平原不断南下，到公元前1600年时，成功地占据了从北岸到伯罗奔尼撒半岛南端的广大地区。来到便于生存的这个地方，原为游牧的这些人渐渐改变获取生存资源的方式，不断与当地原住民融汇，到公元前1400年左右时已经发展成为主导爱琴海世界的、被称为古希腊人的希腊人。他们南下希腊，在与原住民融汇中形成的生存模式被史家们称为迈锡尼文明，是一个带着海水咸味的生存生态。

在地中海以北的大陆方向，需要生存资源和需要便于生存的地方的人不会仅仅是亚该亚人。到公元前1200年左右时，又有一批人走出大陆南下来了。史家们叫他们为多里安人，斯塔夫里阿诺斯先生认为，他们用精良的铁质武器装备自己，一个接一个地攻占了迈锡尼的城堡和城市。N.G.L.哈蒙德认为，他们的称呼"可能是那些被侵害者给取的"。不知是亚该亚人的抵抗特别顽强，还是多里安人的冲击非常野蛮，史家们对这次南下的结果都给出了消极的评价。他们认为，汹涌而来的多里安人不仅把前人建造的宏伟建筑焚毁殆尽，还把他们创造的克里特-迈锡尼灿烂文明毁灭无存，使蓬勃发展的希腊坠入了几百年的黑暗年代。

不管世人如何地负面评价，我倒觉得多里安人是别无选择的。因为，向着生存资源移动是人类的基本方向。所以，在远古条件下，开化智慧还尚未广泛传播，一些可以开发成生存资源产地的地区仍还沉睡在蛮荒状态的前提下，多里安人的唯一选择就是不断向生存资源方向移动。于是，他们义无反顾地、一拨儿又一拨儿地向爱琴海世界拥了过来。可多里安人没有想到的是，他们所需要的生存资源并不是堆放在那里的现成物品，而是通过耕种和航海才能获取的东西。这样，曾为游牧民族的他们不得不再度调整自己与大自然的关系，从头学起耕种和航海的本领，以改变获取生存资源的模式。这个事情用去了他们很长的时间，狠心的史家们就把它说成了古希腊几百年的黑暗时代。

不过，多里安人没有白白浪费时间，到公元前8世纪时，他们成功地从悠闲的游牧人变成了精于耕种与海事的新希腊人。

我不止一次地体会到，人类的历史是按照抗进性规律发展的。一个问题解决了，另一个问题又跟着出来了。这时人类通常采取的方法并不是回到事情发生之前的原态上，而是以再解决的方式不断消解着面临的问题。从游牧人变到农夫和海事家的古希腊亚该亚人和新希腊的多里安人也毫不例外地按照这一规律行事做人。生存所需解决了，生活相对好起来了，但人口也快速地增长起来，对生存资源的需求量也就更大了。于是，获取更多的生存资源，转而变成了这些新希腊人必须解决的新问题。

据史家们透露，不论是作为古希腊人的亚该亚人，还是之后再融汇成新希腊人的多里安人，他们放下牧鞭之后获取生存资源的方式大致有三种。之一是，在土层较厚的平原与山地上种植谷物、葡萄、橄榄；之二是，与地中海东岸的亚洲美索不达米亚和南岸的古埃及地区进行交换贸易；之三是，凭借自身海事能力的高强，对航行在地中海各水域的船只进行劫掠。起初，据此获取的资源物品还能满足他们的需求。可是，进一步发展起来后就变得捉襟见肘了。于是，亚该亚年代的古希腊人及时向富产生存资源的地中海东岸地区伸出手去了。围攻特洛伊城，是其中一个典型的记忆。这个记忆因《荷马史诗》的流传被保存了下来。史诗《伊利亚特》说，特洛伊王子帕里斯拐走了斯巴达国王墨涅拉奥斯的妻子海伦。由此，希腊人围攻特洛伊的战争爆发了。希腊历史学家们对此断然否定，曾问"谁还相信特洛伊人会因一位女人而打了十年的战争"[1]。作家欧里庇得斯更认为，希腊的远征特洛伊是因为希腊人口过剩导致了扩张的野心。看来，智者们

---

① ［美］威尔·杜兰特：《世界文明史》，东方出版社，1999年。

的内心很清楚，虽然他们未能看见生存资源这一比海伦更为重要的背后因素，但已经基本画出了古希腊人迈开脚步的方向。

历史证明，在很长一段时间内，东方一直是希腊人主要的需求方向。特洛伊城是早在公元前12世纪时古希腊亚该亚人在地中海东岸开辟的生存资源获取点。几百年过去了，已经成为新希腊人的多里安人踏着前人的足迹，继续到地中海的东岸开拓生存资源获取点。他们的能力和投入的力量，比前人还要大，在公元前8至公元前6世纪间不仅把亚细亚海岸的米利都、以弗所等占据为生存资源获取点，还在马尔马拉海、黑海沿岸地区开拓了多个殖民地，为生存资源的直接或间接获取提供方便。与此同时，他们还向西面的意大利半岛，向南岸的尼罗河三角洲方向都伸出了开拓生存资源获取点的一双双大手。

这样以半岛山地、海中岛屿组合而成的希腊，虽然生存资源自产能力不足，但靠出色的海上能力，在地中海和周边的水路与大陆上编织好了获取生存资源的大网，事如所愿，希腊人就可以翘首等待富足繁华的新生活了！

且慢！有人大声呵斥，并向希腊人亮起了巨大的红灯。呵斥声来自扎格罗斯山方向，来自欲要独霸生存资源产地的波斯人。

人类史家们说，被称为波斯人的这一种群的人有着较为牢固的族源记忆。他们坚定地相信自己是古老雅利安人的后裔。不知他们是南下途中留下的部分，还是后续南下的另一部分。当史家们关注他们时，他们已经繁衍分化为基墨里人、米底人、波斯人和斯基泰人等的多部落人群体系。其间，他们基本生活在被地壳不断推起的高原山脉地区，虽然比邻着西亚那大片生存资源产地，但过着难以分享其产品的窘困生活。与此同时，生存的需要使他们不断与留居地的环境相适应，从分散移动的狩猎人逐步变成了部落化行动的游牧人。进入部落化的游牧生活后，他们被称作米底的部落人群所统治。从这个时候起，他们的冲击力与日俱增，对生存资源的需求和欲望也日益明确起来。于是，在西亚生存资源富产区苏美尔与美索不达米亚地区的王朝言行中开始出现了他们的信息。据《世界史纲》作者赫伯特·乔治·韦尔斯掌握，当年亚述王朝的铭文里就写着米底人是"危险的米底人"。

"危险的米底人"虽然威胁过亚述王朝，但真正对生存资源富产区王朝形成威胁的是居鲁士统治之后统一起来的波斯人。据古希腊历史学家希罗多德了解，较早感觉到波斯人威胁的是存在于小亚细亚生存资源产地的吕底亚王国之王克雷兹。克雷兹得知，居鲁士于公元前558年在帕塞波里斯被封波斯王之后就意识到了威胁的形成。克雷兹的感觉是灵敏的。居鲁士自公元前553年起开始向同族的统治者米底人造反，并于公元前550年取代米底人，完成了对全体波斯种族的统治。对此，克雷兹的反应是复杂的。

希罗多德说："克雷兹有两年之久一直在非常悲伤之中保持着沉默，因为他失去了他的儿子。但在这段日期以后，居鲁士推翻了奇阿克萨（米底原统治者）的儿子的统治，波斯人一天一天地强大起来，这些情况使克雷兹停止了悲哀，而专心致志地考虑，在波斯人的势力正在成长，但还没有强大以前，他能否采取措施来使它中断。"

他于是试求各种神谕："克雷兹命令那些前往神庙进献礼物的吕底亚人就这个问题乞求神谕：克雷兹应否出征和波斯人作战，如果应该，他自己应否同任何一支作为友军的队伍联合出动。于是当这些吕底亚人到达了被派去的地方，供上奉献的礼品以后，便请求神谕说：'吕底亚和其他各国的国王克雷兹，认为这些是人间唯一正确的神谕，他把你的启示所应得的礼物奉献在你的面前，现在再次向你请示，他是否应该对波斯人作战，如果应该，他自己应否同任何一支作为盟军的队伍联合出动。'他们就是这样请示的。两个神谕的回答是相同的，即向克雷兹宣誓，如果他进攻波斯，他就会毁灭掉一个强大的帝国……"

希罗多德介绍说："当克雷兹听到带回给他的神谕的答复时，他大为喜悦，期待着他一定会摧毁居鲁士的王国。"

于是，克雷兹开始做征战的准备，而且如自己所愿与拉克代蒙人和埃及人结成了防守同盟。可是一切正按神的谕旨进行时，克雷兹听到了一个逆耳之言。希罗多德很有耐心地说："然而，克雷兹正在准备进攻波斯人的时候，有一个吕底亚人劝告他，这个人在以前已经被人们认为是高明的人，而这时他所提出的见解更使他的智慧在吕底亚人中享有很大的名声。他劝告说：'国王啊，你准备进攻的人们穿的是革制的短裤，其他的衣服也都是革制的；他们吃的不是他们所喜欢的，而只是他们所能够得到的；他们住的是崎岖不平的土地；而他们喝的不是酒而只是水；他们没有无花果做点心吃，也没有其他好东西。一方面，如果您征服了他们，既然他们一无所有，您能从他们手里得到什么呢？另一方面，如果您被他们征服了，您想想看，您将失掉多少好东西。至于我自己，我要感谢诸神，因为他们没有使波斯人想到要进攻吕底亚人。'"

讲毕这个人的劝言，希罗多德证实道："的确，波斯人在征服吕底亚人以前既没有奢侈品也没有什么好东西。"①

是遵从神的谕旨呢，还是采纳他人的劝言？吕底亚国王克雷兹会让我们后世人类看到怎样的选择？

---

① ［英］赫伯特·乔治·韦尔斯：《世界史纲》，译林出版社，2015年。

一个地球与它的两颗心脏（二）

在揭示克雷兹的选择之前，我们有必要简单地讨论一下那位高明之人对国王克雷兹的劝言。从希罗多德展示给我们的情况看，这个人对神是崇拜的，但他似乎不怎么相信他们在人间的业务能力。所以，他有与神大相径庭的分析意见。可以坦诚地说，如果没有这个人的揭发，后人对当年波斯人的生存境况不会有较为清楚的了解。也有可能像现今一些人羡慕古代人生活一样，会认为他们游牧在高原草地，驰马围猎，吃肉喝奶，过着悠然自在的生活。然而，情况恰恰相反。他们穿的只是用牛羊的皮子做的衣服，就算保暖很好，但炎热时可就受罪了；他们吃的不是自己所喜欢的，而只是他们所能够得到的，食物匮乏呀；他们喝的不是酒而是水，最简单的加工产品也还没有啊。最后那位先生概括为，他们"一无所有"。

事情已经很清楚了。原来，波斯人是在生存资源极度匮乏的条件下顽强生存的一部人群体系。他们缺吃的，少穿的，住得简陋，过得艰辛。所以，他们对好的生活有着无法拒绝的向往。他们想穿好看的衣服，想吃美味的佳肴，想住舒适的房子，也想喝一喝那个叫作酒的东西，很想过一种丰足殷实的生活。可是他们没有，他们所居住的那个大地上那个时候也不生产所需要的那些东西。但所需的那些东西在这个地球上并不是不存在，而是就在不远的西邻，就在策马便可到达的迦勒底王朝境内。所以，他们也和希腊人一样，需要拥有它、享用它！

在过去较长的时间里，我一直没有怀疑过神的普世性。可是看到他对吃不到自己所喜欢的，而只能吃所能得到的东西的波斯人和能够享用无花果做的点心和那个叫作酒的东西的吕底亚人的态度后，我的感觉就像被人欺骗了好多年。虽然我们不知道克雷兹乞谕的是哪尊神，也不知道那神依据怎样一些理由，给了克雷兹一个"会毁灭掉一个强大帝国"的神谕。

于是，克雷兹没有采纳那位高人的劝阻，而百般虔诚地服从了神的谕旨。

杀戮无情的战争就这样开打了！

据希罗多德介绍，克雷兹和居鲁士在提里亚不分胜负地打了一仗，克雷兹退却了。居鲁士紧追不舍，克雷兹于是在他的首都萨狄斯城外应战。吕底亚人的主要力量在于他们的马队，他们即使没有经过训练，也是很出色的骑兵。他们用长矛作战。

希罗多德说："当居鲁士在这里看到吕底亚人列队迎战时，害怕他们的马队，便采用了米底人哈尔帕戈斯如下的献策：他把辎重队中所有运载粮食和行李的骆驼都集合起来，把他们背上的东西卸了下来，让具有骑兵装备的人们骑了上去，在这样的安排以后，指定他们走在其他军队的前头向克雷兹的骑兵队冲去。同时他命令步兵跟在骆驼的后面，在步兵的后面他们又布置了全部的骑兵。然后，在所有的兵士各就各位以后，他指令他们把阻挡他们前进的任何吕底亚人一个不留地杀掉，只留下克雷兹一个人，即使他在被俘时抵抗也不杀死。这些就是居鲁士的命令。他之所以要布置骆驼来和马对峙，是因为马害怕骆驼，看到骆驼的形象或闻到骆驼的气味都受不了。因为这个缘故，他策划了这条诡计，使克雷兹的马队变得没有用处，而吕底亚王所最寄予希望的又正是这支力量。于是当两军接战时，马匹一闻到骆驼的气味和看到它们，转身就逃，克雷兹的全部希望便立即化为泡影了。"

如果将希罗多德先生换作是我，那么我把故事讲到这个节点后必将陷入深深的沉思。我会不断地追问，为什么神错了，而人对了呢？难道让我们付出那么多的虔诚，那么多的敬畏，那么多的热情，让我们用最讲究的方式慷慨地奉献着最为珍贵的，让我们毫不犹豫地寄托了命运与希望的神，不能给予我们正确的引领和指导？然后，会因找不到答案而深深烦恼。可我现在不会，因为现在的我已经清楚地感知到，神是由我们人类先民各自不饱和想象集结而成的意象体，虽然一代代的人把最美好的希望与期盼粘贴到了这个意象体上，并努力使它具象化、物态化，但始终未能改变它虚幻存在的本质，所以它可以关联的对象也应该是以虚幻的形式存在的心灵，而不是人间的物态事务。然而，深沉的希罗多德先生也没说，冷静地讲述着后续的故事。

他说，在14天之中，萨狄斯被攻占，克雷兹成了阶下囚。

"于是，波斯人俘虏了克雷兹，把他带到居鲁士面前；居鲁士垒起了一个大柴堆，命令身戴枷锁的克雷兹爬到顶上去，在他两旁各有7名吕底亚的子弟。不知居鲁士是否打算要把克雷兹作为他的胜利的初步果实供奉给某一个神，还是打算在这里还个誓愿，要不然就是他曾经听说克雷兹是个敬畏神灵的人，所以叫他爬上柴堆，因为他想知道，要是任何神灵会来救克雷兹的话，那么克雷兹就不应该被活活烧死。据说，他是这样做了。但是，站在柴堆上的克雷兹，虽然在这样不幸的情况下，却想起了梭伦在圣灵的启示下曾经说的话，就是没有一个活着的人可以称为幸福的。据说，当想到了这一点的时候，他保持了长时间的沉默，然后深深地叹息，大声地呻吟，又三次喊出了梭伦的名字。居鲁士听到了这个声音，便吩咐通译者问克雷兹他叫的这个人是谁，他们赶紧去问他。据说，当他被询问时，他沉默了片刻，以后被逼迫紧了，他说：'这是一个比许多财富更为可贵的人，我但愿他同所有的国王都谈一谈。'由于他的语意含糊，他们又向他追问，当他们催他回答不让他宁静时，他才告诉他们，有一次，一个名叫梭伦的雅典人怎样到他那里，看了他全部财富，却加以蔑视，而说了如此这般一番话；他所遭遇的一切结果又怎样和梭伦的话十分相符；不消说，这番话不是专对克雷兹本人讲的，而是针对全人类讲的，特别是针对那些自以为幸福的人讲的。当克雷兹说这些话的时候，柴堆上已经点起了火，边沿四周正在燃烧，据说，居鲁士从通译者那里听到了克雷兹所说的话以后，改变了主意，觉得他自己也不过是一个人，却正在把一向和他自己一样幸福的另外一个人活活地烧死。不但如此，他还害怕报应，并且回想到人间所有的东西没有一件是靠得住的；据说，他于是下令尽可能把正在燃烧的火赶快扑灭，并把克雷兹和与他一起的那些人从柴堆上带过来；他们虽然尽力，但火焰已无法控制住了。据吕底亚人所说的，当克雷兹知道居鲁士已经变更了他的主意，并看到人人都在扑火，但已无法制止的时候，便高声呼唤阿波罗神，恳求说，如果神对他过去所呈献的任何礼品认为合意的话，那就要来帮助他，使他免于面前的大祸。他这样含着泪向神恳求，据说，在天晴日暖之中突然乌云密布，大风狂起，暴雨倾盆，柴堆就熄灭了。

"于是，居鲁士深信克雷兹是喜爱神的人，而且是个好人，便把他从柴堆上释放下来，问他说：'克雷兹，告诉我说在一切人中是谁劝说你来攻打我的国家，从而使你变成我的敌人而不是好朋友？'克雷兹回答说：'哦，国王啊，我干了件给你带来好运、给我带来祸灾的事。而惹起这种结果的，是希腊人的神，是它煽动我出兵进攻的。没有一个人愚蠢到这样的地步，会自愿选择战争而不要和平，因为在和平时期是儿子埋葬父亲，而在战争时期则是父亲埋葬儿子。但是，我想，这些事情这样实现，是合乎神们的意愿的。'"

据希罗多德介绍，就这样，克雷兹保住了自己的性命，可是他那诡异的举止，不仅未能证明神的灵明，而且把本应驰向迦勒底帝国的战车引向自己的王国，使它变成波斯人的练兵场不说，也使希腊人在小亚细亚开拓的生存资源获取点顺势落入了波斯人的手中。

不过，需求是不会迷失方向的。在居鲁士领导下的波斯人，利用冲向吕底亚的猛力之惯性，尽管砍断了希腊人伸向生存资源的手，也顺势把自己的占地向东扩大到了亚洲中部的乌浒河以东地区。待筹集了足够的冲击力后，立即按照需求的方向掉转马头冲向了被我们称为新巴比伦帝国的迦勒底帝国，如愿以偿地于公元前539年将美索不达米亚这块生存资源富产地划归到了自己的统治版图之中。

饥饿的人吃饭，在吃到咽不下去之前是不会停下的。用这个来比喻当年的波斯人、当年的居鲁士和他的继承者是没有什么不妥的。将地中海东岸生存资源富产地收入囊中之后，波斯人并没有心满意足，就像饿极了的人，踏着喜克索斯人的足迹，又把尼罗河中下游的埃及也纳入了统治版图，使地中海东岸和南岸的生存资源产地连接到了一起。史家们还承认，胃口大得惊人的波斯人约在公元前518年把印度河流域的生存资源产地也抢入了自己的怀中。

波斯人对亚非两洲连接处生存资源富产区的独霸式占有，引起了希腊人的高度警觉和强烈不满。这个不满起始于公元前500年的米利都城。位于小亚细亚西端、爱琴海东岸的米利都城曾是希腊人伸向生存资源的手臂和在地中海东岸地区开拓出的生存资源获取点。所以，这里有很多由本土希腊迁移而来的住民。就是这些住民于公元前500年发动反抗波斯人的起义，拉开了波斯人与希腊人50余年交战的序幕。

开始时，起义在米利都取得了胜利。但是，随着波斯人加大兵力镇压，不仅起义遭到无情镇压，而且米利都大部分男子惨遭杀害，妇女儿童沦为奴隶，还因本土城邦支持过起义而又把愤怒的波斯人引向了希腊本土的方向。

波斯人是气昂昂地踏向希腊本土去的。不过，组织有力、兵力强大的波斯人并未能如愿以偿地一举制服惹怒自己的希腊人，而是与没有一体政权领导、但在危难之际能够联合起来的希腊人开展了互有胜负的周旋。他们的周旋共持续了50余年，其间发生过马拉松战役、温泉关战役、萨拉米斯战役、普拉提亚战役和米卡尔山战役等著名战役。后来，在希腊人的奋力抗击下，波斯人损失惨重地退回到地中海东岸的大本营，希腊人顺势也收复了小亚细亚海岸开拓的生存资源获取点。

2400多年已经过去，不过，运动员在马拉松距离上的挥汗奔跑，让人类每每想起叫战争的那个恶物，进而真心祈愿和平常在。记得，前些年我也写过一首叫《假如，和平是一只鸽子》的诗。其中写道："假如，和平是一只鸽子，当听到她的名字时，做一个祈祷，给她；当看到她的身影时，伸出一个臂膀，给她；当她栖息在你田野时，常放些食物在心头，给她；当她无处落脚而呻吟时，吹灭你手中的火炬，迎她。"如今，就在写希波战争留给人类的启示的时候，我想起这首诗，并为自己曾经的幼稚而感到脸红阵阵。

原来，战争是人类用最聪明的智慧来进行的最愚昧的蠢事，也标志着人类的智慧尚还存在重大的缺陷。即便是现在，人类仍常常被这个缺陷威胁得心神不宁。

向食物和生存所需的方向移动，这是人类在动物阶段就已经画出的基本方向。当生存资源以野生动物的形态分布大地自然的时候，他们便无师自通地搜寻着它们的踪迹遍布了世界各地。后来，有些肥沃的土地被开发成了生产生存资源、制作生存所需物品的地方，于是人们就不由自主地开始了挤进其中，分享其物，并获取支配权的努力。就这样，周边地区、邻近地区的人们经过头破血流的战争，一个接一个地挤了进去。可是，已经挤入的，绝不会是最后的，他们的脚印也不会是人类这一方向性运动的句号。只要地球的其他区域还没有被开发成生产生存资源、制作成生存所需的场地，那么人类挤向生存资源富产区的方向性运动就不会停止。外面的人们总想挤进去，总想分享一些，尽管是头破血流；而里面的人总是不肯礼让，无情拒绝，哪怕是大动干戈。于是，战争就成了他们独一无二的选择。他们为战胜对方，把人类最聪明的智慧投入到战争的事务之中，把人类最健壮的青年人推上战场的搏杀，使人类自己不断地失去用来繁衍发展的最美丽的年华、最精锐的力量，然后用各种理由掩盖内心的疼痛。这是因为，人类的早期先民，那些被称为国王、君主、大帝和法老的人们，只以财富的形式认识生存资源，而不能以生存所需的资源来认知那些财富，更是只会知道占有支配的需要，而并不明白进行再分配的必要和绝对必需，所以，只停留在用战争来解决问题的境界上。

啊，我可爱的同类，可怜的同类，让我无奈再无奈的同类呀！

我知道，无奈是无济于事的。所以，我们仍还怀着无奈，继续在人类留下的悲壮足迹上行走和思考。

是的，人类的物种一元性是显而易见的。当智慧的缺陷深深困扰环地中海人类住民的行为时，东方古代中国的人类住民同样也未能逃脱它的困扰。

到公元前7—公元前8世纪时，古代中国黄河、长江中下游地区已基本被开拓成了相连成片的生存资源产地。在后来的历史中，人们通常称它为中原地区。那个在存在形式上极度扭曲的商王朝的权力被周王朝取代之后，整个中原地区基本辖属在周王朝名下。这个王朝因始创了一些东方特质的礼仪而闻名中国的历史。但无论是王朝的宗主王，还是大臣和各地诸侯，因对占用生存资源的合理形式毫无认识，所以诸侯们为占取更好的利益位置，展开了背信弃义、尔虞我诈、你死我活的争斗。中国的史家们称这个时期为春秋和战国。春秋是周朝建立的利益关系已不能适应各地诸侯获益需求的情况下，诸侯们纷纷挣脱宗主王的权力缰绳，开始走向自我发展、自我壮大的时期。按中国史家的划分，这个时期从公元前770年一直延续到公元前476年。史家们统计说，在这个近300年的时间里就在中原这块生存资源产地上一共出现了142个之多的利益自主体——诸侯国。而被称为战国的历史阶段，就是这些利益自主体相互争抢、蚕食、吞并的混战过程和最后被秦国征服到一体政权管辖之下的历史过程。

中国的史家们认为，春秋无义战，而且是群雄并起、礼崩乐坏。显然，评价是较为负面的。不过，我倒觉得他们近300年间的那些事情并非一文不值，而是有着很深的人类启蒙意义。

把肥沃的大地开发成为生存资源的出产地，然后生活在它的上面，享用生存所需要的各种物品。对人类而言，这是何等理想的生存形态呀，可是，自那些独处一方的生存资源产地被连接整合成一体后，这种起初式的生存形态就失去了继续存在的必要条件。因为，生存资源产地为独处一方的存在时，它的开发者和占用者也是有着血缘关系的一体人群，而被整合连接为一大整体后，占用者就会是很多个不同利益体系的不同人群。进而这些属于不同利益体系的人群就不可能无所争夺地安然分享那些并非丰足的生存物品。那么，生活在同一片生存资源产地上的不同人群怎样才能以没有暴力争抢的形式分享那些生存资源呢？对此，人类的先民是茫然的。

按理说，人类对生存资源分享方式的探索应该在苏美尔起先进行。但是，苏美尔的城邦们开始为争夺生存资源产地上的霸主位置而大动干戈，在未能找出一个可行的结果之前闪米特人的拥入使这个探索半途而废了。之后，古埃及也应该是发生过此种探索的地方，但因留下的记忆模糊而无法辨识出一些有价值的经验或教训。而被认为"无义战"且"礼崩乐坏"的古代中国的春秋300年，则正是人类对分享生存资源的可行方式进行残酷探索的历史时期。根据中国史家们的介绍，无论是商朝或是周朝，虽然天下大地名义上是宗主王的，但那些被称为诸侯的各部人群的头人则实际控制着各自占据的生存资源产地。因此，宗主王并未实际掌握生存资源的支配权，进而也未能承担对它进行合理调配的责任，而只选择了为自己所需而随意索取的权力。看来，对生存资源的这种占用方式并不适合人们的需求和期待。所以在春秋时期发生了诸侯纷纷挣脱宗主王的权力缰绳，开始自立各自的利益门户。结果就出现了142个之多的自主利益体——诸侯国。那么，利益主体的小型化和分散化是人类分享生存资源的可行方式吗？春秋的故事和随后的战国实践都齐声地告诉我们说：不是。因为，在春秋和战国的500多年间，在古代中国的中原一地，在分化还并未很久的血缘近亲的人群之间、在昨天还欢宴在一起称兄道弟的人们之间展开了一场场难以细数的、不辨是非的、诡计多端的、残酷无情的、你死我活的争斗。其间，战事之多、代价之大、创伤之深、苦难之重难以表述，整整损毁了好多代人类的中国住民。

于是，古代中国生存资源产地上的人们终于伤痕累累、筋疲力尽地被其中渐渐强大起来的秦国整合到了一起。在中国的历史上称这个时期为秦朝。秦朝没有延续前朝对生存资源产地的占用形式，而是发明了一个一体化的统筹占用模式。他们破除原有的分散化占用模式，将占有的全部疆土置于一个强有力的权力体系之下，然后把它分成多个管理板块，对所占有的生存资源进行一体化的统筹管理。据中国史家们的介绍，这个政权共创设了40个郡，若干个县，还统一了文字，修筑了通道，统一了度量衡，统一了钱币，以确保一体化统筹管理的顺利实施。结果战乱没有了，争抢不见了，生存资源得到了统筹使用。绵延于中国山川大地的万里长城和让游人络绎不绝而惊叹不已的秦始皇陵，便是这一模式极致化的结果。

对生存形式日趋复杂的古代人类来说，这可是不亚于发现种子之秘密的一大发明，只是当时的人类没有闲暇去归纳和总结，更没有人将它作为不同人群对同一片生存资源产地的占用模式来推广和复制，而是各自以头破血流的实践去探寻这一模式。

这是一种多大的不幸啊！可是，我那人类的古代先民们就是这样固执，就是这样深深地被智慧的缺陷困扰着。创就了占用生存资源新模式的古代中国人与当时占有西亚生存资源产地的吕底亚与迦勒底的国王君主们一样，只知道独自享用，而不懂得对有限的生存资源应该进行再分配的重要性，所以，依然未能摆脱进攻与抗击的战事。秦朝的始皇帝与吕底亚国王克雷兹没有什么不同，与克雷兹主动出兵攻击波斯一样，名为嬴政的秦朝始皇帝把中原大地整合到一起后，马上掉转马头去攻打从北面和南面挤占而来的匈奴人和百越人。

从北面向中原这个生存资源产地挤占而来的是匈奴人。当时已经转型成游牧民族的匈奴人的生存境况与波斯人所能拥有的相差不会太大，差别可能就是波斯人没有酒，而匈奴人有酒喝。他们与波斯人最大的相同，就是对生存资源的需要。有人曾怀疑，被称为匈奴的这个人群可能与曾为波斯人一部的斯基泰人有关，但后来被归类到了突厥——蒙古人种的一支。他们生活在地球东半部分的北部地区，虽然较早完成了从狩猎到游牧的转型，但单一的滋养获取方式使他们一直处在对丰富的生存资源的向往之中。由于他们与中原地区的距离较近，而两地基本以平原地形相连，所以不断向中原地区挤进。当嬴政的秦朝整合中原地区时，匈奴人已南下到被称为河套地区的黄河中游沿岸地带。而从南面窥视中原地区生存资源的则是被中国史家们称作百越的人群。当时，他们居住在现今中国江西、福建、浙江、广东、广西及湖南的南部地区，是并非为一个族群的不同部族人群，只因当时对他们的认知有限，所以百越就成了对他们的笼统名称。他们虽然很早就学会了水稻的耕作和家猪的养殖，但因占地自然多山多水，人力难以打造出连块成片的生存资源产地，所以依然处在物产匮乏的境况之中。于是，他们与匈奴人一样一步步挤向生存物产丰富而多样的中原地区。只不过，冲击力没有匈奴那样强大而已。

面对南北两面因需求而形成的巨大威胁，始皇帝嬴政也和吕底亚国王克雷兹一样先发制人地去打击匈奴人和百越人。而嬴政与克雷兹不同的是，他没有引火烧身，而是击退了匈奴，降伏了百越，还沿所占疆土的北边修筑了万里长城，想一劳永逸地拒绝匈奴人对生存资源的要求，很想独自而完全地占用它。

尚且不说绵延万里的高墙能不能挡住匈奴人等游牧民族奔向生存资源的脚步，但始皇帝嬴政所整合到一起的中原大地，以其生存资源对四面八方的吸引力，不仅导致了一大生存圈的形成，也使自己变成了这个生存圈的中心。与此相同，经不断地连接和拓展，以半圆形遍布地中海南岸、东岸和东北沿岸的生存资源产地，也以它不可抗拒的吸引力造就了席卷欧亚非三大洲交接地带的超大生存圈，承载着各色人群为生存而掀起的种种波澜壮阔。

远远地，从岁月的远处望去，我们可以在人类历史的古代存在中观察到两大风云旋涡，它就像跳动剧烈的两颗心脏，搅动着几大洲古代人类的聚散离合与喜怒哀乐！

心灵，来自自己的光和热

写下这个题目时，我已用好长的时间思考了什么是心灵的问题。其间，做过梦，向看似神圣的人祈求请教，但未果。然后翻阅手头所有大师们的著述，但迷津仍未被指点明确。最后一招就是上网查询，这下可热闹了，几千万条信息和知识堆积在那里，眼花缭乱，真假难辨。其中的解释有生物学的、心理学的，也有宗教的、哲学的，更有将它当成可经营的资本来介绍的。同时，我也发现还有一些国家将其作为专门的学科进行过研究。不过，这些无奇不有的解释和介绍并不是我想获得的、说明问题的那种知识。

于是，我隐约感觉到了，心灵应该是我们人类进化的成果和生命存在的非物质形式。就因为是非物质形式，所以，人们才对它有了千差万别的认识。研究家们发现，如今我们所说的"心灵"这一概念源自拉丁文的一个词，这个词所表述的意思是"给予系统生命与活力"。如果研究家们的引介没有误差，那么我们可以清楚地感知到，在古代拉丁人生活的那个年代，心灵存在的形态还较为隐秘和稚嫩，所以使他们产生了将它看成近似灵魂的认识。这并不是古代拉丁人的过错，而恰恰说明了在较早的那个年代，人类的心灵还处在看不清自己相貌的阶段。如今，经过几千甚至上万年的继续进化，它存在的作用和形式越来越明显和清晰，能够让我们感知到它就是生命存在的非物质形式！

平时，我喜欢看有关动物的电视节目，尤其喜欢东非大草原充满野性的生存演绎。看着看着，有时候就想，如果狮子、野牛、大象等大型动物进化出了与人类一样的心灵与智慧，那这个世界会是什么样子呢？是不是和人类一样，它们也盖居住的房子，那该是怎样的建筑？是不是和人类一样，还要发现生产某一食物的秘密，那么发现的该是什么？是不是也和人类一样，它们也褪下毛去穿衣服，如果是，它们现在穿的衣服会是什么样？是不是也和人类一样，发现生物多样性的重要性，然后确定一些需要保护的动物？如果是，我们人类这种动物能不能称为被保护的对象？……想着想着，有时候就笑出声来，引起妻儿们不安的询问。

其实，我也知道这是不可能的。因为，心灵和智慧使我们永远地超越了它们，使它们总是以看不懂的眼神打量我们。按尤瓦尔·赫拉利的话说，我们从动物变成了上帝，人类应该感谢的是自己的心灵和智慧。是啊，就是这个叫心灵和智慧的奇妙之物，使我们远古的祖先在两河流域，在古埃及、古印度和古代中国的沃土上发现种子的秘密，开发出了人类最早的生存资源生产基地，并在它的支撑下走向了日益复杂的生存形态，而且随着他们的脚步，历史的岁月就要走到被史家、学者们标定的轴心时代的那个时候，就是公元前500年左右的时候。所以，作为游览者的我们，应在历史的这一门口停留片刻，领略一下人类心灵智慧发育成长的大概，以便看清它是如何为走进轴心时代铺路修桥的。

科学家早就提示我们，心灵和智慧源自大脑。他们发现，人类祖先——200余万年前的南方古猿的大脑有350—700克，而现代人类的大脑已经有1200—1400克。他们还不断地发现，心灵就是随着我们与动物别无二致的原始祖先的大脑体量变大开始发育起来的。如果没有科学，我们还真不会相信那个长满了纵横交错、长短不一、粗细不同的血管的，糨糊模样的软体东西能有那样的神奇之能。可就是随着这个东西在人的头盖骨里的不断增大，人类储存记忆的容量也渐渐变大了。于是，被称为大脑的这个器官就以它百亿计的细胞或神经元对已经储存的记忆信息进行不断的运算，派生出了一个叫思维的东西。虽然只要有大脑，就会有记忆和思维，但是随着进化，人的大脑将动物大脑的本事远远抛在后面，以其强大的记忆能力和复杂的思维能力，为其主人孕育出了一个叫心灵的、神奇至极的非物质存在形式。从此起，荣辱惊怵、喜怒哀乐、苦辣酸甜等五味杂陈之感就筑巢到了人类的身上。

人类的这些感知究竟什么时候破土而出的？我们不知道，专家、学者也不知道，谁也不可能知道。虽然人类从地底挖掘着远古的记忆，心灵发芽破土的那个时间永远不会被找到，不过专家、学者们也不是没有一点办法，他们为找到人类心灵呱呱坠地的大致情形，将它外化的形式分成文学、艺术、宗教、伦理、道德、科学、法律、哲学等多个门类，逐个探究它们的起源由来。并经研究发现，心灵与智慧的这些外化形式或起源于为生存而进行的劳动，或发端于祈求神灵而为之的巫术活动，或开始于对其他存在现象的模仿，或是为了社会团结，愉悦心情，表达感情，等等。

对当今人类而言，考古是修补记忆的有效努力，而研究是与其对接思维的尝试。经过一次次的修补和对接，如今人们已经看清我们人类的心灵是按照从低级到高级、从简单到复杂的轨迹发育成长起来的。在初始时期，大脑的体量还小，能够储存的记忆也不多，运算的能力也还很弱，所以他们与其他动物开始有别的心灵方式可能就是对其他存在现象的模仿。谁也不知道这种模仿开始于何时，但大家都在分享由它传存下来的音乐与舞蹈带给我们的快乐。威尔·杜兰特先生不无想象地认为，"甚至在早期，可能更远，在人们想到雕刻对象，或构建坟墓之前，人们就已发现了韵律中的乐趣。再由野兽们的吼叫与家禽的啼鸣，兽类的高视阔步与飞禽的梳理毛羽，进而发展到音乐与舞蹈。可能与动物一样，人类唱歌是在学讲话以前，而舞蹈则与歌唱同时。"①先生的思维是不是与人类的古代记忆有所对接，我们不得而知，但祖先们从3万多年前的一个招手，则给我们讲述着人类心灵有所成长的美丽故事。

3万年前的一只手是从法国南部的雪维洞里向我们招手的。其实，这只手向后世的人类挥动了3万多年，只是粗心的后人们没有留意它，直到20世纪末时一个科学家才走到它的跟前。原来，它不断招手的原因是这里存藏着百余幅3万多年前的岩石上的画。这些岩画上主要有野牛、狮子、野猪等动物，其中一幅就是一直向后人招手的手印。对美术家来说，这些岩画证明着其艺术历史的久远，而对我们它却展示了人类心灵发育到新一个台阶的证据。这个台阶就是，在距今3万多年前，我们人类的心灵已经从简单的模仿进入了能够描摹其他存在物的阶段了。把见于荒野大地上的动物，相貌大致相同地再现到其他物体之上，对现在的我们来说，也不只是举手之劳的事情。因为它需要反复调用对象动物的形象记忆，并还需要一定的设计和构思。而且，也应该有语言的隐性参与。所以，这个时候的大脑，以其渐趋复杂丰富的对记忆进行运算的能力，使心灵进入了能够描摹其他存在物的发展阶段。也许人类的心灵能力蹒跚在这一阶段的时间很长很长，也许对其他存在物的描摹很有兴趣，所以，在雪维洞穴、阿尔塔米拉洞穴、

---

① ［美］威尔·杜兰特：《世界文明史》，华夏出版社，2010年。

平图拉斯河手洞，以及在我生活的中国内蒙古阴山岩石上留下了距今3万年前至几千年前的刻刻画画。

接着，大脑的发育，以其更多的记忆储存和进一步复杂的运算能力，使心灵有了更高一级的能力，那就是：能够对经历或目睹的事与物进行再呈现式的描述。与描摹相比，支撑它的内容元素更复杂、更连贯，物象的支持度更弱或模糊，所以，不仅需要大脑的复杂运算，还需要语言的参与。这种描述开始于"看，那有一头狮子?"的提示之语，或起步于"昨天下雨了"的告知之句，谁也不知道。因为，祖先们未被文字固定的一切话语都已云雾般再也找不到地飘散而去，成了后世我们永远不能修补的记忆缺口。当找到用文字固定下来的言语遗存时，我们却发现这已经是祖先们描述能力长足发展后的记录了。

苏美尔是最早找到这样记录的地方。考古学家在这个地方发掘出了很多的泥简，上面刻存的就是近6000年前古人说的话被文字固定下来的结果。研究家们从其上面发现了心灵能力更高层的表现形式，也不乏有发展成散文模样的描述语。如已经让我们惊叹过的这句话："人类在原始时代，不知吃饭，不知穿衣。他们在地面爬行，饿了就地吃草，渴了就沟喝水。"我们不知道，最初最简单的描述是什么时候出现的，也不知道在什么时候发展到了这样散文化程度的，所以，只可领会的是，这一切早在6000年以前就已经发生了。

是的，早在6000年之前，人类心灵的描述能力，不仅发展到了散文化、故事化的程度，还派生出了一个更高级的呈现形式——表达。与描述相比，表达需要调动更多的记忆，进行更复杂的运算，还需要情感的积极投入。一首《凯什尔神庙颂》的诗就是这个时期被文字固定下来的长达134行的表达之作。其中写道：

> 恩利尔，来自天上高贵的神
>
> 他只看了大地一眼
>
> 万物便自然向上生长
>
> 而天堂四周也一瞬间转绿宛如一座花园
>
> ……
>
> 凯什尔是所有土地中长得最肥沃的
>
> 因此获得了恩利尔的赞扬。

在苏美尔那个年代不仅有了这样单向度的表达，而且还有了调动元素更多的表达。如以神的口吻写的这首诗：

> 我，被敌人奸污了，呀！他连手都没有洗
>
> 那双带血的手，把我吓个半死。
>
> 啊！可怜的女人。你的尊严已被禽兽剥夺净尽！
>
> 他脱下我的衣裙，去温暖他的妻子，
>
> 他抢走了我的首饰，去装饰他的女儿。
>
> 我成了他的俘虏——事事得仰其鼻息。
>
> 想着那令人发抖的一天，
>
> 他闯进我的宫殿，我躲进了夹壁，瑟缩着像只鸽子。
>
> 他在追，我在逃。逃离神龛，逃离城市，像一只无依的小鸟。
>
> 啊！我在叹息：
>
> "何时何月才能回到我那遥远的故乡？"[1]

这是一派繁荣的乌尔城突然遭到外邦的洗劫，其女神被亵渎后，一位诗人实现与神的换位思考后写下的悲愤表达。从调动的记忆、搬用的意象、连贯的逻辑和想象，以及手法的娴熟情况看，人类心灵的这种表达能力已经经历了很长一段的发展之路。所以，后人不仅在苏美尔，还在古埃及、古印度和古代中国的遗存中都找到了心灵能力的这一表现形式。古埃及水草纸上记录的一则故事，甚至出现了描述与表达混同使用的情况。

故事是这样写的：

"我现在所叙述的，是我亲身的遭遇。一天，我奉命乘船前往皇家矿场。我所乘的是一艘海船，长180英尺，宽60英尺。船上共有水手120人。这些人，全是由埃及精选出来的。这些人，上通天文，下通地理，其心胸……比狮子还壮。

"船开行不久，水平预测大风暴即将来临——虽然这时一丝风暴的迹象也没有。

"果然，不久海上起了风暴，……御风而前，船去如飞……一浪高达八腕

---

[1] ［美］威尔·杜兰特：《世界文明史》，华夏出版社，2010年。

尺……

"船翻了，其他水手无一幸存。我被一个巨浪送至一个荒岛，在那儿我足足待了3天。我最初躺在一棵树下。上面所盖的不是被子而是树荫。我很寂寞，因除了影儿外，再无人和我做伴。休息够了，我觉得饿，便起来找东西吃。

"谢天谢地，岛上充满了可吃的东西。我找到了无花果，我找到了葡萄，找到了韭菜，找到了鱼，找到了山鸡……

"……当我生起了火，弄好了食物，我便拾起了一个火把，同时将烧好的东西奉献给过往的神灵。"[1]

被定义为故事的这段文字，虽然写下已有几千年的时间，但让如今的我们读起来也不会觉得稚嫩和简单，反而为他们精致、练达的表述能力大感惊奇。由此，也不由自主地产生这样一个联想：是不是模仿和描摹是艺术的起步之处，而描述与表达则是文学的扬帆之海？

如果说，艺术和文学使人类的生命在经历岁月的过程中充满了各种风采和乐趣，那么，继而生成的一个能力就是把这远古人类推到轴心时代门口的神奇之手。它就是心灵的判断能力。

我们走在日出方向的路上。说，我们在步行，这是描述；说，我们很累但非常开心，这则是表达。而判断会让我们这样说：我们正走向东方。与表达相比，判断所需要的记忆储备更多，所需调动的经验积累更广，所需要进行的运算程序更长。所以，它是大脑细胞复杂劳动的成果，应是在表达能力之后，心灵所派生出的一种新的能力。如同我们并不知道心灵的其他能力始于何时一样，我们也无法指认某一年代就是判断能力形成的时间。但我们清楚的是，判断对生命的负责态度是诚恳的。目前，考古能够提供的人类最早的判断类文字，是从苏美尔发掘出的《苏鲁巴克箴言》。研究家们认为，它可能是公元前3000年以前的产物。距今已有5000多年历史的这部箴言里写有这样一些内容：

> 你不该与骄傲的人结婚，他会害你终生成为奴隶；
>
> 你不该诅咒他人，最终会回到你身上；
>
> 你不该在夜晚旅行，可能会遇上坏事；

---

[1] [美]威尔·杜兰特：《世界文明史》，华夏出版社，2010年。

你不该与女奴上床，她会吃了你；

你不该和已婚少妇玩在一起，毁谤是很可怕的。……

假如生活在 5000 年之前的苏美尔，我会按照这些箴言的提示安排结交朋友、对待他人、与异性来往等生存活动。可现在就不一定了，因为现今的我们已经有了很多很多的思考、判断和主张。不过就是这样，人类先民的判断就是从审视最常见的生活现象入手，掂量出它们的轻重与是非，并提出可以遵循的建设性的意见。

就这样，人类心灵的判断能力从其他能力的表现形式中分离出来，走上了一条以一切存在现象为观察和审视的对象，不断获取有利于生存的知识，助力人类社会文明进步的道路。如果说《苏鲁巴克箴言》是人类心灵之判断能力起步的萌态，那发现于埃及的《普塔霍特普之教谕》则应该是它开始小跑时的风采了。普塔霍特普是古埃及第五王朝时期法老政权的首相，生活在 4000 多年之前。

这部教谕中写道：

"如果你和一个贪食者坐在一起，在他的贪婪过去的时候你再吃饭，当你和一个酒鬼对饮，在他心满意足的时候你再举杯。

"不要和贪食的人一起狼吞虎咽地吃肉，当他给你的时候再吃。不要拒绝，这样就会很愉快。

"让你的名字广为传播，但你的嘴却是沉默的。当你被召见的时候，不要在你的同龄人中显示力量，以免你遭到反对。当神要进行惩罚的时候，一个人不知道会发生什么事以及神要做什么。

"……

"不可因略识之无而自骄。与愚夫愚妇接谈，也应具有和圣达之士交谈一样的态度。技术无止境，任何人都不能说，我的功夫天下第一。忠言比婢女在碎石堆里找到的翡翠还珍贵……

"不可高谈阔论，无论对谁，不管其为王孙公子或市井小民，喋喋不休，均会令人生厌……

"智者教子应使其顺乎神意。要子弟行正道，莫如以身作则。父慈则子孝……对听话的子弟，应奖励；对不听话的子弟，如行为越轨，言语粗鄙，应严加管束……告诉子弟，做人应堂堂正正；世间最可贵者为德行而非珍宝。

"无论到任何地方,与女性交往均宜慎重……智者必爱其妻,给予房屋,给予情爱……沉静寡言,胜于废话连篇。在议会中讲话,当心受到专家的反驳。最愚蠢的人,才能无所不谈……

"能者,必虚怀若谷,必言语温顺……别人谈话,不可插嘴。愤怒时不可发言。愤怒能伤人坏事,智者宜控制自己远离愤怒。

"……

"我不敢说我所说的一切,必能垂诸永久。不过,谁若能照我所说的去做,他必受人尊重。说话谨慎,行止有方……必终身受益……要你做一个堂堂正正、心安理得的人,这是我所企望的。"①

据说,这是普塔霍特普卸去首相职务后,回家养老的同时为教育儿子而写下的文字。普塔霍特普似乎是个明智之人,当自己步入老年后主动向法老请辞,说:"啊,我的至尊,臣的生命已似西山的太阳。臣已老态龙钟,疲弱昏聩。眼也花了,耳也聋了,记性也坏了……请您让您的仆人为他的儿子做一件事,把他从前从神灵从前辈所获的教训,转告他的儿子。"法老也很豁达,不仅接受了他的请辞,还叮嘱道:"不可过于劳神。"

于是,普塔霍特普就把"从神灵从前辈所获的教训"书写出来,给儿子,给后代埃及人,也给所有的后世人类。仅从这些文字看,神灵和前辈提示给普塔霍特普的道理和理念是深刻的,也是多方面的,其中对一些事物的理解和归纳,至今也都是人类所坚持的。内容不仅涉及说话、办事、为人、处世等多个方面,而且提炼出的道理、感悟和提示,比《苏鲁巴克箴言》所呈现出的理解深刻一些、复杂一些。这倒不是说古埃及人的心灵能力高于苏美尔人,而是可以窥见时间让人类的心灵越来越智慧、越来越灵动、越来越深谋远虑。

时间是一匹永恒的骏马,当它闲步在公元前1000年左右的岁月时,在古印度大地上生活下来的雅利安人也展示出了人类心灵能力进一步发育成长的风采。他们在一首诗中写道:

> 既非有,亦非无;悠悠苍天一无所有,太空苍穹无极渺茫。
>
> 覆盖何物?遮蔽何物?掩饰何物?

---

① [美]威尔·杜兰特:《世界文明史》,华夏出版社,2010年。

并非死亡，亦无永生不朽，日夜之间并无限界。

唯凭一息尚存，否则自甘死亡，生存于无有之乡。混沌初开，一片漆黑。海际无光，朦胧深奥。……

迷茫于造物与非造物之间。是大地抑或太空出现光亮。普及万物？

种子播下，神力继之——在下覆万物，在上具威力愿望。

谁知此中隐秘？谁来揭露其奥妙？

万象众生从何而生，从何而来？

众神灵自己随后出现，谁知此一伟大造物主来自何处？他是来自所有伟大造物主所来之处。

是随意愿，抑或尽在不言中。

至高无上的先知是在最高的天堂。

它洞悉一切——即使偶然他有所不知。[①]

本来，开始时诗歌是用来表达的。就像我们已经读了的苏美尔人赞美神的诗。虽然人类心灵的表达能力，在苏美尔以颂圣诗的形式出现，并使研究者们产生了诗歌是不是起源于对神的赞美的疑惑，但情爱肯定也是表达所致力的方向。就是这个用于表达的心灵能力，在到公元前1000年左右时，在古印度雅利安人身上表现出了纵横思考的新本事。这首闪烁着深思之光的诗作曾为难过不少的研究家。面对该诗，研究家们看不到作者的意图，诊断不出想要表达什么，又想要说明什么。所以，向一切投去洞察之目光的威尔·杜兰特先生也无奈地说："这首诗所提的问题只能留待《奥义书》的作者来答复。"现今，我们把该诗摘抄在这里，并不是用来解读它，以示高明，而是通过它感知我们人类心灵能力发育成长的轨迹。

用来表达的思索都复杂到了这等程度，那他们用来判断的深邃目光又是怎样打量当时的生存现象的呢？

就在被威尔·杜兰特先生很为仰视的《奥义书》中有这样一段文字："太初之际，此事唯无，其后为有。有复发展，变为一卵。孵育一年，卵壳裂开，分为两片；一片为银，一片为金。银者为地，金者为天；表为群山，里为云雾；脉为

---

① ［美］威尔·杜兰特：《世界文明史》，华夏出版社，2010年。

河流，液为海洋。"很显然，这是对一切存在原初形态的设想和判断，它的对与错对当今人类没有什么意义。不过，它所呈现出的深度思考、宏大想象和对万千现象由来探究的努力，的确不能与人类在苏美尔时期的心灵能力同日而语了。因为时间走过了2000年，2000年的时间使人类的心灵发育出了能够考虑如此问题的能力，真不知再过几千年之后会成长出思考和处理怎样问题的能力！

不过，好在是现在，是公元21世纪的我们在欣赏和领略人类心灵在约3000年前已有的能力。是的，就在这个时候，人类心灵所呈现出的能力着实让人惊叹不已。

"最高层次的善就像是水一样，水对万物都有利但是却从来都不争什么，而使自己处于众人都嫌恶的境地，这就是谦下之德；因此江海之所以能成为成百上千的小溪岩的首领，就是因为它谦下，所以才成了无数溪谷的首领。普天之下，再也没有比水更柔软的了，而那些以进攻坚强为使命的却不能够战胜它，这是柔的德；因此能够以柔胜刚，以弱胜强。正是因为它没有，所以才能入于无间，由此可以知道不需要言语的教化和无所作为的益处。与世无争，则天下没有人能够与他相争，这就是效法了水的德行的缘故。水对于道来说，道没有一个地方不存在，水没有一个事物不有利，避高趋下，但是却不曾有过逆反，这是善于适应地势的缘故；空荡荡的地方广阔清净，深不可测，这里容易成为深渊；有损害但是却不枯竭，施以仁德却不求回报，这是善于讲究仁义；圆的东西一定能旋转，方的东西一定能够折断，堵塞了的河流一定会停止运动，决口了的则一定会流出来，这是善于遵守信用；洗涤众多污浊的东西，使万物上下相抑，平定统一，这是善于治理事物；承载东西就让它浮起来，鉴定东西就清澈透亮，进攻的话那些攻坚的则没有一个能胜得过自己，这是善于利用自己的优势；不分白天黑夜，前仆后继，善于运用时间。因此，圣明的人随着时间的改变而采取相应的行动，贤明的人依照事物的变化而有相应的改变；智慧的人无所作为却能使社会得到治理，通达的人顺应天时而得到生存。"[1]

越过对人的行为的观察，从水的存在形态中感悟出人在生活中应如何为人、做事的境界和方法，所获得的理念和道理，比直接面对而获得的更为深邃、更有灵性。不过，这不是出现在3000多年前古代印度的文字，而是2500多年前出生

---

① 李伯钦等：《中国通史》，万卷出版公司，2009年。

在中国的被尊称为老子的一位高人讲给后来成了更高的高人的一席话。

　　本来，人类的心灵是无法追踪的风。如果不是有必要去回望一下，我们也不一定会去做这个傻事。不过，傻有傻的好处，执意和大胆的傻使我们大致窥见了人类心灵蹒跚走过的发育成长之路。这条路并不是从雪维洞穴到苏美尔，再经古埃及、古印度到古代中国的地理之路，而是从30000多年前到2500多年前的时光之路。在这条颇感漫长的路上，人类的心灵以其不断的发育与成长，使为其主人的人类不仅有了辨识物态世界的眼力，也有了构建精神生活的能力，更有了指点未来的精力！

岁月深处的思索（一）

存在有多复杂，认知就该有多复杂。

在初始时期，人类的存在形态是简单的。那时候，不存在一个叫社会的东西，权力也只体现在优先交配与先吃食物的事情上，还没有显现出主持社会的功能，遍布地球的家族部落的人们，在互不相干的各自地域共同狩猎，共同采集，又共同食用，加上心灵发育程度还很低，所以人类对它的认知也是非常简单的，甚至是茫然的。但是，随着权力慢慢成长并开始发挥出主持社会的功用，尤其是随着房屋这一个体空间的出现和早期人类的社会向自私贪婪的本性方向拐弯，社会的存在形态就走上了日益复杂的轨道。社会存在形态的这一走向，在人类先民们走出各自生活的独立空间，会集到某一生存资源产地后，尤其是在以地中海沿岸生存资源产地为中心的西半球生存圈和以中国中原大地为中心的东方生存圈，以及在雅利安人反客为主的南亚印度生存圈里体现得尤为明显、尤为突出。于是，这些地方愈加复杂的社会存在形态也就变成了日益发育起来的心灵智慧的努力认知的对象。稍加想象一下，我们就可以看到，人类先民的心灵智慧就像一双瞪大的眼睛，从各个角度打量着身边已经发生的和眼前正在发生的，并努力地认识和解读着它。

在社会存在形态走向复杂的轨道上演进较快的当数西半球生存圈的中心地区——美索不达米亚大地和尼罗河中下游地区。从他们展示给世界的历史看，随着农耕的开始和城邦的出现，权力就以"王权从天而降"的名义出现在了人们的面前。这时的权力虽然承担着主持社会的责任，但它俨然以主人的身份对其他的同类进行统治。于是，社会的存在便按它的需要和意志被组合和排列起来。帮助权力对社会的存在形态进行布局的是利益关系。这个利益关系，不是大家商量决定，而是沿着人类本性发展下来的使一切生存资源为统治者所有为前提，由权力来制定和实施的。这样，社会的存在形态一开始就按照不平等的利益地位被组合与建构。

利益地位的不平等导致利益关系的不合理，而利益关系的不合理又导致个体生命在生存方面的千差万别。于是，贫穷和苦难如同权力的影子出现在了社会的存在当中。从此开始，这个影子再没有消失过，而且随着历史的演进，这个影子愈加浓黑，愈加变大。到苏美尔年代时，贫穷和苦难的存在程度已发展到了为王的人都于心不忍的地步。所以，公元前3000年前的拉格什城王乌鲁卡基那不忍目睹贫穷与苦难对生命的摧残，着手制定一些限制祭师等剥削平民的规定，因而觉得自己"解救了贫苦大众"。

与此相同，利益关系的不合理所导致的生存方面的差异，在埃及也是有过之而无不及。就像我们举例过的埃及农夫悲惨的生活："每个农夫仅纳十分之一的税，想象中其负担似乎很轻松，但事实上则不然。麦尚未成熟，虫先吃了一半。另一半成熟后，又受害于河马。加之田里的老鼠、蚱蜢、小鸟再吃，收回来的已所剩无几。其实，能收回一点，已算幸运。更倒霉的人遇到恶人半抢半偷，根本一点也拿不回来。犁朽了、耙坏了，正愁中，税吏来了，'要十分之一！'没有。没有？法老的兵丁加上吆喝的黑人，就动手揍人，打得鼻青脸肿不算，还绳捆索绑地拖到河边。孩子被绑成一串，妻子和农夫用绳系在一块。兵丁凶狠地把农夫头下脚上持着，说一声'去'，头便被浸在水里……"据世人所知，利益关系不合理所导致的不公在古埃及更为典型的是，有的人生前浸泡在荣华富贵里，死后还要住进坚固得让时间都惧怕的金字塔之中，而很多的人因建造这一并不能使入住者接续生活的死者宫殿而被强制徭役，强迫劳动，别说延续死后的生活，就是生命本该的过程都走不完，累死在工地。被法老和统治者们当作矿工的人们也是苦难深重。有资料说："埃及的统治者，常把囚犯集中起来加以利用。这些囚犯，有的是俘虏，有的是罪犯，还有一些冤屈者。囚犯中，有的是一个人，有的是一家人。这个人常被送到矿坑里去劳动。……这些受到强迫劳动的人，可说是很可怜的。他们常常食不果腹，衣不蔽体，伤了无人恤，病了无人问。一年到头，皆有做不完的工作。无论老弱妇孺，都非做到精疲力竭，不准休息。矿工眼前是一片黑暗，工作没有尽头，在这种情况下，每一个人都感到生不如死。"不论是农夫，还是劳工，在古代埃及这个社会存在中，对受不合理利益关系左右的人们来说，不公是他们难以走出的环境，苦难是他们端在手上的饭菜。所以，那时就有人开始怀疑社会的存在形态。他们觉得"兄弟靠不住，朋友的情谊也是假的"；他们看出"人心是这么险恶，大家都偷偷把邻居的东西往家里搬"；他们感到"君子都死光了，厚颜无耻的人四处横行。邪恶的人飞黄腾达，大家所听得入耳的尽是虚假的话"。

社会的存在，就在这样不公平的形态下继续着。不久，拥向生存资源产地的人们纷纷到来了。先是闪米特人，然后是古梯人，再后又是闪米特人，之后是加喜特人，又后是迦勒底人，还有喜克索斯人、波斯人、希腊人等等，他们或是接踵而至，或从不同的方向进击而来。他们的到来，并不是为了修正这里的社会存在形态，更不是为了解救劳苦大众，而是为了能够享受到这里不断出产的生存资源。所以，他们带来的只是战争、杀戮和残暴的外族统治。这样下来，原本独处一方的生存资源产地虽然被整合起来利用，但不合理的利益关系不仅没有得到调整，反而更加恶化了。在这个恶化了的利益关系中，灾难深重者当数叫犹太人的一部人群。

当今世界，犹太人是人类群体中最聪明的民族之一。史家们说，犹太人相信，自己的始祖是亚伯拉罕，是从苏美尔的乌尔城邦来到迦南地落脚的。时间上说法不一致，有说是公元前2200年左右，有的也说约在公元前1900年至公元前1500年之间。据说，这是神许愿给他们的地方。还说这个地方曾经是"奶与蜜流经的地方"。不过，比起这个地方，在当年的历史眷顾下已经成为生存资源产地的苏美尔的乌尔地区更应是奶与蜜泉涌的地方。从奶与蜜泉涌的地方毅然决然地离开而去，背后必定有不得已而为之的原因。不过，尊重一个民族的历史记忆比怀疑它更有价值。所以，我们可以暂不把公元前2700多年前的阿卡德帝国和公元前2100年前的巴比伦帝国对苏美尔地区的征服和实施的奴役，作为他们弃下奶与蜜泉涌的地方，而去"奶与蜜流经的地方"的重要原因。他们就那样地去了，打败迦南地区的原住民并生活了下来。可是，地球西部生存圈的人们挤向资源产地中心的历史活动，没有让犹太人在迦南地安稳地生活下来。不知道是哪一次，又是哪拨人挤入尼罗河三角洲生存资源产地的征程裹挟了他们，使犹太人又到埃及过起日子来了。史家们不清楚他们进入埃及时的身份，但知道在后来的岁月里他们沦为了埃及人的奴隶。几个世纪之后，有人认为是公元前1220年左右，不堪苦难的他们在一位叫摩西的神奇之人的带领下，踏上了走出埃及的路途。在半路上，他们创造了使海水让路的神话，并在西奈沙漠里逗留40年后，再次回到迦南地生活。虽然他们在这里建立过王国，修筑过圣殿，可是没过太久，他们又遭亚述帝国蹂躏，人民被流放到巴比伦。后在终结了亚述帝国奴役的波斯帝国的允许下，得以又一次返回迦南故地生活。可不幸的是，希腊帝国、罗马帝国的残暴统治又紧随他们而至了。

在地球西部生存圈竞相占有生存资源产地的激烈角逐和由此形成的动荡不安中，犹太人如同一个老实本分、身体虚弱的年轻人，遭受了历史所酿造的种种苦难。所以，在他们的眼里，世道是那么不公平，人心是那么靠不住，邪恶是那么肆无忌惮，正义是那么软弱无力，社会是那么混乱不堪。他们感到自己所受的苦难太多了，太重了。就像现今被认为的耶稣替人类受难一样，他们也成了那个生存圈在那个年代不合理利益关系和扭曲的社会存在形态的受难者。

他们很想拯救自己。走出埃及就是他们这一想法的第一步。摩西就是这一想法的萌生者和实践者。摩西把族人带到了西奈沙漠，埃及军队倒是被彻底甩掉了，可是一个问题却更紧迫地跟着来了。那就是，接下来怎么办？摩西不愧为犹太人的领袖、先知和思想家。他想让受尽奴役之苦的犹太人强大起来，想让他们能够自主命运，能够有富强的王国。可是，一个刚刚逃脱奴役的男女人群，一路让埃及军队追杀还在剧烈喘息的人们，怎样才能走向强大，怎样才能掌握自己的命运，怎样才能拥有富强的王国呢？这时，认知的基因将他的注意力引到了神的身上。因为，在地球西部的生存圈文化里，神是不饱和的意象。自被想象出来的那刻起，人们不断将需要的力量附加在他的身上，摩西向他回眸时，他已演进成为无所不能的超然力量。于是，神就成了摩西复兴犹太别无他选的依靠。原来他们崇拜各种各样的神，这些神可能影响了他们在认知上的一致性。对摩西而言，对任何一个想要做一番事业的人而言，团结是必需的前提。对此摩西是心知肚明的。于是，他以先知的身份告诉犹太人，耶和华是他们唯一的神。摩西过世后，其继承者约书亚也严肃地强调："现在你们要敬畏耶和华，诚心实意侍奉他，将你们列祖在大河那边和在埃及所侍奉的神除掉，去侍奉耶和华。"[1]

看来，团结对犹太人太重要了。是啊，没有团结，没有凝聚，不把心维系到

---

① ［英］凯伦·阿姆斯特朗：《神的历史》，海南出版社，2013年。

一个目标之上，一个民族，一部人群，能够形成什么力量，能够做成什么事业？所以，犹太的领袖和先知们，在把犹太人的心聚拢到耶和华身上的问题上，态度是坚决的，目标是明确的。他们以神的口吻警告那些不愿归顺的人们："在城降祸于城。在野……降祸于身，降祸于地……在家，降祸于家。在路上，降祸于路……使你患热病，发炎……患埃及肿疡，患疥癣，全身发痒，患各种不治之症。叫你发疯，叫你目盲，叫你心慌意乱……各种疾病，瘟疫，一切经上所有与所无的疾病，通通降临于你，至你整个毁灭为止。"①

不只是先知用力，还应该有政治的用力，他们终于把犹太人的心聚拢到了耶和华神的脚下。心被聚拢起来，但没有行为上的一致，很快又会散开。于是，耶和华要求犹太人：除了我以外，你不可有别的神；不可为自己雕刻偶像；不可妄称神名；当守安息日为圣日；当孝敬父母；不可杀人；不可奸淫；不可偷盗；不可做假证害人；不可贪恋别人的妻子和财物。随之，摩西也说："……因为上帝降临是要试验你们，叫你们时常敬畏他，不至犯罪。"终于，心被聚拢到了一起了，行为也整齐起来了，力量随之也就形成了。

这应该是摩西和约书亚们苦苦等待的事情。当等待的事情一经显露，约书亚就带领犹太人，征服迦南地上生活的人们，并就此定居下来。不能不说，这是一个霸道之举，但团结出来的力量就是让他们这么做了。之后，一位叫扫罗的人于公元前 1030 年也顺势为犹太人建立起了一个王国。继扫罗的事业，叫大卫和所罗门的父子二代，继续利用团结而来的力量，把这个犹太人的王国发展到了"和平富足的极点"。

史家们在叙述这段故事的时候很是谨慎，宗教史家们则把它当作人类从多神教向一神教拐弯的起点。可是我们不能熟视无睹的是，从历史的远古到眼下的今天，不论是犹太人，还是其他任何一个民族，时时刻刻思索的无不是使自己生存得好一点，再好一点。不过这不是一经思索就能找到答案的问题，而且也是极易引发各种不同想法的问题。这些不同的想法往往还引发相互间的打斗，殃及百姓。在犹太人之前，借助神的佑护使自己平安、使自己富贵的想法，在人类中是较为普遍的。命运多舛而势单力薄的犹太人，沿着这条线路深思下去，终于想出了如上这样一个方法。就是，把信仰和希望交给一尊神，然后按神的要求统一行

---

① ［美］威尔·杜兰特：《世界文明史》，华夏出版社，2010年。

为，再后在领袖的带领下去夺取神所许诺的好生活。所以，它不仅是一神教的发端之处，更应该说，它是不同于利益关系所制导的社会存在形态下自然形成的生活方式的新的一种生存主张。

不过，王国的建立和运作开始考验这一生存主张的可行性。也就是说，在王国所建构的利益关系体系下，这样的生存方法还能为民族和王国的兴盛带来团结吗？原来，事情并没有那么简单。历史不无惋惜地说，好不容易才建立起来的统一的犹太王国，到公元前933年时就分裂成南部为犹大王国、北部为以色列王国的两个部分。国家的分裂，民族的再次不幸，不能不引起犹太民族思想者们的深深思索。他们没有窥见隐藏在变故后面的叫利益关系的这个老鬼，却还是沿着思维的惯性，去检讨对待神的心灵与行为。于是，各种见解开始出现，见解和见解间隔阂也开始出现，但是，在他们拿出更完备的想法之前，亚述帝国的蹂躏就气势汹汹地来了。分裂了，但还可以自主命运的两个王国先后落入他族统治之下，其人民还被流放到了巴比伦。

从此，犹太人身不由己地被卷入了地球西部生存圈里的民族人群拼死争夺生存资源产地掌控权的旋涡之中。亚述人的迫害结束了，波斯人的统治又来了。没等他们缓上一口气，希腊人的压迫又接踵而至，正当他们被希腊化之际，罗马帝国的铁蹄又来践踏了。近700年的时间啊，不幸的犹太人一直处在命运不能自主的无奈之中。一个自信的民族，一部爱动脑子的人群，怎能随遇而安，怎能无动于衷？他们辗转反侧，他们左思右想，埃及人的奴役，亚述人的凶恶，波斯人的剥削，希腊人的奴化，罗马帝国的践踏，他们历历在目。他们继续沿着思维的惯性，越想越深，越想越远……

是啊，在以前，在一个民族的命运与周边很多人群没有产生太多的关联之前，他们把心聚拢到耶和华一个神的脚下后，他们就有了家园，有了王国。之后，王国又分裂了，这是不是因为，他们没有全心全意侍奉耶和华？没有一字不差地遵从神的要求？过分教条地执行了神的旨意？故此，他在惩罚他们？或是，亚述人的神，波斯人的神，希腊人的神，罗马人的神，比耶和华神的威力还要大，而且一个比一个更厉害？是啊，这个世界还有很多的民族和人群，他们也各有自己的神，如果继续进行打斗，哪天才是人们的出头之日啊？难道不该有一个共同的神吗？他高高在上，洞察一切，体恤大众，处罚邪恶，呵护善良……思索从一个民族的利益考量开始，但在过程中原有的目标渐渐被淡化着……最后，在人类历史进入公元纪年的前后岁月，他们终于意识到，应该有一个适合于所有人侍奉的神，这个神创造了世界，也主宰着这个世界。这位神对人类是充满着爱的。而人类从开始时因没有遵守这个神的律法而犯了罪，并在罪中悲苦受死。这个神叫作上帝。所以，所有挣扎在原罪中的人们，只有信仰上帝，并通过他独生子耶稣的帮助，才能获救。为了获得救赎，必须与耶稣建立良好的关系，并按他的要求做人行事，通常以多释放一些爱的方式冲淡原罪带来的悲苦……一个不同于现实存在的、但可在意念里存在的幻景世界，就这样被勾勒出来了。

也许，我们稍不谨慎就会认为，这是宗教的胜利，而我们多一些留意就可以看到，这应该是人类的心灵智慧在认知上的一大突破。人类用几万年时间发育成长的心灵智慧，终于在这个时候体现出了能够虚拟出自己可以参与其中的、未曾体验过的幻景世界的能力。这一能力给人类送来的礼物不一定是宗教，应该在于它用力推倒了爱的围墙，使原来忙碌在家庭之中、亲情之间的爱，变成了可在人们之间自由地相互馈赠的礼物。

当地球西部生存圈恶劣的社会存在形态，迫使在场的人们为摆脱苦难而思考出路和对策时，生活在南亚小生存圈中心的古印度的人们也正审视着种姓制度所导致的不合理社会存在形态，并开始思索走出困境的方法与途径。

引发印度人思索的背后存在就是他们特有的种姓制度。

以种姓的区分来固定命运之好坏的制度，为何在印度这块次大陆上发端和形成？人类史家们很疑惑，同时也尝试着各种可能的回答。到目前为止，虽然没有让我们一看便是的合理、清晰的解答，但史家们的解答总将我们的注意力吸引到皮肤的颜色上。斯塔夫里阿诺斯先生概括说："关于种姓制度的起源，虽然现已提出许多种理论，但普遍同意，肤色是一个基本因素。"这里所说的种姓，据说在梵文中叫"瓦尔纳"，意思就是肤色。

虽然这么说，但这种姓制度之中，还是存在着一些令人难以理解的谜团。比如，婆罗门是种姓制度中被列为最高层级上的人们，他们自己是这样认为的："一切生物中最优秀的是动物，在动物中最优秀的是有理性的动物，在一切有理性的动物中最优秀的是人，在一切人中间最优秀的是婆罗门。"让人难以理解的是，如此这般优秀的人们在印度社会权力建构的过程中，为什么没有与掌控一切的权力结合在一起？再一个是，被列在第二层级上的人群叫刹帝利，都是一些身为武士或贵族的人，这些人主要从事掌握军政权力的工作，当国王或军队统帅等大小官员。这些掌握着左右一切的权力的人们，为什么心甘情愿地把只为祭祀和学者的人奉在头上，而屈居第二层级呢？难道刹帝利们就有那么强烈的尊崇神、知识和思想的自觉吗？或者，那些婆罗门真像有人说的，握有降伏或惩罚不服从的刹帝利的法术？

尽管这样，种姓制度还是在古印度形成，并存在了很长的历史时期。在种姓制度的社会存在形态中，婆罗门是从事祭祀和解释宗教经典的特权人群，在古代印度的利益关系格局中，以精神权力获取利益的阶层，所以，他们对自己的认知很是自信。地位仅次于他们的刹帝利是以实际权力享用利益的人群，他们负责生生世世守护婆罗门。位次第三的是除了上述两个层级的人之外的所有入侵而来的雅利安人，他们从事工业商业等工作，并有以布施和纳税的形式供养上两个等级之人的义务。这个等级的人群虽然属于雅利安血统，但在利益关系中并没有获益的权利，只有付出的义务。他们的等级称谓叫吠舍。处在社会最底层的是叫首陀罗的人群，他们就是与雅利安人不同的、肤色较为暗黑的、被称为达罗毗荼人的古代印度的原住民。他们人数众多，毫无地位，只能从事前三个等级的人所不齿的重活、累活和脏活。在利益关系格局中，他们是完全的被剥夺者。

这样一个等级严森且利益关系极不合理的制度，必然会导致出现极不公平的社会存在形态。层级高等者随心所欲，享乐无度，而种姓低级的人们则辛劳有余，苦难无尽。处在这样一个存在的形态中，受益者自然希望长此下去，而苦难者却想改变和解脱。所以，婆罗门们首先要做的是，将这一制度的架构固定到人们的意念之中。于是，就有了《梨俱吠陀》卷末的《普鲁沙赞歌》一诗，诗中说，众神分割原始巨人普鲁沙时，他身体的不同部分转化成了四个不同种的等级：

> 他的嘴变成了婆罗门，
>
> 他的双臂变成了罗惹尼亚（后改称刹帝利），
>
> 他的腿变成吠舍，
>
> 他的双脚生出了首陀罗。

种姓制度昭然存在的基础就这样被夯实了。有了这个基本架构，各等级人群的权利和义务随之就被确定下来，在一本叫《摩奴法典》的律书里明确记载了各种姓拥有的权利、从事的职业和承担的义务。其中明确地宣告，婆罗门是"一切创造的主宰"，他们可以强迫首陀罗服劳役，可以夺取他们的一切。其中说，首陀罗不能占有土地，不能积累私产，他们唯一的义务是"温顺地为其他种姓服务"。种姓制度严禁等级之间的身份与职业的转换。规定"低级出身者因贪欲而以高级种姓的职业为生，则国王剥夺其财产后，应立即放逐之"。这样下来，这个制度就把印度次大陆上的古代住民固定到了生生世世走不出的方格之中，让婆罗门和刹帝利享有了世世代代作威作福的权力。该一千个放心了吧，可他们没有。他们担心首陀罗们不堪忍受非人生活而起来反抗，又规定"低级种姓用肢体的哪一部分伤害了高级种姓的人，就须将那一部分的肢体斩断，动手的要斩断手，动脚的要斩断脚"，而高级种姓的人即使杀死了首陀罗种姓人，却可以用牲畜抵偿，或守戒六个月就可以了。①

不仅在生活权利方面如此，在文化权利方面更是如此。高级种姓对神是垄断的，他们的宗教活动对首陀罗是大门紧闭的。所以，规定："假若首陀罗故意听人诵读《吠陀》，须将其身体劈成两半。"即使这样遭非人待遇，在古印度种姓制度体系下，首陀罗还不是最下等的一个。最下等的一个叫"贱民"，原不在四个种姓的等列之中，据说是由不同种姓的男女偷偷相爱所生的子女们组成，他们被视为"贱人""不可接触者"。虽然每一个爱的结晶都应受到细心呵护，但在种姓制度下的待遇竟会这样。他们只能住在村外，穿死人的衣服，用破碗吃饭，只能从事最低贱的清道夫、刽子手或火葬场工人等职业。他们的灵魂都被视为是"污脏"的，所以，他们的影子、脚印和痰等都是被亵渎的。他们必须佩戴特别的标记，只准在中午时分出门，因为这时身影不长，不易碰触高级种姓的人员。为避免无意中的碰触，他们外出时，嘴里要发出一种特殊的声音，一边还要敲击某些器物。即使这样，婆罗门种姓的人还是不愿碰到他们。有故事说，一个婆罗门看到一个贱民走过来，一边嚷嚷着叫贱民走到下风口，一边自己赶紧走到上风口，以免吹到贱民身上的风再刮到自己的身上，被风玷污。

任何一个制度都是由它的统治者来创制，并进行维护的。在古印度，婆罗门虽然不是世俗权力的掌握者，但作为没有硬实力而高居顶层的种姓，神秘和智慧是他们保持崇高地位的唯一法宝。所以，在《普鲁沙赞歌》中，让原始巨人的肢

---

① 《世界通史》，中国书店出版社，2011年。

体成为四个种姓由来的传说，就应该是婆罗门们编创并传播的。否则，印度大地原始住民的达罗毗荼人，怎么会成为最下等的种姓呢？不过，印度的远古就这样被扭曲了。这样的扭曲，被由普鲁沙之嘴生变而来的婆罗门们当成神话说出来了。既然是由嘴生变而来，那就该不停地去说话。婆罗门们对自己的职责毫不含糊。他们说天，说地，说人，说人们看见的或看不见的。但他们不胡说、不瞎说，他们以真挚的心情赞颂神灵和高尚，他们虔诚地向神祷告、献祭，他们投入地谈论存在的现象与背后的真理。包括我们在上一篇里举例的那些认知成果。在长达千余年的时间里，婆罗门们说下的这些话，后来被记录成了一本典籍的主要内容。这本典籍就是《吠陀经》。

婆罗门的心灵认知也不会有异于人类心灵智慧发育成长的进程。开始时，看法是简单的，也有很多不一致的，但在岁月的延续中，婆罗门们一代接一代，认知一层又一层，待到印度的古人们能用文字记录时，它已发展成了晦涩难懂而自成体系的认知。

婆罗门们千余年冥想的认知，为后世的印度人储蓄了引以自豪的智慧，更是创就了催生更高一级智慧的转世再生说。

生与死，是人类在行为上和认知上都无法绕开的一大现象。随着人类心灵智慧的发育成长，生与死的现象越来越成为它必须去面对和解答的一个问题。由于没有相互商量的条件和平台，人类的各地住民各按自己的方式理解着它。史家们发现，苏美尔人对死亡并未形成系统的认知，所以他们一方面希望能够长生，另一方面还很重视死后的生活。与此不同，巴比伦人对死后的事情似乎没有进行过太多的想象，所以认为能够修建一座很好的坟墓是一件幸福的事情。而古埃及人坚决相信，人死后以另一种形式继续生活，所以法老们一个赛一个地修建了金字塔。古印度的婆罗门们与他们有所不同，他们打量着身边不断发生的生生死死，感悟到这不该是从开始到结束的单项行程，而是出发、到达、回来、再出发的循环过程。人类对生与死的最温馨考量就此诞生。在这个考量中，最大的受益者还是婆罗门们，他们不仅这一辈子是婆罗门，而且通过不断地转世再生，永远可以是享乐无度的最高种姓。

可是，人死后一切灵知都随之消失，他们怎么去转世，怎么去再生？最可怕的是转不了世，或转世到低贱的种姓当中。于是，婆罗门们为生命的转世再生修出了一条安全通道。那就是，人死后一切灵知都会消失，但属于这个躯体的灵魂不会与灵知一起消失，而是以原有生命的意义转入到另外一个躯体里再生活。他们还提醒说，灵魂的转世会有各种可能的形态：有可能转世成神，或者转世成婆罗门、刹帝利、吠舍，抑或转世成首陀罗、贱民、牲畜，乃至下地狱。而这一切取决于他现世的行为，尤其是取决于他对婆罗门的虔诚程度。

这样，一切皆可放心了。婆罗门者今生是婆罗门，而且下一辈子，再下一辈子，永远都是婆罗门，只要他们不转世为神，权益和拥有只会增多，而绝不会减少。可是，不知是因为自己不相信自己，还是因为今世的享乐太让人眷恋，或是因为死亡这事很阴森恐怖，他们对死亡还是非常恐惧。

日出日落又一天，月亏月盈又一月，岁月的脚步踏实而又稳健。可是，婆罗门们创建的这套思想，并未能让印度社会俯首听命而坚定地走下去。不坚定来自刹帝利种姓。握有世俗权力的他们，长时间地生活在婆罗门编制的精神世界里，不仅没有话语权，而且也体验不到转世归来的任何迹象。于是，到公元前600多年的时候，世俗权力越来越稳固的他们，在不断成长的政治自觉的鼓励下，开始怀疑婆罗门的思想体系，并尝试亲自去感知与领悟一切的真理。被史家们称作"沙门"思潮的真理寻找活动，在古印度悄然兴起。他们对所有问题进行重新思考，并为能够不间断地深度思维而弃下世俗，出家修炼。就在这个过程中，一个带有普世性的问题横亘在了他们面前。那就是：如何摆脱一旦生将下来就必会病老死去的痛苦？在被他们称为"痛苦"的这个载体里，也许只是他们刹帝利们和婆罗门们眷恋现世的享乐而对死亡的恐惧；也许还包括了吠舍、首陀罗及贱民等低等级种姓的百姓们非死去而无法摆脱的痛苦；也许只是他们的辩论从现象到学理的过程中被提炼出来的纯粹问题。

不论这种痛苦属于哪一类型，都需要刹帝利的思索者们给出回答。由于参与的刹帝利众多，悟道的招数也五花八门。其中，被称之为耆那教的一派人群所悟出的办法较有名气。其办法是，让身躯脱离世俗的生活，以不断折磨身体的方式实现解脱。

以苦行来转移注意力的这一做法在古印度开始盛行的时候，有一个人出现了。他就是被后世人类尊称为佛祖的释迦牟尼。

史家们确认说，释迦牟尼，姓乔达摩，原名为悉达多，因被认为悟出了最高觉悟而被尊称为释迦族的圣人，即释迦牟尼。他约于公元前563年出生在古印度迦毗罗卫国（今为尼泊尔南部提罗拉科特附近一带）释迦族酋长净饭王家里。他们家族属于刹帝利种姓，如按世俗生活，悉达多无疑就是家族酋长的继位者。可是，盛行于古印度社会的真理寻找活动不时地吸引着他。他于17岁结婚，次年得子，可安生于世俗的条件已全部齐备。据史家们说，尽管这样，他常常感到烦闷不已。据说，孩子周岁时，他们出游一次，恰巧见到了四种人：一个是快要咽气的老人，另一个是病入膏肓的患者，再一个是等待埋葬的死人，还有一个是出家修行的人。

不知是历史的有意安排，或是生活中的无意巧合，还是后来人的善意解释，所遇见的都是将悉达多引向真理寻找之路的核心构件：病痛、老迈和死亡的痛苦。是啊，这不正是让人们苦寻解脱之法的那个问题吗？自此，就像使命在召唤，悉达多再也不能在他酋长父亲的富贵庭院里木然地待下去了。据说，在一个朦胧的夜晚，趁娇妻和爱子熟睡，悉达多留下一个深情的回眸后，离家踏上了修行的道路。宗教史家们说，起初，悉达多也和耆那教的苦行者们一样，以乞食和劳苦自己的方式开始修行。其间，他走遍印度的名山大川，访遍修行高深和较有名气的大师、仙人，也曾以禁食苦行的办法试图获取解脱之道。但都未果。以这样的方法，他苦修6年，最后认为此办法难以修出正果而放弃。之后，他改变修炼的方式，"走到一棵大树的阴凉处去静坐，平心静气，不再动弹一下，亦决不离开座位，直到觉悟到来。他自问，人们忧愁的本源是什么，受苦难为的是什么，疾病、衰老与死亡又为的是什么？忽然间，一个生与死无限延续的幻想出现在他的眼前，他得见每一个死亡被一个新生所掀起，每一个平静与喜乐平衡于新的欲望与不满足、新的失望、新的忧伤与痛苦"。又说，在本次静坐冥想中，他看清宇宙流转的漫漫长河，看透了自己的前世今生。他感觉到，凡芸芸众生，无论是为人父母、为人夫妻、为人子女，都不自觉地轮转在生死界中，不知道他们之间的关系本来皆是一个"缘"字，并没有实在的本体。但他们却被现实的物质生活所迷惑，盲目地追逐着名利爱欲，却不知自己正在为自己的后世造业，而陷于难以解脱的六道轮回之中。悉达多在冥想之中所看到的是，六道有别而为一体，且永续轮回的生命运行现象。其六道分别为地狱、饿鬼、畜牲、阿修罗、人间、天上等6个类别。这就像在一个巨大的转轮上，安装着6个固定的座位，地狱、饿鬼、畜牲、阿修罗、人间、天上等各自坐在自己的座位上，随着巨轮的不停转动而永续轮回。使巨轮能够转动起来的动力不是电，而是蕴含在生命中的各种欲望。悉达多注意到，万物的产生都是因宇宙中的因缘和合而定，流转的经过是十二因缘，流转的主体是苦。

对人间本质的重大判断就这样形成了。那就是，人间是苦的！

那么，如何摆脱这个苦呢？悉达多在冥想中继续寻找这个办法。据说，冥想共进行七天七夜，最后，他不仅找到了解脱苦海的办法，也成了佛教这一宗教的佛祖，成了释迦牟尼。

在悉达多用七天七夜的冥想建构起来的体系中，解脱说是最重要的核心部分。用佛教书籍的话说，要远离邪妄贪欲，远离虚言暴语，诽谤戏论，还要严持律仪，常存道德，高尚地生活，就能从六道轮回的苦海中得到解脱。按威尔·杜兰特先生的理解则是这样："如果一个人能生活得十全十美，毫无恶行，对所有的一切都忍耐、和气，如他能对永生各物亦是如此地奉行无讹，对生存与死亡无心牵连，他就可以不必转世再生了。"①不过最简单的理解，应该是以精神上的高尚追求，消解生命本有的功能性需求，使它以无欲无念的状态得到解脱。

这应该是宗教的。不过，这就是人类的心灵智慧在古印度大地上的绚丽绽放，更是在种姓制度的畸形社会下，人们欲摆脱痛苦的别样表现。

---

① ［美］威尔·杜兰特：《世界文明史》，华夏出版社，2010年。

岁月深处的思索（二）

古代中国人没有认为人间是苦海，而是认为这是一个可以治理的存在。因为，他们遇到了与古印度不同的问题。

与美索不达米亚和尼罗河三角洲为中心的地球西部生存圈的开放型地理环境不同，以中国中原地区为中心的东方生存圈较为封闭。在它的西南是世界屋脊喜马拉雅山脉，西部和西北是昆仑山脉、兴都库什山脉、阿尔泰山脉，南面和东面是深不可测的大海，这些比高墙还管用的天然屏障，将中部亚洲以东的地域分割到了一个生存圈的范畴。在这个生存圈里，古代中国的华夏人把中原地区开发成生存资源产地后，这个地方就成了周边人群向往不已的地方。虽然挤入中原的运动早在传说时代就已经开始了，但挤进来的人们没有像闪米特人、雅利安人或波斯人那样全权掌控当地的权力，对社会存在形态也没有带来太多的改变。

可是，变化总是要发生。就像前文所说，到公元前700多年时，古代中国人对生存资源产地的占用形式开始发生变化。被尊为宗主的周朝王室渐渐失去对生存资源产地的掌控力，其诸侯等壮大起来的大户纷纷自立门户，占地为王，成了小型的家国之主。在并不特别辽阔的中原地区竟出现142个之多的小国就是这个时候。地盘占下了，门户自立了，王也当上了，前所未有的危机感随之也来了。因为，这是本性的贪婪用力的结果，所以，那些独霸一地的王公在本性的怂恿下，必将开展以大吃小、以强凌弱的拼杀。若不想被吃掉，不想被凌辱，那些独霸一地的、以国自称的王公，就需要时不我待地发展自己、强壮自己。在自己主政一个家国之前，这些王公主要依靠周朝的制度来管理自己的领地，所以他们主要以享乐为主，很少考虑另外的治理主张。可是，转过身来自己做了家国的主人，但并不谙强壮自己的治理之道，于是他们不得不求助他人力量了。这时，他们没有像地球西部生存圈里的人们那样虔诚地跪向神灵，而是把手伸向了能人贤达。这可能与东方神话的人文特征较浓且饱和度很足有关。它所导致的明显后果是，权力始终与鬼神保持了一定的距离，使其黯然地向远离权力的名山秀水发展。

选贤举能，富强家国的需要就这样在古代中国的春秋年间悄然出现了。中国人管这个叫平天下。可天下是什么，天下应该是什么样的，天下如何治理，怎样才能富强家国，又如何使它安全稳定？古代中国人开始了思考。这种思考虽然不是全民性的，但它有本质的普遍性。这与古代印度只由婆罗门来垄断精神生活不同，古代中国的这个问题不拒绝任何人的参与。不仅对古代中国人，甚至对古代人类来说，这都应该是未曾有过的。因为，进入社会化的生活以来，人类社会的存在形态一直由权力来设计和制定。而权力不会像艺术家一样异想开天，它所设计的社会存在形态永远会是以有益于它自己的利益关系为核心的。所以，在社会存在的形态问题上，权力总是皱着眉头，不让他人指手画脚。可在春秋时期的中国，皱眉头的权力已被多个需要的笑脸所代替，人们开始从容思考起社会存在形态的方方面面。在人类的历史上，这是民众智慧参与社会存在形态的较早事例之一。

开始思考出一些主张的人是老子。中国的史家们说，这个人是活到了160岁的真正寿星。他长期在衰微中的周朝王室做图书资料的管理工作。他不仅饱读了各种诗书，更是目睹了挣脱王室管辖的诸侯们开始相互撕扯的乱象。他没有给予这一现象明确的是非判断，而是给深陷乱局中的人们提供了一个总的建议。他建议人们，要按"道"的要求去做人做事。他说的这个"道"是"道可道，非常道"的"道"，是事物应有的规律。他提醒人们，一切事物都具有正反两面，并能对立转化，就像"正复为奇，善复为妖"，"祸兮福所倚，福兮祸所伏"。按照他所认知到的"道"，社会的存在形态应该是："不尚贤，使民不争；不贵难得之货，使民不为盗；不见可欲，使民心不乱。是以圣人之治，虚其心，实其腹，弱其志，强其骨。常使民无知无欲。使夫知者不敢为也。为无为，则无不治。"[1]

---

[1] 郭吉飞等：《道德经译解》，华东师范大学出版社，2018年。

他揣测，眼前的一切可能是因为没有按"道"的要求而为的结果，所以他提倡无为而治，无为而安。他的依据是："天和地没有人推动而它们却能自己运行，太阳和月亮没有人点燃而它们却能自己去照明，天上的星星没有人去排列而它们自己却井然有序，飞禽走兽没有人去制造它们却能自己生存，这就是自然的作为，哪里用得着人去做什么呢？之所以生，所以无，所以荣，所以辱，都是因为有自然之理，自然之道。顺应自然之理而趋，遵守自然之道而行，那么国家就可以自己得到治理，人就会自己变得正直，哪里需要津津于礼乐而提倡仁义呢？津津于礼乐而提倡仁义，那就远远地违背了人的本性，就好像是一个人敲着鼓去寻找逃跑了的人，你敲得越响，那么别人就会逃得越远！"于是，他想象到，用"道"的法则和"无为"的原则来治理出的社会应该是"两国之间鸡鸣狗叫的声音相互都可以听得到，但是老百姓却老死都不相往来"①。不知是因为治理得好而两国间没有了战争的需要，所以两国的百姓听着彼此的鸡鸣狗叫，但没有了来往的需要呢？还是因为人们都信奉了"无为"的生存法则，两国百姓虽然比邻而居，虽然鸡犬之声相闻，但都懒得来往一下呢？能让老子先生有这样想象的那个"道"，实在是让人不好揣摩。

寿星老子所思考出的成果，对于那些急于家国治理的公卿贵族不很实用，也可能高深得很难操作。不过，当一直由权力制导的社会存在形态，允许百姓参与意见的时候，这可能就是来自权力之外的最早一个深度思考。中国的史家们认定，老子对社会对存在现象的认识，是中国哲学思想的基石。

与老子的超然不同，一位被称为孔子的人则思索出了一套深度干预社会存在的想法。孔子这个人出生于公元前551年。与老子坦然与现实保持距离不同，孔子较热心于参与社会，并有发挥作用的愿望。据中国史家介绍，在那个崇尚思索的年代，孔子自少年就步入了这个行列。据说，在17岁那年，孔子就觉得自己学业有成了，认为应该找机会做些出人头地的事情了。这一年，他所属的鲁国一个贵族欢宴名流人士，孔子听说后，穿着孝服就跑过去参加。因为就在不久前，他的母亲去世了，贵族人家欢宴名流时，守丧期尚未结束，所以孔子穿着孝衣就前往了。本来穿着孝服去参加宴会是很忌讳的事情，自感学业有成的孔子不是不知道。但他更知道这个宴会的重要性。主办宴会的季氏是鲁国的执政官，所以欢

---

① 郭吉飞等：《道德经译解》，华东师范大学出版社，2018年。

宴的目的很清楚，就是发现人才，用于治理。孔子不想失去这一难得的机会，所以穿着孝衣就过去了。可是，办宴方并不理解孔子的难处，呵斥说："我们请的是有地位的人，并不招待叫花子。"无奈的孔子只好委屈地回去。

挫折，对于一个有志向的人来说不一定是坏事。这一挫折成了孔子发奋学习、用心思考的动力。据说，经过再度的研学和思索，孔子真的开始有些名气了。这是因为，挫折后的孔子经常就天下大事、治理家国、社会现象等发表独到的见解，开始让人们刮目相看。就在这时，鲁国近邻齐国的国主齐景公到访鲁国，其间特意召见孔子，就同时代的秦国开始在西部崛起的问题听取看法。随着齐景公的回国，孔子的名气也出了国门。

随着名气的渐大，孔子开始被任用，而任用他的正是将他逐出宴会的季氏人家。季氏人家先让孔子当自家仓库保管员，后来又让他去管理牧场。季氏人家对孔子这样的安排，是想让他与具体实践相磨合，还是想将这个志于治国的人掌控在手心之中，后人不得而知。不过，孔子的反应很干脆，辞掉季氏人家的工作，办起了中国历史上第一个民办的私人学校。自此，古代中国只有官学、只有为官者和富贵人家的子弟才能上学的历史就结束了。

办学，讲学，孔子的所思所悟便有了提炼和升华的机会。日子就那么平淡地过着，不久鲁国国内发生内乱，孔子凭一面之交的过往就跑到了齐景公为国主的近邻齐国。齐景公欣赏孔子，想要封他做官，但齐景公的执政官不认同孔子的主张，所以在他的反对下齐景公收回了想法，并转而对孔子冷淡起来。寄居的依靠不复存在，孔子只好又回到鲁国。

这时，内乱后的鲁国正需要能人出手治理。孔子先后被委任偏远小镇的长官、国土要员、司法主管等职。在每一个职位上，他均按自己深思熟虑的理念去治理。中国的史家们评价说，鲁国出现了大治的景象。

可孔子的治理冒犯了两大利益集团。一个是鲁国国内的旧贵族集团。当孔子的治理危及自身利益时，国主鲁定公要依靠的旧贵族们不再支持孔子了。另一个是冷淡过孔子的齐国。齐国见孔子的治理使鲁国的情况大有好转，他们怕长此下去身边会出现一个强国，危及安全。齐国的人不像鲁国旧贵族不支持便罢了，他们要让鲁国的权力疏远可能使他们强大起来的孔子。齐国人想的办法很奢靡，他们要给国君和执政贵族送16名美女和120匹良马，要让他们沉迷于美色和享乐，以倦怠治理。但他们不敢直接送去，担心已受孔子影响的他们不敢接受而回绝。

于是，齐国人使出了勾引之招。齐国人的送礼使团没把礼物直接送到宫里，而是走到鲁国国都曲阜城南门外后搭起帐篷驻扎了下来。他们每天让那些美女在那里唱歌跳舞。执政官季桓子抵御不住诱惑，便化装成普通百姓，穿上便装去观看。美色对男人的吸引力是无穷的，季桓子深深被美色与歌舞吸引，一连去看三次，道德防线已被冲毁。不过，没有国主的首肯，这些礼物他是不能收受的。于是，他就怂恿鲁定公去观看。鲁定公开始有些谨慎，假借巡视的名义去观看美女和歌舞。但前去一看，便不能自拔了。中国的古书说"往观终日，怠于政事"了。季桓子看鲁定公也甚为喜欢，便与他商定，接受齐国的全部礼物。这样，齐国在鲁国的执政主体和孔子之间打进了一个很大的楔子。

执政主体所办的这件事，极其不符合孔子的治理理念，他对此非常地反感和失望。同样，已对孔子产生反感的执政主体的贵族们也自然进入了疏远孔子的通道，不再找他参与国政了。

从此，孔子再也没有亲近治理国政的实务，带着学生，怀着治理天下的满腹经纶，游走周边各国，向世人宣讲治理天下的孔子主张。去世后，他被誉为"圣人"和"万世师表"，直到如今。

孔子虽然得到过老子"无为"的提示和"水德"的点化，但他对自己所处的那个社会一直怀有浓厚的干预情绪。他相信，自己的主张能够使天下安定祥和、井然有序而充满温情。他并没有审视权力的来源，而认定已经被蚕食殆尽的周朝王室曾经的形式，就是权力应有的存在形式。所以主张天下万事应按"礼"的程序运行。"礼"是周朝王室当朝时制定颁施的行事规范和仪式程序。比如祭祖，必须有个舞蹈的环节，他们叫这个舞蹈为万舞。国君天子祭祖时，这个舞必须由八行八列64人的方阵来跳。降到诸侯级别时则要减少到六行八列48个人，再降一级就要减到32人，并以此类推下去。

礼被设定为权力存在的形式之后，孔子主张天下的社会就该按"君君臣臣，父父子子"的秩序来存在和运转。由此，孔子设定，"礼乐征伐自天子出"的决策形式，并以"庶人不议"的规则来阻止他人的干预。他将权力请到至高无上的宝座之后，要求它实行充满爱的仁政。当权力充满爱之后，他倡导以君臣父子的秩序运转的社会应该履行"义"的义务，就是不质疑、不讨论，忠实地按权力的要求做人、做事。对此，孔子说："以正君臣，以笃父子，以睦兄弟，以和夫妇。"孔子深信，以这样的原则运行起来的社会应该是，"人不独亲其亲，不独子其子，使老者有所终，壮有所用，幼有所长，矜寡孤独废疾者皆有所养。"①

作为对这样一个社会存在形态的支持性软件，孔子还对亲情伦理、社会道德、为人处世等都做了规范化的设计，成了中国人长期以来谨遵的行为道德。

用理性的干预来修正权力和人的行为，使社会的存在形态温馨于生命一些，这是进化着的人类迟早要努力的方向，所以，孔子是值得去仰视的！

与大陆地上的人们不同，古希腊人的思索则散发着浓浓的海水味道。

海水是古希腊的社会存在形态与大陆地上的情形有所不同的根本所在。并不是因为移居到希腊地区的多里安人在水汽的浸润下进化出了优于其他人类种群的基因，而是海水迫使他们与大陆地上的人们有所不同起来。这个有所不同，不是直接导致了希腊人的善思善辩，而是从左右他们的生存方式开始的。

当多里安人一群一拨儿地移入希腊各岛屿时，他们是逐水草而居的牧人。这个时候，他们的生存资源从山野生灵的猎物变成一群群牛马羊已久。移居希腊各岛屿后，他们在较长一段时间内仍然用牛马羊群的牙口收集大地的滋养，以供自己吃用。同时，作为征服者，他们还享用原住民以耕种和捕捞得来的生存资源。其间，因游牧而文化积累不够饱和的他们，在舒心地享用原住民所奉献的生存资源的同时，也以符合自己身份的形式接受了他们深植在衣食住行中的文化。于是，他们继而创造的文化越来越多地吸收了海水的味道。

就像游牧的生存方式没有突然地被终止一样，多里安人带来的权力的存在形式在希腊各岛屿也延续了好长一段时间。N.G.L.哈蒙德在所著的《希腊史》中，称那时的权力存在形式为"王制"，更多的史家们则以"君主制"来称呼它。"王制"也罢，"君主制"也好，说的就是多里安人在移入希腊各岛时率领他们的头人或首领，转而就成了各岛屿上形成起来的城邦主或君主。邦主或君主的亲族子弟及协助他维护权力的人们则成了被称为贵族的人群。这并不是说，他们身上带着什么高贵的基因，而是因为他们曾经和权力志同道合。

在权力以邦主或君主的形式存在的时候，他们的意识生活是平稳而秩序井然的。不同于当今世界，那个时候权力的上级是神。古希腊的神比任何地方都多，威尔·杜兰特先生曾以天神、地神、生殖神、动物神、地下神、祖先或英雄神和奥林匹亚山诸神的组合类别分类过古希腊神的队伍。先生认为，"部族和政治分

---

① 刘定一：《论语读本》，天津人民出版社，2018年。

离主义孕育了多神主义思想，而使一神主义无法实施"。是这样，还是海水作祟，就不必再去探究了。这些高居于权力之上的神是古希腊人意识生活的导师，从宇宙的存在到世界的形态，再到生活的样式和行为的原则等都由他们来确证和告知。虽然这些是权力根据自己的需要逐步建构起来的，但他们都毫不犹豫地把它以神的名义发布和实施。在这样一个意识生活的秩序中，做一个人而活着是非常简单的。他不用再去想为什么，而只按已有的认知生老病死就可以了。其间，他唯一可以做的是，在频频举办的祭神仪式中用优美的文字赞美神并表演剧目。这个时候，思想休眠了，只有语言在狂舞着。

后来，社会存在的这一形态渐渐被打破了。史家们认为，时间是公元前8世纪左右。而原因是生存资源对社会存在形态的作用力。希腊各岛山多耕地少，而海水把他们割裂于大陆的地理条件，使古希腊人发展出了不同于他人的获取生存资源的方法。那就是，要走到海水的彼岸，从出产地获取需要的生存资源。所以，古希腊人向地中海东岸走去，跻身到以美索不达米亚与尼罗河三角洲为中心的生存圈之中的原因就在这里。至于他们走出海洋的原因，N.G.L.哈蒙德在他的《希腊史》中并没有提及，但不少大史家都认为是人口的压力。史家们说话不会空口无凭，不过需求的渴望和实施的能力，更可能是他们出海而去的原因。据史料信息，在公元前8世纪时，希腊人就有了很高的战船制造技术，到公元前6世纪时就能制造出90英尺长、以50名划手为动力的五十桨船了。

就这样，需求和能力使他们走向了彼岸，走到了可从产地获取生存资源的地方。如地中海东岸小亚细亚一带的特洛伊、米利都、以弗所等都是这样的据点。按史家们的政治术语，叫这样的地方为殖民地。因为殖民地是母邦聚敛生存资源的基地，所以他们很重视。古希腊人认为，殖民点就是"一个远离家乡的居处"。所以，在开辟一个殖民地时，都从母邦的祭台上分取圣火，以宣示自己为母邦的海外部分。这样的殖民点，没有能力像亚述人、波斯人那样武力统治生存资源产地，对其产品进行任意的再分配。所以，他们只以交换的形式加以获取。

于是，物本开始活跃起来。尽管在实物对实物的交换中，没有人认为有叫物本的东西存在着，但它确实曾真实而确切地存在于早期人类生存资源再分配的活动中。在钱币尚未出现和广泛流通之前，物本其实就是在此地与彼地间用来交换的某一物品，但它因能够增值而应被称为物本。物本的增值在此地与彼地物品的充裕和稀缺之间的交换中实现。这样，一船一船古希腊的产品向地中海沿岸的生存资源产地源源不断地流动而去，地中海沿岸那些生存资源产地的物品又一船一船地流向希腊各岛屿。日复一日，年复一年，近两百年过去之后，繁忙的物品双向流动，终于造就出了富可敌国的新老贵族。这些新老贵族能够组织起来的重甲步兵发展到了足能打败君主权力所拥有的贵族骑兵的程度。就在这个过程中，使这一物本转化为资本的中介——钱币也出现了。

聚集在掌控下的、雄厚的生存资源，开始使它的主人们不安分起来。他们开始不安于只按过去的认知谈天说地，不安于被束缚在原有权力的规定之下，不安于只照已有的认知完成生老病死的过程。他们弥漫于社会的这一情绪，被敏感的诗人阿尔凯奥斯写成这样的诗句："有钱就是人上人，没有一个穷人是高贵可敬的，不穷即是好出身。"

于是，这些变成了"人上人"的新老贵族要以争得权力来维护自身的利益，推行自己的主张了。这与古代中国春秋年代的情况如出一辙，而且年代也相近。当时中国的情况是，发达起来的贵族们不是以取而代之的方式，而是以弱化王室、分割占有生存资源产地的形式，实现了对权力的需求。因希腊各岛没有可分割占有的大面积土地，所以他们同样并不取而代之，却以分取权力的方式满足了自己的需要。对此，N.G.L.哈蒙德在他的《希腊史》中概括说："一般而言，王制的结束并非由于暴力而是通过将国王吸收到下一层权贵，即由氏族首领组成的贵族阶层之中，而这些氏族首领长期以来就已是王的议事会或王的宫廷的成员。"不过，不在其中的肯定也不少。就在这样的情势下，古希腊人开始调适权力的存在形式。于是，贵族寡头统治、"僭主"独裁统治、协商推举执政和民主政治等依次被尝试起来，权力从团体化的形式到大众化的形式，一一接受过古希腊人民的检视。其间出现过梭伦、庇西特拉图、伯里克利等著名人物，雅典城邦也自认为是这一变革的老师。伯里克利在殉国将士葬礼上的演说中，对权力的大众化存在形式自豪地说："我们不模仿我们的邻人，但我们是他们的榜样。我们的政体确可以称为民主政体，因为行政权不是掌握在少数人手里，而是掌握在多数人手中。……总之，我要说：雅典是希腊的学校。"[1]但是，让伯里克利无比自豪的权力的大众化存在形式也有让人难以解释的尴尬。据古罗马传记作家普卢塔克讲，在权力以大众化的形式存在的时候，雅典人实行一种陶片流放的制度。也就

---

① ［美］斯塔夫里阿诺斯：《全球通史》，北京大学出版社，2012年。

是说，在这个时候人们在一些重大问题上经常发生意见上的分歧。在谁也不能决定取舍的情况下，他们选出其中的一个流放外地几年。在选出被流放的人时，让公民在陶片上写下他的名字交给公民大会统计。

有一次，雅典人讨论海军的发展政策。讨论中，有位叫亚里斯泰迪兹的人和另一位叫泰米斯托克利斯的人发生了争执。亚里斯泰迪兹主张发展陆军，而泰米斯托克利斯主张应建立一个强大的海军，双方僵持不下。于是，需要用陶片流放制从他们二人当中选出一个流放的人。当投票正在进行的时候，亚里斯泰迪兹走过街道，有一个来自近郊农村的不认识的公民，因为不惯于写字，便向亚里斯泰迪兹招呼，求他把他自己的名字写在交给他的陶瓷碎片上。

"但为什么?"亚里斯泰迪兹问道，"亚里斯泰迪兹伤害过你吗?"

"没有，"这位公民回答，"我从来没有见过他。只是，啊! 老听人把他叫作公正的亚里斯泰迪兹，我实在是厌烦了。"

普卢塔克说，亚里斯泰迪兹于是不再说什么，就按照这个人的意愿去写了。

就在这权力存在的形式不断调整其姿势的过程中，古希腊人的思想从休眠中醒过来了。参与思想的人也不只是戴着神的面具的权力，而是那些写颂圣诗的诗人、写剧本的剧作家、喜欢在街头巷尾辩论的演说家和愿意用自己的眼睛打量万物的任何一个被算作公民的人。

于是，人类的认知在古希腊开始被突破。

古希腊人没有像犹太人那样向神化思维的深处走去，而是从原有的认知中回过头来重新审视物态的一切和物态存在对心灵的启迪。他们开始对神创造了世界的说法不放心起来，有人开始认为：太初是一团水和硬物交互融混形成的黏泥，从其中诞生出时间和生命。继而叫阿那克西曼德的人就认为：最初是"无限"，亦即在其成分的数量与质量上都属于无限无差异的混沌非分之物。从无限中生出世界或诸种世界，它们又随着时间的规律瓦解而复归于无形无限。世界和诸世界是由无限内部各对立元素的运动创造出来的……

人类的自私是明确无误的，他们的一切作为都是为了自己。他们睁大眼睛打量宇宙与世界，其目的是为了认识自己，以便找准自己在存在中的位置。诗人品达认为：神话的往昔是真实的存在。诸神和英雄绝非诗人幻想的产物。他们活动于现实世界之中。神和人都是同一母亲——大地母神的后裔，神有超人之力，但人和神在知慧和禀赋上是相同的。过去的英雄参加当今现实的人的活动。与这位

135

恋恋不舍于神的诗人不同，一位阅历甚广的叫色诺芬的诗人却推倒了横亘在古希腊人认知面前的神这道墙。他主张：往昔的传说纯属于人为的虚构，神是人按照自己的模样创造出来的，荷马和赫西奥德还把世人的卑劣品性赋予众神——偷盗、通奸、欺骗等。假若牛会作画，则它们画出来的神必具牛形。所以，他指出：神是单一的实体，常在不移，无形无状，既不像人的模样，也不具人的心理，而神的所见、所听与所知是无所不在、无所不能的，其动力则为神的不需费力的思想。和神相反，所有物质的东西都是由水和土所产生。

古希腊的思想者们就这样一步步把人从神的衣袖中抖落到了大地上，明确了他只能依靠自己来生存的孤独身份。人类身份的这一认知从混沌到清晰，从羞羞答答到理直气壮，在古希腊大地摇晃着身子最后站稳了脚跟。随着这一认知对思想者们的继续启迪，一位叫普罗塔哥拉的人向各个方向思索的人们大声地说道："人是万物的尺度。"①

尺度！原来这是由神来操心的事情，现在把它交给被规范者本身，能行吗？靠谱吗？不乱吗？思想者们紧张，担心，还有一些怀疑。他们担心，如果这一认知被普遍接受，那么"真理就随各人的观点而异"了，他们更担心，这种虚无了神的认知，继而发展成"不可知论的享乐主义的见解"，使人类走向堕落的道路。人们思索着，谈论着，就在这个时候有一个人走过来了。他穿着一身褴褛的长袍，赤着脚，经常用酒来"润湿灵魂"，不修边幅而任性。他就是苏格拉底。面对纠缠着思想者们的种种问题，苏格拉底并不发表直接的回答，而是不断地与那些思想者对话，辩论，以考察一切已有见解，找出一个普遍公认的真理。斯塔夫里阿诺斯先生说，苏格拉底"坚持认为，用这种办法可以发现有关绝对真理、绝对善或绝对美的观念"。

苏格拉底这样做的目的很清楚。那就是，他要给已被看成万物之尺度的人提供一个尺度。因为，他觉得"尺度论"正在破坏超自然的信仰，尤其是那个被炫耀不已的民主，就是这一主张的存在形式。他认为这是胡闹。但是，他没有能力把这个认知从雅典人民的心里一一回收起来，然后付之一炬。所以，他只能给那些自以为是尺度的人们再提供一个尺度，以便阻止他们任意去运用尺度。于是他倡导善与美。他所主张的善不是普通而抽象的，而是特殊实用的，"有所为而善"。而美是什么呢？

---

① ［英］N.G.L.哈蒙德：《希腊史》，商务印书馆，2016年。

苏格拉底认为没有任何东西比知识更有用，所以在他看来知识是最高的美德。睿智的威尔·杜兰特先生对苏格拉底这一主张的理解是：没有适当的知识，便不可能有正确的行为；有了适当的知识，必定产生正确的行为。对个体生命来说，这可能是基本教义所在，但对苏格拉底所面对的具体问题来说，这就是使尺度掌握者规范自我的公共尺度。在尚没有公共教育的雅典，认为自己是万物之尺度的公民大众是不能满足这一条件的。所以，苏格拉底如同孔子主张恢复周礼一样，他也认为，贵族政治是最理想的政府形式，而民主政治是胡闹。于是，那些已经开始规范万物的人们认为苏格拉底并不符合他们的尺度，便判了他的死刑，除掉了他。

在人类的历史上，苏格拉底可能是因对社会存在的形态发表意见而殉难的第一个人。但发挥规范万物作用的雅典公民并没有判处苏格拉底求知之路的死刑。所以，作为其学生的柏拉图不仅承袭了老师的求知之法，还使它得到了很大的拓展。

在雅典，那些曾受制于神的尺度的人们转过身来规范万物的过程中，思想者们为了认清存在的合理与否，开展了多个渠道的知识寻找活动。其中，有一个方法是，把存在的一切和它们之间的关联运动概括成为一个个概念，然后在概念之间进行各种各样的运算，最后得出一个较为牢靠的认知，并以此来判断存在的合理与否，还想要为以后提供指导。古希腊人称其为哲学，后来的人们也约定俗成地叫它哲学了。其实，这也是人类心灵智慧继续发育的结果。古希腊人首先开发了它。在寻找知识的过程中，苏格拉底喜欢使用的方法是，让概念与概念进行碰撞，以检视出一个叫真理的牢靠认知。这种让概念之间有所竞争的运算可能比单纯的运算更有利于对认知的固定。所以，柏拉图和他的老师一样，不断与他人对话、辨析，甚至在给学生授课时都用提问的方法。

柏拉图想要固定的认知可能很多，在此列举一二以示敬重。这是"真"的，我们常说。柏拉图想要为它固定的认知是，只有具有力量的才配称为真。沿着这一认知，他继续前行一段后便推论：灵魂是人体内一股可以自我移动的力量。在他的观察中，这个力量先于肉体存在，而人死了之后，作为力量的灵魂或生命的原理又飘向其他生物体内，是升是降则完全视前世之功过而定。先生很想固定这个认知，在他看来犯过罪的灵魂可能就到炼狱或地狱内，有德者就到"福岛"（the Islands of the Blest）。经几次转世，灵魂的罪过完全洗清后，就可免再转世，登上永恒的极乐仙境。哈哈，真不知先生的这一认知能不能被固定得住！

　　柏拉图也和老师苏格拉底一样，非常关注美的问题。继苏格拉底知识就是美的论点，他进一步升华认为真正的"美"应该是智力的美而非形体的美。在现实的世界里，一个人从这个点走到别外一个点，其脚印是可以看得到的。而在认知的世界里，我们却看不到一个思想者在提出终极性的论点时都走过了怎样一些概念的站点。就像柏拉图先生对美的这个见解，如何就推演出了一个叫"柏拉图式的爱"，我们是难以查究的。

　　不过，柏拉图没有迷路。他沿着苏格拉底贵族政治的主张稳步前行，并为它精心设计了存在的形态。他首先以为要找到一位仁君，然后愿以其子民的身份来做实验品。之后把成年人全部遣走，只留下维持治安及教诲年轻人所需的成年人。所有的青少年，不分性别、阶级一律先施以20年的教育。20岁时进行体能、智能和道德三方面的测验。考试不及格的要去当商人、工人和农民。初试及格者再受10年的教育和训练。到30岁时再进行一次考试。不及格者为军人，不许有私人财产，也不许经商。及格者要以5年的时间研究各科"神圣的哲学"。内容包括数学和逻辑到政治和法律。到35岁，这些人学成之后要到社会上去谋生和奋斗。到50岁，还活着的这些饱学之士可以不经过选举，自动成为监护或统治阶层的一分子。这些人有权而无财。在这个理想国里没有法律，一切案件和争端由那些研究了哲学的人们去裁决。

　　2300多年前的这个设计，不知会引发当今我们的怎样想法。不过，"理想国"是学家们对它的一致称谓。

　　继柏拉图之后，使人类牢记不忘的另一个古希腊人就是亚里士多德。亚里士多德生于公元前384年，晚师爷苏格拉底85年，小老师柏拉图43岁。当亚里士多德步入思想者的田野时，古希腊人活跃而激情的思索已经进行了近百年，几代热心思想者就古希腊人急于弄明白的诸多问题都提出了自己的见解，从事物发展的规律来说，已经到了瓜熟蒂落的时候。我们不知亚里士多德是否有过这一时代的自觉，但清楚的是那个时代让他担当了收获者的角色。

　　寻找知识是古希腊思想者们建构美德的基本追求。在这条路上立有柏拉图的一个警示牌：感觉不可能是真正知识的源泉。亚里士多德却把老师的话改成了：知识来源于感觉。也许，亚里士多德对诸种知识都太有感觉了，所以导致威尔·杜兰特先生以科学家为认识他的入口。在亚里士多德看来，对知识和知识的种类进行定义是很重要的，他说"定义"就是将该物或观念与其同种同类不同之处划出的详细陈述。如"人是一种'有理性的'动物"。对古希腊人积累了百余年、尚还交织在一起的知识来说，这可谓是一个很好的分类器。所以，斯塔夫里阿诺斯先生坦诚地说："他是一位知识分类者和理性主义者，而不是神秘主义者；是一位逻辑学家和科学家，而不是一位哲学家。"正由于这样，我们后来的人类在谈及伦理学、形而上学、心理学、经济学、神学、政治学、修辞学、自然科学、教育学、伦理学、美学等门类的知识时，亚里士多德便是不可不提的鼻祖之一，而有些门类的知识溯源到他之后就结束了。

亚里士多德是一位很想弄明白从地球到人，再从人生的目的到社会存在形态之原理的思想者。他认为，地球是球体的，是宇宙的中心。尽管他看不见，也没有遇到过，但他相信生活在地球上的人是有灵魂的，这个灵魂的本质是"有机体的基本实体"——即有机体之天生和命定的形，它的冲力与生长方向。还强调，灵魂就是躯体本身"自我滋补、自生、自灭的能力"，灵魂之于肉体正如视力之于眼睛。

那么，这个带着灵魂的人生，在地球上消磨时间为的是什么呢？亚里士多德没有像他老师那样倡导责任自觉，而爽快地表态"是快乐的生活"。在他看来，除了快乐以外，一切事物的追求都另有目的，只有快乐的追求本身就是一个目的。亚里士多德认为，为了能够快乐地生活，人必须生活在一个叫国家的国民之集合体之中。这个集合体应该是凭借自身的力量足以达到人生一切目的的组合。想要"快乐的生活"的人，在一个叫国家的国民集合体里生而活着，就会有快乐的生活吗？亚里士多德认为还不能，这要取决于管理这个国家的政体。史家们说，为了找到一个能够让人快乐地生活的政体，亚里士多德对当时活动在希腊地区的158个组织进行过研究和比对。结果发现，这些组织可归类到3种政体之内，即君主政体、贵族政体和荣誉政治。接着他对每类政体的优点和不足进行反复的比对和检视。最后，他认为贵族政体和民主政体相结合的"混合政体"，可能就是能够让人快乐地生活的政体。之后，他还提醒说："必须掌握住放之四海而皆准的通用原则，那就是说，一国之中希望新政府存在的人，应该多于反对者。"

人类的兄弟们啊，请记住这些人吧！古印度的释迦牟尼，古代中国的老子和孔子，古希腊的苏格拉底、柏拉图和亚里士多德，古老犹太的耶稣。在我们人类社会的存在形态，从简单一步步复杂起来的问题和矛盾充斥生活的时候，这些人自告奋勇地充当了人类的心跳和大脑。尽管他们未能找见制导社会存在形态的利益关系，也并未看到权力对生存资源难以自控的向往……

第五章

车轮滚滚

沿着历史的河岸，我们一路走，一路看，也一路想着。

走是为了看得到，看是为了真切地了解哪些年代发生了哪些事情，而且想是要找到事情发生背后的原因和规律。这对于很想看清楚人类之过去的我们来说非常重要。

我们尊重对人类历史所有已有的见解，但更忠实于自己的观察和判断的独立性……

车轮是这样转动起来的

走在时间的旷野上，人类是孤独的，更是无助的。因为进化，他已经永远地走出了动物的世界，所以能够与他相伴生存的朋友一个也没有了。于是，他不得不孤独地步行在时间的旷野上，只以感觉为导航，无助地应接着生存中的一切未知。好在进化还为他孕育出了一个叫智慧的自助能力，伴随他穿行茫然的前路。若不然，不知会迷失到哪里去了。

不过，我们已经看到，人类没有迷失，而是把生活推进到了足以引发大面积深度思考的复杂形态和繁华程度。人类的没有迷失和能将生存形态复杂和繁华起来，仰仗的就是他不断发育的智慧能力。其中，首先应该提到的是，数字的概念在人类大脑中的形成和被广泛地使用。

数字的概念可能就是哲学的源头。不过，我们尽量按实用主义说事。在进化到被称为智人之前，人类先民的大脑里究竟有没有数字的概念，我们不得而知。据史家们提供的知识，人类是在进入了智人时代的7万年前之后，开始有了新的思维方式和沟通方式，认知的革命便是从此开始的。如果我们坚信动物的大脑里没有数字的概念，那就可以认为数字概念在人类大脑中的形成不会早于7万年前。为什么有别于物态存在的空洞概念突然出现到人类的大脑里？研究家们可能给出的答案是"基因突变"。因为研究家们普遍认为，某次偶然的基因突变，改变了智人的大脑内部连接方式，让他们以前所未有的方式进行思考，用完全新式的语言来沟通。研究者们这样说并不是信口开河，而是有着可靠的证据。因为，他们从东非迁徙而来的智人的DNA里发现了突变，而原在中东及欧洲的尼安德特人的DNA里却没有。所以，他们谨慎地说，这是偶然发生的！

不过，这个偶然带给人类的机会太大了。在他们"以前所未有的方式进行的思考"中，与很多新鲜的认知一道，数字的概念也悄然进入了人类的大脑。这个空洞的概念，在人类的大脑里虚幻地存在了多长的历史时间，史家们并不知道。他们知道的是，这个空洞虚幻的概念被转换成文字符号的过程，其中对阿拉伯数字尤其了如指掌。

原来，被我们称之为阿拉伯数字的这个数字符号，并不是阿拉伯人的创造。只因传播过程中途经阿拉伯地区，欧洲人误以为是阿拉伯人的创造，便称呼成了阿拉伯数字。于是，天长日久，全人类都被误导到了阿拉伯数字这个称谓上。而这，并不是因为欧洲人的错觉是美丽的，而是证明着话语权有时候是蛮横无理的。

其实，这个数字的创造者是古代印度人。据有关资料介绍，在公元前3000多年以前，印度河流域居民对数字的使用就比较先进，并用十进位的方法进行计算。待到公元3世纪时，古印度人大脑中的数字概念已经创造出了1到9的数字符号，已应用到生产、生活的各个方面。公元320年到550年是笈多王朝对四分五裂的古代印度进行空前统一的大好时期。就在这个时期的某一天，在1到9组成的数字家庭里降临了一个新的成员，这个成员就是神奇的"0"。开始时，0的写法不是一个圆圈，而只是一个点，后来慢慢就变成了圆圈。

有了0的数字符号，随着古代印度与外部世界的不断交往渐渐走向了四面八方。其中，公元7世纪时传到阿拉伯地区。阿拉伯人接受它并运用到生活与生计之后，把它又传到了欧洲。于是，欧洲人认为它是阿拉伯人的创造物，便将它称之为"阿拉伯数字"了。好在古代人没有知识产权意识，不然这该是多大的侵权啊！

数字符号的出现虽然并不太早，但数字的概念在人类大脑中产生的时间却早到不得而知的远古。也许，就是从基因突变的那一刻起。就是从那一刻起，它就变成了人类最大的隐形帮手。虽然这个帮手不像石器那样用途实际，也不像农耕那样解决温饱，更不像权力那样摆布利益关系和社会的存在形态，但自生成于大脑开始，它就使人类有了对物态世界进行量化把握的工具，尤其是使人类有了料理生计的心灵和经略社会的意识尺度。由此，人类不再像动物那样毫无记性地茫然一片，而是心中有数地安排和归纳生存活动的目标和结果。所以，我们从由简单到复杂的社会发展中，从苏美尔、古埃及、古印度、古代中国和古希腊的建筑工程中，从日益增多的财富积累过程中，从人类曾经有过的一次次的重大行动中，甚至从某个人对未来生活的小小算计中，都无法减去数字概念的参与和发挥的作用。

就这样，数字的概念在帮着人类经营生存的过程中，一步步被符号化，最后使书写便捷的阿拉伯数字成了人类通用的数字符号。

就在数字概念使人类有条不紊地经略生计的过程中，进化使他们有了一个更重大的发现。这个发现比其他的发现要稍晚一些，但它带给人类的帮助却是很大很大的。这个被发现的东西就是铁！

铁，并不是人类最早发现的金属，但它青出于蓝而胜于蓝，在人类古代历史的发展中发挥了仅次于农耕的作用。关于发现铁的时间，虽有一些不同说法，但多数史家认为是约在公元前1500年左右小亚细亚赫梯帝国的人把它应用到生产与生活当中来的。据说，赫梯帝国存在期间一直没有把冶炼铁的技术传播出去，从而确保了它稀少而昂贵的身价。所以，当埃及法老想要一些铁的时候，赫梯国王能够理直气壮地要求用黄金来交换。物以稀为贵！中国的这句老话很有道理。

铁，贵如黄金的身价是随着赫梯帝国的灭亡而走下神坛的。史家们认为，约在公元前1200年左右赫梯帝国灭亡后，冶铁技术从那里开始向其他地方传播。也许是古代人类间的少有来往吧，冶铁技术的传播较为缓慢。大约在公元前800年时它才走出地球西部的生存圈，蹒跚走到南亚生存圈的中心——印度地区。它向中部欧洲的传播也很蹉跎，到公元前750年左右时才悠然而至。而传到东方生存圈之中心——中国的时间则更是晚于印度200年左右。

冶炼技术传播开去后，铁在各地都以什么形式存在，史家们没有明确的说法。不过可以确信的是，它不会再像黄金那样贵重稀少了。可能受权力的管理和量的限制，它被广泛应用到生产活动的过程很是缓慢。所以，史家们说，从发现铁到将它大量运用到日常生活，其间经过了好几个世纪的时间。不过，进化着的人类不会让它长期徘徊在真正的用途之外。

果不其然，炼铁的技术传播开去之后，在东西两大生存圈里引起了明显的变化。对生存资源产地上的人们来说，铁的最大用途在于农耕生产。用铁做成的犁、锄头、斧子、镰刀等农具，使劳动对自然的作用大大增强，让人们很轻易去砍伐石木工具所尴尬无奈的森林树木，并能刨出它们在土层深处的根须，使荒野的土地能够变成一块块丰收的农田。即便是石木工具时代无法开发为耕地的非河流冲积之地，在铁制工具的劳作下都可以被打造成丰产良田。所以，地球西部生存圈的资源产地从亚述帝国的某个时期开始，从苏美尔和美索不达米亚迅速向外扩展，在迦勒底帝国和波斯帝国时期，已经扩展成了从美索不达米亚向北到小亚细亚及黑海沿岸，向西到叙利亚、巴勒斯坦再到埃及的基本相连为一体的生存资源大产区。而南亚生存圈的古代印度与东方生存圈里的古代中国，所发生的事情也大致相同。在印度，尽管种姓制度制约着社会发展，但在铁制器具的帮助下，人们把耕地从印度河流域向东拓展到了恒河流域。古代中国人则不仅把黄河流域的生存资源产地向整个中原地区拓展开去，还将其同长江流域地区一道，开发成了生存资源的大产区。

耕地大了，收成多了，五谷之香就会飘向生存资源匮乏的外围地区，引起那里的人们不由自主的获取之欲。这就是铁所带来的变化，铁所推动的发展！

而对生活在生存资源产地外围的、靠狩猎与游牧生存的人们来说，铁的用途就在制作征服猎物驯服牲畜的器具上。于是，这些人的狩猎能力得到大幅增强，猎获的动物越来越多、越来越大。于是，动物虽然有着再生繁育的能力，但在日夜不停的猎杀下灭绝的灭绝、减少的减少，让人类捕获到的猎物越来越有限了。相反的是，猎物充足时增长起来的人口数却不会随着猎物的减小而自动减员，而是将大量的生存需要转移到尚还原始的游牧畜群上。对此，被游牧的动物们很是委屈。在过去，与野生的动物一起承担时，压力是可以撑得住的，可现在压力的大部分滑到它们的背上后，它们却难以撑得住了。于是，狩猎游牧的人们便不由自主地挥舞着用来征服动物的器具等冲向生存资源产地了。因在开始时把铁用到了类型不同的生存需求上，所以在碰撞产生时用到征服性器具上的一方便展现出了较大的冲击力。海上的人，也因多将铁用于对付海岸陆地人的器械上，所以也有着与狩猎游牧人同样的冲击力。

对需求的迫切，保有的冲击力是绝对的怂恿者。于是，古希腊人在迫切需要的驱使下，挥舞着指向明确的器械，向小亚细亚以及其他生存资源产地的深处进击而去。希腊人拼死攻取特洛伊城，怎能是为一个女人呢？波斯人也不例外，没有无花果做的点心、更没有酒的他们，仗着自有的冲击力，不仅征服富有且远远文明于他们的吕底亚王国，掌控从美索不达米亚到埃及的生存资源产地，还和另一个保有冲击力的希腊人开展了强对强的冲撞。

在东方生存圈，铁也被用于同样的需要。不过，在狩猎游牧人的冲击尚未大面积形成之前，铁制工具所帮助开发出的良田沃土诱发了东周诸侯们自立门户的欲念，导致出现142个之多的国家。随之开始的列国间的吞并之战，又迫使他们把铁主要用到武器的制作上去了。后来，秦朝将他们统一到一起后，用铁来制造的武器较长时间地成了抵消周边狩猎游牧人冲击的法宝。东方生存圈里的狩猎游牧人大规模挤入中心地区的现象晚于地球西部生存圈的原因就在这里。

一眼看去，貌不惊人而脸色冷清的铁，就这样使人类的生存活动热血沸腾起来。其神奇不仅在于对耕地的任意开发，作用于作物的增产和群体冲击力的形成，还对于社会分工的复杂化，手工业能力的发达，建筑行业的发展壮大，制造业的扬帆，乃至饮食器具日常用品的改善等都如同雨水对植物，使它们繁茂起来了。

用数字概念装备了经略能力的人类，因为有了铁，在亚欧非各大生存资源产地上迎来了能够收集的大地滋养越来越多、能够创制的人造物品也日益繁多的新时代。如果去比喻一下的话，这时的人类就像是一个算计精明的人，双手抬起了推车的把子，而在车上也装好了很多他人垂涎的物品，但这部车子还没有使它能轻便推动起来的轮子。这个轮子，对人类的生存活动而言，就是钱币！

对钱币没有好感的人，在当今这个世界可能很难找得到。因为，叫钱币的这个有价之物，如今已将地球上的一切人类生存所需要的自然物体和社会创造的意义成功地吸收到了自己的身上，成了人类生存活动顺畅运转的灵魂性工具，成了每一个人解决生存需求的万能之物。可它，在原来的人类生活中是没有的。

货币是人们对钱币最有涵养的称呼，而在民众的意识中它的名字就叫钱。钱究竟在什么年代出现，史家们意见不一，但不会早于青铜器开始的年代是时间的上限。作为中介物，钱肯定是交换在人类生活中频繁出现后才出现的。而且必须由权力的信用来保证它的价值。史家们发现，作为印欧人祖先的雅利安人在定居之前通常用牛作为价值的中介，所需要的交易物都通过牛之后，才能各得其所。所以，罗马帝国的"货币"一词就是从"牛"字演化而来的。而早期的亚洲地区则是用金属作为价值的中介物，为硬币的出现画下了历史的伏笔。这便是赫梯人留给人类永远的纪念。而中国的史家们发现，他们古老的祖先曾用海贝来做价值的中介物。

在史家们的发现里，酒瓶、烟叶等都有被当作价值中介物的历史。其实，用什么做价值中介物并不很重要，重要的是有了权力的担保和诚信的抵押后，人类已经有了进行价值转移并能将其虚拟化的能力。在这样的能力之下，任何一种物品都可以用来做价值的中介物。当然，喜欢讲究的人类会对用来做价值中介物的物品进行精挑细选。所以，在后来的发展中，人类用来做价值中介物的物质从五花八门的杂物逐渐走向了铁、铜和金与银。

车轮终于缓缓地转动起来了。那个算计精明而抬起车把的人，终于将装满了物品的车子向翘首以待的需求开步推去了。于是，史家们看到，货币的出现使大规模的批发贸易或地区间的贸易有了可能的条件：使农夫们可以出卖自己劳动产品而无须物对物的交换，尤其是使工匠们能以自己的劳动换取工资而非食物。在最后的结果上，大大地促进了各种商业，相应地促进了制造业和农业的发展和经济专业化的深化。也许，史家们所看到的，是作为价值中介物的货币可以看得见的作用。而它不被看到的作用可能更复杂，更深刻。

因为，货币是人类的交换活动从直接到间接的产物，它的使命不在于满足需求，而是为实现价值的转移提供可靠的中介，使生存所需的一切物品成为商品，使一切为生存的劳动和劳动的成果成为商品，使曾经那方便间距内的物对物的交换发展成为远距离价值间的间接交换，使曾经流动在人们手里的增值缓慢的物本转化为神奇的资本，使权力对社会经济的有效管理等都有了必要的可能。于是，经略能力被数字概念装备而日益精明起来的古代人类，在各自的生存圈内借助铁等金属带给他们的力量，生产出了日益增多的物品，又在权力的支配下构建起了引起释迦牟尼、孔子、柏拉图、亚里士多德及耶稣等大神级的人们，深深思考而不得其解的社会存在的复杂形态。

是啊，在时间的旷野上，人类虽然孤独无助，但在智慧的陪伴下，他们总是能够迈出有利于自己的脚步！

未被读懂的古老提示

在有无之间，有着人类最大的隐患。

在向人类方向进化之时，我们的古猿祖先除了生命以外是一无所有的。然而，他们那仅有的生命这一神奇之物，不允许他们一无所有于这个世界，而是需要不断获取滋养以供他们的存活。这是人类携带在基因里的需求，无法更改，更不能违背。所以，在这一需求的驱使下，祖先们动用进化所带来的一切之能，解决一无所有的问题。于是，他们打磨着石器和木器，走向了大地自然，走向了开花结果的植物和桀骜不驯的动物，开始有意识地获取供养生命存活的资源。

不过，一个问题刚开始解决，另一个问题随之又出现了。那就是，虽然进化给了人类使用石器与木器的智慧，但并不是人人都能用它获取所需。不能获取所需的这些人就成了问题。如果这些人的需求得不到解决，初期人类的生活中必将盛行六亲不认的大哄抢。怎么办？后来，人类发展了，家族变成了部落，部落又变成了部落联盟。而且能力也提高了，用在手里的工具更锋利、更灵便了，也发明了驯养，发明了耕种，能够更多地收集大地的滋养了。可是，收集到的这些滋养或资源，并不是均衡地分散在各家、各户、各村、各地。而是有多的，也有少的，还有没有的。于是，少有的和没有的这部分人就成了问题。如果这部分人的需要得不到解决，发展起来的人类必将面临无休止的偷盗与抢掠。怎么办？再后来，人类进一步发展，部落联盟又发展成了权力的利益版图，人们被分割到了一个个国家形态的管辖之内。这时，人类用上了青铜，用上了铁，青铜和铁让他们在有的地方不仅发展出了农业，增多了收获，又兴起手工业，丰富了各种日用品，使生活变得多姿多彩起来。可是，青铜和铁在一些地方无法发展出农业，也无法发展出手工业，进而无法生产出丰富多彩的生存物品。于是，生活在生存物品匮乏之地的人们就成了问题。如果这一类的需求得不到正面回应和合理解决，人类必将无法摆脱连绵的战火与硝烟。这又该怎么办？

面对这些，人类并没有无动于衷。在早期，在用采集和狩猎的方法获取生存资源的时候，他们处在原始公社阶段。这时，他们人数不多，家族血亲生活在一起，形成了生死与共的生命体。所以，那个时候他们实行了劳动成果共享的原始共产生活，不仅滋养了亲情，繁衍了族群，还以本能的慷慨化解了存在于人类生活有无之间的隐患。后来，解决有无之间隐患的这一方法行不通了。因为，原来那个人数不多的氏族或家族已经繁衍成了人数众多的部落，后又发展成了人数众多、占地辽阔的部落联盟。那些曾以血缘维系的生命组合已经衍化成了一户户人家、一个个村落。而且，在村落与村落之间、部落与部落之间，还被长短不一的距离分隔起来。在这个时候，有与无的问题已从血缘家族走向了家户与家户之间、村落与村落之间，甚至部落与部落之间。面对有与无分布的这一新变化，人类并没有手足无措地任由其隐患发作，而是又发明了一个新的方法，以解决相互间的有无问题。

这个方法就是交换，就是人们之间进行有无的互通。起初，有无间的这个互通是实物对实物的，没有什么通用的价值标准，需要是唯一可靠的价格。用一头牛换一根针，谁也不觉得亏了。后来，有无互通的范围需要扩大，人们需要与更远的地方、更陌生的人们进行有无间的互通，以丰富生活。于是，实物交换的方法又行不通了，人类又用一个新的发明，继续支持更大范围、更远距离间的有无互通。这个发明就是价值的中介物，就是史家们所说的货币。开始时，人类并不知道用什么做价值中介物最好，所以，海贝在古代中国，牛在西亚，烟叶在北美，甚至杜松子酒的瓶子在西非都曾做过有无间互通的价值中介物。后来，随着间接的、远距离的交换活动的继续发展，一种价值可信度更高、更便于携带与存储，且持久耐用的价值中介物应运而生了，那就是硬币，就是用金银铜等金属锻造的硬币。

需要是无形的招手，有人看不到，有人则能及时地看到。商人就是这样的一些人群。当交换的需要出现在人们之间的那刻起，他们就以类型全新的人群形象走上了历史的舞台。不论在初期的实物对实物的交换之中，还是在随后的远距离、间接的贸易之中，他们或走村串户，或跋山涉水，不停地忙碌在人类生活的有无之间，对接和实现着它们的互通，当然还富裕着自己。由此，他们历来在人们的眼里，既像天使，又像魔鬼。像天使是他们满足了需求，互通了有无；像魔鬼是他们又附加了盘剥，为难了道德的判断。不过，权力对他们总是睁一只眼、闭一只眼。因为它需要由这些人来调剂社会，互通有无。

据记载，公云前6世纪时的后巴比伦帝国国王尼布甲尼撒对商人和价值中介物结合而形成的互通有无作用非常重视，在所统治的版图内修筑了很多方便商务活动的道路。他特意叮嘱他的史官："记下，我曾把许多羊肠小道拓展为康庄大道。"也许，在那个时候，修筑道路一事，可能比我们所能想象到的还要重要，还要有功德，所以，一代名王尼布甲尼撒才特别在意这一美名的流传。虽然没有像尼布甲尼撒一样留下刻意标榜的专门记述，但当时的各大王朝都较为精心地开修过纵横版图的大路小道。其中较有名气的是，波斯帝国的"御道"、罗马时期的驿道和古代中国的水陆连接的驿道交通。波斯人修筑的"御道"，从波斯湾以北的苏撒城向西通到底格里斯河，再从底格里斯河延伸而去，经叙利亚、小亚细亚，最后通到爱琴海沿岸的城市以弗所，全长1677英里。古代中国人开修的则是水陆连接的交通网。自春秋时期开修的运河自北向南连通了海河、黄河、淮河、长江、钱塘江五大水系，与随后开发的丝绸之路一道，不仅连通了内地，也与外面的世界实现了连接。而罗马时期修筑的驿道四通八达，与他们的军事活动关联在一起，其中亚壁古道至今仍被使用。在这条把罗马城及意大利东南部阿普利亚的港口布林迪西连接起来的古道上，后来曾发生钉死斯巴达6000起义者的残忍一事。这些被用来互通有无的古道，远比尼布甲尼撒修的路名气大。

到处都是需求。作为价值中介物的货币越来越便携了，实现需求间对接的商人们也越来越职业化了，使他们赶着驮载货物的车队或驼队往返其间的道路也越修越长、越修越宽了。于是，人类的先民们就在这连接了需求的有名或无名的羊肠小道或康庄大道上成功实现了古代世界里许多方面的有无互通。印度的棉花、甘蔗和鸡互通到了东部的中国和西北边的西亚与欧洲。其中的棉花曾使大史家希罗多德不屑地说："这不过是某一种野生的树，不结果实只长出一些羊毛，但其美观与质地都超过了羊身上的毛，致使印度人民都用它来制作衣服穿用。"中国原有的橘树、桃树、梨树、牡丹、山茶和菊花等被互通到了西亚和欧洲地区，而葡萄、苜蓿、黄瓜、无花果、芝麻、石榴等则从外面的世界被互通到了中国。

热闹而繁忙的有无互通背后是商人们不断地发财和腾达。所以，他们聚精会神地寻找和搜索需求所在的地方和需要互通的方向。在他们的眼里这已经不是什么人类有无间的互通、社会需要间的对接，而是散落满地的金子、银子的召唤。陆地上的路被充分利用起来，水上的路也没有被他们忽略。最初的航海线路并不是为商业而开发，而可能是为了谋生、逃难或可以想象的其他目的。在较早的年代，海是无主的野性领域，对人的本性有着极大的放任作用。当被称之为商业的贸易活动在海上出现时，从印度河流域到波斯湾，再到红海，从地中海大小各海域到黑海，到欧亚非各环海城市，都开辟有较为成熟的航路。精明的商人们沿着这些航路穿梭在地中海、黑海沿岸的各个城市之间，航行在波斯湾、红海及非洲大陆的各个地方，对接着人们之间的有无需求，也填充着自己不断鼓胀起来的钱袋子。参与海路谋生的人群和民族是较多的。早期的苏美尔人、美索不达米亚人、古埃及人、阿拉米人、多里安人入住前希腊沿海各岛屿上的人，都曾留下恶斗海浪、抢掠他船、交易获利的身影，只是海水没有一一记住。据史家们考察，腓尼基人可能是其中最精明的海上商人之一。

曾生活于今叙利亚和黎巴嫩沿海地带的腓尼基人来自哪里，有过什么经历，史家们尚还不很清楚。只知道他们是闪米特人系列的一支，不知道他们是如何来到这里的。腓尼基这个族群称呼也不是他们自己所选定，而是从希腊人对他们的称呼中沿用下来的。他们生活的这个地方是长约100余英里、宽只有10余英里的狭长地带，背后有大山的屏障，他人不易侵扰，而前面是茫茫的大海，任何一处彼岸都可能是单独的一个国度、不同的一个民族。

据史家们考察，早在公元前1200年左右，腓尼基人已经是地中海上的霸主。开始时，他们用自己善于制造的玻璃及金属器皿，从其他地区换回生活必需品，以对接自己同他人的有无。后来，他们的业务渐渐超出对接自己与他人有无的范畴，向对接他人之间有无而自己从中获利的方向发展开去。据说他们曾经商盗不分，弱则用抢，愚则用骗，不弱不愚，才做规规矩矩的生意。有时，他们公然抢劫海上的商船，还把人们抓来做奴隶。还有时，他们把船开到沿岸国家的港口，热情地诱人上船参观。人一上船，便开船而去，运到远方贩卖为奴。尼布甲尼撒时期，商业发达的巴比伦市场上有很多被贩卖的奴隶，其中肯定少不了被腓尼基人拐骗过来的。虽然劳动力也是自古以来的需求之一，但奴隶贩卖的出现，人类必将道德的罪责记到商人的名下。可曾经的商人们是不在乎这些的，腓尼基商人也不例外。

　　只要互通有无的需求在，只要银子繁殖的生意在，闯荡天涯他们都是在所不惜的。希罗多德注意到："初出海的腓尼基青年，前一两年，他们最远只敢到直布罗陀。第三年后，他们便能行经直布罗陀，环绕好望角而达埃及了。"如果这是真的，在能够环绕好望角的航行能力下，去一趟西班牙对他们来说，只是一件区区小事了。有一次，他们装了一船油到西班牙，也许当时的西班牙还没有加入到货币流通区域，于是他们用这些油换到了很多很多的银。这些银的重量远远超出了船的载荷，他们开来的船已经载不动它了。怎么办？扔下，心有不甘；留下，谁知能不能再来？于是，精明的腓尼基人卸下船上用的所有器皿，甚至锚链在内，然后一律用银打成那些器皿及锚链等后，开上船回家了。路上他们没有发生意外，于是又回到西班牙，雇用当地人开起了银矿。

　　地中海之大，能够容得下腓尼基人的船，也能容得下其他人的船。于是，在利益的巨大诱惑下，大地中海沿岸各地的人，乘各样的船下海航行了。其中有希腊人的船，波斯及其被征服地区人们的船，埃及人的船，阿拉伯人的船，西班牙人、马其顿人、罗马人的船，还有印度人和其他一些无名人士的船。这些难以数得清的船只或驮载着农田里的谷物，或装载着作坊里的制品，或运送着此地充裕而彼地紧缺的物资，抑或是满载着能够换回一船银的五花八门的各种各样货物，日夜不停地航行在地中海的海面上，穿梭在沿岸各个不同疆域的港口间，对接着不同国度里不同人群的有无需求。

　　可是，商人们无论怎样地忙碌，舟船们无论怎样地疾驶，终究还是未能化解存在于人类有无间的那个隐患。

　　在地球西部的生存圈，由于无法违背和抗衡对生存资源的必然需求，一拨又一拨的闪米特人拥向苏美尔，将以城邦形式存在的这个地方依次推入了阿卡德帝国形态、巴比伦帝国形态、亚述帝国形态，并将苏美尔这个生存资源核心产地扩展到整个美索不达米亚地区，还将其同另一个生存资源核心产地的尼罗河三角洲连接到了一起。闪米特人的需求得到了解决，可是还有很多人的需求仍需要得到解决。于是古希腊人从地中海里边，波斯人则从不远的东边，开着战舰或鞭打着战马，向这个已经发展得丰腴的生存资源产地进击而来。

　　而在东方生存圈，情况也没有什么不同。当黄河中下游的肥沃土地被开发成为生存资源产地后，人们就开始拥向这个地方。在争夺中，打败神农部落和九黎部落后，叫有熊的部落就以这个地方的主人自居，将周边其他的人排斥性地称作东夷、南蛮、西戎、北狄等。但排斥性的称呼不会挡住需求的脚步，自这个地方五谷的芳香飘散八方的那天起，那些被称为东夷、南蛮、西戎、北狄的人们就纷纷迈开了挤向这个地方的脚步。直到这个后来被称为中原的地方，在人们不断挤进来的脚步和继续开发的努力下，与长江中下游的沃土连接成为一体的生存资源产地，不论朝代如何更替，不论对土地的占有形式发生如何变化，只要生存资源被生产着，周边人们挤进来的行动就没有停止过。虽然结束了生存资源产地分割占有形式的秦始皇，把他的帝国组建得很强大，但还是未能震慑住匈奴人挤过来的步伐，只好筑起又高又长的一道墙，给他们制造更多的障碍。

为什么会这样呢？难道精明的商人们没有发现这些人群的需求？或是他们那点折腾根本就是杯水车薪，无济于事？还是生活在生存资源产地周边的那些人群生来就是野蛮不化，贪婪无度？或他们天生就是好吃懒做，侵扰成性？抑或是人类间互通有无的努力，对他们没有什么意义？……

其实都不是。被我们认读和阐释为商业的那个互通有无的交换行为，开始时就是为生存资源的再分配而出现的。这里所说的生存资源，指的就是能够满足生命的存续与完善之需要的，自然的，人工的，地上的，地下的，一切产品、物品和制品。正如本文前面所讲到的，起初的时候，人类只能从自然界中获取所需的生存资源。因为这是高强度的体力劳动，老弱病残幼妇没有获取的能力。于是，在亲情的驱使下，他们以共享的形式实现了生存资源的再分配，确保了生命的存续与人类的繁衍。

再经进化和发展后，人类对生存资源的占有形式从公有变成了私有。有无的差异从家族、氏族扩展到了社会，其存在的范围也已经不是家族内部的成员之间，而是转移到了家庭与家庭之间、村落与村落之间、地域与地域之间、社会地位与社会地位之间。导致有无差异的也不只是劳动力一个因素，而是自然条件、社会分工、资源分布和利益关系等成了主因。在这样的情况下，如何实现生存资源的再分配，让人类的社会安稳和谐地发展下去？人类智慧的盲区被暴露出来了。面对有无差异的复杂形态，本性掌控下的人类已经拿不出更好的办法，对生存资源进行有效的再分配了。于是，只好以交换与贸易的形式对接社会分工和资源分布所导致的有无互通需求。而由社会地位和利益关系导致的有无需求，因难以得到互通，不是引发盗抢行为的猖獗，就是导致间隔性的造反与起义。

人类智慧的这个盲区，在面对由生存类型导致的有无差异时，使自己表现出了那样的愚痴的本性、无奈和无策。然而，生存类型间的有无差异是人类始终面对的客观现实，战争、杀戮、毁灭等人造灾难都隐藏在其中。因为，生存类型的差异并不是人为导致的，而是由地球的气候和土壤条件所决定的。由于天地的眷顾，一些地方发展起了农耕，使这个地方变成了生存资源的产地，渐渐地又发展成了一个生存圈的中心区域。而生活在周边的那些人群，在古代条件下根据天地所赐的气候与土壤情况，只能按狩猎与游牧的方式生存和生活。然而，猎物和牲畜给他们带来的生存资源总是单调的，不足的，难以满足愈加丰实复杂的生活需求的。这样，巨大的、等价交换所难以满足的需求就会出观在两种不同的生存类型之间。这是人类间最大的有无差异，也是最重要的生存资源再分配之需，同时又是人类间重大纷争产生与否的关键之处。由于不论是西部生存圈，还是东方生存圈，或是南亚生存圈，人们都因未能正视和寻找生存资源再分配的有效途径，以化解存在于其中的隐患而不断演绎了周边人群强行挤进中心地带的历史故事。直到西部生存圈的波斯、古希腊时期，东方生存圈的中国秦朝时期，智慧的盲区使人类未能摆脱有无间的巨大困扰，使他们深陷在朝代更替与征战不停的泥泞之中。而且，定将继续挣扎在这一泥泞之中。

　　不知人类智慧的这一盲区何时才能被点亮，何时才能让他们实现不同生存类型之间的良性互动，找到生存资源再分配的适当途径，使他们生活得平和一些、安稳一些、幸福一些……

西部生存圈的激情与烦恼

如果没有生存资源的再分配，那么就会有涌向生存资源的汹涌人潮。

在地球西部的生存圈里，古希腊人从西，波斯人由东，为了实现生存资源的再分配，头破血流也不顾地拥向了它的中心或富产区——地中海东岸的广袤大地和尼罗河三角洲的富饶土地。这两部人群对生存资源产地的挤进，在史学界的表述中有些不一样。称古希腊的叫扩张，说波斯人的则是游牧民族的入侵。古代人目的同样的行为，为什么会有不同的认知，是他们的不幸，还是我们后世人类的悲哀，真是值得深思啊！

古希腊人挤向生存资源产区的行动早于波斯人，但因是以城邦为单位的单打独斗，其进展较为缓慢，到公元前8世纪以后，才挺进到小亚细亚沿岸。与之相比，波斯人的步伐迅速而凶猛。公元前550年，居鲁士成为波斯人的君主后，很快率领他既没有酒喝、更没有无花果点心的游牧臣民，向富产生存资源的地中海东岸、南岸地区进发了。于是，仅隔12年，即于公元前539年攻入巴比伦，替代迦勒底人成了这一地区的主人。也许，长期的贫苦生活使他们变得很贪婪，波斯人并没有因占据西部生存圈资源产地而满足，还像决了堤的洪水一样，冲入印度河流域，把南亚生存圈这块资源产地划归自己，使之成为庞大帝国的第20个行省。

波斯人很想独自占用地球上这两大生存资源产地上的一切产品。可是，古希腊人没有忍气吞声地接受波斯人的这一如意算盘。于是，他们引发同波斯人的冲突，并几经周折后不仅粉碎了波斯人彻底征服他们的企图，还恢复了自己在地中海东岸上的殖民地。不过，古希腊人未能继续胜势，未能从波斯人手中夺取掌控两大生存资源产地的权力，使自己尴尬地止步在了以殖民地的形式获取生存资源的程度之上。

就这样，在地球西部生存圈里掀起的这一轮涌向资源产地的浪潮，以满足波斯人的需求为结果，暂告一个段落。

不过，波斯人不是无备而来的人群。早在西进之前的公元前600年以前，作为雅利安后裔的波斯人崇拜很多的神。多神崇拜的需要，与人类生活的什么有关，尚无令人信服的说法。波斯人自己也不一定很明白。这个时候，有一位年轻人出家去了，他很想知道这个世界是由多个神来操持的，还是由其他力量来掌控？出家的这位年轻人叫琐罗亚斯德，生于公元前628年，早于佛祖释迦牟尼和东方圣人孔子。他20岁出家，苦苦探寻10年后，受到了神的启示。琐罗亚斯德没有告诉后人，是哪尊神启示了他，而只是告诉人们操持这个世界的并不是一群神，而是只有一位不断与黑暗恶神进行战斗并终将获得胜利的光明主神——阿胡拉·玛兹达神。阿胡拉·玛兹达是唯一的、最高的、不被创造的主神，他主持这个世界，并对人世间的善恶行为进行最后的审判。这个审判要在人死后的第三天进行，行善的人被判进入天界，行恶的人则被判入地狱沉沦。

琐罗亚斯德发现宇宙间这个巨大的秘密后，就在波斯人中间进行大力的宣传，动员波斯人脱离各自崇拜的那个神，汇集到阿胡拉·玛兹达的光亮之下。开始时，他的动员收效不大，不时还受到一些人的攻击。可在他42岁时，波斯人阿契美尼德王朝的宰相迎娶他的女儿为妻。之后不久，女婿就将岳父琐罗亚斯德引见给国王。就在这个见面中，宗教和权力实现了亲切的握手。从此，叫琐罗亚斯德教的宗教在波斯人中间广传开去。

史家们说，琐罗亚斯德所创阿胡拉·玛兹达光明主神，并不是全新的发现，而是由原来的火神演化而来。学家们的说法肯定是对的，因为人类的思维是踏着前人的足迹迈步向前的。但对波斯人来说这并不重要，重要的是琐罗亚斯德就像摩西当年为犹太人选定唯一的神一样，也给欲图自强的波斯人带来了统一信仰的可能性。这一可能性，一经权力的推动，很快就成了开阔波斯人的心灵格局、统一他们内心信仰的现实。游牧者，常以懒散著称。波斯人能够在很短的时期里强盛起来，除了归功于雄才大略的居鲁士，还应得益于将波斯人的心聚拢到一起的琐罗亚斯德教。在我们中国称该教为祆教或拜火教。看来，宗教对于人类的意义，不在于其神的力量之大小，而在于其对心灵的正向作用。

就这样，波斯人带着唯一的、最高的、不被创造的阿胡拉·玛兹达主神挤进西部生存圈中心的资源产区，并以皇帝直辖巴比伦和埃及，其他为20个行省的形式统治了起来。当初，面对波斯人的进攻，作为原主人的迦勒底帝国的人们是如何进行抗击的，我们是可想而知的。但我们很难想象那些高就于迦勒底帝国治下各部人群心灵之上的诸神是如何面对最高主神阿胡拉·玛兹达的。不过，对于生活在这里、深受利益关系不合理之害而苦苦思索的人们来说，琐罗亚斯德教带给他们的是开放超自然力想象的启迪。果不其然，在不久的后来，一个更高的、一切人类成员均可去崇拜的至高神，在西部生存圈的中心地带被想象出来了。这尊神就是上帝，围绕上帝形成的宗教就是基督教。

不过，波斯人对西部生存圈资源产地的统治，没有等到上帝的出现和基督教的诞生，而是遭到重整旗鼓而来的新一代希腊人的推翻。时间是公元前330年。

推翻波斯人的统治，取消他们占用和支配生存资源之权力的，不是原来那些苦战过波斯人的希腊人，也不是他们的直系后代，而是重新组合而成的新一类希腊人。原来，在古希腊城邦的北面，爱琴海西北岸的方向，生活着一部粗犷勇武的人群，他们通常被称为马其顿人，他们居住的那个地方就叫马其顿。

史家们认为，被称为马其顿人的这些人有着不同的来源。其中，在滨海平原，近邻希腊城邦居住的是南部马其顿人。据史家们说，这部分人是亚该亚人南下希腊时留在马其顿的一部分，南下的部分变成了希腊人，而留下的则成了马其顿人。他们与南下成为希腊人的人们虔诚地崇拜同样的神，尤其是对宙斯和赫拉克勒斯虔诚至极。其他的马其顿人生活在他们的北面，也叫上马其顿的那些地区。史家们说，这些人已经与伊利里亚人、爱奥尼亚人、色雷斯人混合或混血了。大概在亚该亚人时代，他们的语言已经很成熟，所以分开之后的他们仍使用同样的语言。不过，过了几百年之后，马其顿人一般不认为自己是希腊人，他们的邻人也不认为他们是希腊人。这样，其实并不奇怪，民族人群的分化就是这般进行的。

从屡弱到强盛，无不是为满足需求而奋发的结果，只是在其过程中，有的民族人群成功了，而有的民族人群则没能成功。马其顿人算是较为成功的一个。马其顿人的成功，主要从其国王腓力开始。腓力是公元前359年由摄政王成为国王的。史家们说，他的成功主要在于创建了一支强大的职业化军队和创设了能够战胜敌人的战法。这样，就位十几年之后，就控制了北到多瑙河、东到赫勒斯滂海峡的地方，已从北方的高地向希腊城邦虎视眈眈了。

这时的希腊已经不像击退波斯人时的希腊了。在击退来犯的波斯人时，他们是有着强烈的同族认同感的。他们虽然互不相属，但为对付共同的敌人，把心和力量捆绑在一起，以为之值得一死的精神进行战斗，最后把来势凶猛的波斯人打退回去。然而，波斯人回去之后，他们就乱了。不知这是权力发育方向的问题，还是人类本性的有意识发作，各个城邦为争夺希腊地区的霸主地位，相互间进行了较长时间的混战。其中，雅典城邦和斯巴达城邦之间进行的甚为辛苦的战争，以伯罗奔尼撒战争之名写入了人类的记忆之中。

当腓力聚集了足以挤向生存资源产地的冲击力，像就要奔腾的海浪拍打希腊堤岸的时候，已经精疲力竭的希腊人坐在那里商量怎么办的问题。雅典人苏格拉底等认为，应与腓力携手合作，承认他为希腊的盟主。但以雅典的另一位叫狄摩的人为代表的反对派则认为，马其顿人野蛮落后，是要消灭雅典的侵略者，主张为捍卫希腊的自由而血战到底。最后，希腊人采纳了主战派的意见，便和腓力与马其顿战斗起来。可是，疲惫的希腊人终究没能打过朝气蓬勃的腓力与马其顿人，于公元前337年，除斯巴达外败下阵来的希腊人一致推举腓力为希腊联盟盟主，并将马其顿的称呼变更为"腓力王及其后代"，以彰显族种一家亲。

变化之快令人瞠目结舌不说，苏格拉底等人的表现真还让我捏了一把汗。如果是现在，非把他骂成卖国贼不可，好在那个时候，国家形态尚还没有成为人类的共识，尚还处在走向生存资源为基本方向的蛮荒年代。只不过，我们习惯性地以帝国、王国称呼那个时候的权力疆域而已。故史家们也没有贬损过他。

就这样，腓力成为希腊人的领袖，马其顿人和希腊人也重新组合成了新的希腊人。

虽然有曲折，但人类在走向生存资源的路上从不会迷失方向。在地球西部的生存圈，闪米特人如此，雅利安人如此，古希腊人如此，如今重新组合而成的新希腊人也是如此。腓力成为希腊联盟之主的第二年，也就是公元前336年，希腊人就迈开了重新走向生存资源富产区的步伐。可意想不到的是，使希腊人寄予那般厚望的盟主腓力，在尚还没有亲率大军杀向波斯的军队之前，在参加女儿的婚礼时被人刺死了。希腊人伊索克拉底曾深信，对腓力而言，征服波斯当非难事。史家提奥庞普斯则认为，欧洲还没有产生过像腓力这样的人物，假若他能继续遵行其为政的原则，那么整个欧洲都会纳入他的版图。此看法虽有一厢情愿之嫌，但对腓力能力的认可是高度的。

不过，被刺死的腓力还是给希腊人留下了巨大的可能。腓力的长子叫亚历山大，是他早已指定的王储。腓力很羡慕希腊的文化，所以给自己的接班人聘请了大名鼎鼎的亚里士多德为老师。当腓力被刺死时，儿子亚历山大才20岁，但亚里士多德已把这个年轻人调教成了向着理想燃烧的一团火。

亚历山大就这样匆匆接任王位。他的年纪之轻让一些希腊人产生了错觉，以为推翻马其顿统治的机会来了，便开始造反起事。然而，造反不仅未能推翻马其顿人的统治，而且给年轻的亚历山大提供了证明自己非凡强大的机会。他率领马其顿的军队严厉惩治了反叛的那些希腊人，尤其对底比斯城邦进行了血腥蹂躏，除了诗人品达的古宅外整个底比斯被屠毁一空，6000人被杀，30000人当作奴隶被卖掉。于是，希腊人被震慑了，不仅像对待他父亲一样共推他为盟主，又选举他为军队的统帅，并明确在他的率领下继续攻伐波斯。

一些史家认为，亚历山大之所以统率希腊人发动对波斯人的战争，是在替希腊人报仇。还有一些人认为，亚历山大自小喜欢《荷马史诗》之《伊利亚特》，是在步阿喀琉斯的后尘。也许吧，对一个20来岁的年轻人来说，匪夷所思的事情是可能会有的。不过，我们更应该看到的是，生存资源对人类无法抗拒的引力。所以，亚历山大踏着古希腊人走向生存资源的足迹，怀揣着热血青年多彩的梦想，统率着马其顿人与希腊人组成的军队，向掌控着生存资源产地的波斯人开战了。

不知是由于来者因有需求而带着巨大的冲击力，还是由于守方因为享受而失掉了锐气，亚历山大开始接触波斯人之后就有一步接一步的胜利。亚历山大军队和波斯军队的决战是在公元前333年打响的。据说，当时波斯的统治权几经传递，已到一位被称作大流士三世的人的手里。在决战打响时，大流士三世率兵20余万，号称50万，而亚历山大军则不足10万。决战在一个叫伊苏斯的地方打响，战斗很激烈，不断地变换和调动阵势，最后亚历山大以骑兵攻击、步兵防御的战术迎来了胜利。大流士三世丢下战车和武器、母亲、妻儿与财宝逃命去了。这些人和物转瞬成为亚历山大的战利品，大流士三世的母亲、妻儿和女人们以为大流士三世已死而大为悲苦。在生死关头仍然心向大流士三世的女人们，没有遭到亚历山大对底比斯人那样的报复，她们不仅被告知大流士三世没有死的消息，还受到了王家礼节的对待。

从战场上逃命而去的大流士三世并不是独身一人，而是还有一群将士跟随在身边。大流士三世和这些将士不愿意就这样将帝国的统治权拱手让给亚历山大。他们逃渡幼发拉底河后，遣使向亚历山大求和，以割让幼发拉底河以西土地为条件。但亚历山大没有接受，于是双方于公元前331年，在一个叫高加米拉的地方又交战一次，之后大流士三世完全进入了逃亡的模式，并在不久后被部下将领刺死。

波斯帝国的统治就这样结束了，非凡的亚历山大不仅实现了马其顿人挤进生存资源产地的愿望，还帮助希腊人实现了他们早已有之的这个愿望。

推翻波斯帝国时，亚历山大才二十几岁，但他非常清楚对资源富产区进行占有的重要性。所以，于公元前333年打败大流士三世，掌控美索不达米亚地区的主导权之后，没有为彻底消灭大流士三世而穷追猛打，而是掉转马头占领了西亚沿海地区和埃及。之后，再折返回来收拾苟延残喘的大流士三世。当他于公元前331年再一次战胜大流士三世，致使他被部下捅死，亚历山大已经牢牢掌控了西部生存圈的资源富产区。于是，认为没有更紧迫的战略安排的他，颇有兴趣地去追奸捅死大流士三世的那些残余势力。在这场追逐中，亚历山大渡过底格里斯河一路向东到里海海岸，乌浒河、药杀河地区，又掉头向南，从兴都库什山脉开伯尔山口进入印度，将恒河以西的古印度地区划入自己的统治版图后，于公元前323年才带着一丝疲惫回到巴比伦城。回到巴比伦的亚历山大一方面纵情欢宴，另一方面又酝酿西征地中海西部地区的计划并为南征阿拉伯进行筹划，再一方面自己带头率近百名将领与几千个士兵与包括波斯女人的亚洲女子结婚……

何等壮观啊，两千多年前的这一幕历史。有人说，亚历山大这是在尝试欧亚两洲的统一；也有人认为，他这是在创建一个强大的世界帝国；还有人觉得，他的宏伟除了昙花一现的好景外，还有什么？甚至当时有马其顿人怀疑他要脱离马其顿而独立。究竟属于哪一种，实在难以评述清楚。不过，激情四射的亚历山大除了进入印度的脚步外，所东征西战的足迹和正在筹备的那些征服计划，似乎在描绘几经扩展的西部生存圈的大致轮廓。起初，这个生存圈是以苏美尔和尼罗河三角洲为引力场，开始掀起挤进浪潮的。经闪米特人、波斯人、古希腊人一轮又一轮的强力挤进和开发，原来以点式存在的引力场逐渐被扩展到整个美索不达米亚地区，后来这个地方又与尼罗河三角洲连接成一体，成为环地中海从东到南的面积庞大的生存资源产地。再后来，随着占据者疆域的扩大和资源生产方式的被复制，地中海东北方向上的小亚细亚和黑河南岸的一些地区也作为资源产地被连接到了一起。之后，随着古希腊人能够以各种形式参与生存资源的再分配并能获取一部分而变成了较为富足的人群。由此，希腊也成了其以北地方人们挤进来的目标和重要的中转地。现在，马其顿人沿着这一线路不仅强有力地挤进了生存资源的中心产区，而且建有了疆土庞大的帝国。按着他下一步的计划，阿拉伯半岛和地中海西部地区不仅被纳入生存圈之内，而且地理天赋好的地方还会通过复制资源生产的方式，转身成为新的生存资源产地。这样，整个环地中海沿岸地区就会成为西部生存圈的引力场和周边人群竞相挤进来的中心地区。就在这样的情形下，不管是埃及之南的非洲人，还是地中海之北的欧洲人，只要动起挤进的念头，只要向中心地区冲击一下，无敌的亚历山大就会将沙漠以北的非洲和欧洲的全部划归自己的麾下，将环地中海地区为生存资源中心产地的地球西部的生存圈完全整合到一体政权的管理之下。而他作为超大帝国的君主，以亚里士多德所开启的智慧，对版图内的生存资源进行适当的再分配，缩小生存类型间的差异，消除或减少由此引发的劫掠、战争与杀戮，使生命有一个安稳的延续……

可是，年轻的、无敌的亚历山大却未能实现这个愿景，而是在巴比伦过度的酒色欢宴中染病死去了，年仅33岁。因为年轻，没有培养帝权继承人，这个洲际帝国的政权未能找到继续运作的根基，内乱30年之后按欧亚非三洲之别分裂成了三个王朝。在亚洲部分，是他的部将塞琉古统辖的塞琉古王朝；在非洲部分，是由马其顿人托勒密统辖下的埃及托勒密王朝；而欧洲部分的马其顿和希腊则落入了马其顿将军安提戈努斯的手里。

亚历山大死了，帝国分裂了，但马其顿人和希腊人的目标却实现了。尤其对马其顿人来说，自成为希腊盟主的那天起，他们就初步实现了挤向生存资源的目标。而对亚历山大之后的马其顿人和希腊人来说也是这样。不论是亚历山大在世时，还是他去世之后，数目庞大的马其顿人、希腊人在地中海东岸的资源富产区生活或经商，成了这一地方生存资源的直接分享者。留在后方的马其顿和希腊，虽然分化成了不同相属的王朝，但同另外两个王朝仍然有着参与生存资源再分配的亲近身份。

这是一个并不完美，但在无奈之下还是可以接受的结局。可是我们常会读到史家们的哀叹，他们认为这是亚历山大的不幸，马其顿与希腊的不幸，更是欧洲的不幸。这个格局显然有些小了，因为地球并没有按洲别孕育生存资源的产地，所以，他们走向生存资源的脚步并不是以洲际对抗为目的的。

不过，有一样东西是带着洲际色彩的，那就是文化。文化是人类从蛮荒走向自己的行为和心智。这是一条漫漫长路，现在的人类已经走到了哪个路段，我们都不好标定。当亚历山大带着希腊的人和文化东征西战时，希腊人的文化从对神的全神贯注逐步转向了对神和人兼而关心的方向。由此形成的成果，那些神话、传说、故事，那些由苏格拉底、柏拉图们开创的对人和人类社会存在形态的理念，对当时仍还生活在神的指点下的其他地方的人们来说，无不有着体贴生命的舒适感。所以，尽管亚历山大死了，帝国分裂了，但带着希腊色彩的文化在亚历山大所走到的非希腊地区继续得到了传播和发展……

希腊文化在非希腊地区的传播和发展约持续300年。史家们称这一时期为希腊化时期。其实，这是西部生存圈一些非希腊地区的人们借助希腊文化的推力走向自己的开始。

东方生存圈的风云变幻

东方生存圈的故事与西部生存圈并无二致，但是它挤进与反挤进的争斗更为曲折，细节更让人回味深思。

与亚历山大试图整合西部生存圈不同，统一了东方生存圈资源产地的秦王朝的皇帝秦始皇却很想把它同生存类型不同的地区划分开来，以独自享受这块大地上的春华秋实。他的心智与西部生存圈里的君主们一样，牢牢地被人类智慧的盲区屏蔽着，对生存资源再分配的重要性毫无感觉，不惜国力地筑起了阻挡挤进者脚步的万里高墙。

亚历山大的帝国在美酒的浸泡和女色的呢喃中一分为三了。秦始皇没有像亚历山大那样沉溺于酒色，而是很想使自己的王朝长久地存在，很想使自己活得长久和永远。

在秦始皇统一东方生存圈的生存资源中心产地之前，这里经历了诸国争霸的混战和关于社会存在形态各种主张的大讨论。中国史书上的"战国"和"百家争鸣"指的就是这一个历史时期，年代为公元前475年至公元前221年。就在这个时期，古代中国在探索生存资源产地合理占用形式的同时，也思考和讨论了社会应该以什么样的形式存在的问题。这个讨论是接续老子和孔子对社会存在形态的主张而展开的。参与的人数之多，提出的主张之繁，为古代中国所罕见。经过激烈的争鸣与讨论，最后形成了儒家、墨家、道家、法家等古代中国的思想源流。有了这些思想主张的储备，人们便有了评说是非的依据与标准。

公元前213年，秦始皇在王朝的都城咸阳举行了一次宴会，款待功臣能人等。对此有一些原属齐国的人因不赞同秦始皇设立郡县制而借机发泄不满，与秦始皇的宰相臣僚等争吵一番。事后，宰相对秦始皇说："如今各种学说众多，老百姓难免会被他们误导，既然已经统一了文字货币，人们的思想也应该统一，如果任其发展，最终肯定会难以控制。不如将除《秦纪》、医药、卜筮、农书之外的文献典籍一律烧毁，杜绝六国旧人利用它们反对新王朝的机会。"[1]

秦始皇希望自己打下的江山能够万代长久，因为这是用很多很多人的鲜血与生命换来的。所以，事关稳固江山的建议，在秦始皇听来都像是百灵鸟的歌唱。心腹宰相的话更是如此。秦始皇遇到的这个问题，可能也是人类面对此类问题的第一次。从无知到有知，又随着社会存在的复杂而复杂起来的人类的认知，能不能被统一到某一认知之上？从简单到复杂，又随着利益关系的作用而善恶百态的社会，能不能发出一样的看法和评价？秦始皇手下的那个宰相不知道，非凡的秦始皇也不知道。可他怎么可能不会有"既然文字、钱币等都能统一，人们的想法怎么就不能统一呢"的想法，于是，他采纳那个宰相的建议下令焚烧古代中国的历史记忆与所积累的智慧。

焚书一开始，反对和不满就像焚烧产生的火苗，在知识阶层里串燃起来了。他们议论纷纷，甚至说秦始皇"专任狱吏，乐以刑杀为威"。事实已经证明这一做法是错误的，但这时的秦始皇已经不能驾驭权力，而被权力驾驭了。于是，他勃然大怒，派官员彻查不满言论发布者，并下令犯者杀无赦。中国史书说，经查共有460余人散布过不满言论，他们统统按秦始皇的旨意被活埋了。还有一种说法是，这460余人是第一批被活埋的，其后不久又活埋了第二批700多人。这便是深深刺痛人类记忆的"焚书坑儒"，可能比苏格拉底被判死刑还要疼。

烧掉了书，活埋了人，这下指指点点该没有了，江山也就泰然稳固了。至少，在秦始皇看来是这样的。于是，他想长生不老，想永远和这个江山生活在一起。不知是无知，还是太有幻想了，在秦始皇那时的古代中国有些民间人士异想天开地在炼制长生不老的仙丹。秦始皇就把他们召集到都城，专门炼制长生不老的仙丹。可是，这些连起码的科学知识还不懂的人们怎能炼制出长生不老的药呢，结果他们也和被活埋的那些人一样被活埋了。

没有炼制出长生不老药，秦始皇不得不做两手准备了。于是一方面继续打听和寻找长生不老药，另一方面大兴土木，修建叫阿房宫的皇宫和死后生活的陵

---

① 李伯钦等：《中国通史》，万卷出版公司，2009年。

寝。据中国史料记载，在修建秦始皇陵时征调的民工多达几十万，而修建阿房宫的民工则多到了 70 万以上。

一个政权的寿命在于利益关系的合理与否，而不在于其他。秦始皇的这个王朝建成于混战之中，虽说皆为肥沃的生存资源产地，但战乱已将民生能力摧残得奄奄一息了，秦始皇不仅没去医治，反而大举修筑长城、阿房宫和皇陵，将几百万的强壮劳动力长时间地圈用在皇家工地，把王朝内部的利益关系推向了极度不合理的方向，使权力的存在形式走到了不得不面对强行调整的危险地步。

果然，很想长生不老的秦始皇于公前 210 年在巡游归途上病死，他所创建的王朝摇晃 3 年后也轰然倒下了。替代他成为东方生存圈资源产地的新主人叫刘邦，他所建立的王朝叫汉王朝，时间是公元前 206 年。有中国史家认为，汉民族的族种称谓就是从这个时候开始的。

新建的王朝继续着调整利益关系的原有动力。据中国史书记载，汉王朝的缔造者和初期的帝王们对秦始皇留下的不合理利益关系进行了较大的调整，他们体恤百姓，鼓励耕作，轻徭薄赋，减轻负担，整顿工商，打击豪强，将王朝内部的利益关系调整到了民生能力得以恢复的程度。同时，吸取秦始皇暴政的惨败教训，在权力存在的方式上独尊提倡仁爱理念的孔子思想，以缓和王朝同百姓大众的关系。如果当朝者的主张能够被坚持，古代中国这块东方生存圈中心的资源产地又将很快百业兴旺，五谷满仓，财富遍地起来。

但是，作为皇帝的刘邦却不能安心无忧。令刘邦不能安心的倒不是王朝内部的事情，而是雄居在长城外面的匈奴！

匈奴，对与我一样的当今蒙古人来说是一个很纠结的话题。因为，我们当中的一些人坚定地认为自己是匈奴人的正宗后代，而又有一些人认为，我们是由他几经分化后形成的后世人群。两种观点在我们族源认知上一直在僵持。其实，这可能如同远古祖先"露西"与当今人类的关系，遥远而间接。就是这些人类先民走出非洲向全世界分布时，走到北亚某一密林深处后停下脚步，并逐步繁衍成为被称作匈奴的人群，自古代中国的中原大地被开发为生存资源产地之后，就开始迈出了挤进的脚步。

在早期，他们被包括在中原人所称的北狄这一统称之中。后来，随着生活在他南部方向其他北狄们挤进或融入了生存资源产地之后，他们就成了被挡在大门外的觊觎者。开始时，他们的冲击力不是很强，这可能与他们同大地自然的关系有关。因为狩猎生活时，人们与大地自然的关系较为原始，他们总是面对比他们强壮有力、比他们敏捷快速的自然生灵，所以能够猎获的总是有限，能够养活的人数自然也总是有限。在这个时期，虽然有相当迫切的生存资源需求，但他们的冲击力是很难支撑起来的。

可他们进入游牧生活后，食物增多了，能够养活的人也多了，冲击力就开始强起来了。这是大多狩猎民族基本的历史走向。不知是匈奴人转向游牧生活的时间比闪米特人、雅利安人等要晚一些，所以还未能聚集足够的冲击力，或是生存资源产地上的中原王朝经连年的战火锤炼，已经有了很强的抵御能力，匈奴人挤进生存资源中心区域的努力一直没有大的进展。这与西部生存圈的情况有些不一样了。正是这种不一样，给率先在这个地方开化起来的文化提供了持续发展的机会，使它发展成了不随王朝存灭的心灵大地。西部生存圈古代文明的断续和东方生存圈中国文明得以持续的原因可能就在这里。

在秦朝时期，匈奴人挤向生存资源中心区域的冲击力明显增强了。那时，已经发展出强有力的政权模式的匈奴人已经统治了东方生存圈以北方向的大部分地区，有个叫头曼的人为首领。史家们说，匈奴人叫首领或君主为单于。由于中原王朝的雄厚实力，匈奴人对生存资源的需求难以形成取而代之的奢望，而只以侵扰边地抢掠资财的形式缓解生存中的急需。对此，中原王朝的君主们也不知道，这是生存类型间差异所导致的需求现象，则总是以有害政权的角度看待它。所以，在秦始皇时期就有"最终致使秦灭亡的是胡"的说法。于是，就有了秦始皇动用30万大军，将匈奴赶出河套地区，又筑起万里长城加以防范的铿锵之举。

在东方生存圈资源中心的大地上，刘邦所建的汉王朝正在替代秦王朝之际，在它北方的草原上匈奴人也完成了权力的更替，儿子冒顿杀掉父亲头曼单于后成了新的首领。而且，趁秦汉交战的间隙又回到了被秦始皇击退的黄河中游的河套地区，并开始到汉王朝的边地侵扰、抢掠。

这时，汉帝刘邦浑身都是胜者的自信。为像秦始皇那样震慑并远远地赶走匈奴人，甚至如有可能一举征服他们，于公元前200年，刘邦亲自率军反击攻向太原等地的匈奴人。不料，此时的匈奴人在冒顿单于的整治下又聚集了很强的冲击力，不仅没有被击退，反而用40万精兵将刘邦和他的军队围困在今中国大同西北的一个叫白登山的地方。不知是什么原因，匈奴人围而未攻，而刘邦和所率军队被围7昼夜后用计逃脱。

不过，匈奴人走向生存资源的脚步并没有由此踩空。两年后，即公元前198年，汉王朝提出了既能保全王朝安全，又能体恤匈奴需求的方案。这个方案就是汉朝与匈奴结亲和好，兄弟相往。双方商定，汉王朝将公主嫁给匈奴首领单于，一次性赠给黄金1000斤，另外每年还奉送一定数量的絮、缯、酒、米、食物等。同时，汉王朝承诺开放关市，准许两族百姓进行交易，互通有无。为使这样的交往模式能够持续存在，双方还商定，汉朝与匈奴结为兄弟，以长城为界，分疆自守，互不侵犯。于是，汉匈之间出现了近70年的和亲交往。[①]

有史家认为，这是汉王朝的缓兵谋略，意在争取强壮自己的时间。也有人认为，这是一个拙劣的计策。可能各自有各自的道理，无须再评说。不过，在人类的历史上，这是我们看到的可能是最早的一次解决生存类型间有无差异的生存资源再分配。尽管不是出于历史的自觉，更不是出于人类情怀，但怎能不是对心智被智慧盲区屏蔽的人类的一个启迪呢？怎能不是不同生存类型间的一次良性互动呢?!

生存类型间的这样一种良性互动，在苏美尔人和闪米特人之间未能出现，在波斯人和古希腊人之间也未能出现，在波斯人和马其顿人之间更是南辕北辙了，而在东方生存圈它出现了，并且持续了70年左右的历史岁月。是因为需要，还是因为性格，或是因为文化，还是出于智慧，人类应该好好去掂量掂量。如果我们能回到当时的那个岁月，那道万里长城就像是高高的观景台，让我们看得到，墙北是蓝蓝天上白云飘，白云下面马儿跑，在墙内是麦浪滚滚如海涛，农夫挥镰忙收割，而相安无事的独特景致。

可是，好景未能延续太长。

如果说，在不同生存类型间能够进行生存资源的再分配，是人类智慧的一次灵感闪现，那么能否应对后续出现的问题，则是对智慧的真正考验。看来，匈奴人显然没有应对好。分得了生存资源，生活就得到改善，人口随之就增多起来。人口增多了，吃的，穿的，用的，就会随之增多，原来能够满足的，现在又满足不了了。这时，匈奴人没有选择再次调整自己与大地自然的关系，没有在地理条件适合的地方发展起农业及手工业等，以提高生存资源的自产能力，而是仍旧采用简便的获取办法。一是要求汉王朝增加赠送的物品，二是动辄就到汉王朝边地

---

① 林幹：《匈奴史》，内蒙古人民出版社，2007年。

烧杀抢掠。

对此，汉王朝的皇帝们很恼火。汉文帝刘恒在答复匈奴单于信中曾说："因为汉与匈奴约为兄弟，所以赠给单于的物品甚为丰厚，可是背约离异兄弟之亲者，责任常在匈奴。"后来，汉武帝也比较心烦地说："朕以子女嫁给单于，赠送金币文绣也不少，可是单于却以傲慢的态度对待诏命，侵盗不止，边境被害，朕甚悯惜！"①文帝刘恒是公元前179年至公元前157年间的皇帝，而武帝刘彻是公元前140年至公元前87年间的皇帝。两任皇帝的书信表明，汉王朝对匈奴的埋怨正在加深。

果然，汉王朝开始有另外的打算了。

公元前138年，一个由百余人组成的使团从汉朝都城长安，向一个只是听说而未曾去过的地方，不动声色地走去了。使团的带队者叫张骞，他们要去的这个地方就是大月氏人的居住地。汉朝的人原先并不知道，在更远的地方还有一个叫大月氏的人群。他们是从匈奴俘虏的口中听到关于他们的信息的。

原来，在公元前139年，汉朝兵士抓来了一批又来扰边抢掠的匈奴人。为了探知匈奴人的真实心思，皇帝刘彻亲自审问了这些匈奴俘虏。其中一个俘虏傲骨十足，根本不把皇帝刘彻和汉王朝放在眼里，说："你们没有什么了不起，根本比不上我们匈奴人，像我们旁边的那个大月氏国王，不听大单于的指挥，还妄想跟我们作对，结果还是被我们单于把脑袋砍下来做了酒器。"

荒唐的话肯定出自荒唐的作为。匈奴人的话不仅没有吓到汉朝皇帝，反而启发了另一种思路。是啊，受匈奴人危害的不只是我们汉王朝，还有一个叫大月氏的王国。为何不可以与他们联手，共同对付一下匈奴人呢？于是，他招募一些勇敢而又智慧的人，派往不知其方位的大月氏国，以动员他们结成同盟，一起对付霸道的匈奴人。这样，张骞就出发了，人类交往史上应记一笔的远行就此起步，比马可·波罗早了1300多年。

要找到匈奴旁边的大月氏国，张骞他们必须穿过匈奴之地后才能到达。可是，张骞他们未能穿过而在半途就被匈奴人抓住了。匈奴单于得知情况后，非常愤怒，便下令叫他们做了奴隶。不知张骞是如何感化匈奴人的，不久他们不仅取消他的奴隶身份，还给他娶了一匈奴女人为妻，几年后还有了孩子。不过，有家

---

① 林幹：《匈奴史》，内蒙古人民出版社，2007年。

室儿女的生活没能让张骞忘掉皇帝交给他的使命。于是，他与原来的向导合计，趁匈奴人内乱之际，抛下妻儿，一路向西逃去。这样，张骞他们经一个叫大宛的、居住在今哈萨克斯坦一带的人们的疆域，在离开故土11年多后，终于到达了当时生活在今阿富汗北部地区的大月氏。

当年匈奴俘虏对皇帝刘彻说的话，并不是吹牛。张骞他们到来时，果然由一个女人在统治这个地方。这个女人就是那位被匈奴杀死的国王的妻子。为丈夫报仇，应该是这个女人日思夜想的事情吧，张骞蛮有把握地鼓动她，要和汉朝联手，为她丈夫报仇。可谁知，这位女王已被匈奴人吓倒，怕再一次引来杀身之祸，拒绝了张骞的游说。

虽然使命没有完成，但朝还是要返的。不过，张骞并不是两手空空，有11年匈奴生活的认知，尤其是他在大月氏看到了当地人在使用汉朝出产的细纺布。这个发现，就是后世人类仍在使用，而且大有被拓宽趋势的丝绸之路的起点。让人感慨的是，需求的力量何等之巨大，即使在古代条件下，也能让物比人还走得快，走得远！

未能缔结攻打匈奴的联盟，张骞回来了。不过，皇帝刘彻没有等他回来，已从公元前129年起开始征讨匈奴了。刘彻不等与大月氏联手，急忙出手讨伐，并不是失去了战略忍耐，而是国力强盛了。不愧是生存资源的产地，王朝经略的大地，一经利益关系的调整，民生能力很快得到恢复，财富很快又聚增起来了。据中国的史书说：武帝初年，都城及边邑的米仓尽满，府库的财物有余；京师之钱多至不可点校，太仓之粟年久积压，至腐烂而不可食，民间的马匹到处成群。于是，皇帝刘彻中断和亲，停止赠送，组织精兵强将攻伐已成边患的匈奴。

生存资源的再分配、生存类型间的差异、生存资源匮乏地区的人们必然拥向生存资源产地等等，这是我们在观察人类历史活动的过程中所发现的一些现象。而历史中的人们是不知道这些的。匈奴人并不知道，自己正在进行挤向生存资源产地的历史运动，而是认为自己强大无比，汉王朝就该忍气吞声地供他们吃，供他们用，任他们抢掠、烧杀。可他们忘了，作为生存资源产地的占有者，汉王朝可以拒绝他，也可以解除他挤向生存资源的能力。

果然，皇帝刘彻的用兵，连战连胜，经10年左右的苦战，已将匈奴逼出多个根基之地，使他们陷入了内乱与外困的局面。

匈奴人遭受的败绩实在很惨。原有30万控弦之士死伤一半，牲畜损失无数，而且退出了汉朝初期以来南下驻牧的很多地方，进入了"亡我祁连山，使我六畜不蕃息，失我燕支山，使我嫁妇无颜色"的境地。于是，匈奴人就陷入了权力失误所导致的社会疼痛期。天灾、人祸、内讧、相残，再加周围人们寻仇与落井下石的打击，雄踞草原的匈奴人开始衰落了。

匈奴人未能挺过权力失误所导致的疼痛，最后在公元前57年的"五单于争位"的内讧中，彻底失去了强行挤向生存资源产地的能力。不过，在"五单于争位"的内乱中涌现出了一个叫呼韩邪的单于。这个单于，与其他单于的蛮勇不同，似乎有些冥冥之中的历史自觉。他知道自己和部族需要什么，也知道自己已经没有强行获取这些东西的能力，于是他向汉王朝提出了将自己的权力版图并入汉王朝政治疆域的要求。

一心消除边患的汉王朝，对此没有不同意的理由。双方一拍即合，呼韩邪单于的匈奴和牧地草原与汉王朝的中原大地自愿整合到了一个政权的管理之下。时间是公元前51年，中国史书称之为匈奴归汉。对此，汉王朝甚是欣慰，不仅颁给呼韩邪单于金质的"匈奴单于玺"，还赠给了大量的车马、钱币、布匹、粮食等。中国历史上记有一笔的"昭君出塞"的美丽故事也发生在十几年之后。如今，有一个被装点如画的土丘，坐落在我所生活的呼和浩特西南郊，讲述着一段别样的爱情，也讲述着顺着历史方向走来的匈奴人终于开始融入生存资源产地的故事……

南亚的尴尬与无奈

对古今人类来说，印度一直是被神秘笼罩的地方。

在一则考古疑问中，有考古学家认为，印度河流域最早的文明是被"史前核爆炸"所毁灭的。这与人类原有的认知南辕北辙。人类古代史知识告诉我们，被视为印度河流域远古文明摇篮的哈拉帕和摩亨佐–达罗是被雅利安入侵者毁灭的。可经过考古发掘，考古学家们发现，情况有些不对。这个让他们感觉不对的情况，是在摩亨佐–达罗发现的。在发掘摩亨佐–达罗遗址时，他们发现很多死者的骸骨，不是被掩埋在墓穴中，而是出现在居室和街道上。据说，许多居室中堆满了遗体，好像有人漫步在街头，有人正在家中休息，他们都死在突然的一个瞬间。最让人奇怪的是，有的遗体双手遮在脸上，好像在保护自己。由此，一些学者们推断，一种突然而至的灾难导致了摩亨佐–达罗人毁灭，全城4万至5万人几乎是在同一时刻全部罹难于这个来历不明的横祸。

为了弄清这个奇怪的死亡现象，有考古学家对出土的骸骨进行了精细的化学分析。结果他们发现，这些亡者的骸骨有受过高温的痕迹。明显不是火葬和火灾所能造成的。接着，他们寻找这个高温的来源。不久，他们就在古城遗址中，找到了一个非常显眼的爆炸点。这个爆炸点方圆大约1平方千米内的所有建筑物都化为了灰烬，而那些骸骨都是在远离爆炸中心的地方被发现的。据说，考古学家和科学家从爆炸中心点黏土烧结碎块推算，当时产生的高温居然有上万度之高。于是，他们认为，当时那个情景，似乎与原子弹爆炸的广岛和长崎的情况极为相像。

于是，他们怀疑，在古老的摩亨佐–达罗的上空可能发生过我们这个历史纪元之前的核爆炸。

这是怎样一个谜题呢？如果信其是，当今人类不得不面对是否有过上一轮文明和史前智慧等更复杂的问题；如果认其无，那些既不能彻底被解开，又无法一笔抹去的现象，便将成为永远悬挂在人类头顶上的一个问号。

印度的神秘不仅在于这样一个事情。

对于爱好哲学的人来说，印度同样也是谜一样的地方。

当人类的先民们为认识日益复杂起来的社会而左思右想的时候，古印度就有了开始于公元前8世纪的《奥义书》。德国哲学家叔本华曾说："在全世界没有一门学问能如《奥义书》经典那样有益于高尚。它曾慰藉了我的一生，使我死也瞑目。"在种姓制度令人窒息的那个氛围下，古印度的人们为什么会有那样的深度思考和哲学表达？

而对佛教信徒而言，印度可能就有着深不可测的神秘和永恒的魅力。

可对我们这些历史的观光者来说，最为奇怪的还是印度河流域那块生存资源产地不同于其他产地的变迁。原本印度河流域的这块肥沃的大地，与两河流域的苏美尔、尼罗河三角洲和黄河流域的中原地区一样，是这个地球农耕生活的最早摇篮。随着岁月的增加，苏美尔与尼罗河三角洲，以其生存资源的引力场作用，引动了地球西部巨大生存圈的形成。黄河流域的中原地区也一样，以稻谷的飘香吸引着四面八方的向往，并在他们不断的挤入和融入中，在太平洋的西岸发育出了又一个巨大的生存圈，与西部生存圈一同演绎着吸引古代人类一拨儿一拨儿挤向资源的悲壮故事。

然而，农耕生活出现得同样最早的印度河流域的这块大地，未能像它们那样造就出一个巨大的生存圈，以缓解古代世界生存资源紧张的窘境。

难道，远古的南亚富庶无比，自然赠予的食物，使生活在那里的先民们根本用不着分享通过农耕生产出的生存资源？显然不是。要不然，以哈拉帕和摩亨佐-达罗二城为中心的农耕生活怎么会出现呢？

印度河流域这片生存资源产地的历史走向，不同于两河流域和黄河流域的情况，可能开始于雅利安人南下的脚步。就像我们曾经说过的，曾在里海那边生活的雅利安人是在逐步南下的过程中，拥入古代印度这块南亚次大陆的。他们从里海动身时，目的地肯定不是南亚次大陆。而是边游牧，边迁徙，边向更丰富的生存资源移动中，拥入这个地方的。

其实史家们可以推断，雅利安人是在发展出政权形态之前，南下到古代印度的。所以，他们没有像闪米特人进入苏美尔后立即就建立起统一的王朝那样，建立一个可供我们称呼的权力版图。没有被一个权力体系统一管理的他们散落到了北印度从西到东的各个地方。一些强大而幸运的部落，走到哈拉帕和摩亨佐-达罗，征服其居民，并以主人的身份占享了农耕生产出的生存资源。然后，慢慢去完成从原始游牧人到农耕文明人的身份转换。这个事情，从公元前1500年前后的时间开始。

与这些人缓慢的身份转换不同，出产在这块大地上的富饶生存资源一刻也掩饰不住自己的存在。这样，印度河流域的这片富饶土地，应该像苏美尔和黄河流域的中原地区一样，以引力般无法抗拒的吸引力，吸引周边地区其他雅利安人的涌入浪潮。然而，印度现有的历史书籍并没有这样现象的记录。在被印度人视为自己最古老记忆的《吠陀经》里，也只是起初雅利安人征服和毁灭哈拉帕与摩亨佐-达罗二城的蛛丝马迹，而丝毫没有周围的雅利安人竞相挤进的脚印痕迹。

人类一向是以生存资源为目的的。难道，有着"史前核爆炸"嫌疑的这块大地，改变了雅利安人对生存资源的需求形式？或者，早在佛祖释迦牟尼的佛学说教诞生之前，有某种神秘的力量整体地消解了他们对生存资源的功能性需求？抑或是，遍布在印度河流域以外地区的自然状态的生存资源，足以满足他们的需求，根本用不着向印度河流域挤去？

可能都不是。

斯坦利·沃尔波特所著《印度史》说：雅利安人对北印度的"征服"，是一个入侵的野蛮的游牧部落与比他们更为开化的、雅利安人之前的"奴隶们"之间，在制度上逐渐同化、在社会文化方面逐渐融合的过程。这个历史变迁的过程需要1000多年的时间，到公元前326年孔雀王朝统治之时，这一政治上的统一才达到顶点，此时北印度的权力和文明成就的中心从印度河以东迁移了1000多公里，到达恒河平原的现代巴特那（当时称华氏城）。学者们的严谨就是这样，宁可用"融合"与"迁移"的说辞来填充1000多年的漫长时空，而不去试说其间可能发生的故事。

可我们是喜欢试着去说的。

其实，那些雅利安人就是寻觅着更好的生存资源，从里海的边上开步南下的。在他们当中，一些幸运的部落走到哈拉帕与摩亨佐-达罗等印度河流域生存资源富产地，当起其主人占享了它。可南下到其他地方的雅利安人则没有这么幸运了。他们到达的地方根本没有期望的那样，有着只待他们去享用的生存资源。而且，所到之处也不是便于游牧的无际草原，而是草地偏少而森林茂密的地方。更想不到的是，这些地方还生活着野性比他们还强的狩猎采集的人。于是，已经无法返回的他们，只好向置身其中的自然妥协，只好向事已至此的命运妥协，重走一遍从狩猎放牧者到农耕生产者的历史之路。

待他们征服，并与当地人融合成一个新的人群，起步走向开化的时候，很长的时间却已经过去。这样，在他们还没有来得及聚集力量，拥向印度河流域的生存资源产地时，历史就翻开了另外的一页。

这历史的另外一页就是，从其他生存圈溢向这里的入侵浪潮。

第一个入侵者是波斯人。虽然波斯人先前就是雅利安人南下时留在波斯地区的族亲，但他们留居的地方，在地理位置的分布上，应该属于西部生存圈的范畴。因为，他们距两河流域的生存资源地不远，策马扬鞭不几日便可到达。从生存资源产地的角度说，其地也在生存资源可以辐射到的合理距离之内。所以，阿契美尼德王朝的创建者居鲁士，一经聚集起足够的冲击力，潮流般涌向的就是两河流域及小亚细亚地区。待波斯帝国建起来了，坐享帝国权力的继承者们，不知其权力的疆界应该在哪里，而一味膨胀的雄心使他们不断进行版图的扩张和对外的征服。

就这样，波斯人溢出生存圈的贪欲汹涌到了印度河流域地区。

据史书记载，波斯帝国是在大流士一世在位的公元前518年，越过兴都库什山脉侵入印度河流域地区，并把旁遮普西部的地区划归为自己的第20个行省的。作为帝国的一个行省，这个地方不仅不能参与内部的生存资源再分配，还要每年向帝国贡献360塔兰特的金粉。学者们推算说，1塔兰特金约为66万美元。

而就在这些年代，散落印度各地的其他雅利安人已经完成从狩猎放牧者到农耕生产者的身份转换，并在南亚的印度大地上形成了16个割据政权，也就是史家们说的16个小国。这些小国的人们也已经有了《奥义书》所体现的对生存现象的深度考问，佛祖释迦牟尼的说教也已开始传播。这样，精神和认知上的连接虽然已经形成，但分散各处的小国总是聚集不起挤向生存资源富产地的冲击力。所以，我们从史书上很少读到周边的人群强行挤进印度河流域地区的故事，也没有听到他们联合起来驱赶波斯人的相关传说。

　　为什么会这样，史家没有告诉我们。所以，我们可以做一个合理的猜测，那就是那些已经形成的 16 个小国各自开发出了足以满足需求的生存资源产地，根本用不着为挤占他人之地而拼命。

　　于是，波斯人安然榨取这里的生存资源 200 年！

　　波斯人的榨取是由马其顿人来终止的。马其顿和希腊的人，是在年轻的亚历山大大帝的统率下，在公元前 326 年战胜波斯人，并取而代之的。马其顿和希腊人与波斯人一样，也是溢出西部生存圈的一波贪婪。有史书说，马其顿和希腊人的统帅——亚历山大大帝是被希罗多德关于印度巨型金蚂蚁传说吸引到印度的。有的史书也说，亚历山大是在追剿波斯军队残余的武装漫游过程中，顺势进入印度的。威尔·杜兰特先生在他的《世界文明史》中，以散文化的优美文字记述了这段历史："在公元前 327 年，亚历山大大帝从波斯推进并越过兴都库什山，直下印度，经一年在印度西北部的征战，将之作为波斯王国里最富足的省份之一，暴敛了不少的金银财宝。从公元前 326 年以来，他跨越印度，经不断的战斗，取道塔克西拉（Taxila）与拉瓦尔品第（Rawalpidi）两地缓慢地进逼南部与东部，即遭到印度王公波鲁士（Porus）的顽强抵抗，战至最后波鲁士大败，被迫投降。亚历山大佩服其勇气，羡慕他的才干与崇高的气质，因而提出条件，问他愿意接受何种待遇。他即答称：'大王，请用对帝王的待遇对我。'亚历山大即称：'在我个人来说，你可以得到这样的待遇，对你自己来说，你是否索求了对你自己有利的一切东西呢？'但波鲁士说：'所有的都包含在这里面了。'亚历山大对他的答复很满意，使波鲁士王成为印度的国王，并把印度看作马其顿帝国的藩属之一，而后亚历山大发觉波鲁士是一个既忠诚又有力的盟友。此后亚历山大企图向东推进，直到海边，但遭到部属的反对。经多次的争论，最后亚历山大让步。经过顽强、极具爱国意识的部落的节节抗拒，亚历山大的部队疲惫不堪，步步为营，攻下希达斯皮斯（Hydaspes），沿着格德罗亚（Gedrosia）行军到俾路支，再进抵海边。"

　　从海边，亚历山大返回了波斯境内，而且在不久后的公元前 323 年就撒手人寰了。

　　马其顿人来到印度，其目的与波斯人没有两样。亚历山大离开印度之前，为被征服的两个小国规定了每年缴纳的贡金。

　　不过，马其顿人的榨取未能持续很长时间。

终结马其顿人榨取的，是一位叫旃陀罗笈多的年轻国王。他出生的地方，不是印度河流域传统的富饶地区，而是远在东方1000多公里以外的恒河流域地区。在那个时候，恒河下游流域地区有一个叫摩揭陀的王国。这个王国是在当时的十几个小国中势力最强的一个。旃陀罗笈多原本生活在这里，据说年轻时曾被当朝的难陀家族自摩揭陀王国放逐。从此，他的传奇一生开始了。

有史书说，为报难陀家族放逐之仇，旃陀罗笈多曾到驻扎在印度河畔的马其顿人兵营，献给他们一个征服恒河地区的计策。但是，他的这个计策并没有受到马其顿人的重视和欢迎。因为，跟着亚历山大一路征战的他们正准备为反对进一步东征而哗变。所以，他灰溜溜地走出兵营而去。

借力报仇的计策未获成功后，他变得很实在了。于是，他在西北边境各部落之间活动，并获得了他们的支持，还组织起了一队人马。亚历山大离开后，他讨伐了旁遮普等地，驱逐了占享印度河流域地区生存资源的马其顿人。然后，他掉头向东，征服了摩揭陀王国在内的那些大小王国，于公元前324年创建了自己的王朝。这个王朝叫孔雀王朝，幅员从印度河流域以西地区到孟加拉地区，横跨北印度的整个平原，是古代印度史上出现的第一个统一王朝。

这样描述一个王朝在万难中的创建过程，显得轻松了一些。不过，就这样吧，史家们讲述的口吻基本都是这样的。但他们对这个王朝的出现都是赞赏有加的。是啊，作为人类最早开发出的生存资源产地之一，印度河流域地区这块富饶的大地，应像苏美尔和中国的中原地区一样，早就发育出以自己为中心的南亚生存圈，走上探索占用生存资源产地合理模式的道路。只因重走历史的过程使这里的人们失掉了很多的时间，待他们发展出用另外一种模式整合生存圈的能力时，地理意义上的生存圈结构开始被外人破坏了。在这样的情况下，孔雀王朝的出现，的确具有令人鼓舞的意义。王朝对生存资源产地的整合，虽然晚了其他生存圈很长时间，但他毕竟让南亚这块大陆首次领略了一体政权对生存资源进行管理与调剂的便捷与有效。

看来，权力不是用来寻找真理的。旃陀罗笈多这位使南亚大地感受到了生存圈之尊严的国王，在宫廷里忙碌了24年后出家为僧了。他选择的教门，不是佛教，而是耆那教。也许，这位曾遭放逐的人有着寻找真理的天生爱好，也许国王的权力使他与真理的距离越来越远了。为了亲自感悟世间的真理，他去苦行了。

旃陀罗笈多所创建的王朝，给南亚次大陆带来了140年的一体形态。他的孙子，以开明君主著称的阿育王，则极力崇信和推广佛教，为这块大陆夯实了文化的一体形态。

不过，这个王朝对南亚次大陆的一体形态，维持到公元前2世纪后再也坚持不住了。导致一体形态破裂的原因，既有内部的利益纷争，更有来自生存圈之外的侵入。

首先冲破南亚次大陆一体形态的，还是亚历山大当年遗留在波斯疆土上的后人们。亚历山大死后，其占据亚洲部分的塞琉古王朝几经变迁之后，在印度河北边的大山后面，出现了一个叫大夏的王朝。大夏王朝居于原波斯疆土东部地区，身处西部生存圈的东部边缘。当大夏王朝获得权力时，小亚细亚和两河流域等生存资源产地已经开始落入罗马人手里，他们已经无法参与这里任何东西的再分配了。于是，他们就沿着先人的路又闯进印度河流域，把富饶的旁遮普地区从孔雀王朝的怀抱中割占而去，当成了自己重要的生存资源来源地。

当公元前200年左右，大夏人这般挤占印度河流域地区时，在大山后面的中亚地区，正上演着游牧人群聚散离合的剧烈变化。参与这个聚散离合流程的都有哪些人群和怎样一些民族？史家们对此也并不是一清二楚。不过，有一个他们画出的轮廓，可以帮助我们形成一个大致的认知。他们观察到，在这个地球的欧亚大陆，从多瑙河区域越过南俄罗斯，越过里海北部地区和里海东部地区，远到帕米尔高原的群山，向东到塔里木盆地的这一带曾分布着一些相似的野蛮部落和民族，他们处于差不多相同的文化阶段，其中大多部落人群属于雅利安语系，而有的可能已经与蒙古利亚部落混合了。从史家们画出的这个轮廓中，我们还可以发现，这些分布在这里的部落和民族，身处西东两个生存圈的边缘地带，远离生产生存资源的产地中心，而且中间还有尚未融入生存资源分享范围的其他部落与民族的阻隔。同时，他们还不由自主地受到来自生存圈内部抗力的向外挤压，不知不觉中被逼上了东奔西突地挤向生存资源的茫然之路。

不过，在他们面前还有一条可走的出路和慈悲为怀的富饶大地。

这个路就是开伯尔山口，这个大地就是被称为印度的南亚次大陆。

开伯尔山口位于喀布尔东南，贯穿兴都库什山脉，连接着山北的中亚世界和山南的印度世界。早年的雅利安人，之后的马其顿人，再后的大夏人，都是顺着这个山口南下到印度来的。如今，难以挤进两大生存圈而又需要生存资源滋补的游牧人群们，趁着孔雀王朝抗力的减弱，一个接一个地迈开了南下的脚步。

走在前面的叫安息人，历史上也称帕提亚人。史家说，他们是波斯人的后代，原居住在波斯东部，在塞琉古王朝分崩离析时，为接续祖先的荣耀，建立起了被称为帕提亚的王朝。但因这个时候，罗马帝国已经占据西亚，他们无法像祖先那样到生存圈的中心地区获取所需资源，所以在公元前163年之后，拓展到了印度地区。其后走进来的是西徐亚人。据史家介绍，他们是当年与亚述帝国关系密切的斯基泰人滞留中亚的后人。由于受到中国汉朝打击匈奴的影响，受到挤压的他们又南下进入了印度地区。

再后进来的是贵霜人。被称为贵霜人的这个人群，就是中国汉朝的皇帝刘彻从匈奴俘虏口中得知的大月氏人。正如匈奴俘虏所说，他们的国王被匈奴单于杀死后，其权力转入了他夫人的手里。就是这个女人没有答应汉王朝使者张骞联手夹击匈奴的要求，而选择了远离是非的自在之路。可随着汉朝对匈奴的战争，受到挤压的贵霜人，在他们后任君主的带领下，躲避着战火向西南方向移动，在生存资源的引力下，于公元前1世纪稍后进入了印度。看来，贵霜人的冲击力还是很大，他们不仅使先前进来的人们退入了印度的深处，还在南亚次大陆上建起了延续近400年的贵霜王朝……

不知该用什么样的文字形容一下称作印度的南亚这块次大陆？这块大陆以达罗毗荼人的耕耘开发而深深吸引人类的目光。但当我们期待着它与其他的农耕源头地区一样的发展时，它却不同了。我们无法以好或不好来评价它的这个不同。因为与我们人类心胸的狭隘相比，能够豁达地包容和安置生命需求的大地是多么应该赞美的呀！

第六章

遍地洪水

随着挤进者越来越多，生存圈的实用面积和体积也越来越大了。尤其是随着铁器与人力相结合，再加更多知识与技术的帮助，越来越多的土地被开发成了生存资源的产地，越来越多的人参与到了生产生存资源的工作，于是越来越丰富的生存资源被生产出来了。

是花，必将招来蜜蜂。那么，让生命垂涎的生存资源将会引来什么呢？

来自亚平宁的统治者

花招来的是蜜蜂，而生存资源引来的则是源源不断的拥来者。

如果马其顿亚历山大大帝没有过早地死去，有一个奇迹是很可能出现的。那就是西部生存圈完全被整合。可遗憾的是，他走得太早了，而且他所聚集的能量未能得到方向明确的有效使用，且还被分割成了三个部分。不过，这些马其顿人和希腊人，在亚历山大的统率下，按照生命的根本指向，不仅成功地挤进了生存资源的产地，还取得了对它的支配权。

马其顿人和希腊人对生存资源产地的占享是不需要保密的。生活在他们西边意大利半岛上的罗马人早就知道了这个秘密。于是，他们就成了汹涌而来的新一股洪水。

据史家们介绍，被称为罗马人的这些人与希腊人、马其顿人等有着同源的祖先。他们的祖先就是公元前2000年左右，从黑海西岸迁入地中海以北地区的西支雅利安人。这些雅利安人，在逐步西迁的过程中，慢慢蔓延到地中海以北地区。罗马人的祖先就是在这样的迁徙中，进入意大利半岛与本地原住民纷争融合，最后形成为罗马人祖先的。

但他们被称为罗马人，并不是因为这个，而来自一则从希腊史诗中延伸出的传说。把自己的历史嫁接在希腊文化的枝头上，也说明罗马人的祖先对希腊文化的羡慕。这则传说是这样的：在东方特洛伊城陷落之时，伊尼亚侥幸地逃了出来。经过艰苦的跋涉，历经千难万险，他最终来到亚平宁半岛拉丁地区，并在那里扎下根来。后来，伊尼亚的儿子就在这个拉丁地区建立了一个叫亚尔巴龙伽的城，统治着一个小城邦。

时光荏苒。多年后，亚尔巴龙伽城邦发生了权力斗争。时任城邦的王被弟弟阿穆留斯篡夺了王位，并被秘密流放到很远的地方。篡取王位的阿穆留斯非常担心哥哥的后人找他报仇。于是，阿穆留斯下令杀死了所有的侄子，还强迫前王唯一的女儿去当了祭司。因为，在当时的规定中，当了祭司的人是不能结婚、不能生儿育女的。所以，阿穆留斯认为，虽然前王的女儿还活着，但已经当了祭司，不会有什么后代，所以也就没有必要担心后代来报仇了。

可是，事情并没有像阿穆留斯所设想的那样发展。被迫去当女祭司的前王女儿叫利阿·西尔维亚。她去当祭司的神庙叫维斯塔神庙。一天，利阿·西尔维亚到一条小溪边躺下，"敞开胸部乘凉"。因为，她以为神和人都不会来侵犯她，所以躺着躺着就睡着了。不料，她裸露出的美丽引起了战神的欢心，他让她怀孕了。不久，利阿·西尔维亚生下了一对双胞胎儿子。

阿穆留斯得知后，又紧张又生气。紧张是怕神在佑助他们；生气是，明明规定祭司是不能生育的，利阿·西尔维亚却胆敢触犯。于是，阿穆留斯把利阿·西尔维亚投入牢狱的同时，把她生下的两个孩子交给手下人员，命令他们扔到台伯河之中。阿穆留斯的手下们都是一些被神性思维控制了大脑的人，他们觉得一个女祭司未婚而生育，肯定和神有关系。所以，他们没敢把孩子直接投进河中，而是装进一个篮子里，放到了正在涨水的河滩上，将他们的祸福交给了他们的命运。

河水渐渐地上涨着，很快将装有两个孩子的篮子冲走了。可那篮子没有倾覆，而是稳稳当当地漂流到了别处的一个沙滩上。孩子们不谙人事，饥饿使他们哭啼不止。这时，奇迹发生了，能够挽救孩子生命的救星出现了。

那是一头母狼。这头母狼听到孩子哭啼声，便赶紧跑了过来，不仅没有吃掉孩子，而且还蹲下后腿给他们喂了奶。这一奇景被一牧人看见了。牧人觉得这是神灵在保佑啊，于是把孩子带回家，秘密地抚养起来，并且给他们分别起了罗慕路斯和雷穆斯的名字。

罗慕路斯和雷穆斯终于长大成人了。由于阿穆留斯不知道他们还活着，毫无防备，所以二人很快为母亲和舅舅们报了仇。还找到被流放的外公，将王权还给了他。

一切妥当之后，兄弟二人离开了亚尔巴龙伽城。二人决定，为了纪念重生的经历，要在牧人发现他们的台伯河岸边新建一座城市。城建工程顺风顺水，但建成后新的矛盾又出来了。矛盾的焦点就是该用谁的名字来命名这座新的城市。就此，兄弟二人争吵起来，而且互不相让，最后罗慕路斯杀死雷穆斯，以自己的名字命名了这座城市。

这座城市就是现在的罗马城，从这里兴盛起来的人群就是史书所说的罗马人。

史书上说，这事发生在公元前753年。史家们也说，罗马人的纪元就是从这一年开始的。罗马城中的母狼雕像也好像在反复讲述着这个神奇的传说。

寻找着更好的生存之地和更丰足的生存资源，一路走到这里的罗马人就此开启了自己的历史。

当罗马人以这样的形式开启自己历史的时候，在意大利这个地中海北部半岛上居住的不只是他们一部人群。在他们已经被称为罗马人的那个时候，还有叫伊特鲁里亚人的人群和与他们同属意大利人的其他拉丁人。在这些人群中，叫伊特鲁里亚人的人群，至今让史家们反复端详。其原因是，这些伊特鲁里亚人不是公元前2000年左右从黑海那边迁徙来的雅利安人的一支，而被认为可能是来自其他的地方。在希罗多德的记载中，他们是在吕底亚王子的带领下逃荒到意大利翁布里亚地区的一群人。可还有史家认为，这些人就是意大利的本土居民，因为他们与意大利本土文化有着连续性和继承性的关系。同时，史家们都认为，这些人有优越的杀伤力。据说这些人，对文化有着本能的警惕，他们认为：让文化进步到离开兽性太远，是极为危险的。

罗马人与这些伊特鲁里亚人和其他拉丁人，究竟经历了怎样的聚散离合，史家们并不是了如指掌。因为，公元前390年高卢人冲入罗马城烧了一把火，把珍贵的历史记录都付之一炬了。所以，在可靠的文字记录没有留传下来的情况下，史家们以修补罗马人记忆的方法，为后人勾勒出了公元前390年以前意大利大地的古代历史，以让历史有一个延续的记忆。

根据这个修补的记忆，起初的罗马人与伊特鲁里亚人和萨宾人组成了一个联邦，但这个联邦究竟有着怎样的利益关系，进行了怎样的体制运作，都没有明确的说法。不过，联邦之一的罗马人则留有着一些很有意思的传说。

创建罗马城并成为其王的罗慕路斯经常举办一些娱乐运动，邀请萨宾人等其他部落的人来参加。有一次，在赛马的时候，罗马人抢走了萨宾人的妇女，并将其男子赶走。于是，萨宾人的国王塔蒂乌斯立即宣战，并进攻罗马。在萨宾人攻来的方向上，有一个叫卡皮托利诺的要塞，叫罗曼的人据守着。萨宾人攻来时，他的女儿泰匹亚打开城门迎接攻者入城。攻来者没有宽待她，而是用盾牌打死了她。好奇的是，被抢的那些妇女并不抱怨罗马人，当她们国王的军队攻到帕拉廷山时，她们就去请求国王休战。其理由是，如果国王战胜，她们就失去丈夫，如果战败，她们则失去父兄。这时，罗慕路斯也很帮忙，他也劝说萨宾人的国王塔蒂乌斯与他一起做罗马的国王。事情就这样完满地解决，两个王国联合成了一个王国。

在史家们的表述中，这一年代的罗马为王政时期。在这个时期，罗慕路斯和塔蒂乌斯相继离世后，他们选择一个叫努马·庞毕里的萨宾人做国王。据说，这位国王为罗马各部落建立了一个统一的崇拜，强化了王国的统一。他的这一做法，让人马上想到摩西给犹太人找到耶和华神的故事，凝聚人心啊。继任的国王叫塔拉斯·霍斯蒂里。可能是因人心凝聚而力量强大了，于是他觉得"国家的活力已由于久无战斗，而逐渐地衰弱。他环顾四周，觅取战争借口"。最后，罗马的母城亚尔巴龙伽成了战争对象，被消灭了。

按照记忆里的传说，大概就在这个时候，被科林斯驱逐的富商马塔拉斯来到泰尔昆居住，并娶一个伊特鲁里亚的女人为妻。他的儿子取名泰尔昆，迁到罗马城居住。当罗马的安库斯国王死时，泰尔昆夺取了王位，开启了伊特鲁里亚人对罗马的统治。在传说和史家们的研判中，当时的罗马好像实行着权力的有限存在模式。在有国王的同时，还有一个进行决策的元老院。国王由这些贵族和其他一些叫平民的人们共同选举产生。可是，泰尔昆及其继任者们想改变这一存在模式，采取了一些措施。传到第三任时，国王已经成了绝对的权力者。

史家们说，这个时候，伊特鲁里亚人在罗马有了高于一切的影响力。可是，权力被剥夺或遭迫害的元老院的贵族们却对他恨之入骨。于是，趁他一次出征的机会，元老院贵族们进行集会，把国王给废掉了。

按照史家们的编年，就这样罗马的王政时期便结束了。

接着，罗马就进入了史家们所说的共和年代。共和年代的明显表征是取消权力的国王式存在模式，而是由贵族们选举出两个权力相等的执政官，共同处理王国事务，每年要改选一次。

不知是鬼使神差，还是阴差阳错，或是罗马人自古就有这样一个政治基因，使权力存在的形式更有利于突出整体的利益与整体的需要。所以，以这样形式存在的权力，无法像埃及法老、巴比伦国王和中国秦始皇那样，为满足自己的奢华需要而修造盖世奇迹，而只能为实现被确定的整体利益去尽职尽责。当时，罗马人最大的整体利益就是拓展生存空间。据古代史家介绍，鞋筒状的意大利半岛，除了陡峭的山地和满是瘴气的沼泽部分外，其他平原地区的土地还是很肥沃的。这些平原主要分布在台伯河中下游流域地区。看来，在这个土地上农业发展得也很不错，所以希腊史家波里比阿对当时意大利食物的丰富和价廉，大为惊叹。由此暗示我们，在那个年代平原上的耕地是古代意大利人最重要的生存资源来源地。此外，半岛的南部与西边靠海的地方，虽然有从商船停泊的过程中可获一些生存资源的地点，但早已被强盛时期的希腊人抢占并殖民。这样，对当时意大利半岛上的住民来说，台伯河中下游的拉丁姆平原是他们生存与发展最重要的承载地。

在罗马人兴起成长的同时代，半岛上的其他部落人群也没有让岁月蹉跎，而同样也壮大着，并或在平原上或在周边的山地上，占有了各自的生存空间。史家们把这些部落人群划分为拉丁城邦、山地部落以及被废除国王之职后退回北方的伊特鲁里亚人等。

虽然台伯河也像两河、尼罗河、黄河与印度河等河流一样，在意大利半岛上冲积出了一个叫拉丁姆的平原，但半岛的地理形态没有让它冲积出与它们一样的大平原。不过，面积小，所能引发的争夺不一定就不大。因为，那是生存资源的产地，而且随着历史的演进，土地越来越向生存资源本身转化，更因为生活在平原上和周边的部落人群们没有为共同而合理使用这一生存资源而形成默契。所以，在面积并不很大的拉丁姆平原上照样上演了如同苏美尔城邦年代、中国春秋时期一样的对生存资源产地的激烈争夺。

争夺的结果，罗马赢了，就像古代中国战国时期的秦国。虽然有公元前390年高卢人的拥入，最后还是被罗马人挤了出去，约到公元前290年的时候，那些与罗马人争夺半岛上生存资源的拉丁城邦的各成员、各山地部落和伊特鲁里亚人等一一被征服到罗马人的统治之下，带着传奇壮大起来的罗马人终于成了中部意大利的主人。

在罗马人从一个城邦之主，走向中部意大利之主人的奋进过程中，罗马人的权力与社会的存在形式提供了软实力形式的有效推动。开始时罗马人鬼使神差地对权力进行了切割，但切割后的分配并不公平。在当时，罗马社会的存在与运行主要依靠三个方面的力量，一是出决策的元老院，二是付诸实施的执政官，三是身体力行去完成的广大民众。但是，他们在对权力进行切割分配时，却忽略了广大民众，没有给他们分配任何的权力。对此，民众们觉得很不公平，便组织起来，以非暴力、但让权贵们感受到他们之力量的方式，表达了获得应有权力的诉求。几经争吵和用力，罗马的权贵们终于认识到，没有民众力量的参与，不仅不能征服他人，而且大有被他人奴役的可能，便分给民众一些政治上的权力和经济上的权力。这些权力，在民众身上以公民的身份得以体现。在当时，凡是14岁以上的罗马男性和成为罗马人的其他男性民众（不包括奴隶和外国人）都是公民。这些公民，不仅有诉讼权贵的权力，还在政权体系中有叫保民官的代言人，更诱人的是他们还取得了分得被征服地土地的权利。

在古代的社会存在形态中，这是何等独特的景致呀，不论在西部生存圈，或在东方生存圈，还是南亚生存圈，民众百姓能够有这样的权利，罗马是独自一家。是啊，罗马公民享有的这些权利，在其他地方的社会存在形态中是没有的。在那里，民众百姓有的只是劳役、苦役、兵役等没完没了的付出，而罗马的公民却与他们不同，罗马公民虽然也有付出，但他们的付出是有回报的。由此，我们可以感知到，罗马社会的存在形态，不仅对周边的民众百姓形成了巨大的吸引力，而且把自己打造成了一个不断变大的利益需求体。这样，每一个罗马人的心中都燃烧着获取的欲望。而这个欲望又驱使他们充满激情和勇猛地去战斗和征服。

就这样，在同样勇猛无比的人群中，罗马人成了赢家，成了中部意大利这块生存资源产地的主人。但是，生存资源的这个产地与他们的需求与欲望相比，还是太小了。他们需要更大的生存资源产地，需要更多的生存所需产品。于是，他们的开拓开始了。

在当时，意大利北部的波河以北地区是高卢人的大本营。这些高卢人曾在公元前390年拥入并焚毁过罗马城，后来虽然被击退回到了波河以北的大本营地，但仍然是一个不好招惹的强悍力量，其居住的土地也尚未被开发成丰足的生存资源产地。所以，罗马人没有选择向北开拓，而是选择了向南的方向，向海的方向。

可是，在向南、向海的方向上并不是没有人居住，而是居住着大有来头、大有靠山的一些人。这些人就是大希腊范畴里的，居住在意大利半岛沿海地带的各个城邦。这些人并不是新近过来的希腊移民，而是早在希腊对外开拓的鼎盛时期前来这里的殖民者。经过几百年的殖民发展，他们在半岛沿海可做港口、可从船舶的过往中获取生存资源的地方，已经发展起了各有规模和较为强大的几个城邦。这些城邦里的人们比半岛内部的意大利人都富足、文明，他们视意大利本土上的人群部落都是些未开化的野蛮人。

不过，被称为野蛮人的这些人非常清楚自己的需求，他们就是要向南，向能够走向更多生存资源的海的方向开拓和进击。就在这时，居住在意大利半岛南部的卢卡尼亚人于公元前282年袭击了希腊殖民城邦图里依。图里依人因没有足够的力量来抵御卢卡尼亚人的进攻，便请求罗马人予以救援。真是天赐的良机，罗马人仗义而痛快，不仅马上答应，而且执政官亲自率领军队前去救援。可想而知的是，卢卡尼亚人虽然强悍，虽然也很想获得更多的生存资源，但单打独斗的他们怎么能敌得过图里依城邦和罗马人的联合力量呢？在罗马人和图里依人的夹击下，包围图里依城邦的卢卡尼亚人很快被击溃了。

按照常理，罗马人纵情接受图里依人的热情感谢和慷慨馈赠后，该凯旋了。可没想到的是，罗马人以各种理由，赖着不走了。这时，图里依人才明白，罗马人与卢卡尼亚人一样，都想要占据图里依这个生存资源获取地。图里依人不想失去自己苦苦打造的生存基地，于是无奈的他们向另一个叫他林敦的城邦提出请求，请求他们帮助图里依，让罗马人回去。

这个被称为他林敦的城邦，也和图里依一样，在希腊向外开拓时殖民到意大利半岛沿海地带，与图里依人一起同属大希腊范畴的一个城邦。他林敦人对罗马人在图里依的存在非常不满，于是答应帮助他们驱走罗马人。就这样，他林敦城邦就加入到了阻止罗马人向外开拓的争斗当中。

开始时，他林敦人以偷袭罗马舰队的方式，给罗马人施加压力。可是，罗马人并没有因为他林敦的加入而撤兵回去，而是把它当作了强力开拓的难得机会，公元前281年，罗马人向他林敦宣战了。罗马的军队开始进攻他林敦，而且使它陷入了陷落的危机。他林敦人怕自己支撑不住，转而向后方希腊的伊庇鲁斯国王皮洛士求援了。

皮洛士也像罗马答应图里依人那样爽快地答应了他林敦人。国王皮洛士有才华，很自信，钦佩亚历山大大帝，也有开拓生存资源产地的热情。他曾去过埃及，也清楚地知道在地中海的南岸、东岸地区有着富足的生存资源产地，但他尚还不能像亚历山大那样，把它都揽入自己的怀里。于是，他的目光转向了隔海相望的意大利半岛。而他林敦正好给他提供了绝好的借口。公元前280年，皮洛士率一支庞大的军队，渡海来到意大利，与罗马军队作战。就在当年，在被称为大象战争的赫拉克利亚战役中，打败罗马军团，把半岛上的部落人群，以同盟的名义纳入了自己的统治之下。

不过，罗马人没有投降，也没有承认皮洛士的统治，用意志和决心与他僵持着。就在这时，属大希腊范畴的西西里岛叙拉古城邦遭迦太基人的围攻。于是，皮洛士扔下罗马，为叙拉古解围去了。看来，他的军队还是有很强的战斗力，登陆西西里不久就把迦太基占领军一一驱走了。可是，接下来应该受到爱戴的他，却因专横的统治冒犯了西西里的希腊人。见西西里的希腊人不需要他了，皮洛士便于公元前275年返回意大利，以巩固在这里的胜利成果。

可谁知，情况已经变了。这时，曾经战败的罗马已经重新武装了自己。在一个叫贝尼温敦的地方战胜了皮洛士的军队。皮洛士急忙向已为同盟的各城邦求援，可是没有一个城邦来帮助他。皮洛士心灰意冷，回伊庇鲁斯去了。

罗马人赶走了皮洛士，也就是排除了向南开拓之路上的大障碍。他林敦投降了，卢卡尼亚人投降了，曾投奔皮洛士的各部落、各城邦一一地投降，罗马人向更大更好的生存资源地拓展的脚步终于到达了南意大利的海岸。

海水应该是罗马人停住脚步的端线吗？看来不是。因为，罗马人征服意大利全境的同时，也把被征服的部落和城邦纳入了公民的体系。这样，罗马人不仅没有至此满足，而是变成了更大的需求整体。于是，走到海边的罗马人眺望眼前茫茫的地中海和地中海以外的世界。他们知道，离岸不远的地方是西西里岛，它的对面是地中海南岸的迦太基，迦太基的东边是富饶的埃及和西部亚洲丰足的生存资源产地。他们很想把这些地方一下子揽入怀中，做这个世界最高傲、最富有的人。可他们知道，自己尚不具备一下子征服这么多地方的能力，所以，一步步往前走是最适合他们的选择。

于是，离岸不远的西西里岛就成了罗马人走向世界的第一个落脚地。

西西里岛离意大利海岸不足1英里。有史家说，这个地方土地肥沃，生产的谷物可供给意大利所需粮食的一半。此外，西西里又是地中海中的重要岛屿，是从地中海到非洲的重要中转基地，更是参与海上贸易中生存资源的再分配和走向更广阔世界的绝佳踏板。所以，不断向更多生存资源伸手的罗马，看着它口水就不由得流出来。

当罗马贪婪地注视着西西里岛一举一动的时候，这个地方正在受几方力量争夺的煎熬。皮洛士被气走后，这里的希腊人也就失去了能够提供保护的力量。于是，一个叫"战神马尔斯的子孙"的雇佣军和迦太基同这里的希腊人为争夺岛上的墨西拿城而打起来了。罗马人不分他们谁对谁错，找到一个借口便投身到争夺中去了。在争夺中，罗马人的激情与强悍得到充分的发挥，自公元前264年到公元前256年近8年的时间里，罗马人转战西西里各地，不仅把岛上的希腊人纳入了自己的同盟圈，还把下一步征服的目标，瞄准到了非洲北岸强大的迦太基身上。

迦太基成为目标是必然的。迦太基位于非洲北部临地中海南岸，在地理分布上与西西里岛一同处在从东部地中海到西部地中海的咽喉位置上。这个地方，在地理位置上虽然属于非洲，但它是公元前800年时由西亚腓尼基人为从海上贸易中获得生存资源再分配而建立的殖民城邦。人类史家们一直很关注它的存在，并看到因没有遭受帝国更替的战乱蹂躏，经过几百年的发展，它已经成为当时世界最强的海洋城邦。它又以陆地形式连接着埃及和西亚地区，是西地中海人走向这些生存资源产地最佳的登陆点。

罗马人毫不犹豫，于公元前256年派330艘舰船和4万步兵远征非洲本土上的迦太基。迦太基虽然知道罗马人的雄心，但他们对自己的海上力量过于自信，没有认真做好陆地上的防御准备。于是，虽然奋力抗战，几经胜负，但最后还是低下头求和，签订了满足罗马人利益要求的和约。和约很苛刻，不仅使迦太基割让西西里等与意大利之间的岛屿给罗马，还在10年内赔款3200塔伦特银子，取消原在海上对罗马的所有限制。

失去的疼痛是刻骨铭心的。迦太基人不甘心就这样失去获得生存资源的主动权。他们很想从罗马人手中夺回这个主动权，所以他们选择在罗马人势力还尚未覆盖的西班牙殖民地上培育复仇的力量。到公元前219年时，复仇的力量终于成长起来了。它的统帅叫汉尼拔，是个天才的军事家和坚定的复仇者。罗马人也并不耳聋，他们也觉察到了这个力量的成长，也试图将其限制在西班牙，但没有成功。

公元前218年，汉尼拔率领5万步兵、9000骑兵，向北渡过西班牙中部的埃布罗河，再越过屏障般的阿尔卑斯山，气势汹汹地向罗马扑来了。原来，要想向罗马复仇的不只是迦太基人，被堵挡在波河北边的高卢人也是一个。见汉尼拔向罗马挥刀而来，在路过时不仅没有阻击，还加入了他们的队伍之中。此时，正在进行战略休整的罗马人不得不仓促应战。他们紧急召集30万步兵和1.4万骑兵，分两路与汉尼拔作战。可想不到的是，在本土作战的罗马两路军竟都败给了汉尼拔。

汉尼拔是传奇的，他的行动计划使罗马人总是判断不到，所以，胜利的天平一直向他倾斜着。发生在公元前216年的康奈之战是胜利的天平倾斜最大的一次。本土作战的罗马投入8万步兵和6000骑兵，决战只有5万人的汉尼拔。结果，罗马人落入汉尼拔的战术圈套，军队大部阵亡，万余被俘，而迦太基只损失了6000人的兵力。

罗马的噩梦开始了。随着汉尼拔在罗马的节节胜利，原属罗马同盟的一些部落和城邦倒向了汉尼拔，更让罗马想不到的是，与他们并无纷争的马其顿国王腓力五世也向他们宣战了。面对汉尼拔军的旺盛气势和已经出现的不利情况，罗马开始冷静了。他们不再着急与汉尼拔决战，而是选择了在本土上拖延消耗，在本土外打击其后援的策略。这一次罗马人选对了策略，到公元前212年时已经能够转守为攻，一场噩梦开始走向了结束的方向。

这时汉尼拔的命运出现了转向。被拖延消耗7年后，他开始疲倦了。面对进攻起来的罗马人，汉尼拔需要后方本土强有力的支援。可是，他的本土大本营迦太基却缩手了。这时的罗马人没有选择在本土上与汉尼拔正面作战，而是在迦太基缩手缩脚之际，突然出兵攻击迦太基本土。迦太基急忙下令汉尼拔回来救援。公元前202年，罗马军队与汉尼拔在迦太基本土上进行了一次决战，结果汉尼拔败北，迦太基与罗马签订更加屈辱的和平条约，而壮志未酬的汉尼拔于公元前195年逃亡到西亚塞琉古帝国，后成其国王安条克三世的军事参谋之一。

一场危机过后，罗马人终于成了西地中海无敌霸主。然而，成为西地中海霸主，并不是罗马人最终的目的。他们要从西地中海向东进发，要成为环地中海生存资源产地的主人。于是，曾在汉尼拔横行之际，落井下石地向罗马宣战的马其顿就成了罗马人在东进之路上首先要踢开的一块石头。

向罗马宣战的腓力五世，是亚历山大之后的马其顿后代国王。自亚历山大于公元前323年死去后，他的继承者们为争得生存资源分配中的有利位置，进行了多次的重组和分化。结果，到罗马崛起时，马其顿已经失去希腊世界盟主的地位，那些希腊城邦或以结盟抱团，或以独善其身的形式，纷纷过起了自己的生活。对此，亚历山大榜样下的马其顿国王们很是不甘心，但由于心有余而力不足一直忍耐着。恰巧，王权传到腓力五世时，发生了汉尼拔进军罗马的事情。腓力五世认为大展宏图的机会出现了。于是，他与迦太基结成同盟，为瓜分罗马而向它宣战了。可不巧的是，在没有瓜分罗马之前，便与地中海东岸叙利亚的塞琉古国王安条克三世发生冲突，才使罗马专心地制伏了迦太基。所以，立志向东而怀恨在心的罗马，从迦太基凯旋之后便于公元前201年向马其顿宣战了。

宣战之初，罗马人没有急于军事冲突，而是对马其顿实施了剥皮手术。马其顿为大希腊城邦之一，希腊人素有危机时刻出手相帮的传统。就像对付波斯人那样。结果，希腊的埃托利亚同盟和亚该亚同盟都对马其顿心怀不满，所以都支持了罗马。与此同时，罗马还成功劝说刚和马其顿发生过冲突的塞琉古王国保持了中立。待手术做好了，罗马就派军队过去，于公元前197年，在叫库诺斯克法莱的地方战胜腓力五世，迫使马其顿签订了接受罗马监管的条约，并限定马其顿只能保持5000人的军队和5艘战船，不经罗马同意不得与邻国交战。

这样，罗马成为希腊世界盟主的地位开始形成。希腊城邦们虽然不很愿意，但也别无他法。可马其顿则耿耿于怀，总想摆脱罗马的羁绊。这一倾向，在腓力五世死去，其长子佩尔修斯继位后更加明显了。佩尔修斯不仅没有遵守约定的佣兵条款，反而把军队扩充到了足以与罗马抗衡的程度，并开始蔑视罗马的权威。于是，战争再一次爆发，并几经胜负反复，于公元前186年，罗马人终于再一次制伏了马其顿，牢牢地树立了希腊世界的盟主地位。

罗马人争得希腊世界盟主地位的过程，既曲折，又艰苦，还伴随着额外的收获。原来，公元前197年，罗马人战胜马其顿的腓力五世后，为分化希腊的同盟城邦，采取了一些措施。于是一些城邦开始脱离原来的同盟。对此，曾支持罗马攻打马其顿的埃托利亚同盟深感不满，便请求塞琉古国王安条克出手干预。塞琉古王国是亚历山大死后，其部将在小亚细亚、叙利亚和美索不达米亚地区建立的一个王国。由于塞琉古本人的希腊身份，其王国虽然在西亚土地上，但他们一直认为自己是大希腊的一部分。所以，他们对希腊内部事务的干涉总是无所顾忌。这次也不例外。对此，已与罗马结盟的小亚细亚帕加马王国产生了危机感，便向罗马求救。急于向东方扩张的罗马人也毫不迟疑，马上派一支军队去与塞琉古国王安条克三世交战。结果，于公元前189年，在帕加马首都马格尼亚大败安条克三世，旋即开启了征服地中海东岸生存资源产地的序幕。

幕布一经拉开，节目就须开演。接着出场的就是帕加马王国。这个王国位于小亚细亚，是从塞琉古王国中分离出去的小王国。在纷争复杂的那个年代，为免受周边强国的欺凌，它与罗马保持着同盟关系。公元前133年，其国王中暑死去，留下遗嘱要把王国馈赠给罗马。权力的无耻被他演绎到了极致，但有良知的国民和百姓们却起义反对了。罗马本来是要面带笑容地去接受馈赠的。可起义使它不得不派兵去抢夺。武装抢夺并不顺利，罗马派出的首批军队被群情激愤的起义军歼灭了。带兵前来的执政官也被俘杀死了。不过，罗马人没有因此而停下踏往西亚的脚步，而是又派出了一支强有力的军队。带兵的执政官心狠手辣，竟以投毒井水泉水的卑劣手段战胜起义军，如愿以偿地把帕加马揽入了怀里。

目睹西亚地区富饶的生存资源产地一步步被罗马夺去，一些也想跻身进来的周边地区的王国开始坐不住了。其中，一个叫本都国的、位于黑海南岸的王国，就像当年面对希腊人的拥入大喝而进的波斯人，本都国的人们也坚定地迈出了挤进去的脚步。本都国的攻势一度很是顺利，在公元前88年时不仅打败罗马军队，还攻入已为罗马一个行省的帕加马，并把首都迁移到了这里。接着，本都国国王又像当年的居鲁士一样，为把罗马的力量压制在意大利本土，进军欧洲占领马其顿并控制了爱琴海几乎所有的岛屿。

不过，罗马人不像希腊人那样群龙无首，而是有着强有力的政权组织和惯于从征服中获取利益的公民大众。于是不愿失去到手之利的罗马开始组织一轮又轮的反攻。历史出现了惊人的重复，像气势占优的居鲁士被希腊赶回亚洲一样，本都国国王也在反击中，一步步失去优势，不仅退回亚洲，最后于公元前63年绝望自杀，使本都成了罗马的附属国。

踏上西亚土地的罗马人并没有就此心满意足。他们乘胜而进，分别于公元前64年和公元前30年，将叙利亚的塞琉古王国和托勒密王朝的埃及纳入帝国版图，使其分别成了自己的一个行省。西部生存圈环地中海分布的生存资源产地又一次结束了分割占有的乱局，经200多年的执着努力，罗马终于成为了这个地球上最大的生存资源产地的主宰者。

是啊，人类不曾迷失的生存方向是何等明确，何等坚定，路途中尽管有迷雾，也有曲折……

匈奴人的最后奔突

与罗马人相比，匈奴人是不幸的。他们壮大起来的历史时间相差无几，但因生存类型和由此生成的文化的不同和权力与社会存在形态等的差异，罗马人成功了，成功地成为了西部生存圈环地中海资源产地的主宰者。而匈奴人虽然早自中国秦朝以前就迈出了对生存资源的需求之步，但久久未能形成像罗马那样整合力较强的权力体系和时时能够清晰判断需求方向的决策智囊，所以在日趋强大的秦朝与汉朝的阻击下，不仅未能挤进东方资源产地，还因权力争夺出现了内部的分裂。靠近中国中原地区的南匈奴以版图并入的形式进入了生存资源统筹使用的圈子之内，而被南匈奴间隔的北匈奴，却因种种原因离生存资源产地越来越远了。

不过，北匈奴并没有因此而绝望，生存的需求也使他们难以绝望了之。在公元48年，正式分裂为南北两部后，于公元51年和公元64年，北匈奴多次派使者到中国汉朝，表达和好的愿望。汉朝对此疑虑重重，既不拒绝，也不答应。在汉朝的考量中，这是一个需要谨慎的事情。因为，匈奴分为南北两部后，相互间有着本能的提防。尤其南匈奴更是这样。在势力与占地等方面，南匈奴都弱于北匈奴，所以，他们归服汉朝既能获取所需，又能得到对权力安全的保护。在这样一个前提下，如果贸然与北匈奴和亲通好，不仅会引发南匈奴的不满，甚至会引发怨恨。更可怕的是，通好北匈奴后，北匈奴还有可能以解决内部纷争为名收服南匈奴，重新成为北部边地上的强大势力。

这些顾虑均有可能，汉朝开始以拖延应对。朝廷要求边地官员不要接纳北匈奴派来的使者。但北匈奴并不因此而灰心，而是不断加大表示和亲通好意愿的力度。边官不敢接纳使者，他们就派名王和使者直接去汉朝京城进贡好马与裘皮，还赶着牛马羊群到边关，要求互市交易。尽管这样，汉朝仍然不肯点头，只是礼节性地根据其进贡的多少，回赠相当的物品。这对汉朝来说，只是谨慎的游戏，而对北匈奴却是致命的消耗。因为，自"五单于争位"的内乱以来，连年的战乱和争斗，不仅导致了匈奴的分裂，更是耗尽了来之不易的生存资源。南匈奴很是灵动，以归服的形式获得了生存中急需的物品。仅在归服的公元50年，南匈奴就从汉朝获得了25000斛粮食、36000头牛羊以及大量锦绣、缯、絮和黄金、车马、用具等的接济。而一无所获的北匈奴怎能眼不红，心不急呢？

面对汉朝的软拒绝，北匈奴终于等不起了。于是，他们又像过去一样，大举到汉朝边地进行抢掠。汉朝这才发现，拖延和回避不是最好的办法，便于公元64年遣使北匈奴，同意和亲通好要求，并在双方交接地带开设市场，进行交易。据中国史书《后汉书·南匈奴传》记载，他们一次交易的牛马数就多达万头以上。

真是等待已久的需求啊！北匈奴苦苦争取的和亲通好，不就是为了解决这些需求吗？可不知为什么，开展边地交易不到10年，他们又开始到汉朝边地抢掠了。是因为未能得到南匈奴一样的接济而怨恨，或是在交易中有些需要根本没有得到满足，中国的史书没有明确的记录，我们也无法断定，反正抢掠在汉朝边地又开始了。

于是，反击就成了留给汉朝的唯一选择。汉朝人认为："中国虚费，边陲不宁，其患专在匈奴。"所以，已将南匈奴揽入怀里的汉朝毫无顾虑地开始反击了。反击从公元73年开始，汉朝军队没有像往常那样胜败反复，而是一直掌握着进攻的主动权，到公元91年时已将北匈奴的侵扰势力赶出了他们经略了300余年的中国北方的大草原。

据说，北匈奴与汉朝的最后一战是在阿尔泰山打响的。战斗的结果，北匈奴大败，其单于率领跟随自己的部分人员向西逃去。虽然汉军没再追击，但他们一步步远离东方生存圈的范围，向更远的西方走去了。从此，这批匈奴人永远地结束了挤向东方生存圈资源产地的努力，向自己并不详知的地域和世界走去了。

据史家们说，他们西去的第一站是伊犁河上游一带的乌孙人游牧地。匈奴人与乌孙人曾有较深的交往。当年，大月氏南下印度之前，曾攻杀过乌孙人的首领。为使其根脉不断，匈奴收养其儿子成人，后又帮其复国。因有这样一些交情，当北匈奴落难而来时，乌孙人敞开胸怀迎接了他们。

当时，乌孙人占地很大，恰好也是水草肥美的草原，是北匈奴人疗养创伤，修复元气的绝佳之地。据史家们说，北匈奴在这里停留了一段时间，但并不清楚究竟停留了多长时间。因为进入乌孙之后，除中国史书对他们的大致去向有过记录外，其他地方并没有留下更详细的记载。史家们只知道，后来北匈奴又向西进发了。他们这次西进的地方叫康居，是今在哈萨克斯坦境内的游牧古国。

据中国史书的记忆，北匈奴此次西进时，把羸弱的人员仍然留在乌孙原地，带着精壮力量策马而去。康居人和北匈奴人并不是相隔陌生的两部人群，而是有着牧地交错和恩仇皆有的草原游牧人。早在公元前51年，呼韩邪单于归服汉朝时，与他争夺大单于位的郅支单于，为躲避汉朝的袭击，曾西迁至康居近处。当时，康居人正被乌孙人侵扰所困，所以，康居王主动与这部分匈奴人联系，打算与他们联起手来攻伐乌孙人。匈奴单于很是高兴便率兵向康居走去。可意外的是，他们途遇恶劣天气，人马冻死甚多，到达康居时，仅剩3000余人。

尽管只有3000余人，但他们个个都是勇猛善战的勇士，所以康居王对这部分匈奴人进行了特别的安置。康居王将女儿许配给郅支单于为妻，郅支单于也把女儿献康居王为妻。可康居王与郅支单于的友善关系未能维持多久，随着郅支单于势力的壮大而破裂了。郅支单于不仅蔑视康居王，还把康居王赐他为妻的女儿等康居人杀死。对此，康居王很是无奈，但狂妄起来的郅支单于还是交恶汉朝而最后被杀了。

当北匈奴再次西进至康居时，郅支单于的事已经是200多年前的事情了。虽然岁月能淡化很多东西，但康居人不会将这怨仇忘得一干二净。所以北匈奴这次西进，不会像上次那样有美酒和拥抱，而极有可能是刀枪相对。北匈奴带着精壮力量，西进康居的原因可能就在这里。

北匈奴这次进入康居后，便从史家们的视线中消失了。现在有人说，北匈奴是在公元160年左右徙入康居的，并由此推断他们在这个地方生活了200年左右的时间。但他们在这个地方，究竟以什么样的身份、什么样的形式、什么样的聚散离合度过了并不短暂的200年左右的时间呢？回答仍然是空白一片。

不过，这部分匈奴人并没有急于从人类历史中消失而去，而只是在史家们耳目不及的地方养精蓄锐了200年左右的时间。看来，曾被称为康居的中亚这片草原，既养育了康居人，也养育和壮大了这些匈奴人。当200多年的时间像一个梦一样恍然过去之后，曾经败退的这些匈奴人又壮大成了一支强大的力量。于是，他们又开始躁动不安起来。因为，这些匈奴人不像深居草原而不知外面世界的游牧人，他们可是走过长长的路，见过各种的场面，看到过他人难以想象的丰足而奇珍的生存资源的人们。虽然他们亲身见闻的前辈们都去世了，但他们的向往和壮志定会留存下来。这些匈奴的后人清楚地知道，再回东方那个富饶的生存资源产地已经是不可能了，但他相信这个世界上一定还有其他丰足富饶的地方。所以，东去不行，他们自然会向西寻找。

于是，再一次强大起来的匈奴人又回到史家们的视线里来了。他们这次回归史家们的视线时，脚步已经踏出了隐居生活200余年的康居大地。当时，在康居的西边有个叫阿兰的古国。这个古国占据着从顿河到伏尔加河两岸的广大地区。阿兰这个古国不一定是匈奴人心目中憧憬的富饶之地，但一定是他们走向富饶之处的必经之地。所以，他们走出康居，进攻这个古国。古罗马历史学家阿米阿努斯·马尔切利努斯在他的《历史》一书中写道：

"匈奴人蹂躏了……阿兰人的领土。匈奴人大肆屠杀以后，就和残余的阿兰人缔结同盟条约，迫使他们参加自己的队伍。匈奴人和阿兰人联合之后，他们的声势壮大了。"

看来，当时已经占据环地中海资源与财富的罗马帝国警惕地注视着四面八方的风吹草动。所以，史家阿米阿努斯·马尔切利努斯才有写下这样文字的信息来源。曾使中国汉朝担忧了很长时间的匈奴人，现在开始让罗马帝国担心起来了。因为，他们约自公元350年到公元374年间的时间里，正如史家阿米阿努斯·马尔切利努斯所说的那样，蹂躏了离他们并不是很远的国土与生命，而且他们的战马已经开始啃吃欧洲大陆上的青草了。

不过，罗马帝国的担心没有形成绊住匈奴人脚步的抗击力。所以，匈奴人巩固了在阿兰国的统治后，于公元374年的当年便纵马渡过了并非静静的顿河。当时，居住在顿河西岸的不再是阿兰人，而是一个叫作东哥特人的人群了。这个叫东哥特人的人群占据着从顿河西岸到第聂伯河两岸的广阔土地。史家们说，这些人是日耳曼民族的一支，叫哥特人，因德聂斯德河西岸还住着一些哥特人的部落，所以，把他们分开称为东哥特人和西哥特人。

从各种史料的表述看，当时的哥特人可能还处在比匈奴人还深的蛮荒之中。史家们注意到哥特人部落的统一意识非常薄弱，他们时常像对待仇敌一样，相互间你争我斗。罗马历史学家塔西佗说，当时的哥特人是畜牧民族。畜牧民族与游牧民族有什么样的区别，我们很难想象得到。不过，从中我们可以看出的一点是，当时的哥特人与匈奴人一样，也是一个庞大的生存资源需求体。只不过，他们没有像匈奴人一样，很早就聚集了强大的冲击力而已。

所以，匈奴人就毫不费力地渡过了顿河。据说，匈奴人是哥特人从未听说过的一个人群，所以，他们不知道这些人是从地球的何处冒出来的，就像高山上的暴风雪骤然来到了他们的面前，恐怖的气氛在东哥特大地蔓延开去。

不知是被恐怖气氛吓倒了，还是力量所不及，虽然年迈的东哥特国王赫曼立克奋起抗击，但打了一次败仗之后自杀了。国王的继位者威塞米尔不言降服，坚持与匈奴苦战几个月后，也战败被杀了。见战胜无望，老国王赫曼立克的儿子率自己的部众投降匈奴，其余的部落人众则渡过德聂斯德河，到西哥特地区躲避战乱去了。

将东哥特地区踩到脚下的匈奴人，并没有就此停步，而是随着东哥特人逃难的脚步，也来到了德聂斯德河东岸。西哥特人没有被东哥特人带来的恐惧所吓倒，国王阿撒那立克在德聂斯德河右岸布设了足以阻挡匈奴渡河的战阵。可匈奴人也很狡猾，他们没有在布有战阵的地方强行渡河，而是远远地走到河的上游偷渡过河，突然出现在西哥特军队的后方。遭到突然袭击的西哥特军仓促应战，结果伤亡惨重，损失巨大，便向多瑙河北面的德兰锡尔伐尼亚森林地带逃去，失去了军队保护的哥特民众则渡过多瑙河，进入罗马帝国境内避难。

匈奴人没有穷追猛打，而是在哥特人世居的家园上停留了下来。有史家说，匈奴人没有穷追猛打，是因为所获战利品过多，需要清理。也许，这有些夸张和狭隘了。可对匈奴人来说，这是他们必须勒住缰绳的地方。因为，丰足的生存资源是匈奴人永远的心灵指向。他们不是不知道，在遥远的东方故乡，在中国的中原大地，有着令人垂涎的丰足资源，但它牢牢地被汉朝把守着，自己因难以获取而西走他乡。他们靠着勇猛善战，一路碾压康居人、阿兰人、东哥特人和西哥特人，现在又走到了一个掌控着又一处巨大生存资源产地的强大帝国的大门口。所以，他们不得不勒缰多瑙河北岸，眺望着罗马帝国的雄姿，整理一下自己并冷静地考虑一下下一步的作为。

于是，他们没有贸然渡过多瑙河，而是在阿兰人、东哥特人和西哥特人的故土上建立起了一个新的匈奴王朝。这个王国土地辽阔，水草丰美，是一个极有利于发展壮大和积蓄冲击力的地方。这个王朝，在匈奴人进入哥特人领土的公元374年以后不久便成立了。据史家说，这个王朝先由一个叫乌尔丁的人统领。乌尔丁统领匈奴的具体时间并不清楚，但他或他继任者时期发生的两件事，却令人深思与好奇。其一就是，公元396年之前，一部匈奴力量曾向南越过高加索山脉，进入亚美尼亚、美索不达米亚和叙利亚的一些地方，但未能站稳脚跟就被击退了；其二是，公元396年，又一部匈奴力量企图侵入底格里斯河畔萨珊王朝首都泰西封城，但又被击退了。既然到了多瑙河的岸边，一脚渡过之后就是当时世界最大的资源与财富的仓库——罗马帝国。近到身旁的匈奴人怎么会不知道，罗马帝国的勇猛与强大。所以，有了稳固的大本营的匈奴人的这一举动，可能就是为打开一个绕过罗马这一障碍而能够获取生存资源通道的努力。

但是，他们失败了。生存的需要迫使他们必须向罗马帝国伸手。这时，匈奴人的权力，已从乌尔丁经奥克塔、路加二人之手传到了白里达和阿提拉兄弟二人手上。在奥克塔和路加执掌匈奴的时候，强大的罗马帝国也分裂成了东西两个帝国。于是，他们就开始向罗马帝国伸手。

伸手是从路加时期开始的。据记载，在公元422年和426年，匈奴人先后两次攻入罗马帝国境内进行抢掠，蹂躏了色雷斯和马其顿两地。面对匈奴人的侵扰，东罗马皇帝就像汉朝一样，派兵力将他们赶出了国境，但与汉朝不同的是，东罗马皇帝西阿多修斯却答应每年给匈奴350磅黄金，使他们答应不再扰掠帝国的边地。

匈奴扰掠的目的不就是这个吗，有了黄金什么生存资源不能换取呢？匈奴人每年不费兵卒之力地享用着350磅的黄金，巩固和扩大着占领地区上的统治权，到公元432年时，他们俨然以一地王国的身份与东罗马帝国说话了。就在这一年，匈奴王路加向东罗马皇帝西阿多修斯提出了一个很具挑衅性的要求，要他废除原先与多瑙河以北各部落签订的协议，重新与匈奴朝廷签订一个整体的协议，因为多瑙河以北各部落都已臣服于匈奴王朝。

目的很明确，就是要到更多的金子。不知皇帝西阿多修斯是怎么想的，他并没有以战争手段加以拒绝，而是选择了谈判。当东罗马的使者到达匈奴朝廷时，为王的路加已经死去，权力转到了白里达与阿提拉兄弟二人的手上。白里达与阿提拉并不在王帐里接见和谈判，而是骑在马上与东罗马使者对话。谈判中，白里达和阿提拉不仅坚持路加时提出的要求，还说现在是两个国王，每年付给的黄金要加到700磅。东罗马人似乎深谙匈奴人的心思，在得到不扰掠边地的承诺后，满足了他们的要求。

可是，700磅黄金哪里是匈奴人需求的饱和数呢？在异地他乡正打造一个王朝政权的他们其实有着更大的需求的。公元445年，匈奴双王之一的白里达死去，阿提拉成了唯一的匈奴王。阿提拉一个王的胃口比双王时期的还要大。于是，他不顾先前的承诺，亲率大军来到了东罗马帝国首都君士坦丁堡的城下。这时，先前与匈奴签订过条约的西阿多修斯已经死去，权力传到了西阿多修斯二世的手上。这个西阿多修斯二世的骨头，比一世的还要软，拥有罗马军团的他并没有拼死去抗击，而是于公元446年与阿提拉签订了一个屈辱的和约。约定每年给阿提拉2100磅黄金的"俸禄"，另外再一次性付给6000磅黄金清偿旧欠。据说，和约签订后，东罗马帝国派使团到匈奴驻跸之地纳贡问好。前去的使团中有一位叫普利斯库斯的史家，回来后他惊奇地写下了一本叫《纪行》的书，记述了匈奴人简朴的生活、豪放的做派和饮酒狂欢的生存情况。

从东罗马帝国榨取得差不多了，阿提拉的注意力随之转向了西罗马帝国。阿提拉将手伸向西罗马帝国的原因颇为风流。西罗马帝国皇帝瓦伦廷三世有个妹妹叫荷诺丽亚，是个青春涌动的美女。16岁时，与其一名侍从官有染后，被皇兄瓦伦廷监禁了起来。对此，荷诺丽亚非常不满，她认为自己美丽绝世，应该嫁给一个盖世英雄为妻。她曾听说有个叫阿提拉的大英雄，他让东罗马帝国在内的一些欧洲人闻风丧胆。于是，她找了一个可信之人，把自己的戒指和一句话送给了阿提拉。那句话就是：她希望成为阿提拉的妻子，要他前来帮助她。

对阿提拉来说，这是何等难得的机会呀，既是艳福，更是伸手的理由。阿提拉毫不迟疑，马上派出使团至西罗马，向荷诺丽亚求婚，并要求西罗马帝国将一半国土作为嫁妆送给他。这和索要黄金不同，西罗马皇帝瓦伦廷再怕匈奴也是不能答应的。他拒绝了。

阿提拉决定用战争来达到目的。据史家说，阿提拉亲率50万之众的大军，于公元451年渡过莱茵河，向西罗马帝国进击而来。但此次，他未能达到目的，在西罗马军及曾受他们欺凌的各部落的联合抗击下，无望地撤退了。但是第二年他们改变进攻的线路，突然出现在西罗马帝国的首都罗马城门前。皇帝瓦伦廷不知所措，正愁如何使匈奴退兵时，教皇利奥一世挺身而出了。原来，这时基督教成为罗马帝国国教时间没多久，亟须树立自己在人们心目中的神圣地位，而能够阻止匈奴攻城，恰巧是一个很好的机会。面对喜怒无常的匈奴人，教皇利奥一世虽然心中无数，但还是勇敢地去与阿提拉见面。结果，没有被罗马军团的千军万马挡住脚步的阿提拉，却被这位手无寸铁的宗教领袖说服了。阿提拉没有攻入罗马城，在教皇的斡旋下，在西罗马帝国付给大量财物后，班师回去了。据说班师时，阿提拉还要求瓦伦廷皇帝，交出荷诺丽亚公主，不然他还要回来！

可是，阿提拉没能再回来。据斯塔夫里阿诺斯先生说："一年后的一个早晨，人们发现他死于动脉破裂，身边还躺着一天前刚和他结婚的日耳曼公主。"真是一句让人揣摩不尽的表述啊！

阿提拉死后，由他众多妻子所生的儿子们，为争夺王位而内讧起来。趁此机会，那些曾受制于匈奴的当地部落人群纷纷起来造反，战胜并瓜分了匈奴。这样，匈奴这一支涌向西部生存圈资源产地的汹涌洪水，最后干涸在哥特人的土地上，成了人类历史记忆中的"上帝之鞭"！

又一股叫日耳曼的洪流

难道我们的地球真的是凝结在一个未知的暗码上，因而地球上的生命体都带着一个先天的、不可更改的、并非进化而来的神圣本能？这本能，使植物总是寻找着阳光生长，使动物总是追随着食物迁徙，使人类总是以生存资源为方向成长和移动。就在这个本能的制导下，有史以来的人类演绎了一幕又一幕走向生存资源的悲喜剧。有的成功了，像闪米特人、雅利安人、波斯人、希腊人和马其顿人以及罗马人等；但是有的失败了，就像干涸在哥特人土地上的匈奴洪流。

而有一个洪流，虽然经历了百折千回的坎坷，但没有像匈奴洪流那样干涸在半路上，而是满怀激情地奔流到了最终的目的地。这就是叫作日耳曼的又一股洪流。

对我们普通的人类成员而言，"日耳曼"一词就是对一个民族的称谓。不过，史家们说这并不准确。原来，日耳曼是欧洲古老先民之一的凯尔特人对莱茵河以东民族群体的大概称呼。其中包括哥特人、汪达尔人、格庇德人、勃艮第人等多个部落人群。这个称呼经由希腊史家波希多尼和罗马史家塔西佗记录，并传扬到后世人类。罗马帝国人认为，叫日耳曼的这些人是野蛮民族，"开垦土地，期待四季正常的生产，并不是日耳曼人的行为准则；你将更能使其去攻击敌人，使其在战场上流血，争取荣誉。以流汗去获得要流血才可以获得的东西，在日耳曼人看来，乃是军人所不值一试的懒惰行为"。恺撒大帝在其《高卢战记》中也说："他们的全部生活只有狩猎和追逐战争。"把罗马帝国人的这些话信以为真，威尔·杜兰特先生说"战争是日耳曼人的酒和肉"了。

可怎么会呢？这只是罗马帝国的一面之词，因为日耳曼人本能地不断向环地中海生存资源方向拥挤，威胁到了罗马人的帝国利益，所以他们的话里夸大其词是少不了的。

其实，日耳曼人在与罗马帝国人接触之前，并不在其周边地区。史家们认为，地处北欧将一头伸进北极圈之内的斯堪的纳维亚半岛是日耳曼人的发祥地。动用一下想象的话，冰川退去后，这个地方生长了广袤而茂密的森林。有森林就有猎物，追随猎物活动的早期人类时期，日耳曼的先人可能就走到了这个地方，开始孕育其后人了。

是本能的力量，还是生存资源产区的神秘引力，在斯堪的纳维亚半岛繁衍起来的日耳曼人并没有向更北的北极圈方向发展，而是一批又一批地向南移动过来了。史家们发现，在青铜时代时，他们已经居住到今瑞典南部、丹麦半岛和德国北部埃姆河、奥得河与哈次山脉之间。根据史料的指向，他们好像在这个地区停留了很长的历史时段，也许就在这里孕育了后来被称为哥特人、汪达尔人、格庇德人等各个部落的雏形，并互不统属地各自继续向南移动。据说，到公元前6世纪时，他们已经移动到波罗的海南岸地区，把原来移动到这里的凯尔特人诸民族人群挤到他乡去了。

就这样，他们一步一步地向西部生存圈环地中海资源富地靠拢过来，并走到了已经占据这个地方的罗马帝国的家门口。于是，日耳曼人走向生存资源的脚步，被罗马帝国挡住了。

挡住日耳曼人南下脚步的第一个罗马帝国人可能就是说日耳曼人"他们的全部生活只有狩猎和追逐战争"的恺撒大帝。那时，公元前1世纪中叶，恺撒尚未当选为终身独裁官、终身保民官和终身监察官，未被授予"元帅""祖国之父"等称号，还在已被征服的高卢地区当总督。原来，高卢人也是向南移动的古老人群，只是遇到了也在向生存资源奋发的罗马人。他们很想征服罗马人，在公元前390年时虽然攻陷过罗马城，但还是被击退到了波河以北的原地。于是，随着罗马人成为环地中海生存资源的主宰者，高卢人也就成了罗马帝国背后虎视眈眈的威胁。为消除这个威胁，罗马帝国于公元前125年征服高卢，将其设为罗马的一个行省，并纳入了生存资源统筹使用的生活圈。这样，高卢身后的日耳曼人就成了活动在罗马帝国门口的一个威胁。公元前1世纪中叶，恺撒正在这里任总督，不堪日耳曼人侵扰的高卢首领们央求恺撒帮助他们驱逐日耳曼人。恺撒照要求而做，就成了挡住日耳曼脚步的第一个罗马帝国人。

虽然被说成是"全部生活只有狩猎和追逐战争"的人们，但日耳曼人还是未能顶住恺撒们的驱逐,结果被拒在罗马帝国疆界之外的莱茵河以东、多瑙河以北的地区。

其实,在遭恺撒驱逐时,日耳曼人尚未聚集起足够的冲击力,只是到已经比他们多了一些财富的高卢人那里进行力所能及的侵扰和抢掠。遭到驱逐后,冲击力尚弱的他们就被迫进入了聚集力量的漫长历史时期。

在莱茵河以东、多瑙河以北的大地上,日耳曼人究竟经历了怎样的聚散离合,史家们并没有细说。当历史的探照灯再一次照到他们身上时,他们当中已经成长出了东哥特人、西哥特人、汪达尔人等强大的部落人群。

时间是一个伟大的雕塑家,它能够让享受富有的人渐渐地衰弱下去,能够让奋斗于穷苦中的人越来越强壮起来。待到公元3世纪中叶时,经过此消彼长的衍化,叫哥特人的日耳曼一支在多瑙河以北地区强壮起来。他们占地面积很大,横跨欧亚两洲的南俄罗斯草原上,到处都是他们牧猎生活的身影。由于他们分布广泛,习惯上将德聂斯德河以西的称作西哥特人,以东的叫东哥特人。在古代条件下,牧猎生活对劳作的要求并非很精细,所以他们与其他牧猎民族一样创造出了形态粗犷的文明,对此并无基本认识的罗马人称他们是蛮族。

成长的烦恼是存在的。当身体强壮起来,各种需求驱使他去满足,其中生存的需求当属首要。随着力量的强大,哥特人对生存资源的需求感更加强烈了。于是,他们与罗马帝国冲突的规模就大了起来。

现今罗马尼亚的国土是当时罗马帝国的达契亚行省。当时,这个地方并非生存资源富集区,而是一个人烟稀少的未开发地区。掌控了环地中海生存资源宝地的罗马帝国,把它征服为北方行省,主要用来做防备外族人侵扰的缓冲地带。所以,没有投入军力、财力加以防护。哥特人看准了这个缺口,于公元238年强行越过地界线,进入达契亚行省侵扰抢掠,被称为第一次罗马与哥特的战争就此奏响了序曲。哥特人的规模化侵扰,使罗马帝国大为震惊,元老院认为责任在多瑙河驻军长官的防卫不力之上,便采取了撤职换人的措施。但收效甚微,最后导致在与波斯交战的罗马皇帝只好撤离前线,亲率大军到与达契亚行省接壤的莫西亚和色雷斯地区,强势驱逐入境侵扰的哥特人。

尽管帝国皇帝亲率大军强势驱逐,但他不可能长期驻守边陲之地,也不可能一劳永逸地绊住日耳曼战马的四蹄和日耳曼人对生存资源的向往。经过公元238年的试探性攻击后,哥特人发现罗马帝国的多瑙河防线并非坚不可摧,而其腹地也有很多薄弱之处。于是，公元248年，哥特首领阿尔盖修斯率领哥特人掀起了又一波向罗马帝国冲击的浪潮。

阿尔盖修斯率领的大军中，既有哥特人，也有喀尔巴阡人、巴斯塔奈人和萨尔马特人等也希望分获一些财富与资源的中北欧其他一些民族人群的力量。呼啸而来的这股洪流，很快流过罗马帝国达契亚行省，翻滚到了莫西亚省首府马尔西安堡附近，并围困了这个城。城里的人们很恐惧，把哥特人巴望得到的大批金银财宝都藏到了地底下。对此，罗马帝国也很着急，便派大将德西阿斯率大军去驱逐。哥特人未能战过罗马大军，掉转马头回去了。到公元249年夏天时，德西阿斯的大军撤回到了意大利的本土。于是，哥特人踏着他们撤走的脚印，又回到了莫西亚地区。这次哥特人的队伍更为强大，他们兵分三路，7万人的主力由哥特人新首领克尼瓦率领。这时，回到意大利的大将德西阿斯刚刚取得罗马帝国皇帝之位。于是，盛气在胸，且也有战胜哥特人经历的他，又亲率大军为痛击哥特人而来。

但哥特人没有与德西阿斯大军交锋，而是在莫西亚大地上开展了转移性移动。但有一天两军还是相遇了，新皇帝的罗马军又取得优势，使哥特人损失了3万多的兵力。哥特人是来要金银财宝的，而不是来送死，于是他们立即撤出战场，南下色雷斯与已经包围菲利普城的另一支军队会合。德西阿斯以为哥特人已经兵败溃逃，便率大军尾追而去。哥特人轻装便捷，而罗马军重装笨甲移动缓慢，当德西阿斯大军艰难爬越巴尔干山脉，疲惫地走到大山南麓一地休整时，走在前面的哥特人突然回过头来袭击了他们。未曾料到的罗马军猝不及防，很快被打得溃不成军。见势不妙，方才还是追击者的德西阿斯转眼就成了溃逃者，急忙逃离了战场。哥特人并没尾追罗马军，而是继续南下，与包围菲利普城的另一支会合，洗劫了这个城。

逃离战场的德西阿斯并没有撤回意大利本土，而是就在莫西亚省组织力量围歼哥特人，以雪前耻。毕竟是在他人疆土上奔波，哥特人还是被包围起来了。哥特人感到胜利和突围都无望，便以交出所获金银财宝为条件，欲和罗马军议和。可是，雪耻心切的德西阿斯予以了坚决的拒绝。

于是，身处绝境的哥特人只好开设防线，以备抵抗。哥特人共开设了三道防线，第三道防线设在一片沼泽地的对面。公元251年6月，双方的激战开始了。哥特人在第一道防线上战斗得特别勇猛，开战不久便使德西阿斯的儿子中箭身亡。更加被激怒的德西阿斯奋起而战，很快突破第一道防线和第二道防线，向第三道防线发起了进攻。第三道防线的前沿是一片沼泽，只有一条小路可以穿越。乘胜而进的罗马军顺势夺取小路，激昂地向第三道防线攻去。可不曾料想的是，这里处处是淤泥，一经踏入，深陷其中。罗马军的战力完全失去了，而身材高大，善于在沼泽地作战的哥特人则占据了绝对的优势。他们远距离投去的长枪，一杆一杆地扎在淤泥中的罗马人身上，使他们一拨接一拨地倒下去了。皇帝德西阿斯也未能幸免，也在这个战场上牺牲了。

皇帝殉难后，手下部将迦鲁士夺得了罗马帝国的新帝之位。他对惨烈异常的沼泽之战记忆深刻，对哥特人的骁勇彪悍有所忌惮，所以怎样让哥特人离开罗马是他必须考虑的事情。他没有和哥特人继续战斗，而是和他们进行了谈判，最后哥特人答应撤出罗马，并承诺不再侵扰边境。罗马人则允许哥特人带走侵入以来所掠获的所有战利品，允许带走有能力、有知识、有才华的大批战俘人员，并答应承担哥特人在回撤途中的供给，还给了他们一笔不用再来抢掠的金子。

哥特人就这样回去了，但他们伸向生存资源的手却得到了满满的收获。金子有了，银子有了，能够帮助他们加速开化、提升能力的人才也有了。可是，他们对生存资源的需求并没有由此被填饱，而是被更有力地追逐着。

满载而归的哥特人并没有信守承诺多长时间。仅过两年不到，哥特首领克尼瓦又向罗马帝国提出了要更多贡金的要求。怎能这样言而无信呢，罗马人拒绝了他。哥特人还想像两年前那样强行掠取，但用兵不久，就被加强起来的罗马防卫力量打回去了。哥特人发现，罗马帝国在顿河沿岸的防御已经得到加强，不能像过去那样进出自如了。不过，需求依旧在，偌大罗马帝国的边境线上总有一个可以突破的薄弱之处。

就在哥特人耐心寻找突破口的时候，有人向他们悄悄地招手了。招手的是一个叫博斯普鲁斯王国的一些人。这个王国位于亚速海东南，控制着进入黑海的刻赤海峡。原来这个王国是挤向西亚生存资源产地时的希腊人与当地住民建立起来的殖民城邦，罗马帝国征服地中海东岸生存资源产地时，位于黑海门户的这个城邦就成了受罗马帝国保护的附属国。正当哥特人寻找突破口的时候，这个王国发生内讧，其中一派人请哥特人进来，为自己撑腰。心有他算的哥特人应声而至，并很快控制了这个王国的舰队。

有了舰队，就有了进入罗马帝国沿海地区的工具。尽管哥特人驰骋在草原上，但他们并非不谙海事。他们生活在顿河、德聂斯德河等河水流淌的地区，早已孕育出了自己与水打交道的本领。现在有了可以与他人交手的舰队，而且还有在生存资源的流动中富足起来的黑海、爱琴海沿岸地区无量财富的吸引，哥特人按捺不住地扬帆起航，开始了劫掠沿海财富的冒险行动。开始时，他们就在近处活动，但收效不大。后来他们走得远了，公元255年时已经航行到黑海南岸庇底厄斯城和特拉比宗德城。这些地方已经是罗马帝国的东疆地区，自有驻军把守。不过，这时的罗马守军享乐成性，军纪涣散，战斗力已被美酒灌醉了。哥特人洗劫完庇底厄斯城后，乘势而进，兵临特拉比宗德城下。当时，该城有万名守军，两道城墙。但由于守军的怠战，哥特人靠近城墙垒起木柴堆，翻过两道城墙，攻入了城里。守军逃跑了，而百姓则遭到了杀戮和洗劫。史家说，哥特人抢掠了城中富贵们无数的珍宝。据说，已经眼红的哥特人顺势又洗劫了本都省。

洗劫成功了，哥特人并不检讨自己行为的残暴，而是变本加厉地向更远的海岸地区走去。为了掠得更多的生存财富，哥特人开始采取更有把握的措施。海上有舰队驶进的同时，步兵还在沿岸配合行军。公元256年时，一支海陆呼应的哥特人舰队，穿过博斯普鲁斯海峡，来到了位于西亚小亚细亚地区城市卡尔西顿的门口。坐落于西亚生存资源产地，卡尔西顿乃罗马帝国在小亚细亚的富足城镇之一，所以部署有很强的驻守军队。不幸的是，这里的守军也和特拉比宗德的守军一样，普遍厌战，一见哥特人舰队的桅杆便弃城逃去，把供养他们的百姓和该由他们保护的财富统统留给了哥特人。这样，哥特人不战而胜地获取了守军的库藏武器和城中积蓄已久的金钱及大量的粮食。船舱满了，钱袋鼓了，哥特人顺势劫掠沿途一些城镇后回去了。

随着哥特人的满载而归，被称为罗马帝国与哥特人之间的第二次战争结束了。

所谓罗马帝国与哥特人之间的战争，其实就是哥特人在向生存资源产地挤进和掠取的过程中，与罗马人之间发生的冲突。所以，史家们从编年史意义上所说的"开始"与"结束"，并不说明哥特人挤向生存资源的脚步就此停下来了。

是的，需求和本能怎么会让他们停下脚步呢。公元267年起，已经尝到海路抢掠甜头的哥特人又扬帆出发了。他们还是从黑海出发，渡过博斯普鲁斯海峡，再度光顾卡尔西顿，并将其毁灭后，继续前行到尼科米底、伊奥尼亚、以弗所等西亚海岸，掠取了大量的财富，并在回军途中毁掉了特洛伊古城，鲁莽地磨去了人类对这座城市的物态化记忆。在他们当时的意识中，残垣断壁的遗址可能一文不值，而只有金银财宝，吃的、喝的、穿的、用的才是他们所稀罕的。

为了掠得更多稀罕的东西，公元268年，哥特人集结了一支庞大的队伍。有史料说，他们仅动用的船舶就有2000—5000艘，史家们认为按最保守估计，也应该在500艘以上。还有从陆路随舰而行的32万步兵。这一次，他们并没有再到西亚海岸，而是直出博斯普鲁斯海峡西行，向色雷斯和希腊腹地扬帆而去。尽管罗马帝国的海军围追堵截，但哥特人还是行进到马尔马拉海和爱琴海地区，洗劫了沿途各城，希腊腹地的科林斯、斯巴达、阿尔戈斯等都未能幸免。只有雅典进行了成功的抵抗，海陆守军在市民的配合下，使哥特人改道北上，经维奥蒂亚、伊比鲁斯、马其顿，走上了且战且退，带着所获回去的路上。接着，哥特人与被称为汪达尔人的日耳曼另一支联合，从海域改到陆地，渡过多瑙河，于公元270年又进入到罗马帝国的领土。

经过几十年与哥特人的周旋，罗马人似乎摸到了哥特人的心思。所以，哥特人这次进来后，时为罗马皇帝的奥勒利安仅和他们激战一次，让他们见识到帝国的厉害后，便坐下来和他们谈判了。谈判中，罗马帝国极大地顾及了哥特人的利益诉求，除了允许这些进犯的哥特人安全地回到多瑙河北岸的家乡以外，双方还约定，哥特人向罗马提供2000名士兵，供帝国皇帝亲自统辖，使他们接受罗马文化的教育，并允许他们与罗马上层贵族通婚，以开启两个民族走向融合的序幕。尤其重要的是，罗马帝国决定放弃达契亚省，撤出该地的所有军队，哥特人和汪达尔人可以在此定居，并从事农业生产，双方要在多瑙河沿线设立定期集市，让罗马人和哥特人进行物资交易。

哥特人按着自己的历史方向一路南下是为了什么呢，不就是为了获取更多的能够承载生命更好的生存与发展所需的资源吗？为此，他们猛力地向富饶的生存资源所在的方向冲击过，但罗马帝国将其牢牢掌控在手中、一时绝不会让哥特人以主宰者的身份拥有它。但现在，罗马人给他们开了一道门，不仅允许他们在达契亚从事农业生产，使其掌握生产更多生存所需物的技能，还以定期集市、物资交易的形式让他们获得所需要的和喜欢的。这样，罗马人让哥特人向自己的历史方向迈进了一大步，一定程度上解决了他们抢掠不停的背后需求。于是，被恺撒认为"全部生活只有狩猎和追逐战争"的哥特这支日耳曼人安静下来了，从此，哥特人和罗马人开始过起了较为友好、平安的生活。

哥特人通过集市交易获取所需生存资源的时间，比匈奴从中国汉朝以同样形式的获取晚了几百年。为了保障自己的获取，南匈奴离间汉朝与北匈奴的关系，而北匈奴也未能很好维护互市交易的生存资源获取渠道，因不加约束边地抢掠洗劫而最后被挤出了东方生存圈。与北匈奴人相比，哥特人似乎更懂得这一渠道的来之不易，直到匈奴人的到来，他们与罗马帝国相安无事地度过了百余年的时间。

可是，匈奴人的到来改变了这一切。东哥特人因难以抵挡匈奴人的拥入，丢下家园进入了西哥特人的领地。西哥特人没有像南北匈奴那样相互排斥，而是向罗马帝国提出了避难性移居的请求。这时，历史的岁月已到公元375年，强大的罗马帝国因种种原因，开始变得虚弱起来，想法也随之复杂了。

也许是因为哥特人百余年来的信守承诺，罗马帝国已经认为他们是说话算数的人们。于是没有拒绝，而是和他们进行了讨价还价的谈判。结果，罗马帝国允许哥特人入境居住，而哥特人答应替罗马人守卫罗马帝国沿多瑙河岸的边境。也许罗马人听到关于匈奴人的可怖传言后有些发怵，所以想让强悍的哥特人迎战凶猛的匈奴人。为让哥特人守好边境，时任罗马皇帝瓦伦斯答应拨给土地供他们居住，拨给粮食供他们生活。

不论从哪个角度看，这种安排对哥特人都是不错的。就罗马帝国而言，要让人守边打仗，给解决一下后顾之忧是应该的。而对哥特人来说，在匈奴的冲击下已经无家可归的他们能够有这样的安排，已经是天上掉馅儿饼了。从哥特人的历史方向来观察，这已经使他们迈入了生存资源统筹使用的生活圈，改变了他们获取生存资源的身份。

可是，这一安排未能得到落实。当西哥特人解除武装，来到罗马帝国土地后，皇帝瓦伦斯答应拨给的粮食并没有运到他们守卫的地区，而是半路上不翼而飞了。尤其严重的是，该地区的罗马官吏和富贵人家，像对待流浪人群一样对待他们，不仅任意地欺侮和虐待，还随意将他们抓去，给富贵人家当奴隶。

有史料说，这是皇帝瓦伦斯言而无信导致的，还有史料说，是这一地区的官吏和富贵人家践踏了帝国的战略，违背了皇帝的允诺。不知真相究竟如何，西哥特人把怨恨与怒火全部集中到了帝国和皇帝瓦伦斯身上。公元378年，不堪欺侮的他们起义了，而这个起义却成了日耳曼人向环地中海生存资源产地大步跨去的关键之举。

起义之火燃烧猛烈，不仅有怒不可遏的西哥特人，也有当地受欺压的奴隶和隶农都加入到起义队伍之中。浩荡的起义军步步向帝国内地发展，很快占领了莫西亚和色雷斯，并在色雷斯的亚得里亚堡这个地方，与匆匆赶来镇压的皇帝瓦伦斯相遇，不仅大败其军队，还烧死了皇帝。西哥特人的起义撕扯着罗马帝国的时候，匈奴人也正在猛烈冲撞这个帝国，同时还有被匈奴挤压过来的汪达尔人、阿兰人、东哥特人都为在帝国境内抢得一席之地而战斗着。其中，西哥特人最先完成了拥有生存资源产地的身份转换。

公元395年，庞大的罗马帝国分裂成了东西两部，即讲拉丁语的西部，仍以罗马为都城，讲希腊语的为东罗马，以君士坦丁堡为首都。尽管东西两部手足有情，相互照应，但整体的势力毕竟被拆分了。公元408年，西哥特人的杰出首领阿拉里克对妻子许愿说："我要打进罗马，把城里的贵妇给你做奴婢，把他们的财宝给你做礼物。"阿拉里克和西哥特人并不是从烧死皇帝瓦伦斯的战场上直接奔向意大利半岛和罗马城，而是在东罗马经历了一些变故之后，挥师向西的。西哥特人与罗马人一直争斗的地方是一体帝国的莫西亚和色雷斯地区，分裂后这些地方变成了东罗马的领土部分。东罗马帝国对盘踞在领土上的哥特人既惧怕，又很无奈。首任皇帝阿卡迪乌斯为消解哥特人对帝国的威胁，将阿拉里克任命为东罗马帝国伊吕里库姆地区的总督。可能是出于信义吧，阿拉里克和他所率领的西哥特人没有冲击东罗马帝国，而是从亚得里亚海东岸伊吕里库姆出发，越过阿尔卑斯山，从北向南进入了意大利半岛，向西罗马首都罗马城直奔而去。出发前，他便给妻子许愿如上。

不过，这一次阿拉里克没有进入罗马城。当他一路驰骋来到罗马城下时，西罗马帝国皇帝霍诺里乌斯见势不妙，跑到北部海港城市拉温那避难去了。西哥特人的这位杰出首领极其忠实于自己的战略目标，鉴于皇帝不在首都，便接受了罗马城里的人们惊恐中献出的5000磅黄金、30000磅白银后，移师北上，包围了皇帝霍诺里乌斯避难暂住的拉温那城，并提出了要其割让大片土地、供他建立西哥特人王国的要求。这是一个几近灭去西罗马帝国的要求，霍诺里乌斯皇帝难以答应而拒绝了。阿拉里克很想逼霍诺里乌斯就范，好在帝国的富饶之地建立起自己的王国，于是计划大举攻城。

可就在这时，东罗马帝国的援军到了。援军的到来，不仅改变了阿拉里克进攻拉温那城的计划，也改变了他在西罗马腹地建立王国的打算。眼看在有东罗马援军的情况下，一时难以实现建立王国的梦想，阿拉里克改变初衷，想到北非，到富饶的迦太基一带建立王国。于是，他无所顾忌起来，于公元410年南下途经罗马时大肆劫掠了自高卢人以后800年来未曾遭受异族攻陷的这座古城。据说，阿拉里克放任其士兵抢劫三天三夜，使巍峨的殿宇、壮观的设施变成了一片焦土，金质的神像和黄金的器皿被一车一车地拉走了。

掠得建国所用财宝后，阿拉里克率领族人向意大利南部推进，打算从那里渡地中海去北非迦太基地区。可在半路上的一个叫康森蒂亚的地方，阿拉里克却病死了。阿拉里克的继承人未能坚持他的理想，认为已经疲于征战的族人很难承受地中海南岸上结局难料的又一场战争。于是，放弃去往北非的计划，转而与霍诺里乌斯皇帝言和，再讨论起西哥特人在帝国境内建国定居的问题。结果，皇帝霍诺里乌斯指定已被汪达尔人、阿兰人抢占的高卢和西班牙为西哥特人定居和建国的地方。于是，西哥特人从南部意大利举族北上，占据南高卢地区，很快又越过比利牛斯山，驱走汪达尔人等占据西班牙，在高卢与西班牙大地上建起了叫西哥特的王国。这个王国以图卢兹为都城，自公元419年起被记入了人类的历史。这样，从斯堪的纳维亚半岛向着生存资源富集地一路走来的日耳曼人当中，西哥特人率先在面朝地中海的地方，占得了一席之地，挤进了分享环地中海生存资源的中心区域。

当西哥特人在西班牙和高卢定居下来时，被他们逐出西班牙的日耳曼另一支的汪达尔人则渡过地中海，登陆北非地区，几经与西罗马帝国揪扯，最后占据作为"粮仓"的迦太基，于公元439年建立了汪达尔王国。

在走向生存资源产地的日耳曼人当中，最先受到另一拨来者——匈奴人冲击的是东哥特人。这些东哥特人在匈奴人的穷追猛打下，一部分投降了匈奴，另一部分则渡过德聂斯德河进入西哥特人群的历史洪流。投降匈奴的这部分东哥特人的日耳曼支流，没有像匈奴洪水一样干涸在那里，而是随着阿提拉的死去和匈奴的解体，恢复了在东哥特地区的主体地位。但对生存资源的向往使他们难以收住脚步，于是又到罗马帝国的达契亚和潘诺尼亚活动。帝国分裂后，他们经东罗马皇帝的同意定居潘诺尼亚省，获得分享生存资源的合理身份。之后，他们又顺着西哥特人和汪达尔人等在西罗马领土上自建王国的脚步，于公元492年占据意大利半岛北部，以拉温那城为都城建立了东哥特王国。东哥特王国濒临亚得里亚海，处于能在环地中海生存资源的流通中轻松获取自己份额的位置。这样，东哥特人也如愿地挤进了西部生存圈的中心地带。

当哥特人在西罗马领土上建立自己王国的时候，被称为法兰克人、勃艮第人等另一些日耳曼部族人群，也在这里占据一席之地，建起了各自的王国。

于是，独自支配与享用环地中海生存资源几百年的西罗马帝国就不再存在了。史家们在表述西罗马帝国的灭亡时，都不免有些惋惜。其实，沦落生存资源匮乏地带的人类成员，能够靠近到生存与发展所需的资源，远比一个王朝权力的延续重要得多！

一条小溪流入大海的故事

每当写一部民族人群从历史深处开步起程的时候，我的心情总是有些兴奋与忐忑不安。兴奋，是我又要认识一个新的民族种群，虽然已经不能和他们成为朋友，但从他们走过的路、做过的事，以及他们那曾经存活的形式中能够找到开阔自己的种种启迪。不过，不安也是如影随形、难以回避。因为，一直以来的历史探究，都是以建立政权为标志，观察和解读民族人群行为的。而我，没有感叹在这一历史表象的脚下，而是以生存资源为历史方向，打量着他们一路的身影，所以也担心不被理解。但是，已经远去的历史让我看到的是，被称为政权的存在体，其实就是权力对族群人众和生存资源进行领地化掌控的模式。当权力仅以族群人众领主的形式存在时，它就是一个饥饿的巨人，总是为吃饱肚子而奔向食物丰足的方向。于是，执拗不过这一体会的我，只能孤独地去感受一个又一个民族人群走向生存资源的酸甜苦辣。

所以，这种兴奋与不安，反而变成了我专心打量一些民族人群历史行程的浓厚兴趣。

就要说起的这个民族人群，并没有多大的名气，在人类历史的文字中很少被提及，也不像一些古代的民族至今还有直接的后人，他们已被岁月所埋没，已为其他族类的后人也已忘记曾经的族称。但他们走向生存资源的路，就像大名鼎鼎的波斯人、马其顿人、匈奴人、日耳曼人一样，引人注目和令人感叹。

这个民族人群，就是被称为鲜卑人的古老民族。

开始引起他人注意的时候，他们的族称并不叫鲜卑，而是叫东胡。根据古代中国史书的记载，这个被称为东胡的民族人群，在公元前的那些年代与匈奴同期生活在东亚北部的草原与山林大地。虽然史家们没有专门论述过他们当时的生存形态，但从史料的细枝末节中可以感受到，这时的他们已经进入了游牧生存的形态。因游牧带来的人口增长、势力壮大、需求增多的原因，当东方生存圈的资源产地正处在被分割占有的春秋年代时，为鲜卑人前身的东胡人就开始向中原地区的生存资源伸出了手。他们经常侵扰抢掠地处中原东北方位的燕赵两国，曾使他们筑起长城加以阻挡。

那时，他们并不弱于匈奴，而是处在略为强势的状态。当公元前206年，匈奴的冒顿杀死自己的父亲头曼，夺取其单于之位的时候，他们的态度是盛气凌人的。他们对冒顿的杀父夺位行为大感不满，很想给他一点颜色看看。于是，一个接一个的刁难就开始了。

首先出场的是与一匹马有关的刁难。冒顿单于的父亲头曼单于曾有一匹闻名遐迩的千里马，得知冒顿杀父夺位后，东胡人就向他索要这匹马。这明明是一个带有侮辱性的要求，但自知势弱的冒顿单于没有怒发冲冠，而是召集部落氏族的首领们开会，专门讨论给还是不给的问题。很显然，这是冒顿单于过人智慧的体现，他并不是没有处置一匹马的权力，而是他要用这一办法让氏族首领们感受到来自东胡的欺辱，以激起他们的愤怒。

果不其然，参会的氏族首领们义愤填膺，都说千里马是匈奴的宝马，是他们的心爱与自豪，绝对不能给东胡。听毕大家的意见，冒顿单于没有按大家的意图办，而是说"奈何与人邻国而爱惜一马"，便将千里马让给了东胡王。作为游牧族人的首领，冒顿单于怎么会不爱惜马中翘楚的千里马呢，但是他没有以占有的形式体现它的价值，而是以失去的方式对其价值进行了无限的放大。因为，他杀父夺位不久，不知道大家对他有着怎样的看法。所以，他需要用讨论的形式把大家的义愤集中到东胡的身上，再用"让马"的表现告诉大家，他不是为一己之好而牺牲大家的人，而是一个为族群安危而牺牲自己的人。

东胡王并不关心冒顿单于的这一用心，而执意地继续着对冒顿单于的刁难。不久，他又向冒顿单于提出了索取的要求。这一次，他索要的东西不再是宝马之类的珍稀之物，而是冒顿单于的一个女人。冒顿单于仍是召集大家进行商议，氏族首领们都觉得这欺人太甚，难以忍受，纷纷要求攻伐东胡。可冒顿单于还是以"奈何与人邻国而爱惜一女子"为由，把自己的这个女人让给了东胡王。

东胡王的刁难至此还没有结束，一个让冒顿单于再也不能忍受的要求又被提出来了。原来，在匈奴和东胡的居地之间，有一个1000多里的空置地区，作为防止两个部族冲突的隔离带，当时匈奴和东胡都叫它为"弃地"，平常他们各自都在这个隔离带的外边驻牧生活。东胡王见冒顿单于无力拒绝自己，便越过地界，进入"弃地"生活。同时，遣使对冒顿单于说："匈奴所与我界瓯脱外弃地，匈奴非能至也，吾欲有之。"冒顿单于还是那个办法，召集大家商议。这次商议时，有的氏族首领没有像上两次那样勃然大怒，要求攻伐，而是认为那块"弃地"反正也利用不上，所以表态："此弃地，予之亦可，勿予亦可。"可冒顿单于这次完全相反，他大发雷霆，说："地者，国之本也，奈何予之!"于是，盛怒之下的冒顿单于杀掉同意割让土地的那些首领，亲率怒火满腔的匈奴大军，浩浩荡荡去讨伐倨傲欺人的东胡。毫无防备的东胡王虽然仓促应战，但很快被打得大败，部众四散逃去。其中，一部分人逃入了叫鲜卑山的山林地区，另一部分人逃入了叫乌桓山的山林地区。这样，随着部众溃逃的身影被鲜卑山和乌桓山的林涛所淹没，叫东胡的这一族称也被淹没到岁月的深处去了。后来，他们再回到历史视线的时候，逃入乌桓山的部分变成了乌桓人，而逃入鲜卑山的部分则变成了鲜卑人。

如果，两千多年前的大史学家司马迁和所撰的《史记》不是虚构，那么这就是鲜卑人的由来经历。

鲜卑人对生存资源的向往，不是开始于变成鲜卑之后，而是早在以东胡的身份活动时就已经心意切了。由于当时的他们生活在匈奴的东边，在地理位置上与中国战国时期的、已经被开发成为生存资源产地的燕国和赵国较为相近。所以，那时候他们经常到这两个地方进行侵扰和抢掠。被匈奴打败并逃入东北亚大兴安岭深处的鲜卑山之后，鲜卑人与生存资源产地的距离就很远了。

据中国史家研究，在今大兴安岭山脉里曾有鲜卑山和大鲜卑山的两个区域，鲜卑山位于山脉的西南端，隔着乌桓山地区与燕赵等地相接，而大鲜卑山则在山脉的深处，获取生存资源的路已经非常遥远了。但他们不会忘记它所在的方位，其心中的向往也不会熄灭。

人类忍得住疼痛，但忍不住需求。逃入山林之后，鲜卑人过了一段不为人知的生活。这种生活可能延续了几十年，也可能延续了上百年。其间，他们的历史之路出现过不同程度的折返现象，逃入大鲜卑山的人们是这一现象的扮演者。由于山高林密，游牧生活的条件不复存在了，他们无奈地回到居住在山洞里、狩猎在山林中的原始生活。但已经知道外面世界之精彩的他们是待不住的。于是他们忍不住地往外走，走在最前面的就是逃入大兴安岭南端鲜卑山的鲜卑人。

当这些鲜卑人走出山林时，天下的情况发生了很大的变化。当年，打得他们逃进山林的匈奴人已经深陷内乱，分裂成了臣服汉朝的南匈奴和与汉朝敌对的北匈奴。而且，占有着中原大地生存资源产地的汉朝政权也因内部纷争，过渡到了被称为东汉的时期。尤其使他们没有想到的是，曾经挡在他们与中原大地之间的、当年逃进乌桓山的乌桓人已经走出山林，迁徙到靠近生存资源产地的地方生活去了，给他们留下了既可以游牧为生、还可以到汉朝东北边地获取所需的叫西拉木伦河流域的一块好地方。

这些鲜卑人还算很幸运。他们还没有到汉朝边地侵扰，东汉朝廷就送来了他们所向往和需要的东西。原来，为了取得对北匈奴的胜利，汉朝采取了笼络其他、孤立匈奴的办法。于是，朝廷每年赏赐每位鲜卑首领2.7亿的钱。有了钱，所需之物便可买到，用不着去抢掠了。

不过，这种饭来张口、钱来伸手的好日子很快就过完了。公元91年，败下阵来的北匈奴弃下驻牧已久的北亚草原和难舍故土的匈奴百姓，向西部生存圈的所在方向咆哮而去，随之汉朝的笼络性赏赐也就结束了。这时，虽然财富来源断绝了，但尚还在发展中的鲜卑人却迎来了壮大自己的好机会。他们快速西迁，占领北匈奴留下的土地，留在当地的匈奴老弱妇孺向东逃难，最后加入到了生活在西拉木伦河流域的鲜卑人之中。中国史书说，这般加入鲜卑人群的匈奴有"十余万户"。就算每户仅有3口，鲜卑的人口一下子骤增了30余万。这些人到来时老弱妇孺，但时间一长就会生长出一代又一代的勇士。

果不其然，吸收了匈奴余众的鲜卑人很快壮大起来，出于需要又开始到汉朝东北边地进行抢掠。

公元156年时，鲜卑人中终于出现了被写入史册的一个人。这个人叫檀石槐，据说年少时就"勇健而有智略"。在他十四五岁的时候，其外婆家的牛羊全被一个小头目抄掠了。檀石槐不忍欺辱，独自策马追去，打跑抄掠者，尽数追回了被掠的牛羊。这个智勇少年，后来成了一个部落的首领，接着就把所有鲜卑人整合到自己麾下，成立了强大的部落军事大联盟。

中国史书说，鲜卑人的这个部落大联盟占地很大，既包括东胡的原住地，也包括北匈奴的全部故地，占据了东方生存圈正北的大部土地。地大了，人多了，吃的、喝的、用的所需就随之增多起来，按史书说法，鲜卑"种众日多，田、畜、射猎不足给食"了。吃的需求得不到满足，还能做什么呢？于是，知道所需之物在哪里的鲜卑人开始到汉朝边地抢掠。据中国《后汉书》等记载，檀石槐不断入侵汉朝边郡，杀掠吏民，劫夺财产。据说，仅在公元177年一年，鲜卑侵边抢掠的次数就多达30余次。

这时的汉朝，就像倾覆前的西罗马帝国，已经无力进行有效的抗击，只能采取些妥协与保全的措施。如同西罗马帝国同意西哥特人到西班牙建国一样，年迈的东汉朝廷也搬出了多次用来缓解边患的办法——和亲。可是，一直灵通的这一妙招，这次却失灵了。檀石槐没有接受这个提议，而是加紧了对边地的侵扰与掠夺。

檀石槐为什么不接受汉朝封王和亲的提议呢？是否他从先前的事例中已经看出，这只是对方的权宜之计，而不是解决问题的长久办法？是否他已经看到了年迈的汉朝即将亡去的一些迹象，所以认为和亲与封王已经没有什么意义了？是否，他也和西哥特人首领阿拉里克在西罗马腹地建立哥特人王国一样，也想在汉朝境内建立一个鲜卑王国？是否，还有我们所想不到的其他一些什么？

总之，檀石槐没有接受东汉王朝封王与和亲的提议。可是，不管他有怎样的宏图大志，生命的无常没有给他提供加以实现的机会。公元181年，45岁的他死去了，随后摇摇欲坠的东汉王朝也倾覆了。

檀石槐之后，鲜卑人中又出现了一个较有名气的首领，他叫轲比能。轲比能并不是檀石槐联盟的直接接任者，而是那个联盟因内部纷争解体之后，重新组合起来的新联盟的首领。当轲比能成为联盟首领的时候，东方生存圈资源富产的中原大地已经被叫作魏、蜀、吴的三个权力集团分割占有，与鲜卑占地接壤的北方部分由魏国占据。这个魏国是中国历史上的著名人物曹操的后代所建立的新的一个政权，正处在年轻气盛而强有力的时期。轲比能没有檀石槐那样的傲慢，他清楚地知道在当时的情况下能够获得生存所需的办法就是和好。于是，他献马给魏国皇帝曹丕，曹丕又封他为附义王，接着他们之间的物资交易便顺畅地开展起来。

轲比能的收获是巨大的。因魏国皇帝封他为附义王，使他拥有了中原魏国政权的政治背景，大大提高了他在族人中发号施令的身份地位。尤其是互市贸易的顺畅开展，使他如愿获得生存和发展所需的一切物品，自身势力也就水涨船高地强壮起来。

　　果不其然，仅过10年左右时间后，轲比能的鲜卑人联盟就壮大成了中原魏蜀吴三国争相利用的一支强大力量。公元231年，中国历史上的又一著名人物诸葛亮率蜀国军队北伐魏国。为了能够一举战胜魏国，诸葛亮邀请轲比能与其联手，夹击魏国。史书没有说，魏国如何使轲比能心生不满，也没有透露诸葛亮对他有怎样重大的承诺，作为魏国附义王的轲比能竟然答应与诸葛亮联手，亲率大军出发了。

　　可是，这一仗最终并没有打起来。由于双方都非常谨慎，加上诸葛亮军出现了粮草补给的困难，最后不战而撤走了。

　　随着撤兵回师，魏蜀两国间的紧张缓解了，可是轲比能的紧张并没有因此缓解，而麻烦却从此开始了。在事态发生变化的过程中，魏国不仅看到了诸葛亮的灭国企图，更是发现了轲比能觊觎其国的野心。对魏国而言，轲比能已经不再是归附他们的附义王，而已经成了随时都有可能夺国占地的重大隐患。这个隐患如果不除，自己可能就成为被它消除的对象。于是，魏国毫不犹豫地确定轲比能为消灭的对象，命令一位将军带兵讨伐。受命的这位将军觉得用战斗的方式制服兵马10多万的轲比能难度较大，便悄悄派出了暗杀的刺客。刺客于公元235年完成任务，刺杀了轲比能。

　　轲比能被刺死后，他所组建的联盟也随之散开，鲜卑人聚集挤向生存资源产地的冲击力的努力又一次失败了。不过，历史并没有因此延缓鲜卑人走向生存资源产地的脚步，而是为他们提供了易于挤入中原的一个机遇。

　　古代中国的历史折弯进入三国时期，并没有"分久必合，合久必分"那么简单。对东方生存圈资源产地进行一体化占有的汉朝是秦朝这一占有模式的延续。秦朝存世时间不长，但汉朝延续了400多年。一个朝代的存续与消亡，与分合之长短没什么关系，而取决于利益关系能不能以合理形态延续和权力私欲能不能得到有效的遏制。汉朝承接秦对生存资源产地的占有模式后，对治下的利益关系进行过多次的主动或被动的调整，所以才摇摇晃晃地持续了较长的时间。但到后来，主动调整乏力，又无力有效遏制对权力的私欲，便被魏蜀吴三个割据政权替代了。三个割据政权的替代，虽然满足了私欲对权力的追求，却未能对内外的利益关系进行合理化调整。于是，纷乱的利益关系阻碍了能够占有大面积资源产地并能守护它的强大力量的形成，使中原地区变成了一个比较容易挤进去的地方。

生活在中原大地的周边、以挤入中原为历史方向的族群们，敏感地意识到了这一点，并不失时机地挤进中原，抢占地盘，建立政权，完成各自族群的历史使命。中国史家称这一时期为五胡乱华年代。五胡就是进入中原，建立了政权的五个游牧民族人群。其中一个就是我们正在品味的鲜卑人，他们所建立的政权叫前燕，方位在中原东北方向的朝阳地区，时间是公元337年。

建立前燕、开始实现入主中原梦的这些人，不是鲜卑人的全部，而只是其中叫慕容鲜卑的一个部落。其他鲜卑人还没有这份幸运，他们不仅被走在前面的其他游牧人群阻挡着，而且还尚未完全走出轲比能联盟散开后的内部纷争。

这些鲜卑人，终于在拓跋鲜卑人跌跌撞撞的崛起中又开始走上聚集挤入中原之力量的历史老路。

被称为拓跋鲜卑的这些人，曾住在大兴安岭深处的一个山洞里。史家们说，那座山就是古时的大鲜卑山，那个山洞叫嘎仙洞。我去过这个山洞，它面朝西南，洞口对着一条潺潺欢流的溪水，四周是密林葱绿、绵延不绝的山岭。我来这里，并不是为了观赏自然美景，而是特意去表达敬意的。来这里之前，我已经观察到人类总是向生存资源方向移动的历史现象，所以听说这里有悄然入主中原的拓跋鲜卑人曾经住过的山洞后，就特意走过来了。我打量着这个洞口不大、但洞体很大、据说能容纳2000人居住的山洞，心里默默地想，需求是何等巨大的力量啊，尽管有保障安全与冷暖的山洞和让人心旷神怡的自然美景，以及追逐猎物的惬意生活，终究未能留住拓跋鲜卑人，他们还是走向了山外，走向了富产生存资源的中原大地。

据说，他们走出山林时费了些周折。所以，他们就编了一个形似马、声类牛的神兽引领他们走出山去的故事来加以纪念。这些拓跋鲜卑人走出山林后，向西走到呼伦湖地区，再从这里趁北匈奴西去、余民东迁的时机，约在公元1世纪末、2世纪初时移动到北匈奴故地生活下来。其间，他们被裹挟在檀石槐联盟和轲比能联盟的兴衰之中，其脚步未能有效迈向资源产地。

直到公元248年之前，这些拓跋鲜卑人就像一团无根草，被野风吹得四处乱飞一样，也被乱世动荡裹挟着，从北匈奴故地又南下到今内蒙古中西部河套及大青山一代。不知是其间的哪一年，他们遭到同族其他部落的侵袭，部众四散，头人率部分民众逃入叫没鹿回的同族另一部落的地盘，过起了寄人篱下的生活。这种生活没有持续多长时间，不久，接纳了他们的部落头人去世，儿子接班后对待拓跋鲜卑的态度变坏了。于是，拓跋鲜卑的头人力微将其杀死，并接管了没鹿回部落。当时，没鹿回部落能够控弦上马的人就有20余万，拓跋鲜卑一下子就强大了起来。

拓跋鲜卑强大起来后，聚散离合中的周边人群络绎不绝地前来投靠。其中有冲击过他们的鲜卑部落，也有势单力弱、左右游荡的其他鲜卑部落，还有一些难保自安的匈奴、高车、柔然、乌桓等的部落人群。到公元308年时，已经壮大成了控弦之士就有40万的强大部落。

在人类的生活中，势力是另一类型的资本，它时常被掌握在权力的手中，用来固本或增值。固本是内向使用、强固自我的形式，而增值是外向使用，以用来获取所需而使自己更加强大起来。振兴起来的拓跋鲜卑很快转入这个阶段，开始插手周边人群与中原政权间的是非纷争之中。

这个时候，分割占有中原大地的魏、蜀、吴三国已被晋王朝所代替。晋王朝虽然革除三国的藩篱，统一辖管了中原大地，但仍被复杂的利益纷争所困扰的它，没有足够的力量来震慑周边的部族不侵扰抢掠。此时的匈奴就是一个经常到晋朝北部边陲侵扰抢掠的一部人群。虽然汉朝时，这些匈奴已被纳入生存资源统筹使用的生活圈子，但在朝代的更替中这一关系也被更替掉了，所以这些匈奴人重又回到了以抢掠来解决生存所需的老路上。

这一年，其中一个部落的匈奴人到晋朝边地侵扰。经略当地的晋朝官员因难以抵御，便请求拓跋鲜卑发兵相救。拓跋鲜卑的首领立刻抓住这个机会，派出2万人的兵力，打败来犯匈奴，解除了晋朝边地的威胁。事后，不胜感激的晋朝驻地官员正准备酬谢时，鲜卑人就要求他们切割一些土地给他们。晋朝边官无力拒绝强大鲜卑，便上奏朝廷，封鲜卑人首领为代公的同时，切割一部分土地给了他。

于是，鲜卑人不仅将一只脚迈进了中原热土，还以近呼和浩特之南的盛乐为都城，于公元315年建立了政权。

不过，生活在纷乱年代，一个民族人群独善其身的成功是不可能的。建立了政权，并将一只脚迈进了中原的拓跋鲜卑人未能继续朝前走去，而是被拖进了随之而来的又一番利益纷争之中。这个纷争没有对错之分，没有好坏之别，只有欲望、猜忌、明争、暗斗和拼杀。结果，拓跋鲜卑人建立的政权又被冲垮，首领逃遁，民众四散。

后来，拓跋鲜卑中出了叫拓跋珪的杰出领袖。据中国史书说，他出生时，体重比平常婴儿重一倍，很早就会说话，额宽耳大，眼睛炯炯有神。说就是这个气象不凡的人收集整合了散离四处的拓跋鲜卑人，于公元386年重新建立起了政权。为了不重蹈被纷争拖垮的覆辙，拓跋珪首先集中力量，逐一消灭了身边四周的纷争力量，将其土地和人民整合到自己麾下。不知是这些拓跋鲜卑人战力太强，还是四周人群已经精疲力竭，拓跋珪的整合进行得很顺利，到公元398年时，不仅征服了草原上的所有族群部落，而且把渭水、黄河以北的中原地区和北中国大地完全统一到自己的管辖之下。

于是，公元398年，拓跋珪将政权中心移至今大同市附近的平城，在中国古代史上第一次实现了以周边族群为主体的身份进入中原、占享资源的梦想。拓跋鲜卑人和他们的领导者有着强烈的进取心，他们似乎深知族群自身生存形式转型的必要，自觉加快融入农耕文化的步伐，提倡族人穿汉服、说汉语、取汉姓，还把政权中心迁到中原深处的洛阳城，俨然以这块资源产地主人的身份，经略起了北中国大地。

这样，鲜卑人就演完了一条小溪流入大海的故事。

第七章

心灵帝国

心灵，绝对不是可以空置的器皿，它是感受生命经历的雷达，是编制好恶情绪的总装置，是形成善恶行为的发源地，更是生命方向的导航仪。

心灵，并非是连成一片的天空，它是以生命个体的形式存在，并运行着。它的运行就是对自身和社会存在形态的具体回应……

上帝在世俗的风尘里

在很早的时候，巴比伦人与人类开了一个很大的玩笑，他们说，最初的众神是从一个无形而满是水的荒漠中成双成对地浮现出来的。巴比伦人说的这句话，与"这个世界是公元前4004年秋分那天创造的。这项创世工程的顶点在幼发拉底河畔巴士拉以上刚好两天路程的伊甸园里创造了人"的判断一样，幽默、风趣和搞笑。

不过，他们在说这个话的时候肯定是严肃的，而且很有可能带着一定的权威性。不然，怎么会如此不容置疑地果断、确切和具体呢？这些话，虽然令人遗憾的不是实事，但我们还是非常恭敬地对待它。因为，它在反复提示着我们，人类经历过较为漫长的试图用想象来解决问题的过程。

是的，神就是在这个过程中被创造出来的。神刚被创造出来的时候，并不是从巴比伦人所说的那个沼泽地里浮现出来后，奔赴到各个民族人群中去的。而是生活在蒙昧年代的不同民族的人群，根据解决问题的需要，创造出了各自需要的神的。这个解决问题的需要，不会发生在利益关系和谐、单一，生存形式悠闲、自在的地方。所以，锡兰的维达族人一谈到神就说："他是在岩石上吗？在一棵树上？我从来没有看见过神！"南美洲印第安族阿比庞人就说："我们历代祖先一贯独自经营大地，他们所切望的只是土地里长出草与涌出水来养活他们的牲畜。他们从不为天堂里的事以及谁是宇宙的创造者或主宰的问题而困扰自己。"生活在北极地区的因纽特人更是干脆，他们说："我们不知道。"

然而，人口稠密、成员复杂、权力武断、利益关系不合理的地方情况就不同了。这里充斥着纷争、不公、欺压、苦难和无奈。所以，生活在这些地方的人们需要解决一些力所不能及的问题。于是，他们就被历史的抗进性规律操控着，去想象、去创造，大家便就有了各自需要的神。我们这个世界之所以有众多的神，其来源就在这里，而不是那个沼泽地！

起初，这一尊尊的神，被供奉在一个个需要他的人群社会里，而且对崇信他的人群的要求也是简单的，那就是祭献。于是，我们人类的先民们竭尽所能地祭献愉悦，以让其解决己所不能的问题。起初的这些神灵也很专注，他们总是喜欢守着自己的领地，而不愿意到其他神的地盘上去散步。可是，他的信民们是坐不住的，他们被需求驱使着，将生死置之度外地挤进富足之地，占用其资源，奴役其人民。

随着这一历史运动的反复进行，资源富集地区就会成为人口越来越稠密、族群越来越混杂、社会结构越来越复杂、权力形式与利益关系越来越不合理的地方。于是，这里就会出现没完没了的纷争、难以忍受的不公、令人愤怒的欺压和不知尽头的苦难。西部生存圈环地中海资源产区，南亚的印度，东方生存圈的中国中原地区，在曾经的历史中就是这样的地方。

生活在这样的地方，饱受着种种不幸的人们很希望神灵们给他们解决一些问题。但他们很难选出共同的一个肯予解决问题的神。因为，这里的每一个族群都有自己的神，他们很难认为他人的神比自己的神更伟大。尤其使人困惑的是，自己供奉的，原意为力大无比的神，在面对愈发复杂的新问题时，有些手足无措了。于是，他们需要一个新的、级别更高的、力量更强大的、胸怀更宽阔的神，来给他们解决问题。

与奋起调整利益关系的需要相比，这是一个筑巢在心灵里的隐性需求。就在这个隐性需求出现、发酵并蔓延之际，在罗马帝国治下的世界里，回应它的神就被创造出来了。

创造了这尊神的非凡者就是犹太拿撒勒人耶稣。有史家说，他曾是一位教师，他曾风尘仆仆地走遍烈日当空的犹太国。如今，被遍布世界的众多信徒确信为上帝之子和人类拯救者的这位非凡的人，如何感知到人们心灵深处这一隐性需求的，其信徒和史家们都未曾提及。这让人不禁联想到结识了耶和华神的摩西，不禁让人感叹犹太民族的创造力。

被创造的这尊神就是上帝。这尊神，在人的心灵里应该有怎样的形成过程，我们在前面的文字中已经谨慎地设想过了。耶稣呈现给人类的这尊神，不同于往常存在的其他神。这尊神，不专属于某一家族、部落和民族，也不专业于某一方面的具体事物，更不特意袒护、优待和关照个别人群、民族和国家。他级别最高，是宇宙间唯一的神，他惠顾一切人类，不分高低、贵贱、白人与黑人，明确主张："我另外有羊，不是这圈里的；我必须领它们来，它们也有听我的声音，并且要合成一群，归一个牧人了。"①他还明确地告知人类，宇宙间有天堂存在，皈依他的、行善施爱的人都能升入天国……

放下最后的结果不说，在不能强力调整利益关系、使其符合社会期待的前提下，这可能是慰藉心灵的最好的方案之一了。

耶稣对上帝的存在深信不疑，并认为天国正在靠近，可否进入天国的最终审判就要来临。于是，他自觉地承担起了把挣扎在苦难里的人类汇集到上帝脚下的任务。他开始向身边的人，然后向所在地方的犹太人进行宣讲，希望他们能够尽快感知真理，集结到上帝的门下，为通过最后的审判、升入天国做好准备。

在耶稣的宣讲中，上帝对穷苦的人是非常体恤的。所以，穷人和谦卑的人，在未来的天国里，被他列于至高的地位。他经常劝导渴望进入天国的富人："去变卖你所有的，分给穷人。"在他看来，倚靠钱财的人进天国是非常难的事，难得就像骆驼穿过针的眼，比财主进天国还容易。但耶稣没有封堵有财富的人、有过错的人，甚至是有罪恶的人进入天国的路，而是教导他们把财富、心灵和行为转化成惠及他人的爱，得到上帝的宽恕与赦免。他说：天国近了；上帝即将结束这罪恶不义的地上世界；人子即将"来到云端之上"，来审判所有的人类，无论已死的或仍活着的。悔改的时间不多了，凡是已经悔改生活端正而爱神的人，并且相信神所差来的人，将要承受天国，并提升到那永无罪恶、痛苦及死亡的国度里，享受权力及荣耀……②

一个不同于物态的、按照利益关系形态存在的现实世界的幻景世界就这样被呈现出来了，它的绚丽、灿烂、和谐与美好，用现实世界的语言是难以形容的。这是人类的心灵意识，自进化到这个时候的最高创造，所以，它一经被呈现，立即引发了人们的向往。人们认为耶稣就是上帝派来拯救他们的救世主，听信他，追随他，纷纷从原有神明的脚下转移到了上帝的门下。并且，人越来越多，气势

---

① 徐家玲：《世界宗教史纲》，高等教育出版社，2007年。
② ［美］威尔·杜兰特：《世界文明史》，东方出版社，1999年。

越来越大。

不过，幻景世界毕竟是参照现实世界的缺陷而被创造出来的，所以，它的启动和运作不可能不刺激存在于现实世界的缺陷来源。果不其然，恼怒从现实世界的缺陷存在处汹涌着过来了。恼怒者就是，使神习惯于世俗争斗的犹太教祭司和未能提供符合社会期待之利益关系的罗马帝国权力。

有史书说，自耶稣传讲福音起，犹太人、罗马官吏和不同宗教派别的人，就一直注意他的举动。当看到他在耶路撒冷受到空前热烈的欢迎后，这些人有些坐不住了。他们担心这些聚集在耶路撒冷的耶稣信徒突然暴动，试图推翻罗马的统治，引来罗马军队的镇压与屠杀的灾难。于是，犹太大祭司和权贵们决定："这一个人应该为百姓死，免得通国灭亡。"

是犹太权贵对异族统治的恐惧，还是对天国理念抢去其信徒的愤怒，使战栗在罗马统治下的犹太权贵们就这样逮捕耶稣，认定他亵渎了神，应被治死罪，最后以自己虚构的罪名，把他交给罗马派来监视犹太人逾越节活动的巡抚彼拉多。

是否亵渎了神，彼拉多并不关心，他关心的则是对政权统治的触碰。这就是权力的禀性，即便不能提供符合期待的利益关系，也绝不允许谁来触动它。所以，彼拉多以类似未遂造反组织者的罪名处置了耶稣。十字架是罗马人带到人类间的刑具，用来钉死他们认定的罪人和敌人。在钉到十字架之前，先用鞭子抽打罪人的全身，直到其浑身流血肿胀，耶稣被钉到十字架时，还被罗马士兵侮辱性地戴上了用荆棘编成的冠冕，在十字架上还写着"犹太人的王耶稣"的亵渎性文字。史料说，耶稣是与其他两名强盗一同被钉到十字架上的。说耶稣被钉到十字架6个小时后就死过去了。治罪者彼拉多全程在场，确定耶稣死亡后，他同意两名富有影响力的犹太人的请求，由他们把他的身体安放到了坟墓里。

这是信徒、追随者和手足亲人多么不愿意相信的情形啊！他们不相信一个文弱超脱的人怎么会威胁罗马帝国的统治，不相信一个为拯救人类而操劳的人，反被人类杀害，更不相信地上世界的这些罪人真的能够杀死执掌宇宙的上帝的儿子。他们不敢相信，也不愿相信。于是，两天以后抹大拉的玛利亚和雅各的母亲马利亚等到耶稣墓地后，就发现了他的坟墓是空的。同一天，两名去往伊马乌斯的信徒遇见了耶稣，并和他说话、吃饭。起初，信徒的"眼睛迷糊没认出他"，当他拿起饼来，说"祝谢了"的时候，信徒的眼睛亮起来，认出了耶稣，但他忽然又不见了，接着，有信徒在打鱼时，耶稣又来到他们中间，并吩咐如何撒网，竟捞到多得拉不住网的鱼。这般，耶稣以复活的身份被门徒、信徒们看到后，在第40天时被接到天国上去了。

这样，不相信世俗结局的耶稣的门徒们，终于用心的力量见证了上帝之子的神奇，印证了上帝与天国的真实，打通了现实世界与幻景世界间的无形之路。

心灵力量积极参与的这则故事发生在公元30年。在罗马帝国治下的世界里，现实世界与幻景世界间的界线就这样首先被模糊起来，不仅使苦恼在利益关系不公下的贫苦百姓，也使被生命形式的缺陷所困扰的其他一些人们心灵里的隐性需求有了可以接受和向往的另一个世界。由此，人们感觉到神的世界并非是禁止凡人入内的禁地，而是信奉耶稣后即为方可进入的地方。

于是，尽管有犹太教人的歧视和迫害，有罗马统治机构的不满和压制，但相信幻景世界、接受其入门条件的人越来越多，越来越踊跃。到公元1世纪70年代时，这一信仰已经占领了从犹太到叙利亚、从马其顿到希腊、从罗马城到罗马统治下的帝国世界无数人的心灵时空，形成了一个隐性存在的心灵帝国，他们被称作基督教徒。

与物态的现实世界不同，幻景世界显然是心灵态的。但由于其间的界线模糊了，这些幻景世界的信仰者，未能保持住心灵态的存在模式，而是以准天国子民的身份参与到了现实世界的利益格局之中。他们建立起教会，产生出主教，形成出信条，在世俗的社会中俨然组成了一个新的、特别的利益群体。或是因为自大、或是因为迟钝，罗马帝国的权力未能敏感地发现其治下利益关系中的这一变化，更没有去尝试做一些调整，而一味地采取了蔑视和镇压的措施。

蔑视和镇压未能改变人们对天国的崇信。反而，权益诉求的长期被忽视，使基督徒们同统治当局的关系越发紧张起来。他们描述罗马城是"坐在众水之上的大淫妇，住在地上的君主与他行淫"；是所有罪恶、不道德、偶像、淫乱的根源及中心。他们预言，地要大大地震动，大块冰雹将要打在那仍存留的不信之人身上，罗马将要完全被毁掉。地上的君王都跑到阿马基顿平原上聚集，做他们对神最后一次的抵抗，但是他们终将被死亡所淹没。他们比喻罗马帝国的统治是反叛上帝的恶魔撒旦，预言撒旦与他的军队，遭到各方的击败，最后被投入无底坑里1000年，唯有真正的基督徒才能免于这个大灾难，所有为基督的名而受苦者、所有曾"被羔羊的血所洗净者"，将要获得神丰富的赏赐。由于人类在这个年代对生命存在现象还没有科学的认识，加之罗马帝国治下世界神化思维浓厚的基础，经被认为是神圣的保罗和彼得的讲道、布道和殉道，从感情上疏远罗马统治，亲近上帝、耶稣与天国的人充斥在罗马帝国的疆土上。

罗马帝国与基督教徒，世俗世界的权力与新的权益群体，以现实世界的统治者和幻景世界信民的身份，就这样用力地摔打起来。在摔打中，罗马统治者使用的是暴力和十字架，狠心地屠杀不断增多的基督徒，而基督徒们从上帝、救世主和天国的信仰中又延伸出了更能符合人类心灵期待的内容来扩充自己的版图。他们主张人类是平等的，现世所有不同的阶段，只是暂时性的，他们同情悲惨、残疾、哀恸、气馁及受辱的人，给他们发放通向天国的期许。他们把爱从狭隘的心胸里边解放出来，使它成为温暖世俗人心的火种。于是，就出现了神父德尔图良所描述的情况："我们（基督徒）好像昨天才诞生出来的，但是我们却充满了你的城邑、市镇，你的岛屿，你的部落，你的军营城堡、宫廷及国会议院。"

自信是权力的体态，而自省则是它的寿命。权力在某一存在形式上寿命的长短，不取决于它的自我欣赏、自我夸赞，而是取决于它能否自觉地审视治下的利益关系，能否及时地发现其中的变化与不合理，并能否主动而勇敢地进行合理化调整。如能，权力在某一形式上存在的时间就会长，否则很快就会被要求合理的力量调整下去。好在基督徒只是一个以信仰为目标的权益群体，而不是以革命为目的的利益团体，所以对罗马帝国统治权力的冲击是温和的。虽然这样，但它是存在的，如果帝国权力一直蔑视它的权益，各种可能的变数不是没有。

在这样的情形下，罗马帝国的权力终于尝试以调整利益关系的方式，缓和与基督徒之间的关系。公元261年，罗马皇帝加列努斯发布了第一个容忍基督徒的训令，视基督教为可以认可的一个宗教，并且下令曾被没收的基督徒的财产应全数归还。

一有利益关系的这样调整，就有政治家敏感地意识到了将这一力量带入世俗纷争的好处。这位政治家就是罗马帝国将要登位的皇帝君士坦丁一世。君士坦丁能够成为罗马帝国的皇帝，并不是水到渠成，而是在同其他觊觎者的争夺中胜出的结果。据基督信徒们认真传讲的内容，事情大致是这样的：在君士坦丁崛起时，参与帝位争夺者就有五六个。君士坦丁联手东部帝位的争夺者李锡尼与其他争夺者战斗。争夺中，他与时任西部皇帝的马克森提乌斯交上了手。公元312年10月27日，君士坦丁在罗马城以北9英里外的萨克萨-鲁布拉一地与马克森提乌斯的军队对阵。被称为"教会史学之父"的攸西比乌斯说，在战争开打前一天的中午，君士坦丁看到一个发光的十字架悬在空中，上面写着"胜利在这个标记中"的希腊字。到开战那天的早晨时，君士坦丁又梦见一个声音命令他在士兵们的盾上画上基督的标志。据说，起来后，君士坦丁就照梦中的指示画好标志，然后带着画有这个标志的旗帜赶到前线，与高擎着无敌太阳旗的马克森提乌斯军队决战。在决战中，基督徒们与君士坦丁共患难同生死，最后在穆尔维安之战中彻底战胜马克森提乌斯，夺取了西罗马帝国的皇帝宝座。

写着这样的文字，不由得感慨心生。是啊，我们人类真是一个什么事情都能做得出来的生命种群呀。为了解决己所不能的问题，他们创造了神和神所主宰的幻景世界。然后，把自己的希望和奢望都托付给他，以供奉与祭祀搞好与他们的关系。罗马帝国帝位竞争者君士坦丁，还直接把神和神的信民拖入了世俗社会的纷争之中，并尝到了甜头。作为世俗社会的政治家和统治权力的争夺者，君士坦丁并不知道这是调整利益关系所释放出来的正向力量，而认为是基督的佑助和基督徒们帮助的结果。所以，一经夺取皇帝权力后，君士坦丁就于公元313年年初，与东罗马帝国权力的夺取者李锡尼携手，颁布了一个叫《米兰敕令》的文书，以代替被破坏殆尽的加列努斯于公元261年容忍基督教的令谕，给基督教与其他宗教一样的社会地位。

经君士坦丁这一用力，基督信徒、天国信民，这些被幻景世界所聚集起来的心灵就大摇大摆地走进了世俗社会的纷争与存在的模式之中。唯利是图是权力的本性。见走进世俗风云的基督徒以其开放的境界和天国的魅力及最后审判的震慑，聚集着越来越多的信民，其占取的心灵版图与帝国版图趋同或超出，于公元380年，时任帝国皇帝的狄奥多西一世又下令，将基督教尊奉为国教，要求全国人民"遵守神圣使徒彼得给罗马人的信仰"。同时，将帝国自己曾经奉侍的诸神及由此延伸出的宗教活动和其他主张各异的宗教团体，统统定性为异端教派，剥夺了他们在世间存在的权利，严格地禁止其活动。于是，利益关系被调整过度的现象，就在这些事情的过程中出现了。

这个现象没有被罗马帝国的皇帝们意识到，也没有引起基督教信仰者们的自我醒悟。也许与其他神明的崇拜者一样，基督教的初创圣人们并没有来得及认真考虑心灵群体应该有的存在模式，而不知不觉地与世俗社会的存在模式混同到了一起。所以，经利益关系的过度调整，获得了远超所需的地位之后，基督教的信仰者们也没有考虑自身应该不同于现实世界的存在模式，没有画出与现实世界间的界线，而以笑纳的态度参与到了现实世界的权力与利益的运行之中。

于是，以现实世界组织形态建立起来的教会和它的管理者教皇就变成了幻景世界的信民们享受世俗社会权力与利益的代表。由于得到了权力的极力推崇，加之人类对未知未来的莫名恐惧，罗马帝国治下的全体人民普遍接受了"神圣使徒彼得给罗马人的信仰"，他们从皇帝到平民俨然成了生活在现实世界里的幻景世界的狂热信民。

利益关系调整过度的效果就这样被呈现出来了。对此，权力失去了感觉，幻景世界的信仰者们也无动于衷起来。这是一个非常规现象，但因未能引起各方警惕而继续发展着。惯会唯利是图的权力开始放弃自己的独立性，尝试借助幻景世界的首肯来巩固和提高自己在世俗社会中的地位和威望。这样，在罗马帝国和基督教主导的地方就出现了国王或皇帝即位时，虔诚地接受主教或教皇涂在额头的圣油及代表上帝对他祈祷与加冕的现象。史书说，这样的事情开始于个子不高但贪心很大的丕平。

这个叫丕平的人，生活在西罗马帝国的疆土被各大族群分割占有的8世纪那个年代。为了夺取墨洛温王朝的王位，本不具备袭承身份，但能力超人的丕平以捐赠意大利中部土地为条件，让卜尼法斯大主教为自己涂了圣油，戴了王冠，导致权力开始向上帝低头。过了300多年之后，权力的自我意识开始苏醒，觉得自己很委屈，便尝试夺回自己的尊严。于是，公元1056年至1105年间在位的日耳曼国王亨利四世向时任的教皇格雷戈里七世伸出了手。

这是深刻于人类记忆的一台戏，对如今和未来的人类都有警示的意义。因在权力归属上的意见不同，国王亨利四世与教皇格雷戈里之间发生了激烈的争执。公元1076年1月24日，亨利四世召集26位日耳曼和北意大利主教举行宗教会议，宣称格雷戈里七世是一个伪僧侣，宣布废黜格雷戈里七世。可是，已经宣布拥有"罢免皇帝"之权力的格雷戈里七世怎能默认这一处罚呢？作为报复式的回应，格雷戈里七世于次月宣布开除亨利四世的教籍，并决定废黜和放逐他。谁知，教皇的决定比国王的命令更有效力，亨利四世的臣属们纷纷放弃效忠他，而筹划起用别人来代替他。陷入被动后，亨利四世沮丧地于1077年年初，身穿香客衣服，走过阿尔卑斯山，到正赶往决定另立的帝国会议的格雷戈里七世途中住地卡诺沙城堡，请求教皇的宽恕。然而，教皇竟拒绝接见，于是据说亨利四世在城堡外的冰天雪地里赤脚等候了三天。见亨利四世如此执着，教皇最后允许他入见谢罪，并取消了对他的处罚。可是，亨利四世未能再回到原来的王位上，而是走上了夺回王位的内战和报复格雷戈里的征程……

至此，利益关系被过度调整的情势达到了顶点，上帝和信徒们完全掌控了世俗的世界，深深地参与到了他们的权力纷争和利益争夺。公元 11 世纪，在又一拨挤入生存资源产地的运动中取得成功的塞尔柱突厥人不仅占领了基督教的始创之地耶路撒冷，并打败东罗马，抢占了其在小亚细亚的领土。东罗马皇帝阿雷克修自感力不能敌，便向教皇乌尔班二世请求支援。于是，教皇召集西欧各国的君主、骑士和军人召开了一个宗教大会，号召上帝的信徒们到东方去，支援同教的信民，光复耶路撒冷，阻遏异教的塞尔柱突厥人踏向基督教的西欧大地。

这样，人类的历史上就有了有别于世俗世界的历史走向，高擎着上帝的旗帜，毫无顾忌地与世俗争夺利益的十字军的频频东征。大神学家圣伯尔纳在十字军第二次东征时说："在那无数的人群中，大部分是穷凶极恶不信宗教的人、渎神的人、杀人的人和伪誓的人，他们的远离实在是一件两利的事情。欧洲欢送他们去，巴勒斯坦欢迎他们来。一面以他们离开为利，一面以他们到来为利，就两方面说起来，真是一举两得了。"可见，神圣名义下的世俗考量是何等十足！

也许，世俗社会中的权力、利益和荣耀的吸引力是无法抗拒的。所以，本以关切心灵与灵魂为己任的幻景世界信仰，在其信徒和权力的操弄下，不能自拔地陷入了现实世界的一切纷争，做起了世俗社会一切事物的主宰，使神圣而至高的上帝奔波凡世红尘而不亦乐乎起来……

先知服从者的铿锵脚步

敬畏是我对沙漠的基本态度。

自己生长在一条叫养畜牧河的小河两岸，小时候在南岸，长大以后在北岸。这是一条责任感很强的河，它蜿蜒流淌在银色沙海与黄土大地的交会线上，以柔软的流动隔挡着农耕黄土与自由流沙的碰撞与争执，使它们安分地收脚于它那并不高深的岸边。北岸上的沙漠是我第二故乡，自年少时搬过来后我的青春就和那些沙粒搅拌在一起了。这片沙漠有一个令人恐惧的名称，叫塔敏查干，意思是"白色的地狱"。但这是一片温情的沙漠，它很像懂得人类体能情况，每隔十来公里就留有一块绿地和住家，以供行走的人休息和饮食。所以，穿行其间并不感到特别辛苦。

这片沙漠从这里延伸开去，向东、向北、向西一望无际。据老者们说，这片沙漠是英雄格斯尔制伏并埋葬恶魔莽古斯的地方，因莽古斯过于邪恶，使好端端的大地都变成了白茫茫的沙漠。由此，我就对它产生了至今还在延续的敬畏之感！

后来我才知道，这片沙漠的形成，与英雄和恶魔并无半点关系，而是与太阳的照射、月球的引力、干旱少雨、风的吹袭和人类的活动关联密切。所以，地球的北半部存在着虽不绵延但明显可感的沙化带，从非洲的西海岸按一定的规律和纬度一直延伸到北中国大陆的东部。这片沙漠大致为亚洲沙带的东端，向西看去是浑善达克沙漠、库布其沙漠、毛乌素沙漠、巴丹吉林沙漠、塔克拉玛干沙漠、阿富汗的红黄色沙漠、伊朗的卢特沙漠，再往西就是亚洲沙带西端上的阿拉伯半岛沙漠。据说，它是非洲撒哈拉沙漠向东的延续。

　　阿拉伯半岛的沙漠，与其他地方的沙漠同绿色地貌混同存在不同，在这里沙漠是半岛地貌的绝对主导。有学者说，在这里，沙漠能占取半岛面积的四分之三。这片沙漠，与我家乡那片沙漠相比，不仅大得太多，还让人类目瞪口呆了半个千年还多。

　　被红海和波斯湾夹在中间的阿拉伯这个沙漠半岛，在远早的年代里肯定不是沙漠，不然，从东非寻觅着食物走出来的人类先民怎么会在这里驻足停步，繁衍生存。不好确说，但可去想象的这个地方当初的自然，肯定给走到这里的人类先民得以留下来的充分理由，使他们从容地停留下来，成为这个地方第一批的人类住民，慢慢地与这个地方的山水自然、草木生灵一同，在日月的轮换、风雨的交替中向未来的岁月衍化起来。

　　衍化的结果，半岛就变成了沙漠，半岛上的住民就变成了被称为闪米特人的人群。

　　闪米特人是历史方向极其明确的人群体系。当沙漠不再支撑他们生存的需求时，他们便开始向与他们接壤的生产丰足的生存资源的苏美尔地区游动了过去。于是，人类的历史上就有了一拨儿又一拨儿的闪米特人成功挤入苏美尔、美索不达米亚这一生存资源产区的壮观景象。后来，古梯人、波斯人、希腊人、马其顿人和罗马人也和他们一样，一个接一个地挤进了这个生存资源产地。于是，这个地方人多了，拥挤了，抵御外来者的能力也提高了，沙漠中的他们不再像起初那样轻易地挤进去了。

　　这样，没有走出沙漠的闪米特人的后裔们，不得不安下心来，精心过起与沙漠妥协的生活。史家们说，地球上最大的这块半岛沙漠，也并非是绝人之路的地方。它的内部不仅分布着一些被泉水浇灌出的小块绿地，而且它恰好处在东西方海上贸易的必经路径之上，为被称为阿拉伯人的他们提供了别样一种的生存形式。在有小块绿地的地方，他们种植些许农作物，在沙地上他们则到处游动着放牧牛、马、羊及骆驼，而在商队路径上形成的小城镇里，他们又过着定居的生活。在过着这样生活的阿拉伯人中，绝大多数为贝都因族人，竟能占到六分之五的比例。

　　不论是小块绿地上的种植生活，还是到处流浪的放牧生活，或是靠过往商队消费的城镇生活，他们所能获得的总是无法满足最基本的生存所需，所以，被逼无奈的他们只能通过抢夺他人财物来确保自己的存续。久而久之，抢掠变成了他们获取生存所需的常用手段，所以有史书说："七世纪以前，……抢掠别人，夸耀自己的部族，贬低其他部族……成为阿拉伯人普遍流行的陋俗，……使阿拉伯半岛犹如一片散沙。"大地自然的沙漠化变态就是这样地可怕，使人类的心灵也随之沙漠化起来。

他们的掠夺，不仅有游牧的对定居的，也有这一游牧部落对那一游牧部落的，还有当地人对过路商贸团队的。所以抢掠带着袭击，复仇带着杀戮，争斗带着苦难，在半岛沙漠中恶性循环着，使每一个部落的人们都生活在充满危机意识的提心吊胆之中。

于是，他们需要神的帮助。需要神来佑护他们，佑助他们，给他们力量和运气，以便在抢掠复仇的恶性循环中常能取得胜利和喜悦。史家们说，为满足各部落人群的这一需求，在麦加城就建有供人们祈求神灵保佑的建筑。据说这个建筑最早是由天使们在历史肇始时修建的。人们称它为克尔白，意为四方形建筑。至今，圣者们曾多次地重建过它。如今它矗立在环绕神圣寺院的长廊之中心。威尔·杜兰特先生介绍说："这是一座40英尺长、35英尺宽，及50英尺高的长方形建筑（可能在重建中发生了变化）。在其东南角，离地五英尺处，正合人们接吻的高度，嵌着一块暗红黑颜色的'神圣黑石'，为一椭圆形之物，其直径大约为7英寸。许多膜拜者相信，这块圣石来自天上。"[1]先生还说："在回教前期的日子里，克尔白内供奉着代表诸神的数个偶像。"[2]在《世界文明史》这部巨著中，他还介绍说："其中有一位叫作安拉的神，可能是库赖什家族的族神……"[3]

受困于无尽的抢掠和循环的仇恨之中的各部落、各家族的人们，就到麦加的这座神圣寺院里，向神石和神祇们祈求保佑，祈求帮助，祈求力量，祈求胜利和平安。人们是那样虔诚，那样恳切，那样全心全意。可是，原有的神灵们都已经累了，不能替他们解决这个由生存资源极度匮乏而引发的恶劣的生存窘态。

这样，在炽热而烈性的半岛沙漠里，依然是抢掠在继续，复仇在循环，人们在恐惧中完成着生死的轮回。很像是我们蒙古人祖先经历过的："星空旋

---

① [美]威尔·杜兰特：《世界文明史》，东方出版社，1999年。
② 同上。
③ 同上。

转／诸国相攻／厮杀掳夺不休／使人无暇入睡！／大地翻滚／列国互攻／相斗杀戮不停／使人无暇寝眠！／……"的乱世境况。这里所说的"国"并不是人类常识概念中的具有政权的固定利益版图，而是一个又一个单独自行活动的家族人群与氏族部落。处在这般境况下，当时的蒙古人选择了人为解决的办法。与此不同的是，生活在早于蒙古人600多年时光里的阿拉伯人则选择了求救于神。就像摩西，为犹太人找到了耶和华神的拯救，又同耶稣，为罗马治下的悲惨世界找到了上帝的悲悯。乱世煎熬下的阿拉伯先民们，也需要找到一尊法力无边、独一无二的神，并在他的佑助和引导下走出困境，走向平安，走向富裕。

对于当时在场的阿拉伯人而言，这是一个神秘而莫名的使命。那些叱咤风云的部落头人没有回应它，守财如命的富贵者们更没有承应它。担当它的却是觉醒于俗世悲苦中的穆罕默德。

穆罕默德是高贵的库赖什家族后人，库赖什家族则是掌管麦加城那神圣寺院和克尔白的名门望族。在了无生机的沙海里，库赖什家族的人仰仗神圣寺院，靠人们朝觐时形成的商机和经略移动商务来维持生存。据史料说，到公元6世纪初的时候，高贵的库赖什家族分裂成了两派：一派由一位叫作哈希姆的富商领导；另一派则由其侄子倭马亚统领。家族出现分裂，常会导致一方的衰败或两败俱伤。史家说，库赖什家族的分裂导致的是哈希姆一方的衰落。穆罕默德就出生在这个哈希姆的家门。

公元570年是穆罕默德来到这个世界的年份。他的父亲在他出生前就去世了，母亲也在他6岁时又不幸亡故了。由此他坠入人间的悲苦。父母双亡的他，先由祖父抚养，祖父过世后再由叔父抚养。研究历史与宗教的史家们都很坦诚，他们说对穆罕默德的青少年时代知之甚少。在诸多后人编撰的故事中，他们较为相信，穆罕默德在12岁那年，曾随叔父的商队到过叙利亚境内的波斯特拉一地。再过些年，他受雇于麦加一名富孀赫蒂彻，很快获得信任，到波斯特拉为其处理商务。25岁时穆罕默德就与年长他的富孀赫蒂彻结婚。婚后，他与赫蒂彻生养几个女儿，还生有两个儿子，但都夭折了。他还收养了叔父的遗孤阿里。

研究家们认为，在穆罕默德的宗教灵感中，位于麦加以东100公里左右的乌卡兹市场占有一定的分量。研究家们发现，这个乌卡兹市场不仅是八方商品的交易场所，同时也是放飞各种思想的地方。在这个市场上，常常有犹太教信徒、基督教信徒的激情演讲，他们往往以自己为范例，炫耀推介自己的信仰和神，劝导阿拉伯的人们放弃多神崇拜，信仰一神教。同时，还有诗人和故事编创者吟诵他们的诗歌，讲述他们的故事。这些哲学的、宗教的、文学的、生活的思想观念弥漫在乌卡兹市场，对愚钝者就像从耳边吹过的风，而对心灵敏感的人则就是激发灵感的声声召唤。终于，这个召唤同他经常接触犹太教、基督教教徒的经历，以及弥赛亚降临思想对阿拉伯人的影响一起，点燃了穆罕默德的宗教灵感。

在他进入40岁的那一年，穆罕默德与往常一样，到离麦加城不远的希拉山进行莱麦丹月斋戒。他带着全家，隐居到希拉山的洞穴里，日夜斋戒，沉思祈祷。史料说，就在这公元610年的某天晚上，发生了影响他以后人生的一件事情。据说，那天夜里穆罕默德在山洞里独自一人沉思冥想。威尔·杜兰特先生在他的《世界文明史》中借用一位传记作者的记载，呈现了穆罕默德的一段陈述：

> 我正熟睡着，盖着一条上面写着字织锦缎做成的被单，天使加百列（Gabrie）显现在我面前，对我说："读。"我回答："我不会。"他就紧紧地将棉被压着我，那时我想我已窒息死了。然后他放开我，再说："读!"……我就大声地读，而他离我而去。我醒来后依然记得这些字。我一直往前走，直到山腰，听到一阵好似来自天空的声音对我说："穆罕默德啊! 你是安拉神的信使。我是加百列。"我抬头仰视天空，啊：加百列幻做人形，双脚平稳地站在天空，继续说着："穆罕默德啊，你是安拉神的信使，我是加百列。"……

从此，穆罕默德的宗教灵感开始闪烁。经过一段时间的反复闪烁，人类历史上的又一个幻景世界被勾勒出来了。这个幻景世界就是：安拉是唯一的、全知全能的、大慈普慈的真正主宰，是宇宙万物的创造者。人类是安拉用同一血块创造的，因此人们只能按照安拉的旨意去行事。世界上存在着天堂和地狱，人们将因各自不同的行为得到一定的报应。这种报应在末日审判时将会兑现：崇拜安拉为唯一真神并遵照安拉的旨意行事者，将升入天堂；漠视生命、不崇拜安拉而信仰其他神灵者将坠入地狱……

让人极易想到耶稣所创造的那个幻景世界，又有着自身显著特征的又一个幻景世界在阿拉伯半岛被奠基建造了。不过，因为它坐落于人们心灵之上，开始时少有人感悟它、崇拜它，甚至是因不敢背叛原来的神灵而抵制或反对它。

最初的反对就来自获益于神圣寺院的库赖什家族各权贵门户。据说，在穆罕默德之前的阿拉伯半岛上每年有几个月的朝觐活动。在活动进行期间，阿拉伯的各部落都要保持休战和停止血族仇杀状态。半岛上的人们和路经的商队都在这个时候来到麦加实现各自的需要。虔诚的阿拉伯信民要到神圣寺院敬拜诸神和克尔白，以求得神圣们对自己的关爱和佑助。而路经的商队也趁由此形成的商机，云集到麦加进行交易，赚取利益。对管护神圣寺院和克尔白的库赖什家族，乃至对麦加城的普通住民来说，这些都是让钱袋子鼓起来的神圣途径。所以，他们担心改变，害怕供奉在寺院里的诸神失去人们的崇敬，害怕使自己坐收其利的朝觐者们不再云集。于是他们质疑、嘲笑，反对它向人们心灵的传播。

起初，穆罕默德所传讲的真理并没有顺利地传播开去，但已经深信自己为安拉神使者的穆罕默德毫不懈怠地继续宣讲发现的真理。于是，穆罕默德所宣介的安拉神以其善恶报应与行为紧密关联的教义和对生命的平等原理，渐渐显现出了对原有的、只让人们叩首祈求的诸神的巨大优势。信仰者从开始的几个亲朋好友向生活在麦加城的穷民、商人及富贵阶层蔓延开去。

这是依靠诸神谋生的家族和权贵们所担心的和不愿看到的事情。权力在手的他们开始孤立、威逼、迫害穆罕默德及其信徒和提供保护的哈西姆家族。在麦加已经没有安全感了，不安中的穆罕默德经一番周折后，有一天迎来了来自麦地那的拜访者。这些人共为73名，是麦地那信仰者的代表，他们是来邀请先知到麦地那居住和传道的。来自麦地那的这些人，在两年前去麦加朝觐途中曾听过穆罕默德的传道。先知传达的教义很是适合麦地那人的心灵土壤，于是他们就派人来邀请他到麦地那定居并传教。

消息不胫而走。把持着麦加权力的倭马亚派系听到这一消息后立即紧张起来。他们深恐穆罕默德在麦地那建立权威，发展壮大，发动对他们以及麦加的战争，由此倭马亚派系的库赖什人就阴谋派出几名刺客，企图从肉体上消除穆罕默德。可是先知没有待在家里等待刺客的到来，而是偕同族亲和追随者艾布·伯克尔逃入了距麦加3英里之外、一个叫塔乌尔的窖洞里藏匿。被派出的刺客们搜寻3天都未能找到。就在这时，他们骑上艾布·伯克尔孩子们设法提供的两匹骆驼，利用夜色的掩护，向北走去。经过几天的紧张奔波，走过200多里的路程，终于在公元622年9月24日这一天，安全抵达了麦地那。

抵达麦地那时，穆罕默德所看到的情景是他所没有想到的。敬仰他的麦地那人和从麦加乔装过来的200名追随者，先于他走到麦地那城门口，一起欢迎他进入这个城市。为纪念先知从麦加到麦地那，17年之后的哈里发欧麦尔就指定公元622年为伊斯兰历纪元的第一年。

穆罕默德的到来使麦地那人激动万分，荣幸不已。当他缓步走进城市时，一群群居民向他呼唤："啊！先知！就在这里歇脚吧！和我们同住。"

就在这样的欢迎与欢呼中，麦地那人把心灵天空和世俗的权力一并交给了穆罕默德。穆罕默德也毫不怠慢，带领麦地那的皈依者们举行了一场庄重的礼拜仪式，正式将这一信仰称呼为伊斯兰，称其信徒为穆斯林。于是，在满目黄沙的阿拉伯半岛的麦地那城便出现了人类历史上第二个现实世界与幻景世界完整重合的权力存在模式。与第一次由摩西运筹的用权力来强行并合不同，未曾有过世俗权力的穆罕默德则是以幻景世界的魅力将现实世界的权力吸附到手里来的。

摩西的实践留给人类的启示是，当权力在现实世界与幻景世界重合的状态下存在时，它用一致的信仰建构一个心灵帝国的同时，更要担负起解决信徒们生存需求的责任。这比心灵帝国的建造可能还要艰苦一些。

果然，由生存资源极度匮乏所导致的生存恐慌就在麦地那出现了，因在穆罕默德到达麦地那时，有200户信仰者悄悄走出麦加也来到了麦地那。信仰者的增多本是一件好事，但麦地那却没有足够的粮食解决他们吃饭的问题，于是粮荒出现了。主持起两个世界的穆罕默德与当时的摩西别无二致地投入到了解决信徒生存需求的奋斗之中。穆罕默德的第一次行动的对象就是曾要暗害他的，有权而富足的麦加城倭马亚派系的头人。公元623年，这位头人的一大商队从叙利亚赶往麦加城。得知信息后，穆罕默德亲领一支300人的武装队伍前去拦截。这个消息也被麦加方面获知了。于是，他们在改变行进路线的同时，又派遣900人的壮丁去护卫。但他们还是没能躲过被拦截的命运，人员成了俘虏，财富转入了麦地那一方的手，成了他们解决需求的用品。

麦地那与麦加的决斗就此开始。一方是以巩固和拓展心灵帝国版图为目标的穆斯林，一方是试图保留既有权力与财路的库赖什倭马亚派系。他们相互怒视，用力冲击，经8年左右的心力与武力的博弈，麦加人终于向麦地那服软了。公元630年，穆罕默德率领万名徒众进入麦加，清除克尔白内外偶像，确定接吻黑石的条规，并宣布麦加为"伊斯兰教的圣城"。从而，在看似开创一个新宗教时代的举措中，更为一个以幻景世界里的身份生活在现实世界里的心灵帝国奠基了。

从此，散如沙粒的阿拉伯人渐渐汇集到穆罕默德周围，不仅形成了信仰一致的心灵同盟，还组建成了改变阿拉伯人历史命运的权力形态，他们开始摒弃部落与部落、家族与家族间没完没了的抢夺与仇杀，渐渐成为能够满足阿拉伯人生存需求而战斗的强大力量。

创建者穆罕默德于公元632年7月过世，他留给穆斯林的心灵信仰和帝国事务由族亲和最早的追随者艾布·伯克尔接管。就从这个时候起，信众越来越多的他们开始发现沙漠半岛上匮乏的资源难以满足他们日益增大的需求，他们的心、他们的眼睛望向远方。

在远方，在东罗马治下的叙利亚生活着一些阿拉伯部落。他们因不愿意忍受基督教与拜占庭的欺压，勇敢地向这支力量请求支援。艾布·伯克尔领导下的这支力量就此迈出了无法回头和难以停下的脚步。艾布·伯克尔号召他们："勇敢，宁死毋屈！仁爱为怀，毋杀老弱妇孺。不要摧毁草树、五谷及牲畜。言出必行，即使对敌也要信守诺言。不要干扰遁世的宗教人士，至于其他的人则应强迫他们成为伊斯兰教徒，或对我们奉献，如他们拒绝这些条件，就杀了他们。"[①]

穆斯林们响应着艾布·伯克尔的号令出发了。他们的脚步因信仰一致而整齐坚定，他们的目标也因需求的具体而明确清楚，那就是：要么信教，要么奉献。信教与奉献的结果都一样，都要献出他们所需的生存资源。信教的献出很可能更彻底一些，因为信了教不仅将心灵交给信仰，还要同穆斯林兄弟们共享所拥有的生存资源。而方向更是明确无误，就是西部生存圈里的人们一直争夺的环地中海生存资源产地。

---

① ［美］威尔·杜兰特：《世界文明史》，东方出版社，1999年。

　　于是，他们迈着铿锵的步伐走出沙漠而去。自公元635年到711年，穆斯林的队伍向东战胜波斯，向北征服东罗马，向西踏入埃及，再折北攻入西班牙，在富饶的环地中海生存资源产地上建立起了强大的神权帝国，开始演绎现实世界与幻景世界重合下世俗社会的存在形态……

佛说是这样发光起来的

面对生活在现实世界里的人们，先知耶稣的告诫是：上帝是唯一的神，要信他，爱他，随他。不然，待到末日的最后审判时，会被判到地狱里面去。使者穆罕默德也警告：安拉是独一无二的真神，要敬畏他，服从他，照他旨意行事。否则，在进行末日审判时，会被判入地狱。与这种严厉，甚至带有些许的恐吓不同，佛祖释迦牟尼对现实世界的态度是温和的，甚至是有点儿心灵劝导师的样子。他并没有请出一个能量无限而顺者昌逆者亡的唯一神来干预现实世界里实实在在的生活，而是以生命为分析对象，寻找利益关系不合理所导致之问题的解决办法。所以，与耶稣等先知们建构的幻景世界不同，佛祖所建构的是与现实世界相关密切的心灵工坊。

由于没有借助神的力量，所以，佛祖释迦牟尼用全部的身心去观察生命及其存在形式和与之相关的一切事物，并苦苦思行6年，不间断地深度思考七天七夜，最后悟得了如之前已经介绍的六道轮回的模式、苦恼产生的原因和摆脱它的方法。在这个方法中，佛祖没有尝试用超然力量对现实世界中的利益关系进行干预，而是把心灵选择为一再用力的方向，将其设定为通过八正道的修炼，达到无欲无念，实现超脱的主体。所以，对心灵的干预是佛祖可使人类摆脱生存苦恼的核心工作。所以，在后来的佛教史中才有了关于风与幡哪个在动的精彩谈论。看到幡在风中飘动，一个僧家说是风在动，另一个僧家则说是幡在动，层次比他俩高的另一僧家却说："不是风动，也不是幡动，是你们的心动！"这便是用力于心灵而导引出的智慧。

不过，起初的时候，佛祖的心得不像现在这样广泛流传在信徒的心耳之间，而只像一根蜡烛形成在他的脑海里。狠心出家，就是为了找到解决问题的方法，现在找到了，佛祖不想独自占有它、独自享用它。尽管这一方法忽略了世俗社会的利益关系，也忽略了生命过程中功能性需求的绝对必然，但他坚信这个方法能够使人摆脱人生中的种种痛苦和生老病死的烦恼。所以，他决心要点燃心中的这根蜡烛，使它的光亮能够照射到自己以外的其他人。

于是，他坚定地向鹿野苑走去。据说，起初佛祖出家时，父亲派出5个人一路陪伴和服侍。当佛祖弃掉耆那教的修行方式，进入自主觉悟阶段时，这5个侍臣因为他意志薄弱，便离开他去了鹿野苑。据赫伯特·乔治·韦尔斯先生接触到的记载说，当佛祖向他们走来时，他们踟蹰不前，大有不欢迎这个放弃苦修者的态度。对佛祖来说，这5个人对他太重要了。作为曾经的侍臣和一同的苦行者，他们是他在业界中最可亲近的人，最可以当作听众的人。如果心得能够折服他们，那就说明他悟到的的确是真理，是耆那教的僧侣们苦行多年而未能找到的真理。所以，他坚定地向他们走去。他们虽然有些冷淡，但没有拒绝……

据说，讲解和讨论延续了5天。深陷耆那教理念的这5个人终于被折服了，他们觉得佛祖所说的心得的确是个真理，这个真理在印度大地上被佛祖找到了。他们毫无保留地信服他，称他是实现了彻底觉悟的佛陀，并成了佛祖门下的第一批信徒。至此，佛祖心中的那根蜡烛已经燃起，开始发光了。

佛说就在这师徒6人的宣讲推广中开始对外传播起来。赫伯特·乔治·韦尔斯先生认为，逃避此世比逃避自我是容易一些的。这应该是对生命现象深有感触的一句话。当时，在印度的大地上到处都有恐惧此世、巴望逃避此世的众生。生活在种姓制度下层的广大民众，因不堪忍受不合理利益关系带给他们的不尽苦难，已经绝望于当时的那个生活，处在生命过程的各个功能性需求节点上的人们，因失意失落或所求不得而已经冷漠于眼前的那个世界；也有因病痛或其他原因，已对生活失去信心的人们，还有毕生浸泡在享乐之中，怕去世以后再不能回来而恐惧死亡的权贵者……

有人开始相信佛说，认为这的确是能够摆脱生存烦恼的好方法。于是，他们抛下家眷加入到佛祖的团队里。僧团开始出现了，随着僧团的出现和日益增多，规范他们行为的相关制度也被制定实施起来了。这些制度主要为：欲要摆脱生死烦恼的人，首先应该要出家，男的要换取比丘的身份，女的则要换取比丘尼的身份；已经出家的这些人要到野外的山岩洞穴或林间空地居住，后来因有人捐赠房舍而改为居住精舍；决意出家当比丘或比丘尼的人必须接受落发、剃眉、穿戴袈裟等仪式；已经步入超脱者队伍的比丘和比丘尼们要过没有大蒜大葱的素食生活；迈步在超脱路上的比丘和比丘尼们要在雨季期间闭门诵经，理化心智，其他时间要行走四处，传讲佛说，弘扬佛法。

最高的佛法弘扬者就是佛陀释迦牟尼自己。他领着弟子们四处游走，不辞辛苦，耐心说教，广招门徒，为普度众生操劳终生。据说，佛祖传教45年后的80岁那一年，在拘尸那迦城外的婆娑罗树园内的两株菩提树之间，最后一次向弟子们传法，然后头向北面西侧卧圆寂了。弟子们按当时的习俗火化后发现骨灰中出现了很多的舍利，对并未倡导神性的佛祖来说，这是他留给世界和教业的一大奇迹。听闻后，邻近各王国的刹帝利们抢着供奉佛陀的遗骨舍利。再后来，随着佛祖圣明的远扬和佛教的广泛传播，人们把这些神奇的舍利分成8份，由各获得国建舍利塔加以供奉。

一个以现实世界为观照体的心灵工坊就这样丰实起来了。它的地基是佛祖悟得的理法，骨干是一心传扬它的僧家，吸引力是超脱成佛的自在，感召力则来自佛祖尸骨幻化出的舍利。这样，虽然没有神的用力，但在被笼罩于不合理利益关系所导致的种种烦恼下的古印度大地上，一个被叫作佛教的宗教事业稳妥而扎实地被运作起来了。这个时候，人类的历史正蹒跚前行在从公元前6世纪步入公元前5世纪的过程中，虽然一神的犹太教已经形成，但基督教和伊斯兰教尚未进入酝酿过程……

佛教似乎没有经历基督教、伊斯兰教起初那样传播难的问题。虽然当时的印度也像犹太人和阿拉伯人各有坚定的崇拜一样，也有着婆罗门教信仰，但它没有遇到耶稣和穆罕默德那样的反对和抵制。原因极其简单，那就是：依仗原有信仰的权贵者不需要它。而古印度有所不同的是，担纲着军政大权而被贬低为次级种姓的刹帝利们需要它。随着古代印度社会存在形态的向前发展，握有军政权力的刹帝利们，不再满足于只做创世典故中普鲁沙的双臂，出汗出力，还听他嘴的化身婆罗门的指指点点。他们想有所改变，想堂堂正正地主导这个社会，可次级种姓的身世使他们名不正、言不顺。就在这样的情况下佛说来了。佛祖说四姓是平等的，并没有什么先天的身世区别。这个说法深受刹帝利们的欢迎，他们也希望它能够成为人们的共识。因为这不是随便某个人说出来的，而是非凡的释迦牟尼、是骨灰中都能产生舍利的大圣人说的，所以绝对是真的。

就这样，刹帝利们把自己和主流社会开放给了佛教，使它在印度大地上迅速传播和发展起来。随着刹帝利们对他们的支持，佛教教徒们得到的施舍越来越多。寺庙被捐赠出来了，本来说要住山洞或林间空地的他们搬到固定的房舍里来了；食物的施舍源源不断，本来要靠乞讨果腹的他们吃起饭堂来了；有了住的，有了吃的，还有超越生死修炼的吸引，越来越多的人走进了他们的行列。佛教终于替代婆罗门教成为古代印度的精神时尚。

刹帝利们对佛教的支持得到了可观的回报。长期流传的身世缺陷之说被否定了，他们主导和左右社会的信心和欲望越来越强烈。这样，当马其顿帝国亚历山大及其军队的短暂入侵结束之际，一个叫游陀罗笈多的刹帝利出身的年轻人成功地建立起了将印度大陆推向统一的孔雀王朝。

孔雀王朝把统一和佛教一同带给了印度。但第一任君主游陀罗笈多没有信奉它，只是成功地利用了它。这是不是政治本有的警觉，没有史家提及过。不过，晚年时这位开创过古代印度新纪元的王者，可能以为自身找到的真理更可靠，便离开王宫，以耆那教的苦行方式去寻找他所坚信的天地间应有的那个真理。但他显然没有释迦牟尼的智慧，用去12年的苦行，也没有找到真理的踪迹，最后饿死了自己。

当游陀罗笈多饿死饿活地寻找真理的时候，其儿子频头沙罗接着管理了王国。虽然，他们得益于佛陀的理念，也施舍支持佛教的发展，但还没有认为它是唯一而真正的真理，而是认为哲学中可能蕴藏着一些真理。所以，他向当时奉行希腊文化的叙利亚国王安条克表示，想要有一个希腊哲学家的头衔。他在给安条克的书信中表示："为了一个真实的希腊哲学家头衔，我愿意付出高价。"据说，安条克认为哲学家头衔是不可出售的，所以未能满足他的要求。

频头沙罗的继位者是较有名气的阿育王。据说，这位新王在王位争夺中杀害了近百名手足兄弟。不过，他比起祖父和父亲对佛教的好感更多一些。一个传奇说：在阿育王时期，国王都城的北部建有一座监狱。该监狱以刑罚的残酷闻名，当时或直到很久以后，人们都称它为"阿育王的地狱"。说是任何人只要一进入这个地牢，就没有活着出来的。但是有一天，一位佛教高僧无故被抓进了这座地牢。地牢的狱卒们对他使用各种酷刑，还把他放进水锅里面煮，结果锅里的水总也无法烧沸。人们惊讶不已，狱吏便把此事呈报阿育王。阿育王感到很奇怪，内心深处各种思维激荡不已，将佛教高僧从地牢里放了出去。

从此，阿育王的身上发生了重大的变化，他不仅下令废掉那座监牢，还修正刑法，放宽了对犯人的发落。而就在这时，他派去镇压羯陵伽部族叛乱的军队大获全胜，平息了叛乱。在这过程中，他的将士们杀死千余名叛军，还俘虏了很多叛徒。这时，作为国主的他，不仅没有为胜利而开心，而是为因暴乱而惨遭杀害与失散的人们深感悲痛，更令人惊讶的是竟还下令释放所有的俘虏，发还羯陵伽的土地，写去了一封致歉的文书。在此之后，他迈出了更彻底的一步，许身加入佛教教会，穿上僧侣的袍服，停止食用兽肉并禁止狩猎活动。

传奇的目的性设计是很清楚的，就是强化念佛之人的超然能力，说明阿育王皈依佛教是被其神奇之力所折服的结果。事情究竟有怎样一个真实的过程，史家们至今并没有予以考证。留给我们的知识就是：孔雀王朝第三任君主就这样皈依了佛教，就这样变成了袍服袈裟于一身、僧家打扮的特殊国王。

阿育王尊崇佛说的原因，可能在于他一个美好的理想。因为自其祖父以来，武力虽然保证着王朝版图的统一，但反抗不断，战事不停，使他烦恼不已；再是，自其父王频头沙罗以来，虽然很羡慕希腊的哲学，但从中未能找到治理好王国的良方，这使他颇感迷茫。在这种情况下，风靡其王朝上下的佛教礼法别无选择地影响了他对王国改进的理想。于是，他俨然以佛教的理法与主张调整起原来的利益关系。

据说，他在实施统治的第11年开始，颁布了许多倡导佛教精神的诏令，并要求各地用简单易懂的词句和各自的方言将它雕刻到石头或柱杆上，以便让每个人都能看到，都能了解到。有史家称这些为"岩石布告"，形象很容易使人想到至今还吸引着人类好奇的岩画。考古者在古印度各地都发现了这种"岩石布告"，"柱杆布告"也发现了不少。史家学者们从一个柱杆上抄译了大致意思如下的文字：

> 现在，神圣仁慈的陛下颁旨奉行怜恤，战鼓击打的回音已变成了法令的执行……多年以来从未发生过的，现在由于《怜恤法》根据了多数的理由，并经神圣仁慈的陛下颁行，增列禁止杀害有生物作牺牲，禁止杀戮活生生的人物，善待亲戚，善待婆罗门，顺从父母，听从长者。因此诸如其他方法。加强实行《怜恤法》，并由神圣仁慈的陛下补订该法并颁行遵照。

凡神圣仁慈陛下后世子孙俱遵旨意奉行无怠直至宇宙时代之幻灭。[①]

　　阿育王的诏令就这样变成各个地方的人们抬头可见的文字，教导人们哪些是该做的，哪些是不该做的。应该说，那些已被发现或尚未被发现，但遍布古印度各地的"岩石布告"和"柱杆布告"，就是阿育王社会改革的方向和路标。史家学者们都认为，阿育王后半生的理想是在印度建立一个和谐、安详、平等、仁慈的社会。而且信心满满，还希望他所知道的世界的其他地方也都能建立起这样的社会，所以他向锡兰、叙利亚、埃及和希腊等地派出僧团，宣传和推介佛教。

　　可是，这位踌躇满志的君主却未能收到他所希望的那个效果。首先，他对自己王国利益关系的佛教主义改革没有成功。因为，佛教的主张并不是可以编织出满足生存需求的社会形态和利益关系的学说，而只是吸消社会负面情绪的心灵工程。所以，他为建造一个仁慈的社会而努力时，婆罗门对他恨之入骨，声称要将他毁灭处死，猎人、渔夫们因禁止捕杀而怨恨满腹，农人们也因禁止米糠生火而大为不满。据说社会改革的不成功最后使他丢掉了权力，再后来，距他去世几十年之后的公元前148年，嫁接佛教主张于利益关系之中的孔雀王朝也被他人推翻了。其次是，他向叙利亚、希腊、埃及等西北方向派出僧团，推广佛教的努力，也没有结出可喜的果实。因为，位于他西北方向的叙利亚、埃及和希腊等地是身属西部生存圈的地方，而这些地方自历史开始以来就养成了凡事找神的神依赖情结，所以，没有神灵挂帅的佛教未能得到当地人们的响应。

　　不过，阿育王的努力也不是完全徒劳的。他将佛教向东南方向的推介，得到了蔓延广大的成果。他向东南方向推广的第一站是锡兰，也就是现今的斯里兰卡。阿育王在向西北方向派出僧团的同时，派自己的一个王子带着僧团去了锡兰。这是权力同权力的交情，只要百姓需要它，国王是放行的。于是，尚未养成神依赖情结而深陷于不合理利益关系之苦的人们接受了它、欢迎它，并以未曾有过的热情将它传播开去……

　　据说，阿育王的最后一段日子较为凄凉。王权被免去了，给予的待遇也一天不如一天，配给的物品也一天比一天少了。最后到仅发给他半个庵摩勒果的程

————————————

① ［美］威尔·杜兰特：《世界文明史》，华夏出版社，2010年。

度，他也将它转送给佛门弟子，以示对佛教的尽力。与阿育王的最后凄凉不同，随着发展壮大，佛教那吸消负面情绪的能力越来越凸显出来，并以使生命超脱生死烦恼的引力，越过喜马拉雅山脉和印度洋的海水，走向了中国和东南亚地区，并由此传播到更东的朝鲜和日本。

与向西传播的无功不同，佛教的向东传播很是顺风顺水。能够这样的先天条件是，地处东方的这些地方尚未养育出神依赖习惯，而充满着人文的情怀，所以路途上是没有障碍物的。因生存资源占用权的风云变幻，也普遍存在着利益关系不合理所导致的负面情绪，于是对佛教的到来，人们是出门相迎的。

就这样，佛教溢出印度大陆，潺潺流向了东方的世界，不仅给人类提供了一个自我管理的心灵方式，也以不断被放大的吸消负面情绪的能力被权力所接受，渐渐发展成人间生活中一道温和的风景……

第八章

各显身手

　　一条认知线路已经清晰可见，那就是：为解决己所不能的问题，人类创造了神，而随着利益关系从简单到复杂、从蒙昧到不合理，为解决从中衍生出的己所不能又难以承受的不公，他们把神又发展成了宗教理念。尽管佛教原初是无神的，但初衷是一致的。

　　同样，为满足生存的需求，人类从未放慢迈向生存资源的脚步。当生存资源以动物的形态存在时，他们追逐着遍布了世界。而当生存资源又以固定地域的产出为形式存在后，他们又回过头来挤向这里。尽管时间有先后，但生存资源再分配问题没有找到解决方法之前，他们是别无选择的……

中亚草原的广阔与狭小

如果说森林是人类的第一摇篮，那么草原就是他的第二摇篮！

在非洲，或走出非洲后，人类很长时间的生活都是在森林里度过的。他们在这里追逐猎物，繁衍生息，历练生命，积累了最初的生存经验。之后，就像发现种子的秘密一样，他们发现猎物养殖的秘密后就做起了草原上的游牧人。从森林到草原，改变的不只是生存环境，更重要的是改变了获取大地滋养的方式。这对开始走向有别于动物的生存模式的人类来说，意义的重大是难以衡量的。

因为，狩猎不仅是相同于动物的滋养获取方式，而且又是无法大幅度提高滋养获取量的有限方式。动物是自然的生灵，力量和速度往往比人类强得多，其繁殖也不受人类的干预。所以，仅靠智慧和器具的人类能够捕杀到的猎物总是有限的，进而能够养活的生命数量也总是有限的。与之相比，懂得了养殖的秘密，且做起草原上的游牧者之后，他们就迎来了生存发展上的一大飞跃。很显然，养殖实现了人类对动物繁殖的干预，草原又提供了丰饶的水草，畜群的数量很快就增长了起来。可要知道，这些欢跑在草原上的牛马羊骆驼，个个都是游牧人的打工者，它们啃食青草，择饮河水，以长膘的形式为其主人收集大地的滋养，时刻准备满足他们食用的需要。这样，吃的东西多，能够养活的人也就多了，而人多了，一股冲击力也就形成了。

然而，草原对生存的供给是有限度的。如果人类的另一些成员没有发现种子的秘密，没有掌握生产生存资源的方法，没有发展出可以满足生命种种需要的农耕生产来，人们也不会发现草原心有余而力不足的窘况的。可麻烦的是，这种事情已经发生，而且变成了草原上的游牧人竞相挤往的历史方向。

中亚草原就是这一生存规律最重要的见证地。位于东西两大生存圈中间的这个地方，由于地球的地壳运动，未能变成适于农耕的肥田沃土，而演化成了一片接一片广袤无垠的大草原。不知从什么时候起，一批批游牧人进驻这个草原，迈开了按生存规律运动的脚步。法国史学家勒内·格鲁塞写过一本专门记述这片草原游牧民族运动轨迹的《草原帝国》，对曾经在这里生活过的游牧民族进行过一次大统计。据这部著作透露的信息，属于波斯一脉的斯基泰人是第一个从草原走向生存资源产地的游牧民族。因为他们生活在这片草原的偏西地区，与西部生存圈资源产地较近，所以早在公元前6世纪时，他们的身影就出现在小亚细亚等地中海东岸的生存资源产地上。第二个就是众所周知的匈奴人了。由于匈奴人所处之地在东方生存圈的范畴，所以他们用力挤往的方向就是黄河中下游的丰饶大地。只是牢牢掌控这个生存资源产地的汉王朝越发强大而部分匈奴人无奈地挤向西部生存圈去了。

就这样，中亚草原上的游牧民族们，在激情悲壮的生存竞争中，一旦聚集起冲击力后，就开始向生存资源产地挤去。匈奴人之后，就是从开伯尔山口挤进南亚次大陆印度大地的月氏人。继月氏人的脚步，又有一个游牧民族跨上马背踏上了挤往生存资源产地的路。

这个民族就是被称作嚈哒人的又一部游牧民族人群。有史家也称他们为白匈奴。他们的族源有多种说法，最宏观的说法认为，他们应该是古代阿尔泰游牧民族与印欧塞种游牧民族的混合后裔。较为细致一些地说，他们是蒙古—突厥系的一个部落。有史家更具体地说，他们就是匈奴的后裔。在公元5世纪初时，他们游牧到今乌兹别克斯坦、土库曼斯坦一带，并在这里发展壮大起来。据说，在公元425年到450年期间，大力扩充生存空间，将其占地向东扩到焉耆地区，向西和西北扩到咸海，古代被称为索格底亚那的中亚河中地区和被称作巴克特里亚的今阿富汗等地区都成了他们信马由缰的领地草原。

圈占的草原已经足够广袤了，但他们还是不满足。因为他们已经知道了更能满足生存需求的物品都在哪里，都是一些什么样的东西，所以生命的需要迫使他们去求索、去拥有。对于崛起在河中地区的他们来说，以黄河中下游为中心的东方生存圈资源产地和环地中海存在的西部生存圈的资源产地，都距他们较为遥远，且还都有较强抗击力的政权在控制。于是，西突南下就成了他们挤往生存资源产地的基本方向。

据说他们没有文字，但他们不缺乏智慧。为了避免误判导致的不必要打击，他们向东与当时中国南北朝的北魏、西魏、北周及梁朝等频繁交往，向西则与波斯全力较劲。因为，波斯早在近千年以前就掌控过环地中海资源产地，同时又占据着从东西方商贸中积蓄了很多财富的地方，而且恰好又处在西进的半路上，像一堵墙一样挺立在那里。虽然，其势力可能不足以一下冲垮波斯的萨珊王朝，但需求和馋欲迫使他们不断到波斯境内抢掠烧杀。波斯的萨珊王朝及其皇帝对此怒不可遏，曾给他们导致酋长阵亡的沉重打击。但到公元470年后，事情发生了反转，嚈哒人开始频频战胜波斯，最后使其成了他们的附庸。波斯屈服之后嚈哒人没有继续向西，也许是发现了横亘在前面的更强大的罗马帝国。于是，他们改变了用力的方向。

这个方向就是向南，穿过开伯尔山口即可到达的南亚次大陆上的古印度。就在公元470年左右的时间，他们从波斯这座古老而富有的库房里随意取用所需之物的同时，沿着月氏人曾经的脚步出现在印度河流域富饶的旁遮普地区。据斯坦利·沃尔波特所撰《印度史》说，这些人在公元500年前便从笈多王朝的手中抢占了这个地方。是印度人的记忆有误，还是史学家的认知有别，或是这些古代民族的身世本来就是复杂难辨，作者认为侵入者可能就是被遗落的部分匈奴人。

不管怎样称呼，就是中亚草原养育成长的这批游牧人，在需要的驱使下饮马印度河去了。

纵观人类占用资源产地的历史，有4种模式是显而易见的。一是完全自我模式，就是自我开发，自我享用，就像两河流域、尼罗河、印度河、黄河中下游地区最早的农人，尽管很难，但他们多么希望独自占有能够长出谷物的这片土地；二是彻底入住模式，就是放弃原住地，挤入资源产地，并以其住民的身份生活下来，就像当年的闪米特人、雅利安人和被中国中原农人称作东夷、南蛮、北狄、西戎的那些人；三是纳入版图的模式，就是并不举族搬入资源产地，而是用强大的武力把资源产地和产地上的人民纳入自己的统治版图之内，主导所产资源的分配，这个模式约从波斯开始，亚历山大帝国和罗马帝国都采用这个模式；四是殖民模式，这个模式自古希腊开始，到公元1000年左右时，它对人类生活的功过尚未显现出来。

嚈哒人没有效法月氏人的入住模式，而是选择了纳入版图的模式。他们把被称作嚈哒帝国的政治中心设在今阿富汗的巴尔赫，继续草原人粗犷生活的同时，把波斯和印度的旁遮普当成了所需生存资源的库房和获取地，不过，这种生存资源获取模式，始终需要有强大的武力来维持，不然顷刻间又将失掉它。据说，选择这一模式的嚈哒人只坚持了不到百年的时间，在被压迫地区的反抗，更是在新需求者群体的冲击下倒下去了。

这个新崛起的需求者群体就是被称为突厥人的又一部中亚游牧人群。

说起突厥人的这一游牧人群体，史书和史学家们的说法之多，让人很难相信其中的某一个是正确的。有的人认为，他们是突厥-蒙古一系中的一部分；也有人认为他们只是一个语言群体，而不是一个种族群体，他们都因突厥语系的某种语言而共同联结在一起，他们在种族上虽然是混杂的民族，但更像高加索人种，而不是蒙古人种；还有人认为，他们和古代的匈奴同种。中国古代《周书》说，"突厥者，盖匈奴之别种，姓阿史那氏，别为部落"，突厥人自己说："九姓回纥者，吾之同族也。"中国有史家根据突厥人毗伽可汗碑文上的这一线索，进一步追溯后暗示，突厥人的祖先可能就是游牧于匈奴之北、与匈奴同时兴起的丁零（Tolos）人。凡探寻之说中，这是溯源问根最深入的一个说法。

突厥人与罗马人一样，在他们的历史记忆中都有与狼关系亲密的传说，突厥人的传说是这样的：

突厥人的祖先建国于西海之上，后被邻国所灭，成员尽被杀戮。只有一个小孩，兵人不忍心杀之，但砍掉了他的脚，弄断了他的手臂，扔在草泽之中。有一头母狼，每天都用肉喂养这个男孩。男孩长大后，与狼结合，母狼遂怀了孕。邻国的君主得知后，再次差人去杀掉他。来人见狼正在旁边，便想把狼一块儿杀死。但是狼逃走了，来到高昌西北的一座山。山中有洞，穴内土地平坦，草很茂盛，周围有数百里，狼藏匿其中，生下10个男孩。他们长大后各有一姓，都娶妻生子，其中阿史那氏最为贤能，于是成为头领……①

突厥人在中亚游牧民族早期的聚散离合中一直为强壮自己而努力着。但不幸的是，他们遇到了继匈奴而崛起的鲜卑人。由于不愿臣服于鲜卑人，约于公元433年时，他们就在首领阿史那的带领下举族迁到中亚地区，求护于同源的柔然人，被接纳后成为他们的铁工。在没有战乱和杀戮的环境下生活，这群突厥人渐渐地壮大起来。于是，成长的烦恼就来找他们了。

---

① 参见《周书·突厥传》。

突厥人的首领，很想改变生存格局中的身份地位，便向柔然王求婚，请求他嫁一女儿与自己。突厥首领的举动完全是难以回避的成长之烦恼。在原来的求护于他们的铁工生活中，突厥人绝对不会有利益主体的地位，而且利益自主的程度也会是很低的。可现在，势力壮大了，利益自主的渴望也随之产生了。可是柔然王并没有看清这一变化，而是派人怒骂突厥首领道："尔是我锻奴，何敢发是言也！"受此侮辱后，突厥结束与柔然的亲近关系，并用青春的体力与他们为敌了。终于，公元552年，突厥人取得了反灭柔然的彻底胜利，并在原地上建立起了一个叫突厥汗国的新政权，转身成了中亚草原的新主人。

从寄人篱下到君临天下，突厥人很快走过了利益身份的变化过程，一跃成为以帝国为存在形态的利益体。但这个利益体并不是自给自足的饱和体，而是因生存类型的缺陷而并不饱和的需求体。但突厥人这一庞大的需求体，在为获得生存资源而努力的过程中，遇到了相近于匈奴的命运。匈奴遇到的是东方生存圈里强大的秦汉两朝，而突厥人则遇到了从分离中重新统一起来的隋唐两朝。隋朝与秦朝相仿，而唐朝更强于汉朝。所以，突厥人虽然如在阙特勤碑上所写"唐人富有金、银、粟、帛"一样，深知所需的资源就在那片大地上，但因唐朝的强大而一次又一次地遭遇挫折，最后在公元745年时也以与匈奴相似的方式被击垮下去，其中一部分人也像匈奴一样迁向中亚腹地。

这些迁到中亚腹地的突厥人没有像北匈奴一样继续西进，而是就在现今被称为阿姆河的周围地区生息繁衍，等待历史再给他们机会。

机会是举着刀抢过来的。据史家说，公元673年，极盛时期的阿拉伯人东征到达阿姆河一带，抓2000余名突厥人当作了奴隶。阿拉伯帝国是权力和信仰合为一体的产物，所以，在占有资源产地的同时，也不断向四面八方扩充心灵版图。于是，并非资源产地住民的突厥人也被裹挟进去，以奴隶的身份被移民到了阿拉伯帝国的内部。也许，胜利使贝都因人懒惰了，也许草原出身的突厥人本来就诚实厚道，公元840年，衰落了的阿拔斯王朝哈里发招募那些奴隶的同族中亚突厥人为自己的警卫兵。从此，被征用到阿拔斯王朝里里外外的突厥人日渐多了起来。

事情就这样发展着。到公元900多年后，一个似曾相识的情况也在阿拔斯王朝出现了。就像由日耳曼人组成的卫队左右了西罗马帝国皇帝的废立一样，聚集在哈里发身边的突厥人不仅取得了军权，又把最高统治者的哈里发像傀儡一样左右了起来。有一个叫阿尔普特勒的突厥人，用他的冒险行为，又进一步改变了突厥人在阿拔斯王朝辖地上的地位。阿尔普特勒原是阿拔斯王朝附属萨曼王朝君主手下的禁军首长，本为突厥奴隶身份。因不满王朝君主对他的冷落，于公元962年率领突厥人军队占领萨曼朝管辖的伽色尼城，自立为最高领导者"埃米尔"。由此，突厥人在阿拔斯王朝的辖地上开始建起了自己的政权。这与日耳曼人在西罗马帝国辖地上建起西哥特王国和东哥特王国的情形是多么相似啊！

突厥人自觉珍视以族群为利益主体的这一政权，不论是左右着阿拔斯王朝权力的突厥人，还是掌管着其附属国萨曼王朝军力的突厥人，面对其王朝的这一叛乱，都没有协助其本朝进行尽力的剿灭，使其有了自我成长的良好环境。这个政权在史书上称伽色尼朝或哥兹尼朝，是被东方生存圈拒绝挤入的突厥人向西发展后建立起的第一个以自己族群为利益主体的政权，也是挤往另一个资源产地的铿锵起步。

据史家们的讲述，阿尔普特勒的儿子马哈茂德有着比其父亲更强的能力。公元977年，他继父亲成为伽色尼朝的国王。这时的马哈茂德已经是笃诚的穆斯林，但这丝毫没有影响他向其他伊斯兰教地区进行血腥的开疆拓土战争。不知是突厥人的战力所向披靡，还是自为利益主体的目标激发了他们的能量，马哈茂德继位后很快推翻萨曼王朝的统治，将从波斯湾到阿姆河的全部波斯领土收入自己的版图，确立起了获利于丝路商贸的主人地位。

由此，对生存资源的需求得到了部分的满足。这时的波斯已经不是早前的那个"吃的不是他们所喜欢的，而只是他们所能够得到的，而且喝的不是酒而是水，没有无花果做点心吃，也没有其他好东西"的穷乡僻壤，而经历了1000多年对资源产地的夺取与失去的变化后，不仅把脚下土地开发成了具有相当能力的资源产地，又以地处东亚南亚与西亚欧洲陆路贸易必经之地的优势，成了可以获取丰厚利益的地方。所以，把波斯纳入权力版图，会在一定程度上缓解突厥人的资源需求。

突厥人可以就此满足了吗？当然不会。这个时候的他们，向西已经到了西部生存圈资源产地的东门之外，向南已将进入印度河流域资源产地的开伯尔山口占为己有，就看看他们将向哪个方向表达对资源的需求了。

从接下来发生的事情看，对信仰承担的义务可能决定了马哈茂德对方向的选择。在穆罕默德接班人艾布·伯克尔"勇敢，宁死毋屈！仁爱为怀，毋杀老弱妇孺。……不要干扰遁世的宗教人士，至于其他的人则应强迫他们成为伊斯兰教徒，或对我们奉献，如拒绝这些条件，就杀了他们"的催动下，阿拉伯帝国的人们在把环地中海资源产地揽入怀抱的同时，把自己的伊斯兰信仰推广到了波斯及中亚地区。在此进程中，伊斯兰风暴虽然席卷过印度大陆的西部地区，但这块丰饶的资源产地还没有更换它的主人，其人民大众的心灵还牢牢地被佛教信仰占据着。于是，走出开伯尔山口就能到达的印度便成了马哈茂德表达资源需求与尽责宗教义务的方向。

史家们统计说，马哈茂德同已经和部分嚈哒人融汇在一起的印度人进行了17次大小不等的惨烈战争，对已经植根于这片大地的佛教进行了灭绝性的打击。他毁坏佛像，捣毁寺院，大肆屠杀佛教僧侣，使在同婆罗门教与耆那教的竞争中发展了千余年的佛教从印度河流域地区彻底消失。同时，他又把伊斯兰信仰强制性地输入到了这个地方，并用同嚈哒人一样的模式变成了它的主人。马哈茂德对佛教的残暴，史家们非常地愤怒，但对他把抢夺来的珍宝用于文化学术之举也给予了必要的赞许。

不过，马哈茂德推动的这轮族群崛起，未能使突厥人完全知足。这时的突厥人族群中，有一个被称为塞尔柱人的部落，这个部落的头人塞尔柱克和他的后人们对财富与权力有着比马哈茂德更丰富的想象。于是，趁公元1030年马哈茂德死去，分离活动四起时，时为伽色尼北部边疆的守卫者，塞尔柱克的孙子图格里勒·贝格转身举起反抗马哈茂德继位者的大旗，统率着希望获益于他的其他突厥人，掀起了推翻王朝的斗争。据说在1040年，他在一个叫丹丹坎的地方的决战中大败伽色尼朝军队，进而取代伽色尼为新的突厥人政权，定都伊斯法罕。

不知是什么原因，塞尔柱突厥人并未能完全领有伽色尼王朝的全部版图，而是将今阿富汗大部和印度河流域旁遮普等地仍任伽色尼朝的统治者们经略。这样，塞尔柱突厥人虽然建立了自己的政权，但尚未找到供养这一政权的资源获取地。既然不想南下攻取印度河流域资源产地，那么他们只能向环地中海资源产地伸手。说来突厥人的这个政权真的还有不错的运气，当他们不知该向何处伸手之际，阿拔斯王朝哈里发卡伊姆正在遭受辖地割据势力操纵之苦。见塞尔柱突厥人的势力越来越强盛，哈里发卡伊姆便诏令图格里勒·贝格前来帮助他摆脱困境。于是，图格里勒·贝格于公元1055年统兵进入王朝都城巴格达，在清除了操纵哈里发卡伊姆的白益家族的势力后，被哈里发赐予"东方与西方之王"的名号。

  叫"哈里发"的这一官职名称，是在艾布·伯克尔接手穆罕默德伊斯兰政权时出现的。字面上只有"代治者"之意，但实际上就是伊斯兰国家政治与宗教最高领导者的专用称谓。但是，图格里勒·贝格把哈里发卡伊姆解救出他人操纵后，使它变成了只在宗教上的一个身份，自己则独揽了这个王朝的执政权。从此，塞尔柱家族的人们统领着成长于中亚草原的突厥族群的人们，堂而皇之地步入地中海东岸的资源产地，并迈开了将更多资源产地揽入怀里的步伐。

  据史家们观察，图格里勒·贝格的侄子比其父辈更胜一筹，他叫阿尔普·阿尔斯兰，于公元1071年即位后，便开始与立国千余年的东罗马帝国摔打起来，不仅俘获其皇帝，还把古代吕底亚人因其富饶而自豪的小亚细亚地区抢到了自己的手中。与此同时，还把帝国的版图向西扩展到耶路撒冷、大马士革等地中海东岸的所有资源产地，使突厥人在人类对生存资源的争夺中占取了重要的地位，并为奥斯曼帝国形式的更广泛占有埋下了伏笔……

海洋游牧人在陆地上的行踪

在人类历史进入公元1000年前后的一段时间里，从中亚草原外溢出去的游牧人群不只是嗷哒人和突厥人，还有按不同线路挤往资源产地的马扎尔人。

史家说，被称为马扎尔人的这些人群就是现今匈牙利人的热血祖先。他们原生活在中亚草原西端、乌拉尔山脉南麓一带，早先的生存经历并不为人所知。他们姓在前、名在后的取名文化常常使史学家们想到中国、日本等东方人的起名习惯。目前，史学家们较为清楚的是他们公元5世纪以后的生活变迁。如今已成常识的说法是这样的：约在公元5世纪的时候，他们已经过起以部落为单位的生活，那时他们共有7个部落。他们受一个叫可萨人的人群节制，这些可萨人是北匈奴与一支回纥人相合而形成的西突厥民族。

以部落为单位的生活，走向部落联盟的社会是较为必然的过程。公元9世纪时，他们已经进入部落联盟时代，并推举一个叫阿尔巴德的勇士为他们的首领。从以部落为单位的分散生活发展到以部落联盟为形式的一体化生活，草原上的马扎尔人已经完成了择地而居所必需的力量集结。于是，于公元896年，首领阿尔巴德率领50万马扎尔人一路西行，迁到喀尔巴阡盆地留居下来。据说，他们这样长途跋涉的迁徙是受到了一个叫佩彻涅格人的人群的挤压和侵扰。

这个说法似乎与北匈奴人驱动了哥特人的入侵一样有趣。不过，他们就这样迁徙过去了。过去之后，他们仍然过着游牧的生活。可是，他们游牧的地方不再是遥远的乌拉尔山脉地区，而是罗马帝国鼎盛时期的潘诺尼亚地区，所以他们很快就知道了财富和资源所在的地方了。于是，他们也就像哥特人一样表达起了对财富和更多生存资源的向往。他们遇到的境况与哥特人有所不同的是，这时生存资源产区已被扩展到了西欧地区。在罗马人开始崛起时还是一块荒蛮之地，迫使其住民南下劫掠的高卢地区，经罗马帝国期间的开发已经变成了潜力很大的资源产地。所以，这个地方很快就成了马扎尔人挤往的方向。

让很多史家抱怨不已的马扎尔人的入侵就在这样的情况下开始了。起初，马扎尔人的攻势无人能挡，到公元924年时，他们的脚步已经深入到中法兰克地区，给正在掀起占据地调整浪潮的这一地区带来了很大的变数。如果没有出现奥托大帝这样一个能人，我们很难想象骁勇的马扎尔人能够挤到哪一块生存资源产地。

可是，奥托大帝偏偏就出现了。公元954年，马扎尔人又一次进入东法兰克地区，洗劫了巴伐利亚、士瓦本，进而包围了奥格斯堡。这时，东法兰克王国正由奥托执掌。史家说，国王奥托手中有一支精锐的重骑兵部队，尽管马扎尔人在巴伐利亚、士瓦本等地所向无敌，但国王奥托就不相信打不过马扎尔人。于是，他就在马格斯堡地方与马扎尔人激战。据说，当时马扎尔人有5万轻骑兵参战，而国王奥托所率的重骑兵只有1万，结果国王奥托大获全胜，马扎尔人却惨败而归。

此次失败后，马扎尔人的对外侵扰基本结束，游牧驰骋的他们就在喀尔巴阡盆地定居下来，开始了务农的生活。

看吧，这是怎样一个结果呀！彪悍的马扎尔人没有像匈奴人、日耳曼人等挤往生存资源产地的游牧民族一样败而不馁地继续去战斗，而是放下刀枪，走下马背，扶起犁杖，拿起锄头做起了所需生存资源的生产者。在游牧民族为获取所需资源而拼杀的历史中，这的确不是一个很小的例外。这个例外能够在欧罗巴大地上出现，最主要的原因不完全是奥托大帝的打击，而是公元10世纪的时候欧罗巴大地土壤里的先天激情被唤醒了。欧洲大陆地势平缓，除了阿尔卑斯山脉以外没有太高的隆起，尤其是大西洋暖流从海边直接眷顾到大陆腹地，为植物的茂盛提供了先天的保障。由于暖流的眷顾，冰川的消退和植物的出现都比同纬度的其他地区要早。植物最独特的本能是能够自我供给所需的肥料。不断掉落的树叶和干枯的草丛都会渐渐成为肥料和养分，不仅促进植物的茂盛，还会使土壤肥沃。生活在这样的土壤上，可以去捕获的猎物是很多的。所以，欧洲内陆的原住民在没有必要留意种子的秘密的环境中生存了很长的时间，其脚下的土地也储备了很多年的肥沃。

可是，有一天农业革命的风搭乘着古希腊的船舶，马其顿帝国的战车和罗马帝国的统治吹遍了大陆地区。于是，人们开始开发肥沃已久的脚下大地，慢慢地使这些地方也变成了丰饶的生存资源产地。只是，马扎尔人到达喀尔巴阡盆地时并未掌握这一技能，后来知道了、学会了，便放下刀枪，成了自食其力的生存资源生产者。

与让我们尽力地推理与想象和思索不已的马扎尔人不同，诺曼人向生存资源丰饶地区和产地移动而去的线路，着实让人眼花缭乱。

探究族源的史家们说，诺曼人的祖先就是被形容为海洋游牧人的维京人，他们有时也被称为海盗，一些轻信一面之词的文学艺术家曾把他们描述成无恶不作的盗贼。这些人及其后代，为寻获生存资源而离开祖地后，渐渐被称呼为诺曼人了。诺曼人及其维京先人，与日耳曼人一样，斯堪的纳维亚半岛是他们的故乡。他们从非洲蔓延而来的祖先何时到达斯堪的纳维亚半岛的，人们并不清楚，但史家们知道这些人的后代跟随日耳曼人南下的脚步渐渐遍布挪威、瑞典、丹麦等大片区域。他们与日耳曼人一样没有向更北的地方发展，而脚步一直是向南，再向南。如今在冰岛的维京人的后裔并不是自然发展蔓延而至，而是13世纪在英格兰国王哈罗德一世的打击下，逃到这里的维京人之后。

尚还被称为维京人的诺曼人的先人，在遍布挪威、瑞典、丹麦等地区时还没有形成利益的统一体，是处在利益的部落化时代，还是部落的联盟化时代，只有深入研究的史家们才清楚。不过，不论以什么形式存在，他们对生存资源都有着迫切的需求。所以，他们早期向生存资源伸手的方式零散而不成规模，且充满着盗抢的色彩。有史家也这样理解过他们：妇女生殖力强，男人好幻想，远超过土地的肥沃度，年轻人及不满现状的人出海到沿岸觅取食物、奴隶、妻子或黄金，其饥饿的程度使他们不需法律及疆界的局限。

有史家说，他们能够单打独斗地在大海上冒险闯荡，靠的就是灵性十足的战船——他们的战船一般用整棵橡树为材料，战船窄而平底，灵活又轻便，又能耐风浪，有一边安有10个、16个或60个木桨——另外就是为满足需求而不怕死的勇气。

在现有的人类记忆中，他们最早出海抢掠的时间是公元787年，抢掠的地方是尚还没有统一的英格兰西撒克逊海岸地区。据说来抢掠的只有3艘船，当地官府的人误以为他们是前来做买卖的商人，便向他们征税。可谁知，他们不是来缴税的，而是来抢掠的。于是，征税的官差不仅被他们杀死，那个地方也被他们抢劫了。接着，第二起抢掠就发生在6年以后的公元793年。抢掠者来自丹麦地区，被抢掠的地方是当时英格兰盎格鲁族人占据的诺森伯兰地区的林迪斯凡修道院。在这次抢掠中，他们杀死了修道院的僧侣，抢劫了珍藏的财宝。

接着于公元794年、838年、839年、867年等年份里，维京人划着结实而灵活的龙头战船不断到隔海的不列颠岛进行抢掠。在这样一些年份里，维京人的利益单位似乎还比较小，冲击力也可能比较有限，所以他们主要采取小股来袭、凶狠洗劫、迅速离去的游击战术。对此，岛上的住民苦不堪言，大地上到处回荡着"上帝啊，保护我们逃过北方人的侵袭吧！别叫我们遇上他们的暴行吧！"的祈祷声。

可是，上帝未能为他们阻止住维京人的侵袭。

不知是受到了海上冒险势单力孤的促使，还是受到了利益团体聚散离合的推动，据威尔·杜兰特先生掌握的资料，一个被称为戈姆王的人统一了丹麦，而于公元850年时一个叫哈夫丹的部落首领则以很传奇的方式整合了挪威。从分散到统一，不只是形式上的变化和政治上的意义，而主要是力量上的强大。人多了，力量大了，不仅需要的生存资源更多了，获取生存资源的方式也随之发生了变化。他们不再像原来那样得手就走掉，而渐渐变得既来之则安之了。这样，到公元871年时泰晤士河北岸地区出现了许多维京人占据的地块。

公元871年，一个规模化的丹麦维京人军队，在一个叫古特伦的人的统率下，从泰晤士河南下进攻西撒克逊王国都城里丁。在历史走到这个岁月的时候，不列颠岛上也发生了很大的变化。在纬度上与丹麦、挪威相差无几的这座岛，按其地理位置，所能有的生存资源不会比同纬度的地区富有许多。可是，经雄心勃勃的罗马帝国的征服和经略，农耕等生存资源的生产方式被人们掌握，慢慢使这块土地富饶于同纬度的其他地方。于是，随着罗马统治的结束，同纬度上其他地方的人们就贪婪地向这里走来了。比维京人早一步来到这里的就是正在抗击维京人入侵的盎格鲁–撒克逊人。他们到来时遇到的抵抗似乎很小，所以他们很快把不列颠这座岛切割成了7个小王国，就像公元前诸侯们分占中国那片生存资源产地的春秋时期那样。虽然，春秋已给人类验证了资源产地分割占有的不可行性，但远在洲际之隔的他们因无法按经验汲取而难以避免地滑入了中国的战国时期那样相互争雄的战乱之中。也很像秦朝最终胜出一样，西撒克逊王国渐渐夺取不列颠岛霸主地位之时维京人来了。这又像胜出的秦朝马上面对匈奴的侵袭一样。在与维京人的对阵中，起初的西撒克逊王国也像秦朝一样败多胜少，所以，到公元871年时维京人在泰晤士河以北地区占据了许多地方。

公元871年，是维京人遭到英格兰人最有力抵抗的一年。维京人打过来时，西撒克逊的国王是埃塞尔雷德。不愿将占为己有的土地拱手让敌的埃塞尔雷德与弟弟阿尔弗雷德奋起抗击。从此，西撒克逊人与维京人的缠斗就开始了。埃塞尔雷德与其弟弟在叫阿什当的地方迎战，打得维京人头一次尝到了撒克逊人的厉害。可是，撒克逊人的顽强未能延续很长时间，在接下来的默顿之战中维京人开始占上风，不仅夺取了胜利，还致使国王埃塞尔雷德重伤死去。就在国王战死的公元871年这一年，其弟阿尔弗雷德接任西撒克逊国王。虽然岛上的很多地方已被维京人占据，但阿尔弗雷德还是不愿丢掉西撒克逊任何一块土地。尽管扭转战局已经很困难，但他继位后还是亲率兵卒与维京人交战。可他未能打败维京人，反而被他们逼进了国土和王位都有可能丢掉的危险境地。于是，资源产地占有方惯用的做法也在不列颠岛上出现了。阿尔弗雷德出钱给维京人，而维京人不再进犯西撒克逊。

生存资源得到了再分配，维京人当然可以坐享其成了。可是，西撒克逊人是不会长时间地忍受这种屈辱的。终于，公元878年，阿尔弗雷德经精心准备，在埃塔敦与维京人发生激烈的战争，夺得了对维京人的话语权。他迫使败北的维京人军队掉头转向正在衰弱的法兰克王国，同时约定留在岛上的维京人，只能在东北部的"丹麦法实施地区"活动。

可是阿尔弗雷德死后，继任者们未能延续这一态势，而是在维京人的再行施压下又开始做起了出钱保平安的买卖。据史家透露，在公元978—1013年间又有一位名叫埃塞尔雷德的人做英格兰的国王。因为打不过进犯的维京人而分别以1万英镑、1.6万英镑、2.4万英镑、3.6万英镑、4.8万英镑，换取过几年的平安。钱虽然给着，但埃塞尔雷德对维京人是咬牙切齿的。意识到难以独自对决维京人后，埃塞尔雷德就想了一个借用他人之力的办法。

埃塞尔雷德借用的不是别人的力量，而是另一批维京人的力量。这批维京人，在埃塞尔雷德前来求借其力量的时候已经不叫维京人，而是被称作诺曼人了。因为，原来被叫作维京人的这些人，与另一些维京人强行挤进不列颠岛一样，他们强行挤占了法兰克王国北部靠海的一块地方，不仅被无力驱赶的法兰克王国接纳，又建立了一个隶属法兰克王国的诺曼底公国。由此，他们就被称为诺曼人了。埃塞尔雷德借用诺曼人力量的办法就是用婚姻来拉近双方的关系。埃塞尔雷德迎娶诺曼底公爵的女儿爱玛，强悍的诺曼底公国自然就成了他的靠山和后盾。

这样，埃塞尔雷德不再忌惮维京人，即向全国下达了对英格兰境内丹麦维京人进行大屠杀的命令。在人类争夺资源产地的历史中，这是一个缺乏理性的决定。从传到我们手里的资料看，史家们也感觉到了这一点，所以他们都不愿让文字再流血一次。据威尔·杜兰特先生估计："所有及役年龄的丹麦男子都被格杀，某些女子也不得幸免。"①据说，其中就包括丹麦王斯韦恩的胞妹。

斯韦恩被激怒了，埃塞尔雷德与诺曼人的联姻关系未能阻挡住他复仇的脚步。斯韦恩自公元1003年用兵，到1013年时，已使埃塞尔雷德筋疲力尽，无力抵抗，便跑到诺曼底公国岳父大人那里保命去了。于是，英格兰的土地和人民悉数转入斯韦恩手中，他成了英格兰的主人和国王。而他的儿子克努特更是被英格兰的贵族和人民拥立为国王，体面地实现了丹麦维京人以主导者的身份挤入生存资源产地的大业。从此也开启了凯尔特人、盎格鲁人、撒克逊人、维京人、诺曼人相互争夺英格兰这块儿生存资源产地主导地位的历史帷幕。

需求对生命的催促是紧迫的。就在丹麦的维京人奋力挤进不列颠岛的时候，生活在挪威、瑞典地区的维京人也纷纷向苏格兰、爱尔兰和基辅罗斯等地区用力挤去，并以各自的方式在这些资源产地上站稳了脚跟。这样，维京人走向资源产地的故事就该结束了，可让人想不到的是欧洲大陆正在进行的占据地调整运动，又把它们引向了另一个新的故事。

这个新故事的主人不再被称为维京人，而是已经被史学家们改称为诺曼人的人群了。这就说明，接下来的故事主要由在法兰克王国土地上建立了诺曼底公国的诺曼人来演绎。

诺曼底公国就是趁欧洲大陆占据地调整之乱建立起来的。建立起公国后，这些诺曼人并不局限于已经占据的土地，而经常到他人的地界里进行一些冒险。于是，正在为抢占被罗马帝国开发成了资源产地的欧洲这块大陆而混战的一些族群团体和利益集团，就雇佣这些粗野、彪悍而富有冒险精神的诺曼人为他们打仗。获胜后，作为报酬还给一些村镇归他们所有。对诺曼人来说，这可是巨大的诱惑

---

① ［美］威尔·杜兰特：《世界文明史》，东方出版社，1999年。

啊，于是年轻力壮的诺曼人纷纷到意大利南部地区充当雇佣军，与阿拉伯人和东罗马势力作战。

诺曼人并不糊涂，不久他们发现来为他人打仗的诺曼人，多得足以为自己打拼一块儿天地了。就在这时，一个叫罗伯特·吉斯卡尔的诺曼人领导者出现了。史家们认为，他是一个颇有战略想法的冒险家。公元1053年前后，他带领兄弟10人以及所属部众来到南意大利地区。罗伯特·吉斯卡尔的心目中有一个可以效仿的事例，就像先人在诺曼底建立公国一样，在南意大利建立属于自己的一个公国。

他选择的是东罗马帝国在南意大利的占地。自公元1054年至1059年，他不断对东罗马驻军发动进攻，先后占领了卡拉布里亚和阿普利亚地区，并迫使罗马教皇承认他为公爵。罗伯特·吉斯卡尔并没有因此而满足，他想把东罗马的势力全部赶出南意大利地区，使自己成为这块富饶土地的主人。于是他坚韧不拔地围攻东罗马在南意大利的最后一块占地巴里城，终于在公元1071年时进占该城，如愿以偿地成为南部意大利的新主人。

但罗伯特·吉斯卡尔并没有满足，他在南意大利成功复制其先人创建诺曼底公国模式的同时，还派最小的弟弟罗杰去占领当时还在伊斯兰教阿拉伯人控制之下的西西里岛。让人难以想象的是，曾经所向披靡的阿拉伯人遇到诺曼人后却节节败退，到1130年时这座让人流口水的岛完全落入了诺曼人的手里。这时，罗伯特·吉斯卡尔已经不在世，其弟弟罗杰也已离世，但他们开启的事业仍还继续着。公元1130年，罗杰之子以罗杰二世的身份，凭借着与教皇尼古拉二世交叉的利益关系，在勒莫大教堂让其加冕为西西里国国王。

至此，叫作维京人或诺曼人的、沦落在资源匮乏地带的族种人群就挤入了生存资源的产地，也挤入了开化的认知正在作用于生命存在形式的社会之中。身后留下了好奇者们翻腾不完的、野性的、惊险的、蒙昧的，甚至是令人难以接受的故事和传说……

千年前的世界是这样的

人类的生存努力永续不断地进行着……

我们已经看到，聚集到力量的族众人群，一批接一批地向资源产地挤去了，获得过权力的王朝一个别于一个地更迭了，围绕社会存在形态的主张，一个新于一个地被提出来了，以心灵为领地的宗教信仰，也一个异于一个地被宣扬起来了……随之，在他们合奏出来的喧嚣中，时间也走到了公元1000年左右的岁月里。

在稍早前的文字里，我们曾经扫描般地环视过公元前1000年左右的那个世界，并曾经观察到大片的蛮荒和点滴的开化。如今，2000多年的时间从人类的脚下隆隆逝去，那些曾经让我们瞠目结舌的蛮荒有了一些怎样的变化，那些始于点滴的农耕文明扩展到了怎样的程度，那些已经形成的生存圈现象现在又有了怎样的进展……

这是我们在目送族众人群们走向资源产地的同时，拽住注意力的缰绳，有必要回过头来观察一下的整体性事情，如不，我们可能就滑入人类生存活动次生现象的泥潭之中。

这样，为照顾写作者的感情起见，我们的观察就从东方生存圈开始着眼吧。

我们知道，这是一个包括部分中亚和整个东亚大陆的庞大生存圈。开始时，它在中国中原的引力场并不很大，后来在一个叫汉朝和一个叫唐朝时代的整体经略下，作为引力来源的农耕生产已经被推广到了当今中国长城南北、黄河与长江的流域地区。农耕生产在这个地方得到了高度的重视，自很早的时候起作为外力的牛等牲畜，铁制工具和人的智慧与认知都被组织参与到它的劳作之中，使它为生存提供资源的能力得到了不断的提升。

如果心细，我们就会发现，在周边人群一次又一次的冲击浪潮中，生活在这个中心地域的人们从未失去过主体身份，所以自汉朝时就形成的叫汉民族的族称已牢牢地被固定在了他们的身上。由于主体身份的持续存在，他们就以自己语言为载体发展出了得以支撑和发展农耕生活的全部文化认知，又使得挤进来的人们难以自持而融进其中，进而转化成他们强烈的主体意识。这样的一个经历，就奠定了他们文化不会中断的基础。

主体意识的排他性是顽固的，这在自公元618年至公元907年间存在于这里的唐朝时期尤为突出。在公元1000年到来之前，这是统合经略这个生存圈资源产地的最强大的王朝。在这时，东方生存圈的资源产地虽然被开拓得很大，但它并不能蔓延到草原和需要生存资源的每一个民族的脚下。于是，周边资源匮乏地区的人们依然还要挤向中心地带。突厥人本来就是东方生存圈范畴里的族众人群，所以聚集起力量之后，首先用力挤向这里，但唐王朝大门紧闭，坚决拒绝了他们的挤入，迫使他们掉转马头，像当年的北匈奴一样，向西部生存圈和南亚次大陆冲击而去。

不过，抗力强大的唐王朝未能坚持到公元1000年的到来，最后还是因疏于对利益关系的调整和内部纷争，从岁月的地平线上沉落了下去。于是，我们就在这块大地上观察到一个叫五代十国的、分割占有大好河山的破碎局面。

这个局面很乱，不仅肢解着人们的主体意识，还把这里的抗击能力吞噬得一干二净。唐朝最后一个皇帝退位后，他所统合经略的版图即被各有野心的三股势力瓜分。他们各有暗算地相互敌对着，因担心被吞并而又不停地攻伐着。就在时光被这样的情况充斥时，一个叫契丹的民族突然闯进我们视野里。

这个叫契丹的民族，是继突厥之后又一个向东方生存圈资源产地打马而来的草原民族。在族源上，他们与已经进入中原的鲜卑人一样，都是从东胡人的群体中繁衍开来的。据中国史家说，约从公元388年之后他们就以契丹人的身份生活在中原北方的西拉木伦河与老哈河流域地区。

契丹人的发展壮大恰逢鲜卑人北魏政权的统治。因这个王朝的注意力主要集中在中原的打拼之中，所以他们获得了省略许多曲折的发展机会。契丹人对中原富庶的向往，是在朝贡北魏的活动中发芽的。在公元460年至470年间，契丹首领都到北魏朝廷进贡，回来以后就大谈那里的丰足、富庶与奢华。于是，不仅他们，还有居住附近的其他各族都"心皆忻慕""莫不思服"。

契丹人发展出可向资源产地冲击的力量，就在唐朝之后的五代十国时期。这个时期，契丹人中出现了一个叫阿保机的领袖人物，因出生在耶律氏家族，故以耶律阿保机闻名。

耶律阿保机有勇有谋，深得族人前辈赏识。那时的契丹人由八大部落组成，过着部落联盟的生活，联盟首领三年一次推举产生，届满人换。不过，耶律阿保机让我们看到，他于公元907年登上首领大位后，不想再三年一换了。于是，他在凝聚族人、打击异端、时常到中原边地抢掠以供需要外，还以血腥的手段废掉推举制，将首领的大位牢牢地绑在了自己的身上。因为，在曾经的蹉跎中，他可能意识到，自己和整个民族都需要权力的稳定。

在耶律阿保机打拼事业、巩固权力的过程中，不仅有周边民族的人群被吸附到他的队伍里，还有很多满腹经纶、饱学多才的中原汉人也来到了他的麾下。这些汉人不是来这儿躲避战乱，而是不忍心中原大地江山破碎，壮志难酬而汇聚过来的。耶律阿保机非常珍视和信任这些汉人谋士，并在他们的鼓动和策划下，于公元916年将原来游牧的权力形态切换到农耕中原的政权模式上，自己堂而皇之地当上了太祖皇帝。

契丹人的心灵表白就是这样坦诚和不加掩饰。权力模式的切换，就等于公然宣布了欲以主导者身份挤进中原的企图。

不过，耶律阿保机没有马上挥兵南下攻打中原，而是用兵北方，用10年左右的时间，使游牧草原的各个民族都顺服到了自己的麾下。因为对他而言，只有中原的智慧是不够的，更需要集结散落草原的冲击力。

就在这时，一个相当于邀请函的请求从中原悄悄被送过来了。时间是公元936年，因为割据中原的几支力量为除掉对方而互相攻伐，其中一支力量竟以认父、割让燕云十六州富饶之地为条件，请求契丹人出兵相助。这时，耶律阿保机已经过世，其子耶律德光当政。虽然权力换了人，但需求依旧在，耶律德光毫不迟疑，亲率大军跃入中原，开启了以主导者的身份占据中原大地的大幕。从此，契丹人便举足轻重于割据势力之间，不断扩大自己的占地，终于于公元1004年，与另一个崛起于中原的宋王朝以一分为二的形式经略起了唐王朝开拓下的东方生存圈中心地带的富饶大地。

在公元1000年左右的这个岁月里，成功挤入东方生存圈资源产地的不只是契丹这个游牧人群，还有一个叫女真的族众人群紧随其后也打马走来了。这个民族就是现今满族人的先世，被称为女真的族众人群。

女真人来自更北于契丹人的地方。在早期，他们的住地以渤海国的称谓出现在中国的史书上。史家说，他们就是渤海国主体住民靺鞨人的一支。他们打马走向中原的脚步，是从一席头鱼宴开始的。

执掌朝廷的权力和占享丰饶的奢华，使契丹权贵们变得傲慢、自大、无礼和挑剔。公元1112年春，契丹辽朝的皇帝耶律延禧到湖泊众多的东北地区垂钓开河头鱼。这是契丹人入主中原后，其皇家人员已成惯例的做法。每年春天开河之前他们都到这里垂钓休闲，接受附近千里之内各部落首领们的拜谒，并与他们饮酒欢宴。公元1112年也是照例。不过，这一年皇帝喝多了，看罢随行宫女们的歌舞仍未尽兴，还要求同宴的部落头领们都要唱歌跳舞。

皇命难违呀。同宴的部落首领们尽管不善歌舞，但都一一地努力应付了。轮到最后一个的就是女真人首领完颜阿骨打。完颜阿骨打没有像其他人那样献媚耶律延禧皇帝，而是端庄地起身站立，严正地表示自己不能，史书记述其为："端立直视，辞以不能。"对此，耶律延禧皇帝颇为不满，宴会一散就指使手下找个借口杀了他。而手下认为，"没有什么大错就杀死，恐怕会伤害归顺者之心。即使他有野心，一个弹丸之地，还能有什么作为"[1]。完颜阿骨打幸免一死。

可耶律延禧及其手下没有想到的是，女真驻地虽然小如弹丸，但他们王朝愈发不合理的利益关系所导致的不满已经遍地了。

完颜阿骨打深知权力的阴险毒辣。所以，回到部落后，他巧妙地把自己的危险处境放大到了整个部族，说："辽人知道我们准备反抗他们的压迫，召集了各路军队要进攻我们，我们怎么能束手待毙，为什么不能先发制人呢？"[2]女真人对辽朝的武力反抗就这样被煽动起来了。从此，完颜阿骨打一边细心经营女真人已被激发出来的主体化意识，一边又巧妙利用人们对辽朝的不满，经过10余年的浴血奋战，终于在公元1125年2月，生擒了要他唱歌的辽朝耶律延禧皇帝，不仅以自己代替他为皇帝，也以金王朝代替了辽王朝，接管了丰饶的北中国大地。

于是，让我们也看到了在公元1000年左右的时间里，又一个民族成功挤入

---

① 黄斌等：《大金国史话》，吉林人民出版社，2002年。
② 同上。

资源产地的身影。就此，我们也可以怀着"东方生存圈规律性运动进行正常"的结论，移目向西，瞟一眼喜马拉雅山峰后，开始端详南亚次大陆在这个时段里的情况了。

目光落地后，我们首先会想到在公元千年到来之际挤进到这里来的突厥人、伽色尼王朝和他们的名王马哈茂德。这些突厥人就是遭唐王朝拒绝后，改道流入南亚次大陆的游牧人群。由于这些人和他们的名王马哈茂德笃信真主是唯一的，所以不分青红皂白地对佛教实施了无情的毁灭。不过，他对这块丰饶大地的占有，在拉其普特人顽强的抵抗下未能超出旁遮普一省的范畴。但这些拉其普特人，没有像中国的汉族在汉朝和唐朝时期一样被统合在一起，而是各以国的名分分割占有着从西到东的广大地区。应该注意到的是，因天赐的土壤条件，这时农耕已从印度河流域被开拓到了恒河流域及次大陆的各个地方。

可到公元1175年，这些突厥人好像突然不满足于对旁遮普一省的占有了，他们好像突然醒悟到生存资源产地占得越大越好的道理，为扩展占地而又与那些拉其普特人战斗起来。原来，这些突厥人并不是原来的那些突厥人，他们已经改朝换代，在公元1173年时，马哈茂德建立的伽色尼王朝被穆罕默德所建立的古尔王朝推翻了。虽然这个古尔王朝与伽色尼王朝一样，都把首都设在阿富汗，但他们都知道资源产地对自己的重要性，而且古尔王朝的贪心更大。

古尔王朝的突厥人还算幸运，他们从泄洪渠般的开伯尔山口涌过来的时候，这块大地仍然处在分割占有的状态。本地住民戒日王的统合经略早已成为过去，被孕育出的主体意识也被割据现象蚕食得所剩无几，所以，拉其普特人既便都英勇无比，但面对突厥人的凶猛进攻也无济于是。

这些突厥人是在古尔王朝的开创者穆罕默德和他的手下大将库特布丁的统率下，进入这个次大陆的。他们与拉其普特人激战8年多后，大大扩展了伽色尼时期的占地，将整个北印度大地揽入了怀中。之后，穆罕默德将它作为一个行政辖区，留下库特布丁为总督，自己回到王朝首都去了。可值得让人深思的是，当穆罕默德还没好好享受南来的丰饶资源，便被正流行于中亚伊斯兰教的暗杀派人员杀死。趁此乱局，库特布丁脱离古尔朝，占地为王，以北印度为领地，建立了被史书称为"奴隶王朝"的王朝。

这样，在看得见的世界里，突厥人占尽了对南亚次大陆原有住民的优势。他们肆意占据土地，毁坏佛教，杀害僧侣，还奴役占地上的当地人。与此同时，不乏勇敢的拉其普特人因缺乏统合的力量而把这块丰饶的大地弄得七零八落。可是，在看不见的世界里，如果我们细心观察一下就会发现，佛教被扫荡后的心灵真空已被印度教填补起来了。按常理，一种存在遭到清剿后都会转入地下，秘密地生存起来。但佛教没有这样，而把原来所占的心灵空间全部留给印度教后，自己到别处发展去了。这很容易让我们联想到：山河的破碎很容易刺激人们主体意识的苏醒。这时，早就赋予了他们主体身份的婆罗门教被人们重新拾起，与后来发展出的宗教理念一同，被捆绑在一起，变成了人们存放主体意识的载体。后来，人们就把它称作为印度教的综合性宗教了。

这是史家们从未谈及的话题，也许他们的目光还没有来得及触及它。现在我们不仅幸运地观察到它，而且还发现了这块大地与东方生存圈巨大的不同。东方生存圈一直以来进行着周边人群挤向中心地区的规律性运动。可这里却是另一番景象。很明显，印度河流域的资源产地未能发育成周边向中心移动的生存圈现象，原因主要在于在当地住民的辛勤劳动下，土壤肥沃的整个次大陆均被开发成了丰饶的资源产地。所以，这里的人们主要进行着分割占有与统合经略的争斗，而且分割占有主导了这里的历史过程。于是，难以强大的抗击能力抵御不住顺开伯尔山口倾泻而出的游牧人洪流，使这块大地仍然扮演着欧亚内陆泄洪区的角色。

虽然较为粗略，但我们可以从南亚这块次大陆收起目光，该到喧闹火热的西部生存圈看看了。不过，我们还是耐着性子路过一下亚非两洲中间的红海水道，直接进入这个生存圈中心的地中海水面，然后开始环视它。

航行在公元1000年左右的红海水面上，我们会注意到东岸上的沙漠虽然茫茫依旧，但崛起于此的阿拉伯帝国的轰轰烈烈已经开始沉寂下来，其子民已经深刻融入了西部生存圈的资源产地或生存资源的再分配之中。而西岸非洲的情况则与东岸有所不同。虽然撒哈拉沙漠以北地区被席卷在西部生存圈的风云之中，但沙漠以南的广大地区还以单独生存地的形式经历着日月的轮回。据史家们介绍，撒哈拉沙漠以南的人们早在公元前就掌握了冶铁知识。农耕是他们自己发明的，并非引进于欧亚大陆。可不是吗，埃及人早就发明了的农耕技术怎么不会南传开去？

铁和农耕相伴相随，是被称为班图的民族人群传到中非、东非和南非地区的。于是，生存资源主要以农耕的形式存在，管理其运行的政权也就出现了。当我们走过红海的这个时候，在撒哈拉以南靠大西洋一侧出现了一个叫加纳的帝国，在靠红海南端的海岸上，一个叫阿克苏姆的王国刚刚消亡，而后来代替了它的埃塞俄比亚王国还尚未建起。而且，这些忙于生存的人们根本无暇顾及我们，所以留下一句美好的祝福后，我们就该注目席卷了欧亚非三洲的西部生存圈了。

在两千多年以前，我们地球上开始出现生存圈现象的时候，这个地方就与亚洲的中东部地区一样，形成了一个完整而发达的生存圈现象。经过两千多年的运行，到公元1000年左右的这个时候，东方生存圈里仍还进行着周边人群挤往中心区域的活动。而以环地中海资源产地为中心进行规律性运动的西部生存圈在迈入公元1000年的稍早前开始出现了一些新的变化。

这个变化就是来自欧洲的大陆地区。

我们记得，在西亚和埃及发展出了农耕的那个时候，欧洲大陆上还没有出现能动利用大地自然之能量生产食物的劳作。所以，从公元前的500多年起，住在这里的人们就开始挤向了环绕东南部地中海的生存资源产地。先是希腊人，然后是马其顿人，再后就是罗马人。他们与闪米特人、含米特人、迦勒底人、波斯人、阿拉伯人和突厥人等，轮番以主导者的身份挤入资源产地，一次次地阻断了被我们称之为文明的、人们在已有生存资源形式上达成了共识的存在方式在当地语言上的形成，以至使后人的我们大感惋惜文明中断了，而很少为更多的生命挤进了资源产地或生存资源再分配的范畴而欣慰。不过，这是后话。就当时的情况来说，有了这么多民族人群的拥入，把原本仅在于两河流域与尼罗河三角洲的资源产地开拓到了整个环地中海沿岸地区，再后来就把整个欧洲大陆都开发成了丰饶的生存资源产地。

曾经很蛮荒的欧洲大陆能够成为丰饶的资源产地，一是归功于罗马帝国的统合经略和对农耕生产的推广，二是也依赖于大陆土壤天然的肥沃。我们应该感叹，欧洲大陆真是地球母亲对当地生命的极大恩赐。这个大陆与东方生存圈的中原地区不同，中原地区北有不可农耕的大草原，南有土壤贫瘠的山丘地带，西边则是荒凉主宰的戈壁沙漠。而欧洲这块大陆平缓温暖、湿润而肥沃，完全是一片青春的处女地，等待着开发和播种。起初，这里的人们没有觉察到这一点，但在一次次挤往资源产地的过程中，他们发现了把脚下土地打造成资源产地的秘密，于是在罗马帝国统合经略的岁月里，已经将它打造成了生存资源的丰饶产地。

从此，西部生存圈的运行形态开始发生了变化。生活在内陆大地上的人们，不再因生存资源匮乏而向环地中海资源产区用力了，而是转入了对脚下土地的争夺之中。这种争夺并不单纯和专一，而是在宗教和外来力量及原占有者的伴随中进行的。

在这复杂难辨的争夺中，外来力量与原占有者间的撕扯是生存圈规律性运动的继续。马扎尔人从东方中亚草原到喀尔巴阡盆地的定居，维京人及其后裔诺曼人到诺曼底和西西里岛生活，是我们在开始写这一章节之前已经激情演过的人间正剧。其方向很清楚，曾生活在资源匮乏地区的他们要挤进到资源产地上生活，所以，他们冲击的基本上都是衰落中的罗马帝国。在时间上与他们差不多，从周边挤到里边来的还有保加尔人和斯拉夫人。

在史家们的眼里，保加尔人具有综合了匈奴人、乌克兰人、突厥人特点的长相。他们从曾经蛮荒的伏尔加河流域，逐渐向罗马帝国经略的资源产地移动，到公元8世纪时已经挤到曾经为罗马帝国领土的多瑙河领域，并建立起了政权，是为史书上说的第二个保加利亚王国。保加尔人并没有满足于对多瑙河流域的占有，自9世纪初，他们在国王克伦汗的带领下迈开了挤往东罗马帝国纵深地带的步伐。

于是，克伦汗与帝国时任皇帝尼塞福鲁斯交战起来。经过一段时间的胜负交错后，于公元811年克伦汗在一次战斗中杀死尼塞福鲁斯，用其头盖骨制成了饮器。这一做法与当初的匈奴首领何等相似，叫我们为人类曾经的野蛮惊骇不已。不过，这也是他们冲击力的来源之一。

他们就那样无所顾忌地冲撞着，到公元9世纪结束时，终于从东罗马手中夺去了色雷斯的一半及塞尔维亚和亚得里亚海等地中海北岸丰饶的资源产地，并宣称当时的国王西米恩为"全体保加尔人和希腊人之主"。在我们注目他们的这个时候，他们在与东罗马帝国的摔打中败下阵来，不仅失掉了占地，还变成了他们的一个省。

与保加尔人长相的综合性特征不同，斯拉夫人则较为纯粹。他们原生活在喀尔巴阡山以东地区，在挤往资源产地的中亚民族的冲击下，逐渐分化成了维内特的西斯拉夫人、安特的东斯拉夫人和保留了原称呼的南斯拉夫人。据史家们所知，他们的住地曾经是个沼泽地，住洞穴和泥屋之中，主要以狩猎、畜牧、捕鱼和养蜂为生。所以，在冲击力不足时则罢，一旦有了冲击力，不向丰饶地区拥挤就奇怪了。

所以，史家们注意到，他们从公元6世纪就开始冲击东罗马帝国的巴尔干半岛地区。他们与保加尔人一同，成了切割东罗马地中海北岸丰饶土地的快刀，在以后的几个世纪里，把巴尔干半岛一块一块地切到了自己的名下。在我们尚还没有注目之前的公元1086年时，他们的占地还延展到已经丰饶起来的西欧边缘，建立起了臣属法克兰王国的捷克公国。

与保加尔人、斯拉夫人相比，法兰克人挤向资源产地的运动较为曲折和蹉跎。法兰克人的进程早于他们几百年，在匈奴人推动的挤进浪潮中与东哥特人、西哥特人等相差无几地就起步上路了。

法兰克人挤向资源产地的路，是从进入罗马帝国高卢地区开始的。在他们挤进高卢地区之前，这个地方还很蛮荒，生活在当地的高卢人经常南下到正在兴起的罗马人那里进行抢掠。罗马帝国建成后，这个地方被纳入帝国版图，开始接受一统政权的管理。罗马人是在开发台伯河流域土地为资源产地的过程中壮大起来的。所以，被他们统辖的土地就像被中国汉朝、唐朝统辖的地区那样，被努力开发为资源产地是必然的事情。于是，天然肥沃的高卢地区渐渐地被开发成为生存资源的出产地。

法兰克人就是在这一开发进行的过程中进入高卢地区的。这时的高卢虽然没有地中海沿岸地带那样肥沃，但法兰克人挤向资源产地的脚步，因罗马帝国的阻止和西哥特人及勃艮第人对南高卢的占有而被限制在北高卢地区了。好在土地是肥沃的，在西欧大陆整体被开发成资源产地时，北高卢也一同丰饶起来了。从此，在西欧大陆和巴尔干地区占得了栖身之所的人们，不再像希腊人、马其顿人、罗马人那样谋求对环地中海生存资源出产地的占有，而是转入了对西欧大陆本身的争夺之中。一向以中心地带为方向的规律性运动，在这个生存圈不再进行了。

于是，法兰克人开始得势起来。当西哥特人、东哥特人、勃艮第人、伦巴第人满意地享用着占据地的丰饶资源时，趁西罗马帝国名存实亡的混乱，法兰克人从北高卢的住地开始向外扩展占地。在这个过程中，一个叫克洛维的人使法兰克族众大显身手起来。那时岁月还蹒跚在5世纪80年代，罗马帝国的权力仍存在于北高卢地区。在21岁时，克洛维便率一支法兰克人军队，灭掉了帝国在高卢地区的权力存在，使法兰克人取得了这一地方主人的身份。

接着，他将占地向南扩展到阿雷曼尼人的居住地，战争便打了起来。不料，克洛维出师不利，渐渐失去主动，最后陷入了阿雷曼尼人的重围之中。危急时刻，他想到了妻子笃信的上帝，便向上帝许愿：若能反败为胜，将带领全体法兰克人信仰基督教。据说，阿雷曼尼人军中突然发生内乱，国王被杀，军队投降了。不知道这是真的还是编造，让上帝出现在不该出现的地方。不过，对克洛维而言，可能是更长远的用心。所以，就在那一年的圣诞节，克洛维率3000名法兰克将士皈依基督教。同时，莱茵河中游阿雷曼尼人的土地也归他所有了。

再接着，克洛维又向勃艮第人住地扩张，而且很快战胜他们，把罗讷河流域的土地又收入了自己的管辖。然后，没过几年，又把西哥特王国的土地抢占到自己脚下，还被东罗马皇帝授予了"荣誉执政官"的称号。

克洛维的扩张损害了其他人对西欧大陆资源产地的占有，也引起了其他人扩展占地的欲望。于是，占据了大片西欧土地的他们就成了目标。撒克逊人攻来了，阿瓦尔人攻来了，阿拉伯人也从北非渡海攻到了已被法兰克人占有的西班牙。但他们都没有成功，反而被法兰克人夺去了自己原本占有的土地。

为法兰克人换来这样庆幸局面的是查理·马特和查理二位国王。不仅如此，在查理为国王的公元8世纪后半期，法兰克人的占地还得到了进一步的扩展。到9世纪初时，整个西欧大陆和巴尔干半岛的部分地区都被统合到法兰克王国名下，而唤起了这片土地的激情，并开发了它的罗马帝国已被挤压到了地中海东北部地区。

之后，法兰克人停住了脚步。这倒不是因为他们认为保加尔人、斯拉夫人、小亚细亚人、叙利亚人、阿拉伯人、突厥人、汪达尔人等应该有自己的生存土地，而是这个地方的生存资源足以满足他们的生存需求了。所以他们不再必须去占有环地中海丰饶的资源产地了。

不再去为占有环地中海资源产地而战斗了，这样并不意味着法兰克人就进入了永久安享丰饶资源的太平生活。扩展占地的整体需求得到满足之后，他们很快又像孔雀王朝之后的印度和汉朝之后的中国中原地区，转入了令人眼花缭乱的分割占有资源产地的争夺。公元843年，法兰克王国一分为三地被分割了，接着，有势力的家族和利益集团为进一步分割而展开了争斗。这种争斗与东方生存圈中国中原的春秋战国颇为相似，崇尚秩序的史学家们经常用"黑暗时代"来描述它。其实，这不一定很贴切，难道这块大地整体性地成为能动利用大地自然的能量来生产生存资源的产地，不比挣扎在蛮荒之中好吗？

《欧洲史》作者 J.M. 罗伯茨先生的视野较为开阔，他不觉得这是一个黑暗的时代，反而他隐约看到了人们在"重塑西方"的忙碌。

的确，在我们的全神贯注下，这个地方正展现着土地从蛮荒变为生存资源产地后必然产生的生存衍化。比如，统合经略与分割占有的争锋，权力争夺的无情摔打，利益关系所引发的矛盾，以及外部人群的觊觎。不过，在这里与其他地方明显不同的一点是，这里人们有浓厚的基督教情结。

自上帝与罗马帝国的权力紧紧相拥的那个时候起，基督教就成了罗马治下时尚的生活方式。人们根本不去在意上帝是想象的产物，而笃信他是存在的。所以，他们清理好原有的信仰后，把心灵的空间全部交给了上帝和他在俗世的存在方式——基督教。于是，维护这个宗教存在形态的教会也毫不怠慢地经营起了人们的笃诚。心灵被经营起来了，利益也被经营起来了，而利益的经营又使他与权力争夺起对社会的主导权。教皇格雷戈里与亨利四世的冲突，与生存圈规律性运动毫无相干的十字军东征都在这个时候上演着。

不过，就整体而言，罗马帝国未能给这里的人们培育出任何形式的主体意识，将蛮荒的土地开发为资源产地的过程也没有在一个固定的语言上进行，所以，已经深度参与到他们世俗生活的基督教也就成了他们开化的温床和体现共同意识的生活方式。岁月还将继续，故事还将发生，但公元 1000 年左右的时段里我们在这里大致看到的就是这些了。

西部生存圈规律性运动就这样转向了，这是西欧大陆的激情得到激发的结果。而在这时，基本未被卷入生存圈运动的第聂伯河两岸的东欧平原也被当地的人们开发成了丰饶的资源产地。这是我们应该停下脚步加以凝视一下的地方。

这个地方叫基辅罗斯，就是后来俄罗斯的萌芽。一经触目这块神奇的土地，人们很容易想起第四冰纪的冰雪覆盖和冰雪消融后茂密的原始森林以及时而从北冰洋吹来的刺骨寒风。这个地方的寒冷是出奇的，据尼古拉·梁赞诺夫斯基等所著《俄罗斯史》透露，一位叫乔治·托波维尔的大使向英格兰女王报告俄罗斯情况时写道："那个国家过于寒冷。他的人民犹如讨厌的蜜蜂。我的报告到此为止，没有其他消息向您禀告。"

史家们发现，就在这个极度寒冷的地方，人们也较早地发明了能动利用自然能量生产食物的方法，使这个地方变成了吸引周边人群的生存场所。据说，希腊人殖民时期就有南俄罗斯谷物被输出到希腊的记录。但可能是因为寒冷和森林的覆盖以及工具的原因，这种资源生产方式发展缓慢，被吸引过来的人群不是很多，也不复杂。当西斯拉夫人和南斯拉夫人向中欧和巴尔干地区挤去时，发展到这一地区的东斯拉夫人，就成了占享生产资源，并将资源生产方式快速推广发展的民族。所以，《俄罗斯史》明确说，到9世纪时，"农业在东斯拉夫人中间已经充分而广泛地确立起来"。

土地从蛮荒到丰饶，引发的必然就是为占有而进行的争斗。史家尼古拉·梁赞诺夫斯基介绍了争斗所导致的一个故事：

于是，他们去了国外，到瓦兰的罗斯人那里去了；那些瓦兰人被称为罗斯人，正如有的瓦兰人被称为瑞典人，有的被称为诺曼人、盎格鲁人，还有的被称为哥特人一样，总之都是瓦良格人的别名。然后，楚德人、斯拉夫人和克里维奇人对罗斯人说："我们的国土广袤无垠，物产丰富，但是毫无秩序。来统治我们吧！"后者便选了三兄弟做他们的首领。兄弟三人就带上他们的亲属和所有的罗斯人上路了。老大留里克在诺夫哥罗德住下来；老二西纽斯在贝耶卢热罗住下来；老三特鲁沃尔则在伊兹波尔斯克住下来。由于这些瓦兰人的缘故，诺夫哥罗德地区在世人眼里就成为罗斯人的家园。诺夫哥罗德现在的居民是瓦兰人的后裔，但他们以前是斯拉夫人……

这是使俄罗斯人非常纠结的关于基辅罗斯起源的传说，通常被称作是诺曼起源传说。被提到的这个诺曼人，就是公元8世纪末期乘着战船挤向英格兰岛、法兰克王国诺曼底地区的维京人的一支。这支维京人没有和他们一起向西南方向挤去，而是向东南第聂伯河两岸的资源产地挤过来了。之后，他们就与斯拉夫人发生了冲撞中的融汇，于是在9世纪70年代就导致了基辅公国的出现。

史家们发现，建立了基辅公国的留里克家族的后人们对土地有着强烈的贪欲。其中有位叫斯维亚托斯拉夫的大公，他恨不得把中欧、东欧及到拜占庭的土地都揽入自己的怀里。他在公元962年到971年间执掌这个公国，俄罗斯人称他是"武士公爵"。在一本叫《编年纪实》的书里说："在远征时，他既不乘车，也不携带炊具，而且不炖肉，只是割下一条条马肉、猎物的肉或牛肉，在煤火上烤一下就吃。他也不携带帐篷，（睡觉时）只是把一块马鞍垫布摊在身下做毯子，把马鞍当枕头。"

浑身是英雄细胞的这个人，向东征服保加尔人、哈扎尔人，占据伏尔加河上游及北高加索，向西进击，于公元967年战胜已经组建成保加利亚王国的保加尔人，占领其都城，并定居了下来。看来，第聂伯河流域虽然被开发成了资源产地，但还是没有多瑙河流域这边丰饶和富足。所以，他定居了，不想走了，说："我不在乎是否待在基辅，但我宁愿住在多瑙河边的佩列雅斯拉维茨，因为那儿是我的王国的中心，所有的物产都集中在这里：来自希腊的黄金、丝绸、美酒和各种水果，来自匈牙利和波希米亚的银子和马匹，以及来自罗斯的毛皮、蜂蜡、蜂蜜和奴隶。"①

不过，斯维亚托斯拉夫的定居未能维持几年，感受到压力与威胁的东罗马帝国为从这个地方驱走他而发动了战争。公元971年7月，斯维亚托斯拉夫战败，并答应放弃占地后，带小批扈从返回基辅罗斯。途中，他被从东罗马获得了情报的突厥佩彻涅格人袭击杀死，其头颅又被做成了酒杯。

之后，斯维亚托斯拉夫的愿望在他儿子弗拉基米尔身上延续起来，他不仅占取加里西亚，又征服波罗的海部落雅特维格人，使基辅罗斯的疆土扩展很大。此外，这位弗拉基米尔大公还做了一件至今让俄罗斯人感怀不已的事：把自己和公国人的心灵交给了基督教的信仰。

但基督教未能给他们提供心灵的凝聚力。弗拉基米尔于公元1015年撒手人寰后，他的儿子们、孙子们就为分割占有这块土地而激烈地战斗起来。当我们打量的眼神聚焦这里时，内讧正一块一块地肢解着这块生存资源产地。这个争斗非我们所能制止，所以打起行囊，到另外一个大陆，看看他们在这个时候的悲欢与离合。

这个大陆就是横卧在太平洋与大西洋之间的美洲大陆，就是被称为新大陆的大陆，也是人类早在3万年前就找到了的大陆。对于我们同为人类的生命群体来说，找到一个新的地方，只会经过一次的发现，所以我们没有必要进行认知的倾斜。

但在公元前1000年左右的时候，这块大陆上的开化与欧亚的差异、与认知倾斜无关。虽然在公元前1000年左右时，这块大陆的一些地方出现了农耕的定居生活，但史家们的描述告诉我们，这里的人们并没有急于发展农耕及其与它相适应的生存方式。是猎物的众多和瓜果的丰盛延缓了他们的转型，还是开拓耕地的刀耕火种之艰辛拖慢了他们的脚步，史家们尚未弄清，我们也就无从知

---

① ［美］尼古拉·梁赞诺夫斯基等：《俄罗斯史》，上海人民出版社，2017年。

晓了。

不过，岁月进入公元纪年开始之后，这里就有了使史家们兴奋不已的变化。这个变化的发生地就是今墨西哥所在的尤卡坦半岛上。引起变化的人们，被史家们称呼为玛雅人，这个称呼源自一个叫玛雅潘的城邦。

史家们注意到，玛雅人从公元之初就建立起了体现农耕生存方式的居住模式——城邦。到公元900年时的近1000年时间里，不同部落的玛雅人建造了很多的城邦，被他们象形文字铭刻的城邦就有100多个。而未被带入人类记忆体系的究竟有多少，就不得而知了。

在一个并不很大的尤卡坦半岛上，遍布着大大小小的许多城邦，他们互不相属，以种植玉米、番茄、南瓜、豆子、甘薯、辣椒、可可、香兰草和烟草等为生存资源，过着使我们难以想象的古老生活。这很容易让我们想起苏美尔的城邦生活，很容易想起他们城邦间进行的激烈争夺，最后成为引发周边人群竞相挤来的引力场的故事。但在尤卡坦半岛，史家们没有给我们讲述类似的故事，而是遗憾地告诉我们，在公元9世纪末至10世纪初的50年左右年间里，他们却突然消失不见了。对此，史家学者们都大感疑惑，苦心地揣摩着：是因为外来的打击，还是因为瘟疫，或是因为气候的骤变，抑或是因为不科学的耕作方法耗尽了地力……

但玛雅人没有绝迹，其中的一部分人迁移到尤卡坦半岛的北部，从10世纪末期开始按已有的认知，重新构建起了生活的形态。学者们说，这是玛雅文化的一次复兴。据说，这次的复兴动力很足，后来发展到了与从前相媲美的程度。仅就储存记忆方面，这里的僧侣们以手抄的形式记录了几千本的玛雅人传说。可惜的是，这些手抄本除了3部得以幸存以外，其他都未能流传到现今岁月。因为，殖民时期的西班牙神父认为它是异端邪说，烧了。啊，对此我们该做怎样一个思考好呢？

当我们以公元1000年左右为坐标，目光停留在这里时，这一复兴仍还在进行中。但能够引动生存圈规律性运动的迹象并不明显。而且，他们的西边，靠太平洋东岸的一侧正成长着又一个以农耕为生存形态的城邦体系，让我们无法对他做出任何的判断。

从被动谋求生存转向能动争取生存，这里的人们就是这样不慌不忙。然而，在不慌不忙中，他们的心却相当地细致入微。他们对时间的体验和天体的观察与欧亚大陆的人们并无不同的体会，在某些方面还有过之而无不及，就在那个时候他们就测出了金星年的日数，与现代的精确度50年仅差7秒。他们同神的关系是未经任何指点的情况下自行发展的。但其进程也与欧亚大陆没有太大的不同，都是需要出现的时候神就被创造出来了，而且他们对神比欧亚人更虔诚，他们修筑的金字塔不是为了给死人用，而是为了祭神！

不知道神将如何回应他们的虔诚，但我们知道该从这个大陆收起目光离开了。

一个叫蒙古的追梦人群

在感受人类生存历程的文字中，能够谈及自己民族的一段故事，是一件颇让人自豪和激动的事情。不过，我知道，这事不能感情用事，不能天南海北，而是需要冷静、理智和实事求是。毕竟，我祖先奋力挤向生存资源产地时，东西两大生存圈均有新的发育和变化，不仅更多有天赋的土地被开发成了丰饶的资源产地，大大扩大了引力场的面积，而且已经挤入其中的人们使它趋向饱和，并以不同的形式占有和经略起来了。于是导致我祖先向往迫切，用力猛烈，造成的创伤也很大。所以，也引发了至今仍在延续的冷热迥异的广泛评说。由此，也需要我不被这些左右，冷静而客观地讲述他们的故事。

就像如上所说，虽然生存圈内在的情况发生了一些变化，资源产地更大了，丰饶程度更高了，但它远远没有惠及生活在草原深处的蒙古人。所以，不甘贫寒于蛮荒之中的他们必然向资源产地奋力挤去。

当匈奴、鲜卑等草原游牧人向资源产地轰轰烈烈挤去时，蒙古人尚还在成长的摇篮里。在早期的生活中，他们没有文字，只有口耳相传的记忆。风从草原走过时不知带走了多少记忆，在留存下来的不多记忆中，有一个传说与他们的起源有关：

"大约距今三千年左右，北方草原上的各部落之间，发生了一场震天动地的大鏖战，一连打了七七四十九天。结果被称为蒙古的部落被另一个叫突厥的部落打败了。叫突厥的那个部落对被称为蒙古的部落进行了大屠杀，最后只剩下了两男两女。一天夜里，这两男两女借着月光，逃进了一座深山。这座山悬崖峭壁，高耸入云；山上林木茂密，连吃饱的大蛇也难以通过。

　　"这两对逃难的青年男女四处攀寻，终于越过了天险，找到了草地和清泉。于是他们就在这里住了下来，并给这座山起名为'额儿古涅昆'。后来，这四个年轻人结成了两对夫妻，建起了两个帐篷，猎取野猪、麋鹿、驯养野马、山羊。几年后，他们就有了成群的马儿和羊儿，积蓄了许多财富，还生养了几个儿女。

　　"这两户人家，一户叫涅古斯，另一户叫乞颜。过了若干年，涅古斯和乞颜两家的人户越来越多，这额儿古涅昆山已经不能容纳这么多的人了。于是，他们打算离开这里，向外发展。但是，他们祖先上山的路已经被草木阻塞了，而且那么多的马、牛、羊也带不过去。怎么能翻过这座险峻的山岭呢？他们试用了各种办法，最后终于发现了一处铁矿，便决定化铁铸剑出山，返回祖先的故土。

　　"两族人在一个老人的率领下，砍倒了一片森林，准备了成堆的木柴，又杀了70头牛马，剥下他们的皮，做成了70个皮囊式的风箱。然后，他们一起动手，用这70个风箱鼓风助火，使那里的铁矿全部熔化，他们从那里得到了无数的铁，铸成剑后，开辟了一条通道。

　　"于是，乞颜氏和涅古斯氏离开了那个狭窄的土地，回到了他们祖先生活的地方。捕鱼儿海、阔连湖畔的辽阔草原上遍布了他们的人。"①

　　与很多其他民族的起源传说相比，这个起源传说并没有太多的神秘色彩，所以可能与原事实并不很远。这个传说不是蒙古人自己写入他们典籍的，而是波斯史家拉施特记入他通史性著作《史集》后流传下来的。也许，对于习惯了口耳相传的蒙古先人来说，这只是他们众多记忆中的普通一则，所以没太在意它关于他们身世的重要意义。可拉施特很敏锐，据他说，这是从一位可靠的老人那里听到的。拉施特从可靠的老人那里听到它时，它肯定是相传了很长时间的记忆了。口耳相传难以克服的一点是日久天长中的流变。这则传说肯定也经历了流变，但被拉施特固定到文字上之后，它的流变就停止了。传说中出现的捕鱼儿海、阔连湖两个地方，就是今中国内蒙古呼伦贝尔市辖的呼伦湖和贝尔湖。

　　有着这样记忆的蒙古人是调整与土地的关系之后开始获得力量的。他们原先是过着狩猎的，或者被动适应生存资源存在形式的生活，这在他们自己写的《蒙古秘史》中清晰可见。后来他们转型了，从追逐猎物的猎人变成了放牧五畜的牧人。这个时候，他们与大地的关系被调整得很近了，虽然这与能动利用自然能量

---

① ［波斯］拉施特：《史集》，民族出版社，2013年。

生产食物的生存方式差距较大，但他们已经开始用数量众多的牛马羊群来为他们收集大地的滋养，以备随时食用。于是，食物比以往多了，能够养活的人口也比以往多了，力量也就开始增强起来了。

蒙古人这一转型成长的过程，是在契丹人的辽朝统治东方生存圈北部资源产地时进行的。在此期间，他们完成了族民的部落化发育，并开始进入部落联盟的生活形态。现今人们很难想象古代先民进入部落联盟生活的具体情节，《蒙古秘史》记述了其中的一种形式。蒙古人有一位感光生子的祖先，她一共生养了5个儿子，母亲去世后他们互相不和，便演绎了这样一段故事：

"阿阑豁阿过世后，因兄弟五人不和，由别勒古讷台、不古讷台、不忽合塔吉、不合秃撒勒只四人分掉马群等家产后过起了各自的日子。兄弟四人嫌孛端察儿蒙合黑愚拙，不把他当作兄弟看待，没分给他任何家产。

"既被亲人抛弃，何以留在此地！孛端察儿愤然跨上骨瘦如柴的白马，抱定'死就死，活就活'的决心，顺着斡难河水走了下去。走到名叫巴勒谆岛的地方后，他才搭起草棚子住了下来。此间，孛端察儿见一雏鹰正在捕食黑野鸡，便用白马的尾毛做成套子，套住雏鹰后把它带回家养了起来。

"衣食无着的孛端察儿常常靠射杀被狼围困在山崖间的猎物或拾拣被狼吃剩的片肉残骨充饥，并且把捉来的雏鹰喂养起来。这般艰难地熬过了冬天，待到春暖花开雁鸭飞回的时候，他纵鹰捕来的猎物已挂满了林间树枝。

"此间，一群百姓从都亦连山后迁到了统格黎溪边。孛端察儿每天将鹰放飞后，走到他们中间讨喝酸马奶，傍晚时才回自己的草棚子。那群百姓曾向孛端察儿讨要过他的鹰，但他没有给。他们互不探问对方的来历，相隔不远地过着各自的日子。

"孛端察儿的哥哥不忽合塔吉因惦念弟弟，顺着斡难河向着弟弟走去的方向出发了。他走到统格黎溪边，向那群百姓打探弟弟的消息。那群百姓说：'有一人，每天来这里喝酸马奶。他的相貌和马匹与你说的完全相同。他养有一只猎鹰。他究竟住在何处，我们也不知道。每当刮起西北风时，都会飞来满天的羽毛。由此看来，他的住处就在附近。不一会儿他就会过来，请你稍等片刻！'

"不一会儿，果然有一人向统格黎溪走来。走过去一看果真是孛端察儿，于是，哥哥不忽合塔吉领着弟弟孛端察儿向斡难河上游急奔而去。

"孛端察儿跟在哥哥的后面，大声说道：'兄长，兄长，身必有首，衣必有领啊!'对此,走在前面的不忽合塔吉未予理睬。接着,孛端察儿又重复了一遍,但不忽合塔吉仍未答话。当孛端察儿再次说起时,他哥哥问道:'这句话,你为什么反复唠叨?'

"孛端察儿回答道:'统格黎溪边的那些百姓是一群散民。他们不分大小,不分贵贱,也没有头领。如此游民,我们应去掳获!'

"不忽合塔吉说:'那好,我们回家与兄弟商议掳取的办法。'

"回家后,兄弟五人商定了掳取的办法,并派孛端察儿打头。

"打头的孛端察儿先抓获一孕妇,问:'你是什么人?'孕妇答道:'我是扎儿赤兀惕·阿当罕·兀良合歹人。'

"如此,兄弟五人发起攻击,轻易地征服了对方。他们不仅缴获了牲畜,又将那些百姓带回家中奴役了下来。"[1]

就这样,这个家族在蒙古人之中开始获得权力,并被称为黄金家族,成吉思汗就出自这个家族。部落联盟的生活时期,蒙古人有很多的部落,丰美的草场和牛马羊群是这一时期的最大需要。与曾经经历过壮大过程的其他游牧民族一样,蒙古人也毫不例外地投入到了征服其他游牧人群的战斗之中。

不过,蒙古人未能轻易取得胜利,反而被打败了。他们的联盟走向了解体,维系联盟的政治构架也坍塌了下来,又一次回到了部落联盟形成前的混乱无序的状态。

这时,有一个人手里握着一块凝血出生了。时间是公元1162年4月,这个人就是后来成长为成吉思汗的铁木真。

古代蒙古人信仰上天,这与现今所说的天神似乎有所不同,它好像更为虚幻和模糊。而且,直到成吉思汗时代,它仍未改变被崇拜的形态,仍未形成具有认知体系的宗教。所以,试图以宗教的元素解读蒙古人的努力都恐难到达真相的身边。因为,他们崇拜的上天,就像威廉·施密特神父所感觉到的苍天之神,而且比他的感觉还模糊。

所以,蒙古人虽然崇拜上天,但更相信自己的身体。而成吉思汗给了他们智慧和方向。

成吉思汗没有去试图恢复部落联盟,而是从破解自身遇到的困难开始,把散

---

[1] 《蒙古秘史》,新华出版社,2006年。

落草原的蒙古人汇集到自己身边，使他们走上了创建帝国的征途。他不像以往所描述的那样英雄无比，而总是保持着冷静、深沉和与众不同的智慧。所以，他经历过最早期的一次失利外，再没有放走过一次战争的胜利。这样，经过17年的浴血奋斗，征服北亚草原和森林里的所有民族，他于公元1206年创建了大蒙古国，成了所有毡帐百姓的最高君主。

成吉思汗创建的这个帝国，与当年波斯人居鲁士、马其顿人亚历山大和匈奴人、罗马人以及突厥人建立的帝国一样，是一个被统合起来的巨大需求体。成吉思汗统合起来的这个需求体，与匈奴人、契丹人和女真人所建起来的需求体一样，都位于东方生存圈的广袤土地上。所以，作为这个生存圈中心的资源产区，中国中原地区都会成为他们表达需求的首要方向。尽管成吉思汗建立帝国的13世纪那个年代，西部生存圈的情况发生了很大的变化，西欧、中欧以及东欧第聂伯河流域都被开发成了丰饶的资源产地，因而他们不再像原来那样大举向环地中海资源产地拥挤了。可东方生存圈的情况与他们不同，虽然在统合经略的各个朝代都用力推广过农耕，都用力开拓过资源产地的面积，但沿长城存在的400毫米降雨线和其外围不能承受农耕使用的北方草原，无情地限制了资源产地面积的向北展延。所以，东方生存圈挤向中心的规律性运动的方向依然照旧地存在着，成了人们生存发展的心灵指向。

成吉思汗创建大蒙古帝国时，东方生存圈中心的资源产地以三分天下的形式被分割占有和经略着。最丰饶的黄河以南至长江两岸地区由宋王朝经略；由黄河中上游的水流渐渐冲积而成的，被民间说成为"天下黄河富河套"的河套地区则由一个叫党项羌人建立的西夏王朝所占有；而在黄河中下游正北的方向，由女真人完颜阿骨打所建起的金王朝占有和经略着这边的资源产地。所以，金王朝就处在于成吉思汗必须要挤往的方向上。

成吉思汗和他的蒙古人，原来是受金王朝管辖的。虽然被统辖在生存资源统筹使用的政权框架下，但金王朝只顾对生存资源的独自享用，不仅没有惠及治下的游牧人群，反而只让他们承担了进贡朝廷的义务。这种欺压引起了蒙古人的反感，已将游牧人的力量汇集到自己麾下的成吉思汗开始寻找一个合适的机会。

机会不久就来了。公元1209年，金朝皇位更替，由成吉思汗认识但并不很看得起的完颜允济继位。每当新帝即位，金朝都会派出使臣到各地宣告，并要求各地头人下跪听宣。成吉思汗向前来宣告的金使问："谁为新的君主？"当金使告诉他新君主是完颜允济时，成吉思汗不仅没有下跪，反而面朝南方吐唾沫说："我谓中原皇帝是天上人做，此等庸懦亦为之耶，何以拜为！"说罢，不等宣告就拍马而去。

成吉思汗坐骑留下的蹄印，不仅是蒙古对金朝臣属关系的终结符号，更是攻向生存资源产地的战鼓声。

成吉思汗是以复仇的名义，开始攻伐金朝的。在蒙古人正在壮大的部落联盟时期，金朝廷曾残暴地杀害过成吉思汗的父辈二人。所以，成吉思汗对占据资源产地的金朝既有满腹的仇恨，也有难以克服的需求向往。

蒙古人开始攻伐金朝的时间是公元1211年。关于这一年的攻伐，《蒙古秘史》记述道："成吉思汗于羊儿年发兵金国，攻下抚州，越过野狐岭，直取宣德府后，派者别、古亦古捏克二勇将为先锋攻至居庸关。见有大军把守，者别说：'引诱他们出来，然后再战！'便率军后撤。'追！'一见者别大军后退，金兵便冲出关隘，漫山遍野地追了过来。当金兵追至宣德府附近时，者别大军调转马头迎面冲去，打败了陆续到来的金兵。紧接着，从后面到来的成吉思汗所率主力中军乘胜而进，连续打败黑契丹、女真、主因等金兵精锐，势如破竹地杀到了居庸关下。者别顺势攻下居庸关后越过了山岭。成吉思汗则下营龙虎台，向中都及其他各城派出了攻城大军。"[①]

面对蒙古人声势浩大的攻伐，金朝措手不及。可是，据《蒙古秘史》说，朝廷中的一个丞相非常清楚蒙古人的需求和使他们退回的办法。他建议皇帝与蒙古讲和，把美女送给他们的君主，把金银财宝分给他们的兵勇。果然，这位丞相的建议非常奏效，成吉思汗和蒙古兵勇们拿到宫廷里养出的美女和"人尽其力的财宝"后，退回草原去了。

对成吉思汗和蒙古人来说，这是他们挤往资源产地的开始。但在当时，他们并不知道自己的这一历史角色，而只知道自己需要什么，需要的东西在什么地方。这与有史以来的情况一样，难以进入能动利用自然能量生产生存资源之路的人们，他们为解决需求而进行的努力和有方向的活动，在这个地球上呈现出了生存圈现象与清晰可见的规律性运动。由于我们察觉到了这一现象的存在，所以从那些错综复杂的纠葛与冲突中，能够看到他们带有历史方向的脚步。

---

① 《蒙古秘史》，新华出版社，2006年。

据《蒙古秘史》记述，成吉思汗从金王朝大门前退回草原后，很快又发动了对西夏王朝的征服。党项羌人没有和他战斗，得知他率大军前来，便不战而降地表示："闻成吉思汗大名我等惧怕已久。如今君威亲临，更是惊恐至极。今惊惧不已的我们唐兀惕百姓愿做您右手，为您效力。"这岂不是成吉思汗最愿意看到的结果吗，他接受了西夏王的归服，把天下黄河养富了的河套这一资源产地愉快地并入了自己的统治之下。

拥有河套后，蒙古人没有放下对金朝的惦记。只是不久前的议和，使笃诚信誉的蒙古人难以无名出师。不过，借口不久便出现了。原来，开始遭受蒙古人攻伐的金朝全面警惕起他们的行为来。金朝人发现，蒙古人派往宋朝的史臣往返时都路过他们的土地。于是，疑虑渐渐多起来的朝廷将他们抓起来扣留了。听到消息，成吉思汗说："既然与我们议和了，为什么还要扣留我派往宋国的使者？"便于公元1214年再度出征金王朝。

据《蒙古秘史》记述，在这次攻防中，双方进行了异常激烈的战斗。结果，成吉思汗取得了胜利，金朝皇帝丢下中都城，跑到南部都城去了。留守中都城的金朝守将没有继续抵抗，而是举城投降。按照一般的情况和以往胜利者的通常做法，接下来成吉思汗应该举行一个隆重的入城仪式，然后还可以像基辅罗斯斯维亚托斯拉夫大公占领保加尔人都城后宣布定居一样，也把自己安置到这个繁华丰饶的都城之中。可他没有，只是派几名手下进城，接受并进行了接管。这对研究成吉思汗的人们来说至今都是谜，两次兵临中都，而且均获胜，他为什么不进城呢？

成吉思汗没有进城的原因可能很多。也许，对成吉思汗而言，两次出兵虽然都取得了胜利，拿到了美女、财宝和中都城在内的一些土地，但金王朝远还没有被推翻，所以进城炫耀一下的必要能有多大呢？也许，农耕类型的生活和建筑在其上的王朝运作，对于他很陌生，所以他需要时间去熟悉和把握，然后去一举推翻王朝并对全部版图进行接管，那时才昂首进城并不算晚。也许这就是他没有急着进城的一个原因，可是就这般回到草原后，他用于攻取金朝的精力却被别的事情抢过去了。

这个事情就是《讹答剌惨案》。惨案的制造者是一个叫花剌子模国的中亚突厥人政权。这个政权的创建者是从塞尔柱王朝中派生出的又一部突厥人。当塞尔柱王朝的权力渐渐衰败时，主政花剌子模地区的总督努什特勤日渐发达起来，待到公元1138年时，他的后代背叛塞尔柱王朝，建立起了自己的政权。再到公元13世纪时，他们已经灭掉在印度和波斯土地上的同种人王朝，在占享这些土地上的资源的同时，为挤向更丰饶的资源产地而摩拳擦掌。他们原本属于东方生存圈的先人们，被强大的唐王朝挤出了生存圈，进而挤向了南亚和西部生存圈的资源产地。不过，就他们占据的中亚位置而言，一旦汇集到足够的冲击力，他们挤往资源产地的方向既可向西，也可向东。可他们没有想到的是，当他们正要大展宏图的时候，在他们的东边成长起了一个叫蒙古的强大力量。对此，他们很是焦虑，不仅派使者，还派商贩了解和探视蒙古人的意图。这时，用力于金朝的成吉思汗均以友善的姿态回应了他们，并曾致信其国王："我知道你的势力十分强大，你的国家也很广阔。我知道尊敬的国王你统治着大地上一块广袤的土地，我深深地希望与你修好……"但花剌子模人的焦虑仍未消除。终于，于公元1218年，他们杀死了成吉思汗派往那里的一支450人商队的所有成员。

尽管成吉思汗以冷静、深沉、智慧闻名，但据《世界征服者史》作者志费尼说，他听到后，"以致无法平静下来"，"万丈怒火致使泪水夺眶而出"。于是，成吉思汗暂缓对金朝的攻略，开启了将蒙古人引向跨生存圈运动的复仇战的序幕。

也许我在说事后的聪明话。如果当时花剌子模的国王对生存圈现象有点感知，就大致能分析出自己与成吉思汗用力方向的不同，进而就不会引发给自己，也给自己的人民，还给蒙古人带来巨大牺牲的复仇之战。可惜，那时的人类智慧还感知不出生存圈现象的存在，也归纳不出它规律性运动的特征，所以成吉思汗的愤怒征途就难以避免地发生了。

这次征程开始于公元1219年春。出征前，成吉思汗做好了各种准备。首先，他抱定了宁死报仇的决心，所以指定了三子窝阔台为大位的继承人；其次，金朝是他不可放手的目标，所以留下心腹大将木华黎继续主持对金朝的战争；最后是征召所有归服地区的兵力随同前往。在征召随同兵力时，虽然遭到西夏人的诋毁与拒绝，成吉思汗都将其放在一边后，亲率4路大军约20万人马，越过阿尔泰山，向花剌子模进击而去。

花剌子模国王也许是高估了自己的力量，或者是低估了蒙古人的能力，他和他的军队遇到成吉思汗及其将领的攻势以后，一个个地都被打败了。而他自己远不像一个国王和军队的主心骨，不仅没有率军抗击入侵的蒙古人，且还带着家眷、亲族和财宝，向自认为安全的地方转移并躲避了起来。士气、国运由此低落，城市、人民和没有了统帅指挥的军队变成了成吉思汗和蒙古人发泄愤怒的对象。城市一个接一个地陷落，反抗者一批又一批地被斩杀，财富一地接一地地被抢掠。他们放任愤怒的行为，甚至让生活在公元1160—1233年间的穆斯林历史学家写下了"在世界走向末日和毁灭之前，人类不可能看到和与这一灾祸相比的灾难"的惊恐之文字。

愤怒被放任着，但成吉思还没有忘掉这一切的肇事者花剌子模国王摩诃末。他从军中选出最得力的者别、速不台二将专门追击不断转移避战的国王摩诃末。成吉思汗下旨说：必须擒获摩诃末，否则勿回，为期3年。后又派1万骑增援加力。者别、速不台以过人的智谋和超强的执行力，一路尾随追踪摩诃末，约在1220年年中时迫使摩诃末逃入里海的一个小岛，年末时无助地病死在这里。

随着摩诃末的死亡，这场愤怒的复仇就该结束了。可它没有结束，摩诃末躲逃中的一个决定，又把成吉思汗拖入了另一轮追逐之中。原来，摩诃末在遁入里海小岛时，深感权力已成累赘，便立儿子扎兰丁为新的国王。扎兰丁雄心勃勃，不畏强敌，决心为突厥人洗雪旧耻。他组织统率新旧兵力，开始与成吉思汗军周旋，并取得一些胜利。见扎兰丁的反击有声有色，绝非自方将领指挥失当那么简单，成吉思汗转而把剿灭扎兰丁当作了自己最重要的任务。

扎兰丁得知成吉思汗亲自来攻伐他，便感到力不能支，从根据地的伽色尼向南退却。扎兰丁可能低估了蒙古骑兵的速度，当他有条不紊地准备渡过印度河，南下避难时，成吉思汗以最快的速度追赶了过来，并在印度河畔包围了他。成吉思汗很想捉到他，于是下达了不准放箭的命令。扎兰丁很想摆脱他，于是进行了猛烈的突围。可是控制权毕竟已被成吉思汗掌握，见蒙古兵勇步步逼近自己，这位年轻有为而壮志未酬的扎兰丁，手握武器和盾牌，从河畔悬崖跃马跳入水中，泅渡对岸而去。见此，成吉思汗拦住了跃马去追的兵士，感慨地对儿子们说："为父者应有这样的儿子！因逃脱水和火的双旋涡，他将是无数伟绩和无穷风波的创造者。一个俊杰怎能不重视他？"就是出于重视吧，成吉思汗随后就派人到印度去追寻，但探寻到中部印度也没有找到他，加之不适应印度的炎热，只好空手而归了。

这下，成吉思汗可以凯旋班师了，可他没有，因为他所放出去的鹰还没有回来。这个鹰就是他派去捉拿摩诃末的者别、速不台及其军队。这两只以3年为归期的雄鹰，在公元1220年的年底，就将摩诃末逼入海岛，迫使其落魄而死后，并没有马上归队复命，而是绕过里海，行掠钦察草原等西部亚洲地区，还纵马驰入欧洲东部已被开发为资源产地的基辅罗斯，并与他们发生战斗取得了胜利。他们这般既行抢掠，又大开眼界后，于1223年年底东返，与准备班师的成吉思汗会合。

这样，摩诃末给成吉思汗制造的麻烦还没有结束。在出征花剌子模时，成吉思汗为有足够的军力，曾征召归服者们出兵随进。尽管归服者们大多都出兵随去，但有一个归服者不仅没有出兵相助，还恶语谩骂成吉思汗。这就是曾誓言愿做右手效力的西夏人。成吉思汗耿耿于怀，决心彻底摧毁这个毫无诚信的政权。于是，从花剌子模凯旋的第二年，也就是公元1226年，成吉思汗甚至在尚未休养好的情况下，亲率大军进伐西夏去了。

对正处全盛的蒙古帝国来说，西夏已经不是可以与之匹敌的力量。可是成吉思汗异常坚决地亲自征伐。由于胜券在握，轻松行军的他们在半路上组织了一次狩猎活动。在捕猎中，成吉思汗的兔斑赤马受惊于奔腾而至的野驴群，导致成吉思汗摔地受伤。夫人、儿子和随将们都劝他回去休养，但成吉思汗回绝了。他要说话算话，要让毁掉诚信的人付出代价。于是，战事遂起。

虽然西夏人为了保住对这块资源产地的占有权而奋起反抗，但在蒙古大军的强大攻势下一步步败下去了。到1227年夏末时，已无力支撑的西夏王廷请求投降，并乞求宽限一月，以准备贡物、图表等。成吉思汗同意了。西夏人这一次没有违背诺言，一月期限将至时，西夏王带着贡物到成吉思汗帐前跪降。可是成吉思汗没有召见他，而是只让他隔着门帘行了跪拜，礼毕便被拉出去了。其实，这个时候，成吉思汗也已病重辞世，已被秘密送往他心爱的北方草原去了。一说是这一年的8月25日，又说是8月18日。

由摩诃末的判断失误所导致的灾难风暴这才趋于结束，但是他让当年人类承受的创伤太过沉重了，使我们不得不寄希望于人类的领袖们冷静、冷静、再冷静！

在一个民族开始崛起时，创业领袖的去世是最关键的一个历史节点。公元410年时，西哥特人在领袖阿拉里克突然病逝后，他带领哥特人永住到丰饶北非的计划就被其继任者搁置了；而公元453年，匈奴首领阿提拉在自己的新婚之夜暴死之后，他的儿子们就把强大的匈奴给败亡了。可不同的是，成吉思汗的孩子们没有那么败家，所以，他把蒙古人带往强大与富足的事业得到了延续和推进。

　　成吉思汗去世后，按预定三子窝阔台继位。窝阔台厚道忠诚，又喜欢喝酒。他认为自己的职责就是完成父亲成吉思汗未竟的事业。他在位13年，成就了两件大事。一是灭取金国。窝阔台深知丰饶土地上的金国在他父亲心目中的位置。所以，他继位后便明确拒绝了金朝的示好。金朝人认为，成吉思汗去世了，改变蒙古人对金朝态度的机会也来了。窝阔台继位后，金朝人以哀悼成吉思汗去世为名，送来了用于丧事的赗，对此窝阔台说："汝主久不降，使先帝老于兵间，吾岂能忘也，赗何为哉！"这样，难以违抗自己历史走向的蒙古人又踏上了灭取金国的征途。

　　窝阔台灭取金国，遵循的是成吉思汗临终所言的战略安排，即联宋灭金。果不其然，一经与宋朝联盟，金国受到腹背夹攻，成吉思汗用时6年、两度用兵都未能攻取的金朝在不到4年的时间里，就完全地灰飞烟灭，其土地的黄河以南地区归了宋朝，北部中原和其他地方全部归到了蒙古人的名下。至此，蒙古人的一只脚稳稳地踏进了东方生存圈丰饶的资源产地之上！

　　窝阔台成就的第二件大事就是长子的西征。在《蒙古秘史》的记述中，有窝阔台一段这样的话："这般派长子出征的主意是察阿歹兄提出的。"由此看，西征之事在当时可能不在窝阔台认为的"父亲未竟"的事业之列，但察阿歹是为他争到大位的功高比山的二兄，所以他照话去执行了。

　　这次西征出师无名，显然就是以斯拉夫人在东部欧洲开发出的资源产地以及更西的地方为目的地了。虽然那时的蒙古人根本不会有生存圈与资源产地的概念，但他们很清楚富饶丰足的地方对他们的重要性。毕竟，在上一次对花剌子模的征途中，他们有幸看到了草原的西边还有丰饶的土地。可能他们上次过来时，被史书称之为基辅罗斯的这个地方已被改称"俄罗斯"了，所以蒙古人开始接触时就称它为俄罗斯。

　　在当时俄罗斯这个地方，自弗拉基米尔大公儿子们开始的分割占有的内讧和互不统属的分散状态，给了蒙古人一个天大的机会。他们虽然不愿被蒙古人征服，但始终组织不起有效的抗力，让蒙古军队畅行无阻地蹂躏了俄罗斯的城市和村庄，使那些互不统属的公国统一到了蒙古征服者的统治之下。对俄罗斯的轻取，助长了蒙古人继续西进的激情。他们又策马向西，深入到为分割占有资源产地而四分五裂的中欧地区，到公元1242年年底时进占了今波兰、匈牙利等一些地区。

　　胜利使蒙古人来不及深思，他们天真地以为长生天将从日出到日落的地方都赐给了成吉思汗及其家族。于是，他们从北路推进到中欧后，又从南路向西亚地区发起了攻击。这时，大部分突厥人已经成功挤入了南亚和波斯以西的资源产地，但他们没有给这些地方带来更强大的抗击力，所以蒙古军队攻来时毫无招架之力，到1259年时不仅使运转了500余年的阿拔斯王朝戛然而终，还使地中海东岸的叙利亚等两河流域地区都被蒙古人占领而去。至此，蒙古人还不想止步，他们很想把地中海南岸的埃及也收入囊中。但埃及人拒绝了他们，把他们的脚步限制在了地中海东岸地区。

　　当蒙古人需要冷静的时候，有一个人出现了。这个人就是忽必烈。忽必烈的冷静体现在蒙古人南下攻取南宋王朝及建立大元王朝的过程之中。

　　与遥远的中东部欧洲和西部亚洲相比，山水相连的南部中原地区对蒙古人来说就是策马便到的丰饶之地。所以，他们一经灭取北部中原上的金朝以后，一只手马上伸向了宋王朝占据的南中国大地。虽然在灭取金朝时他们与宋朝联手，并答应把黄河以南的地方还归宋朝，但一向言而有信的蒙古人这次则变卦了。他们不仅没有归还黄河以南的土地，而且还要从宋朝的手中夺去全部的南中国大地。

　　战争远比西征胶着艰苦。由于志在必得，指向中原的攻伐曾由成吉思汗、窝阔台可汗亲率出征。攻取南宋亦如此，由第四任大可汗亲率主持。忽必烈是这一战事中的一大主力。忽必烈从早些年开始主持蒙古帝国在北部中原的事务。帝国对宋朝的大规模攻势开始后，忽必烈任东路军统帅。忽必烈攻势迅猛，就要渡过长江，纵深发展时，统率西路的大可汗却战死了。于是，帝位之争骤起，忽必烈当仁不让地登上了可汗大位。

　　忽必烈的冷静体现在登上大位之后。他没有像前几任可汗那样继续派出西征军，为蒙古人持续40多年的大规模西征画上了句号。后世的人们无法知道忽必烈当时是怎么想的，不过对于他来说终止西征的理由是很多的。就从我们如今的观察来说，蒙古人即便占领了生存圈之外的广大地区，但不能提供使被占区人民仰慕和乐于接受的文化与社会存在形式，所以一定会是短命的，而且会累及自身。可在生存圈里就不同了，因为这是他们世代永居的地方，必须要去做长久的打算和精心的安排。

　　这些事在忽必烈的头脑里似乎都被盘算过。他根据中国的大部分已归其统治的现状和不久将全部拥有的考量，果断把祖父成吉思汗创建的大蒙古国改建成了大元帝国。他把政治中心从原来的北方草原移到丰饶中原的大都（今北京），并在不久灭取宋朝的同时，以"祖述变通"的名义宣布用孔子、孟子的儒家文化来治理自己统治的这个帝国。这样，从大蒙古国到大元帝国，忽必烈为蒙古人完成的不仅仅是王朝名称的改变，而是以终止西征宣告了自己重心所在的位置，以政治中心的迁移实现了蒙古人挤入资源产地的需要，以对儒家文化的选择开启了这个民族转型的尝试……

随着忽必烈及其蒙古人的这般作为，形成并存在了2000多年的东方生存圈，终于运转出了以生存资源丰饶产地为中心，以广袤的周边地区为幅员，一体完整地统合在一个政权的统治之下，便于生存资源的统筹使用与再行分配的空前局面。因地理与天赋的土壤条件等因素，西部生存圈未能运转出这样的结果，从而也导致了东西两大生存圈的人们，对国家存在形态的不同理解。而蒙古人对东方生存圈的统合，恰恰为此后的中国版图提供了形态依据。

突厥人对自己的妥善安置

当东方生存圈的人们演绎起大一统生活的时候，西部生存圈的人们则正在为妥善安置自己而紧张地忙碌着。西部生存圈规律性运动方向的这一变化，既不是因为文化，也不是因为宗教，更不是因为生活在这个生存圈里的民族人群聚集不起挤向资源产地的力量，而是因为他们生活的这片大地太有天赋了。这个地方，不同于东方生存圈的中心肥沃、周边贫瘠的土壤分布，而是深得地球构造的厚爱，整体上蕴含着可开发为资源产地的肥沃与激情，经罗马帝国的不断开发，已经变成了可满足一方人民生存之需的丰饶大地。尤其是以地中海北岸的西欧、中欧大地最为明显，它所开发出的丰饶，使人们不再为挤入环地中海资源产地而头破血流了。

生存圈规律性运动方向的这一变化，并没有给人们带来各居自地、互为友邻、和睦共生的安稳生活，而是使他们转入了对这片大地的区块切割、分割占有、蛮力霸占的纷乱之中。他们或以固有势力，或以部族团体，抑或以族群联盟，间还夹杂着宗教的掺和，强行占有并建立着以帝国、王国和公国为名称的凌乱、不固定而更迭频繁的生存领地，使满心善良的后代史家们不得不以"黑暗的中世纪"来评述它。这很容易让人想到，中国史家们对春秋时期乱象的"春秋无义战"的悲叹。可是，谁能从人类历史中省略掉土地被开发为资源产地后，人们为争得一席之地而生死争斗的必然过程呢?!

虽然不及地中海北岸大地的天赋与激情，但作为给人类开创了农耕纪元的地中海东岸和南岸地区，经2000多年的经略和开发，早已成为养育西亚、北非诸民族人民的生命摇篮。所以，自沙漠中冲出的贝都因人之后，这边的人们也不再为统合环地中海资源产地而浴血奋战了。继贝都因人之后挤到这方资源产地的突厥人就是一个明显的例子。他们一拨又一拨地从中亚崛起，然后以不可阻挡的气势奔腾到印度河流域的旁遮普和地中海东岸、两河流域广大地区，之后便停住脚步，扎下营帐，参与到这个地方的权力更迭与领地占有。所以，在蒙古人还没有到达之前的日子里，这里的闪米特人、波斯人、希腊及马其顿的后裔、罗马人、贝都因人、突厥人等，为长久而更多地占有领地而争斗着，构建过地中海北岸大地上的情况一样更迭频繁的王朝或王国。

蒙古人奔腾到这个地方时，贝都因人所建的阿拉伯帝国的阿拔斯王朝已然风雨飘摇，而风光无限的突厥塞尔柱王朝已经灰飞烟灭了。摧毁这个王朝的不是蒙古人，而是另一拨突厥人，就是惹怒成吉思汗西征的摩诃末及其家族先人创建的花剌子模国。塞尔柱王朝像一盏油灯被另一些突厥人吹灭时，它在小亚细亚建立的一个附属国并没有烟消云散，而是以独立的身份继续留存了下来。

这个留存下来的附属国叫罗姆苏丹国。这个小国虽然侥幸地没有遭受花剌子模国的蹂躏，但没能躲过蒙古人的进攻。为了不被蒙古人征服，他们尽其全力进行了抗击，但在公元1243年，其大军被蒙古军击溃，便向蒙古人所建的伊尔汗国低头纳贡。从此国势渐衰，到13世纪末时分裂成了12个独立的小国。其中一个小国位于小亚细亚萨卡利亚河畔，与东罗马君士坦丁堡相邻的地方。公元1290年时，这个地方的部落酋长叫埃尔托格鲁尔，死后，他的儿子奥斯曼继位。就是这位奥斯曼，在13世纪末的罗姆苏丹国分裂时，于1299年宣布了自己的独立。突厥人在西部生存圈环地中海资源产地上的有利占位，就是在奥斯曼这个人和其后人身上完成的。他们在人类历史的记忆中，从突厥人到土耳其人的华丽转身也是从他们身上开始的。

打量人类先民的生存之路，即便闭上眼睛也能看得到这样一个情形：当生存资源以野生的动物与植物的形式存在时，他们一步步向地球的四面八方分散开去，没有规划，没有驱赶，只有不能聚集在一起的默契；而它转化为可以生产的产品的形式存在后，他们不约而同地又向它的产出地蜂拥而去。这时，与分散开去时的恋恋不舍不同，他们间的距离每近一步，都有流血的冲突和生死的拼杀。因为，他们都想在这样的地方有一席之地，而这时的他们还远远没有合理分配与占有它的共识，所以，你死我活的争抢成了他们别无选择的选择。自闪米特人挤向苏美尔开始，人类在这样的选择中前赴后继着。如今蒙古人的脚步刚刚缓下来，奥斯曼率领的突厥人便接着上路了。

奥斯曼所率的这部突厥人的情形，颇像当年占据了高卢地区的法兰克人的际遇。同当高歌猛进的东哥特人、西哥特人、汪达尔人各就各位而平静下来时，强势挑起又一轮版图调整狂潮的法兰克人一样，奥斯曼这部突厥人也到小亚细亚开启了版图调整的序幕。

是因为，小亚细亚萨卡利亚河畔丰饶的土地强大了他们的力量，或是因为蒙古人的到来激发了他们的斗志，还是因为王朝更迭的混乱给他们提供了机会，自宣布独立起，奥斯曼掌管的这一部突厥人便快速地壮大起来。公元1308年，蒙古人处死罗姆苏丹国末代苏丹，变相地为他们的发展提供了机会。这个时候，蒙古人虽然监控着这个地区，但在接受纳贡外，没有精力管理更多内部事务。于是，这一部的突厥人就迎来了大显身手的时光。

独立是他们要有作为的基础。可是，罗姆苏丹国灭亡时宣布独立的不仅是他们一个，还有势力相当的11个小国呢。在小亚细亚大地上，在当时的那个环境下，这12个宣布独立了的小国之间必将演绎一场争霸争雄的生死争斗。奥斯曼非常清醒，他毫不迟疑地投入到这一争斗之中，不断扩大自己的占地面积，到公元1326年去世时，他占据的这个地方已经开始被称为奥斯曼帝国。奥斯曼的儿子奥尔汗没有使父亲的努力付诸东流，而是用心接到自己手上，大力向前推动过去。

奥尔汗的考量可能比其父亲更具可行性。史家说，他接替父亲之后就着手建立了常备军。在纷乱征战的年代，与临时的动员和征召相比，握有常备军的优势是明显的。于是，他的扩张犹如上了快车道，很快吞并了从罗姆苏丹国一同独立出来的大部分其他小国，成了小亚细亚举足轻重的一个国。这样，叫卡伊的这一部突厥人正式进入了与统合到一起的其他族众人群融汇为土耳其人的过程。在这里，我们可以改称他们为土耳其人了。

立国之后，奥尔汗及其土耳其人很快来到了一个路口，那就是：下一步该向哪个地方发展？在当时，他们的方位虽然连着四面八方的所有方向，但他们可以拓展和壮大的方向只有两个。一个是向北。在向北的方向上是小亚细亚属东罗马帝国的一些土地以及达达尼尔海峡之北的东罗马帝国和中南欧的丰饶土地。另一个就是向南的方向。在这个方向上，不仅有古代吕底亚帝国、赫梯帝国经略过的富足的地中海东岸地区，更是有引领人类向农耕转型的两河流域传统的肥沃土地。可是，这个方向上有奔腾而来的蒙古人。这时的蒙古人虽然在埃及人的打击下停止了西进的脚步，但他们灭掉花刺子模国和阿拔斯王朝后建立的伊尔汗国仍然存在。而在它的身后还有为其后盾的正处全盛的大元帝国。与之相比，向北方向上的罗马帝国，虽然是有着千年历史的古老帝国，但它早就走过了全盛，且在西欧、中欧已经掀起的新一轮分割占有浪潮中不断受到冲击，已经大有山雨欲来风满楼的迹象。

奥尔汗很是清醒，他为自己和土耳其人选择了率先向北的拓展方向。

在向北的方向上，首先就有老态龙钟的、通常被有失尊重地称其为拜占庭的东罗马帝国。据史家介绍，奥斯曼土耳其人和东罗马帝国上层间的关系是令人玩味的。按赫伯特·乔治·韦尔斯的话说："他们同衰落的君士坦丁堡帝国保持可容忍的敌对关系达几个世纪之久。"也就是说，这些土耳其人在以罗姆苏丹国臣民的身份生活时，就与东罗马帝国有着情仇交加的复杂关系。在奥尔汗执掌土耳其人的这个时候，他们与东罗马帝国的关系从相互警惕的怒视转向了相互既对撞又利用的危险方向。

对撞是决意要拓展的土耳其人发动的。把原罗姆苏丹国的土地吞并得差不多后，他们就向东罗马帝国在小亚细亚领有的、一个叫布尔萨的城市进发了。这座东罗马帝国精心经略的城市防守森严，城垣坚固，攻城持续9年，直到奥尔汗继位时才攻取。奥尔汗胆大心细，竟把刚刚攻占的这座城市当作了所建国家的首都。他的脚步并没有停歇下来，而是向另一个叫尼西亚的城市进击而去。东罗马帝国不愿再丢掉在小亚细亚土地上的城镇，于是皇帝安德洛尼卡三世亲率军队作战。东罗马帝国的这个皇帝，虽然在权力斗争中战胜其祖父夺取了皇帝宝座，但在金戈铁马的战场上远不是奥尔汗的对手，不仅受伤败退，还于公元1331年时使尼西亚城落入了土耳其人的手里。接着，奥尔汗一鼓作气，于公元1337年、1338年分别攻取了尼克米底亚城、于斯屈达尔城，几乎把东罗马帝国在小亚细亚的占地全部收入了自己的手中。

当奥斯曼土耳其这边洋溢着兴盛的气象时，东罗马帝国却笼罩在衰败的阴云之中。权力争夺，在早期的罗马帝国就已存在。在帝国1000多年的历史中，他们除了承受一次次权力争夺的阵痛外，并没有建立起稳妥有效而确保国体安全的权力接续机制，所以导致权力争夺无法杜绝地反复上演。好像要给兴盛中的奥斯曼土耳其人一个可乘之机，进入14世纪后，东罗马帝国又闹起了一场权力争斗。

　　这次权力争夺的主角是与祖父争夺过权力的安德洛尼卡三世的儿子约翰五世和大贵族坎塔库斯努斯。公元1341年安德洛尼卡三世被贵族刺杀后，他9岁的儿子约翰五世继位。对此，大贵族坎塔库斯努斯极其不满，于是重兵在手的他就以色雷斯为大本营，自立为东罗马国的皇帝。在君士坦丁堡的约翰五世绝不承认这种自立，双方的兵戎相见便不可避免地发生了。

　　双方求胜心切，均嫌自己势力不足以取胜，所以都向国外伸出了求援之手。坎塔库斯努斯就把求援的手伸向了正待机会的奥尔汗。为使奥尔汗甘愿为自己出力，坎塔库斯努斯把女儿狄奥多拉嫁给了异教徒的奥尔汗。看来，在利益面前，信仰并不会成为障碍，为伊斯兰教信仰者的奥尔汗婚娶基督教女子狄奥多拉后，立即派出6000多名铁骑，前往色雷斯帮坎塔库斯努斯作战。奥尔汗派去的骑兵看来表现不俗，公元1349年时，在坎塔库斯努斯的要求下，奥尔汗又给他派去了2万名骑兵帮其抗击塞尔维亚人。

　　奥尔汗及其土耳其人的力量就这样不费一兵一卒而受邀跨过达达尼尔海峡，踏上了地中海北岸被称为欧罗巴洲的土地了。我至今不能理解古代史家有时把欧洲和亚洲对立起来的表述，其实在古代当事人的心目中并没有明显的洲际隔阂，而只有利益后面的往复追逐。不然，那时的土耳其人怎么会欣然踏入并为他人劳作呢？而且渡海而来的土耳其人很是得力，不仅帮助坎塔库斯努斯打回君士坦丁堡，成为与约翰五世共治的约翰六世皇帝，也成功抵御了塞尔维亚人的侵入。可该做的事情做完之后，该回家的土耳其人却没有回家，而是乘势占领了博斯普鲁斯海峡靠欧洲沿岸的加里波利半岛。谁能想到，一场翁婿交往竟成了土耳其人向地中海北岸开拓的前奏。

　　土耳其人登陆到地中海北岸的大地时，这个地方正进行着分割占有资源产地的激烈争夺。不论是这块大地的原住民，还是从其他地方挤进来的人，不论是希腊人、马其顿人、罗马人，还是日耳曼人、维京人、马扎尔人、斯拉夫人，他们无视原有的居地格局，都想在丰饶起来的这块土地上占据更大的地方而激烈地争斗。这种争斗似乎暗示了土耳其人，使他们感到自己也可以参与到这一争斗之中。所以，他们不仅不走了，而且还图谋起了这块令人神往的土地。

　　公元1360年，奥尔汗之子穆拉德一世继位。他就是把土耳其人垂涎于地中海北岸土地的想法，变为现实的第一个重要人物。他一经继位，便毫不犹豫地向东罗马帝国所属的色雷斯等地发兵进攻了。到公元1361年时，色雷斯最重要的战略重镇亚得里亚堡被占领，地理上属于巴尔干半岛一部分的色雷斯已经落入土耳其人之手，一批接一批的土耳其人渡过达达尼尔海峡到巴尔干半岛定居，穆拉德索性又把首都迁到了亚得里亚堡。

把首都迁到地中海以北的土地上，明显地表达了大展宏图于这块大地上的决心。果不其然，公元1385年索菲亚被占领，一半保加利亚沦陷了，1386年尼斯被攫取，1387年萨洛尼卡及整个希腊都成为土耳其人的占地。接着，于1388年塞尔维亚成为附庸，1392年其北的瓦拉几亚也被列入附庸国名单，1393年之后整个保加利亚就落入了土耳其人之手。

在这个时候，除了土耳其人自己之外，谁也不知道他们要扩张到什么程度，也许他们自己也不一定清楚。可正当他们这般作为时，又一个崛起于蒙古察合台汗国的突厥人帖木儿帝国前来攻伐这些土耳其人了。这个帝国也是崛起于非资源产地的中亚地区，虽然与之前挤往资源产地的人们一样都是突厥人，但他们之间的认同度似乎很低，尤其是在权力与利益方面如同陌路人，毫不留情地出手相攻。如今，新兴的帖木儿帝国一路灭掉蒙古人所建的察合台汗国、伊尔汗国，打到还在壮大的奥斯曼帝国门口，决心将它收入囊中。

可是，好不容易打拼到这个程度的土耳其人怎么会拱手相让呢？于是于公元1402年7月，双方在安卡拉展开了决战，决战的结果奥斯曼土耳其被打败了，他们艰辛创建并开拓的帝国和人民变成了帖木儿帝国的藩属。

谁也不会知道帖木儿的想法，也许就是奥斯曼土耳其人太幸运了，获胜的帖木儿帝国没有对他们进行实质性的统治，而是把它分给被俘国王的4个儿子后，班师回朝，当起了只管受贡的宗主帝国。于是，奥斯曼土耳其经历一段内乱与衰败之后，于公元1421年迎来了他们雄心勃勃的新君主穆拉德二世。穆拉德二世深知该向何方用力，便于公元1422年开始围攻东罗马帝国的首都君士坦丁堡城。

作为千年帝国的首都，这时的君士坦丁堡不仅没有得到人们的袒护，反而感到极大的孤独和凄凉。东罗马帝国深知力不能敌，便到帝国的发祥地——意大利的佛罗伦萨，请求教皇给组织一个援助的力量，条件是承认教皇的首席权并同意与罗马合一。这是基督教大分裂几百年后首次出现的弥合迹象。对此西部基督教地区欣喜不已，据说英格兰各教区教堂的钟声鸣响不停。可是，君士坦丁堡的权贵和东正教信徒们却不以为然，明确表示："宁可使城市统治于土耳其人的头巾下，也好过拉丁人的教皇三重冠。"信条的变异与宗教权力的考量，最终使他们未能产生政治利益的共识，于是教皇给组织起的援助力量，也成了杯水车薪的努力。

公元1453年4月，土耳其人对君士坦丁堡的总攻开始了。尽管西部基督教地区的人们没有产生拯救将要落入异族之手的君士坦丁堡的热心，但记述它沦陷的后代史家学者们却对它充满了同情、敬重与惋惜。所以，他们的记述虽然在角度上各有不同，但都流露出了某种悲壮和莫名的无奈。想来也是的，作为一个政权，能够持续存在1000多年，在人类的历史上绝无仅有了。如果当时的人们能够以某种形式把它保留下来，而又不妨碍土耳其人对它的拥有，那该是人类多大的欣慰呀！

可是，这个假设没有发生。公元1453年5月29日，土耳其人在时任国王穆罕默德二世的指挥下，终于攻入了君士坦丁堡这个千年帝国的首都，终止了这个帝国在人类历史上的存在。关于这个帝国的最后身影，《欧洲史》著者J.M.罗伯茨是这样描述的："5月28日晚上，罗马天主教徒和东正教徒聚集在圣索菲亚大教堂，基督教世界联合的幻象给了帝国最后的荣光。君士坦丁十一世，第18位与伟大的第一个君士坦丁同名的皇帝，领受圣体之后继续作战最终以身殉国。"而《世界文明史》著家威尔·杜兰特先生的描述是："5月29日，土耳其人越过填满死尸的城池，拥入这被惊吓了的城市。临死者的哀号，被鼓号所构成的军乐所掩盖了。希腊人终于勇敢地抗战，那位年轻皇帝参加每一个战斗行动，和他在一起的贵族都为他而死。当他被土耳其人包围时，他喊着：'有没有一个基督教徒来砍下我的头？'他脱下王袍，像一个普通士兵似的作战，最后他的声音消失在他那彻底溃散的部队中。"就这样，君士坦丁堡沦陷了，宏伟的圣索菲亚教堂从倾听上帝的场所变成了向真主祈祷的地方。对此，上帝和真主都没有在意什么。

而J.M.罗伯茨先生很在意，他说："欧洲的统治者们确实应当自责，他们从没有（也从来不会去）有效地团结起来抵抗土耳其人。"可是，历史的情况并不会遂后人所愿的。因为，那个时候欧洲大地上正进行着分割占有资源产地的争斗，每一公顷土地的拥有与失去才关乎他们的切身利益，而涵括了所有人利益的洲际利益体远还没有产生，所以怎么会发生那样的事情呢？

就在西部生存圈这个分割占有资源产地的浪潮中，土耳其人是个幸运的受益者。他们理性地委屈于身后的帖木儿帝国，而用全部的精力和能力向正在被分割成多个小块版图的欧洲大陆开拓，得到了他们自己都没有想到的收获。土耳其人高歌猛进，于公元1459年吞并塞尔维亚，随后又吞并波斯尼亚、黑塞哥维那和黑山。见此，一位教皇说："这是荷马和柏拉图的第二次死亡。"事情的本质是不是这样，我们不好说什么，但土耳其人的开拓并没有到此结束。接着他们就向爱琴海西部、北部纵深地区出发了。

当土耳其人在爱琴海西部、北部方向上强势推进时，雄伟一世的帖木儿帝国灭亡了。于是，土耳其人毫无顾忌地向各个方向用力，先后吞并希腊全岛、阿尔巴尼亚、匈牙利、叙利亚及两河流域、埃及到阿尔及利亚的北非地区，到16世纪中叶时，建成了一个横跨欧亚非三洲的奥斯曼大帝国，为后来的自己打下了一个牢固的基础。

这样，自突厥人挤往生存资源产地的远古以来，土耳其人成了其中最成功的一支，更是成了西部生存圈分割占有运动中的最大受益者。

第九章

理性之吻

理性不仅是哲学的，更应该是行为的。

经院哲学家阿伯拉尔认为："智慧的第一个秘诀是谨慎及不断的怀疑，……因为有怀疑我们就会寻找，由寻求答案我们就可找到真理。"而赫伯特·乔治·韦尔斯先生说："人的理性是个顽固的东西，尽管是自己的决定，也还要进行批评和选择。"

人们并不知道，从智慧到理性的路究竟有多长，也不知道智慧能不能转化为理性。但人类似乎别无他法。因为，人类使自己最不放心的就是他的本性。自从原始公社生活向本性拐弯以来，它一直都在主导人类的行为，所以我们人类也不断努力地培植和提炼着能够有效干预和修正本性的理性……

调整神灵存在的形式

谁会想得到，与想象的相处和交往，竟成了人类由不得自己的一大麻烦……

宗教评论家凯伦·阿姆斯特朗女士认为人类的坦诚是极其可嘉的。她不故弄玄虚，也不装腔作势，面对她兄弟姐妹般的人类坦白地说："神是创造性想象的产物。"①她的这一表述与人类的真实经历是吻合的。所以，人类与神的关系就是我们与自己想象的关系，人类所从事的宗教活动就是我们与自己的想象相处和交往的活动。

不过，已有的人类历史让我们看到：与自己的想象相处和交往并不是一件容易的事儿。

因为，神是人类为了解决己所不能的问题、办成己所不能的事情而想象出来的。由于赋予了它神圣无限的地位、无所不可的能力和没有边界的力量，人类又自觉地将它转化成了必须去料理的虚幻存在。于是，就在这料理的过程中，想象不仅涅槃成了神，而且在人类的生活中以不尽相同的形式存在。

神在人类生活中的存在形式，似乎取决于心灵的需要与它和权力的关系。

作为人类历史上出现较早的宗教，佛教的存在形式一直是温和的。就像在前面章节中所记述的那样，佛教在其发展过程中，没有干预人类的资源生产活动和利益关系安排，而它以洗涤心灵为己任的追求和吸消负面情绪的作用，使它一直处在了权力可以容纳和需要的位置上。所以在传播的过程中，佛教没有受到权力的阻止，只是接受了传入地区人民的本土化改造。这是一个可以用祥和来表述的

---

① ［英］凯伦·阿姆斯特朗：《神的历史》，海南出版社，2013年。

存在形式，所以它自阿育王时期被传播出来后，直到很晚近的年代，佛教在生根开花的东南亚地区也没有引发权力对它存在方式的不快。

与之相比，伊斯兰教则有些不同。在先知穆罕默德创教之际，他并没有考虑与权力的关系。但当他避难到麦地那时，人们高喊着"啊！先知！就在这里歇脚吧！和我们同住！"的口号，把执掌他们的权力交到他手上去了。从此，权力就贴附在真主服从者的身上，开始了信仰推广与权力缔造为一体的事业。起初，人们并没有觉得权力与信仰的这样一个存在形式有什么不妥，而觉得成功来自政教的合一。但是随着占有越来越多的资源产地，建立越来越大的政权体系，人们渐渐地发现，权力在决定社会存在形式方面的重要作用和信仰应以心灵化存在的必要性。于是，公元945年，什叶派穆斯林艾哈迈德·伊本·布韦希带兵进入阿拔斯王朝首都巴格达后，便显露出了权力与信仰一体的存在形式开始被调整的历史趋势。在艾哈迈德·伊本·布韦希进入巴格达之前，阿拉伯帝国实行的是哈里发体制。

哈里发是先知穆罕默德去世，其岳父艾布·伯克尔接替其位置时产生的名词，意为"代治者"或"继承者"，是伊斯兰阿拉伯帝国政治、宗教之领袖的专用名称。在阿拉伯伊斯兰帝国非哈里发执政是不可想象的，但是波斯人艾哈迈德·伊本·布韦希带兵进入巴格达，就是要在帝国版图上行使权力的。可他的身份与先知家族毫无关系，不能继哈里发之位。于是，时任哈里发穆斯台克菲想了一个妥协的办法，任命艾哈迈德·伊本·布韦希为大元帅，还赐他"穆仪兹·道莱"的国家的支持者的头衔。这样，哈里发身上的政治权力就悄无声息地移到了艾哈迈德·伊本·布韦希身上，布韦希王朝运行起来了，伊斯兰教世界对宗教权力与政治权力一体化形式的调整也随之开始了。

布韦希王朝虽然实现了宗教权力与政治权力的剥离，但他们未能给它提供一个体面的形式，这不知是因为大势所迫，还是因为顾虑所致。而突厥人没有那么多的考量，他们挤入资源产地的脚步到达巴格达，要以穆斯林的身份执掌这个帝国时，毫不谦虚地从时任哈里发那里取得了苏丹的称谓，以最高行政长官的身份开启了塞尔柱王朝的历史。这个人就是塞尔柱王朝的第一任苏丹图格里勒·贝格，他是于公元1055年进入巴格达的，晚艾哈迈德·伊本·布韦希整整110年。

据史家介绍，起初苏丹这个称谓只有"力量""治权""裁决权"等含义，但他被塞尔柱突厥人用来执政后，很快就赋予了他世俗统治者的意义，从而使政治权力正式剥离于宗教权力，并且提供了较为体面的一种形式。

至此，伊斯兰教世界调整神的存在形式的尝试并没有结束，而是随着人类利益关系的变化和本土社会存在形式的衍化，各以不同的形式继续了下来。其中，较有代表性的调整发生在宗教诞生的阿拉伯半岛和土耳其。

研究者说，发生在阿拉伯半岛的叫瓦哈比运动。这个运动的掀起者们主张严格遵守《古兰经》和《圣训》，坚持严格的一神论，反对神和人之间有"中介"，反对崇拜圣徒、圣墓和圣物，并强调禁止饮酒、跳舞和赌博及穿着绸缎衣服，佩戴装饰品等。兴起于公元18世纪的这个运动，最终在公元20世纪初造就出了现今的沙特阿拉伯王国，并以国王同时又是教长的制度性安排，体现了政治权力在国家事务中的重要位置。

与此不同，土耳其人的调整则体现出了人类与宗教的另一种方向。

在建立奥斯曼帝国时，来自中亚的这些突厥人已经变成了笃诚的穆斯林。这个帝国因占有资源产地的需要，于公元1517年攻占了马木留克王朝经略的埃及大地。那时，被蒙古人攻灭的阿拔斯王朝哈里发已转移至埃及，继续扮演着宗教权力之化身的角色。当土耳其人接管埃及时，时任哈里发穆塔瓦基勒并没有转移到其他地方，而是干脆把哈里发头衔让给了奥斯曼帝国苏丹塞利姆一世。于是，身世与先知家族毫无关系的土耳其人塞利姆一世又把政治权力与宗教权力一体化到自己身上，奥斯曼帝国也就成了伊斯兰教世界政治与宗教的新的中心。

政治与宗教的这一存在形式，在土耳其延续到公元20世纪初的时候，一场革命发生了。史家们称这场革命为资产阶级革命。作为这场革命的成果，于1923年，原来的奥斯曼帝国被改造成了土耳其共和国。对权力及利益关系进行了更新的土耳其人便根据历史体会与心灵认知，对宗教的存在形式进行了全面的调整。他们废除了哈里发苏丹体制和伊斯兰教总法官职务，撤销了伊斯兰教法院等。他们还用一系列的制度安排，从国家权力和政治事务中将宗教的内容全面剥离了出去，使它完全成为公民心灵上的私事。

当对神的存在形式的调整，在佛教和伊斯兰教世界这般进行时，基督教的欧洲也没有袖手旁观，而也正进行着越发复杂深刻的调整努力。

导致基督教世界调整努力越发复杂的原因是，神的存在形式已经深深嵌入到了俗世社会的利益关系之中。

这一情况发源于罗马帝国对基督教的过度利益调整。公元4世纪，罗马帝国将拿撒勒人耶稣创立的基督教，从地下状态抬高到国教的地位后，这个宗教的利益就和俗世社会的利益交错到了一起。因为，被确立为国教后，罗马帝国从皇帝到子民的每一个人都成了信徒。从此，罗马帝国的每一个人都有了双重身份，既是帝国的子民，又是上帝的信徒。作为俗世权力的拥有者，皇帝要统治和管理他的子民；然而，作为上帝在大地上的影子，教皇也需要经略和管理他的信徒。于是，对人及其劳动成果的管理就成了世俗权力与宗教权力相互争夺的焦点。

这一争夺，在西罗马帝国还存在的时候并不明显，宗教权力仍在罗马皇帝的管辖之下。这时，北非教区中涌现出了一位叫奥古斯丁的神学家，他并没有觉得神是想象的产物，而是接受了人们对这一想象几百年以来的建设成果。他坚定地相信，每一个人都因亚当的罪而获罪，任何人不可能靠本身的善功得救，只有通过上帝的恩典获得重生。这是奥古斯丁试图把每一个人固定在宗教钉子上的。然后，他对被固定在宗教上、希望得救的人们说："上帝之子耶稣基督，既是上帝，也是人；在万世之前是上帝，在我们这个世界是人。"他告诉人们要想得到这个上帝的恩宠，必须要接受洗礼，参加圣餐礼。任何人不受洗礼、不参加圣餐礼就不可能进入上帝之国，也不可能获得拯救和永生，而且这种恩宠只有上帝选定的人才能获得。奥古斯丁就以这样的方式告诉人们，能够操持那些圣礼的教会的教主就是上帝选定的人。进而，他指出，有两种爱造就了两座城："世俗之城"和"上帝之城"。即政治社会的罗马和上帝之城在地上的体现——教会。世俗的国家只有在宗教上服从教会，为教会服务，才能成为"上帝之城"的一部分。

奥古斯丁以这样的神学逻辑，在看似合理的言辞中，把宗教与国家等同起来，尤其是把教会的地位抬高到了国家之上。威尔·杜兰特先生甚至认为："作为政治的一种思想武器，并且将会从奥古斯丁的哲学，逻辑地推论出神权国家的思想，在此种国家中，源自人类的俗世权力，将隶属于为教会所有。"

在西部欧洲，历史似乎给这样的宗教主张提供了试验的机会。公元476年西罗马帝国灭亡，这块大地上的人们开始掀起了分割占有资源产地的浪潮。原有的疆界被抹掉了，曾经的占有不被承认了，人们纷纷使出浑身解数为占到好的地方和多的地方而开始血战起来。这时，奥古斯丁所说的"世俗之城"在西欧大地上崩塌了，而"上帝之城"不仅没有崩塌，且还迎来了壮大的机会。

罗马教会的壮大主要来自两个方面。其一是教徒的虔诚奉献，主要为教徒的纳税和捐献。西罗马帝国的灭亡，虽然使人们失去了罗马帝国公民的身份，但他们基督教信徒的身份和义务仍还存在着。史料说，当时教徒向教会缴纳约为10%的税，也就是说人们年收入的10%的财富不流入国家的仓库，而要流入到教会手中，变成教皇或主教支配的财产。这是一笔庞大的、源源不断的财富，但这还不够，还有教徒们的捐献。为了赎罪，或为了在最后的审判中能够升入天国，富贵的教徒们往往在活着的时候或死去的时候，都把土地在内的财产全部捐献给教会。这样，在分割占有资源产地的争夺中，教会不费吹灰之力而不断获得肥沃的田产。其二是政治买卖。西罗马帝国崩溃后，维持西部欧洲政治秩序的权力架构也随之崩塌了。于是，权威消失，权力秩序混乱起来。然而，宗教组织毫无损伤，反而凭借对教徒心灵的掌控，罗马教会及其教皇就成了西部欧洲最有公信力的人。于是，借助这一公信力以巩固自己的地位，也就成了新兴权力的一种选择。丕平献土是其中最明显的一例。

西部欧洲的人们，为了分割占有资源产地而不可开交地争夺时，罗马教会却悄无声息地壮大起来，教皇的地位也在不知不觉中升到了西部欧洲权威的巅峰。对此，人们只产生可能出现基督教普世帝国的感觉，而没有审视神应该有的存在形式。教皇也似乎很想承担一下普世大帝的责任，于是就组织和发动了不是以解决生存所需为目的的十字军东征。处在资源产地争夺中的帝王侯伯们虽然忙于拼杀，但胜负还尚未决出，所以都只能敷衍性地参与其中，派出的人与战斗力基本无关。

教会与教皇对世俗社会的这般掌控，很快引起了新兴世俗权力的反感。公元1076年至1077年间发生的日耳曼国王亨利四世与教皇格雷戈里之间的争执，就是这一情势最高形式上的演示。

当时，世俗权力对宗教权力的反感主要在于宗教权力对世俗权力的无形垄断。虽说无形，但垄断是方方面面的。一是身份处置权。教会对教徒的权力是绝对的，教徒们只要稍稍不注意都有被开除教籍的危险。一旦被开除教籍，人就失去升入天国的资格。二是最终裁决权。每一个教徒同时又是世俗权力管辖的子民，他的行为是否有罪，世俗法律虽然可以判决，但最终裁决权掌握在教皇手中。三是主教任免权。在争夺资源产地的时期，参与争夺的每一个势力范围里都有一个教区或教会。这个教区或教会的教士或主教，在本范围之内还为世俗权力承担一定的职能。开始时，世俗权力都能参与他们的选举与确定。后来，宗教方面踢出了世俗的参与权。四是教皇的无边界权力。格雷戈里七世为教皇时明确规定：任免主教的权力只归教皇；任何宗教大会的议决案，没有他的批准不能生效；凡关宗教的书籍没有他的赞同，不算正统；唯有罗马教皇才能接受各国君主的顶礼；唯有他可以废立皇帝，并可以解除人民忠顺于君主的义务；教皇有权宣布国王的命令为无效，而任何人不能撤销教皇的命令；教皇的行为，任何人不得批评……

权力就这样被垄断了起来，但人们感觉中的基督教普世帝国却未能组成。因为，有一个门槛，宗教是迈不过去的，那就是：在宗教理念上搭建不起决定社会存在形态的利益关系。原因是，它只属于世俗的权力与它的主张。而且，宗教对权力的这般垄断，还纷扰了资源产地分割占有之争的自然进行，西部欧洲未能出现资源产地大统合的局面，原因也许就在这里。所以，世俗权力的不满和反感是很自然的。

不过，不满和反感并未能很快撼动教会与教皇的权势。待历史走到公元14世纪，西部欧洲资源产地分割占有的争夺呈现出如今版图格局的雏形时，得到了巩固的世俗权力才发起了对教皇权势的有效抗争。腓力四世是当今法兰西版图最有力的打造者。他于公元1285年继位后，为扩大王室领地，统一法兰西大地上林立的公国和伯国，进行了极有成效的努力。当时，现今法国南部的加斯科尼是一个公国，属英格兰王室在欧洲大陆上的领地。腓力四世执意将这个地方纳入自己的版图，而英格兰国王爱德华一世又坚决不肯，于是双方只能以战争来解决。

战争不仅需要人力，还需要物力、财力。为解决物力、财力的来源，腓力四世和爱德华一世都宣布向教会和教士征税。当时，罗马天主教会的教皇为卜尼法斯八世。教皇认为，腓力四世的决定是渎神的。于是，于公元1296年2月发表了一个敕令，其中明确地说道："基于罗马教皇的权力，我们在此明文告谕，凡是教士未征得教皇同意，而凭信徒缴纳个人所得税或财产税者，将遭到破门律的严重处分……同时我们亦明确地表示，凡是蓄意要求此类税收，或觊觎教会或教士财产的权贵……将被处破门律。"禁绝来自两个方面，一是对教士，二是对世俗权力，如果教皇教令能够生效，腓力四世对英战争的物力、财力的来源将会消失，战事也就必败无疑了。

但这时与亨利四世的年代有所不同了。腓力四世在统合法兰西这块资源产地的过程中，以其个人魅力和非凡能力，构建起了颇具掌控力的国王权力。所以，腓力对此不仅不予理睬，且还进行了果断的反制。他宣布，凡法兰西的臣民，不经国王允许，不得将金银、货币、武器、马匹输出国外。在法兰西，教皇的敕令未能生效，而国王的命令得到了很好的执行。如果法兰西侯伯们和教士们不能交税和捐献了，教皇来自法兰西的财源就断绝了。教皇卜尼法斯眼看敕令失灵，情势不妙，无奈于当年9月又发布一个妥协的文告。文告中表示，教士基于国防上的需要，自动捐输，有无这样的需要，决定权握于国王手中，由他斟酌执行。作为回应，腓力四世也撤销了报复的措施，但他从教皇手里拿回了很大一块儿财政权力。

可是，事情并没有就此结束。一些不怀好意的人向卜尼法斯八世谗言，说腓力四世曾发表教皇贪婪的言论，并有偏袒、私持异论邪说的嫌疑。耿耿于怀的卜尼法斯八世怎能放过打击腓力四世的机会，据说就在这个当口，教皇派驻法兰西的特使与腓力四世的侍从发生了纠纷。该宗教特使被控叛逆，被捕入狱，随后皇家法庭判定有罪，交由一个大主教予以监禁。事情的发展出乎教皇所料，卜尼法斯八世要求立即释放特使，并训令法兰西境内的教士们终止教会对国家的纳贡。教皇认为这样还不够有力，于是于公元1301年12月，发布了一个叫《听着吾子》的面向所有教徒的告谕。告谕中，教皇要求腓力四世要谦逊地听从他这位基督在尘世的代理人；严词抗议世俗法庭任意审判教士的恶例和任意挪移教会财产，用于非宗教性事项的行为。并表示要召集法兰西境内的主教及修道院院长，共商对策，以保全教会的自由，改革国家及废置国王的权力。

卜尼法斯八世的做法大有重演格雷戈里七世之做法的势头。但腓力四世并没有理会他，而是当教皇的特使将文告传给他时，他默许手下大臣将其抢去，扔进了火里。腓力四世没有亨利四世那样好欺负，也没有腓特烈二世那样悲壮，而是强硬地与教皇争斗了起来。

腓力四世先声夺人，在教皇召集法兰西教士们开会之前，于公元1302年4月在巴黎召开了由贵族、教士、平民3个层级人员参加的著名的三级会议。会后，3个层级的人们分别致书教皇，表示支持国王在宗教事务以外的权力，并明确地告知教皇，国王只服从上帝，教皇不得干涉法兰西国内的任何内政。

这是一个明确的信号，腓力四世及其人民要从教皇手里夺回对世俗社会的一切权力。一直习惯跋扈于世界的教皇怎能甘心地将权力交回去呢，于是于1302年10月还是召开了原定的宗教会议，以对腓力四世进行反击。有45名教士不顾国王的禁令，从法兰西到意大利罗马参加了会议。会后，卜尼法斯八世又发表了一个敕令，申明教皇对世俗世界的绝对权威，宣布将开除腓力四世的教籍，并强调"为了全世界的得救，所有世界上的人类，都应该臣服于教皇之下"。

可这时，对腓力四世和已对国家利益承担起责任的法兰西人民来说，卜尼法斯八世和他的敕令已经失效，反而还成了腓力四世采取更强硬措施的理由。腓力四世针锋相对地又召开一次三级会议，控诉卜尼法斯八世为暴君、男巫、凶手、奸夫，盗用公款、贩卖圣职、偶像崇拜的不信之徒。会议要求召开宗教大会革除卜尼法斯教皇职务。

双方的杀手锏都被使出来了。当卜尼法斯八世在阿纳尼的教皇行宫，准备开除腓力四世的教籍、停止法兰西境内教权的时候，一队兵卒冲到了他的面前，在他还没来得及在处以腓力四世破门律等文书上签名时，行动自由就被这些人限制了。这队兵卒就是腓力四世派来的人马，他们本想把卜尼法斯八世带回法兰西审判，但因教皇的逃脱而告吹。卜尼法斯八世虽然在一群信民的帮助下得以逃脱，但从此番变故受到的打击很大，不久便在忧愤中去世了。教皇去世后，腓力全力支持贝特朗·德·戈特为新教皇，不久又把其教廷从罗马迁到法兰西阿维尼翁地方，使教廷置于自己的管辖之下。

世俗社会从教皇的垄断中要回自身权力的努力就这样从法兰西开始了。这给宗教界带来的震撼是很大的，虽然有人认为这是世俗对上帝的背叛，但还有一些人为此焦虑起来，开始思考宗教应该怎样存在于这个世界的问题。

约翰·威克里夫是公元14世纪英国的神学家和哲学家。约翰·威克里夫虽然不是国王，而只是一位神学教授和牧师，同样不是法兰西人，而是英格兰人，但他看到的情况与腓力四世遇到的情况很相似，那就是教皇对英格兰财富的剥夺。

腓力四世在与教皇卜尼法斯的争斗中获胜后，新任教皇贝特朗·德·戈特即克雷芒五世只允许法兰西教会将领地税收的1/10献赠国王，并废除历代罗马教皇对法兰西国王与臣民的责难敕令，而没有松动对其他地方的权力垄断。对此，英格兰国王和百姓们非常反感，尤其是他们对英国教会的财富流入教皇之手大感不合理，普遍认为流入教皇手中的英格兰的财货远比流入国库和国王手里的多。于是，在爱德华三世运作下，英格兰决定不再向教皇纳贡。对此，时在阿维尼翁任教皇的乌尔班五世并不想让步，英格兰与教皇的争吵开始了。

约翰·威克里夫耳闻目睹着这场争吵，作为神学家，他需要从宗教的角度审视一下这场争吵的孰是孰非。昨天法兰西与教皇争斗，今天英格兰同教皇争吵，原因皆为对权力与利益的争夺。于是，他发现教会与教廷的利益化存在是引发争吵的根本原因。那么，教会和教廷等应该以什么样的形式存在于世俗的社会呢？对此，威克里夫不停地思索，不停地写作，对神的统治权、世俗的统治权、教皇的权力、《圣经》的真理以及教会及王权等一一发表了自己的见解。他认为，人们同神的关系是直接的，不需要任何中间媒介，教会或祭司若声称必须介入，则应予拒斥，上帝主宰了大地及其所有物，人们只能归附于神时才可拥有财富，并明确宣称："基督只给予教会精神上的权力，并非世俗的权力。"由此，他反对教会拥有世俗的财产，主张没收教会财产，支持英格兰拒绝纳贡教廷的行为。

一个有别于原有的、从世俗回归心灵的神在人间的存在形式，就这样被提出来了。可是，教会与教廷并不认为这个意见是合理的，而指责为异端邪说，对威克里夫大加责难。好在有皇室宫廷的保护，直到公元1384年病逝，威克里夫都没有受到太大伤害。但教会一直记仇于他，公元1415年康斯坦茨会议宣布威克里夫及其学说为"异端"，下令烧毁其全部著作，并对遗骨实施了焚尸扬灰的处理。教会跋扈于人类的决心是何等坚决呀！

虽然教会不肯使神回归心灵的存在形式，并对主张者加以迫害，但还是阻止不住人们认为神的心灵化存在是应该的。约翰·胡斯就是这一想法持有者中的勇敢战士。他晚于约翰·威克里夫几十年出生，公元1394年获得神学学士学位，于1401年就被授予神职，获得了传教士的资格，1403年起担任波希米亚王国王后的解罪神父。

作为一个有责任心的传教士，对自己宗教的存在形式应该是有想法的。约翰·胡斯既不盲从权威，也不麻木混世，他非常赞同约翰·威克里夫的主张，并认为：教会不仅仅是教士和基督徒的全部，而且是不论在天上或在地上救恩的总体；基督才是教会的首脑而非教皇；教皇不论在信心上或精神上并非是绝对正确的。因此，他主张取消教会占有土地，取消教会特权，废除各种繁琐的宗教仪式等……

约翰·胡斯对宗教的心灵化存在形式更加明确、清晰，比约翰·威克里夫又迈进了一步。就在这种情形中，于公元1411年，教皇的特使到波希米亚发售赎罪券。对相信人类有原罪的中世纪西欧人来说，赎罪券是他们很难拒绝的信仰买卖。你只要用钱或财富认购这个赎罪券，就会获得由教皇分施的基督及圣人们的功劳宝藏，以避免对罪身的惩罚。对富有者而言，这可能不会成为负担，但对大多数的贫穷者来说，无疑是一种微笑下的吸血。对此，约翰·胡斯开始激烈地反对起来。教皇的这一做法也似乎违背了民众教徒对神的存在形式的理解，于是掀起了一个反对发售赎罪券的浪潮。

对此，教会认为，约翰·胡斯就是这一运动的领袖，不仅开除其教籍，还要消除他人身的存在。公元1414年，皇帝西吉斯蒙德在康斯坦茨召开宗教会议，以保证人身安全为条件，要约翰·胡斯前来参加。有史家说，神圣罗马帝国西吉斯蒙德的这一番作为，是为让约翰·胡斯有一个辩论的机会，甚至希望他和教会有个和解。但教会利用这个机会，判约翰·胡斯"异端"罪，并于公元1415年6月6日，把他带到准备好实施火刑的地方，让他撤销言论的要求遭拒后，行刑者们就点燃了堆好的干柴。火熊熊地燃烧着，在里面约翰·胡斯也唱着圣诗，直到生命再也无力支撑……

约翰·胡斯的主张，与波希米亚民众对神的存在形式的理解非常吻合，所以人们对他惨遭火刑愤愤不平，便拿起武器造反了。

基督教在西部欧洲能够形成这般的存在，源于当初罗马帝国同这一信仰群体利益关系的过度调整。经过1000多年单向度的发展，宗教权力与世俗社会的利益关系又走到了新的不合理的顶点。当年的罗马帝国为了巩固其统治，自动调整了与这一信仰群体的利益关系，大大缓解了政权与他们之间的紧张关系。如今，宗教权力占据了不合理利益关系的至高地位，世俗社会及神学精英们用热血与生命，向他提出了调整利益关系的必要。但智者们汇集的教会却表现出了比帝国政权更甚的固执，以无情镇压的方式，又一次拒绝了世俗社会对它调整存在形式的要求。

历史证明，人类是不会允许不合理利益关系永久性存在的，即便是自己顶礼膜拜的信仰。由于教会一次又一次地拒绝了人们的调整要求，终于导致了教内教外的全社会对它的强行调整。

调整从德意志开始。引发者叫马丁·路德，是一位虔诚的神学博士和教授。在研读神学与《圣经》的过程中，马丁·路德发现教会的存在形式的确是有问题的，他与威克里夫、胡斯等同样认为"只要接受基督的事迹，即能使相信之人获救"，从而具备了调整宗教的存在形式的思想认知。

公元1517年，时任教皇利奥十世，为重建圣彼得大教堂，派特使到德意志发售赎罪券。原本就对赎罪券不满的马丁·路德被这敲到自家门口的发售行为彻底激怒了。他写出一个叫《关于赎罪券效能的辩论》即《九十五条论纲》的文章，直接贴到了维登堡教堂的大门上，提议以口头或书面的形式辩论赎罪券的问题。马丁·路德的主张温和而又坚定，在他看来赎罪券的发售是绝对不应该的。

一个看似教会内部的讨论，就这样被社会化了。据宗教史家们说，马丁·路德反对发售赎罪券的主张在两周之内传遍了德意志，在一个月之后就传遍了欧洲。于是，本来与神学有关的辩论，很快不由自主地变成了与世俗社会人们权益有关的大争论。争论中，马丁·路德"每个基督徒只要感到自己真诚悔罪，就是不购买赎罪券，也同样可以救赎或全部免罪"的观点大获认同，很多德意志的人们不再认购赎罪券了。

教廷与教皇没有感到这是来自世俗社会的警告，而是归罪于马丁·路德。马丁·路德虽为自己辩解，但已经兴起的不满教会的社会运动，使他的努力无济于事，愤怒的教皇终于于公元1518年8月命令马丁·路德到罗马接受审判。撒克逊选侯腓特烈为确保马丁·路德安全起见，用自己的权力使审判改在奥斯堡进行。是年10月，马丁·路德在法庭上慷慨陈词，拒绝承认自己是错误的。随着从这个法庭安全地走出，马丁·路德便走上了与教会渐行渐远，并最后同它决裂的对抗之路。

马丁·路德为世俗社会提供的观点不再含蓄、收敛。他反对罗马教皇对各国教会的控制，提倡建立自主的民族教会；反对任何人为的赎罪，宣称人的获救只在信仰；提出《圣经》的权威高于教皇和教会；主张基督徒一律平等；倡导简化宗教仪式，神职人员可以自由结婚等……由奥古斯丁奠基而起的建立在世俗社会利益上的神权帝国的围墙被推倒了。

随之，德意志人们的响应就开始了。不过，德意志人们的响应并没有只限在宗教的范畴，而是很快转化成了调整利益关系为目的的社会运动。农奴们想调整与地主的不合理利益关系；世俗社会想调整权力被教廷垄断的不合理现象；公侯贵族们想调整无权支配教会财产的不合理现状；智慧的教徒们想调整宗教存在中的不合理形式……德意志地方的人们为实现各自的目的而行动起来，掀起了被史书记述为"宗教改革"的、实际上以调整不合理利益关系为本质的社会运动，开启了西部欧洲的人们强行调整宗教的存在形式的大幕。

从德意志开始的这一调整，逐步向西部欧洲蔓延开去，经与罗马教廷与教皇的流血与流泪的反复争斗，各国纷纷挣脱教皇与教廷的控制，建立起隶属各自王国的自主教会，还形成了存在形式有别于罗马天主教的新的基督教宗派，到公元17世纪时基本上完成了将宗教权力挤出世俗的社会，实现了使它以心灵形式存在的调整工作……

终于发现自己其实很可爱

认识自己，可能是人类永难完成的一大课题。

在历史进入中世纪之前，人类曾有两度深深的思考。第一次，是在神话时代。那时，他们对自己充满了疑惑。他们不明白，自己为什么会说话、会思考，而动物不会？自己为什么会用火、吃熟饭，而动物不需要？自己为什么知羞耻、会遮盖，而动物不在乎？于是，处于幼稚时期的他们就进行神话思考，自然而然地把自己看成了神的孩子或超自然力量的产物。由此而来的自豪是巨大的，只是我们已经无从体会他们那时得意忘形的样子。

第二次思考，是发生在被史家们称之为"轴心时代"的那个年代。就像我们已经谈及的，公元前600年到公元前200年，到再后一些年的时间里，人类遇到了前所未有的复杂情况。为了解决面临的困惑和问题，人类也进行了前所未有的大范围思考。参与者遍布亚欧两洲，既有中国人，也有印度人，还有希腊人，又有犹太人和波斯人等。这一次的大思考，为人类提供了关于社会存在形态的两种方案，一是由中国孔子等人提出的东方构想，另一个就是希腊人苏格拉底、柏拉图等人参与并提出的地中海建议。另外，还给人类设计了两种心灵生活方式，一是佛祖释迦牟尼奉献的佛教，另一个则是从犹太教脱胎产生的，拿撒勒人耶稣创始的基督教。

不知是过于理想了，还是与现实很难契合，柏拉图等提出的地中海建议未能被西部生存圈的权力体系所接纳，而孔子等人提出的东方构想，则被随后的权力体系所接受，渐渐建构出了农耕中国的社会存在形态。而佛祖释迦牟尼和先知耶稣奉献的心灵生活方式，则均被各自地域的人们渐渐接受，并一步步传播开去……

这样，被称为轴心时代的思考，似乎把人类带入了应该有的生存模式，人类自我认识的需要也似乎已经被满足了。可谁能料想，按照本轮大思考建构起来的社会存在形态，不仅未能使人类走向幸福和快乐，而且渐渐又变成了引发再一次思考的困惑之源。

这一次的思考，需要人类找到答案的是这样一个问题：我们是什么？我们应该有怎样的生存？

这个问题，似乎比轴心时代所思考的问题更向内、更自我，而且对人类自身可能更有意义。不过，一向喜欢思考的希腊人没有参与这场思考。尽管普罗泰戈拉曾经提出"人是万物的尺度"的人本主张，但那是轴心时代的事情，而且因未能被权力体系采纳而加以实践，便被尘封在了那个年代。之后，能言善辩的希腊人身不由己，不是被并入马其顿帝国版图，就是被收入罗马帝国统治，思考开始时的中世纪后期，又还被囊括在东罗马帝国的名下。这时的他们失去主体意识已久，伯里克利时代的那份自信已成记忆，奥斯曼土耳其的侵扰又日益频繁，所以无暇顾及的他们就与这场大思考擦肩而过了。

犹太人也没有参与这场思考。虽然在轴心时代，他们把人类的想象和谋略推演到了极致，又给人类推荐了一位叫上帝的神和一个叫基督教的宗教，但在后来的岁月里，他们总是事与愿违，尤其伊斯兰教崛起后被夹在两大宗教的争斗之中，自身难保下的他们就未能给这场思考贡献什么。而作为轴心时代哲思圣地的印度人，也似乎无心加入这场思考。虽然自吠陀时代以来，印度人一直耕耘着哲思的土壤，并为人类贡献了专修心灵的佛法，但他们的善心付出未能换回功德的回报，而等来的却是欧亚北方民族一次又一次的侵入。尤其是伊斯兰教侵入后，他们发现自己的主体意识险些同佛教一起被扫出印度，所以他们重又拾起婆罗门教，在这场思考兴起时他们正忙着对婆罗门教的更新与重建……

而中国的情况则有些耐人寻味。作为思想发祥地之一的中国人，与以上各地的古人们一样积极地参与了轴心时代的那场思考，孔子等人也提出了以仁义礼智信为构架的关于社会存在形态的构想。但在当时，它与柏拉图等人对社会存在形态的建议一样，也没有被当政的权力体系接受和采纳。可不同的是，过一些时候以后，在整合资源产地过程中形成的权力体系开始接受和采纳，并按那个构想建构社会的存在形态。当时，他们对这一构想有着很高的期望值，满意天下被治理得井井有条、和谐安详。但是他们没有想到的是，孔子们的思想只被打造成了道德与伦理的指南，而不是利益关系本身。所以，虽然采纳了孔子们的思想，但很想江山万代的王朝们还是未能逃脱不断被推翻和被更替的命运。对此，他们很少以为这是利益关系不合理所导致的，而深深觉得孔子们的学说还有一些疏漏，需要继续完善与提升，于是不断有人用心、用力，在公元1000年前后的宋朝时期便有了"灭人欲，存天理"的泛孔子学说的理学体系。

从轴心时代开始的中国思想的这一发展路径，似乎一直是在为社会的存在形态出谋划策，而没有关注"我们是什么"的问题。不过，他们对此并不是毫无认知，而是一个时隐时现、时而清晰、时而模糊的认知伴随了思想衍化的这一过程。

孔子之后，有个叫孟轲的哲人，他赞同孔子的学说，并认为人性是善的，所以主张"民为贵，社稷次之，君为轻"的社会存在形态。之后不久，叫荀况的又一学人，他也赞同孔子学说，但不认同人性是善的，而认为人性应该是恶的，因为他"饥而欲饱，寒而欲暖，劳而欲休"，所以需要用孔子的思想去教化。

他们这样两极化的观点，相安无事地向后代传延时，佛教传入中国，人的命运由天决定的说法开始影响朝野意识。这时，有个叫范缜的人不以为然，他同天命论者争论富贵贫贱的现象时说"人生如同树上的花同时开放，随风飘落，有的花瓣由于风拂帘帷而飘落在屋内，留在茵席上，有的花瓣则因篱笆的遮挡而掉进粪坑中"，似乎在暗示人类生而是平等的。但他的这一主张很快被天命观湮没而去，未能探究到答案之前就窒息了。

之后，人们非常纠结于人性善与恶的问题。到中世纪末的宋朝时，有个叫王应麟的经史学者，用叫《三字经》的诗文归纳中国文化时，写道：

人之初，性本善。性相近，习相远。
苟不教，性乃迁。教之道，贵以专。

以此折中地认为，出生时人性是善的，而长大以后就会变的，所以需要社会与权力用固定的一种思想去教化它。

就像时而奔流、时而干涸的季节性河流一样，古代中国人费一番心思地思考过人性的问题。但很显然的是，他们没有刻意要去回答"我们是什么，我们应该有怎样的生存”的问题。也许，当时中国社会存在的形态没有迫使人们对这一问题做出回答，而与此不同，在当时世界的另一个地方却存在着迫使人们必须做出回答的社会存在形态。

这个地方就是欧洲，准确一点地说就是欧洲的西部地区。

在人类历史上，西部欧洲是主动引进宗教信仰的地方。与古代中国人审慎对待佛教传入不同，罗马帝国统治下的西部欧洲，在公元4世纪末突然废止其他一切宗教，一下子把基督教奉为唯一的国教，要求人民“遵守神圣使徒彼得送给罗马人的信仰”。

在当时，对罗马帝国而言，这显然是对国内利益关系的一次重大调整，而且显然也是过度的调整。

基督教成为西部欧洲唯一的信仰之后，带给当地人们的不全是福音，还有从天而降的负罪感。

对罗马帝国和西部欧洲来说，独尊基督教对自身文化的创伤是很深的。由于上帝信仰以外的一切宗教及崇拜都变成了被禁止的异端邪说，帝国境内原有的宗教与文化就被送上了被遗忘的传送带。人们开始笃信上帝是唯一的、万能的，而陪伴他们度过漫长岁月的希腊奥林匹斯山上的众神和古罗马十二主神不再重要了，可以忘掉了。人们不再相信或再也听不到古希腊人编创的充满辨析与人文情怀的创世之说，而认为《圣经》讲述的创世故事才是真实的、可信的。于是一个坚定不移的认知扎根到所有帝国子民的心中，那就是：上帝创造了人类祖先亚当和夏娃，并为他们建造了可以满足一切的伊甸园，还叮嘱他们不要吃善恶树上的果子。可亚当和夏娃却违背了上帝的叮嘱，吃了善恶树上的果子。因犯了这样的罪，就被上帝赶出伊甸园，到苦难重重的世界受苦受累……

但是，尽管有这样的原罪，人们还是可以得救的，还是可以升入到天堂的。教会和教士们不断这样去提示和安慰人们。

可是怎样才能得救？怎样才能升到天堂去呢？教会和他的神职人员们义无反顾地承担起了将先知耶稣提示给人类的福音落到实处，落实到人们生活之中的责任。他们用神学打量先知耶稣，感知他的伟大与非凡，从源头寻找拯救人类的方法与途径。终于，他们发现先知耶稣是三位一体的神，进而他们又发现料理耶稣宗教事业的教会也是有一定神性的。所以，他们就称教皇是上帝在大地上的影子，而教会就是与俗世并行存在于世界上的上帝之城。因耶稣是为拯救人类而来的，所以拯救人类就是教会的主要职责，因而高于世俗的社会。

于是，教会的权力越过心灵的疆界，走进世俗社会的各个方面，并将其权力垄断起来。开始时，世俗社会的人们为灵魂的得救而满怀信心，并没有明显的不适之感。然而，西罗马帝国灭亡之后，情况开始发生了变化。一统帝国灭亡了，有能力、有势力、有欲望的民族人群、部落之众、公侯望门们都想在这个没有了主人的大地上占得一块资源产地，以做生存的根据地。于是，原有的占有格局渐渐被打破，新的分割占有的努力从各个地方掀起。这样，原本相安无事的人们转而又拿起武器，走上了兵戎相见的道路。如果没有基督教的存在，对资源产地进行分割占有的运动，经自然的发育和发展，在西欧大陆上可能会走出一个不同的结果。

但是，以拯救人类为使命的教会遍地存在，所以必须以战争为手段的分割占有运动就不会自然地发育和发展了。因他们所进行的战争，有时会触及教会与教士们在当地的利益，教会和教士们也时常向他们发出提示和警告。约在公元1000年时，宗教界在今法国南部召开大会，继而发布《上帝的停战条约》，规定凡当四旬期期中以及各种圣节日和每周中的星期四、五、六、日等均需停止战争。在停战期间，无论什么人都不许攻击别人。凡围攻堡垒的人亦须停止战争，凡人民得以自由往来不受兵士的留难。如不遵守条约，教会就可以把他逐出教会，病时无人看望，死时无人祈祷，死后的灵魂必须掉入地狱。于是，西部欧洲分割占有资源产地的战争，不得不成为戴着镣铐的狂舞。

对西部欧洲的资源产地分割占有运动，做出发育成熟的判断是困难的。但可以感知的是，以亨利四世与教皇格雷戈里七世的争执为标志，西部欧洲的分割占有运动已拐向了重新整合的方向。实施整合的世俗权力需要动用管辖内的人力、物力、财力及其需要的一切，以便同抗拒者进行可能有违《上帝的停战条约》的战争。可是，这时他们发现，世俗社会的很多东西并不在自己的掌控之中。如果不把垄断的权力抢回到世俗的社会里，已经开启的整合运动就会无法进行下去。所以，正在整合法兰西版图的腓力四世，便率先与罗马教廷和教皇卜尼法斯八世争斗起来，并最终压服它，不仅抢回了世俗的权力，而且把教廷与教皇安置在可控的方位上。有人比喻这时的教皇与教廷为"巴比伦之囚"，不知这是朝着历史的哪个方向比喻出来的？

对西部欧洲，尤其对教会人士来说，腓力四世对教皇与教廷的这般碾压，简直就是惊天动地的大事情，是人们做梦都不敢想的事，是必定会触怒上帝的事情。可是腓力四世不仅做了，而且还做成了，更值得看到的是把一些支离破碎的土地牢牢地整合成了法兰西版图，并且没有受到上帝的任何责难。

就这样，腓力四世把整个西部欧洲推入了一场深深的思考之中。

基督教神职人员率先开始深思起来。他们没有认为这是对资源产地进行整合的需要，而是觉得教会在存在的形式与发挥作用的方式上出了问题。他们坚定地相信人类是有罪的，而且也认为这个罪是可以救赎的。于是，英格兰的威克里夫、波希米亚的约翰·胡斯以及马丁·路德们，发现上帝与人类本来是有对应关系的，所以人们完全可以通过这一关系实现自我救赎，因而不赞同教会拥有财产，质疑教皇让人们赎罪的方式。他们的这一举动无意之中否认了教皇与教廷的神性，所以可想而知地受到了世俗社会的拥护，而又意料之外地引发了人类身份地位的再认识。

再认识来自对《圣经》的广泛阅读。在威克里夫之前，英格兰人能够读到的只有拉丁文的《圣经》。在教廷和世俗社会的矛盾走向激化时，威克里夫为便于人们掌握判断是非的真理，将拉丁文的《圣经》翻译成了英文。于是，人们开始用《圣经》的内容反观社会的存在，被称为"肯特的疯狂教士"的约翰·鲍尔发现了有关人类身份地位的一大秘密。他在讲道中大声地说：

"那些我们叫他们做老爷的人们，他们凭什么权力是比我们更了不起的人呢？他们有什么根据应得这个权力呢？为什么他们把我们当成农奴？假如我们都是出于同一个父母，亚当和夏娃，他们怎能说或证明他们比我们高明，假如不是他们驱使我们以我们的劳动来替他们挣钱，他们怎能那样得意地挥霍呢？他们穿着天鹅绒的衣服，裹在温暖的皮衣和貂袍里，我们却是鹑衣百结。他们有醇酒、香料和洁白的面包，我们吃的是燕麦渣和甘草，喝的是生水。他们有闲暇和精致的住宅；我们只能辛苦劳动，在田野里栉风沐雨。但是，只有我们和我们的辛劳才使这些人保有他们的高贵地位。"[1]是啊，同为亚当和夏娃的孩子们，怎么会不一样呢？这是不对的。约翰·鲍尔所透露出的人类身份本为平等的认知，像风一样吹过英格兰大地，很快变成了主张身份平等的民谣："当亚当掘地、夏娃纺织时，谁是绅士呢？"

---

① [美] 威尔·杜兰特：《世界文明史》，东方出版社，1999年。

一直压得西部欧洲人们抬不起头的负罪感，开始被淡化了。虽然人们还没有认识到不平等是利益关系不合理导致的，只从《圣经》建构的创世纪神话中发现了人生而平等的道理，但人们为改变不平等现象的努力，那些在英格兰、波希米亚掀起的农民起义，都将矛头对准了不合理利益关系的守护者——贵族和农庄主及绅士们。

不为赎罪，而为自己，由宗教存在形式不合理引发的思考，就这样拐向了人们对自我的探视。对此，神学界是很难理解的，但他们还是开始调整自己关于人的生存形式的主张，神学家约翰·加尔文就宣称，人在现实生活中的成功与失败，就是上帝的"选民"和"弃民"的标志。"选民"在现世的使命是尽力遵守上帝的戒命，在社会上有所成就，以彰显上帝的荣耀。在社会上有所成就地生活，本来就是人生努力的方向，而负罪感使它难以抬头已久，现在以这样的形式开始被承认了。

与这个轰轰烈烈的思考同步，西部欧洲的世俗智慧也尽力地为理解自我而努力着。他们并没有因被认为有原罪而嫌弃自己，而是用人文的、非神学的目光，深情地打量起为得救而苦苦挣扎的世俗人群的自己。

他们打量自我的眼神来自亚里士多德。当初，基督教作为帝国的独一信仰被引进时，源自犹太的这一学说没有给罗马帝国治下的西部欧洲带来古希腊的知识与学问。然而，神学并不能包办一切，西罗马帝国灭亡之后世俗的人们还是悄悄把亚里士多德的学问引进了过去。亚里士多德的学问没有认为他们是有罪的，而是开导他们为解决生存中的问题，必须不断地去寻找知识。世俗的智者们似乎看到了一串儿钥匙在亚里士多德的学问里。于是就掀起了学习、研究、崇拜亚里士多德的一个热潮。对这一现象，有史家感慨地说："当时人认为亚里士多德是世间唯一的哲人，凡人类的各种知识都应该由他来折中。所以他的威权在当时和基督教的《圣经》一样宏大。"

事情似乎就是这样。经历一段时间的理解与消化，亚里士多德的学问在12世纪开始就衍化出了对神与上帝存在的怀疑意识。一位叫作威廉的哲学家，对只满足于信仰的人们说："你们这些可怜的人啊！神能变树为牛，但他可曾这样做过？因此须用理以解释之事何以如此，否则不要相信它是如此的。"①西部欧洲

---

① ［美］威尔·杜兰特：《世界文明史》，东方出版社，1999年。

的世俗智慧终于走出宗教对他们的精神封锁，向更加独立的认知发展而去。到 13 世纪时，一种对世界的新认知，在法国南部和意大利北部不约而同地基本形成了。法国南部的认知认为，上帝在创造世界以后，就让一切循自然法运行；奇迹绝无可能；而祈祷无法改变自然力量的本质，新物种的起源并非由于有意的创造，而是自然的发展。与之相比，意大利北部出现的认知略为谨慎：宇宙运行受自然法则的规范，而上帝并不干预；世界与上帝永远共存，唯一不朽的灵魂是宇宙间的"永恒智慧"，而个人灵魂只是霎时的出现或形式；天堂地狱之说纯是杜撰之词，为的是劝诱或恐吓民众，使之安分守己。

谨慎也罢，理性也好，关于世界与存在的、不同于宗教的认知就这样出现了。尽管上帝的信徒们很不高兴，时常用火刑来焚烧这些认知的主张者，但这些认知没有因此被烧成灰烬，而是像大声的提示，号召人们换个站位看自己。于是，人们进一步发现"人类行为并不为天意所注定"，而且"幸福存在于现世生活中，而非来世"。认知并未就此止步，而是继续向人们的心灵发酵而去。发酵到 15 世纪时，人们已无所顾忌于宗教的火刑，建筑师利昂·巴蒂斯塔·阿尔贝蒂说"人们只要想做，没有什么做不到的"，银行家雅各布·富格尔更是毫无掩饰："只要我能赚钱，就让我赚钱吧！"

西部欧洲人终于有了自己的关于世界与人的认知，也使自己有了挺起腰杆的理由。史家们很清楚这对欧洲的重要，所以在盘点认知形成的过程时，在能够看到受启于亚里士多德、得益于阿威罗伊的本来根由的同时，心花怒放地点赞阿伯拉尔、托马斯·阿奎那、吉尔伯特、威廉、约翰等贡献巨大的哲学家们。

是的，这样的认知写在纸上只是一些文字，而发散到社会之中就会成为新的生存方式。作为社会神经的文学与艺术，对此也非常敏感。他们的目光从神的世界转向了人的世界，开始观察和表现人在这种认知下的生存百态。

负罪感不再是人们必须领取的身世来历，约翰·多恩不屑一顾地写道：

> 我们的祖先在远古之时何等快乐
> 他们享受多种之爱，而未犯罪！

现世美好的向往代替了对神的恭维，男女的爱情跨步走入了诗歌的字里行间：

菩提树下，

石南枝上，

为我俩备有一床；

这里你可以看到，

缠绕在一起的，

破碎的花瓣和捣烂的草。

传自山谷的丛林

当哒啦台！——

夜莺甜蜜的歌唱。①

与此同时，一种令人不安的无度贪婪，也趁此热风起舞了：

今晚，我将

把我房内所有金属都变为黄金，

明晨，我将它送

给所有的铅匠和锡匠，

买入他们所有的锅与铅，到 Lothburu

买下所有的铜……我也将购买得文郡及康瓦尔

使他们成为完全的印度群岛……我意指

列举一份妻妾名单

与所罗门不相上下，他拥有

与我有相似之宝石；我将使自己成为一个大浅桶，

放满长生不老之药，使我强壮

有如海克力斯一晚迎战敌人五十回合……②

---

① ［德］瓦尔德：《菩提树下》。
② ［英］本·琼斯：剧本《炼金术》。

从领受启发到自觉探寻

人类一切形式的努力都是为了生存。自进化使他们从动物的行列分离出来后，一条孤独、冒险而充满未知的路就无情地迎接了他们。从此，他们不再像曾经是同伴的动物那样不知忧愁地生息，而是在日益强烈的生命意识的驱使下，能够生存和确保生存就成了他们独一无二、倾尽全力的自觉追求。

曾经与动物同界时，他们的生存意识不是自觉的，而是本能的。那时，他们同动物一样，大地自然提供什么，他们就受用什么，绝不挑剔，毫无怨言。进化到灵长类之后，他们也还是快乐的，就像当今的灵长动物并未表现出任何忧虑一样。而再一步进化下来，他们就开始遇到了问题。

问题来自人类所需生存资源的变化。作为动物时，他们所需的生存资源完全是自然的原生生物，而进化为人类之后所需的生存资源，却渐渐地变成了非自然的育生生物。

变化起始于人类的农业与畜牧业的发展。无论是有意识的发明，还是无意识的发现，农耕与畜牧使人类叩开了能够获得更多生存资源的魔法之门。然而，茂盛的农作物和肥壮的牛羊群，虽然仍在自然大地上生长和行走，但它经过了人为的干预，已经从自然的原生生物转而变成了非自然的育生生物。于是，一个问题就无情地出现在了人类的面前，那就是：在以自然的原生生物为生存资源时，人类完全可以用本能的力量维持生存，而所需生存资源发生变化后，本能的力量却已经远远不够了。

不过，天无绝人之路！中国的这句古话用在此处似乎很合适。是的，人类怎么会断绝自己的生存之路呢！就在本能的力量开始走向心有余而力不足的时候，能够支撑其生存及发展的另一种力量开始发芽了。这个力量就是紧随进化发育而出的第二种力量，就是使人类不再是动物而是人类的神奇力量，就是支撑了人类从远古发展到今天的伟大力量，还就是背负着我们这个永不知足的人类抵达他们梦想未来的力量。这个力量就是科技的力量，就是智慧的力量！

这个力量将以解读宇宙万物的存在原理入手，掌握每一个体物质的生存法则，探知万物的秩序及相互组合的结果，以及找准它们运行的终极真理等，以确保人类已被升级的生存资源的不断增多和生存质量的日益改善……

然而，开始时这个力量却是以迷信的形式出现的。越来越依赖起新型生存资源的人类，非常希望农业能够年年丰收，牛羊能够天天肥壮。他们隐约觉得这与天地、日月、风雨等有关系，于是尚还懵懂的他们就认为这些东西都有其各自掌管的神。这样，他们天真地认为，只要能够感动这些神，就能求来风调雨顺、水草丰美，就能求到五谷丰登、牛羊肥壮。神话大量地产生起来，神灵众多地涌现出来，人类虔诚的祭祀随之也开始了。岁月逝过后，他们祈祷的脚印不断被后人发现，那就是远古村落遗址中最为显赫的设施——祭坛。

如今我们知道，他们将祈祷发往的地方并没有住着任何一个神灵，他们的虔诚也没有成为唤来风调雨顺、五谷丰登的力量，倒是使难知其数的鲜活生命变成了它的牺牲品。据史书透露，美洲阿兹特克人被殖民之前还认为，世界经常处在被洪水淹没、太阳也随时会熄灭的危险之中，急需用人来祭献。西班牙人贝尔纳·迪亚斯去征服墨西哥时曾看到，在一座庙宇的附近整齐地堆放着不少于10万多人的头颅。但敢肯定，这些被祭献过的人命绝对不是地球仍还安好、太阳还在发光的原因，而是说明着人类起初的认知没能帮上他们什么忙。

帮上他们忙的，还是他们所领受的自然世界对他们不厌其烦的启发。农耕与养畜就是领受启发的产物。起初，人类对自然启发的领受是在本能向智慧的过渡中完成的，自然之火对他们曾经是常见不鲜的，但都未曾想到过利用它，而再一步进化后，人们感知到了火对自己的作用。如此这般，从鸟的筑巢领受房屋，从雨水对植物的作用领受灌溉，从蜘蛛的织网领受织布，从陨石的形状领受冶铁，从孔雀的开屏领受打扮，等等。在本能向智慧过渡的过程中，人类从自然世界的启发中领受了足以支撑自己生存的能力。其中最大的收获是，智慧从本能中孵化并分离出来了。

本能与智慧的区别就在于能否创造。尽管非常地幼稚，但一经出现，智慧就将已经领受到的启发转化成了技术，利用物的天赋，开始了对物材的改造，在物材间进行重新组合，对物材、自然力与人力进行综合利用等很具灵性的创造。其结果就使可放大劳动效果的各种工具、器皿、用品出现在了人类的生产与生活之中。如果有一天，你在博物馆里看到那些粗糙而生了锈的史前文物，那就请你务必表达一下深深的敬意，那就是人类智慧当年的模样，就是照亮历史时空最明亮的光源。

人类的智慧，以技术为能力的形式存在了很长一段时间。这期间，人类的社会已经步入以农耕为最重要的生存资源的时代，资源匮乏地区的人们挤往资源产地的移动也已经开始，在有无间提供互通的商业也已经开始出现，不仅为已有技术的传播提供了条件，也对新技术的不断出现提出了迫切要求。毕竟，技术的发明尚还处在个体的偶然时期，所以能有的发明不会是时常的，所以传播就成了这一时期弥补人类大脑很少同频思考之空缺的好办法。于是，就有了史家学者们娓娓道来的发明成果东渐西传的美丽故事。其中就有小亚细亚冶铁技术辗转传播到西方和东方，印度种植棉花、甘蔗，养殖鸡的技术传播到中国，安装在黑海南岸的水车很快在中国出现，而中国人发明的指南针、火药、造纸术和印刷术又向西传播到西亚及欧洲，印度人的数字符号在传播过程中戏剧性地被贴上阿拉伯数字的标签，等等，均有足可写成一部部长篇小说的动人故事。仅就养蚕技术的西传，流传着不少于两个版本的故事。一则说，是东罗马帝国皇帝查士丁尼派遣的两名僧侣间谍到中国后把蚕种装到拐杖里带到西方去的。另一个则说，一个被称为于阗国的地方不知道养蚕的技术，就向邻国请求学习引进，但邻国不同意。于是，他们就向邻国提出联姻，邻国就同意了。迎亲时，于阗国人对公主说，他们那里没有蚕丝，想穿丝绸衣服就带着蚕种来。公主就把蚕种藏在帽子里带到了于阗国，这样中国中原的养蚕技术就传到了西域地区……

然而，对已经以非自然育生资源为生的人类来说，只靠自然的启发来发明技术是远远不够的。他们越来越讲究和增多的需求，需要他们从表面现象走向内在本质，从简单经验走向规律认知，从懵懂愚昧走向科学开明，以不断提高资源生产能力和生存的质量。也就是说，需要他们从领受启发走向科学技术。

可他们怎样实现这一跨越呢？据说古代波斯人想得非常简单，他们认为科学只是一个商品，必要时可从巴比伦进口。但他们可能错了，巴比伦人并未给人类提供走出愚昧的思路与途径。其实，使他们没有想到的是，就在离巴比伦不远的西方，就在地中海的岛屿之上，被我们称之为古希腊的地方，一些人正在冥思苦想地探讨这个问题。其中有位叫亚里士多德的人成功找到了将人类智慧引向科学的方法。

　　亚里士多德是在参与古希腊哲学讨论的过程中发现科学这门学问的。在讨论中，古希腊哲学家们非常热心于对知识的掌握，但对知识的来源有不同的理解。亚里士多德不同意"理念是实物的原型，它不依赖于实物而独立存在"的观点，而认为感官是知识的唯一源泉。要让感官产生出知识，则必须进行大量的观察和实验。他主张观察并不是简单意义上的目不斜视的打量，而应该以内容、量、质、关系、地点、时间、位置、所有权、主动性、被动性等为参照点，对事物进行考察。他对自己发现的这一方法深信不疑，并用观察小鸡胚胎所获知识，激发人们对观察的兴趣。在亚里士多德看来，观察是获取科学知识的必然原则，而实验是它必须经历的过程。据他《动物之生殖》一书透露，他曾用被挖出的幼鸟的双眼做过眼珠能否再生的实验；也曾用某人的右睾丸被切除后仍然可生下男女小孩的现象来纠正人们固有的右睾丸主生男孩、左睾丸主生女孩的任性说法。

　　找到一个使智慧快速成长的方法，亚里士多德是兴奋的，甚至是痴狂的。作为哲学家，他不仅用心于政治学、逻辑学、形而上学、伦理学、心理学、神学、修辞学等思维的科学，还不断翻越它的围墙，跳入物态的自然世界之中，用自己找到的方法去解读它的各种现象。据史家介绍，他饱含科学理想的观察涉猎物理、气象、天体、动物、生灭等自然领域，尤其对生物现象的观察最广泛、最丰富。史家们说，亚里士多德不仅自己进行观察和研究，还发动弟子们搜集爱琴海诸国的动植物资料，并在学生亚历山大大帝号令所有猎人、猎场看守人及渔夫等不得有误地提供标本及资料的帮助下，制作了人类科学史上的第一套动植物标本。

　　人若能顺风，迈出的步幅也会很大。他没有止于观察和实验为走向知识的唯一途径的观点，还在尝试解读云雾雷电等天文现象的过程中，敏感地意识到精密工具对观察与实验的极端重要性。

　　就这样，能够使人类智慧的力量快速成长的方法在古希腊被找到了。如今，人类的后辈们以百科全书式的科学家来褒扬他为人类做出的贡献。可在当时，亚里士多德这一带有根本性的发现，不仅未能引起古代波斯人的关注，还让他们错误地认为科学以商品的形式展销在巴比伦，就连与他一同生活的古希腊和做主江山的马其顿帝国也没有认识到它的真谛与作用，其帝亚历山大也只以师生情分帮助老师亚里士多德而已。

这是人类历史上的重大不幸吗？按理很难这样说。因为，在那时人们正急于找到社会存在的形式和确定它的思维模式，而对自己从原生自然物依存者到育生自然物生产者的转变缺乏清醒的认识，尤其对本能力量已经失效，亟待加速智慧力量之成长的需要尚还没有形成集体的自觉，所以古希腊的社会和权力便未能实现与亚里士多德们科学理想的热烈拥抱。

但这仍然应该是个遗憾。如果亚里士多德们的科学理想被当时的社会和权力所接受，那么人类智慧的力量就会得到快速成长的机会，那样人类就可以实现生存所需资源的充足生产，进而可以避免或减少为占据生存资源产地而进行的战乱和杀戮。然而，这个情形没有发生。

于是，定当造福于人类的科学理想，只能以有志者自我追求的形式存在和延续了。但是，有志者们并没有因此而失落和气馁，反而表现出了义无反顾的执着。德谟克利特曾为自己的几何学研究豪迈地说："我宁愿发现证明，而不要波斯的王座。"阿基米德更是自信无比。这位晚于亚里士多德100多年，但仍然继续着科学追求的人，给世界留下的故事是庄重的。他也和亚里士多德一样，被人们称为百科全书式的科学家、数学家、物理学家和力学家，被认定是静态力学和流体静力学的奠基人。史家们经常饶有兴趣地讲他的一些故事，以表钦佩和敬仰。说他与当时统治叙拉古的希伦是表兄弟关系。有一次，希伦将一笔黄金交给当地一个金匠，叫他铸造一顶王冠。铸好王冠，并向国王交货时双方进行过秤验收，结果重量与原先交付的黄金相等。但国王希伦还是怀疑那金匠掺进一些白银，留下了一些黄金。为了解开这个疑惑，希伦把那顶王冠交给阿基米德，请他弄个水落石出。这让阿基米德陷入沉思之中，但一时又想不出什么好办法。

有一天，他到公共浴室洗澡，一走进澡盆，便看到盆水依他沉入的深度溢出了盆外，而他下沉越深，体重显得越轻。于是他灵敏的心智马上发现浮体在水中减轻的重量等于所排出的水的重量。由此，他推想浮体会依其体积而排出不同的水量，从而可破解萦绕于王冠的疑惑。"阿基米德原理"就此形成于他的脑海，据说他一时兴奋得连穿衣服都顾不上，赤身裸体地冲上大街，跑到家里，大喊："我发现了！我发现了！"果然，他用这个原理轻松地破解了王冠里黄金与白银的疑惑。原来，重量等同的白银的体积大于黄金，而沉到水里时排出的水重也是较多的。结果发现，那顶王冠的排水量比黄金的排水量稍大，所以断定其中必定掺进了密度小于黄金的其他金属。希伦因知道真相而满意了，但阿基米德并没有由此满足，而是潜心继续着他的研究与发现。

"阿基米德原理"的发现导致他赤身裸体于大街而不顾的亢奋忘形，而对杠杆与滑轮力量的悟觉，使他自信到无与伦比的程度。他确立杠杆与平衡的定律，确认可比较的诸物体将在与其重力成反比的距离达到平衡的真知后，就自信无比地宣称道："给我一个支点，我就能撬起整个地球！"表兄希伦很想知道他豪言壮语的真伪，便请他将一条很多人不能拉上海滩的船拉到海滩上。于是，阿基米德安装一组钝齿轮与滑轮，并坐在机械的一端，用自己一个人的力量把装满货物的船从水中拖到了陆地。

阿基米德没有找到撬起地球的那个支点，但还是上演过用一个人的智慧之力抗击帝国之军队的奇特故事。据说公元前212年，在他75岁时叙拉古与罗马发生纠纷。罗马人派猛将马塞卢斯用海陆两军来攻打这个小岛国。基于保卫家园的天职，年迈的阿基米德指导修造前线的防御装备。他们制作了能把大块石头抛到远处的弩炮，能把战船举起再砸向水面的滑轮转动起重机等。前线的将士们运用这些武器，始终未让马塞卢斯的罗马军队攻陷阵地。对此，史家波利比乌斯说："一个人的天才，当适当运用时，确可表现为一种如此伟大而不可思议的力量。罗马人的海陆军皆强，若能除去叙拉古的这位老人，必有希望立刻夺取这个城市，只要他一天还在，他们便一天不敢冒险进攻。"

强攻不行，那就来软克吧。马塞卢斯见强攻难克，便改用缓慢的封锁战术。8个月后，这个岛国因饥饿难耐开城投降了。进城后的屠杀与掳掠开始了，马塞卢斯特意下令不得伤害阿基米德。可事情总有一些意外的发生，一个罗马士兵在进行劫掠中，看见一个老人在沙地上画着各种各样的图形。那士兵怀疑他是阿基米德，便命他立刻去见马塞卢斯，那老人却不肯马上去，希望求得对问题的答案后再去。那士兵可能认为他在敷衍自己，便把他杀死了。

那名士兵杀死阿基米德的行为，也许就是古希腊科学理想走向冬眠的开始。不过，对于人类来说，这已经值得庆幸了。在对自己所需生存资源性质的变化尚无清醒认识、对加快智慧力量成长之需要仍无集体自觉的那个时候，趁着为社会存在形态提供建议的脑力惯性，几代古希腊人越发有兴趣于科学，较早就为人类储备了科学理论与方法的基础。所以，我们后代的人类腾出心灵时空的最高一格敬仰他们是应该的。

虽然手握江山的罗马帝国未能实现与古希腊智慧的有效对接，也与继续激发并将其转化为生产能力的机会擦肩而过，但生活在罗马帝国治下的一些精英人士还是表现出了对科学知识的热切向往。一位叫塞内加的哲学家曾深沉地说："我们的后裔将对我们的愚昧无知感到惊讶。"塞内加的深沉是有道理的。这时罗马治下的人们还认为，人的命运决定于他们降生时的星宿；人类体质和道德的素质受由太阳支配的气候因素的影响；人的性格与命运也是与尚未被充分了解的天体运动有关。甚至名气很大的普林尼也很相信："接近经期的妇女，必定使人意志混乱，她摸过的种子不会结实；她在其下坐过的果树的果会从树上掉下来；如果她的目光落到一群蜜蜂上，蜜蜂们会立刻暴毙。"

虽然这样，罗马帝国的精英们并不是完全忽视古希腊所给储备的科学知识，只是没有完全相信。在这方面，托勒密是最具代表性的一个人。在关于地球在天体中的位置的讨论中，针对人们已经习惯的地心说，有位叫阿里斯塔克的人曾创立一种假说，认为："群星与太阳皆固定不动；地球循圆周路线绕太阳旋转，而太阳位于此一轨道的中央。"但经长期观察后，托勒密认为，地球没有像阿里斯塔克所说的那样围绕太阳旋转，而是地球居于中心位置，日、月、行星和恒星却围绕它运行。据说在当时，他的这一观念更能准确地计算出恒星与行星的位置。于是，除了眼睛以外没有其他工具来观测的人们，便笃诚地接受了托勒密的这一说教，尤其是自命全知全能的基督教将它用作对宇宙与世界的标准认知。

这对罗马帝国可能不算什么，但它与小阿基米德的擦肩而过却应该是一个可惜的事情。据说，他是一位才华出众的发明家，曾发明了一个蒸汽引擎。可惜的是，他未能将发明转化到工业用途，导致说到此处的史家们感叹不已。如果，只能说如果，帝国的注意力与小阿基米德的发明有幸对接了，那么人类那智慧的力量就有可能提早1000多年快速地成长起来了。

智慧的力量是可以培育的。在古代王朝中，伊斯兰教的倭马亚王朝和阿拔斯王朝可能是最接近这一认知的两个古代王朝。据说这两个王朝的历任哈里发对自己在哲学与科学方面的差距都有着清醒的认知，使手中的权力非常喜欢与科学知识握手相拥。之前，虽然有一些王朝君主亲近过诸如炼丹术之类的奇技妙术，但并不是出于提速智慧力量的成长，而都是为使自己超越生命存在的规律。而这两个王朝的几任哈里发却为使王朝整体的开化，热心于科学知识。他们在其统治地上的亚历山大、贝鲁特、安条克、哈兰等城市建立大学，引进储存在希腊的智慧成果。君主阿尔·马蒙还在巴格达耗资相当于95万美金的20万第纳尔建造了一座叫"智慧之宫"的建筑，用作科学院、天文台和公共图书馆。

于是，在公元7、8世纪，就像东方僧人纷纷西去印度取回佛经那样，倭马亚与阿拔斯王朝的人们竞相到希腊等地搜寻可以引进的知识书籍。接着一批翻译人才被组织起来，柏拉图、亚里士多德、欧几里得、伽林及印度的哲学和托勒密等的著作被翻译介绍到伊斯兰世界来。

只要用心，智慧的种子是不会不发芽的。经过一段时间的译介、吸收，在古希腊人留下的科学思维中，数学、几何学、天文学、医学等有了进一步的延伸发展，尤其是一个被称为炼金术的小技能被这里的科学家们提升成了一门独立的学问。史家们说，炼金术是从埃及传来的，将它提升为一门科学，是中世纪一项最科学的工作。

在伊斯兰世界与科学的关系中，使史家们津津乐道的是阿尔·马蒙的执着热心。他曾付过这个世界迄今为止最高的文字翻译稿酬。一位名叫侯奈因·伊本·伊萨克的人充任"智慧之宫"的首席翻译家，他翻译了希腊医师伽林的论文和柏拉图的《理想国》，亚里士多德的《范畴篇》《物理学》，托勒密的《四重》及《旧约圣经》等多本著作。阿尔·马蒙给他的报酬非常慷慨，付给与译出书稿重量相等的黄金。此外，作为一朝君主的他还甘愿去做天文学家的助手，承担观察和记录的工作。他要以这样的工作证实托勒密的发现，并研究太阳上的黑子。

史家们的津津乐道不只是出于对阿尔·马蒙的赏识。因为他们知道，作为知识的时候，科学可以是私人化的，但将它转化成力量的时候，须有当朝权力的参与和推动。所以，在他们的眼里，阿尔·马蒙的举动可能就是这一规则的预演。可惜，人类的幸运还没有来得这么早，科学在这里还是未能迈出力量化的脚步。但这里的人们还是有了值得标榜的收获。10世纪伊斯兰世界哲学家和科学家阿尔·比鲁尼对印度古老思想和古希腊哲学文化进行比对后说："印度没有产生苏格拉底，没有逻辑方法将幻想驱除于科学外。"因此，他对科学有着十足的信心："我们一定要将所有能蒙蔽人们的原因除掉——旧有的习俗，派系的偏见，个人的敌对或喜怒，以及支配的欲望——以达到真理。"

如果对中世纪及其之前的历史做一个检视，不知人类将耿耿于怀于哪些事，但我想，对科学知识的漫不经心肯定是其中之一。其实，科学的发轫并不太晚，应该说是人类将自己发展成为非自然育生生物依存者之后不久，应本能力量的失效和智慧力量成长的需要，开始发芽起来的。虽然历史永远不会这样解读在古希腊发轫的科学精神，但亚里士多德们身上所体现出的就是人类所需要的解决问题的方案。但当时的人类还没有足够的耐心，而且还急于解决问题，所以毅然决然地选择了全知全能的神。

动物为什么既不需要科学又不需要神呢？因为它们是自然原生生物依存者，只要有与生俱来的本能，一切就够了。但人类就不同，他们希望生存所需的非自然育生生物每年都取之不尽用之不完地丰收，所以他们需要大地是激情的，风和云是听话的，雨是可以唤来呼去的，天可以遨游，海可以远航，人可以想要什么就会有什么……于是他们笃信神是无所不能的，相信能够解决他们的这一要求和一切一切……

可1000多年过去以后，他们突然发现，神并未能帮他们多少忙，而且在有些地方还衍化成了精神的政权。这种感受在西部欧洲尤为明显。所以，他们开始奋起调整神的存在形式，为科学知识的成长腾出时空来。据史家们介绍，在12世纪中叶，科学理想是乘着亚里士多德这一巨轮登陆到地中海北岸上的。登上岸来的亚里士多德著作并不是直接来自希腊，而是绕道伊斯兰世界，并经阿威罗伊注释过的文本。据说，亚里士多德学问传到巴黎后引起的震动非常之大，一些著名学者开始怀疑起上帝创造世界的基督教教义。教会马上就意识到了科学对宗教的动摇，于是于1210年就召开会议禁止阅读和评论亚里士多德的形而上学、自然哲学。但禁令并不奏效，反而有越来越多的人参加到阅读之中，体现着人们对科学知识的渴望。教会只好一步步退让，先是同意经删减后可以阅读，再经神学家阿奎那说亚里士多德的作品永不能被改变或压抑后，教皇乌尔班才停止对亚氏学问的封杀。

亚里士多德学问首先引发的是西部欧洲人对古希腊文化的热烈拥抱，而古希腊文化再续引发的就是已经不满足于它的求知欲望。英国方济各会修士罗杰·培根就认为，即使亚里士多德是个很聪明的人，他亦不过种一棵知识的树，这棵树既没有抽枝，也没有结果。倘使我们人类能够继续生存下去，我们亦断难希望了解宇宙间所有的秘藏。所以，在他看来专去研究寻常的事物，而不去死读古人的书籍，那么科学的成绩一定可以胜过当代的魔术家。由此他相信，将来的人类一定能够无翼而飞，一定能造无马自动的车、无橹自行的船，以及没有桥脚的桥。

罗杰·培根的信心并不是空穴来风，而是有两个坚实的支点。他认为，知识的进步，一定需要高级教士和大企业家的帮忙和金钱，以便获得书籍、工具、文献、实验室、实验和人员。而对实验，他有着更胜于亚里士多德的认识："凡期望因着隐藏于一切现象之下的真理，而毫无疑虑地欢欣的人，必须知道如何致力于实验。"①史家们喜欢称罗杰·培根为魔术师和炼金术士，而且据说他的魔术和炼金术还有相当高的水平，尤其是其炼金术曾为他换来过自由。说是，由于他的思想和主张有悖于教会，所以不仅被赶出大学讲坛，还被幽禁到巴黎的寺院里。于是，他把在炼金术上的发现写出来献给教皇克莱蒙五世，以此为自己换回了自由。后来，教皇约翰二十一世在1277年5月做实验时死去，他又以异端罪入狱，直至去世前两年才获释。

比起教会的喜怒多变，史家们对罗杰·培根一向是褒扬的。因为，他须有工具支撑的实验和须有社会权力及资金来推动的主张，更准确地为科学技术转化为人类所需的力量提供了方案。是啊，要想真实地认知这个物相的世界和它的本质原理及之间的关联秘密，没有细致、耐心的观察、分析和实验是不行的。在认知世界的原点上，宗教与科学的区别就在这里，宗教凭想象，科学靠观察、分析和实验。而观察和实验不能只以人体能力为限，而应该用能够无限放大人体能力的精密工具或仪器加以进行，使物相世界的秘密尽显于人类的慧眼之下，成为他们的认知与知识。可精密的工具和仪器并不现成地存在，需要动用已有的知识、花费必要的金钱来加以制造，所以社会权力与资金的参与是必需的。

在人类培育自己智慧力量的过程中，这可是至关重要的一步。有了这样的一步，人类的知识获取才能从领受自然的启发走向自觉地探寻，才能从被动转为主动。不过，这还是第一步，知识还没有转化成为力量。要让它成为人类生存所需要的智慧力量，还要对它进行物化的再组合、再创造。这个时候需要社会权力与资金更有力的参与和推动。之后，需要等待的就是科学家们源源不断给出的可力量化的知识构想。据说，他给出的一个知识构想就是将火药转化为武器的建议，为此他还强调：这个"重要的技艺已经被发现用以对抗国家的敌人，因此不需要宝剑或任何需要体力接触的武器，它们足以摧毁所有抵抗的人"。

不知罗杰·培根提供的为什么是这样一个构想，当为人类庆贺时又让人难以

---

① ［美］威尔·杜兰特：《世界文明史》，东方出版社，1999年。

感到完美和吉祥。不过，可以称道的是能够探寻知识，并将其力量化的全程序已经被提出，并开始起步了。尽管这个时候的西部欧洲还很黑暗，教会对心灵的封锁也很严酷，但可被称为人类精英的一些人开始走出亚里士多德的影响，在先前的发明与发现的基础上，开展起依靠工具与仪器的实验，用力为人类历史掀开了科学的帷幕。神学、经院哲学再也无力独揽人们的志趣，一些人将兴趣转向了数学，而且气氛活跃，还定期组织比赛，还请国王腓特烈二世当比赛活动的主席；飞天的梦想开始走向实验，据说史上第一架飞机被一位叫奥利弗的人于1065年制造起来，遗憾的是飞翔时他坠落身亡；力学得到继续发展，并开始被应用到公共设施，1320年由滑轮、钟摆和齿轮操作的钟声从教堂响彻出来；光学也没有被闲置，一位叫格罗斯泰斯特的人约在1230年时就提出利用构造不同的透镜开拓视线的构想，并很快被转化成眼镜、放大镜、望远镜等；虽然存在着被教会视为异端、被惩罚，甚至是被剥夺生命的危险，阿尔伯特·马格诺斯、阿德拉德、罗杰·培根、迪特里赫、让·比里当、哥白尼、布鲁诺、伽利略等一批又一批智者，毅然向知识深处走去，将人类的认知从地心说的自尊向日心说的广度推展开去……

何等漫长，何等艰难啊！不过，从此人类可将乞求从神灵转移到科学，将智慧力量的成长模式从领受自然的启发转向对知识的自觉探寻，进而可以自信地向未来迈步走去。

一枚灵石的处世哲学

又该回过头来看一看权力存在的情况了。虽然之前我们已经好奇地打量过远古时代权力形成的大致情况和王朝出现后它在利益关系中的位置和无所顾忌的表演，也感知过埃及古王朝的法老们、巴比伦古王国的国王们、古代中国君主们的荒唐可笑。尤其是，我们还从王朝的更迭不休、权力的生灭轮回，感受到我们可爱的人类一直虽难如愿而毫不气馁地将权力存在的形式，向有利于自己方向调适的努力。其后，岁月又向前奔流了两千年，已把我们人类的纪元推入了我们如今所说的中世纪末期。

对为冲破蛮荒而奋力向前的人类而言，这是一段并不短暂的漫漫岁月，是从懵懂走向开化的觉醒岁月。在这些岁月里，人类先辈们在安置神灵、认识自我、开发智慧等方面都取得了使我们后代人们津津乐道的积极进展，那么他们那百折不挠地进行的对权力存在形式的调整又有怎样一些成果呢？

一说到成果，我们自然会想到的是，两千年来的王朝更替和帝王君主们的成败起落。是的，在这个近两千年的时间里，在欧亚非及地球各板块的大陆地上，究竟有多少王朝轰轰烈烈地兴起又凄凄惨惨地败亡，究竟有多少帝王与君主兴高采烈地登位又身败名裂地倒下，除了博学的人类史家以外，我等社会百姓是很难将其数清的。不过，这些让我们很难数得清的对王朝及其君主的淘汰与重建，就是人类大众按照舒适于自己的原则，对权力存在的方式进行不断调适的过程。

就像我们都已知道的，起初人们对权力的来源是懵懂的。他们并不知道它源于动物年代，源自本性强大的占有欲，源自个体的强大力量对众多他人利益的占有，而茫然地认为它来自天上。考古学家在苏美尔的考古中发掘出了十几块上面刻有文字的石头，据说这些石头距今6500余年。石头上刻的是本地区王朝存在的信息，学家们据此称它为苏美尔王表。如果考古工作不能再找到比它更早的王朝信息，那么这个苏美尔王表就是人类最早的权力以王权形式存在的记忆了。这个王表对王权来历的认识非常地简单而笼统，它说王权是自天而降的，然后从一个城邦转移到另一个城邦。即便是再伟大的研究家，也已经不能考证出王表文字的编写者，从而也已经无法探问为何说王权"自天而降"的原因。只是感受这个"自天而降"的圣物并未能永久，而是在游牧闪米特人的冲击下土崩瓦解，被叫作巴比伦王国的王权所取代。看来，苏美尔城邦的王权并不是真的从天上掉下，而是城邦们在壮大的过程中未能形成利益联合体的历史结果，于是一个城邦为占有另一个城邦的财富与资源，相互间展开了暴力的征服战争，所以随着胜者身份的变化，王权就出现了从一个城邦转移到另一个城邦的情况。据史家们说，苏美尔城邦间的诉求毫不掩饰，"我要你那片土地""我要你那批粮食"是他们经常甩给对方的要求。据说，阿卡德国王在入侵埃兰时，毫不掩饰地说："我要你的银矿，我要你的绿玉，因为，银矿可以使我生活得更舒适，绿玉用来刻像可令我死后不朽。"可见，以占有为目的的征服和胜者为王的情况是明显的，只是当时的人们把胜者为王的权力看成自天而降罢了。

对行走在进化路上的一切生命来说，时间无疑就是一块巨大的磨石，不停地磨砺着他们的认知从愚昧走向科学与智慧。人类对权力及其存在形式的认识也毫不例外地从混沌逐步走向清晰。

从6000多年前的苏美尔城邦到5000多年前的古埃及王朝出现的时候，人类先民们对权力来源的认识已经有所不同了。第一王朝的缔造者，半人半神的美尼斯自称是奉透特大神之命统一南北朝而创建了一个新王朝的。史家们说，在传统上，埃及的君主必须是阿蒙大神的男性子孙。于是，为了符合这个条件，掌握了王朝大权的女人竟也将自己男人化宣传。在古埃及的历史上，哈特谢普苏特是很有建树的名王，却遗憾的是女人之身。为了符合阿蒙神子孙的条件，她戴假胡须，着男装；束胸宽衣，使自己尽量有男子的形象。就连在别人创作的雕像中，她胸前的双乳也明显被忽略，从而被雕刻成嘴上长有髭须的战士形象。与此相类，当时的人们也按神的方向去认识她。在一篇关于她的传记中就她的出生记载道：一天，大神驾着祥光，带着异香，与她的母亲相会。临别时，大神宣称，她将生一女，此女所具勇力智慧，必大显于世。

暂且不说我们人类对神的软弱与放任，明明是他在侵害，我们却还以为是幸运和吉祥。就古埃及的传统要求，王者本人的标榜和人们的认知观念来看，神的子孙是权力在那个年代人们心目中的地位。从王权自天而降到王者为神之子孙，虽然只有从笼统到具体的差别，但它还是体现了人类对权力认知的大步进展。因为，王权本来就不是孕育在天上的圣物，而是地上的人们一方对另一方进行占有或征服的过程中形成的产物，是一方占有资源并取利于另一方的形式，是一方对另一方的强制。所以，在这样的情况下，所谓的王权无疑就是利益关系二元结构中的一极，而且以绝对少数的人数取利于绝大多数人的一极。在这样的利益关系二元结构中，统治者的一极与被统治者的一极之间，不可否认地存在着相互依存的对应关系，所以两极间的互动是这一利益关系运行形态的基本方式。虽然很难断说，智慧的古埃及人看到了王权背后的这一存在结构，但他们的认知已经具体到了利益关系的一极。

所以，在他们看来社会是单极结构运转的，于是出现对神的敬畏，想当然地认为，只有神的子孙才能成为国王。于是当了国王的人就毫不客气地真把自己看成是神的子孙，完全蔑视身处利益关系另一极的劳苦大众，将他们全然当成取利的工具，恶劣地对待和压榨他们。所以，在当时的埃及，尼罗河两岸的土地每一寸都是法老的。劳苦大众的每一个人能够使用土地，是仰仗于法老的恩赐。据希罗多德透露的消息，古埃及人对胡夫时代的境况耿耿于怀，埋怨他把全埃及人当作牛马。说他"勒令一半人到阿拉伯去运石块，勒令一半人把石块从尼罗河运往工地"，还说："一次动员的人，便达好几十万。每三个月一轮班，如此工作十年之久，最后完成的东西，其名就叫金字塔。"

与劳苦民众的被恶劣对待相比，法老对神之子孙自己则是无与伦比地奢华。据史料记载，伺候法老的人是不计其数的。在这些人中有总管、衣物浆洗与保管的人、御厨以及其他有关官员。仅每天负责给法老化妆的人就多达20余人。理发师只能修面与剪发，梳发师负责整饰头巾和戴王冠，指甲师负责修剪并擦亮指甲，美容师负责喷香水、刷眼睑、涂胭脂以及口红等。如此这般，他们还不满足，据说有一位法老在宫中曾乘平底船，令无数美女着薄纱牵引为乐……

不过，即便是神的子孙，但因权力的存在形式不符合利益关系两极间的互动期待，古埃及还是出现了旧的王朝不断被推翻、新的王朝不断接替的调适现象。

如果说，古埃及人的单极认知大有让神来主持人类生活的意味，到2500多年前的波斯时，人们对权力单极的认知，已经从神的身上拐到了人的身上，只是认为掌握权力的这个单极在某些方面与神是相通的。波斯人相信，他们国王的决断或命令都是在执行阿胡拉·玛兹达大神的意图。对波斯人来说，阿胡拉·玛兹达是宇宙间唯一的真神，是光明之主，是传授给他们《波斯古经》的知识与智慧的大神。所以，执行其意图的王权完全是绝对的、至高无上的。

诗人雪莱曾说："凡有权者必滥用。"据说，波斯王对权力的滥用完全是没有底线的。只要国王高兴，他就当着父亲的面射杀其儿子。这并不是因为这个父亲或儿子犯了罪，而只是国王想证明他的箭术很高明。就这样，在单极认知下，权力给被统治方的创伤是巨大的。据记载，在大流士时代，一位3个儿子的父亲，请求容其一个儿子免服兵役，结果3个儿子通通被处死。在薛西斯时代，一位有5个儿子的父亲，在4个儿子已经走上前线的情况下，请求暂留最后一个儿子打理一下家业，可这位父亲却得到了惨绝人寰的答复：他最后一个儿子被砍成两半，并被悬挂在部队必经之路的两旁！

从古埃及到波斯，从5000年前到2500年前，人类对权力主体的认知从神之子孙转到了人的本身。然而，无论是自天而降，还是神之子孙，或是执行神的旨意的人，这种对权力存在形式的单极化认知，给人类带来的伤痛和麻烦一直是很大的。作为单极权力主体的国王或君主们，并不知道自己只是利益关系的一极，更看不到与他对应存在的利益关系的另一极，而粗暴地认为被他统治的山川大地、老少男女都是自己的财产，进而任意地暴虐他们。面对这样的伤痛和烦恼，人类只好以对王朝的不断推翻与重建来调适权力存在的形式，以找到适合于自己的一种模式。

不过，人类的努力并没有只停留在更换王朝的一种形式上，而在不断的调适中开始发现权力背后利益关系的二元结构。人类的这一发现是在古代中国完成的。当波斯人认为，国王是神之旨意的执行者，进而面对他的暴虐束手无策时，中国的孔子却认为对王权是可以进行开导的。这位曾设计过王权时代社会存在形态的大学者，明确地认为"苛政猛于虎"。据说，孔子带着弟子们在周游列国中从鲁国走进齐国。他们师徒从泰山脚下经过时，看见一妇女在一座土坟旁边悲伤地哭泣。孔子不忍视若无睹地走过去，便派一弟子前去问询。那位妇女说："以前我的公公被老虎咬死，后来我的丈夫也被咬死，今天，我的儿子又被老虎咬死了。"孔子听到那妇女的回答后，疑惑地说："这地方有如此严重的虎患，你们为什么不离开这里呢?"那位妇女答道:这里"无苛政"。于是,孔子在感叹之余说下了那句让人牢记不忘的话。

由此,孔子感觉到有必要对王权进行开导。所以,在他提出的君君、臣臣、父父、子子的社会存在形态中,希望王权能够有仁政的情怀。他说:"君子去掉了仁,凭什么成为君子?"于是强调"君子怀德,小人怀土",因此也希望"君子对天下事,没有必须这样处理的,也没有一定不能这样处理的,只求合宜"。

在对于权力的单极结构认知中,孔子似乎是历史上第一个对王权提出要求的人。这使我们明显地领悟到,至此,人类对王权的认知已经完成了从天到地、从神到人的开化过程。但这并非是认知进程的终点,还有很长很长的路需要走。所以,古代中国人没有停步在这个认知上,继孔子200余年之后,有位叫荀子的学者说:"君也,舟也;庶人也,水也;水则载舟,水则覆舟。"200余年的时间,可说很长,也可说很短,人类在进化上不会有明显的变化,而在认知上已经跨出了走进本质的一大步。荀子的"舟"与"水"的认知已经明确地表明,人类已经走出了对王权的单极结构认识,而利益关系的两元结构和两极间必要的互动关系被他们一览无余地看到了。

是的,"水能载舟亦能覆舟"。古代中国人认为,若要让舟不覆,则必须减轻舟对水的压力。因此,按照另一位大学者孟子"民为贵,社稷次之,君为轻"的定位,让王权充满仁德情怀,对其进行柔化改造的尝试,在古代中国正式开始并向后延续开来……

几乎与此并行,古代印度人也进行了一个有趣的尝试。尝试者是孔雀王朝的阿育王。阿育王小孟子69岁,小荀子只有9岁,是时在中国已经兴起的对王权进行柔化改造的文化思想还没有传到印度,而印度也尚未出现此类文化思想。但是,这时的印度已经被佛教理念沐浴200余年,因人们尚未发现利益关系的作用而笃信它就是建构社会存在的形态的最佳模式。阿育王也不例外,他用血腥的行为夺取王位,整合江山版图后,就一改从前的孽恶,着手构建一个慈悲为怀的社会存在形态。他宣布自己所有的官员和百姓都是他的子女,他都一视同仁,绝无厚薄,更不会因他们的信仰不同而有所歧视。不仅自己要这样,阿育王还令他的官员们不管在何处,都要将人民当作自己的子女,对待他们不要动辄发怒,或是严厉凶狠,绝对禁止苛待他们,并不可无理由地宣判有罪。除对王权自身的这些要求外,他还在自己的统治版图内禁止杀害生物作牺牲,禁止杀戮活生生的人，还要求他的人民善待亲戚，善待婆罗门，顺从父母，听从长者，并责成后世子孙俱尊旨意奉行无怠直至宇宙时代之幻灭。

就王权的存在形式而言，阿育王的柔化处理可以说是前无古人，后来者也寥寥无几。可是，他所奉行的慈悲为怀，未能搭建出一个安稳的社会存在形态。据史家了解，猎人和渔夫们对他的禁止杀生心怀怨恨，农人也应因米糠不可以生火，因为里面可能有生物存在而大为不满。而婆罗门教僧侣们尽管被善待，但也对他恨之入骨，竟有半数国民盼他死亡。在他去世后不久，其王朝也因动乱和分裂，烟消云散了。

真是可惜呀，难道人类柔化王权的努力是没有必要的一厢情愿吗？其实不是。自对王权的"自天而降"认知到对王权的柔化改造，人类对王权存在形式的不断调适，并不是要把它打造成一个多愁善感的情人，而是以这种唤起良知的方式鞭策和推动它对利益关系进行合理化的设计与调整，以实现人类群体的共同而安稳和谐的生存。所以，阿育王所怀的慈悲之心，因未能将王朝之内的利益关系推向合理化而失败了。

阿育王尝试的失败，对人类的启迪是深刻的，那就是：不论在利益关系二元结构的情况下，还是在其他结构的情况下，只要做不到利益关系的合理化存在，对权力存在形式的调适将是永远的。对于这一点，人类在利益关系多元结构情况下进行的尝试中所得到的启迪是一致的。

利益关系多元结构为基础的权力存在形式最早出现在古希腊，比苏美尔、古埃及出现的利益关系二元结构的权力存在形式晚几千年之多。据史家们的描述，利益关系的多元结构是由多个互不相属的利益体联合而形成的，这个利益体就是通常所说的城邦，而这些城邦则是在资源无法自给的岛屿上生活的人们，在与外界的商贸与抢掠中形成起来的自主利益单元。他们或因宗族血缘，或因外来侵扰，需要共同面对一些事情。于是，他们联合起来，形成了一个利益关系多元结构的社会。在这样结构形式的社会中，那些已经占有了资源与财富而又互不相属的贵族们变成了利益关系的主导方，于是他们为处理一些公共事务，从贵族中选出一个人料理社会，称其为执政官，而作为利益主导方的贵族们组成贵族会议，把控社会运行的方向。他们是资源的占有方和利益关系中的受益方。

这样，在人类的生活中，因利益关系多元而权力以无主体形式存在的情况，在多岛的希腊出现了。其中，雅典的情况最为完整和突出。人类的史家和学者，对这样一个存在形态很感兴趣，总爱用带有兴奋的文字描述和书写它。这不知是因为，利益关系的多元结构像多条腿的凳子，使社会的存在形态平稳一些，还是已对权力的贪婪无度深恶痛绝？

乍一看，这对权力的凶恶的确是一种奚落，让它定期流转在不同人的手里，限制和规定其职责，使它只能扮演一个社会料理工具的角色。这似乎很符合利益关系二元结构中的人们对权力进行柔化改造的目标。不过，纵横观察一下就发现，他们所处的利益体时代是不同的。权力表现凶恶的那些地方，已经从地域化利益体走入了王朝化利益体的时代，财富和资源已经都被王权占有了。在王朝化利益体时代，利益关系的不合理一旦严重起来，就会出现颠覆性的调整。雅典的情况与此不同，他们尚还处在地域化利益联合体时代，远还没有进入地域化利益共同体社会。

无论任何一种利益体时代，其社会就是利益关系的运行场，而不合理的出现是这一过程的规律性现象。雅典的情况也不例外。据史家们推算，雅典的地域化利益联合体，约在公元前700年左右形成。经100多年运行后，它利益关系的不合理达到了极其严重的地步。据史家描述，奴隶主贵族们霸占土地，征收重租，还用高利贷凶狠地盘剥农民和手工业者。贫苦的农民们只能借债度日，被迫以仅有的土地做抵押，将收成的六分之五交租，自己只留六分之一，而且一旦还不起债，便沦为债务奴隶，甚至不得不将自己的子女卖到国外做奴隶。虽然这样的文字表情严肃，但仍能感到甚于胡夫时代埃及农民的苦难。于是，穷苦的人们怨恨满腹，强烈要求废除债务奴隶制，要求重新分配土地，要争取获得政治权利。威尔·杜兰特先生敏锐地观察到："当公元前7世纪将结束的时期，无助的贫困人民所遭受的痛苦和富有者在法律保护下所集积的财富尖锐对照，已将雅典带到了革命的边缘。"传记作家普卢塔赫也说："贫富不均的程度已甚为严重，这个城市已真正到了危险的境地。"

很显然，利益关系的不合理程度已经到了颠覆性调整的时候。然而，在雅典它没有发生，因为就在这时出了一位名叫梭伦的执政官。梭伦是奋臂疾呼着"你们这些财物山积、丰衣足食而且有余的人，应当抑制你们贪婪的心情，压制它，使它平静；应当节制你们傲慢的心怀，使它谦逊，不要以为要什么就有什么，我们绝不会永远服从！"的口号，于公元前594年被推选为执政官的。于是，被人们甚为赞赏的"梭伦改革"就发生了。

梭伦是这样改革的：颁布"解负令"，免除一切债务，恢复因债务而沦为奴隶的人们的自由，赎回因债务而被卖到海外为奴的雅典人。同时，按财产的多寡把人民划分成4个等级，依层次赋予他们不等的参与公共事务的权利，又规定公民大会为最高权力机关，还为其成立了400人会议的常设机构。此外，又实行了提倡农业水利，扩大橄榄油输出，禁止谷物出口，进行货币改革，奖励外邦工匠移居雅典，提倡每一雅典人学一门手艺等政策……

结果，风暴没有骤起，对利益关系进行颠覆性调整的紧张被疏解了。但据史家们说，这没有引发人民的欢天喜地与热情高呼，而是听到了下层民众因重分土地要求没得到满足的抱怨和富贵人家因债权被取消及反对赋予下层人民政治权利的责难。在这样的情况下，虽然有人提议要梭伦做永远的独裁者，他还是拒绝了。他说："独裁者是一个很好的位置，但上去后没有路下来。"

梭伦似乎是明智的。虽然他对自己的改革很欣赏："我给了一般人民以恰好足够的权利，也不使他们失掉尊严，也不给他们太多；即使那些既有势力而又豪富的人，我也设法不使他们受到损害。我手执一个有力的盾牌，站在两个阶级的前面，不许他们任何一方不公正地占着优势。"很明显，梭伦在夸大成绩，其实，他没能做到"不许他们任何一方不公正地占着优势"的程度。因为，他没有改变富豪人家对土地、对生存资源的占有，没能满足农民重分土地的要求，所以，不合理利益关系的基础没有得到改变，不合理利益关系也就照旧被保留下来了。所以，梭伦的改革是利益关系矛盾方之间的尽力调解，并以提高平民政治身份为交换条件，在民众的隐忍中继续保留了不合理的利益关系。梭伦也许明白，这样的利益关系再运行一段后，贫富又将走向悬殊，矛盾随之又将激化起来，那时还能不能调解成功，他是不知道的。不过，好在利益关系的多元之故，庇西特拉图、伯里克利都进行过性质相同于梭伦的调解……

这样，雅典的社会就像史学家们所期待的无暴力方式被保留下来，并继续存在下去。不过，史学家们的愿望虽然很美好，但他们在兴奋之余却忽略了另一件事情，那就是利益体的演进规律。根据人类已经走过的历史提示，人类社会中的利益体是基本按照氏族化利益体、地域化利益联合体、王朝化利益体和国家化利益体等层级演进过来的。而利益体的演进都是以利益关系的重大调整为动力的。如今，雅典已经用调解抑制了调整，在这样一种情形下，它现有的这个地域化利益联合体，将会衍化出怎样一种利益体呢？学家们没有去张望，历史也没有给雅典衍化出结果的时间，随着马其顿国王在公元前338年对希腊的征服，彻底结束了这一存在形式，使它永远地成为了引发后人种种猜想的源泉。

不过，雅典未能回答的问题，似乎在古罗马得到了明确的答复。起初，古罗马也是由七山居民，拉丁人、萨宾人、埃特鲁斯坎人等3个不同部落组成一个联邦，逐渐合并成一个罗马市的地域化利益联合体，与互不相属的富贵家族联合成一个地域化利益联合体的雅典并无二致。那时的古罗马也和雅典一样，由占有资源的富贵们组成一个机构，把控社会。只不过，在雅典叫它是贵族会议，在古罗马叫它为元老院而已。同样，他们都选出一个执政官料理社会，与雅典情况一样，也使权力以无主体形式存在于社会。还与雅典如出一辙的是，这个执政官能做的就是在利益矛盾方之间进行调解。

然而，在雅典未能运行出结果的这一存在形式，在古罗马得到的答案是行不通的。在古罗马，执政官的调解逐渐失去对利益关系调整诉求的抑制作用，又派生出了叫保民官的一种新角色。尽管保民官被赋予了保护下层民众利益的职责，但他一旦提出调整不合理利益关系的法案，不仅得不到元老院的支持，还往往惨遭杀身之祸。提比略·格拉古如此，盖乌斯·格拉古也这样。于是，利益关系的不合理已经发展到调解无济于事，而非调整不可的程度。于是，不可避免地走向了暴力。随之，苏拉与卢福斯的争斗，恺撒与庞培、克拉苏的缠斗，屋大维与安东尼的干戈，一波接一波地上演，并以屋大维被元老院授予"祖国之父"称号为标志，古罗马原有的利益关系多元结构，开始向二元结构拐弯，其地域化利益联合体也向王朝化利益体转身而去。权力也从执政官的无主体形式，演进到了以皇帝为固定主体的存在形式。

不过，罗马帝国后来对利益关系的过度调整，又导致了对自己、也对后来西部欧洲利益关系结构的复杂化。这就是罗马帝国对基督教从非法到国教的重大调整。自帝国皇帝狄奥多西一世宣布"遵守神圣使徒彼得给罗马人民的信仰""禁止一切异教迷信活动"起，基督教的宗教昂首进入了罗马帝国的政治生活之中。虽然罗马帝国虔诚无度于基督和上帝，将一切向往托付于对它的崇拜，但它还是未能给西罗马帝国更长的国祚。可它并没有随着西罗马帝国的灭亡退出人们的生活，而是随着教会的分裂，被称为天主教的一方，以罗马教廷为中心，开始占据西罗马帝国灭亡后的权力真空，并以"十一税"征收的形式，傲立到西部欧洲的利益关系之中。于是，西罗马帝国灭亡后纷纷形成的王朝化利益体都未能实现利益关系的二元结构，而是无奈地接受了多元存在的现实。

于是，人类历史中的权力存在形式又发生了新的变化。在这样的利益关系结构中，权力虽然以国王为主体的形式固定下来了，但它无法像二元结构里的王权那样将自己凌驾于一切之上，一手主导社会的利益关系。对于这一点，生活在13世纪里的法国国王腓力四世和英国国王约翰是深有体会的。其中，约翰的体会可能更为深刻。

到13世纪初年时，安茹家族在英格兰岛已经建立起了王朝化的利益体。因为这个家族发迹于法兰西，所以有领地在法兰西境内。这时，原法兰克王国查理曼大帝的长孙秃头查理在法兰西土地上建起的王朝化利益体已经稳固地发育起来。到13世纪初的腓力二世时代，版图范围渐渐被整合下来，只有英王领地还交错在其中，使他们垂涎不已。

就在这样的情况下，约翰如愿成为英格兰国王。据说他是在反对和疑惑中登上宝座的，也许这就注定了他的诸事不顺。他遇到的第一个不顺就是尽丢在法兰西境内的领地。原来，约翰继位后，因婚姻的变更和粗暴的做派引发了生活在法国领地的家族人员的强烈不满。这些人纷纷向法王腓力二世诉苦，希望他按祖先旧制成为他们的封建宗主，以脱离约翰的压迫。可不是吗？他们现在的这些领地不就是当年归属法兰西王国的诺曼底公国的土地吗？那是为安置他们祖先而设立的公国，这个公国是以法兰西国王为宗主的呀。腓力二世毫不迟疑，马上召集安茹家族及相关权贵，在约翰拒绝参加的情况下，让法庭强行宣判没收约翰在法兰西境内的财产，转赏给这个家族的后人，而法兰西王国就以这样巧妙的形式变成了宗主国。

然而，这绝对不是约翰所能接受的，他与法王腓力二世就此一战的必要不可避免地出现了。不过，这对约翰来说也不是说战就能战的事情。因为战争是一个需要人力、物力、财力、心力等复杂因素的系统之事，所以处在利益关系多元结构中的约翰得到关联各方的支持后，才能心想事成。对此，约翰不知是深谙其道，还是了无感觉，或是想先将教会挤出利益关系结构，在没有与腓力二世交手之前，先与英诺森三世教皇争斗了起来。事情缘起于坎特伯雷大主教的确定。原大主教过世后，在选出新大主教问题上，约翰与年轻僧侣阶层发生意见分歧，双方互不妥协，最后申诉到教皇英诺森三世，请求裁决。然而，英诺森的裁决大出他们所料，他没有选择其中一方的人选，而是指定另一个神职人员到坎特伯雷任大主教。

对此，约翰表示反对，但英诺森毫不理睬，反而在意大利的一个地方宣布那位神职人员为坎特伯雷大主教。约翰深感遭英诺森蔑视，便下令不让教皇任命的大主教踏入英格兰，还威胁火烧与他意见不一的坎特伯雷僧侣们的修道院，并以"上帝的牙齿"发誓，教皇如果停止在英格兰的教权，他就将所有天主教神职人员驱逐出境，还将挖出其中某些人的眼睛，割掉他们的鼻子。随着教堂开始被关闭，主教与修道院的财产开始被没收，宗教活动被终止了……

教皇怎甘受此挑衅，他马上处约翰以破门律，接着又于公元1213年下诏书革除约翰英格兰国王之职，解除臣民对其效忠的关系，并宣布国王的财产从此变为合法掠夺品，谁能抢得到便算是谁的。此等好事怎能错过，法王腓力二世马上征召军队，向英吉利海峡进击而去。

约翰终于招架不住了，他只好向教皇英诺森三世服软，保证返还所没收的教会财产，用自己的王国和王权向教皇称臣，并将整个英格兰献给教皇，换取恢复教籍，收回教皇对他王权的革除及其他惩罚。获得全胜的教皇也极为大度，照单全收约翰的悔意与奉献之后，很快又将英格兰作为封地交给了约翰。

与教会的争斗终于结束了，但他与腓力二世的纠葛远还没有完结，仗还需要奋力打下去。所以，他命令英格兰的男爵们自带武器与士兵跟着他去参战。可是这一次伯爵们却拒绝了他。贵族和伯爵们对他渎神、暴虐、过度征敛大为不满。见此，他又要求伯爵们交免役税，以交钱的方式免除出兵打仗的任务。伯爵们不肯接受他的强迫，于是他们聚集各自的武力于泰晤士河畔，与国王约翰的追随者对峙起来。见势，约翰又一次服软，于公元1215年与这些贵族妥协，签署了一个文件。这个文件叫《大宪章》，其中规定国王要尊重诸侯的权利，诸侯们也要尊重各附庸的权利。非经全国同意，国王不得征收免役税及国王津贴；除赎身金，长子受封为武士或长女出嫁得征收合理之津贴外，任何人不得向自由人征收津贴、民事法庭不得设于宫廷，而应设于指定处所；任何人未经审判，不得长期拘禁；任何自由人民除经其同辈之合法判决，或经国家法律之判决外，不得加以逮捕，监禁或没收其财产；国王不得向任何人出卖、否认或耽延其权力与司法保障；一切商人，从陆路水路进出英格兰，或在此居留旅行时，免缴一切非法通行税……

文件条款几十项之多，很明显就是相关利益关系方之间权力、利益与行为边界的划分与确定。约翰没有强烈地反对，便在证人前御笔亲署，确认了贵族们所要求的权利。

人类历史上赫赫有名的《大宪章》就这样被签署了。史家学者们对此都有较高的评价，认为它使专制的君主政体向立宪的君主政体转变了。不过，有一点是清楚的，身为英格兰国王的约翰，不仅在签署《大宪章》之时，甚至直到走完人生都没能明白，使他难以随心所欲而处处不顺利的原因，并不是人们故意与他作对，而是他自己那王朝利益关系的多元结构。在多元结构的前提下，作为这一利益体的经略者，国王与利益关系各方间的良性互动是诸事顺利的根本，因为他未能做到这一点，所以最后不得不走向了妥协性的互动。

不过，这不是约翰一个人的困惑，其实人类也在这个困惑中蹉跎了很长时间。可如今，国王约翰的案例向人类明确提示了这样一个硬道理：权力存在的形式，并不在于什么愿望，而是取决于利益关系的形式和需要！

第十章

本性欢舞

　　本能、本性和理性，是人性家族中的三大要员，也是制导人类生存形态的基本密码。

　　食物共享的原始社会结束后，本能的纪元就被本性的纪元接管。从此，本性开始左右人们对资源与财富的态度，为贪婪与欲望的狂欢铺平了道路。好在，虽然微弱但有着理性的干预，尤其是人类间一直存在着力量的均势，所以，本性也一直处在自我力量的限度之内。

　　然而，如果有一天力量间的均势没有了，理性的干预不再了，那么，本性又会让人类演绎出怎样的故事呢？

本性，终于被大海放任了

本性的纪元是以生存资源个体化占有为形式开始的。自那时起，生存资源共有共享的大义侠气悄然遁去，放任本性，以个体化的形式竞相占有资源和财富，似乎成了每个人的追求。但事与愿违的是，并不是所有的人都得到了放任本性的机会，而是被其中少数的有势力、有能力者所放任的本性所征服，成了他们资源与财富的一部分。这样，放任本性的大门虽然敞开着，但征服者已把人们带入了自己的利益体之中，这个利益体是不许他人放任本性的。

于是，利益体的主人就成了唯一一个可以放任本性的人。这些人，就是我们人类历史中被称为头人、首领、酋长、国王、皇帝的那些人。起初，这些人以为本性是可以放任无度的，所以，在利益体之内奢华无度、专横跋扈，常常导致民不聊生的不合理利益关系。同时，在利益体之外，他们还为了占取更大的地方、更多的财富，与其他利益体进行没有休止的战争，往往把人类推入不知如何是好的混乱之中。

对此，这些人是束手无策的，因为本性的贪婪里没有理性的功能。于是，人类不得不深思起来，认真考虑该怎样解决存在的问题。到距今2600年前的时候，这一思考开始取得重大成果，在印度、中国、希腊等地涌现出了被尊称为佛祖的释迦牟尼，圣人的孔子和老子，哲学家的苏格拉底、柏拉图、亚里士多德等不朽的名家。虽然他们面对的情况不尽相同，但提供给人类的建议是一致的，那就是：加速培育理性，以便加大对本性的干预！

从此，人类饶有兴趣地培育起理性来，或以宗教，或以哲学，抑或以文化，不断向本性传递干预的信息，使它渐渐地接受其影响。帝王们开始变得不再那么狂躁，不管在经略自己利益体的过程中，还是在与其他利益体的交往中，本性的贪婪无度不断受到理性的有力干预。这一点，在印度和中国尤为明显。

早在公元前3世纪时，印度名君阿育王就演绎过蔑视奢华、仁待众生的克制本性、张扬理性的故事。只可惜，因其理念未能转化为利益关系而失败了。不过，在中国的尝试较有成效。到朱元璋的明朝时，中国人把孔子所提出的"克己复礼为仁"的理念发展到了"灭人欲，存天理"的追求，使理性对本性的干预力度大大增强起来。而这种干预明显地体现在明朝皇帝们的行为上。

公元1403年，明朝第三任皇帝朱棣推翻第二任皇帝朱允炆，接管了王朝的政权。此时的明朝不仅体量大，府库也很丰满，势力已经一家独大了。他们于公元1405年组建了一支庞大的船队开始了大海上的航行。据中国史家说，这支船队由62艘大船组成，其中有宝船、马船、粮船、座船、战船等功能不同的船舶，叫宝船的那艘船中国人说是长44丈，而英国作家罗杰·克劳利则说长有440英尺。这个船队上有27000多名士兵，连同其他人员，约有28000余人，他们由一位叫郑和的宫廷高官统率。他们从江苏太仓的刘家港出发，经南海，过马六甲海峡，进入印度洋，先后访问越南、泰国、印度尼西亚、锡兰、科钦、卡利卡特、波斯湾出入口上的忽鲁谟斯、红海入口的亚丁、非洲东岸的木骨都束、卜剌哇、竹步、麻林地、慢八撒及纬度较南的爪哇、吉里地闷等30多个王国、邦国及港口城市。自公元1405年到1433年的28年间，他们共进行了7次这样的航行，中国史书称其为"郑和下西洋"。

猛地一看，这船队浩浩荡荡的架势，会让人们胆寒不已。在当时，对沿海存在的各王朝来说，这支力量是无敌的。如果这支力量是本性放任而去的手和脚，那么沿岸上的王朝们就在劫难逃了。然而，这种情况并没有发生。在先后7次的大跨度航行中，他们每到一处除了炫耀一下自己国度的泱泱之大外，都和当地的王朝建立一种互往互来的关系。据说，这个航海活动使南海和印度洋沿岸的很多王朝，都与明朝有了来往。

显然，这就是理性对本性进行干预的成果。因为，理性对人的意识的不断浸润，使人在处理事情的时候总能有些顾忌，而这个顾忌就成了对本性那无度贪婪和无限欲望的扼制力。

然而，在遍布地球的人类群体中，理性对本性的干预并不是同频率、同力度、同时间的，甚至是大相径庭的。这个情况，在人类历史的15世纪，郑和下西洋的一段时间之后，就在西部欧洲出现了。最早出现的地方就是基督教与伊斯兰教交汇处的葡萄牙。

在西罗马帝国灭亡之前，皈依了基督教的西哥特人在伊比利亚半岛获准建立了西哥特王国。公元8世纪初，阿拉伯帝国的倭马亚王朝将伊斯兰教占地，从地中海的南岸扩展到了北岸的伊比利亚半岛，并向北一直延伸到阿斯图里亚斯高原的脚下。这个时候，西部欧洲正轰轰烈烈地进行着分割占有资源产地的运动。这块幅员辽阔的资源产地是罗马帝国经几百年的努力开发出来的，但未能如愿永久地占有它，而是分裂成东西后，占据大陆西部的西罗马帝国很快就灭亡了。于是，人们就掀起了分割占有的热潮。

坚守着阿斯图里亚斯高原的哥特人的贵族们也没有袖手旁观。但生活在大西洋东岸，欧洲大陆最西边的他们没有向东部内陆伸手的力气。因为，在他们东边的都是一些大力士。于是，他们就南下用力，向伊斯兰教占地发起收复失地运动，在公元1143年时形成了葡萄牙王国。到14世纪，西部欧洲分割占有资源产地的运动已被整合的努力所代替，越来越多的土地被势力强大的家族整合而去。葡萄牙王族想要拥有更大版图的欲望并没有因此而消解，而是把目光投向了大海和大海外边的世界。

起初，他们并不清楚大海的外边究竟有什么样的世界，但他们知道在直布罗陀海峡对岸就有一个叫休达的海港。当时，休达港由信仰伊斯兰教的摩洛哥王国经略，由于它是东方世界的货物，尤其是印度香料运往西方的最西端的贸易站，故财宝满仓，香气扑鼻，被称为"非洲各城市之花"。

公元1385年，若昂一世夺取王位。为向大海外边的世界跨步而去，于公元1415年8月，由其王子恩里克率领的葡萄牙船队驶过直布罗陀海峡，向休达港发动了猛烈的攻击。战斗仅进行了一天，休达就落入了葡萄牙人之手。史家们说，占领了休达港的葡萄牙人销毁了仓储的所有香料，洗劫了24000多个商铺，并发出了"与休达的房屋相比，我们的可怜房子简直像猪圈"的感叹。

不过，将休达占为己有后，葡萄牙人没有继续向东攻占而去。虽然，在自西向东的地中海南岸还有一个比一个富饶的港口，但同时还存在着足以保护它们的强大王朝。于是，葡萄牙人改变方向，开始了对可能没有强敌的非洲西海岸的冒险探索。

开始时，葡萄牙人并不知道在非洲西海岸究竟有些什么，而且早期欧洲人对向南航行的恐惧性认识还萦绕在他们的脑海里。据说，在早期欧洲人的认知中，越往南走天会越热，温度会不断地升高，最后可以把人烧焦，所以向南航行是非常可怕的。直到葡萄牙人的冒险开始，没有任何人证明这种认知是错误。但葡萄牙人不顾这一切，即便那里有千难万险，也要去拼死冒险。因为，他们已经获得了放任欲望的许可，罗马教皇授权他们"入侵、搜索、战胜和征服所有撒拉森人（基督教世界对阿拉伯人的称呼）和形形色色的异教徒，以及基督教的其他敌人……并将其永久奴役"。

如果耶稣在世，或能够听到这样的授权，无疑会气得昏死过去，而葡萄牙人则欣喜不已，他们师出有名了。

对于冒险，我们人类总是投以致敬的目光。但冒险是有区别的，有以爱好为动机的冒险，也有以欲望为动机的冒险，葡萄牙人的冒险属于后一种。

葡萄牙人热衷冒险的背后有着一些令人垂涎的诱因。一位叫马可·波罗的威尼斯商人之后，在中国等东方世界游历多年回去后，把东方描绘成了满地金银宝藏的地方，他说那里有金子做屋顶的房子，有金质的雕像、金矿，有"能把宝石一直卷到平原"的河道。马可·波罗制造的诱因本来就不小，恩里克还从休达之战的俘虏那里听说，有一条商路可以穿过撒哈拉大沙漠，行程20天就到达树林繁茂、土地肥沃的绿色国家，这里有非洲胡椒、黄金和象牙。这还不够，随着阿拉伯帝国的崛起，印度香料运往欧洲的内海航路都被穆斯林国家占据，非经阿拉伯商人、威尼斯商人及分销商之手，香料就无法走入需求者手里，而且价格已经被累加得很高很高了，如果能找到不经多人之手的香料航路，可获之利就难以想象了。史家们说，除此之外，他们心中还充满着寻找基督教约翰王国的憧憬。说是，在12世纪70年代，教皇曾收到过署名为普里斯特·约翰的东方基督教国王的求援信。基督徒们一直在寻找这个王国，葡萄牙人也不例外。

于是，冒险就成了葡萄牙阿维什王朝的战略事业。领导者和推动者就是攻打休达港的主将恩里克王子。恩里克王子并不是自己去冒险，而是创办航海学校，建造船只，搜集资料，还筹备物资粮草。第一个被派出去探险的船队是1418年出海的。不料，这支船队出海不久便遇到了暴风的袭击，但在不幸中他们还万幸地被吹到了大西洋中的一个小岛，这个岛就是马德拉群岛中的散土岛。从这一发现开始，到1431年，葡萄牙人陆续发现并占据了马德拉群岛、亚速尔群岛各岛屿，并放火烧荒开始垦殖起来。

马德拉群岛、亚速尔群岛的顺利被占有，大大提振了恩里克王子的进取心。为了尽快把西非沿岸的金沙运回葡萄牙，他派出的船队在1434年时越过了被称为南航极限的博哈多尔角，证实了再往南还是可以航行的。恩里克有些坐不住了，他很想复制一下休达港的战例；于是他和弟弟费尔南多带领一支敢死队，远征摩洛哥在直布罗陀海口上的另一个海港——丹吉尔港。但这一次，摩洛哥人没有让他们得逞，他们不仅惨遭失败，弟弟费尔南多还被摩洛哥人俘获。据说，后来费尔南多就死在了摩洛哥的监狱里。

恩里克不再出海了，但他派出的船队继续向南探索航行，1443年时越过了毛里塔尼亚西海岸的阿尔金岛，向尼日利亚沿岸扬帆而去。就在这一年，在被侵占的拉格斯港城，一个玷污人类文明进程的贸易被恩里克王子开张营业了。这个贸易就是贩卖非洲黑人奴隶的买卖。尽管这种买卖何等地有悖于文明的指向，何等地有悖于信仰的理念，何等地有悖于人性的义理，何等地有悖于人间的道德和良知，但被放任的本性使它合理化地存在起来了。恩里克王子开设的这个奴隶贸易站，丝毫没有引起权贵们的顾忌，国王阿方索五世旋即授予他奴隶贸易专卖权，随即恩里克王子就成立了以葡萄牙王室为招牌的"皇家非洲公司"，开始了对西非地区的无情掳掠。

对一个财富来源地的征服和占有，马上又转化成寻找下一个财富来源地的动力。恩里克王子于1460年去世，但葡萄牙人的远航冒险并没有因此而停歇。1481年，葡萄牙王位更替，恩里克侄孙若昂二世继位。若昂二世对航路探索的重视胜过前任者，所以，一上任就把原来由王室成员从事的航海业改变成了由国王亲自主持的重要事业。

从攻占休达港到若昂二世接管，葡萄牙的远航冒险已经持续了半个多世纪，他们想象中的绕过非洲大陆到达印度的航路，正一段一段地被成功开拓。所以，若昂二世相信找通航路的那一天已经指日可待了。与此同时，被封存千余年的托勒密地圆说，被文艺复兴运动重新擦亮，并越来越成为人们的共识性认知。在人们的心目中，地球就是那样一个大大的圆球体，从脚下的站点，无论往西去，还是往东走，他们相信都能到达香气扑鼻的印度，而且往西的路线可能比南绕非洲大陆要近一些。克里斯托弗·哥伦布就是这一想法的坚定持有者。1483年的一天，哥伦布拿着根据这一地理认知制定出的、由大西洋直西航行到达印度的计划，来到了若昂二世的王宫。他向若昂二世推销自己的计划，试图让他相信，向西直行是近路，如何安全又便捷，还省时省力。但若昂二世没有为其所动，认为自己探寻的方向才是对的，所以很自然地冷落了满腔雄心的哥伦布。

若昂二世的自信被证明是对的。1487年年底时，他派出的迪亚士船队在非洲西南的海面上遭受风暴的袭击。据说，他们没有与风暴拼死抗争，而是将船帆降下一半，任由风暴将他们带往大海的深处。风暴肆虐13天后停了，风向也从变幻莫测的多变，变到了指向稳定的西风。迪亚士扬起船帆，任由西风向东吹去，过了几天，他们预想中的西非海岸没有出现，于是他们改变方向朝北驶去，希望尽快靠近一块陆地。他们急切地行驶着，到1488年1月底的时候，被茫茫大海折磨30来天的他们终于看到了远处影影绰绰的山岭。他们情不自禁地激动起来，行船的速度也加快了，终于于1488年2月3日，他们登上了那块陆地。

踏上了陆地的迪亚士及其伙伴们看到，在不远处的山丘上有一群群吃草的牛和放牧它们的半赤身裸体的牧人。很显然，他们是这里的主人。对海上漂泊了近一个月的人们来说，淡水已经是他们急切的需要。他们看到一眼泉水，便前去取水。山丘上放牛的人似乎不太同意，向他们扔石头。迪亚士们没有认为这是他们的家园，应该经他们允许一下，而是直接拿出弩弓，射杀了其中的一人。牧牛的人们逃走了，迪亚士们在这里不仅取上了水，还竖起了表示已经占领的石碑，再自行为其起名为"牧人湾"后，启程返航了。这时，他们所不知道的是，他们到达的这个地方已经不是非洲的西海岸，而是非洲大陆东南面向印度洋一侧的南非莫塞尔湾。他们就这样回航，在绕过非洲南部一处延伸到海里很远的一个海角时遇到一场风暴，由此迪亚士就称这个海角为"风暴角"。绕过"风暴角"，他们就进入轻车熟路的航线，很快就回到了里斯本。

若昂二世仔细地听着迪亚士耗时16个月的航行经历，从中他已经准确无误地知道向南延伸的非洲大陆是有尽头的，他们已经找到了通往印度的航路，于是当迪亚士说完"风暴角"的故事后，若昂二世大声地说道："它不叫风暴角，而叫好望角，从现在起，到印度的道路终于打通了。"

找到去往印度的航路后，若昂二世未能再派出前往印度的船队，自己却去世了，继任者为曼努埃尔一世。曼努埃尔一世继续亲自抓通航印度的事业，但他派去的人不是轻车熟路的迪亚士，而是单身汉的达·伽马。与以往的船队不同，达·伽马船队的船上安装了20门火炮，使只有4艘船的这支船队拥有了所向无敌的火力。达·伽马就这样不仅得到了所向披靡的武力，还拿到了2000金克鲁扎多

（当时葡萄牙的金币或银币的名称）的酬金，于是船队于1497年7月出发了。

葡萄牙王国的欲望是以占为己有为基本理念乘船出海的。所以，从第一次出海开始，他们在船上都装一些表示占有的石碑，到迪亚士探航时，他们已经把石碑从非洲的西海岸竖到了它东南侧的海岸上，现在达·伽马又出发了，要去延伸这样的占有……

但达·伽马并不像前人那般顺利，他绕过好望角向北航行到莫桑比克城后，情况就开始复杂起来了。这里不再是人烟稀少、防卫薄弱的其他地区，而已经是势力雄厚的穆斯林世界的统治地。于是，麻烦从莫桑比克城开始，每到一个地方，达·伽马们都客人般地进去，仇人般地离开。到达行程的目的地，印度香料贸易的枢纽——卡里卡特后，他们也未能改变这一烦恼的情况。不仅石碑竖不起来，而且还话不投机，目标与想法更是对接不起来。

达·伽马的船队是1498年5月到达卡里卡特的。因为征服和占有是出海的目的，所以，他们注重的是火炮的安装，而忽视了礼尚往来所需的礼物，于是自到达卡里卡特的那一天起，达·伽马就陷入了说不清楚身份的尴尬之中。说是来征服的吧，力量好像尚还不足；说是来出使的吧，又拿不出国王的文书和像样的礼物；说是来做贸易的吧，带来的物品似乎不是准备用来交换的。经过3个多月的猜疑、探试和较量，达·伽马探听到这里的情况，并装上力所能及的一些香料后，回国去了。据说，达·伽马带回去的香料赚得了60倍于成本的利润。

名不见经传的达·伽马一下子变成了葡萄牙王国的大英雄，国王曼努埃尔一世不仅提升他贵族的级别，还赐他"东印度海军司令"的荣誉头衔。国王曼努埃尔一世的收获更是很大，他起初的头衔是"大海此岸的葡萄牙与阿尔加维（今葡萄牙最南端地区，曾为穆斯林占领地）国王，大海彼岸的非洲之王，几内亚领主"，经迪亚士、达·伽马们的开拓，如今又加上了"埃塞俄比亚、阿拉伯半岛、波斯与印度的征服、航海与贸易之王"。

曼努埃尔一世可不是好大喜功的国王，即便号称"阿拉伯半岛、波斯与印度的征服、航海与贸易之王"。于是，达·伽马再次被派出去了，接着是卡布拉尔，继而是阿尔梅达，再是阿尔布开克、科蒂尼奥……派出的人越来越多，配备的武器也越来越先进。

葡萄牙人再也不装作笑容可掬的客人，他们霸道、蛮横、耀武扬威地穿行在印度洋和阿拉伯海上，无情地抓捕海上航行的阿拉伯人船只，抢夺船上的货物，杀害乘船的一切人员，炮击和控制阿拉伯海岸红海入口、波斯湾入口的港口城市，征服并占领印度的香料贸易港口，到1543年他们把表示占有的石碑竖到了锡兰、马六甲及马鲁古群岛等东南亚地区，还在中国的澳门取得了暂时居住权，在日本也开始了商站的创建工作。

征服和占有了环非洲大陆的沿海地带、阿拉伯海岸、印度洋北岸及东端的广大地区，进而将立足点开设到中国和日本后，葡萄牙王国占有的欲望还没有被填饱，因为他们还没有占完从教皇那里争取到的那部分世界。

教皇亚历山大六世是在一个叫《托尔德西里亚斯条约》的文件中，把这个世界很大部分地方的占有权就像划分无人区的土地一样，划分给葡萄牙王国的。时间是公元1494年6月。

原来，在15世纪初，当葡萄牙人将占有的欲望向大海的远处放任而去时，同为伊比利亚半岛的沿海王国，西班牙也未能收住心里扑腾的欲望，于是也放任到大海上去了。从此，葡萄牙与西班牙就开始发生对海外占地的争夺。为了获得权威的认可，双方不断向教皇申诉。为此，教皇也曾做过裁决，但葡萄牙人认为西班牙人后来的一些作为侵害了他们的利益，所以请求教皇重新给予裁决。于是，教皇亚历山大六世又把双方召集到西班牙托尔德西里亚斯，对双方的纠纷做出了新的裁决，让双方签订了瓜分世界的《托尔德西里亚斯条约》。条约规定，在佛得角以西370里格处为分界线，以东新发现的地方归葡萄牙占有，以西归西班牙占有。史称这条分界线为"教皇子午线"。对这一荒唐之事，法兰西国王弗朗索瓦一世在一些年后讽刺说："让我看看亚当的遗嘱里有没有这么写。"

按公里换算，370里格约为2000多公里，当时尚未被他们发现的南美大陆的巴西正在这个分界线以内。于是，将阿拉伯海、印度洋沿岸的相关地区占领妥当后，自1500年开始，葡萄人就向巴西派出了前往占领的舰队。

啊，该说一些什么好呢！这怎么能是用新航线探索来概括得了的事情啊！其实，自葡萄牙人越过直布罗陀海峡，去占领非洲大陆西海岸的那天起，人类挤往生存资源产地的历史方向，已经被本性欲望的无度追求所取代了！

斗牛士们也乘船出发了

起初，西班牙王室对东方世界的憧憬与向往，没有葡萄牙王族那样强烈和迫切。他们的贪欲之火是葡萄牙人哥伦布点燃的。

哥伦布是葡萄牙王国全民化放任欲望的直接成果。哥伦布对黄金有着无比的向往，他曾说："黄金是一个令人惊叹的东西！谁有了它，谁就能支配所需要的一切。有了黄金，甚至能使灵魂升入天堂！"所以，从《马可·波罗游记》中得知中国和日本遍地黄金之后，他再也坐不住了。即便马可·波罗所说是真的，那些黄金也该有自己的主人吧，可哥伦布就不在乎，目的只有一个：将它拿到手！

理性干预的乏力，对人类来说是何等可怕呀！

开始时，哥伦布的狂想在葡萄牙遇阻了。这倒不是葡萄牙国王多么理智，而是他正按自己的计划向东方开拓，所以拒绝了哥伦布。但黄金的诱惑使哥伦布难以罢手，他转而去西班牙，去撩动西班牙王室对东方世界的向往。哥伦布到西班牙时，原来叫卡斯提尔的王国和叫阿拉贡的王国已经合并成一个叫西班牙的王国了。这两个王国的合并是由一桩婚事促成的。在1469年时，阿拉贡王室的斐迪南和卡斯提尔王室的伊莎贝拉结婚。1474年已为斐迪南夫人的伊莎贝拉被拥立为卡斯提尔王国的国王，在5年后的1479年，她的丈夫斐迪南也继承了阿拉贡王国的王位，于是曾经互不统属的两个王朝化的利益体合并成叫作西班牙的王朝利益体了。

在西部欧洲中世纪以来的整合化占有生存资源产地的争斗中，西班牙可能就是以最甜蜜的形式整合到一起的利益体。成为一体统一的西班牙后，他们整合化占有资源产地的欲望并没有就此满足，而是将目光投向了疆土相连的、由穆斯林势力占有的格拉纳达地区。很快，投去的目光变成了武力的进攻，到1492年时，已把这个把守直布罗陀海峡的土地揽入了自己的怀里。在他们看来，这是他们祖先占据的地方，穆斯林政权是外来的侵占者，所以宗俗各界都称这是"收复失地运动"……

失地收复完了，对祖先和宗教再也没有所欠了，就此西班牙王室应该收起心来坐享江山了吧。遗憾的是，他们还不能。因为，席卷欧洲的资源产地整合运动进行正酣，人们都为多得一些利益、多占一些地方、多有一些荣耀而奔走忙碌。西班牙王室的人们也毫不例外，正当他们搜寻格拉纳达之后的下一个目标时，哥伦布来了。

哥伦布给西班牙女王伊莎贝拉带来的不仅是黄金与香料的气味，还有与葡萄牙人在海上竞争的信息和能力。利益虽然暂时还看不见，还有一些反对的意见，但女王伊莎贝拉已经预感到哥伦布计划背后的巨大可能。于是，于1492年4月17日，西班牙王室和哥伦布在一份合同上签了字。合同规定，西班牙王室任命哥伦布为他所发现或取得的一切岛屿和大陆的元帅、总督和首席行政长官；领地上所出产的或者缴纳而得的一切珍珠、宝石、黄金、白银、香料和别的物品十分之一归哥伦布，十分之九归国王；哥伦布对上述财产的诉讼有审判权；任何到新占领区的商船，哥伦布有权参加六分之一的投资，取得六分之一的利润……

谁能想到，与达·伽马的2000金克鲁扎多的酬金相比，哥伦布的贪欲简直就是人类心灵的黑洞。意大利、法兰西、英格兰、荷兰的王室都曾拒绝他的原因可能就是这个。但伊莎贝拉女王就顾不了那么多了，葡萄牙人在海上的进展已经使她迫不及待了。

1492年8月3日，哥伦布的船队出发了，这个团队由3艘百吨级左右的小船组成，与郑和下西洋的2000吨级以上的大船相比简直是太小巧玲珑了，但它承载了人类心灵黑洞般的贪婪欲望。在出发时，哥伦布船队对目标地人们自主家园的权利还是较为尊重的，所以他们不仅带了西班牙王室致中国皇帝的国书，还带了用来交换的玻璃珠、小镜子、花帽子、铜铃、衬衫、饰针、针线、花布、小刀、眼镜、石球等商用物品。经过两个多月的、在茫茫大海上的人类未曾尝试过的航行，在10月12日的那一天，哥伦布和船员们登上了一个小岛。史料说，他们遇到了岛上居住的阿拉瓦克语族中的泰诺人。这些泰诺人没有阻止他们登岛，于是哥伦布们彻底忘掉了出发时尚还怀有的、对目的地人们自主家园权利的尊重感，就像到达了一处无人区土地一样，与船员们举行了一个占领仪式，升起西班牙国旗，以西班牙国王的名义，宣布这个岛屿已被西班牙占领。他们置这个岛屿的原名于不顾，自行命名它为"圣萨尔瓦多"，尽现了大海对哥伦布本性的放任……

这个岛屿就是如今巴哈马国的一个岛屿，原名为瓜纳哈尼岛。这个岛屿及其走向南北的大陆地，就是当时文明世界的人们尚还不知其存在的另一块大陆地，就是今天的美洲大地。不过，这不是人迹罕至的野地，而是从几万年前开始就有人类群落生存的地方。他们不是来自天上，他们就是人类祖先走出东非、遍布世界的过程中来到这里的。在采集生存的那些年代，他们一步步、一代代地拉远与祖地和先人的距离，来到这里生活。也许与脚下大地的磨合需要时间，也许所能采集的食物总是那么丰足，他们从本能的生存转向智能生存的进程被拖延了一些，生存资源的自主生产和由此带动的社会进步也慢了一些。但在这个叫作地球的星体上他们并不是孤独的，在叫亚洲、欧洲、非洲的另一块连体的大陆地上还遍布着他们的远亲同类和兄弟姐妹。在那块陆地上停下了脚步的这些人，经过千万年的摸爬滚打，不仅实现了生存资源的自主生产，也已经开启了向智慧生存的转型，尤其是通过对生命意义的反复掂量，这些人为以延续生命为基本意义的人生增添了很多附加意义，使其变得越发美好起来。如果，他们的经验和知识能够传递到摸索在孤寂中的这个大陆，其社会的存在形态和人们的生活，很快会转向文明和美好的。

如今他们来了，可遗憾的是，他们没有带来远亲同类的情谊、经验与知识的礼物，反而满载着对黄金珠宝的贪欲。所以，他们一下船表现出的就是对当地人自主家园之权利的无视和无理占有。

史家们说，哥伦布虽然对所到岛屿进行了占有，但他还不知道这是存在于他们认知之外的另一个陆地体系，而是认为自己已经到了亚洲的东部边缘，他心目中的大印度地区，所以称这一带为西印度群岛，称这里的人为印第安人。由此，哥伦布判定，他所占领的这个岛是日本群岛的外围岛屿，离马可·波罗所说的黄金、宝石满地的日本和中国不远了，便与岛上的住民交换一些货物后，匆匆出发了。据史料，哥伦布就此向意想中的日本和中国进发后，先后到达今古巴和海地的一些岛屿，最后到达萨马纳湾后，掉头进入大西洋回去了。

哥伦布是豪情满怀地踏上回程的。虽然绑架人质的手段都用过了，但也没能找到遍地的黄金和宝石，不过这已经不重要了，因为他已为西班牙女王占领了不少比黄金、宝石还金贵的土地，而且还发现了他们那里所没有的高产农作物——玉米、土豆以及甘薯和烟草。更重要的是，他坚信已经找到了去往中国和印度的新航路，仅这一点就足够让伊莎贝拉女王为他庆功祝贺了。不仅这样，他还可以让女王满意和期待的是，留下39人的小团队继续寻找黄金、宝石和香料。哥伦布是把握满满的，因为产地已经到达，产物焉能找不到呢？

据说，在回航途中他们遇到了风暴，被迫驶到了葡萄牙的里斯本港。在这里，哥伦布还念念不忘报复一下葡萄牙王室当年对他的冷落。为此，他特意拜见若昂二世，不无夸张地描述自己的壮举和发现，如愿以偿地听到了若昂二世的后悔不已。不过，哥伦布的这一得意，也使葡萄牙人意识到西班牙人正在侵占他们在海外的利益，所以不久就有了《托尔德西里亚斯条约》的谈判。

与葡萄牙国王的心情不同，西班牙女王伊莎贝拉是心花怒放的。哥伦布的探航成功，不仅证明她的资助没有白费，而且到达东方的近路已被找到，赶上或超越葡萄牙已经有望，哥伦布为她开启的那个世界太大大有可为了。为此，她按捺不住心急，更是担心葡萄牙人也能到达那里，就于哥伦布返航后的1493年9月，又让休养不到半年的哥伦布率船出发了。

这次远航，哥伦布不再是小船3艘、人员仅80多个，而是近1400人的大队伍，分乘17艘船，浩浩荡荡出发了。这次出海，他们与上次出海时带上致中国皇帝国书的心态完全不一样了，乘船的人员中有王室官员、工匠、士兵，还带了牲畜、农具、种子，当然，沿途的饮食用品更是一应俱全。一看这架势，他们不再是去寻找黄金、宝石和香料，而是要到那里去种植、生活，要当那个地方的主人。

从此，西班牙对这个地方的大规模占领就正式开始了。虽然哥伦布认为这个地方是亚洲的东部边地，但事实上它是尚还没有洲级名称的另一块大陆地。随着探险和占领的依次推进，一位叫亚美利哥·维斯普奇的人也来到了这个地方。身为意大利的商人、银行家和探险旅行爱好者，亚美利哥·维斯普奇虽然知道攻城略地与他无关，但他更知道由此派生出来的赚钱发财的机会与自己肯定是有关系的。而且，他怎能不想目睹一下遍地是黄金、宝石的中国和印度呢？于是他跟随一拨又一拨的西班牙探险考察团来这里进行探险和考察。随着看到听到的越来越多，亚美利哥·维斯普奇越发感到这个地方不像是马可·波罗所描述的中国和日本，而应该是一个人们所不知道的另外一块大陆地，便对它进行了力所能及的记录和地图化绘制。为让更多人知道这一发现，1507年他以《海上旅行故事集》为名，发表了自己的见闻记。《海上旅行故事集》犹如新一部《马可·波罗游记》，引起了极大的关注，后经地图学家华尔西穆勒等人之手，这块大陆地就有了"亚美利加"的名称。可遗憾的是，发现它的哥伦布直到1506年去世时仍认为这是亚洲的东部地区。

抢占他人的家园与土地，往往是从蔑视他人自主家园的权利开始，并以废除这一权利为入手的。哥伦布第一次到达这里时，主要表现出了对当地人自主家园权利的蔑视。无论有人没人，无论人家对他们如何友好，每到一处他都要新起地名、升国旗、举行占领仪式。然而，当地人对他的这一套是不认可的。海地岛是哥伦布第一次到这里时第一个建起殖民点的地方。当他率领1000多人的队伍第二次来到这里时，殖民点已经被海地岛民夷为平地了，于是哥伦布仗势欺人，旋即就在他人土地上反客为主起来。他责令当地住民在规定的时间内送交一定数量的黄金，同时强制他们变成了苦役奴隶。

已被称为亚美利加洲的这块大地的苦难，就是这样从海地岛开始的。随着被派来的人越来越多，苦难从海地岛很快向伊斯帕尼欧拉岛、古巴、波多黎各、牙买加等整个西印度群岛蔓延而去。据说，在这一波次的苦难蔓延中，有一个叫贝拉斯克斯的人以残忍、贪婪著称。说他除了掠夺当地人的土地，对当地人推行委托监护制的奴役外，还整批整批地屠杀拒绝交出土地和不愿接受奴役的当地人。有一部中国史家所著的《拉丁美洲史稿》的书，书中作者对这场苦难几年后的结果做了个统计："巴哈马群岛在十二年内，差不多一个印第安人也没有留下。古巴的三十万印第安人，到1548年差不多濒于绝迹。海地岛的约二十万印第安人只剩下五百。"啊，读友们啊，人类怎样定义这场苦难，我们才能释怀呢？

有一位叫拉斯·卡萨斯的神父，也随人潮来这里传教。同为西班牙人的他，对同胞们的恶行非常愤怒，写道："当西班牙人进入印第安人居住地时，老人、儿童和妇女就成了他们逞凶肆虐的牺牲品。他们甚至连孕妇也不饶过，用标枪或剑剖开她们的肚子。他们像赶羊似的把印第安人赶进围栅里，互相比赛，看谁能灵巧地把一个印第安人一下子砍成两半，或者把他内脏剜出来。他们把婴儿从母亲怀抱里抢过来，抓住他们的小腿，把他们的脑袋往石头上砸碎，或者把他们扔到就近的河里去，一边说道：'你们该凉快一下啦。'他们把十三个印第安人并排地吊起来，在他们的脚下燃火堆，把他们活活烧死，宣告拿他们做祭品来供神，纪念耶稣基督和他的十二位使徒。……他们把那些不杀的人砍下手来，嘲弄他们，说：'现在给那些跑到山林里躲避我们的人送信去吧。'遭到最残酷对待的是印第安首领，他们被钉在木栅栏上，然后用慢火烧死。"①

西班牙同胞的恶行，使拉斯·卡萨斯痛心疾首，只好说："没有一个人的舌头，能够向人们叙述所有这些嗜血的人所干下的可怕的坏事，他们似乎是人类的公敌。"②是啊，拉斯·卡萨斯无论如何也不会想到，在上帝之爱千余年熏陶下成长起来的同胞们竟能做得出这样的事情来！

然而，拉斯·卡萨斯的责骂对他的同胞们已经毫无作用了，他们带来的苦难依然波涛汹涌，快速淹没着这块未曾被大西洋和太平洋所淹没的大地。西印度群岛及其周围大地被淹没之后，它的浪头很快向墨西哥方向汹涌而去。

一个叫科尔特斯的人就是这苦难浪潮的引领者。科尔特斯是从古巴向墨西哥进发，在一个叫韦腊克鲁斯的地方登陆的。登陆后做了一些必要的准备，之后，于1519年的8月中旬，率领着400多人的西班牙步兵正式向墨西哥内地进军。在离开韦腊克鲁斯时，焚烧掉所有的船只，把自己逼进了回头无路的奋战绝境。

科尔特斯前去征服的就是玛雅人在公元4世纪到10世纪间，创造了玛雅文化的尤卡坦半岛。科尔特斯到来之前，这个地方自玛雅人之后，也发生了很多的变化。玛雅文明突遭毁灭之后，接续它的是产生在墨西哥盆地的文明。这个文明的创造者叫托尔特克人。他们在公元5至10世纪期间，垦殖生活在这一地区，使这一地区成为了尤卡坦半岛上最富足的生存资源产地。就像农耕后的苏美尔、尼罗河中下游、印度河流域和黄河中下游地区很快引发了周边人群的挤进热潮一样，这个地方也开始引起周边人群的羡慕与向往。很快，奇奇梅克人来了，接着阿兹特克人也来了。

阿兹特克人是12世纪中叶时到这里来的。也许是为了合理化外来者的形象，阿兹特克人为自己的到来编了一则小故事说：他们的部落神对祭祀者们说，如果在一个地方见到一只老鹰立在一棵仙人掌上啄食一条蛇，该处就是他们永久的居留地。这个借口是很有掩盖力的，阿兹特克人就这样理直气壮地挤进托尔特克人、奇奇梅克人等开发成生存资源产地的墨西哥盆地。当西班牙征服者科尔特斯

---

① 李春辉：《拉丁美洲史稿》，商务印书馆，2009年。
② 同上。

气势汹汹地到来时，阿兹特克人已经变成了主导这个地方社会与经济的统治者，也已经建立起了部落联盟的利益体，由一位叫蒙特苏马的人做国王，以特诺奇提特兰城为首都。

为与阿兹特克人决战，科尔特斯在向特诺奇提特兰城进发的同时，将不满或有仇于阿兹特克人的人群或部落编入队伍之中，使队伍很快发展到了拥有15万人的一支军队。

西班牙人蜂拥而至的这个时候，阿兹特克人仍处在对神笃信不疑的时代，而且国王蒙特苏马正在等待一则托尔特克人关于神的预言在他身上兑现。这则预言说：在过去有一个叫克托尔科亚特尔的"白神"曾被其敌人驱逐，而这尊神要在他在位期间从东方返回这里来。蒙特苏马误以为，身率大军前来的科尔特斯就是这尊神，他恰好白皮肤，且又从东方大海那边来。

"神"的到来使蒙特苏马把最起码的警惕都给解除掉了。蒙特苏马不仅让科尔特斯一枪不发地走到都城特诺奇提特兰的门口，还热情地打开城门，坐上轿子，亲自到城郊迎接他。蒙特苏马和那个"神"并行着入城，还把自己城堡的一部分腾出来给科尔特斯及其部队驻扎，据说又按照阿兹特克人招待客人的礼节，说："这是你的房子。"

其实，人类都有过笃信神的岁月，但随着见识的增长，其他地方的人们渐渐走出了对神的实体化认知的误区，变得越来越实在了。更何况，科尔特斯是为殖民和奴役而来的。

科尔特斯远不是蒙特苏马想象中的那尊神，而是惦记着如何快速制伏他们的一个魔兽。科尔特斯进城的几天后，蒙特苏马去他住处看望他。被预言迷惑的蒙特苏马是毫无戒备的，于是科尔特斯就以在韦腊克鲁斯登陆后有西班牙人被阿兹特克军队所杀为由，突然抓捕了蒙特苏马。一直被以为是神的科尔特斯凶相毕露了。他强迫蒙特苏马向西班牙国王宣誓效忠，迫使他以傀儡的身份，为西班牙王室服务。蒙特苏马屈服了，他召集酋长们开会，要他们顺从科尔特斯，命令他们把金子和奴仆送到征服者手中。其间，阿兹特克人储藏在宫殿地下的"蒙特苏马宝藏"也被征服者发现了。

不过，阿兹特克人没有就这样被征服。正当科尔特斯为胜利而得意时，他昔日的上司、那个以残忍著称的贝拉斯克斯从古巴派兵来抓捕科尔特斯。因为科尔特斯是抗命开往阿兹特克地方的。科尔特斯继续抗命，他不仅蔑视贝拉斯克斯的权威，还率部离开特诺奇提特兰城迎击前来抓捕他的军队。让人想不到的是，贝拉斯克斯派出的远征军不堪一击，科尔特斯用不到一个月的时间打败来军，又返回了特诺奇提特兰城。

科尔特斯是1520年6月回到特诺奇提特兰的。他一回城就嗅到了浓烈的愤怒气味。原来，在他离开期间，其守城的部下无辜杀死6个阿兹特克酋长和600多名男女。由此，阿兹特克人愤怒了，他们武装起来，成千上万地汇集到国王宫殿之前，要向西班牙人报仇。

科尔特斯见势不妙，只能又向蒙特苏马施压。蒙特苏马已经没有耻辱的底线，在科尔特斯的强迫下，他爬到宫殿的屋顶，劝说他的人民放下武器，停止战斗。当他声称自己是西班牙人的朋友时，他的人民再也看不起他了。据说有战士大声地说："闭上你的嘴吧！你这个不中用的下流坏，天生下来只配织布纺纱；这些狗徒把你当作俘虏，你真是个懦夫！"①人们将石头抛向他，他被砸中，不久因此死去。

蒙特苏马死后，包围宫殿的阿兹特克武士们越来越多。眼看坚守无望，科尔特斯及其部下们尽可能地带上蒙特苏马宝藏的黄金、宝石后，去强行突围了。尽管宝藏还有很多带不走，但突围保命更重要，不过半数入侵者还是未能突围出去，科尔特斯与部分随从侥幸地逃了出去。

赶走入侵者后，阿兹特克人推举出新的国王，并在他的带领下重建起生活来。可不到一年，科尔特斯又回来了，这个早已自断退路的狂人在不到一年的时间里，又组织起了千余人的队伍，而且还有了12门大炮和一支骑兵队。不像蒙特苏马，新国王没有开门迎接科尔特斯，而是进行了顽强的守城之战。3个月后，也就是1524年8月时，科尔特斯的大炮终于轰开了城门，勇敢的阿兹特克人被汹涌而至的大屠杀淹没了。结果，新国王也被俘，但他拒绝向入侵者说出"蒙特苏马宝藏"剩余部分的去向，最后这位叫夸乌莫的年轻国王，与阿兹特克人自主家园的权利一起，被西班牙贵族科尔特斯杀害了。

人类至今都不知道，贪欲的胃口究竟有多大，西班牙人似乎很想演示一下它。占据阿兹特克人家园（今日的墨西哥）后，他们又向南美洲的印加人家园出发了，这个地方就是如今的秘鲁。

---

① 李春辉：《拉丁美洲史稿》，商务印书馆，2009年。

前来征服印加人的这个人叫皮萨罗，他既不是王室贵族，也不是一个骑士，而是曾混迹于西班牙下层社会的一个流氓，并以除了"一件外衣和刀"外别无其他而出了名的人。因为参加征服美洲的远征军，并表现凶猛而获得一些立身资本，他也和科尔特斯一样，违抗上司的调换命令，擅自向印加地区开进。

被称为印加人的这些人原来并不叫印加人，他们原本为生活在安第斯高原上的克丘亚族人，讲克丘亚语。"印加（lnca）"是克丘亚语对君主或首领的称谓，由于西班牙人错误地用这个词称呼了他们，所以他们原本克丘亚的族名就被改成印加了。如今，人类似乎已经麻木于这种错误，就把他们叫作印加人了。

对于从东非走出的人类来说，印加人应该是离开故土最远的人群之一了。从东非跨越欧亚森林与草地，再从北美洲向南越过陆地和海峡，最后到安第斯高原，人类那最早的群落经过多少代的繁衍、多少轮的外溢蔓延，才能到达这么远的地方啊。也许一条藤蔓从东非不间断地生长到这里，也不会比他们快多少。

很显然，蔓延到这里，他们花费了很多很多的时间，所以史家们在这里找到的最早的查文文化、帕拉卡斯文化遗址，距今才有3000多年的历史，与苏美尔等地的发现相差三四千年之多。但他们的开化进取似乎是很快的，据史家说，在公元最初的几个世纪里，他们就开始了农耕的生活。进入农耕后，他们究竟经历了怎样一个对生存资源产地的占有与争夺，史家们至今并不很清楚。不过清楚的是，从13世纪起，他们就从安第斯高原的库斯科盆地向外扩展，到15世纪中叶时整合占有了库斯科盆地及其周围的土地，并形成了一个庞大的王朝化利益体。这时，原始的蛮荒还没被他们彻底冲破，文字尚未被创造，生活仍还处在结绳记事的阶段。由此，在对自然世界的认识、社会万象的理解、人际互通交往等意识认知方面，似乎还处在神话和早期英雄主义年代。耿直、简单、诚实、坦然、纯真、义气等美德，在他们的行为中似乎尚未被污染。

就在这时，从已经变得狡猾无比、老谋深算而贪婪无度的人群中，皮萨罗带着一支西班牙远征队来到了这里。据说，皮萨罗所率的远征队只有180多个人和27匹马。皮萨罗是于1531年1月登陆秘鲁最北部的通贝斯一地的。登陆通贝斯后，皮萨罗没有马上开始进攻，而是进行搜集情报，了解情况。

这时，印加人正深陷一场内讧之中。

内讧是兄弟二人争夺王位的斗争。正当皮萨罗的恶欲向印加汹涌时，国王卡巴斯去世了。对印加帝国来说，这本来是个不幸的事情，然而更加不幸的是，为争夺王位，他的两个儿子兵刃相向地打起来了。据说二人各有一支力量的支持，相互间打得凶狠而惨烈，最后为弟的阿塔瓦尔帕斩尽杀绝支持哥哥的力量后，取得胜利并成为印加帝国的新国王。

皮萨罗觉得该开始行动了，于是于1532年秋率领102名步兵和62名骑兵向印加帝国纵深地区进发而去。经过几百公里的跋涉，在1532年11月到达了印加帝国北部的卡哈马卡镇。史家说，皮萨罗进入的是一座空城，事前镇里的人都已奉命撤出了。这时，新国王阿塔瓦尔帕带着4万人的队伍，驻扎在离这里不远的一个地方。

这些人的来意，阿塔瓦尔帕是无论如何也猜不到的。当他正为此困惑时，皮萨罗的副手就于进入卡哈马卡的第二天来到了阿塔瓦尔帕的军营。这个人没有带来问候，没有带来善意，只带来了开化了的人对蛮荒中蹒跚者的阴谋。他告诉阿塔瓦尔帕明天到卡哈马卡镇，长官皮萨罗要和他会晤。

何等反常啊，应该是皮萨罗来拜见阿塔瓦尔帕的，现在却反转了。如此明显的异常，只要动一下脑子，大凡都会谨慎对待。可是，早期英雄主义文化的行事习惯，仍屏蔽着他们的警觉意识，使他们尚还没有学会言行不一致。于是毫无防备的阿塔瓦尔帕只带少数随从去卡哈马卡镇与皮萨罗会面。与阿塔瓦尔帕的大意和粗心相比，皮萨罗却做了精心的准备。阿塔瓦尔帕一到，装模作样的仪式就开始了。摸不着头绪的仪式正进行着，一位天主教神父突然站到阿塔瓦尔帕面前，手里拿着一本《圣经》，对他说："……如果你愿意受洗而皈依圣教，并服从督军（皮萨罗），即像一切基督徒一样行动起来，则督军将保护你，并使当地能有和平和公正。……否则督军就要用残酷的战争来对你，用火和剑来消灭一切手持长枪的人。"[1]

阿塔瓦尔帕并不知道圣教为何物，但他懂得自主家园的权利是何等神圣。顿时，英雄主义的无畏气概使他血脉偾张，他没有打断神父的话，待神父说完，他平静地告诉神父及在场的其他人："这里的土地和土地上的一切系我的祖父和父亲所有，并传给我的哥哥印加的瓦斯卡尔。现在这一切都归我所有了。……我不知道创造天地的人和耶稣基督，只知道这一切是太阳创造的。在这里，太阳是上

---

[1]　李春辉：《拉丁美洲史稿》，商务印书馆，2009年。

帝，土地是母亲，帕加卡马是祖先。"之后，又补充道："我只尊重太阳神和我的祖先。"

于是，一场惨案就开始上演，已经使用了火炮和利刃的西班牙人开始杀戮铁器都还没有使用起来的印加人。但印加人没有四处逃散，而是聚集在阿塔瓦尔帕周围，不让西班牙人靠近他。可是血肉之躯毕竟不是火炮与利刃的抵挡物，阿塔瓦尔帕还是被西班牙人绑架走了。据说，在这一事件中有2000多印加人被屠杀，而西班牙人却都毫发无损。

绑架阿塔瓦尔帕后，皮萨罗没有像科尔特斯对待蒙特苏马一样，强迫他改变态度，而是建了3个22英尺长、17英尺宽、高约一人多的空房。旋即，他向印加人宣布，要想赎回自己的国王，就要用金子填满其中的一间空房，用银子填满另两间空房。未曾见过言行不一的淳朴印加人便信以为真地从四面八方把金银都送过来了。就像皮萨罗曾经听闻的那样，印加人的金银还真不少，为了救出国王，他们很快用金银填满了那3间空房。有专家说，3间空房里汇集了13265磅金子和26000磅银子。

然而，皮萨罗并没有放走阿塔瓦尔帕，而是以各种罪名处死了他。由此开始，他扩充军队，开始了对印加地区的全面征服，到16世纪后期，来自西班牙的苦难终于又淹没了曾被太阳神眷顾的这片大地。到此，这片汹涌的苦难并没有停止脚步，而是以阿兹特克和印加为基地，向整个中南美洲蔓延开去，最后在巴西和太平洋印度洋交汇地带与来自葡萄牙的苦海浪潮交锋……

人类是被什么带坏的

在一些方面，动物的表现会让人类羞愧不已。同为生命现象，而且极低于人类的生命现象，动物对需求的处理原则可能更符合生命的本质形式。不论是食草的，还是食肉的，或是杂食的，它们的需求都与人类一样，来自生命存续的需要。动物在解决这个需求时，总会以满足生命的实有需要为刻度，绝不为超需要占有而你死我活。而人类却不是，自从进入本性纪元，他们变得贪婪无度，私欲无限，超需要占有成了他们高悬心头的梦想。这样，在动物的生存中没有出现同类相残的现象，而在人类生活中却比比皆是了。

无疑，人类的这一丑陋是源自本性的。对此，人类也并不是毫无察觉，而是一直在努力用理性的干预来抑制本性的无度发作。而且，为使理性能有足够的干预力，他们定制伦理、设计道德、编创宗教、创建文明，尽力压缩本性的施展空间。于是，理性就像一道堤坝，在本性洪水汹涌而起时总能看见它奋力抵挡的身影。

可奇怪的是，在中世纪结束时，这个堤坝在西部欧洲突然垮塌了。不知为何，千余年的宗教熏陶和自希腊开始的理性建设突然失去了约束力，人们竞相以超需要占有为美好理想，从国王到街头的流氓都无所顾忌地放任其本性。

开始于葡萄牙王室的这一风潮，经哥伦布的转投蔓延到了西班牙。据说，哥伦布的冒险计划在西班牙、意大利、法国、英国、荷兰都曾遭到过否决。虽然并不清楚遭否决的具体原因都是些什么，至少还让我们感觉到他们都曾犹豫过。这个犹豫也许来自理性或道义，也许来自他们对人类公理的理解。可是，西班牙人未能将犹豫坚持得像意大利、法国、英国和荷兰人那样持久一些，而是被葡萄牙人整船整船运来的黄金、白银、香料和滚滚而来的利益打垮了。于是，伊莎贝拉不顾国王丈夫的反对，终于于1492年做出了资助哥伦布的决定。

于是，西班牙人就借助智能力量的不对等优势，驾船绕右而去，结果将地球的一半规划到了自己的名下。舰船繁忙地穿梭在西班牙与大西洋和太平洋之间，将他们搜刮于半个地球的财富，源源不断地运往卡斯提尔大地。这时比邻而居的法兰西人看在眼里，急在心上，保持了30多年的犹豫再也坚持不了了。

公元1515年，弗朗西斯一世即位法兰西国王。这位年岁刚过20的新国王意气风发而冲劲十足。他对教皇将世界分给葡萄牙和西班牙的做法极为不满，曾讽刺说："让我看看亚当的遗嘱里有没有这么写。"如今他更是嗤之以鼻于那个决定了，他说："太阳照耀我，也如照耀别人一样。假使给我看亚当的遗嘱，果真遗嘱中有条款规定，世界瓜分与我无份，我将是幸福的。"①

虽为基督徒，弗朗西斯一世决意不理睬教皇的决定了，于是于1524年，他雇用佛罗伦萨人维拉查诺去探险考察那个被称为新大陆的地方。弗朗西斯一世不认为西班牙和葡萄牙人已把地球分占完了，而觉得应该还有很多他们没有到达的地方。情况的确也是这样，维拉查诺向美洲扬帆而来时，已经占据了中美洲地区的西班牙人，被黄金与白银的讯息吸引着，正用力于阿兹特克地区，其力量恰还没有到达广袤的北美大地。这样，维拉查诺沿北美大陆东海岸活动，果真发现了一大片尚未被西班牙人占据的地方。这个地方就是如今从美国的卡罗来纳到加拿大新斯科特的大片区域。

路已开通，门也已经打开，法兰西人可以络绎不绝地前去淘金了。然而，国王弗朗西斯一世未能如愿地"幸福"起来，而是深深地陷到了与哈布斯堡王朝的战事之中。战事胶着，胜负变幻，使他难以用心于北美大陆上的拓展。但因不甘放弃，于1534年又派出雅克·卡提埃继续沿维拉查诺开启的方向考察、占领。这次，他们的足迹深入到了魁北克圣劳伦斯河流域，并打听到这里有神秘的宝藏。

葡萄牙人和西班牙人的迅速暴富，不仅引起了法国人的嫉妒，使英国人也按捺不住自己了。女王伊丽莎白也和法王弗朗西斯一世一样，对教皇把世界分给西班牙、葡萄牙的做法十分不满，明确地表示："海洋和空气为全世界人共同享

---

① 李春辉：《拉丁美洲史稿》，商务印书馆，2009年。

用，海洋不归属于任何民族或任何个人。"①她的秘书威廉·塞西尔更是说："教皇无权划分世界，也无权把国土随便送给他所喜欢的人。"②

伊丽莎白女王也开始出手了，但她没有像法王弗朗西斯那样以派人探险考察开始，而是选择了一个并不体面，但很简单有效的办法，那就是：利用海盗的力量进行抢劫。开始时，他们的目标主要是西班牙的船只。因为葡萄牙人走的是南绕非洲大陆的航线，所以距他们较远，而西班牙人走的是西渡大西洋的航路，距离较近而方便下手。

据史料显示，伊丽莎白女王主要合作的海盗一个叫约翰·霍金斯，另一个叫法兰西斯·德雷克。在被女王收编之前，约翰·霍金斯就因介入贩卖黑人奴隶活动而声名远扬了，法兰西斯·德雷克也是他的亲戚和海盗带出来的徒弟。他们从1562年起就开始了对西班牙船只的拦劫和对其港口的袭击。被收编后，他们既从事劫船活动，也进行贩卖黑人奴隶的贸易。1564年，伊丽莎白支持约翰·霍金斯的奴隶买卖，以投资60%的额度，分得了丰厚的利润。1568年，英国的海盗们把几艘西班牙船只逼进了英国海峡的一个港口，船是从西班牙装载着15万镑军饷前往荷兰的。也许因为用途特殊，或是数目太大了，在没收与否的选择上，伊丽莎白有所犹豫了。所以，她特向朱厄尔主教询问。朱厄尔告诉她，上帝是新教徒，一定很乐意看到教皇党徒被人劫夺。伊丽莎白也揣摸，西班牙王菲利普从热那亚银行借出来的这笔钱，在到达指定地点之前是没有所有权的。于是自感坦然起来，就把这笔巨款搬进了王国的库房。

本来，女王的支持是隐蔽的，可这下完全露馅了。露馅就露馅吧，伊丽莎白干脆取下面具，开始公开挑战西班牙人已经教皇批准的，可从半个地球获取利益的专权。法兰西斯·德雷克心有灵犀，便不断增多出海次数，扩大活动范围，加大抢劫和打击的力度。1573年，他在巴拿马沿岸劫掠西班牙一艘载运银条的船；1577年，他又装备4艘船，从普利茅斯港出发，渡麦哲伦海峡，驶入太平洋，顺路抢掠西班牙在智利、秘鲁等地的殖民地和海上一些船只后，又到北美洲加利福尼亚海湾登陆，竖立起了刻有伊丽莎白女王名字的碑子，英国在海外的第一块殖民地诞生了；1585年，他又率30艘左右的船，径直驶向中美洲地区，驶向西班

---

① 李春辉：《拉丁美洲史稿》，商务印书馆，2009年。
② 同上。

牙在圣地亚哥和圣多明各殖民地上的财物……

称霸西半球的西班牙终于忍不住了，国王菲利普二世装备起130艘战船，号称无敌舰队，决心清除抢吃他碗饭的伊丽莎白。为宗教上的名正言顺，他通知教皇，自己准备去推翻处死天主教徒苏格兰女王玛丽的新教教徒伊丽莎白女王。恼怒于宗教改革的教皇对此很满意，答应在行动开始时付给西班牙60万金币的资助。因为，红衣主教艾伦已经写来求援信，请求天主教徒们联合西班牙人驱逐他们的"篡逆、异端及卖娼的女王"，所以，一些宗教狂热者也登上了国王菲利普二世为本王国利益而开动的战船上。

西班牙备战的消息传到英国，不仅没有导致慌乱，英国人反而为保护女王而团结起来了。不论新教徒还是天主教徒，都捐弃前嫌组织起了志愿军，商人们自动请求装备船只，早被正式收编的约翰·霍金斯也已建造了很多军舰，法兰西斯·德雷克这时也已被提携为海军中将，正等待时机报效女王。

海战在1588年7月20日开始打响，西班牙人使用的是钩住敌船然后登船作战的传统战术，而英国人使用的则是从船边及甲板上炮轰的新打法，结果英国人取得了胜利，无敌舰队覆灭了。这场海战对英国和西班牙都很重要。对英国人来说，从此开始，他们群情激奋，可以毫无顾忌地抢占西班牙人在任何地方的利益；而对西班牙来说，则意味着对地球西半部霸权的巅峰期已过，艰难维护已有殖民地和海外利益的时期已经到来。

事情果真这样。就像在海战中使用新的打法一样，伊丽莎白在向海外利益伸手时，也采用了不同于法王弗朗西斯一世的做法，那就是：放任与资本纠缠在一起的国人的本性。

本性对利益的嗅觉是敏锐的。当伊丽莎白利用海盗抢夺西班牙殖民地利益正酣时，一些富有冒险精神的英国商人成立了不少的贸易公司，并在国王的授权下正进行着蚕食西班牙利益的专权贸易。女王知道这些公司对利益的贪婪、痴迷、不择手段和无孔不入，也已窥见它们执着和无所不能的巨大潜力，于是她旋即就将牟利的目标从西班牙名下的西半部地球，放大到了整个地球。为此，她于1601年和1606年允许伦敦的富商们成立了大有名气的两家公司，一叫"伦敦督办及商人东印度公司"，另一个叫"伦敦城弗吉尼亚第一殖民地冒险家与殖民者公司"，简称"东印度公司"和"伦敦公司"。

伊丽莎白发给"伦敦公司"特许状，允许它在北纬34度和41度之间的北美洲建立殖民地，这样"伦敦公司"与原有的那些公司一同成为专门经略西半球的团队，抢夺西班牙及任何他国在这一范畴的牟利权。而"东印度公司"是面向东半球的，目标就是从葡萄牙的手中夺取称霸这个半球的权力。因为，在女王的心目中，雷利曾经的一句话是有道理的："谁掌握大海，谁就掌握了贸易；谁掌握了世界贸易，谁就掌握了全世界的富源，因而它就掌握了世界本身。"虽然，这句话有着将人类推入恶意竞争循环轨道的可怕，但女王就按所言将双手伸向了全世界。

女王伸出的手的确很有力量。"伦敦公司"成立的第二年，即1607年就在北纬34度和41度之间的北美洲开发出了第一个殖民地。他们与当初的西班牙人并无不同，也以废除原住民自主家园权利为入手，然后蛮横地宣告其为国王占地，接着就大兴土木建起殖民点来。英国人在北美洲建的第一个殖民点是后被拓展成弗吉尼亚的詹姆斯城，紧接着就是马萨诸塞……"东印度公司"也毫不逊色于"伦敦公司"，尽管他们航路远，又与老牌殖民者葡萄牙进行争夺，但他们充分利用国王允其垄断、免税、专权15年的政策动力，在1601年时就到达印度，寻找印度人与葡萄牙人之间的插足点，在1609年时踏上港城苏拉特，并获得了在这里的居留权。"东印度公司"便由此开始插足印度与葡萄牙并不愉快的关系中间，开启了对葡萄牙在东半球霸权的挑战。1612年，他们的舰队在苏拉特附近的海上打败了葡萄牙的一个舰队，让印度人看到了更厉害于葡萄牙人的形象。时为印度莫卧儿王朝君主巴布尔对葡萄牙人的掠夺性的垄断贸易极为不满，于是为了用英国人的力量来抗衡他们，很快让"东印度公司"在亚格拉、艾哈迈达巴德、布罗奇布罗达、孟加拉等地建起了商馆。可是，英国人和葡萄牙人并未按巴布尔所愿，在印度缠斗起来，而是因王室间的婚姻，葡萄牙作为陪嫁把在印度的贸易站全部送给了英王……

当葡萄牙人、西班牙人忙着从东西半球聚敛财富，法国人和英国人也随着他们摩拳擦掌而去时，有一个地方的人也不落半步地参与了进去。这个地方就是被称为"低地国家"的荷兰。当西班牙人在哥伦布的鼓动下，将无度的贪欲向大西洋彼岸放任而去，并蛮横地从印第安人手中抢来大把大把黄金和白银时，原属神圣罗马帝国哈布斯堡王族名下的这个地方，被查理五世分给了在西班牙当国王的菲利普二世，于是自1555年起它就进入了西班牙王室的管辖。据说，这个地方造船业本来就很发达，西班牙海上霸权对舰船的大量需要，更刺激了这个地方的造船业。有统计说，当时荷兰所造商船的吨位占欧洲总吨位的75%，数目达15000多艘。荷兰造船技术较为先进，价格也很低，所以各国都订购他们的船只。

造船商和其他工商业者们都知道，他们造出的船正在从事着使他们向往不已的事情，但宗主国西班牙不让他们参与到大发海外横财的事情之中，所以，他们只好任由自己造出的船成为他人暴富的工具。不过，这种无奈在1581年时走向了结束。原来，查理五世把这个地方分给西班牙国王菲利普二世之前，这里的多数人都皈依了在宗教改革中出现的加尔文教。这使身为天主教徒的菲利普二世感到如芒在背，为此他动用宗教裁判所，对信奉加尔文教的异教徒进行了血腥清洗。于是，加尔文教徒们起来反抗，不满西班牙统治的各界人们闻声参与进来，终于在1581年时成立了一个叫"联合省共和国"的新型政治利益体，使这个地方开始以自主利益体的形式运行起来。史书称为资产阶级革命，成立的那个"联合省共和国"为现今荷兰的前身，为世界上的第一个资产阶级国家。

这个共和国并没有一经成立就获得西班牙的承认，而是接着进行了许多年的战争。不过，垂涎于海外横财的商人们不等战争结束和最终胜利到来，就迫不及待地从1592年起向海外世界扬帆进发了。

开始时，荷兰商人们没有选择航程较短的西渡大西洋航路，因为国家正和西班牙战斗，且英国和西班牙正沿这个航路激烈博弈。所以，他们选择了绕好望角进入东方世界的线路。可是，他们绕过了好望角进入印度洋后发现，岸边世界的贸易已在葡萄牙人的控制之下。这个时候，英国人的势力虽然尚未到达这里，但他们敏锐地意识到，要想切取葡萄牙人餐桌上的一块奶酪，仅凭单枪匹马的力量是不够的，况且战乱中的共和国也无力提供必要的支持。但他们不想就此罢手，他们想到了联手，想到了把力量和欲望相加起来的办法。于是，在1602年，一个由商人资本家们以股份制形式组合起来的叫作"联合东印度公司"的贸易公司在阿姆斯特丹成立了。尚未完成独立的共和国政府没有审视可能的后果，而是为弥补国力保障的不足，通过三级会议批准，赋予了他们强大起来的各种特许权。特许他们垄断从好望角以东到麦哲伦海峡的航海及贸易，并拥有对所占领地区的统治权，而且还允许他们招募军队，建筑炮台，发行货币，任免殖民地官吏，以及对外宣战、媾和、订立条约等。多么全面的特许权呀，它不仅超出了贸易和航海所需的要求，而且简直就是一个建造游动帝国的计划！

年轻的共和国就以这样的形式，将国人与资本缠绕在一起的本性放任了出去，而"联合东印度公司"的人们也就带着游动帝国的强大冲力，重新走向由印度洋、太平洋连接在一起的超大东方世界。

力量的作用是立竿见影的。荷兰人很快打破葡萄牙人的垄断霸权，于1605年从他们手中夺取了南太平洋上的安汶岛和帝多利岛。在1606年时，就与这两岛所属的班达群岛当局签订了当地香料除荷兰外，不得卖给他国的条约，开始将葡萄牙势力挤出南太平洋地区。虽然面对着葡萄牙人的顽强反击，但荷兰人游动帝国的脚步坚定而有力，他们从1606年起开始与葡萄牙争夺马六甲海峡，1622年攻打葡萄牙人控制的澳门，1624年攻入葡萄牙控制下的南美巴西巴伊亚地区，将势力范围从亚马孙河向圣弗朗西斯科河沿岸拓展开去，1629年基本控制爪哇岛，1642年从西班牙人手中夺得了台湾岛，1652年就占领了非洲南端的开普敦及好望角，完全控制了从西欧绕非洲与东方来往的航路中转站……

多么热闹的场景啊，这要是奥林匹克运动会的赛船活动该多好，运动员们争先恐后地出发而去，并按照规定的赛道奋力向前，他们互不干扰，在观众的呼喊和掌声中赛出名次，最后微笑着接受大家的祝贺。可不幸的是，他们不是！他们虽然像赛手们一样唯恐落伍地出海而去，但他们不是为了荣誉，也不是为了解决必需的生存需要，而是为了满足超需要占有的本性欲望，你追我赶地扬帆而去的。开始时，葡萄牙人和西班牙人还很想当然，天真地认为，一旦让教皇划分下来后，半个地球就该是自己的了。然而，他们没有想到的是，法国人、英国人和荷兰人根本不把教皇的划分放在眼里，纷纷向那些已被划入他们名下的海洋和大地伸出了争夺的手。

于是，教皇的划分全然失效，法国人、英国人、荷兰人就与葡萄牙人和西班牙人重新瓜分起了世界。他们在亚洲、美洲、非洲，在印度洋、太平洋，一方面为征服原住民而征战着，另一方面又为从占领者手中抢夺这个地方而相互攻伐着，在随后200来年的时间里，美洲的全部及其周边岛屿，大洋洲全部，南太平洋岛屿全部，亚洲东南沿海地区大部，印度洋岛屿全部，南亚次大陆全部，非洲多地及南部岛屿全部，都被瓜分到了他们名下。据史家说，英国人后来居上，将自己开发的和从他人手里抢来的加在一起，多达50多个国家和地区。况且，这不是最后的结果，而是引发多米诺骨牌效应的诱惑性表演。

起初，他们欲望的目标是香料、黄金和宝石。但到了香料的出产地，到了美洲大陆以后，怂恿他们出来的欲望又发生了新的变化。这个变化，在东方香料出产地的表现和在美洲大陆上的表现有所不同，留给人类的记忆也有一定的区别。

葡萄牙人开始探索航路时，目标可能就是为找到一条新的香料运输航路。但找到航路后，他们并没有与其他经营香料买卖的商人一样，同香料出产地的人们做起以两厢情愿为原则的买卖。而是一找到航路，他们的欲望就膨胀了，他们要独占香料贸易，以便从欧洲人的香料需求中独自获利。于是，自达·伽马第二次去印度时就开始了将阿拉伯人挤出香料买卖的努力。他们的办法简单而粗暴，那就是禁绝阿拉伯人的船只在香料之路上出现。为此，他们不分青红皂白，凡阿拉伯人船只都在攻击之列。1502年，达·伽马在途中遇见一艘运载400多名朝觐香客的船只，他没有因与香料买卖无关而放过他们，而是进行无情的洗劫后，又把人们关进该船禁闭室，将人和船一把火烧掉了。经达·伽马、卡布拉尔、阿尔梅达、阿尔布开克、科蒂欧奥等人的持续用力，最后果真把阿拉伯人挤出香料买卖，独自垄断了它。

垄断成功后，欲望不仅没有得到满足，反而又有了新的要求。买卖的两厢情愿，关键在于价格的两厢情愿。但葡萄牙人觉得在两厢情愿的买卖中赚到的利益还是不够多，于是利用垄断的独特优势，以极其低廉的价格从当地人手中强行收购香料。荷兰人来到香料产地后，在葡萄牙人采用过的办法上又加施了利益再大化的新措施。荷兰东印度公司占据印度尼西亚群岛后，既不让葡萄牙人、西班牙人、英国人参与香料贸易，连当地的商人都不许染指，他们一律砍光各岛上的丁香树和豆蔻树，而专将安汶岛指定为丁香树种植地，将班达岛指定为豆蔻树种植地，以便于控制和垄断。后来，他们又用奴隶从事种植，将生产成本降到了无法再低的程度。

英国东印度公司的牟利手段比葡萄牙人、荷兰人还要多。他们占据印度后，不仅垄断香料贸易，还垄断了印度人的商品需求。由于从垄断贸易和殖民统治中获取的利益源源不断，英国的富人和商贾很快将对利益的财富化占有转变成了资本化占有，随之商品被越来越多地生产出来了。英国政府也很会审时度势，1813年国会通过法案取消东印度公司的贸易垄断权，为更多的公司和商人进占印度人的需求打开了大门，于是倾销而来的商品又成了英国人取利于印度的又一渠道。至此，英国人取利印度的办法还没有穷尽，他们知道土地是一切财富的来源，于是以土地之主人的身份推行"固定柴明达尔制"，使印度人成为其土地的租用者，应归当地政权的田赋便流入了英国人的腰包。从此，以生存资源产地闻名于世的这块南亚次大陆被推入了难以造福本地住民的伤痛之中……

与香料世界的做法不同，殖民者们在美洲上演的是另外一个剧本。尽管哥伦布出海时的想法与葡萄牙人并无二致，但不同的是，葡萄牙人找到了目标地，西班牙人却找到了此前从不知道的一个新大陆。开始时，他们还认为已经到达了到处有黄金和宝石的日本和中国，便马不停蹄地去寻找黄金和宝石。让他们没有想到的是，这里的人们根本不是他们的对手，于是他们就开展了废除当地人自主家园权利的运动，以灭绝、杀戮、奴役的形式将当地人逐出了生活的中心场地，之后就替他们做起了土地的主人。

殖民者们绝不是为了将它当作自然保护区而去占据的，他们要在清理出来的这个空地上新建一个全新的生活形式，以兑现他们前来的目的。柏拉图设计的理想国未能成为他们的选择，而如出一辙地兴建起了一个个财富生产基地：种植园、金矿和银矿。可这些基地不会自动生产财富，他们自己也不会去充当劳动力，于是引进劳动力就成了殖民者们的基本需要。这样，奴隶买卖被激发起来了，结果人类进化摇篮的非洲成了重灾区，没有冒犯任何人的黑人们成了受难者。据美国黑人学者杜波依斯的统计，在16到19世纪的300多年中，共有1500万非洲奴隶被卖到美洲来。据说，由于反抗、逃脱被杀、在贩运过程中的死亡，只有1/6的人被运到美洲。所以，他认为约有1亿非洲黑人因而被夺去了生命。而且，活着到达美洲的人们也和受难的兄弟们一样毫无幸运可言，一个个被投入到了生不如死的地狱般的奴隶生活……

这样，放任本性的恶行，不仅把东方世界推入了灾难，把美洲变成了地狱，又彻底摧毁了非洲大陆社会发展的基本生态，更是剪断了人类社会自然发展的历史进程，给人类造成了难以愈合的创伤！

不是只有疾病才是传染的

如果物质是有感知的，我用的这些铅笔在记述放任本性所导致的混乱时，肯定是很疼的，削好的笔尖一不小心就断了，难道这只是我手抖或用力过猛的原因？

我原以为，随着挤往生存资源产地为目的的大迁徙运动的趋缓，人类间的纷争会慢慢减少；随着整合或分割占有的生存资源产地的版图化定型，王朝间的关系会渐渐缓和起来；于是随着作为智慧之力量的科学与技术的发展，人类生产生存资源的能力得到不断提升，更多的生存资源及其附加产品被生产出来，再通过各种再分配机制，解决各人类群体的基本需要，人类进而将迎来一个安稳生存的好年代，生命也将进入一个普遍被善待而舒适的新境地。而且，在人性的组合中，理性不再是无济于事的小风景，而已成长为同本性等同作用于人类行为的方向指南，使人类越来越生活在合理与公平的土壤上。

可没想到的是，人类苦苦培育，并已有是非辨识能力的理性堤坝，还是被隐藏在宗教仇恨，对香料、黄金和宝石的向往后面的本性，突然冲垮了。自葡萄牙人、西班牙人将本性放任到海外开始，尤其是随着法兰西人、英格兰人、荷兰人一个比一个强势地参与进来，而且将人类艰辛发展出的科学技术当作本性的肌肉来使用以后，人们原来对地球陆地与海洋的家园化占据格局遭到严重破坏，很多原本有了主人的或尚未有主人的陆地、岛屿、海峡、海湾、岛礁等都成了本性放任者们反反复复争来抢去的对象，地球上的很多地方都以殖民地的形式落入了各家势力的掌控之下。

就这样，本性在世界各地欢跳狂舞着。不过，这绝对不是供人们娱乐的表演，而是深刻改变各王朝之间的相互关系及其利益运行方式的大举动。由于这个大举动越来越全球化的作用，那些尚未被殖民的国体和正在壮大的利益体不得不把自己的利益位置和行为，放到更大的格局中加以考虑和筹划，甚至也会产生效仿他们去放任本性的冲动。曾经被称为莫斯科公国的俄罗斯之前身就是这样一个利益体。

当西部欧洲的人们陶醉于放任本性的欢乐时，莫斯科公国尚处在抗争蒙古人之压迫的艰辛之中，而且作为既不属东方生存圈，又与西部生存圈无大关联的单独一处的生存资源产地，似乎与扩张和殖民等事不会相干。

但是，隐约有个原因使这里的人们并不完全满足于对本处生存资源产地的占有与经略，那就是"过于寒冷"。尽管气候条件不像生存资源匮乏那样，迫使人们努力向资源产地移动，但也会让人们向气候宜人处不断张望的。而在他们以西的中欧、西欧和南面的东南欧、中西亚地区恰恰是气候宜人的地方。而且，在西罗马帝国灭亡之后，中欧、西欧就出现了分割占有这片生存资源产地的长期争夺。恰在那时，尚还处在基辅罗斯阶段的斯维亚托斯拉夫、弗拉基米尔大公等伸手参与过这个争斗，以期获得一些并不"过于寒冷"的地方，但因各方力量消长的无常，并无太大的进展。

他们对不是"过于寒冷"的地方的张望并不是一贯的，而大多时间则忙于对本处资源产地的分割与整合。莫斯科公国就是在基辅公国末期的分割占有向再度整合的过程中形成的家族化利益体。但它不是整合的最后结果，而是正在进行的整合活动的推进者和成就者。但不幸的是，他们尚还没有完成整合大业时，蒙古人就气势汹汹地来了。

本来，蒙古人是东方生存圈所属族群，其挤往的生存资源产地是中国的中原，而绝非是远在乌拉尔山脉西边的这方大地。然而，因一件意想不到的事情，鼎盛时期的蒙古人溢出生存圈，向西奔去。这件事情就是，一个叫花剌子模国的中西亚突厥王朝君主摩诃末杀害了成吉思汗派往该地通商的400名使者和商人。于是，对这方非资源产地并无兴趣、曾拒绝过埃及哈里发约他讨伐花剌子模请求的成吉思汗，忍无可忍地率军去复仇了。蒙古军扫荡花剌子模，将肇事者摩诃末逼入里海一处必死绝境之后，其中的一支铁骑盲目炫耀武力时践踏到了这个地方。并且，在扫除摩诃末王朝，在其占地上建起叫金帐汗国的王朝时，也把这个地方纳入了统治之下。

蒙古人的统治是在公元1237年到1240年间来到这里的。来到这里的蒙古人与挤入中原，建立了大元王朝的蒙古人似乎有着不同的追求。进入中原的蒙古人已经懂得生存资源的生产能力对王朝的支撑作用，并努力去学习适合于农耕生产的儒家文化。而来到这里的蒙古人并没有体现出这种追求，而是做起了当地生存资源的占有者和享用者，于是无止境地搜刮就成了他们统治的主要目的。俄罗斯作家普拉托诺夫看得较为清楚，他说："蒙古人生活在远方，并未与俄罗斯人混杂，仅是为了获取贡物才来到俄罗斯……"①

蒙古有这样一句谚语：啃食的下颌终成白骨，而被啃食的土丘则会绿草青青。果真如此，只知搜刮与占享的金帐汗国未能使莫斯科公国衰竭而亡，而是使它在反抗压迫的周旋中壮大和成熟起来。公元1380年时，莫斯科公国就不惧与蒙古人打仗，大公德米特里还曾打败过蒙古人，而到1480年时大公伊凡三世就宣布：自己以及俄罗斯不再效忠蒙古了。

伊凡三世是俄罗斯历史的美好记忆。他不仅使这方土地和人民摆脱了蒙古人的统治，而且在与蒙古人的抗争和周旋中开始整合寒冷气候下的这块生存资源产地。伊凡三世有些运气的帮助，正当他努力扩充莫斯科公国的领地时，他们信仰来源地的东罗马帝国灭亡了。罗马教皇为让信仰东正教的他们能够接续东罗马帝国牵制伊斯兰奥斯曼帝国的攻势，于公元1472年促成了东罗马末代公主索菲娅与伊凡三世的婚姻。伊凡三世在迎接索菲娅时，也迎接了几样重要的东西：一是索菲娅带来的书籍与东罗马文化，这是莫斯科公国人迅速走向开化的催化剂；二是双头鹰，东罗马灭亡后，其双头鹰标志就无处安身了，迎娶索菲娅后，伊凡三世就把双头鹰标志添加到了自家圣乔治标志上，悄然领有了第三罗马帝国的威严；三是教皇对他与索菲娅婚事的撮合，无意中承认了他在东欧平原俗世社会的权力与地位，为他的整合事业提供了不言而喻的特殊身份。伊凡三世也毫不浪费这些资源，到公元1484年时已把诺夫哥罗德、特维尔等分割占有区域统合到了莫斯科公国的管辖，使这个本为新兴家族化利益体扩张成了民族化的王朝利益体。

伊凡三世颇有声势的整合活动及其不断的成功，很快引起了神圣罗马帝国皇帝的注意。这时，西部欧洲从分割占有到再度整合的争斗已趋结果，皇帝腓特烈

---

① ［美］尼古拉·梁赞诺夫斯基等：《俄罗斯史》，上海人民出版社，2013年。

三世想在东欧有所收获，便于1489年派人传递册封伊凡三世为"王"的意图。此时的伊凡三世认为自己的公国已经发展成了无须臣属于他人的王朝，便答复道："我们恳求上帝让我们及我们的子孙就像现在这样永远做自己土地的主人；这样的任命是我们从来没有奢望过的，因而我们现在也不渴求它。"①

伊凡三世的话是真诚的，也是真心的，是凡为生存资源产地开发者后人共有的想法。当初的苏美尔人、埃及人、印度人、中国中原地区的人们，怎能不会有这样的想法呢？可是没有办法，因为被开发成了生存资源的产地，因为富饶于其他地方，必然引发周边贫瘠地区人们的拥入活动。有的冲击力强，能够挤进去分享，而有的冲击力不强，只能以抢掠的形式获取生存的必然需要。

不过，这不是当年伊凡三世们所能知道和考量的，他要"做自己土地的主人"的想法在他后人身上继续着，而且在到他孙子伊凡四世时，已将其实现到了完臻的程度。公元1547年，16岁的伊凡四世加冕时不再被称为大公，而已经被尊为"沙皇"，莫斯科公国也被改称俄国了。

做了"自己土地的主人"之后，俄国人不得不面对一个规律性现象——生存资源匮乏地区人们的觊觎和伸手。果然，渐渐整合起东欧平原这块生存资源产地的俄国人，在伊凡四世加冕前后就开始遭到了周边人群以劫掠为目的的侵扰。梁赞诺夫斯基说："伊凡四世成为沙皇之后，一如其前辈统治时期，俄罗斯一直是鞑靼军队持续不断的大规模袭击的目标，主要对手是来自喀山汗国、阿斯特拉罕汗国和克里米亚汗国的鞑靼军队，以劫掠战利品和奴隶为目的的屡次侵扰使莫斯科付出了沉重的代价。"②很显然，这位史学家在努力概述这块土地的主人与周边人群的关系。的确，这也是凡触碰俄罗斯历史的人都应认真关注的话题。史家的这一表述似乎过于大概了，至少，在没有被开发成生存资源产地之前，这个地方不可能一直是被袭击的目标，而只有被开发成为生存资源的丰饶产地后才会那样。而被开发成丰饶富足的地方之后，它必然像一个磁场一样引发周边人群的向内移动，进而引动生存圈现象的发生。可东斯拉夫人开发出的这块生存资源产地有点特殊。在时间上，它被开发得较晚，恰好不约而同地同步于罗马帝国对欧洲大陆的生存资源产地化开发，所以，当它以基辅罗斯的形式存在时，其向西一侧

---

① ［美］尼古拉·梁赞诺夫斯基等：《俄罗斯史》，上海人民出版社，2013年。
② 同上。

就已经成了与中西欧连成一体的资源产地。而在它向东一侧的不远处横亘着高高的乌拉尔山，像一道坚硬的屏障一样将它的引力作用阻隔了下来。由于这两个原因的存在，使它无法像中国的中原和环地中海生存资源产地那样引动出一个超大的生存圈，而只能成为向南和东南方向释放引力作用的特殊生存场。曾经统治的蒙古人不属于这个生存场，而是溢自东方生存圈且并没有收回的一只贪婪的手，所以，蒙古人的统治一经垮塌，前来侵扰的只有喀山汗国、阿斯特拉罕汗国和克里米亚汗国了。

与以往生存资源占据者不同，俄罗斯人没有进行一味的抗击和防御，而是采取了以攻代防的战略。最先遭受这一战略冲击的是与他们距离最近的喀山汗国。从金帐汗国的衰败中自立出来的喀山汗国，虽然出于对生存资源的需要，经常进行侵扰和抢掠，但全力以赴地打起仗来还不是俄国的对手。自公元1551年起，沙皇伊凡四世就开始进攻喀山汗国，到1555年时摧毁他们马背上的政权，并顺势将其版图吞并到了自己的管辖。喀山汗国被吞并了，但前来侵扰的力量还是没有被消除干净，于是位于其南方伏尔加河入海口上的阿斯特拉罕汗国就成了伊凡四世接下来的进攻目标。阿斯特拉罕也和喀山差不多，也是没费多大周折，在1556年时就被吞并了。接着就该是克里米亚汗国了，可克里米亚汗国的情况有点特殊。这个汗国也和喀山一样，是从金帐汗国自立出来的小汗国，但它比邻奥斯曼土耳其，又与他们信仰相同，在1478年时就承认其为宗主国。所以，伊凡四世再怎么恼怒也无法一下子就能解决它。

对喀山汗国、阿斯特拉罕汗国的吞并，似乎有悖于俄罗斯人只想"做自己土地的主人"的想法，所以史家们将它看作俄罗斯扩张的开始。但这似乎有些勉强，从东西两大生存圈中生存资源产地与周边非产地之间的关系通例看，因存在着难以克服的资源再分配需求，总是需要某种形式的解决。俄罗斯人只不过选择了其中最强势的做法罢了。不过，俄罗斯人的确从这个时候起不再以"做自己土地的主人"的想法约束自己，开始在更大的格局和范畴里考虑自己的位置与利益。

俄罗斯人的这一变化，并不完全是强壮中的必然结果。他们之所以突破"想做自己土地的主人"的理性约束，与受到放任本性的诱惑不无关系。伊凡四世加冕的16世纪50年代恰好是放任本性正酣的时期。世界一块一块地被瓜分着，以往王朝的主权也被重新定义着，而跟随强者的脚步利益也像潮水般滚动着。伊凡四世眼不瞎耳不聋，且战力正在变强，所以自然不愿做个袖手旁观的人。于是，扩大与海洋的连接面，就成了伊凡四世力图的一件事情。

对伊凡四世的俄国来说，波罗的海是它与世界无障碍对接最理想的地方。可当时，他们只能通过涅瓦河河口出入波罗的海。伊凡四世决心扩大同波罗的海的连接面，便将版图向波罗的海方向扩张而去。但从他们的脚下到波罗的海海边的陆地，并不是无人居住的野地，而在西罗马灭亡后的分割占有浪潮中已被一个利沃尼亚骑士团占据。于是，伊凡四世的军队就同利沃尼亚骑士团打仗，到1561年时就推进到了这个地区。可伊凡四世没有想到的是，重视同波罗的海连接面的不止他一个，还有当时的波兰和立陶宛。因此扩张行为引起了他们的阻挠，只好从立陶宛手中夺下波洛茨克后暂告停止。

一颗挣脱了约束的心甚于走出铁笼的狮虎。扩大与波罗的海连接面的努力受挫后，伊凡四世并没安心过起已有土地主人的阔绰生活，而是转过身来打量起乌拉尔山以东的广袤世界。第一个映入伊凡四世眼帘的是一个叫西伯利亚的汗国。位于乌拉尔山东麓、鄂毕河中游一带的这个汗国也是从金帐汗国自立出来的一个小汗国，人口不多而面积广大。公元1556年，伊凡四世召见其国与西伯利亚汗国毗邻而居的斯特罗加诺夫家族人员，询问边境情况，1574年起要求该家族招募军队，进攻西伯利亚汗国。斯特罗加诺夫家族的人们很清楚，有能力挣脱蒙古人统治的这些人不是好对付的。于是他们想到了以凶悍著称的哥萨克，这时也恰好有个叫叶尔马克的哥萨克头目正遭伊凡四世打击而来投奔他们。

一个需要凶悍，一个需要容留，远征西伯利亚汗国的哥萨克队伍被组建起来了。哥萨克们有火枪，西伯利亚勇士们只有弯刀，尽管保家卫国的战斗使人奋不顾身，但弯刀终究不敌火枪，经几轮的进攻和抗击，终于在公元1588年时，西伯利亚勇士们被征服，其汗国被吞并了。事因叶尔马克而大获成功，伊凡四世不仅赦免了他的前罪，还赐给盔甲奖励，从此起，曾专事抢掠的哥萨克转身成了沙皇东扩大业的主要力量。哥萨克们心领神会，接着向鄂毕河下游以及更向东的叶尼塞河、勒拿河流域推进，到17世纪中叶时将中西伯利亚大部地区拉入了沙皇的管辖，并且开始进犯中国清朝管辖的土地和利益……

史家们说，皮毛是俄罗斯人向东开进的主要吸引力，这里的黑貂、白貂、海狸等的皮毛是贵族们所特别奢望的，而且皮毛税是一项重要的财政来源。但伊凡四世的继承者们并不满足于这一利益获取形式，因为他们看到了西部欧洲的强者们翻云覆雨、随心所欲地聚敛世界各地奇珍异宝、无量财富的撩人情景。他们无暇去审视这是人类放任本性的后果，是对人类自身的深深创伤，且将成为人类很长一段时间里的不可承受之重，而是觉得强大了就应该随心所欲，就应该和他们一样，到更大的世界中去，揽来更多的财富。这样，他们就毫无意识地滑进了放任本性的泥潭之中。

要到更大的世界，争得更大的利益，拥有出海口是必需的前提。虽然伊凡四世进行过扩大与波罗的海连接面的努力，但因波兰与立陶宛的掣肘，只到半路上的波洛茨克后就停止了。备受俄罗斯人赞赏的彼得大帝是实现这一目标的第一人。

在17世纪末的最后几年里，一件将要改变波罗的海占有格局的事情在瑞典发生了。一个名叫约翰·莱因霍尔德·帕特库尔的利沃尼亚流亡贵族觊觎瑞典的王位。但因15岁的卡尔十二世的登位而希望破灭。于是他为了发泄不满，逃到波兰国王兼撒克逊选侯奥古斯都二世处，鼓动他与丹麦、俄罗斯等联盟，使利沃尼亚脱离瑞典与波兰合并。奥古斯都二世没有拒绝这唾手可得的礼物，深信只有十几岁的卡尔十二世根本不是自己的对手，便于1700年1月率先向瑞典宣战了。为拥有出海口而苦苦打拼的彼得大帝也没有错过这个可从瑞典手中抢到一些波罗的海控制权的机会，也于当年的8月向瑞典宣战，被称为"大北方战争"的战事开打了。

可胜利没有他们想象的那样快速到来。显然，宣战者们小看了卡尔十二世的能力，以为可以轻松取胜，并得到各自所需。然而，使他们没有想到的是，这个还不到20岁的小统帅原来是个少年军事天才。当战火烧来时，他就用非常规的思维出奇制胜。就在宣战的当年丹麦战败了，接着卡尔十二世将兵锋指向了俄军，到当年11月底的时候，俄军的主力也被打败了。有史家认为，如果卡尔十二世穷追不舍地猛打，彼得大帝的完败是不可避免的。可卡尔十二世打败俄军主力后，又迈出了一个非常规之步，放下俄罗斯掉头攻打支持其敌人的波兰王奥古斯都二世。卡尔十二世与奥古斯都二世之间的战事胶着了6年时间，到1706年9月时奥古斯都二世终于败下阵来，签署了认败的协议。卡尔十二世并没有因节节胜利而忘乎所以，对军队进行短暂休整后就对俄罗斯发动了攻势。

卡尔十二世步步进击，1708年1月时就率5万大军跨过维斯杜拉河向莫斯科进发了。可俄军不再是8年前的俄军，而已被彼得重新组建成了装备更精良、战力更强盛的新的俄军。于是，卡尔十二世将战争结束在俄罗斯土地上的计划转变成了相持、胶着和相互消耗的周旋。尽管卡尔十二世倾尽了才华，也曾鼓动奥斯曼土耳其来帮忙，但最后的胜利还是落到了彼得大帝的手里。公元1721年"大北方战争"宣告结束，俄罗斯和瑞典签订了《尼斯塔特条约》，彼得大帝如愿获得了利沃尼亚、爱沙尼亚、英格曼兰、卡累利阿等大片地区，实现了对芬兰湾的实际控制，成功地使波罗的海海面与俄罗斯的土地大面积地连接起来。

就像一个人走到冰上，一旦脚下打滑就很难停得住。放任本性似乎也这样，一旦开始便很难自行收手了。拥有了芬兰湾和波罗的海出海口之后，俄罗斯的沙皇们依然觉得还有一些地方必须是为自己所有的。于是，他们就向西饶有兴趣地卷入了本已转入对资源产地整合化占有阶段，但因殖民活动的兴起而更加复杂起来的对中东欧土地的争夺。与此同时，他们又开始认为向南到达黑海的广袤土地是基辅公国时期以来被亚细亚人占据的自己天然的南部疆界，需要将它收回自己的怀抱。

这可是双向搏击、两头作战的王朝冒险。这个冒险是一位名叫叶卡捷琳娜的女沙皇挑动起来的。公元1762年成为沙皇的她，在1768年时向奥斯曼土耳其发难，1772年时又向波兰领土伸出手去。据史家们掌握的资料，她是一位情人较多的女皇，据说约有21个之多。和她在生活中有多个伴侣一样，在冒险中也总能有配合与支持的伙伴。这倒不是因为她有多大的魅力，而是那个时候弥漫在欧洲大陆的，由殖民扩张风潮搅动起来的王国们的骚动情绪，被她巧妙地利用了。

奥斯曼土耳其是伊斯兰信仰者，尚未走出宗教局限的欧洲人对它的表情是集体的冷漠，恨不得用天主教或东正教的信仰去光复它。叶卡捷琳娜不会看不出鲜有路见不平者出现的这一大事态，于是她毫不犹豫地向奥斯曼土耳其发动了进攻。虽然孤立无援，但奥斯曼土耳其也表现出了足够的顽强，于是他们打打谈谈，到1792年时奥斯曼土耳其再也不能坚持了，双方签订一个叫《雅西合约》的条约，俄罗斯从奥斯曼土耳其手中拿走了奥恰科夫要塞以及德涅斯特河以西黑海沿岸地区，而且迫使奥斯曼土耳其放弃对克里米亚汗国的宗主权，承认俄罗斯对这个地方的吞并，梁赞诺夫斯基的《俄罗斯史》说："俄国终于扩张到了她的南部自然边界。"

女皇叶卡捷琳娜非常在意这些土地，1787年吞并的条约还没有签订，她就急着到这些地方进行视察，来时还邀请了奥地利皇帝约瑟夫二世和波兰国王斯坦尼斯拉夫·波尼亚托夫斯基结伴同行。女皇情人兼陆军元帅波将金深谙她的心理，于是为让她看到这些地方的丰饶，在沿线的一些地方用舞台道具和布景搭建起一些豪华的假村庄，愉悦其耳目。这肯定是叶卡捷琳娜想要看到的，她邀请他国皇帝、公使同游的目的就是为了炫耀。可是，眼尖的一些公使就看出了景致背后的造假，后来"波将金村"就成了为障长官耳目而造假的代名词。波将金村，叶卡捷琳娜一走过就被拆了，波将金元帅也早已离世而去，但永远根除不了的"波将金村"现象，至今还常常是生存真相、历史方向与领导者之间的一道间隔。

与独自拳打奥斯曼土耳其不同，叶卡捷琳娜则是伙同他人卷入中东欧土地之争夺的，目标是瓜分西斯拉夫人开发成生存资源丰饶产地的波兰土地。

波兰人和俄罗斯人本来是斯拉夫同源的兄弟人群，在冲破蛮荒的过程中，把各自脚下的土地开发成丰饶的生存资源产地，且生产出的产品也能满足他们各自的生存需求。因为同样被开发成了丰饶的土地，二者之间不存在资源产地与周边地区之关系，如能本分交往，两家本可相安无事地睦邻生存。可树欲静而风是不止的。西罗马帝国灭亡后掀起的对生存资源产地先是分割占有，后又转向整合经略的运动及因殖民风潮引发的骚动情绪，也毫不悲悯地席卷了这个地方。于是，这块丰饶的土地就成了一些人觊觎的目标。

叶卡捷琳娜女皇就是将觊觎转变为现实的一个人。据说，当时的波兰国王斯坦尼斯拉夫·波尼亚托夫斯基还是她的情人之一，但与其被情人拥有，还是不如归自己拥有。于是，她就找了个借口，伙同奥地利国王和普鲁士国王对情夫领有的土地进行了瓜分。瓜分共进行了3次，第一次为1772年，第二次为1793年，第三次为1795年。

对叶卡捷琳娜女皇伙同奥地利、普鲁士国王瓜分波兰，梁赞诺夫斯基在所著《俄罗斯史》中写道："对它的瓜分给俄国和欧洲留下了一个无时不在的痛苦和纷争的根源。"也许，这位史家较为专注波兰问题，其实被蹂躏于本性放任行为的哪片土地不充满着痛苦呢！

第十一章

手，抑或翅膀

这是本作品最特殊的一个章节，只以一篇短文组成。因为，被写到的内容对人类的作用非同其他，所以，以此形式彰显它的重要。

因为在此之前，人类一直挣扎在生存资源匮乏的窘境之中……

因为从此以后，他就可以生产出满足自己需要的一切一切……

所以，恭喜一下人类是应该的！

智慧的转世与投生

尽管花费了人类很长很长的时间，耗用了人类很多很多的精力，但神和权力提供给人类的帮助是不大的。如果说，神所提供的是不断幻灭，但永不枯竭的美妙幻想，那么权力提供的则是符合其自身利益与地位的秩序。然而，这不是人类所最需要的。

那么，人类所最需要的是什么呢？回答就是：大力提高自己生存资源的生产能力。

这是人类最大、最根本和最重要的需要，也是他欲达不能而苦苦求索的一大难题。就像作品中曾经探讨过的，这个需要和难题是进化强加给人类的。由于进化，人类从自然原生生物的依存者变成了非自然育生生物的依存者。于是，本能开始失去支持生存的能力，人类不得不发育出另一种能力来应对这一变化。这个另一种能力就是智慧的能力，就是把人的体力、智力转化为创造力的能力，就是用经验、知识和思想的力量生产出多样而丰富的生存资料的能力。

起初，人类并不具备这个能力，所以他们首先求助的对象就是神。但神似乎无能为力，除了接受他们虔诚的崇敬、无度的讨好和笃信的奉祀之外，对生存资源生产能力的提高未能提供丝毫的帮助。于是，人类中的一些人不再沉湎于美妙的幻想，而是勇敢地转身走向了自己的心灵和自己与大地自然的关系。

这次，他们没再愚弄自己，而是非常有幸从自己的心灵、从自己与大地自然的关系，以及从心灵与外部世界的交往中开发出了被称为科学技术的智慧能力，开始储备起有效提高生存资源生产能力的能源。更可喜的是，终于有一天，这个被称为科学技术的智慧能力开始向实实在在的生产能力转化了。

393

转化开始发生的地方是英国，时间是公元18世纪。史家们认为，科学技术转化为生产能力的时间可以更早一些。早在古希腊时期，曾豪言"给我一个支点，我就能撬起整个地球"的阿基米德，为他的表兄希伦和希腊的人们演示过用钝齿轮和滑轮组合的机械拖行装满货物的船的壮举，可遗憾的是，人们只将它当作了一场街头把戏，而全然没有领略到知识转化为机械后，对生产和生活可能带来的无限作用，懵懂地错过了将智慧转化为生产能力的机会。在人类史家斯塔夫里阿诺斯看来，这样的情况可能是因为缺乏强有力的需求刺激。这也许是可能的，如果当时每天都有装满货物的搁浅的船，那阿基米德的那些齿轮和滑轮早就变成了广泛使用于码头海滩的拖船机器。

据史家们观察，这个强有力的需求刺激，是18世纪开始时在英国出现的。强有力的需求刺激之所以在英国出现，应该与放任本性的殖民活动有关，由于放任本性的殖民活动增加了对铁的需求，煤就成了最好的冶铁燃料。而煤不像树长在地上，需要挖井掘取，于是水就成了矿井之下最不受欢迎的东西。为了能够继续挖煤，有人就开始用机器为动力的抽水设备抽水，就像有史家所幽默的"矿井里开始回荡着一种奇特的噪音"，而这个噪音也成了人类智慧大步向生产力转化的先声。

紧接着，更强有力的需求刺激出现在棉毛纺织行业。自垄断殖民印度开始，东印度公司就以半价强制收购印度人的棉纺产品，然后运到国内再销售，公司从差价上获利。东印度公司的这种做法导致了两大强有力需求刺激的出现。一是引发了英国民众对印度棉织品的喜欢和需要；二是半价弄来的棉织品无情冲击了英国传统棉毛纺织业的生存，如果不优化劳动效率，等待的结果就是关门歇业。以此为生的从业者们心急如焚，无不为不被淘汰而绞尽脑汁。开始时，他们想的办法比较简单，1700年时他们促使国会通过了禁止进口棉布或棉织品的法律，试图从源头打断致命的威胁。然而，情况并没有好转，威胁逼着他们只能做出能动反应，而不是硬堵。于是，能动反应的奇迹终于出现了，公元1733年一位名叫约翰·凯伊的织场机械师发明出了能够大幅提高织布速度的飞梭。

提高了织布的速度，但飞梭又带出了另一个问题：纺纱的供应跟不上了。不过还好，如同织布那段涌现出一个约翰·凯伊一样，纺纱这段也涌现出了一位叫刘易斯·保罗的能人。这位能人于1738年时用一系列的滑轮制作出了纺纱机械，使纺纱的功效跟上了织布机的需要。但进取心没让人们就此止步，到1765年时叫詹姆斯·哈格里夫斯的又一位能者对原有的纺纱和织布的机械进行了又一步的改进，而且先将纺纱机的能力改进到同时可纺8支纱的程度，紧接着于1770年又制作出以他女儿的名字命名的珍妮纺织机，将织布机的能效也提高到了同时可织8根纱的程度。

面临倒闭歇业危机的纺织业迎来了转机，但那个能够节省人力的纺织机又伤害了靠手工劳动为生的纺织工人的利益，使他们又面临着失业而难以谋生的危险，于是这些人被逼得终于愤怒了。本来将英国毛纺织业逼入死胡同，迫使他们进行改进的是殖民活动和东印度公司，但他们顾不上反思这些，而直接把怒火砸向了机器。机器被砸坏了，眼看自己也有被杀的危险，詹姆斯·哈格里夫斯只好逃到诺丁汉保命。然而，这个地方恰恰缺乏劳动力，所以它的纺织机又被制作使用起来了。

与手工纺织者的态度截然相反，一些有钱人却从机轮的转动中窥见了滚滚翻腾的利益。于是，他们毫不吝啬地掏出钱来盖房子、造机器，开始办纺织工厂。英国人办工厂的这些钱，也许来自先人的劳作，也许来自不合理的利益关系，也许来自早年在海上的抢掠，也许还来自对殖民地人民的掠夺，但精明的他们没有像以往的权贵那样对利益进行财富化占有，而在利益追求的惯性作用下开始了对它的资本化利用。

对利益或金钱的财富化占有和资本化占有，在发挥其作用方面是截然不同的。在步入正在发生的这个工业化之前，人类主要是以财富化占有的形式对待利益或钱财的。利益或钱财一旦被聚集起来，他们能够想到的就是生命的奢华。于是，钱财就被用于深宫大殿的建设、丽园秀亭的构筑、奢侈荣华的打造，权贵们甚至还为死后的生活修造比在世时还要富丽堂皇的设施。这样，随着完成富贵的物态化呈现，钱财的社会功能就戛然而止，并完全失去支持生存的任何作用。而在英国正在开始的、对钱财的资本化占有，则不再是以奢华生命为目的，而是为了赚取更多更大的利益。所以，它被拥有的方向不再以荣华富贵为重，而是主要用来进行生存资料的生产和再生产。于是，虽然有着利益关系不合理的缺陷，但它的功能不会退出社会的需用，而且其支持生存的作用能够得到继续的发挥。

虽然难以洞察这一切，但为利益而追逐了百余年的一些精明的英国人还是窥见了机器使钱财得以繁衍的奥秘，于是毅然决然地办起工厂来了。

工厂被办起来，机轮也开始转动起来了，但它工作起来总是有些有气无力。

原来它还没有机器的动力，所用动力仍然来自自然或肌肉的力量。据威尔·杜兰特先生透露，有位叫爱德蒙·卡特莱特的人建造了一座小型的纺织厂，共安装了20架纺布机，这些机器全靠兽力来驱动。于是，发明出一个提供动力的机器，就成了当时强有力的需求刺激。

据史家说，在当时，人类的智慧已经探索出了动力制造的原理，只是尚未被转化到生存资料的生产领域，而只以模型的形式使用于英国格拉斯哥大学的教学活动。这个模型叫纽可门式引擎，有一次这个模型坏了，校方就请一个名叫瓦特的年轻人来修理。十几年之后，瓦特就将人类的这项智慧加以升华，并成功带进了生存资料生产领域。

这个叫瓦特的人，公元1736年出生在苏格兰格拉斯哥附近的一个港口小镇。据说他父亲是熟练的造船工，并有自己的造船作坊。年少时，瓦特身体较弱，学习受到影响，但从流传很广的故事看，他智力和思想的发育并未因此而被耽搁。故事说，瓦特在家时喜欢观察水壶盖在水开的时候的表现。据威尔·杜兰特先生讲，发现瓦特这一奇特表现的是他的姑母。"我从来就没有看过像你这般无聊的孩子，"他的奇怪使姑母难以理解，"过去的半个小时，你一言不发，却只见你把壶盖掀开了又盖上，一会儿拿着瓶盖，一会儿拿钥匙，注视着蒸汽如何由壶嘴升起，并且捕捉及数着水滴。"

原来，他姑母所没能理解的是瓦特动脑子好奇的天性。后来，他虽然没有读过大学，但就是他这份天性与执着帮他一步步走向了奇迹的创造。在20岁时，瓦特想在格拉斯哥做一个科学仪器制造商，但因学徒年限不够的原因行业工会没有发给他执照。可格拉斯哥大学没有这么苛刻，物理学家兼化学家约瑟夫·布雷克教授对瓦特别偏爱，出面说通有关人员，在大学的工厂里让他开了一间修理店。瓦特的天分引起人们的注意，在开办修理店的第二年格拉斯哥大学就任命瓦特为"数学仪器制造师"，并在校园里为他安排了一个车间。

将自己的大脑和天分同人类智慧相对接的机会到来了。瓦特在做好"数学仪器制造师"工作的同时，他还聆听约瑟夫·布雷克教授的化学课，并对他的潜热学说颇感兴趣。他还学德文、法文、意大利文，也喜欢阅读玄学、诗词等外文书籍。据说，一位名叫詹姆斯·罗宾逊的爵士对瓦特的博学多识很为惊讶："我只不过把他看成是一个工人而已，不敢期望太高，没想到我发现他竟是个哲学家。"

其实，被人看不起并不是什么坏事，也许远比被尊为伟大者更实际，更自在。因为，伟大者们为了伟大而不断丢弃自己，而让人看不起的人则总和自己在一起。因为一直与自己在一起，瓦特于1763年接到了恰与童年天分相契合的一个任务：格拉斯哥大学物理课使用的纽可门式引擎坏了，需要修理。天分的支持会让人特别敏锐，瓦特在修理纽可门引擎的过程中不仅看出了它的不足，还掌握了蒸汽可转化为动力的一些奥秘。瓦特为人类生产活动提供动力的工作从此开始了。

瓦特的努力开始于对纽可门引擎的改良。瓦特知道这可不是一蹴而就的事情，为了能够保证引擎样品的反复制作，还从好友兼老师的约瑟夫·布雷克那里借了1000多英镑的经费。被改进的引擎样品一个接一个地被制作出来，但距投用总是差那么一步，同为发明家的约翰·斯密顿很是眼尖，他认为问题在于"无法精确地制造机器零件"，由此预言说很难被普遍采用。但约瑟夫·布雷克没有灰心，把瓦特和他的引擎制作介绍给正有动力需求的钢铁厂经营者约翰·罗巴克。开始时，二人的合作很是顺利，约翰·罗巴克以为瓦特的引擎不仅能够解决他的需求，而且出售以后还可获利，于是在1767年时替他还掉原来的债务，还以安装或出售引擎所得2/3的利润为条件，开始为瓦特投资。瓦特也很为投资人着想，为保障他们在此一领域的利益，及时向国会申请了独家制造引擎的专利权。然而，不巧的是瓦特和罗巴克的合作未能继续到专利的获批和引擎出售带来的利益，而是因破产，于1773年罗巴克被迫把相关股权卖给了他人。这时，距瓦特向国会提出专利申请已过4年时间，但批准的迹象还丝毫没有出现，权力对人类整体利益的考量不足和冷漠态度显露无遗。

接手罗巴克股权的人名叫马修·波尔顿，与国会的冷漠相比，他有着急切的需要。波尔顿是个工厂主，使用着很多机器，但一直在依靠水力驱动。波尔顿知道瓦特的蒸汽引擎还存在一些不足，但他怀着不足必能被克服的信心，自1774年起开始了同瓦特的合作。

说来事情也很巧，1775年时约翰·斯密顿曾经说过的"无法精确地制造机器零件"的问题被解决了。原来，一位叫威尔金森的铁厂厂长发明了一种中空的圆筒状钻孔用柄，就是这个发明消除了瓦特和波尔顿面前的最后一个困难，使他们制造出了具有空前动力和效能的引擎。公元1776年时，瓦特与波尔顿制造的蒸汽引擎就向英国各地出售，由此响起的轰鸣声响彻英格兰，变成了人类积累了几千年的智慧成功向生产力转化的大合奏。

　　作为投资人，波尔顿是喜出望外的，纷至沓来的不仅有矿主、厂商等购买者，还有权贵和名流前来参观。波尔顿对瓦特与自己制造的蒸汽引擎的理解非常深刻，他对前来参观的人们说："我这里所卖的是世人所渴望拥有的——动力。"是的，波尔顿说得没错，他和瓦特制造出来的就是动力。按照常识，我们可以轻松地认为，机器动力的出现必将带来的就是对体力劳动的解放，人类肌肉与肢体的辛苦可以结束了。可细细想来，这个见识未免有些短浅，也不精准于人类的基本需求。虽然让生命存在得舒适一些是人类的向往之一，但这必须是以生存资料的丰足为前提的。由于进化，由于选择了非自然育生生物为自己的生存资源，所以人类一直被自身低下的生产能力所困扰，也一直遭受着由生存资料匮乏而引起的争抢之苦。从亚历山大大帝到成吉思汗，从匈奴人到哥特人，哪个不是因为生存资源匮乏而引起的奋发，哪个不是为获取生存资源而进行的拼搏。但历史证明，这绝不是解决之道，不然亚历山大和成吉思汗会是层出不穷的。对此，人类似乎是有一种无意识自觉，他们虽然没有受到谁的胁迫，也不曾有过某种共识，但他们似乎明白只有依靠智慧的力量才能解决这个问题。于是，他们中的一些人一代接一代地为人类培育和发展了这个力量，而且一直以知识的形式将它储存了下来。为此，有的人默默奉献，有的人贫寒一生，有的人如痴如狂，还有的人把生命都搭上了，而让他们搭上性命的恰恰是那些以拯救人类自誉的神的使者们。如今，一个叫瓦特的人，借助修理纽可门引擎的契机，成功扮演了将储存在知识里的智慧转化成生产力的搬运工。看上去整个过程虽有些坎坷，但总体上平平无奇，更没有叱咤风云的壮观和生死存亡的波澜，但它将带给人类的福利是无限的。因为，这开启了智慧变成生产力的路径，顺着这个路径会有越来越多的智慧向生产力转化过来，而且还源源不断。这样，人类的力量就会被无限放大，所能生产的生存资料将越来越多、越来越丰富，最终会使依存非自然育生生物的人类不再为生存资源的匮乏而争来抢去。由此可知，我们给予瓦特们的敬意是不够的，他们对人类的作用远远在神圣者、权贵们和叱咤风云者之上……

　　但这不是瓦特们所考虑的，也不会出现在生存竞争主张者的认知之中，只是我们在换个角度看人类的时候，这个意义就与我们不期而遇了。瓦特们考虑的则是自己的生计和强有力的需求刺激的推动。由于需求的存在，瓦特一方面用已经成形的蒸汽机获利，另一方面继续对它进行改进和创新。到1783年时出售引擎所带来的利益，终于使他还清债务，到1788年时他发明的复式作用引擎、飞球调速器也相继获得专利，之后应让我们牵挂的这个人就退出一线的发明工作，安度晚年，直到1819年去世。

不过，瓦特的出现是个信号，是个开始，是对后来者的有力提示。因为，动力不仅是采矿抽水、纺织机器的需要，而在人类生存活动的方方面面都有着巨大的需要，只有这些需要都得到满足后，人类才能跃入一个新的生存境界。果不其然，已从瓦特们的发明中开始获利和获得启发的人们并没有止步于对已有成果的享用，而是根据需要，满怀激情地向各个方向发明开去。约在1800年时，一位叫亨利·莫兹利的发明家制造出了配有移动刀架的车床，1807年时美国工程师罗伯特·富尔顿制造出了蒸汽轮船，1814年英国工程师乔治·斯蒂芬森造出了蒸汽火车，而一位叫作亚历山德罗·伏特的人把电学知识转化成了电堆，美国人莫尔斯又从中引申发明出电报机……人类积攒已久的知识一步步向生存需要的全领域转化而去，被学家们表述为"第一次工业革命"的时代就此出现了。

对人类历史而言，工业化是人类能力开始被放大的标志，也是他们生存形态发生变化的开始。然而，这个变化不像农业革命那样是自然演进的结果，而显然是被放任本性的殖民活动所催生的。尽管这样，它的意义也不该被打折扣，而应很好地被加以夸耀！

第十二章

恶之花

19世纪中叶，一位叫夏尔·波德莱尔的诗人，在巴黎看到过一朵奇特的花，诗人给他起名叫"恶之花"。后人曾钦佩地说他：在恶的世界中看到了美的存在。

那么，我们也用类似夏尔·波德莱尔的眼光，去观察一下本性放任活动带给西部欧洲的变化，我们会看到一些什么样的花呢？

因为我们相信，事情的发生都是有原因的……

后坐力的来龙与去脉

财富是利益关系的产物，也是它的变数。

财富的最初形态是人对生存资源的劳动成果，是价值转移之前的食材和物品，宜实用，不宜积累。后来，劳动成果价值化转移的承载物——货币出现了，人类就进入了劳动成果可以被积累的年代。于是，财富就有了可聚集的前提。不过，劳动成果的聚集不会自动发生，而完全是利益关系使然。如果利益关系是合理的，财富就会按民众的生存需要流动，否则就会出现非正常聚集，变成利益关系本身的变数。

这就是财富的作用，过去如此，现在如此，将来亦如此。

从葡萄牙开始的海外扩张活动，是我们人类演进过程中出现的第一个大规模的本性放任活动。有的史家认为这是殖民主义行径，也有的史家认为这是西方具优势地位的体现，还有人认为这是人类的自残行为，评说的莫衷一是是难以概全的。不过，与所引起的迥然有异之说不同，本性放任活动带给主体的结果只有一种，就是财富的突然而非正常的聚集和利益关系眼花缭乱的变迁。

变迁是从葡萄牙和西班牙开始的，葡萄牙和西班牙是率先从海外掠夺中聚集财富的王国，但他们均因以王室为主体聚财，而且自己又是王国利益关系的制定者，所以财富的作用力没有向内发作，而是向外发力了。当这两个王国开始向海外扩张掠夺时，在人类各利益群体之间并不存在任何一种建立在理性之上的利益关系，有的只是从动物年代遗留下来的自然法则。葡萄牙人和西班牙人都很清楚，财富来自海外的世界，若想继续获取这样的利益，就必须建立一个有利于自己的世界性利益关系。那时，没有如今这般的各种国际组织，所以上帝子民的葡萄牙人认为教皇就是世界上最高的权威，于是通过运作，率先从当时教皇处获得敕书，得到了已经占领的和尚未占领而准备占领的海外领土均为葡萄牙势力范围的许可，抢先一步确立了有利于自己的海外利益关系。

虽然同为上帝的子民，但西班牙人不承认教皇赋予葡萄牙的利益地位，便依仗自己强大的军事实力照行不误地进行扩张和占领，而且还故意到葡萄牙已占地区进行骚扰。见自己的敕令不被尊重，葡萄牙人又恼火埋怨，教皇尴尬之余只好再出面进行调解，并让葡西两国于1479年签订《阿尔卡索瓦斯条约》，葡萄牙被迫承认西班牙在加那利群岛的权利，西班牙也承诺不再到博哈多尔角以南地区探险和占领。

葡萄牙的利益地位开始动摇，尤其是哥伦布替西班牙王室到达美洲返回后，葡萄牙人感受到了更大的挑战压力，于是一再宣称大西洋以西发现的任何土地都不属于西班牙，而专属于葡萄牙，以确保自己在海外利益关系中的主导地位。西班牙人毫不退让，但他们没有首先选择武力，而是选择了教皇。这时教皇已由亚历山大六世继位，因为他出生在西班牙，所以有所偏爱。接到西班牙的仲裁请求后，亚历山大六世很快发布一个训谕，在大西洋上画出一条子午线，规定通过亚速尔群岛和佛得角群岛的任何一个岛屿以西和以南100里格的地方，作为葡西两国行使权利的分界线，以东属葡萄牙，以西属西班牙。这与《阿尔卡索瓦斯条约》精神大相径庭，葡萄牙人很难接受。于是，双方再磋商、再协调，终于在1494年又签订了《托尔德西里亚斯条约》，将地球分成东西两个半球的利益范畴，为葡萄牙和西班牙获得了各在半个地球的利益地位。

西班牙如愿以偿，但就像他们当初无视教皇敕书一样，英格兰人也对教皇的裁决表现出了嗤之以鼻的态度。虽然，当时的英格兰人并不知道，这是人类走出动物属性的自然法则，对国际间的利益关系进行人为设计的开始，但他们还是觉得"海洋和空气为全世界人共同享有，海洋不归属于任何民族或任何人"。于是，为了确保自己在海洋上的权利，便与西班牙展开了针锋相对的明争暗斗。于是，双方间终于在1588年爆发了决定性激战，结果西班牙"无敌舰队"被歼灭，英格兰在建立初期的海外利益关系中占据了重要的位置。

就这样，财富的作用力使他们无意之中开启了人为设计国际间利益关系的序幕。后来，法国和荷兰也和英格兰一样强势挤进这个利益关系体系，并争得了各自相应的位置。从此，人类走出自然法则，走向人为设计的国际间利益关系的脚步加快了。

如果说，财富对利益关系变数作用的外向发力涉及的是国际间的关系，那它内向发力时冲击的就是本国的利益关系本身。这在英国、法国体现得淋漓尽致。

与葡萄牙和西班牙不同，英格兰向海外放任本性掠夺时，不是以皇室出资的形式进行，而是以王室和民间共同出资，按股分利的形式开始的。据相关史料，他们最早投资的都是海盗船队，后来随着对西班牙的胜利，贵族和商人们纷纷建立起公司，向世界各地殖民而去。尤其随着英格兰占据海外利益关系中的主导地位，成为名副其实的日不落大英帝国，海外八方的财富就滚滚向英格兰流来，流入了王室的府库、贵族的城堡、海盗的船舱，流入了所有投资者、冒险者、闯荡者的钱袋里。

钱多了，富有了，它给英格兰带来的变化，首先是权贵们和富有者的尽情享受。于是，戏剧演出就成了人们精神享受的最好形式。之前，人们生活在宗教的清规戒律之中，戏剧的内容构成和演出活动都是严格受限的。但经过中世纪后期的反思和随之兴起的宗教改革，"幸福存在于现世生活，而非来世"的认知成为越来越多人的共识。于是，带有现场娱乐特性的戏剧被宠幸起来，让人肃穆的悲剧和令人捧腹的喜剧，成了人们欢迎和追求的时尚。

生活追求的这一变化，使一些仍受清规戒律约束的人们紧张起来，他们认为这是一种邪恶行为，一位叫约翰·诺思布鲁克的人愤怒地说："我确信除了戏剧与戏院以外，撒旦找不到更快的方式和适当的学校，以便满足教人放纵其欲望，和驱使男男女女陷入性欲及邪恶卖娼之淫欲罗网内。"[1]并要政府加以禁止。然而，这个变化不是来自某人刻意的策划，而是来自财富聚集的能量，所以，作为一代君主的伊丽莎白不仅不予制止，而是端坐戏院包间，倾情观看莎士比亚的剧作。

约翰·诺思布鲁克的愤怒并不是没有道理的。因为，财富在英格兰的聚集，没有按民众生存需求流动，而越来越助长了本性的奢靡欲望。据威尔·杜兰特先生介绍，有一次，叫伯比奇的一个演员扮演《查理三世》中的主要角

---

① ［美］威尔·杜兰特：《世界文明史》，东方出版社，1999年。

色。其间，有一位市民太喜欢他，于是在离开剧院之前，约他当天晚上以查理三世的名义与她幽会。她的这般温柔的邀请被莎士比亚先生偷听到了，于是莎士比亚捷足先登，受到了那位市民的温柔款待。这时，门房传来禀报，查理三世前来看望。莎士比亚急忙撤退，并叫人告诉她，威廉大帝在查理三世之前来过了。

　　财富的作用力就这样发作着，并很快从娱乐享受延展到了利益关系层面。伊丽莎白女王1603年去世，时为苏格兰国王的詹姆斯六世被认为是王位的继承者，便从苏格兰来到英格兰，成为英格兰国王詹姆斯一世。

　　詹姆斯一世的幸运是从改宗开始的。詹姆斯原来是天主教徒，后来随着教派势力的此消彼长，他改信了新教。于是他的宗教身份符合了继承英格兰王位的要求。詹姆斯入主英格兰的最大收获是伊丽莎白时期聚敛到府库里的无量财富。詹姆斯一世并不知道"良性互动"是多元结构利益关系的要旨，也不清楚《大宪章》之后英格兰的权力体制就是按照这个要求安排的，于是丰厚的财富聚集不仅使他忘乎所以，更是膨胀了他个体本性对权力的欲望。

　　詹姆斯一世是个坚定的"君权神授"主义者，在当苏格兰国王时就写过《自由君主们的真实律法》，详细说明君权神授的原理，强调国王是上帝选择的，因为所有的重大事件都是上帝所指定的，他们的神圣职位及神权造成了一种圣洁的神秘感与圣礼般的不可言传的特性，因此，他们的统治应是绝对的，反抗君权的人，一定是傻子、罪犯或者有比暴君更罪大恶极的滔天大罪。他就是带着这样的思想入主英格兰的。

　　詹姆斯一世的这一思想有悖于英格兰的权力体制，更是威胁到了他们原有的利益关系。于是，在他朝中工作的一些人就开始反感他的绝对与专制主张，并提醒国人：国王只是法律的仆役而已。对此詹姆斯嗤之以鼻，1609年还到国会宣讲他的君权神授思想：

　　君主政体是世上最崇高的事情。因为，国王不仅是上帝与尘世间的副官，享有上帝的王位，同时，君主能假借上帝之名以令群神，众君主能命令群神，因为他们在尘世间运用着相同的神权。因为假若仔细考虑上帝的属性，则能了解何以他们同意某人为王。上帝有创造与毁灭的能力，做与不做全视其喜好，给人生命或置之死地，审判所有人类而不接受任何人之审判，握有相同权力者即为君主；他们对其子民有役使或不役使，擢升或贬谪及操生杀之大权，审判所有子民及所有讼事之权，除上帝外不对任何人负责。①

当时，英格兰国会由贵族院和平民院组成，贵族院由教士和贵族构成，平民院成员则主要为新兴有产者的代表。面对詹姆斯一世的"君权神授"论，占据英格兰利益关系有利位置的贵族院的议员们表现出了暧昧模糊的态度，但平民院的反应非常地敏感，其议长明确告知国王：国王不能制定法律，仅能批准或拒绝国会所通过的法律。平民院里的议员们非常担心国王的政策伤及他们阶层的利益，所以还用英格兰已有的利益关系制度去提醒他不要一意孤行。他们宣称"我们的特权和自由是我们的权利与遗产，正与我们的土地和财物相同"，强调"它们是不得被剥夺"的，并警告："倘若如此，显然是整个皇土国家的大错。"②

詹姆斯一世对国会平民院的抗议和警告置之不理。他仗着伊丽莎白女王聚敛给皇家的财富，执意推行"君权神授"主张的同时，还有过之而无不及地继续着风靡前朝的娱乐放纵。于是，蒙面戏剧更成时尚，而欲望更是用不着蒙面地被提出来了。一位经常出入上流社会的女演员说："我的确这么想，假如除了我的穷丈夫外，没有人爱我，那么我将自缢。"看吧，财富非正常聚集的能量，就这样轻松冲垮了宗教苦苦修筑千年的道德堤坝。

詹姆斯一世还算很幸运，在其极端主张尚未导致各利益体之间的激烈冲撞之前就去世了，于是他的儿子查理一世将父亲的"君权神授"思想与王位一起，于1625年继承了下来。

可是，查理一世没有父亲那样幸运。詹姆斯一世虽然留下了"君权神授"的坚定意志，但他未能将英格兰原有的利益关系改造到与其主张相适应的轨道上，而恰恰相反地留下了它对王权越发激烈的对抗。查理一世继位不久，这种对抗就以宗教的形式体现出来了。

人类的盲目并不是本来的，而是某一认知的长期统治会堕落人们的思想。由于基督教教义不容怀疑的千年统治，养成了人们凡事借宗教说事的习惯。《大宪章》之后，英格兰利益关系多元结构得到进一步的发展，尤其随着公司化的海外殖民，除了贵族、海盗外，有更多政治地位低贱的平民聚敛到了财富。据史家透露，在1625年时英格兰国会共有600名议员，贵族院里的贵族和主教100名，平

---

① ［美］威尔·杜兰特：《世界文明史》，东方出版社，1999年。
② 同上。

民院议员500名，这些人的财产总数远超贵族财富的3倍以上，而且这些人的3/4都是清教徒。

清教徒是宗教改革在英格兰的产物。据当时的一个统计，除了守旧的天主教派外，改革形成的各种新的教派达170多个。其中，守旧的天主教、新教中的英国国教、清教徒等派系较为人多势众。而清教徒们大多都是新兴的有产者，在他们的观念里贫穷是罪，财富不是罪，而且已经完成了对自己这一观念的宗教认可。所以，他们希望有个民主的神权政治，主张基督以外没有其他统治者，以便保证对自我财富的权利。由此，他们不满国教教会的重税，提倡本分、勇敢、自强、勤俭。于是，上流社会放纵娱乐的奢靡生活也成了他们道德层面的批判对象。他们坚定地认为，戏剧是撒旦发明的，多数的剧本是亵渎神明并淫猥的，充满了好色欲念、淫荡的表情，以及引起色欲的音乐、歌曲、舞蹈；所有的舞蹈都是过分的，每一步都是迈向地狱的……

然而，查理一世对来自国会宗教及道德方面的质疑和反对视若无睹，而且在天主教徒王后的作用下，对天主教势力在英格兰的恢复性增长给予了推波助澜的支持。于是，又引发了新教徒们的齐声反对。

终于，女王伊丽莎白聚集的财富被詹姆斯父子二人挥霍完了。1625年英国要与西班牙开战，查理一世召集国会，要他们拨付战争所需费用。国会认为，以前的拨款被宫廷的奢侈浪费了，而且还有未经国会授权的征税现象，所以只同意拨款14万英镑。据说，这与实际所需有杯水车薪之差，而且还要求每年召集一次国会，由国会来检核政府的开支。这对神授之权是莫大的挑衅，对此查理一世大为愤怒，便于这一年的8月解散了国会。

关掉了与利益关系相关方良性互动的大门，查理一世开始用神授的君权解决战争所需费用。他的第一个举动就是变卖皇宫里的金银器皿；第二个举动则是向全国开展叫"自由恩捐"的给国王送礼活动；再一个便是下令征收吨数与磅重税捐，并没收无法缴税之商人的货物，还命令属下可以强迫人民在军队服役。据说，这些措施收效甚微，因为有产者们都不想帮他。于是，一个无奈而拙劣的措施被强行推出了，查理一世向他的人民强行借款。其规定额度是，每位缴税者借给政府其土地价值的1%，私人财产总值的5%。人们开始反抗，但除了被抓入狱外毫无作用。

不过，事情没有沿着他所希望的方向发展。借到的款项只有区区20万英镑，而且战场上又失利，查理一世迎来的是经费的耗尽和失败的沮丧。于是，他不得不再次召集国会，迫使他们拨款支持。国会知道，事情已从神授君权的任性发展成了与国家安危有关的大事，所以有条件地同意拨款35万镑基金，以解燃眉之急。条件是，国王必须同意他们提出的《权利请愿书》中国王不得征收或分摊地租或其他额外负担等要求。急于拿到钱的查理一世违心地同意了。

35万英镑的拨款未能换来国王对国会的妥协，而是因宗教问题上的权限之争，双方的矛盾更向复杂方向发展而去。1640年时，双方的矛盾终于走向敌对化。据史家观察，英格兰工商业较为集中的南部与东部地区多数的中产阶层、部分绅士、所有清教徒以及贵族院中的30名贵族、平民院里的300名议员等组合成了支持国会的圆颅党，而牛津与剑桥，西部和北部以农为主的地方的多数贵族、农人和天主教徒、圣公会教徒及国教教徒等形成了保皇阵营。圆颅党财力来源充足，而国王方面则正陷于无处筹款的困境中。

1642年10月，双方的冲突开始了。起初，保皇阵营占据优势，但随着圆颅党与苏格兰人在利益与宗教事务上的合拍而将其拉入冲突，胜利转向圆颅党人微笑了。尤其随着克伦威尔"铁面"军的崛起，保皇阵营就被逼入了与失利为伍的日子。1646年时，保皇阵营的战力基本被消灭，国王向多方发出的求援毫无回应，于是陷入绝望的查理一世吩咐儿子逃离英格兰之后，自己却化装成他人，向北逃去。可他终究没能走出失败，最后还是落入了圆颅党人的手中。至此，在非正常聚集的财富作用力下错乱起来的英格兰王国利益关系终于坍塌了。

紧接着，重新设计英格兰人利益关系的工作就围绕如何处置查理一世的问题开始。清教徒的圆颅党虽然胜利了，但除了有利于有产者自己的地位与利益的主张之外，提不出符合英格兰利益主体多元现实的合理构想，又因想法的不同还分裂成了温和派和激进派。随之，各种各样的利益关系说被人们提出来了。有的认为，教会与阶级差异应被取消；有的人主张平等和宗教的自由；有人提出不再需要政府。此外，被打败的保皇派贵族和教士们仍然希望能够保留原来的利益地位。甚至还有一些人开始与查理一世谈判，准备在接受《大宪章》原则3年的前提下，让他复辟。

于是，重新设计利益关系的工作就在继续的错乱中踌躇起来。其间，握有重兵的克伦威尔温和派取得了对激进派的胜利。但国王从软禁中成功逃脱，并开始与苏格兰等地保皇势力联系，发动旨在复辟的内战，又很快被克伦威尔统率的军队打败，而且于1649年元月被控叛国罪处死。国会随即宣布实行共和制，取消国王和贵族院，却因设计不出运转有效的利益关系而将英格兰交给了克伦威尔护国政府。至克伦威尔病逝，共护国近10年，但仍未建立起运行顺畅的利益关系。于是他一病逝，错乱中的人们又请查理二世就任国王。复辟的王权没有致力于利益关系的合理化，而是进行疯狂报复，而且还大力扶持旧教，引起新教人们上上下下的不满，迫使他们通过叫"光荣革命"的宫廷政变，于1688年从荷兰请来威廉三世为国王，以完善原有利益关系的形式，结束了重新设计英格兰利益关系的尝试。

史家们称这场风暴为"资产阶级革命"。的确，在最后结果中得到体现的就是新兴有产者的权益诉求：明确了国会的至高地位；规定国王不能终止法律；非经国会同意不得提高税收或保持军队；没有法律手续不可逮捕和拘留臣民以及信教自由和言论、出版的自由。这个结果不仅满足了新兴有产者，也保全了原有各利益体的权益，至此，符合财富变数要求的新一轮利益关系就被修造出来了。所以，我有不同于史家们的看法，即：这就是本性放任的后坐力效应。

本性放任的后坐力不仅冲击了英国原有的利益关系，在稍后的岁月里更有力地冲击了法国的利益关系体系。与英国情况相同，法国原来也是多元利益体的组合，而且有着比英国更明显的资源产地的整合并不彻底的痕迹。但与英国不同的是，法国虽然有过以三级会议的形式讨论税收的经历，但不像英国将《大宪章》精神纳入利益关系体系那样，没有把三级会议形式植入利益关系体系之中，而一直保持着神授君权的统治。

财富聚集带给法国王室和贵族的变化，与英国如出一辙：奢华、狂娱、放纵。

如同财富的聚集，使英王詹姆斯一世觉得可以不再看国会的脸色了，进而主张君权神授一样，法国本来就有至高地位的国王再也不担心为增加花销而召开三级会议了。于是，自信豪迈、高贵、其权真如神授的感觉充满了国王的心怀。他们出入皇宫，有人喊万岁，甚至他们因秃顶而戴的假发都变成人们竞相模仿的高贵打扮。不过，心理上的这些荣耀已经不能满足满仓都是财富的他们的虚荣和奢华的要求了。从此，富丽堂皇的建筑开始成为他们炫耀尊贵、权势和富有的标志。据说，1660年的一天，国王路易十四参观财政大臣的城堡，并被其房屋的富丽、花园的堂皇深深折服。之后，他一方面指责财政大臣贪污将其投狱，一方面着手建造自己的凡尔赛宫。

物态设施建造好了，接着就是用符合主人情趣的活动来装饰它。据史料介绍，这时法国上流社会的追求，与当时英国的情况没有两样，时尚起来的都是奢华、娱乐、放纵以及讲究。百余年之后的法国上流人士，比当时英国人更胜一筹的是让赌博变成了宫廷中主要的娱乐形式。性欲的放纵更是毫无边界可言，有人竟将妓女招进宫廷，供国王作乐，并造就出名叫尼农的绝代美妓。这时，沙龙成为时尚，主要解决"如果一个女人除了丈夫以外没有别人追求她，会觉得非常寂寞"的问题。

虽然欲望无度，但生命能力是有限的。由此，奢华情趣向外扩延，各类艺术品开始成为富雅的需求物，路易十四每年买入的艺术品的费用都约达80万利弗尔。贵族们又是闻风而动，大多都成了艺术珍品的收藏家……

奢华继续着，挥霍也在继续着……

不过，再多的财富聚集也经不住这么大的挥霍。经过100多年的阔绰生活，到路易十六掌国时终于感到囊中羞涩了。囊中羞涩的原因是，为报七年战争惨败之仇，法国出钱、出物、出兵援助美国的独立战争。结果美国获得了独立，而法国却出现了25亿利弗尔（约等于4年财政收入总和）的债务。路易十六斥责财政大臣无能，而财政大臣用公开发布《致国王的财政报告书》来申辩自己的政绩和宫廷依然奢华的做派，以此将国王财政山穷水尽的境况公之于众目睽睽之下。

于是，伸手到国民腰包就成了路易十六挣钱的无奈选择。为了迅速填补巨额亏空，国王财臣提出了一个搜刮范围最广的统一征收土地税的方案。按照这个方案，贵族和教士不再享受免税待遇，要和平民一样缴税，而且因为占地面积很大而面临缴税更多的问题。而有土地的平民则面临重复缴税的重负。

不过，并不是一有方案就马上能实施。虽然当初三级会议的形式没有像英国那样纳入利益关系体系，但在多元利益体的博弈中法国出现了一个叫高等法院的机构。这个机构虽然承担着按国王律令进行裁决的职责，但还有一条保全自尊的条件，那就是国王在实施新律令之前，必须在高等法院进行登记，否则无从裁决。可拿到土地税方案后，高等法院却犹豫了，也许是因为法官们也有很多的土地，也许他们已经感觉出其附带的政治风险，所以耍了个很大的政治滑头，称"唯有各阶级的代表在各级会议开会时才能批准征收新税的权利"①，很巧妙地将难题推给了三级会议。

因为不在利益关系体系之列，三级会议已有170多年没开了。但急于解决财政亏空的路易十六已经顾不了那么多了。他于1789年将三级会议的代表们召集到凡尔赛宫，将现行利益关系难以解决的问题交给了社会。法国社会的利益关系本来就不合理。那时，他们人口约为2450万，其中享受免税待遇而占有巨大资源的教士和贵族50万人，承担王朝财政收入的则是约为2000万人的农民和约400万人的商人及工匠，很多发家于海外殖民的人们都在这个毫无话语权的平民阶层之中。

于是，三级会议就成了他们体现话语权的平台。三级会议的组合中教士为一级，贵族为一级，平民为一级，议事之后的表决中获得两级阶层的赞同即可成为照此执行的法规。教士和贵族们很想借此机会利用平民层级代表的力量否掉这个方案，以不直接伤害与国王的关系，所以对平民代表扩大话语权的要求表现出了暧昧与放任。国王也因急于解决问题，又表现出了妥协的态度。从此，并不合理的法国社会利益关系就被推入了进行调整的旋涡之中。

与英国所用的40余年时间相比，法国人调整利益关系所用的时间是较短的，前后算起来也就10余年。但社会动荡的复杂和剧烈远超英国，其间不仅有不同利益体间的暴力冲突；有不同派系间的相互镇压；有国王从君主到死囚的突变；有他国对法国的干预；更有每个阶层的人们对利益诉求的表达。

史家们对法国利益关系调整运动的评价颇为倾情，他们认为，法国人在重建利益关系时提出的"人生来就是而且始终是自由的，在权利方面一律平等；社会差别只能建立在公益基础之上；法律仅有权禁止有害于社会的行为；法律是公意的表达；法律对于所有的人，无论是施行保护或是惩罚都是一样的；除非在法律所确定的情况下并按照法律所规定的程序，任何人均不受控告、逮捕与拘留；任何人不应为其意见甚至其宗教观点而遭到干涉，只要他们的表达没有扰乱法律所建立的公共秩序；自由交流思想与意见乃是人类最宝贵的权利之一。因此，每一个公民都可以自由地言论、著作与出版，但应在法律规定的情况下对此项自由的滥用承担责任"等认知很好地提炼了人类思想的文明成果，表现出了对人类生命现象的尊重与关心。

---

① 何炳松：《世界简史》，中国工人出版社，2007年。

这些认知的完整文本叫《人权和公民权宣言》，虽然在1789年时已被发布，但法国社会利益关系的调整与重建到1800年拿破仑执掌国家后才定型下来。所建起的利益关系几经左右摇晃，最终定型在袒护本性、包容本能的形态上，即生存资源私有化占有为基础，给予劳动力资源政治权利的利益关系。

对此，史书也称作是资产阶级革命，我并无改变史家们总结的意图，但还是认为这仍然是本性放任的后坐力效应。此外它还证明着：不去适应利益关系带来的发展变化，而试图让它符合自己需求的努力都是徒劳的！

当引力变成动力

围绕一处生存资源，形成一种利益关系，成为一个利益体，然后进行自主、自行、自然的兴衰演化……

这是什么？这就是迄今为止，人类所孕育出的唯一一种生存模式。对人类生存活动而言，这一模式就像是导致苹果落地一样不由自主的引力。这并不是因为它有多么地神圣，而是在于它能够让人类安然延续生命的存在。如果这一模式被蔑视和扭曲，引力就会转身成为动力。

就像万物间存在的引力一样，人类生活中存在的这一引力，也一直以来都作用着人们为生存而进行的聚散离合。只不过，苹果落地对牛顿的作用一样，如果没有本性放任的发生，我们也不知道何时才去察觉到它。

西部欧洲人在美洲的本性放任，摧毁的首先就是这块大陆原有的生存模式。不论在文明程度高的地方，或低的地方；也不论在以农耕为生存资源的地方，还是以狩猎为生存资源的地方，他们都以杀戮住民、抢掠财富、抢占家园的形式，在美洲大地上开辟出了一块块新的生存空间，为创造任何一种生存模式提供了可能。真不知，如果柏拉图先生生活在这个年代，还是不是要去尝试他那个理想国的建设？

可是，前来殖民的那些人没有柏拉图那么崇高。在他们之中，有的是来找黄金和宝石，有的是来做香料生意，有的是为了躲避宗教迫害，有的是为了逃脱罪责惩罚，有的是出于穷困所迫，有的是为了笃心冒险。其中有两拨人还算特别一些：一是1620年乘坐"五月花号"来北美的41个人，本为逃避宗教迫害的这些人在下船前签订了一个叫《五月花号公约》的文件，表示要建一个公民自治团体；二是 1629 年时一个千余人的大团队，他们宣称要在所到之地建立一个以《圣经》为基础的社会。

尽管前来殖民的人们各有不同的初衷，但他们都未曾有过脱离祖国的想法，更是做梦也不会产生与祖国怒目相对的念头。其身后留下的祖国尤其这样。1765年，法国国王路易十五的外交大臣说："要保持殖民地具有提供尽可能丰富的资源的能力，同时用最严厉的法律加以限制，以便有利于宗主国。"因为他们看到"由欧洲列强建立的殖民地都是为宗主国的利益服务的"。[①]可是，随着前来的人们一步步密切地同美洲大陆的生存资源相结合，人类生存模式的引力不知不觉地使他们走向了相反的方向。

裂痕首先是在英国和它的殖民地之间出现的。自 17 世纪初到 18 世纪 70 年代，英国人在北美东海岸开辟出了 13 块殖民地，并经被奴役者的不断开发已将其扩展成了首尾相连的生存家园。但是，虽然远隔万里于母国，但英国不允许它向自主、自行、自然的生存模式发展过去，而是用一根粗绳将它牢牢绑在自己的利益之上，毫不在意将它的子民引向自己形式上的模式引力。不过，有个叫孟德斯鸠的学者对这一引力的存在有所感觉，他认为殖民地子民与祖国的分裂可能会源于祖国对殖民地的商业限制。而叫阿尔让松的一位侯爵在看到英国殖民地人口增长到 175 万之巨时，莫名地预言殖民地人民将起而反抗英国，组成一个共和国，并且必将成为强国之一。不知这位侯爵出于怎样的感应，但所做的预言非常接近模式引力的存在形式。

定律是恒定的，但总会需要一些条件，就如成熟是苹果演示地球引力的条件。呈现模式引力的条件则出现在七年战争后英国对殖民地的搜刮。在 1756—1763 年间，许多欧洲国家或为提高国际利益关系中的地位，或为扩大本土上资源产地的占有，进行了持续 7 年的大混战。结果英国占得较大便宜，将今北美加拿大部分从法国手中抢到自己名下。同时，他们的花销也不小，共欠下了 1.4 亿英镑的债务。

吝啬是本性的分泌物，一直左右着人们处置私有财产的态度。这在有产者和财富占有者身上总能得到充分的诠释。欠债是必还的，可是身在母国的有产者和财富占有者们不想掏这个钱，而是想让殖民地的人们出钱还债。而殖民地上的有

---

① 〔美〕威尔·杜兰特：《世界文明史》，东方出版社，1999 年。

产者和财富占有者们认为这很不合理，况且在战争期间他们也提供了2万人的军队，战后还承担了250万英镑的债务。故表示不能再难为他们了。

对此，英格兰母国的有产者和财富占有者们置之不理，还仗着掌控国会的至高优势将债务强加到了殖民地人们的头上。1765年，母国英格兰国会决定对北美殖民地课征"印花税"，要让北美殖民地的法律文件、发票、文凭、纸牌、债券、契据、抵押单据、保险单以及报纸等都要贴上一张向英国政府缴税的印花，以此弥补还债用款之缺。对母国这一变相搜刮，殖民地一些人不以为然，他们认为根据《大宪章》和后来的《人权条例》，在没有他们自己或其授权代表的同意，是不能征收这一课税的。因为他们还满以为自己仍然是英国人。对此，决意向他们课税的母国政府却以因交通不便，难以让他们有代表在国会等理由拒绝他们。

原则在需要面前的失效，引来了殖民地人们的恼怒。人们开始用各种各样的行为来反对母国政府的蛮横，律师们逃避使用贴有印花的文件规定，一些报纸在应贴印花的位置上画出了死人头像，消费者们开始抵制母国的商品，经销商们取消了母国产品的订单，甚至女孩们也宣称拒绝同不抵制《印花税法》的人谈情说爱。除了类似的软对抗，有些地方的恼怒还表现出了暴力倾向。在纽约，一些人对国王指派的总督画像进行绞缢泄愤，又有人还焚毁了副总督的住宅，一些配售印花的人还受到了死亡的威胁。殖民地人的感情开始与母国脱节。

脱节首先冲击的就是母国的制造业和中间商的利益。制造业者和中间商们于是起来呼吁废止该税法，以避免母国制造业和商业遭受重创。有一位曾出任过首相的，名叫威廉·比特的议员，很像是中国文化中路见不平的英雄，在国会公然说："我认为这个国王无权对其殖民地征税。"[1]然而，主张征税的内阁并不认同比特，于是他被激怒了："我为美洲人已经起而反抗，感到高兴。"[2]

面对殖民地人们和本土人员的反对，政府和国会不得不调整一下姿态了，但他们让殖民地人掏钱的信念丝毫没有动摇。于是，在取消《印花税法》的同时又推出了代之而用的《城市条例》，并在一个叫《宣示法案》的法案中强调：不论如何，政府对殖民地是有权力和权威的。1766年开始推出的这些法案，要以以下几种方式体现权力：一是命令纽约的议会如不承担母国驻军的费用，就不能继

---

① ［美］罗伯特·瑞米尼：《美国简史》，浙江人民出版社，2015年。
② 同上。

续运作；二是在波士顿再建一个机构，监视贸易法执行情况；三是对玻璃、红白铅、纸张、茶及颜料等抽取一些税；四是派驻军队，以便监督法案执行情况。

母国政府变换招数的这些做法，未能换来殖民地人感情的回归，而是招致了"不经同意便被征税的人，是奴隶""意在让所有殖民地的自由见鬼的节奏"①的愤怒。有个叫山姆·亚当斯的人甚至号召"吾国吾民对要自由还是要被奴役作出清晰的表态"②。

终于，感情的脱节变成了行为上的冲突。母国在殖民地驻军的一项职责是监督殖民地人执行相关法案的情况。激愤的殖民地人就把这些士兵当成了泄愤的对象。在他们看来，这些士兵就是恶行的象征，所以总是用鄙视的目光去看他们。1770年3月5日的晚上，聚在一起的一群波士顿人，看到一队母国士兵后便心生鄙意，不由得辱骂起来，激愤之余他们还拿起石块和雪球向士兵们扔去。趾高气扬的士兵们怎会受得了这个气，便开枪还击，打死5个人，打伤了几个人。枪声可不是拉近感情的呢喃，在安葬死难者时仅有1.7万人的波士顿竟出现了5万人来送葬的场面，殖民地人的心与母国的背道而驰已一览无余了。

心已背离，逆动则不可避免。对波士顿人而言，母国在殖民地的任何一种存在都是讨厌的。按《城市条例》，母国为宣示权力对运入殖民地的茶叶收些税，按史家们的话说这的确是额度很小的小税，每磅茶叶只为3便士。尽管只是象征性的，但波士顿人还是反感它。1773年12月，一艘东印度公司满载茶叶的船停泊在母国驻军要塞的海面上，入夜后有一些印第安打扮的人登上船，把满船的茶叶倒入了海里。上船倒茶的其实不是印第安人，而是一个叫"自由之子"组织的成员们，史书称他们为"茶叶党"，是英国北美殖民地人抵制母国茶叶最激烈的一个组织，纽约、费城等地则采取了拒绝接货的方式。

北美殖民地的生存活动向它本有的模式成长而去时，人们对它并没有予以规律的认识。殖民地上的人们认为，自己是在为自由而争斗，所以满怀正义感，且相信这是殖民地上奴役者和被奴役者们所都向往的。而母国英格兰则认为人是我允许去的，地是我名下的，所以不顺从就是大逆不道的反叛，应该加以制止和镇压。与所有强势者都有认知惰性一样，母国政府没有考虑如何与规律友好的问题，而是选择了强势方惯用的强制措施。他们对殖民地的态度愈发严厉起来，对

① ［美］查尔斯·俾耳德、威廉·巴格力：《美国的历史》，新世界出版社，2015年。
② 同上。

几个殖民地议会下达解散令，封锁波士顿商埠，禁止一切集会，驱散海上的商务活动，凡刺杀母国官吏的案犯一律押送母国审判，马萨诸塞人不经总督准许不得召开城市会议……

政府的强制未能浇灭抗争的怒火，而是迫使它从零散、各行其是，走向了联合，走向了整体化。1774年9月5日，一个特别的会议在费城召开，英国北美13个殖民地中的12个派出代表参加了会议，共同讨论了如何应对母国强制政策的问题。这个会议叫"第一次大陆会议"，史家们认为，这是英国北美殖民地成为独立国家的序曲。不过，从当时的实际情况看，这更是殖民地人对母国不满情绪的整合化管理的开始。会议期间，人们就是否与母国脱离的问题展开激烈的讨论，最终决定以不脱钩的形式争取自己的自由和利益。于是，他们通过一个后来被叫作《权利宣言》的《联盟条例》，明确殖民地人所需要的权利，并成立一个叫"大陆会议联盟"的协调机构。同时，为争取到所向往的自由，做出两项重要的安排。一是向母国的国王呈递一个叫《和平请愿书》的文书，陈述强制带给他们的痛苦和要求取消的愿望；二是如果国王和政府不接受请愿，则决定从是年12月1日起对母国商品货物进行步调一致的抵制，并停止向母国出运任何物品。

尽管美洲殖民地人的请愿表露着他们对母国的眷意和依赖，但国王和政府并不同意妥协和让步。于是，那位叫威廉·比特的议员又忍不住地说："要恢复美洲人对于我们的感情，不是取消一纸空文所能办得到的；你们必须取消他们的恐惧与怨怒，才能希望得到他们的爱情与喜乐。调一队武装的军队驻在波士顿，侮辱他们，拿一列仇敌排在他们的跟前激怒他们，这样的办法即使能以武力屈服他们，也是靠不住的。以他们那样的联结，你们绝不能强制他们屈就你们的无价值的屈服条件，这是比明白还明白了的。"[1]

尽管难听，但这种指摘应该是负责任的提醒，但主张强硬的人们还是听不进去，而是颇为厌烦："让美洲人讨论他们天赋神权吧！他们做人和公民的权利吧！他们由上帝与自然赋予的权利吧！"认知的惰性使傲慢和蛮横变成了强势者的心态，母国与殖民地和解的机会就这样和英王与政府错过了。

1775年4月的一天，在波士顿的母国驻军得到有人在康科德储藏武器的情报，于是驻军统帅戴奇派出一队人马，趁夜前往缴获。士兵们利用夜色隐秘行

---

① ［美］查尔斯·俾耳德、威廉·巴格力：《美国的历史》，新世界出版社，2015年。

进，当他们还在半路时，康科德北教堂塔上的灯笼却亮了。驻军的秘密行动被发现了，准备为自由而争斗的民兵们奔走相告驻军袭来的消息，并纷纷拿起武器进行自卫。驻军行进到一个叫莱克星顿的地方后，发现了集结在树林里的一队民兵。驻军下令要他们解散，但民兵们拒绝了。于是枪响，母国的枪口又一次向抱怨她的子民喷射了。但喷射没有吓到已是满腔怒火的人们，虽然几个民兵在树林里被射杀了，可是更多的人拿起武器跑向从康科德到波士顿的路上，从篱笆、树和石墙的后面向从康科德撤往波士顿的驻军射击。这次枪响没有像上次那样很快停止，而是响彻整个北美殖民地，进而连成了他们争取独立战争的枪声。

就在枪声大作的十几天后，也就是于1775年的5月，第二届大陆会议紧急召开，决定北美13个殖民地的历史方向。与母国脱钩与否的问题已经不再是代表们的纠结，取而代之的就是宣布独立的决定和为独立而必须进行的争斗计划。于是他们近水楼台先得月，决定以这块大陆的名字称呼自己新创的家园，叫它为"美利坚合众国"，然后用一个叫《独立宣言》的文书宣告这个国家诞生的理由，其中坦诚地说："过去的一切经验也都说明，任何苦难，只要是尚能忍受，人类都宁愿容忍，而无意为了本身的权益便废除他们久已习惯了的政府。但是，当追逐同一目标的一连串滥用职权和强取豪夺发生，证明政府企图把人民置于专制统治之下时，那么人民就有权利、也有义务推翻这个政府，并为他们未来的安全建立新的保障。"这是他们对全世界的解释，他们是忍无可忍才为之的，因为他们相信"人人生而平等"。接着就是组建能使这些想法落地生效的武装力量，他们称它为"大陆军"，任命华盛顿为总司令，号召殖民地人民起来战斗。因为他们已经看出，要想实现这一目标，殖民地上流社会的力量是远远不够的，而必须让所有人为"人人生而平等"战斗起来……

殖民地和母国就这样交战起来了。然而，这不是一经开火就能成就的事情，而是一场与母国比决心、比力量、比智慧的艰苦较量。开战以后双方有胜有败，而且华盛顿所统大陆军遇到的困难更多一些，据一位法国志愿者说："不幸的士兵没有什么东西；没有外套、帽子与衬衣，也没有鞋；他们的足与腿都冻成黑的了……军中常终日没有吃的。官长与兵士的坚忍，全是一件莫名其妙的事。"[①]不过，更莫名其妙的是，如此不堪的殖民地人民经过两年多的咬牙坚持，终于将

---

① [美] 查尔斯·俾耳德、威廉·巴格力：《美国的历史》，新世界出版社，2015年。

局面向有利于自己的方向扭转起来了。

虽然北美大地和西部欧洲相隔偌大一个大西洋，但有人像倾听隔壁的动静一样探听着英格兰与殖民地之间的争吵与打斗。这个人就是被本性放任后坐力击倒前的法国国王路易十六。因为七年战争中的失利、受辱和北美殖民地被英格兰占去，路易十六心中充满了对英格兰的嫉恨。如今，英格兰和殖民地之间的拼命厮杀，给他提供了可报一箭之仇的机会。就在这时，渴望援助的富兰克林来法国游说，希望法国承认他们的独立，并予以全力支持。虽然自由、平等、民主之类不是路易十六所关心的，但他认为向英格兰发难的时机已经成熟了，于是于1778年2月，他与这个新的国家签订同盟条约，承诺全力支持到英国承认其独立。接着资金、物资、枪支弹药、热血志愿者从法兰西拥向北美大地，而且更为直接的是法国向英国宣战了。

终于将自家的纠葛激化到了他人可插手的程度，英国的国王和议会迎来了局势不可逆转的发展。法国的参战似乎是对顽固傲慢的厉声呵斥，使英国的国王和国会顿时产生了一丝悔意。就在美国和法国结盟的十几天之后，英国议会通过了不向殖民地征收任何税金，废除1763年后所有难以接受的法案，赦免从事独立的领袖们等法案，试图挽回殖民地人决绝而去的感情。可是，这个悔意来得太晚了，等来的没有一个好消息，而是一个比一个更坏。殖民地人没再回头，更麻烦的是西班牙也向他们宣战了。西班牙的参战也和法国情况一样，也是以雪无敌舰队被歼之仇和七年战争期间一些殖民地被英国抢占之辱。

事情越来越不由英国做主了，但是为了不丢掉艰辛开拓的这块大陆，英国不得不奋力搏一下。他们曾经认为，殖民地那些毫无训练的乌合之众面对训练有素的英国军队只会放下武器的。可没承想，华盛顿统率了美法联军之后，胜利就开始常常眷顾他们了。1781年10月，英将康沃利斯在约克镇战役中战败投降，使英国上下认识到继续作战不再有意义了。

于是，一个崭新的国家在北美正式诞生，来自英伦三岛、欧洲各地、非洲各处的各色人们，终于可以以北美大地为生存资源依托，形成属于自己的利益关系，成为不再隶属他人的利益体，进行自主、自行、自然的兴衰衍化了。

规律普遍而永恒，条件一经成熟，现象就会不可避免。北美殖民地脱离英国而独立，表明来到这片大陆的人们已经或正在完成与本土生存资源的深度相容，而且已经感受到人类生存的本应模式向他们招手了。北美殖民地人遇到的是母国英格兰将他们同自身利益的紧紧捆绑，所以他们通过抗争获得了自主和自由。然而在法国统治下的海地岛上人们的生活情况比北美人更糟糕一些。海地本来是哥伦布第一个落脚的西班牙占地，但在1697年欧洲大同盟战争结束时落入法国之手。法国接手后，未给海地提供发育出正常生活的条件，而是着手建造了一个畸形的社会形态。他们把这座热带岛屿当成了财富生产基地，开辟出一块又一块的土地种植甘蔗和咖啡。法国人到岛上来，并没有像英国"五月花号"乘客那般的抱负，更不是为了做种植苦工，而是来经营和管理种植园的。做种植苦工的则没有从法国来，而是用各种手段从非洲运来大批黑人，充当种植奴隶。据研究者统计，到1779年时海地人口54.5万，其中白种人4万，混血种人2.5万，黑人奴隶为48万人。

这些人的生存形态极端不合理，除了享乐的4万白种人之外，48万之众的黑人没有人身自由，每天还在监工的皮鞭之下进行18个小时多的劳动，勉强有人身自由的混血种人也遭受着种种的歧视。他们不能与白种人穿同样的衣服，不能戴宝石、乘马车，不能去巴黎旅行。与英国对待殖民地的方式不同，法国是"用最严厉的法律加以限制"，要让他们保持"具有提供尽可能丰富的资源的能力"。因此，这里的人们根本没有像北美殖民地人那样，有与母国讨价还价的权利。

不过，被奴役的海地人以坚决的否定表达了态度。法国人强行维持的这一社会形态全然不符合人类与生存资源相结合的存在模式，所以自1790年起海地的黑人奴隶们就开始了埋葬这一畸形社会的奋斗。海地人走向生存自主的斗争比美国人曲折艰苦，其领袖杜桑还被法国诱捕杀害，但法国终究未能挡住海地人坚定而有力的脚步，终于在1804年沮丧地听到了海地人宣布独立的声音。

人类比动物既愚蠢又聪明。愚蠢在于，动物本能地服从规律，而人往往企图用规则抗衡它；聪明在于，动物没有发现规律的智慧，而人类有不断发现它的智慧和主动与其相结合的自觉。因为，人为的规则，永远没有自然而然之规律的牢靠。当初，放任本性而来的西班牙人和葡萄牙人多么希望他们在美洲占据的这个地方永远是他们利益的从属、权力的后花园，永远是俯首听命于他们的次级人群。然而，他们想错了，国别不是逃脱规律的条件，而只要有扭曲，向规律滑动而去是挡不住的必然。

随着英格兰北美殖民地和法兰西海地殖民地人们陆续走向生存自主，南美殖民地上的人们也纷纷迈出了挣脱西班牙、葡萄牙羁绊的脚步。

与英国和法国一样，西班牙和葡萄牙也多么不愿意失去这些殖民地呀。于是，他们使出浑身解数，动用阴阳怪招，全力阻击从中部美洲到南部美洲殖民地人争取生存自主的斗争。其间，西班牙和葡萄牙虽然也受到本性放任后坐力的冲击，但革命者们自由、民主的追求并没有包括殖民地人民。殖民地人民也没有寄幻想于他们，而是高喊着"向可恨的奴役者宣布一场决死战斗"的口号，将废除奴隶制与争取生存自主结合在一起，经过十几年的浴血奋战，在玛雅人、阿兹特克人、印加人创造过灿烂文明的大地上建立了17个实现生存自主的国家。墨西哥、委内瑞拉、哥伦比亚、阿根廷、乌拉圭、秘鲁、巴西……一个个与当地生存资源深度相融的利益主体，自主、自行地运行起来，以重返规律的形式汇入了人类生存的历史潮流……

而且，引力不会至此消失！

每一次都是新的觉醒

　　思考是有原因的，所以笛卡尔说："我思，故我在。"

　　让笛卡尔说出"我思，故我在"的原因很多，但最主要的原因是欧洲人自"文艺复兴"开始的觉醒。在被概括为"文艺复兴"的那些年代，欧洲人从天主教大伞的遮蔽下认出了人的真实模样。原来教皇和教会让他们一直认为人类是有原罪的，想要升入天堂，必须经过虔诚的赎罪。但经过"文艺复兴"期间的思考，他们终于明白，人类根本不存在有原罪的问题，而且还相当可爱，还应该有快乐的生活。

　　但是，如何让这些可爱的人类去过快乐的生活呢？尽管他们对快乐生活寄予了种种的憧憬，但还是未能给出可行的回答。这是不是可以说，"文艺复兴"的思考是不彻底的？其实不是。能够把延续了千余年的基督教思想铁幕拉开一道缝隙，看见人类的本来模样，对生活在那个时代的人们来说已经很不容易了。对此但凡有一点点的贡献，人们都应念念不忘的原因就在这里。所以，"文艺复兴"是西部欧洲人深度思考的开始，而不是结束。因为，他们需要把自己的认知从宗教的桎梏中释放出来，以便于客观存在进行无障碍的直接面对，要为"我们是什么，我们应该有怎样的生存"找到答案。因此，他们有必要将思考进行下去。

　　继"文艺复兴"的脚步，接下来思考的不是法国人笛卡尔，而是"文艺复兴"盛兴地的意大利人。

　　意大利人有着不得不思考的原因。曾经辉煌的罗马帝国没有了，虽然教廷和教皇们很想承袭帝国的威望，将欧洲甚至将更大的地方掌控在自己的手心之中，使人们永远俯首帖耳，但由于宗教教义编织不出利益关系的先天局限，无法形成整合占有资源产地的利益体，以给人们提供有秩序的生存形式。而能够提供这一生存形式的俗世权力，也随着帝国的瓦解分崩离析。继而出现的分割占有生存资源产地的运动纷乱丛生，迟迟不像东方中国那样转向整合占有的形式，使具有大一统记忆的意大利人难以释怀。于是他们苦恼，于是他们郁闷，于是他们需要换一个角度去观察和思考，于是他们就发现了天堂与地狱的荒谬，发现了没有原罪的人，也发现了可以快乐生活的道理。

那么，怎样才能使自己快乐地生活呢？他们锲而不舍地思考着。就在这时，对资源产地进行整合占有的迹象在法兰西出现了。法王腓力四世为了实现对脚下资源产地的整合占有，与教皇卜尼法斯八世发生争执，并取得胜利，使伯国、侯国林立的法兰西真正走向了一体化的道路。无论宗教如何去描述，对俗世里的人们来说，有一个可依附的稳定的利益体是他们可以安生的首要条件。在腓力四世的运筹下，法兰西越来越成为这样的利益体。与它相邻而居的意大利人不会看不到这个变化，而且也不会不让身陷纷乱且有大一统记忆的他们深深地思索起来……

终于，有一个人的思考浮出水面来了。这就是尼科洛·马基雅维利的思考。出生于1469年的马基雅维利是佛罗伦萨人。在马基雅维利生活的年代，这个曾为罗马帝国重镇的佛罗伦萨还尚未归属现今的意大利，而是归属过东哥特王国、伦巴第王国、法兰克王国、神圣罗马帝国后，正处在以佛罗伦萨共和国为称呼的自主利益体阶段。马基雅维利参与过这个小小共和国的国务活动，也曾出使他国，接触过许多他国政要。但是，他所依附的这个利益体并不稳固，不仅遭受过强大起来的法国的侵占，其统治团队也不时地被换来换去。这使马基雅维利难以甘心，开始时他觉得这可能与雇佣军的松散有关，所以，他也为建立一支国民军而付出过努力。后来不仅努力落空，自己还被甩出了执政团队。

然而，马基雅维利没有被甩出历史的需要，没有被甩出自己内心愿望的需要。他和人们一样需要依附一个利益体，而这个利益体应该是稳定的、强大的，按赫伯特·乔治·韦尔斯先生的话说："他建议软弱而分裂的意大利可以统一并强大起来。"那么，谁能成就这样的伟业呢？人们看不到，马基雅维利也看不到，但他觉得这样的人是可以造就的。于是就有了他为造就这样人物而写成的权术经文。据说，他写的这个权术经文一度成为欧洲君主们案头的必备书。英格兰护国公克伦威尔一直珍藏该著作手稿的复本，法王亨利三世和四世遭暗杀时都带着这部著作，路易十四更是每天睡前都读些这部著作，拿破仑在滑铁卢被打败时人们在他的用车里找到了写满批注的这部著作。

这部著作叫《君主论》，后人称它是史上第一部将政治从道德中剥离出来的著作。这种理解是不是贴切的实在难说，但马基雅维利的思考实则是"文艺复兴"思考的接续。

将人从原罪中解救出来之后，"文艺复兴"未给他设计出一个得以安生的社会存在形态。于是，这一使命和罗马帝国后人对大一统形态的向往，在马基雅维利的身上成功地结合到了一起。马基雅维利不再相信"君权神授"出一个强大的国王和国家，而认为应该以人为的方式去造就它。在他看来，人们不应生活在"上帝之城"呵护下的"世俗之城"里，而应该生活到比什么都重要的"国家"形态里，且将这个形态的权力作为法的基础，国王或君主就是这个权力的化身。一个不同于"世俗之城"的社会存在形态被勾勒出来了，但马基雅维利看不到这种形态自然生成的可能，所以需要造就一个强大的君主来成就它。

在马基雅维利看来这是至关重要的。所以，他对统治者的政治品格选择了忽略，而认定人民有屈从权力的天性，君主需要的是残酷，而不是爱。他鼓励身为君主的人，要不妨对行恶习以为常，也不要因残酷行为受人指责而烦恼，并警告"慈悲心是危险的，人类的爱足以灭国"。由此，他允许"为了达到高尚的目的，可以使用最卑鄙的手段"……

"文艺复兴"未能完成的思考就这样接续了。虽然有些粗糙和牵强，还有些偏执，但西部欧洲的精英们开始为社会的存在形态进行设计了。托马斯·霍布斯是接续马基雅维利思考的又一位重量级人物。他是英国人，出生于1588年，据说其母受当年发生的西班牙无敌舰队的侵袭和偶像崇拜者恐怖行为胁迫而早产。其父也早早杳无音信地离开了他，据说是在教堂门口与他人大吵大嚷后失联了，是一位哥哥将他抚养长大。

托马斯·霍布斯与马基雅维利相差百余年的人间岁月，也没有像马基雅维利那样参与过国家事务，而是学了哲学，但更有兴趣于哲学之外的其他读物，曾给被称为哲学家的弗朗西斯·培根当过一段时间的秘书。

托马斯·霍布斯生活的年代，是本性放任的后坐力效应在英国开始显现的时期。海外殖民所带来的巨量财富，使英格兰国王得意忘形起来，他忘掉《大宪章》的约束，忘掉与利益关系各方良性互动的必要，试图以君权神授为依据行使绝对化的权力。不过，殖民过程中发家的不只是皇室一家，还有商人、银行家、冒险家等利益关系相关方人员。发家致富的这些人又想借议会与国王间的良性互动保持其财富和处置财富的权利。于是他们争执起来，最后导致了对利益关系进行再设计的资产阶级革命。

托马斯·霍布斯没有亲身参加这场革命，而因他曾给查理二世当过数学老师的缘故，与革命保持了一定的间距。不过，这没有妨碍他的思考。持续几百年的"文化复兴"思潮，使他不再相信"世俗之城"的存在，所以他很想从根本上认识和解读人类生存的情况，以找到符合人类所需的社会存在形态。据史学家介绍，托马斯·霍布斯是以探讨物体运动原理为切入点，进入问题的。在他的思考中，人类也是运动着的存在，但因有知觉、知识和感情等因素，有其不同于物理的特殊之处。因为他相信："讲结果的知识，即被我们所称为的科学，不是绝对的，而是有条件的，没有人能靠推理绝对地知道这个或那个是如何、曾如何、将如何，只能知道，如果这个事如此则如何，如果这个曾如此则如何，如果这个将如此则如何，就是说他是有条件的被知道。"

他如此开始的思考，在哲学的后花园里踱步一些岁月后，随着改写利益关系的资产阶级革命在英国的爆发，终于结出了果实。他思考的成果体现在叫《利维坦，或教会国家和市民国家的实质、形式和权力》的一书之中。虽然托马斯·霍布斯所说的"国家"，当时还只以王朝化利益体的形式存在，但这没有妨碍他对问题深入浅出的思考。托马斯·霍布斯努力从源头开始考察，他把"有社会组织以前的生活"中的人称之为"初民"，认为"初民生活是无法的、暴力的、恐惧的、鄙陋的、如禽兽的、极短暂的"。由于生活在这样的"自然状态"下，人们面对的是无处躲藏的危险以及恐惧，于是在他看来人们就愿意臣服在一个共同的力量之下。而在臣服一个共同力量之下时还存在着将自身的权力授让出去的过程。他说：

"授出他们的权力及力量（用于彼此之间的权力）给一人，或给一群人……这样，使人群这样结合在一人之下，就成为共荣体，这就是利维坦的产生，或者说是不朽之神的产生，在它之下我们享有和平与安全。在共荣体中的每一个人所支持的人的权威下，以及他所接受的由他们授予的权力、力量之下，就能够实现共荣体中的共同意志。这领导人民的人就成为元首，他所有的就是君权，而每个人就是他的子民。"①

托马斯·霍布斯的思考是带着想象的，"利维坦"就是他所创设的一个意象，似乎是"国"和"君主"的复合体，并设想他是永恒存世的不朽之神。不过，在他接下来的表述中，这个不朽之神就被分成了"共荣体"和"君主"。"共荣体"是保证个人安全和团体和平的存在形式，所以，他主张为其君主的一定要有绝对的权力，以确保"共荣体"的安稳运行。因此，子民的主要义务就是服从，他说："子民对君主的义务，不说自明地，只限于当他有权的时候，也就是在他能保护他们的时候。"

托马斯·霍布斯的这个想法，正是在英国国王与议会矛盾冲突的混乱中成形的，所以不可避免地留下了他对这场动荡的立场和态度。由于他同保皇党人关系较好，也没有观察到事情背后的历史原因，所以一脚站到了同情国王的立场上。于是主张绝对的君权是必需的，因为当权力分散，譬如散于君主与国会，就很快会有冲突，然后是内战、混乱以及生命和财产的无保障。进而认为，政府存在的唯一合理形式就是君主政体，并且应该采取继承制，因为选择继承人的权力应该是君权中的一部分，君主的多变就是无政府。这样的政府不是宗教的附庸，反而宗教必须由政府来控制……

这样，从马基雅维利到托马斯·霍布斯，西部欧洲人终于将王朝化的利益体，从宗教的混同存在中成功地剥离出来，并为它设计出了君主政体的存在形式。这对千余年迷茫在宗教迷雾里的西欧人来说，其意义不亚于第二次创世纪。所以，他们亲切地认为这是启蒙运动的开始。

不过，马基雅维利和托马斯·霍布斯都有让人遗憾的一点，那就是其思考未能与他们所处的时代相同步。在他们生活的那些年代，宗教改革不可阻挡地进行着，对资源产地进行整合占有的大一统欲望时隐时显地发作着，本性放任活动席卷欧洲西部，由此带来的财富聚集不仅引发了生活上的种种变化，还改变了原有的利益关系结构，在英国还发生了改写利益关系，使权力的存在形式符合于利益关系多元格局的革命。马基雅维利、托马斯·霍布斯们的思考虽然挣脱了宗教理念的纠缠，但未能与当时的这一存在现象同步，尤其是未能给英国发生的革命及其权力存在的方式提供合理的存在理由。

---

① ［美］威尔·杜兰特：《世界文明史》，东方出版社，1999年。

这对已经生活在权力存在的新方式之下的英格兰学人们来说，无疑是个集体的尴尬。不过，这种尴尬持续时间并不长，很快被一位叫约翰·洛克的人给化解了。

约翰·洛克比托马斯·霍布斯小44岁，生于1632年，自父辈起，一直是英格兰议会的拥护者和坚定的支持者，曾就读牛津大学基督教堂学院，其人生一直随着国王与议会间的争斗动荡起伏着，光荣革命之后曾为官方做事，以享革命胜利的成果。约翰·洛克的思考与一位叫沙夫兹巴利伯爵的引导有着密切的关系。沙夫兹巴利是殖民发家的人，北美殖民地卡罗来纳的发现者和占有者之一，在国王和议会的争斗中一直保持了有利于自己的站位，曾任克伦威尔时期议会议员，查理二世时期财政大臣及大法官。约翰·洛克是伯爵家的医生，又救过伯爵一命，所以伯爵真诚待他，经常与他探讨宗教、内政、国家行政等方面的问题，从而培养了约翰·洛克对思考的兴趣。

约翰·洛克的思考也和托马斯·霍布斯一样，都是基于英格兰现有实际情况展开的。约翰·洛克面对的则是英格兰光荣革命之后的情况和与此不相契合的托马斯·霍布斯及菲尔默爵士的论点。因为他们的论点不时地将人们向君主政体招手。尤其是菲尔默爵士的论点具有宗教的蛊惑性。他的论点认为，政府是扩大的家庭，上帝把权力交给了人类第一个家庭的主人亚当，由他将权力遗传后世成为父权政治。若是相信《圣经》的神圣启示，一定也得接受家庭的父权，以及父权政治乃是上帝的旨意。由父权政治而使君主掌权，最初的君主不过是家族的族长，因此，再追溯最初的族长乃是亚当，而亚当又来自上帝，因此，君权除非明显地与上帝的旨意相违背，否则它是绝对而神圣的，而凡是反叛它的权力，不但是法律上的罪犯，也是神的罪人。①

按照菲尔默的论点，光荣革命后的现状是非法的，权力层面的人们都是神的罪人。这是人们所不能接受，且必须加以清除的，否则就会动摇现状存在的基础。虽然谁也没有委任约翰·洛克为这个时代的代言人，但他的认知告诉他现状的存在形式是合理的，于是他责无旁贷地发言了。

约翰·洛克不想在起点上输给他们，于是也和他们一样，从存在的源头去寻找依据。但他与菲尔默不同的是没有把《圣经》看作是存在的源头，而和托马

---

① [美] 威尔·杜兰特：《世界文明史》，东方出版社，1999年。

斯·霍布斯一样也把目光投射到了"原始的状态"。然而，不知为什么，他看到的情形与托马斯·霍布斯所看到的并不一样。托马斯·霍布斯看到的是人们在无处躲藏的恐惧下去找权力庇护的情形，约翰·洛克却说他看到了原始状态下的个人是自由而平等的情况。于是，他发现"每一个人……天生就是自由的，并且，除非有他的同意，没有任何东西能使他臣服于世俗的权力下……"①。看来还是挺麻烦的，在这些天生自由而不愿臣服世俗权力的人群里，政府将怎样起源呢？约翰·洛克还是很有办法，他没有像托马斯·霍布斯那样把"自然状态"下的人们强行召集到一个"共荣体"之中，而是认定人是理性的动物。所以，他认为，人们凭借自己的理智彼此之间达成一个社会契约，把有关惩罚的权力交给由契约组合的团体，然后团体中的大多数人选出一个主要的管理者，来执行团体的愿望。约翰·洛克很会贴着现实说话，他说被选出来的这个人可称之为君主。但他认为，这个君主一如其他公民一样，受该团体所共同约定的法律约束，如反之，团体可以收回托付给他的权力。

就这样，约翰·洛克很巧妙地让政府起源并形成了。他与托马斯·霍布斯最大的不同就在于没有认为君主应有绝对的权力。而这个不同也让他实现了与光荣革命之后英国权力存在形式的同步，并为这个政权找到了存在的理由。至此，他的思考还没有结束，因为他还要为这个政权规划出其应有的职责。于是，他又回到了原始的状态，在这里他又发现那些自由而平等的人们都有权在自然赋予的资源上混合自己的劳动而拥有财产，而这个财产是先于政府的。由此，他坚定地认为，政府"除了保护人民的财产之外，没有其他的目的"。

好聪明的约翰·洛克呀，他的这一论点不就是那些在利益关系的变迁中，在本性放任的过程中，在商业贸易的过程中聚集了财富，而且因反对国王的课税而进行革命的有产者和富裕的人们所期待的、所希望的、所热烈欢迎的论点吗？！据说，美国《独立宣言》的论点就是来自他的这个学说。

不过，约翰·洛克的思考还没到大功告成的时候。因为，英格兰是西部欧洲宗教改革之后，派生出的宗教派别最多、相互间的打斗最为激烈而用力的地方之一，如果找不出消除这个冲突的办法，再好的想法都会被冲突的暴力所撕碎。所以，托马斯·霍布斯想以政府控制宗教的方法加以解决，而约翰·洛克

---

① ［美］威尔·杜兰特：《世界文明史》，东方出版社，1999年。

没有这么武断，他注意到"有许多事情，我们对他们只有一些不完整的观念，甚至一些观念也没有。而其他，关于它的过去、现在以及将来的情形，若借着我们的能力，我们可能一无所知"①，于是他认定这是超理性的存在，而"当他们显现出来的时候，就是信仰的事了"②。由此，他从信仰存在的认知出发，提出了宗教宽容的主张，认为除了天主教以外的任何形式的基督教，都应该享有自由。

问题被解决了，至少被以约翰·洛克的方式解决了。虽然从源头追溯的想法是可嘉许的，所假设的"原始状态"是无处可寻的，问题之根本的利益关系是被遮蔽的，但约翰·洛克为当时英国权力与社会的存在形态找出的理由是合理的、可接受的，而且在宗教方面是略有超前的。于是，他受到了英国人的欢迎，被称为"哲学家"，据说在当时，他的哲学地位已经达到了如同牛顿在科学中的地位。

想来，这样的名誉对约翰·洛克也是实至名归的。尽管支撑学说的社会形态先于学说存在，但因人们喜欢把它从实际中剥离出来面对，约翰·洛克顺势就成了一个新的社会存在形态的设计者，如同哥伦布一样为欧洲西部挣扎在迷茫中的思考找到了一块新的大陆。

在迷茫中进行思考是痛苦的，这一点法国的笛卡尔比谁都清楚。笛卡尔1596年出生，可以说与托马斯·霍布斯是同代人，只小他8岁。据说年轻时做过奇特的梦，梦中看见闪电，听见雷声，而且某一个圣灵还向他宣启新的哲学，可见他思考的欲望是多么强烈。可惜的是，笛卡尔开始思考时法兰西的情况一片混沌，本性放任的时尚还在升温，托马斯·霍布斯的学说还未形成，所以，他只能痛苦地发出"我思，故我在"的声音。

笛卡尔很难相信，当时的法兰西灌输给他的认知是可靠的，他觉得"我们错误的主要原因是童年的偏见"③，因为这是他"在少年时未经探索其真实性就加以接受的原则"④。于是，他带着怀疑一切的目光，打量法兰西，打量已有的一切认知。笛卡尔的抱负不在于怀疑，而在于重建。为此，他给自己找了一个叫"理性"的工具，并从数学、物理、天文、生理学、心理学等多个角度，向存在

---

① [美] 威尔·杜兰特：《世界文明史》，东方出版社，1999年。
② 同上。
③ 同上。
④ 同上。

本身靠近。但可惜的是，他思考的脚步还没有踏入存在本身时，死神从他54岁的身体中夺走了生命。

对本性放任乱象下的法兰西而言，笛卡尔是孤独的、渺小的，其智慧纵然何等非凡，所发明的理性化主张何等有效，也未能穿透浓浓弥漫的阴霾。然而，勤于思考的法兰西人没有因此望而却步，而是面对弥漫的阴霾一个接一个地站起来思考了。

孟德斯鸠和伏尔泰便是其中较为突出的两个人。二人分别出生在1689年和1694年的法兰西。

本性放任下的社会存在形态是畸形的。孟德斯鸠和伏尔泰不约而同地觉得法兰西社会的存在形态很是怪异。孟德斯鸠发现这个国家的很多情况极不正常，于是虚构出叫作里卡和乌斯贝克的两名到法国旅行的波斯人以及他们与家乡伊斯法罕的信件来往，谈论法兰西存在的种种丑恶现象。这个作品叫《波斯人信札》，为逃避宗教与宫廷的迫害，以匿名形式刊行。在由160余封书信组成的作品中，孟德斯鸠用里卡和乌斯贝克的耳闻目睹和所思所想巧妙地揭露了法兰西所存在的宗教上的口是心非和残酷迫害，生活上的奢靡与放荡不羁，宫廷的贪婪与腐朽，国家财政的一塌糊涂，以及"国王实在是一个反常的现象，他总是会腐化到专制的制度"[1]的情况。

与孟德斯鸠的一脸严肃相比，小5岁的伏尔泰显得多少有些纵情，他在混迹糜烂的法国社会上层的同时，还不断地表达对它的反感。他先以阿鲁埃的名字写一些诗，后以伏尔泰为名写剧本，讽刺社会的丑恶，以希腊神话中的俄狄浦斯形象，暗指当时摄政的奥尔良公爵乱伦。由此，两次被投入巴士底狱囚禁。

笛卡尔的理性主义原则似乎没有帮上他们多大的忙，也未能让他们看清楚眼前的乱象是本性放任导致的后果，但他们都觉得这样下去法国是没有什么希望的。

同样的问题不一定会有同样的答案，这就是我们的人类，这就是矛盾和冲突总是缠绕我们的原因。孟德斯鸠和伏尔泰都觉得法国已经病了，需要医治。为了寻找解救的办法，两人都到欧洲多国，尤其都到英格兰考察。可是，光荣革命之后英格兰的权力存在形式，未能成为孟德斯鸠解决法国问题的选择，所以只好把

---

① ［美］威尔·杜兰特：《世界文明史》，东方出版社，1999年。

目光投向了罗马帝国的历史。经过几年的苦心研读，写成一部叫作《罗马帝国兴衰论》的书。在他看来，罗马帝国的兴衰经历使他找到了解决问题的钥匙，所以，以近似发现新大陆的感觉认定：共和制是罗马人征服上百个民族、成就种种辉煌的关键，而君王专权的帝国体制则是他们走向衰亡的原因。他这样坚信着，并借多年从事法律事务的优势，为自己所青睐的共和制设计了权力分解为主要内容的存在形态。因为，他认为在人类生活中存在着自然法和人为法的现象，人为法是可用来设定社会的存在形态。

伏尔泰似乎没有孟德斯鸠那样挑剔，而认为他在英格兰看到的一些情形，恰好就是解决法国问题的好办法。于是，也和孟德斯鸠一样用信札的方式表达解决法国问题的想法。这个信札叫《哲学通信》，由此开始，伏尔泰为法国设计新的社会存在形态而奋力建言。

派别林立是英国宗教改革的产物，从相互间的无情迫害到竞争共存是光荣革命带来的变化。法国的情况与此不同，天主教是唯一正统，强迫人民一律信仰。伏尔泰觉得法国也应该和英国一样，因为"一个英国信徒就如同一个自由人一样，可以依循着任何他想要选择的路到天堂去"。对法国的天主教徒来说，这肯定是犯忌的，但对已将宗教的存在形式调整到心灵领域的西部欧洲而言，这个话题本来就该讨论了。但在法国还有着很大的风险，可伏尔泰已经无法违背内心的向往了。

面对需要处理的问题，与孟德斯鸠的学究气相比，伏尔泰更喜欢对症下药的方式。在伏尔泰看来，解决法国的专制，更应该借鉴英国的经验。他说：

"只有英国民族才设法借着抗拒国王而来节制国王的权力，……最后才建立了这一明智的政府，在这政府里，国王虽有权做一切善事，但双手却被束缚着无法做恶事。……无疑地，在英国树立自由的代价甚是昂贵，专制的偶像被浩浩的血海所淹毙了，然而英国人并不以为他们为着良法付出过大的代价。其他国家并不是没有同样的乱世，只是他们为着争取自由所洒下的鲜血，徒然更使他们的奴役巩固而已。"[1]

中国有一句古话叫"情人眼里出西施"，只要看得顺眼，什么都是好的。在伏尔泰的眼里英国的情况就是这样几近完美："事实上英国的宪法已臻于完善的

---

[1] [美] 威尔·杜兰特：《世界文明史》，东方出版社，1999年。

境界，因此，所有的人民都恢复了在几乎各个王朝受到剥夺的自然权利。这些自然权利包括完整的人身自由与财产自由、新闻自由，由独立人士组成的陪审团审判所有刑事案件的权利，严格依据法律条文接受审判的权利，以及丝毫不受烦扰地公开表明他所愿信仰宗教的权利。"①贴近存在进行思考，应该比靠逻辑思维设计出一个社会存在形态容易得多，伏尔泰虽然没有像前人那样假设各种各样的"原始状态"，但却将英国的情况有过之而无不及地进行思想包装之后推荐给了法国。

伏尔泰比前辈和同代学家多一道工具。他是诗人、作家，可以用人们最愿意接受的形式传播自己的主张和思想，由此影响广传，声名远扬。也许因为是诗人和作家，喜欢用情感、形象和故事进行思维，一些思想被提出来时大不同于学者们的样子，而是充满着人们乐意接受的大众化气味。对天堂的质疑是这个时代欧洲思想的基本共识，但通过伏尔泰表述时它就成了"人间天堂实在就是我所在的地方"②；在基督教世界，亚当、夏娃一直是上帝创造的圣祖，但在伏尔泰看来"我亲爱的父祖亚当，你当坦白自承，你与夏娃夫人都有满含泥土的长指甲，而你们的头发也有点儿紊乱"③；理性是笛卡尔向人类建议的处世方式，然而经伏尔泰表述时吸引力却大增起来——"人依其理性以认识自然，也依其理性以改造社会。发扬理性，就是推动历史；蒙蔽理性，就是阻碍进步。"由此种种，他被誉为"欧洲的良心""法兰西思想之王"是有原因的。

为改善法国社会的存在形态而用心建言的不只是孟德斯鸠和伏尔泰，狄德罗和卢梭也是较为用力的两个人。狄德罗希望法国的权力存在形式不再太专有和专制，因为在他看来"没有任何人从自然取得指使他人之权力"④；同时也呼吁社会在平等的原则下运行，他说"社会的净利，如果平等地分配，也许比不平等地分配及由于这一净利而将人民分成阶级更为有利"⑤。真是较为彻底的启蒙思想啊，不过当时法国人想要的社会存在形态并没有这样美好，所以，有人就评价说这已经是共产主义的想法了。

---

① ［美］威尔·杜兰特：《世界文明史》，东方出版社，1999年。

② 同上。

③ 同上。

④ 同上。

⑤ 同上。

本性放任状态下的法国社会正一步步走向调整利益关系的革命之际，精英们的思考也从起步的苏醒和对英国经验的感性认知，终于向自成一体的构想迈进了。迈出这一步的人名叫让·雅克·卢梭，中国人习惯以卢梭称呼他。卢梭生于1712年，比狄德罗大1岁，出身贫寒，童年孤苦，天赋异禀，但在晚年时为法国提供了一套自成体系的社会存在形态设想，成了启发后人的一盏明灯。

卢梭对社会存在形态的思考，也是从类此原始状态开始的。不过，卢梭没有像约翰·洛克那样看到人们自由而平等的样子，而是看到了"人生而自由却处处都在桎梏之中"的情况。真是有点奇怪，他们同样向原始状态回望，但看到的情形总不一样，不知这个原始状态是个什么样的存在。卢梭并不在意这一点，继而认为这样的人们是经过了一段自然状态的生活之后才进入了社会状态的生活。据他观察，社会状态的生活是以私有制的产生为起点的，而文明恰恰是从承认私有制开始的。

就这样，卢梭把人类的存在形态推入社会状态之后，便根据自己的认知开始为它的存在形态进行设计了。首先，他设计了一个需要，认为社会状态的生活需要一种秩序，这种秩序不用强权来建立，而是来源于共同的原始、朴素的约定，其目的是护卫和保障每一个结社者的人身和财富。接着他认为，为满足这个需要，在社会状态的生活中就会存在一个叫主权的权利形式，这个主权并不是王权，而是公意，并以法律的形式得以运行。这个法律由其社会成员制定，但他不负责执行。在他看来，在制定法律的主权体和社会公众中间要有一个执行法律的中介，这个中介就叫政府。政府不是主权本身，而是在公意的指示下负责对法律的实施。以这样方式运行的社会存在形态，应以公意为根本和基础，由此宗教信仰也应该是自由的。因为，卢梭是以天主教的法国为目标设计这套社会存在形态的，所以，他还特意主张要信仰基督教的基本教义……

大致就是这个脉络，卢梭在他的《社会契约论》中对这样一个社会存在形态进行了方方面面的认真设计，并将它交给了风起云涌的革命即将发生的法国。虽然说，并不知以调整利益关系为己任的法国革命会多大程度地接受卢梭的建议，但对文艺复兴以来的思考来说，这也是具有归结性意义的大成果。当然，思考都是自愿的，人类没有责成谁去为之，但为让生命能够有一个舒适的存在环境，总有一些人在自愿地进行着思考，再思考……

第十三章

步步惊涛

沿着历史的河岸，从远古一步步走向自己的年代，这本身就是一趟神奇的旅行。一路上我们不仅倾听他人的讲述，也用自己的心智把脉历史，发现了很多，收获了很多，更是明白了许多。

历史，不应该只有一种解读，尤其是不应该只有谄媚强者的解读。因为，人类的历史属于全人类，而不属于任何个人、团体和人群，所以，需要用无私的心灵去感受它、体认它。

因为，换个角度就会有别样的风景！

无处安身的大一统幽灵

与生存资源的关系是人类最重要的外在关系，所以，对其产地的争夺一直是人类间生死相战的根本原因。那么，以怎样的方式占有和利用生存资源产地，最有利于人类群体的共生与共存呢？

人类一直在探索这个问题，也不断积累着各种各样的切身体会。

在再分配坦途尚未修通的古代，人类尝试的主要是两种占有形式：一种是整合占有，另一种是分割占有。结果证明，分割占有难以满足生存需求，进而极易引发纷争和战乱。所以，中国人说"春秋无义战"，欧洲人说"黑暗的中世纪"。而整合占有便于对生存资源的统筹与再分配，可以解决更多人的生存需求，但因容易导致利益关系的固化与不合理化而又经常遭到中断。对此，东西两大生存圈的人们都有深刻的记忆，都希望大一统的整合占有能够持续和长久。波斯帝国、亚历山大帝国、大秦帝国、大唐帝国以及罗马帝国、大元帝国等让人类反复去回望的原因就在这里。

与西部生存圈的人们相比，东方生存圈的人们与整合占有的缘分更深、更长久一些。因为自然条件的差异，东方生存圈的所属大地难以像欧洲那样，可以整体被开发为生存资源的产地，所以人们尽力实现着大一统的整合占有形式，满足着不同族群、不同人群共生共存的需要。于是，元朝的大一统被中断之后，虽然出现过明朝与北元一分为二的情况，但自不久后的1636年起又被女真族后人整合起来，以大清王朝的名义又恢复了大一统的生存形式。可西部欧洲的人们却少了这份幸运，虽然脚下土地都被开发成了肥沃的生存资源产地，但罗马帝国的大一统却被中断了。然而，帝国的大一统记忆没有被人们忘记，随之而来的分割占有以及由此带来的纷争与战乱，不断引发人们对帝国荣耀的追忆。从此，重现帝国荣耀的大一统怀想就像一个至尊的幽灵，游荡在欧罗巴人的心灵旷野，不时地寻找着现身生活的机会。可惜的是，分割占有的情况极其复杂，宗教力量的掣肘不时地存在，尤其是亚历山大、恺撒那样的超凡军事天才迟迟不再出现，使纷争和战乱无休无止地延续了下来。在13世纪末和14世纪初，虽然出现过满怀整合占有志向的法王腓力四世，但因向宗教和世俗两边用力，又未能持之以恒而没有取得可观进展。之后，葡萄牙人和西班牙人掀起的本性放任活动，将人们的注意力猛地引向海外世界，让人无暇专注于大一统事业了。

不过，本性放任的后坐力又把人们的注意力拽回了本土。后坐力不是别的什么，而是改变利益关系的庄严大事。它首先在英格兰出现，后以利益关系多元互动的形式得到解决。消解后坐力之后的英国，虽然迎来了国力提升的局面，但大一统并没有成为他们的追求，而后遭后坐力冲击的法兰西却阴差阳错地做了一次大一统的梦。

这个梦是拿破仑以法国的名义做的。

在本性放任后坐力的冲击下，法国人为改变利益关系而进行的努力，比英国人曲折而又复杂。虽然伏尔泰等人努力推荐英国的经验，卢梭等人也积极地为构建法国涉及利益关系可多元共存的社会存在形态而努力，但围绕利益关系改动而博弈的人们，并没有严格按既定方案操作，而是根据各自的考量和情况的变化进行即兴的调整和摆动。开始时，推动变革的人们也和英国一样，想构建一个包容国王这一政治利益体在内的利益关系多元的社会存在形态，但国王的消极、贵族们的抵制和外部势力的横加干预，使他们的初衷很快发生了变化。他们不再坚持君主立宪，而改为主张废除国王，并构建共和政体的社会存在形态。于是，存在已久的封建制、奴隶制被废除了，贵族们特有的权利被剥夺了，教会的财产被没收，国王路易十六也于1793年被处死了。

法国人对利益关系进行的这般重大调整，是冒着奥地利和普鲁士国王出手干预的风险进行的。与国王路易十六关系亲近的这两个国王，当利益关系调整在法国如火如荼地进行时，曾发表一个叫《皮尔尼茨宣言》，号召欧洲各国联合起来，"阻止法国革命危险的过渡"[1]，并主张"欧洲各国要合力强迫法国人民把

---

① 何炳松：《世界简史》，中国工人出版社，2007年。

从前的权利交还法国的君主"①。普鲁士的一位将军还曾扬言若法国人加害国王，他们一定要把巴黎毁掉。可如今，国王被处死了，利益关系也有了新的变化，于是发动革命的法国人面前只剩下一条可走的险峻之路，那就是：以武力反制武力，以保卫来之不易的革命成果。

拿破仑就是在这样一种需要下走上法国执政官之位的。拿破仑掌权之前，新建的共和制还尚未找到合体的权力存在形式，所以由一个五人组成的督政府来领导国家事务。据说这个督政府较为无能，难以统筹内外事务而使法国正陷困境，就在这样的情形下，受派到国外作战的拿破仑决然回到国内，于1799年11月以武力推翻督政府，组成三人执政团队，自己出任第一执政官。史书通常以"雾月政变"来表述这一事件。

拿破仑能够一跃成为法国最高领导人，靠的并不是运气，而是本事。拿破仑的本事是在反击反法同盟的战局中显现出来的。反法同盟是由奥地利、普鲁士、英国、荷兰及撒丁王国等组成的军事同盟，其目标是剿灭法国革命。其中既有同情国王遭遇的因素，也有对革命蔓延至自身的担忧，而英国肯定是为报法国支持美国独立的一箭之仇。这个同盟组成于1793年，当时执政法国的督政府组织三支军力进行反击，其中一支军队由时为二十几岁的热血青年的拿破仑统率。有意思的是，另两支军队均被同盟军打败，而拿破仑异军突起，其统率的意大利方面军却打败了反法同盟的联军，迫使同盟解散并议和。

拿破仑就是以这样的本事博得法国军人的拥戴、人民的信赖，成为最高领导人的。拿破仑出任第一执政官时，法国正在遭受第二次反法同盟的围攻。这次同盟除英国、奥地利外还有俄罗斯、奥斯曼土耳其等，各国国王们对革命废除其在利益关系中之地位的恐惧显而易见。但不巧的是，他们对垒的不是软弱的督政府，而是已经成为第一执政官的军事奇才拿破仑。果然，拿破仑没有辜负法国人对他的拥护，出任后只用半年的时间，在马伦戈和霍亨林登接连战胜奥地利军队，迫使奥地利单独与法国媾和，签订《吕内尔条约》。接着于1802年与英国签订《亚眠合约》，成功瓦解了汹汹而来的反法同盟。

不过，并不是一瓦解反法同盟，法国就万事大吉了，相反，他们亟待解决的问题还很多。因为，虽然有英国革命和美国革命这样的样板，也有伏尔泰、卢梭

---

① 何炳松：《世界简史》，中国工人出版社，2007年。

等的启蒙，但法国的革命者们还是未能避免自乱阵脚的错乱。他们没有意识到自己的目的在于对利益关系的调整，而是认为在砸烂不适于自己意愿的一个世界，所以一步一步向过激方向滑去，最后发展到革命者们相斗不休的地步。对第一执政官拿破仑来说，稳定国内秩序的需要，丝毫不亚于抗击反法同盟。

于是，一些关系开始被调整起来。在对信仰虔诚的国度里，对宗教的处置总是一个敏感的问题。欧洲人虽然自文艺复兴以来，不断将宗教向心灵归位，但对宗教改革进行有限的法国来说，对待宗教人士的方式必然与社会的稳定与否相关。在革命中，法国实行了以天主教为国教，但没收教会财产，将教士等按政府官员对待的做法。其中，有一条令教士们难以接受的规定，即天主教的主教不由教士们选举产生，而是由各省民选的"议会"来选出。对由世俗人员来选举神职人员的做法，教职阶层的人们难以接受。据说，在134位主教中有130位拒绝接受，在7万名教士中有4.6万名拒绝接受。执掌了国家的拿破仑认为应该对这一规定进行调整。于是他邀请主教们商讨，取消世俗人选举神职人员的做法，而且承认以教皇为教会的领袖，还决定返还此前已经没收的礼拜堂等活动场所，恢复一些被禁止的宗教活动。

将宗教人士安置在利益关系中的适当位置后，拿破仑又医治过激给革命自身造成的创伤。法国革命最初的目标是废除封建专制，取消贵族特权，赋予民众自由身份，为有产阶层赢取主导社会的权利。在革命的过程中，有产阶层的人们没有足够的力量使国王和贵族们就范，所以，他们不得不联合人数更多的劳苦民众以达目的。为此，他们又不得不提出让人们动心的社会平等的目标。革命使国王屈服，尤其是宣布成立共和国之后，有产阶层的目标其实已经实现了。但劳苦民众的期待尚未得到满足。于是，一些因满足而停下脚步的人和期望未得到满足而需要继续前行的人之间争执起来，并出现了"大革命吞灭它的后代"的情况。拿破仑掌权后没有主张往前走，而是以满足者停下脚步的姿态，出手医治争执造成的创伤。他取消在争执中受冲击的人们的一切指控，为他们恢复了回到政府里工作的权利。

接下来，他就出手调整对旧贵族的政策。对掀起革命的有产阶层来说，专制王权和特权贵族就是他们针对的目标。本来，利益关系已发展至非常不合理，但王权和贵族们总想维持它而不去考虑改进和改变。所以，不可避免地导致了革命，导致了对不合理之处的强行调整。革命成功后，他们的命运是可能继续被歧视，也可能重新被纳入社会生活。拿破仑选择了后者，他允许放弃敌意的贵族们回国，并可与其家人亲戚一同拥有公民权利。据说，由此返回的逃亡贵族多达4万余家。

拿破仑出任第一执政官之初，他所接手的是只有1200法郎资金的国库和派系重重、意见主张严重对立、人心被撕裂成四分五裂的社会。经过一番调整和整合，一个以有产阶层主导社会的利益关系基本被确定下来，接着就该等待它的运行和带给法国的和平与繁荣了。这时，拿破仑又想了一个问题，那就是权力存在的形式。

是的，权力应该以什么样的形式存在为好呢？这时的法国已经从王权专制向多元利益格局转型，虽然人们对生存资源的不公平占有仍在延续，但利益关系不合理的紧张已经得到缓解，有产阶层的人们如愿建立了袒护本性，也能包容本能的社会存在形态，而且将一直以王朝化利益体形式存在的法兰西改造成了具有真正国家意义的利益体。这样一种利益体是人类以生存为目的的组合体，从最初的氏族化利益体一步步衍化发展出来的结果，经相互间对主权进行承认后，即可成为如今意义上的国家。可那个年代，革命者和拿破仑改造出的这一国家利益体，不仅尚未得到其他利益体的主权承认，反而还面临着他们的合力围剿。在这样的情况下，法国应该需要怎样形式的权力存在呢？拿破仑认为应该以帝制的形式存在，由他来当皇帝。

拿破仑为什么要当皇帝呢？为什么要把共和化的利益体转化为帝国化的利益体呢？除了拿破仑自己之外，没有人能够知道。不过，说法肯定是不会缺席的。有一种说法是：1803年，英国策动了一次针对拿破仑的暗杀与复辟行动。不甘于第二次反法同盟的失败，英国于1803年9月起秘密送回逃到英国的王室成员，保皇党人员及仇恨拿破仑的各类人员，计划绑架或杀死拿破仑，让波旁王朝路易十六家族的人重新登上国王宝座。行动由英国出资支持。不过，拿破仑的情报工作更胜一筹，很快掌握并粉碎了这一阴谋。据说，这事对拿破仑的刺激很大，尤其是对他"卑微家世"的言论侮辱，使他产生了自己登位、以绝其念的想法。还有一种是说，革命在后期的内斗中使法国人普遍失去了安全感，甚至使他们怀念起了国王统治的安定，普遍希望法国再度转向君主政体。于是拿破仑也认为法国人爱好君主政体和它的一切排场。

也许吧，谁能说不是呢！在一种利益关系上尚未稳定下来的社会和由此引发的不安意识，以及被马基雅维利《君主论》所浸润的拿破仑人性中那欲被放任的本性纠合在一起，使他做出这样决定的可能也是有的。

不管怎么说，在那样情况下的那个年代，拿破仑决定要当皇帝。不过，他不是没有一点顾虑，也担心留下一些骂名。于是他走了一些程序，以显示自己顺从了法国人民的意志。1804年5月，法兰西当时的立法团体通过了一项重大的动议，其内容是：一、拿破仑·波拿巴应被任命为法兰西共和国皇帝；二、皇帝的头衔和君权应由他家族世袭；三、应注意完整地保护人民的平等、自由和权利。半个月之后，法兰西当时的元老院就拥立拿破仑为皇帝。几天之后，有投票权的法国公民投票表决，其结果是3572329票赞成，2569票反对，拿破仑如愿成为法兰西共和国的皇帝。

共和化的法兰西和称帝的拿破仑很快又引来了第三次反法同盟的组成。这次反法同盟所关注的问题，已经与前两次不同。前两次的目的比较简单，他们要为波旁王族讨公道，要让法国人将权力归还给路易十六的家族成员。但这次不同了，他们要遏制或消除法国的壮大与强盛。因为，一个军事天才领有的法国是让人不放心的。

人类能不能建起一个有效的诚信体系，这是一个值得探讨的大问题。拿破仑似乎也深谙欧洲国王们的心思，登基后马上告知各方，以图大家相安无事。他给英国国王乔治三世写信，称他为"仁兄阁下"，且还很庄重地表达了和平相处的意愿，并说："这世界甚大足供贵我两国生存其间。如双方有决心克服一切困难，则理智之力量足使吾人能克服之。无论如何，余已尽到余坚信正当及重视之责任。希望陛下相信余所言之真诚，并极愿为阁下证明之。"①

这是一封和平意愿诚恳的信，拿破仑不再计较组织反法同盟和策动暗杀的事情，对相安共存的渴望可能是真实的。但乔治三世对此比较冷淡，不仅没有出面回应，而且由他外交大臣给拿破仑回了一封信。信中说"吾皇陛下极愿接受再度为臣民获得和平利益的第一个良机"②，但他告知拿破仑，这个和平要符合各邦永久安全和重大利益为原则，而且必须是防止欧洲大陆的危险和灾祸的，而且还要与曾经同盟的欧洲列强联系沟通后，他的国王才能予以答复。

---

① ［美］威尔·杜兰特：《世界文明史》，东方出版社，1999年。
② 同上。

　　结果，他们联络后没有选择与拿破仑相安共存，而是又一次选择了敌对与战争。原因是，他们发现了一个可怕的事实：1802年1月，拿破仑兼领意大利共和国总统；1802年9月，吞并了皮德蒙特；1803年2月，使瑞士成为法国的保护国；1805年5月，拿破仑在米兰接受伦巴第铁皇冠；1805年6月，将利古里亚共和国并入法国。他们认为拿破仑的扩张恐将持续，于是在俄国皇帝亚历山大一世的运筹下，组成了第三次反法同盟，英国、瑞典、奥地利应声加入进来。

　　中国有句古话叫"天无绝人之路"，意思是说虽然很难，但总能找到一条可走的路。但是，拿破仑和反法同盟没有找到避免冲突的路，而是怒气冲冲地走到了奥斯特里茨大战场。在走到奥斯特里茨战场之前，拿破仑对反法同盟已有一场胜利和一场失败。胜利来自他的莱茵军团。为了在俄军来援之前消灭奥地利军的有生力量，这个军团不分日夜不顾风雪泥泞，经一周的卓越机动后，于1805年10月在乌尔姆成功围困奥地利5万人的军团，迫使他们投降，并将降兵押往法国境内。而失败来自海上。拿破仑很清楚，英国对他的压力主要来自海上。所以，制海权的掌握，对他来说是急不可耐的事情。他曾说："如果我们控制英伦海峡6小时，我们将是世界的主人。"①可是，拿破仑为此精心打造的海军在乌尔姆胜利的几天后败给了英国海军。雪上加霜的是，这时俄军已经进入奥地利，并与奥军形成联动态势，而且一支庞大的普鲁士军团，正赶往与俄奥会合的路上。

　　就在这样的情况下，拿破仑在奥斯特里茨与已经联动的俄奥军队激战。投入战斗的俄奥联军为8.7万，法军为7.3万。战前，俄罗斯名将库图佐夫认为战机尚还未到，故主张等待，而拿破仑急于开战，便故意示弱，诱使亚历山大一世尽早开打。终于，亚历山大一世不顾库图佐夫的劝说，向拿破仑发起了攻击。据史料介绍，战斗一开始数量占优的联军取得了较好进展，相继攻取了法军右翼的阵地。见势，拿破仑用右翼预备队，对俄军左翼发起反击。一阵激战过后，俄军伤亡惨重，被迫向戈尔德巴赫河方向退守。日落夜黑，激战间歇。次日一早，拿破仑发现退守的俄军竟放弃了战场的中央高地。在拿破仑看来，这是一个致命的错误，于是马上派出两个师前去占领。占领不费吹灰之力，但却起到了将俄军切成两段的作用。由此，使皇帝亚历山大、总司令库图佐夫及司令部失去了对军队的控制。

---

① ［美］威尔·杜兰特：《世界文明史》，东方出版社，1999年。

　　发现被截断的联军发起了猛攻，拿破仑动用左翼向北段的俄军进行全面进攻，对攻甚为激烈，军人们都十分勇敢，但俄军还是败下阵去。与此同时，被分割在南段的联军却遭到了法军的猛烈炮轰，很快被压缩到一个结了冰的湖面上。这个时候的时间是1805年12月初，湖面结的冰还不是很厚，于是随着炮弹在冰面上炸裂，联军士兵们一片一片地掉进湖里，没有掉到湖里的则都当了俘虏。见大军被歼，俄皇亚历山大一世和奥皇弗朗茨二世慌忙撤出了战场。

　　史料说，这是世界史上一场著名的战斗，使拿破仑的军事才华尽显无遗。战斗中联军死伤1.5万，法军则仅战死800、受伤6000。战斗的后续效应更加突出，不久，奥皇弗朗茨二世提出休战，拿破仑深知提议背后的心虚，于是立即同意，并以俄军撤出奥地利、退回波兰，奥地利割让1/6的国土及每年4000万法郎战争赔款的条件，与奥地利签署了《普莱斯堡和约》。随即，第三次反法同盟瓦解，欧洲中部成立了受法国保护的莱茵联邦，勉强维系的神圣罗马帝国解体了。

　　如果拿破仑是想以称帝来取消反法的隐患，那么第三次反法同盟的形成证明他想错了。如果不是，第三次反法同盟会让他认识到，由他控制的土地越大，他所面对的敌意可能就越小。看来，拿破仑的情况属于后者。想想也是。欧洲的国王们反感和无法接受的不是拿破仑，也不是法国，而是废除了国王那至尊地位和特权的社会形态，他们担心自己的国民也会喜欢这样的社会形态，也起来要推翻他们。所以，无论拿破仑怎样和颜悦色，他们都会拒之门外的。因为本性制导的缘故，人类接受异己，与异己和睦相处的修养仍很不足，所以不惜生命去消耗对方往往成为选择。怎能说这不是人类应尽快克服的缺陷呢？可没有办法的是，那时这一情况还很严重，所以，拿破仑也不得不以控制更大的版图来压缩敌对的土壤。于是，奥斯特里茨战斗结束后不久，拿破仑就毫无顾忌地将莱茵联邦收入了自己的麾下。

　　莱茵联邦是由16个王国、公国等小利益体组成的新联合体，原在神圣罗马帝国名下归奥地利统辖。随着奥地利在奥斯特里茨的战败，它们组成联邦，脱离奥地利，投入了拿破仑的怀抱。有了法国的保护，冒险脱离奥地利的莱茵联邦的人们可能很安心了。可是，有个地方的人们不仅没能安心，反而还惊恐起来。这个地方就是普鲁士。自法国革命以来，普鲁士一直与法国敌对。开始时，他们怒斥法国革命党人，要求其将权力交还给路易十六，还曾声称如果加害国王就要毁掉巴黎城，后又参加反法同盟，与法国结仇。原来还好，神圣罗马帝国名下的这些地方还间隔着法国和它，可现在这个间隔没有了，拿破仑跨一步就可以踏到普鲁士的土地上。

于是，不安日重的腓特烈·威廉三世与俄国、英国、瑞典结成新的反法同盟，又试图以武力消除这个威胁。据说，腓特烈·威廉三世美丽多情的皇后路易丝支持她的丈夫与俄皇亚历山大一世结盟，因为她喜欢亚历山大一世的英俊与优雅，讨厌拿破仑，称他为"怪物"，也轻视她丈夫怕那个"卑贱的小鬼"。这个叫路易丝的皇后，很像12世纪一位突厥国王的王后。这个王后叫古儿别速，是乃蛮部首领太阳汗的妻子。一个叫王罕的部落首领被成吉思汗打败后，逃到了乃蛮部领地之后被他们的哨兵杀死。首领太阳汗得知后便叫人去取首级进行祭拜。他们无视其哨兵误杀的过错，却责怪成吉思汗逼死了贵族血统的、年迈的王罕，并扬言要"立即发兵征服他们"①。这时，他的颇像路易丝皇后的王后说："那些蒙古人衣着脏污，身有臭味，还是离他们远一些为好。"②后来，她的丈夫战死，蔑视蒙古人的王后却走进了成吉思汗的帐内。

路易丝皇后没有古儿别速王后这么悲惨，但她组建第四次反法同盟的丈夫，却在1806年10月的一天惨败于拿破仑，那位声言要毁灭巴黎的将军也受了致命之伤，让拿破仑扬眉吐气地走进了王国的首都柏林城。她所喜欢的亚历山大一世，也没有比她丈夫好多少，也在随后的1807年4月，被拿破仑打得落花流水。而且，两人都以《提尔西特和约》的形式，让拿破仑得到普鲁士的大部分土地和占去俄国的很大便宜。第四次反法同盟瓦解，拿破仑整合的版图进一步扩大，在原属波兰的土地上建起了由他保护的华沙大公国。

拿破仑从俄国占到的最大便宜是亚历山大一世同意与他联手与合作。与俄国的结盟，使拿破仑的压力倍感减轻。奥地利已偃旗息鼓，普鲁士也元气受损，鼓动丈夫的路易丝皇后也伤心地走向香消玉殒之路。这样，就剩下英国虎视眈眈了。

于是，他想出手惩治一下英国。他知道出海作战，自己不在英国之上，但他也深知对多产商品的英国来说，封锁欧洲应是它不能承受之重的打击了。于是，他同俄国安顿好东部的封锁后，着手安排在西班牙、葡萄牙方向的封锁。原来，

---

① 《蒙古秘史》，新华出版社，2006年。
② 同上。

法国与西班牙关系暧昧。由波旁王室成员查理四世为国王的西班牙一直与法国保持着温顺的关系，即便革命推翻了波旁王朝，但他们也没有恶化双边的关系。但与双边关系的表象不同，西班牙内部却酝酿着权力的变数。国王查理四世虽志大，但缺乏战略主见，其皇后有远虑，对丈夫有所不满，而对重臣戈多伊暧昧。而戈多伊与拿破仑也有着私密关系。随着这些关系在拿破仑封锁欧洲战略下的衍化，发生了王位更替的动荡。拿破仑抓住这一机遇，让已经更替的王位重新回归查理四世，又让查理四世将王位作为礼物献给了拿破仑。于是，拿破仑便毫不介意地任命哥哥约瑟夫·波拿巴为西班牙国王，使西班牙不仅成为封锁英国的堡垒，也变成了又一块拿破仑整合的版图。

与对西班牙的做法不同，拿破仑对葡萄牙采取了果断的措施。因为，葡萄牙一直与英国保持着互利的关系，所以，封锁英国等于背叛朋友。拿破仑不管他有无为难，于1807年7月，通知葡萄牙必须封锁港口拒纳英国货物。葡萄牙断然拒绝，拿破仑于是立即出兵占领了这个国家。

随着葡萄牙被整合到帝国版图，拿破仑基本上圆了一次西部欧洲的大一统美梦。然而，与对生存资源统筹使用的需要相比，拿破仑在这个地方的帝化统治越来越背道而驰于有产者对革命的需要和各国对安全的需要。所以，虽然大诗人歌德十分赞成将欧洲联合在这么一位首脑之下，但长期跟随拿破仑并为外交大臣的塔列朗却已经认为，法国是文明的，但其君主则不是。

如果一种存在大相径庭于需要，那是危险的。对此，拿破仑也许已经隐约有感。但有意思的是，拿破仑不再认为革命是他最大的依靠，而是想以修好与国王们的关系来稳固自己。他先向俄皇亚历山大一世提亲，欲娶其妹安娜为皇后，但因亚历山大一世恋妹而没有同意。于是，他转而向奥地利公主求婚，国王和大臣们心领神会，愉快地将公主玛丽·路易嫁给了拿破仑。赫伯特·乔治·韦尔斯先生说："由于这场婚姻，拿破仑被王朝体系俘虏了。"[1]

然而，拿破仑处心积虑的运筹并没有给他换来安稳的统治。革命的后代们开始反感他，国内的经济也开始遇到困难，宗教界的态度也趋向冷淡，被折服在威猛下的宿敌们又开始交头接耳起来。终于，于1811年，已有更大利益企图的俄皇亚历山大一世终止同拿破仑的合作，退出了"大陆封锁体系"。自信的拿破仑

---

[1]　[美] 威尔·杜兰特：《世界文明史》，东方出版社，1999年。

咽不下这口气，便率几十万大军讨伐亚历山大一世。可拿破仑不曾想到的是，从这个时候起他的噩梦已经开始，到1814年时，从俄罗斯开始的失败，使他失尽了整合到脚下的版图，再到1815年滑铁卢战场上的败逃，也把法国人民浴血革命的成果彻底葬送了。

拿破仑曾说："除了留在世人心中记忆外，并无任何不朽之物。"因为，在他看来"生而无荣耀，不曾留下一丝生活的痕迹，就是白活了一生"①。然而，无论怎么说，他的所做虽然对得起自己，但是不是对得起法国革命呢？不过，他就这样不可回头地走了，可大一统的幽灵没有随他溜走，依然游荡在欧罗巴的大地上……

---

① ［美］威尔·杜兰特：《世界文明史》，东方出版社，1999年。

不合理是个很重的慢性病

无论怎样去再三张望，我所看到的人和动物的分水岭就在于他们所依存的生存资源的形式。在以原生自然物为生存资源时，虽然有直立行走、制作工具和使用工具的灵性表现，但我们很难将如今被称为人类的这一生命现象从动物的行列中区别出来加以讨论。因为，那时的他们仅靠天然原生的自然物，过着激烈竞争、弱肉强食的残酷生活，毫无主动，只有被动，所以，看不出与至今那般生存的动物有什么不同。然而，当他们发现了驯养、学会了农耕后，我们再也很难把他们拿到动物的群落中进行观察，尽管他们还很无知、愚笨和不尽如人意……

因为，他们变了，由对生存资源的被动变得主动了，能够生产自己所需的生存资源了。而那些动物至今仍然为啃食原生自然物而奔波着。

动物们羡慕不羡慕人类的这个变化，我们不得而知。而人类似乎也无动于衷于自己的这个变化。也许，他们没有意识到，自己已经脱离动物同伴，独自过起人类生活的变化，所以，仍然按照与动物同界的法则操持自己为单一成员的生活。于是，在与动物同界时不得不奉行的法则，却给他们变成人类后的生活带来了没完没了的疼痛和烦恼。而且，让人遗憾的是，他们对此毫无察觉地生活到晚近年代，当达尔文发现物竞天择现象后，他们还津津乐道于遵循了属于动物的那些法则，麻痹着自己，任由疼痛与烦恼的继续……

不能不说，这是我们人类有史以来的最大悲哀，也是愧对人类身份的重大失误！

那么，这个千不该万不该的事情，在人类的生活中又是以什么形式存在的呢？那就是，利益关系的不合理。

利益关系的不合理又是怎么形成的呢？那天，我看电视，播放的恰好是动物们的故事。由于仍然依存原生的自然物，它们获得食物的过程还是那样艰辛，办法还是那样原始和老套。一只猎豹捕获一只羚羊后，在一处草丛中正在大快朵颐，一群非洲野犬赶来了。看来，这群野犬执意要抢吃猎豹的食物，任由猎豹的反复驱赶，野犬们就是不离开，反而一次次地围拢过去，甚至咬上一口它的盘中餐。后来，猎豹无奈了，扔下猎物走了。于是，野犬们疯了似的聚拢过去，开始撕扯那个没剩多少的羚羊皮肉。野犬们就在那里撕扯着，突然一只野犬叼着羚羊半个前腿模样的东西，匆匆离群而去。随着离群的身影，解说员说：看来它不想共享了，想要独享这个美味了。人类利益关系的不合理也类似于这个情景，是从有人对生存资源及对他人劳动成果进行私人化占有开始的。

史家们说，私人化占有是从劳动成果出现剩余开始的。也许是这样，也许不是。而且，更有可能的是，虽然劳动成果并没有出现剩余，但私有化是在人类从原生自然物依存到育生自然物依存的过渡，从氏族生存体向血缘利益体转型的过程中出现的。而且，在这个过程中权力发挥的作用可能是最大的。因为，不论在氏族生存体年代，还是在血缘利益体时期，权力都是维系群落的核心和强力。权力并不在乎劳动成果有无剩余，而只需要条件允许不允许。进入农耕，以育生自然物为生存资源后，人们定居了，各有各的住处了，私人化占有的条件形成了，占有随之就发生了。

于是历史常识说，私人化占有的最初形式叫奴隶制。这是奴隶主既占有劳动成果，又占有奴隶人身生命，更是占有生存资源产地的占有形式，简直就是残酷竞争、弱肉强食的结果。很显然，动物时期的丛林法则就这样衍化到了人类的生活之中。不过，毕竟是走出了动物的行列，人类对自己的这个处境表现出了极度的不适，乃至忧虑与恐惧。于是，从这个时候起，走出不合理生存形态就成了人类的历史方向。

可不幸的是，这个历史方向未能成为人类的自觉行为，而是成了不断与自己本性博弈的漫长过程。

占有是本性的需要。所以，占有者最大的心愿就是固化自己的占有者身份，以便形成他人的默认与免于反抗。在奴隶制的早期这种做法可能很普遍，那些被奉祀为守护神的神祇可能都是为此服务的。古埃及的太阳神明显就是为此服务的神。印度雅利安人编造的神话更是一目了然。他们说，原来有叫"普鲁沙"的巨人，诸神对他进行了分割，于是他的嘴变成了婆罗门，双肩变成了刹帝利，腿和脚就变成了吠舍和首陀罗。他们想以这样的形式固化婆罗门和刹帝利占有者的身份。

在早期的懵懂年代，这种做法肯定是有些效果的，但不会很长。因为，难的是创造，某种东西一旦被创造出来，模仿便毫不费力地跟上去。由于不合理是被感受的，给生命造成的创伤是深重的，所以，苦难中的被占有者也用同样的办法表达自己的不满。一个比一个威猛凶煞的神被繁殖出来，用于抗衡与震慑一时难以撼动的占有者。可谁能想到，这些神也喜好酒肉，很快被占有者请到了他们的祭台上。

然而，享受是本性的，但抗争是本能的。用神的办法失效后，人们只好用行为去表达不满了。因为，早期的历史主要是占有者的记忆，对不合理的抗争往往是被忽略的。尽管这样，不满和抗争还是留下了它的脚印。公元前1200年前的拉美西斯是古埃及的一代名王，那时奴隶制盛行于埃及，奴隶们遭受着利益关系和身份归属双重不合理的压迫。据纸草书记录，忍无可忍的他们起来暴动。暴动发生在一个省，并成功占领了这个省，最后他们不是被镇压平息，而是提出的要求全部得到了满足。

不知暴动的奴隶们都提出了什么要求，但他们总算是幸运的，至少那些奴隶主承认自己的占有形式中有不合理的存在。与这个情况相比，罗马帝国的统治者们并不认为是不合理的。在早期的古罗马，奴隶制是随处可见的存在，在西西里岛上更是发展出了需要万名以上奴隶的大农庄。据古希腊史学家狄奥多罗斯记述，在西西里岛上曾有一个叫恩那城的大农庄，农庄主叫达莫彼洛斯及妻子加丽达。夫妻二人对待庄奴极其残暴，不仅断吃少穿，还驱赶奴隶们去抢劫过往的旅客，抢到的东西还要分去一半。公元前137年的夏天，没有衣服穿的奴隶们实在忍不住了，就赤裸着身体到农庄主达莫彼洛斯那里要求发给衣服穿。达莫彼洛斯不仅不答应且还叫嚷道："难道客商们都光着身子在西西里旅行吗？难道他们没有为所有缺衣服的人提供现成的补给吗？"然后他把前去请愿的奴隶们抓起来，绑到柱子上毒打了一顿。于是，奴隶们实在忍耐不住，起义了。

起义是在一位叫攸努斯的叙利亚籍奴隶的领导下进行的。因为奴隶们都认为生活在不合理之中，所以，一有人组织起义就纷纷参加进来，很快形成了一支强大的队伍。达莫彼洛斯不仅不检视自己的所作所为，还威胁起义的奴隶们说，罗马很快就会派大军来，要把"闹事"的奴隶全部处死。然而，不去自省的悲哀发生了，没等罗马大军到来，达莫彼洛斯和他的妻子就被愤怒的起义者处决了。

起义的队伍锐不可当，他们很快占领恩那城，并成立了一个叫"新叙利亚王国"的政权，还建立起了一支6000人的军队，攸努斯被推选为这个王国的国王。愤起于不合理的起义者们，想要建立怎样的合理社会，我们不好去猜测，但没等他们建立起新的利益关系，罗马帝国的元老院就派军队和执政官前来镇压。在古罗马的早期，元老院是这个奴隶制帝国的总主机构，元老们个个也都是硕大的奴隶主，所以，已被本性控制的他们根本不去审视占有形式的合理与否，所以不假思索就下达了镇压的命令。

虽然起义者们义愤填膺，置生死于度外，但在帝国方面不断派增兵力的情况下，坚持抗争5年之后还是被镇压下去了。不过，西西里岛上的这个抗争，既不是对奴隶制式不合理利益关系抗争最早的一个，也不是最后的一个，而是遍及东西南北无数抗争中的一个。

不满与抗争的普遍紧随奴隶制的存在而持续，说明人类种群在这一存在形态中的不适与烦躁。为什么会这样？不再与那些凶恶的动物一同觅食于野外了，已经开发出了专属自己的生存资源了，生存的过程不仅没有变得舒服，反而更加麻烦和苦难了呢？为什么还不如同一种群动物的群内和睦了呢？他们想不通、他们困惑，他们中的一些未被本性绑架的人开始思考。这时，他们并不知道症结在于沿用了动物界的生存法则，在于占有形式的不合理，在于利益关系的不合理，所以，古印度人从哲理到哲理，不断地问："我们该听从谁的支配……是否是时间，或是自然、必然、机缘？"[1]苏格拉底不停地去问为什么，希腊的哲人们试图用哲学去读懂它，中国的老子只能思考出"人法地、地法天、天法道、道法自然"[2]的超然思想。

虽然未能找到症结所在，但历史初期的这些思考还是为人类的存在形态提供了释迦牟尼式的、孔子式的、柏拉图式的建议，而由此也推动了理性在人性中的发芽和破土。

反抗和思考是不是促进了改变，实在是难以一一去验证，但改变就在本能被

---

① ［美］威尔·杜兰特：《世界文明史》，东方出版社，1999年。
② 郭京飞等：《道德经译解》，华东师范大学出版社，2011年。

释放的过程中发生了。本能，是我们人类经常谈及，但很少去细心研究的存在。如果稍加注意，在人性的构成中，本性孵化贪婪，理性寻觅合理，而本能则是满足生存所需的能力。在奴隶制的占有形式下，人的本能是被压抑和扭曲的。所以，即便有何等强壮的身体，奴隶们也并不是为满足自身生存所需而劳作，而是只为增加占有者的财富被迫劳动。所以，他们吃不饱、穿不暖，甚至身家性命都不属于自己。西西里岛恩那城奴隶们的遭遇就是它普遍的写照。

然而，人类的发展需要本能的释放。而在古代社会，这个需要来自占有者的繁殖。占有得多了，生存资源的供给就丰厚，人口也就越容易繁殖。于是，一代代子孙满堂的奴隶主们不断地分封土地和爵位，将子孙派往四面八方去。被封的爵位都会是好听的，但是被分封的土地却不会都是良田。子孙要想和父祖一样奢华，必须大力开发封土，使之成为生存资源的肥沃产地。而这需要劳动力的流动，于是奴隶制对人身的占有开始被废除了。

封建主们不再占有劳动者的人身，而允许他们在封地里开田种地，只向他们索取一定的田租。这种占有形式，就是史家们所说的封建制的占有形式，与奴隶制占有的不合理相比，已经有所减缓了。在这样的占有下，劳动者们可用强壮的身体一心一意地为满足生存所需而劳动了，因为田租以外的就是自己的。

本能就这样被释放，奴隶制开始被唾弃，漫长的封建制开始了。原来，人类的潜能就隐藏在本能之中，本能一被释放，一个绝无前例的大工程也就应声兴起，那就是开发地球。虽然在奴隶制条件下，人类的耕地开发活动已有初步成果，但面积有限，分布也稀疏。而本能被释放后，耕地面积得到几何式的增长，良田一块接一块地被开发出来，村落一个接一个地出现，偌大的欧亚大陆由林木统治的世界变成了孕育几大生存圈、引发人们向心运动的生存资源产地。

占有形式的这一变化，使人们的感受好于奴隶制是肯定的，同时已转身成为地主的那些人的贪心也得到了比奴隶主更多的满足。因为，人多了、地多了，收取的田租就更多了。尤其是征服了地主们的皇帝更是成了天下土地的主人和利益流动的方向。于是，他们又和当初的奴隶主一样，很想将身份固定在这一位置上。他们的这个愿望，很快以文化和宗教的形式被表达了出来。

在人文情怀浓郁的东方，一种天命说法随之被创造出来，像风又像雨地向百姓大众流传而去，以让人们安于天命所定的位阶。在这个说法体系中，皇帝是真龙天子，是上天派来主宰天下的，而百姓们是芸芸众生，其境遇都是命中注定的，劝导人们认命、服命。而在惯于神性思维的西方世界里，君权是神授的，君主是根据神的意志来统治世界的，俗世百姓无权对其品头论足，提示人们不要冒犯。

在理性认知尚还年幼时，这种说法的迷惑力是很强的，它不仅迷惑过百姓，也让那些帝王君主信以为真了。于是随着他们奢华的升级和王朝需要的增多，这一占有形式的不合理又凸现出来了。与全权占有的奴隶制相比，虽然放弃了对人身的占有，但封建主人还占有着土地和农人的部分劳动成果。而在农耕社会里土地就是不可移动的生存资源，所以，只要土地在手，劳动成果的分配权就在其手中。

农人们很快体会到由此产生的不合理。税赋越来越重，徭役没完没了，兵役无处可躲，以及天灾人祸不断将他们推向水深火热。人类又一次感到了生存形态的不合理，农民起义此起彼伏，王朝更替目不暇接，就像病痛难忍的身体，不断地扭曲和翻滚。

上天之子说、君权神授说再也迷惑不住人们的认知了。除了抗争、起义、更迭王朝之外，不断成长的理性也促使人类不断去思考走出不合理的方法和途径。古代印度的阿育王是这方面的巨大例外。生活在公元前3世纪的他，虽然是个至尊的占有者，但他没有被本性欲望左右，而是感动于佛教学说的主张，认为这样可以减轻人世间的不合理，减少天下苍生的苦难，因而不遗余力地推广佛教，按佛学主张行事施政。可惜的是，宗教理念并不具备编制出利益关系的潜质，所以，不仅未能给人类探索出走出不合理的路径，到头来自己也走入了一片悲凉的末路。不知是受启发于佛教，还是有感于其他，5世纪时的波斯人也进行过较为传奇的探索。在公元487年时，一位叫可巴德的人即位。那时有叫玛兹达克的教徒对祆教进行改革，认为不合理源于不平等，主张人类应当平等，财产妻子等不得视为私有，奸淫盗窃也不得视为犯罪，在他看来这是均衡天然定律的必要①。皇帝可巴德觉得这个主张很有趣，且信仰者也众多，便在王国里提倡和施行。一时间，洗劫富人财富、抢掠他人妻女成了人们乐此不疲的事情。可这个探索也和阿育王所做那样，很快就以失败告终了。原因不在于其愿望的美好，而在于他们将人对生存的需求采用了动物化的索取处理。

---

① 何炳松：《世界简史》，中国工人出版社，2007年。

而在中国，不合理现象的存在也使人们伤透了脑筋。他们发现，在针对不合理的反抗中，有的失败了，但有的成功了，而且推翻原来的王朝，还建立起了自己为主人的新王朝。可奇怪的是，虽然统治家族变了，但占有形式毫无变化，穷苦人群依然如前，不合理现象丝毫没有得到改变。于是，他们将注意力转移到占有者身上，试图通过他们缓解不合理的严重程度。他们把孔子的思想发展成为一种学说，一位叫孟子的人就提出"民为贵，社稷次之，君为轻"的理念，提示统治者要善待百姓。后来，一个叫荀子的人更是提出"水能载舟，亦能覆舟"的论断，以唤起统治者对百姓大众的敬畏。后来，他们在这个学说体系中又衍化出一个叫"理学"的哲学化认知，呼吁人们"存天理，灭人欲"，试图以特定内容的理性干预本性的贪婪，以实现对不合理的改变。可遗憾的是，这一努力虽然持续了两千余年，但产生的效果却并不明显。

当亚洲人进行苦苦探索时，他们在欧洲的兄弟姐妹也没有袖手旁观。在某种程度上，他们对不合理的感受，比他们在亚洲的兄弟姐妹可能更深一些，因为大多数亚洲人没有负罪感，而他们被压得总是抬不起头。所以，他们觉得不合理可能源自原罪之说。人类究竟有没有原罪，开始时他们笃定地认为自己是有原罪的。因为他们坚定地相信《圣经》是开天辟地的记述，亚当、夏娃是人类的初始祖先，而他们二人就犯有违背上帝旨意的罪过。后来他们思索再三，发现自己并没有什么原罪，所以英国诗人约翰·多恩就说："我们的祖先在远古之时何等快乐，他们享受多种之爱，而未犯罪。"由此，他们掀起了改变原罪认知的宗教改革运动。一阵轰轰烈烈过去，他们又发现认知虽然发生了一些变化，但不合理却纹丝不动地还存在着。这样，他们又把注意力从宗教转向人文，逐渐认为不合理可能是因为扭曲了一些"原始状态"而产生的。进而，他们走出《圣经》，纷纷向人类的原始状态探望，约翰·洛克惊奇地发现"在原始状态下的个人是自由而平等"的情景，卢梭更是直言不讳地说："人是生而自由的。"①他们就这样，在一个被褒奖为启蒙运动的热潮中思考着，最终认为对自由与平等的践踏就是不合理产生的根源。

于是，人类对久治不愈的不合理现象发起了又一轮的冲击。这次的冲击是以争取自由与平等的名义进行的，曾经埋葬过奴隶制的封建制成了本轮冲击的目

---

① ［法］卢梭：《社会契约论》，商务印书馆，2019年。

标。本轮冲击的发生源于几件事情。一件是本性放任活动，也就是欧洲西部几个王国争先恐后的海外殖民与抢掠。这个活动一方面摧毁了人类艰辛维持的自主原则，另一方面打通了世界海洋运输之路，为生存资源的流动提供了条件。再一个是，货币被越来越广泛地使用，人类赖以依存的生存资源从原来不可移动的土地形式，逐渐变成了可移动的商品形式，为资本掌控生存资源做好了准备。另一个是，人类所储备的智慧开始向生存资源的生产能力转化，各种机械动力不断被发明出来，使本能有了不断被放大的可能。还有一个就是通过启蒙运动得以成长的理性，具备起干预本性的初步能力，开始潜移默化地影响起人的意识。恰在这时，一些在封建占有形式下地位低贱的商人、冒险家、流浪者、逃犯以及银行家等，趁放任本性之际，借助各自政府的力量，洗劫全球各地，使财富迅速地聚集到了自己的手中。又随着这些人对财富的资本化占有，使机械动力和劳动能力相结合在他们的工厂，进而不仅实现了对本能的放大，也使自己变成了全部可移动生存资源的占有者。

可是在封建制统治下，他们的人身并不安全，对资源的占有更是毫无保障。于是，他们就以争取自由和平等的名义，为取得对私有财产的自主权，向封建统治发起冲击，从17世纪中叶到19世纪中叶，先在英国，后在法国，最后在全欧洲取得了胜利。这样，在人类的生存形态中，又产生了一种新的占有形式。这一占有形式的主要特点是，以资本为基本的抓手，对不动、可动生存资源和劳动力均以商品化的形式加以占有。

从封建的占有形式到资本的占有形式，人类又一次感到了不合理现象在被改变。专断的神授君权没有了，被固定在田庄里的农人们可以自由流动了，毫无权利参与社会管理的人们可以投票表达自己的意愿了，人们可以把劳动能力当成商品出售，换取生存所需的东西了……

于是一些人开始觉得，人类已经找到了消除不合理的办法，也和以往一样开始做起固定这一占有形式的文化努力。人们钦佩启蒙思想家，钦佩伏尔泰、洛克、卢梭们，认为他们发现了被埋没已久的固有真理，发现了人类社会应有的存在形式。伏尔泰赞美英国光荣革命的成果，"所有的人们都恢复了在几乎各个王朝受到剥夺的自然权利。这些自然权利包括完整的人身自由与财产自由、新闻自由"。洛克更是坚定地告诉人们"原始状态下的个人是自由而平等的"，法国的《人权和公民权宣言》更是明确地宣称"财产权是神圣不可侵犯的，除了在有明显的公共需要，法律上得到确定和先前规定的损失赔偿是公正的情况下，没有一个人应当被剥夺这种权利"①。一位叫亚当·斯密的学者写出一部叫《国民财富的性质和原因的研究》的书，为这一占有形式的社会化运行进行了专门的设计和规划。

人类的天真是可爱的，但他的深沉更令人钦佩。当人们由衷欣赏并满怀信心地为以资本为抓手的这一占有形式及运行模式出谋划策时，有一个人却紧锁眉头，进行着别样的思考。这个人叫卡尔·马克思，公元 1818 年出生在德国。他从学习法律开始，后转向历史与哲学。他的人生生活，比起其他启蒙思想家们曲折得多、不幸得多，可他对人类不合理现象的思考和对解决方式的探讨却比他们更投入、更深刻。

卡尔·马克思的别样思考，是从不忍目睹德国劳苦大众的生活惨状开始的。进入19 世纪后，德国社会也向资本化占有和经营转型，在这一过程中传统的容克地主加大了对半农奴状态的雇农的压榨。饥饿的人们无奈到森林里捡拾枯枝、采摘野果，不同程度的毁坏也不免发生。然而，在当时的德国，砍伐和盗窃树木是受刑事处罚的罪过。人们明知这样，但越来越多地向森林走去，接受惩罚。原来，人们是为了被送进拘留所，领到一份口粮。据说，仅在1836 年因此受到刑事处罚的人就多达15 万之多。对此，统治者不仅不反思这一不合理现象发生的原因，反而以制定更严厉的法案来加大对他们的惩处。对此，卡尔·马克思不以为然，从此走上对不合理现象存在的原因及消除办法的深深思考之路。

在马克思步入思考的这个时候，诞生不久但已运行起来的资本化占有形式也已开始显露出种种的不合理。首先是，因为它改变了人类对生存资源的依存形式，剪断了人类与土地的传统关系，使他们转而变成了只按资本需要移动的劳动力；其次是，资本背后的操纵者是本性，其贪婪已经开始成为劳动者不堪承受的压力，使他们渐渐步入穷困的境地；再次是，由于权力与资本结合，袒护本性已成社会存在形态，劳动者的权益被压制或忽视已不可避免；最后是，童工现象、劳动时间被迫过长现象、失业现象以及通胀、劳疾等等。

马克思用几年的时间仔细观察已经主导了欧洲社会的资本，细细品味它引动生活的脉搏，写出三卷之长的专著《资本论》，对其进行了全方位的研究剖析。

---

① ［美］斯塔夫里阿诺斯：《世界通史》，北京大学出版社，2012年。

结果发现，在资本化的占有形式下，从动物时期带入人类生活的那个不合理现象仍然在继续。他指出，这时的不合理现象是以剩余价值被资本家占有的形式存在的。马克思没有停留在对不合理存在形式的发现，而是接着从历史演进、社会更替、经济运行等诸方面入手，为人类设计了一个摆脱不合理纠缠的新构想。这个构想就是，彻底改变人类对生存资源的占有模式，在一个共有的体制下，实现每一个人类成员的自由而全面的发展。

是啊，摆脱不合理不就是我们人类一直以来的愿望吗？我们一次次的挣扎，一次次的思考，一次次的憧憬，不就是为了摆脱不合理的纠缠，创造一个平等、合理、心情舒畅的美好生活吗？而且享受这美好生活的不只是少数人，应该是我们所有的人类成员。没错，因为我们曾经懵懂，在向人类转化时误把动物时代的生存法则带进了人类的生活，然后它与我们的本性臭味相投在一起，使我们一直愁眉不展，隐隐作痛；没错，因为我们曾经懵懂，没有检视本性的脸面，让它左右了我们的心灵和行为，使不合理变换着形式长时间地存在于我们的生活之中。不过，我们不会永远是懵懂的，我们一天一天地觉醒着，越来越明显地感觉到本能的可爱，感觉到用不断成长的理性和良知干预修正本性的必要。我们与动物不同，是地球上生存的唯一一个有理想的生命种群，所以总是相信明天会比今天更美好！

让明天更美好，我们要做的就是消除不合理的存在。我们的一部分兄弟姐妹相信，马克思提出的构想可以帮助他们走出不合理的困境，便纷纷激情地进行尝试。不过，理性的成长不是一蹴而就的，尤其是它对本性干预的有效度是缓慢增长的，所以，尝试会是很长期的、多样的，直到找出一个同等效益于每个人的生存资源占有与经略形式，使理性和本性握手言和在本能的屋檐下。这是从此岸到彼岸的过程，之间是滔滔奔流的时间之河，我们无法断言，人类将架桥而过，还是泅渡而去……

停！他们终于大喝一声

在从前的从前，有位叫生命之主的猎人主宰着一个被称为生命大地的地方。这个大地没有冬天，也没有夏天，一年从头到尾既不热也不冷，阳光和雨露始终保持在植物生长的适宜度，所以花草树木只知生长、开花和结果，不知枯萎和凋零。大地上到处都是可爱的动物，有空中飞的鸟类、水中游的鱼类，更多的食草动物野牛、野羊、野马、野鹿、野猪等等。那个时候没有掠食者，动物们没有担惊受怕，自由自在、随遇而安地生存在水草丰美之中。它们有时激昂，有时浑厚，有时发出优美的叫声，常常像个无伴奏合唱，回荡在草原与山林之间……

生命大地的这份安详，主要归功于那位叫生命之主的老猎人。因为他把老虎、狮子等掠食者统统抓起来关进了各个山洞之中。老猎人不是要饿死它们，而是限制它们掠杀无度。他每天都巡视一遍自己主宰的山川大地，找来一些老死的或者意外伤亡的动物来投喂它们。掠食者们虽然有些受限，但都能填饱肚子而没什么牢骚。

日子就这样过着。不知过了多少个岁月、多长的时间，老猎人的腿脚不利索了，不便于巡视大地而找来食物了。于是，他发明一段掌控狮子与老虎的咒语，早上将它们放出去，晚上就能叫它们回到山洞里。可有一天，老猎人的咒语失灵了，狮子、老虎不仅不回来，反而在大地上横冲直撞，无度地捕食起那些自食其力而无辜的动物来……

从此，动物们的哀嚎代替了原来的欢唱，恐怖就像影子一样，使动物们胆战心惊。见此，老猎人悔恨不已，捶胸顿足，发誓要再发明一个更具魔力的咒语……

老猎人能够再发明一个更具魔力的咒语吗？这是接着应该关心的问题，但这已经没有意义了。因为，这不是先人们留下的神话、童话或寓言故事，而是我根据人类本性的失控，及其造成的危害和后来采取的措施推想出来的小寓言。由于，直到如今的人类活动，让我看到的只是为有效干预本性而进行的努力，而不是实现了完全抑制的情况，所以，我既不能发问也不能接着写了。虽然我坚信，我们人类终能抑制本性的贪婪，并使之仅限于本能的满足，但并不知究竟以怎样的理性强度去实现它，所以，后续的段落只好留给后人来写了。

不过，庆幸的是人类正向这个方向走来。就如我们所记的，从历史的那一天本性被放任以来，在很长的一段时间里，它一直处于失控的状态，不仅造成了对他人的巨大伤害，也严重地拖累了放任者本身。这一点，欧洲西部16世纪之前和之后的历史用它伤痕累累的记忆，会向后人不断地诉说……

在16世纪到来之前，欧洲西部的人们一直是在为满足本能的需求而忙碌的。不论在罗马帝国时期对生存资源产地的开发，还是从贫瘠地区拥向这个地方；不论是西罗马帝国灭亡后对生存资源产地的分割占有风潮，还是为整合占有而进行的努力；不论是为升入天堂而对基督教的信仰，还是因理性而对上帝的怀疑；不论是对原罪的低头承认，还是发现自己的无罪而可爱；尤其是他们接续古希腊科学精神的薪火，使人类智慧快速成长的发明和发现，都是一曲曲听从生命的召唤、获取本能需求的生存赞歌。如果，这里的人们实现了大一统，实现了智慧向生存资源生产能力的转化，那么高效产能能够统筹使用的这个地方，将会出现让人类可以褒扬的多么美好的生活呀！

可谁知，在人类的前路上常有不幸的坑。那个假设的情况没有出现在欧洲西部，而是发生了本性被放任的状况。本性首先冲破理性堤坝的地方是葡萄牙和西班牙。被葡萄牙王室放任的本性沿非洲海岸南下，绕过好望角张牙舞爪地驶向东方世界，而被西班牙王室放任的本性则扬帆大西洋，也向满地都是黄金和宝石的东方直奔而去。从此，有着坚船利炮武装的本性，便将东方世界的财富不断运往伊比利亚半岛，使这两个王国突然变成了欧洲西部的暴发户。

看着他们财源滚滚而源源不断，其他王国的人们虽然开始有些犹豫，但最后还是经不起诱惑，纷纷将本性放任而去。他们是荷兰、英格兰、法兰西的王室及被他们发动的人们。可是，当他们满心兴奋地放任本性的时候，这个地球上已经没有多少供他们掠取的丰饶之地，所以只好皱着眉头去和他们争抢。从此，虽然财富滚滚而来，但他们之间已经无法相安无事了，转而代替的是相互间的敌意、猜忌、怒目、打压、竞争和毫不留情的你争我夺。尤其是随着强盛起来的俄国也依此方式行事后，相互不怀好意，扼制打压对方，勾心斗角和恶意竞争，不仅是欧洲西部，而且成了席卷整个欧洲的行事规则。于是，不仅在海外，而且在本土，争端多起来了，战争频繁了，人们从此再无安宁。

1588年西班牙和英格兰开战，1618年一个小冲突由宗教引起，很快变成了欧洲各大王国和利益团体纷纷参与的三十年战争。他们以宗教为借口，进行着相互牵制、削弱的血肉博弈。本可以好好活着却在生命最灿烂阶段的年轻人们，一批接一批地被送往相互杀戮的战场，在一个荒唐理由的欺骗下一个接一个地踏上不归路……

已经放任的本性使他们难以自控，为了确保财源滚滚的有利位置，他们依然继续纷争着、战斗着。1653年英格兰向荷兰开战；1667年法兰西向尼德兰进军，引发英格兰、瑞典、荷兰参战；1672年法兰西进军荷兰，又引发英格兰、日耳曼参与战争；1688年法兰西进军莱茵河伯国的战争；1756年至1763年间欧陆主要列强们悉数参与，席卷了欧洲、美洲、西非海岸及印度和菲律宾群岛的七年战争；1772年、1793年、1795年普鲁士、奥地利、俄罗斯对波兰的瓜分；1775年至1783年牵扯英格兰与法兰西的美利坚的独立之战；1792年至1815年由法兰西革命引起，拿破仑与欧洲列强间的战争；1859年意大利与奥地利的战争；1864年普鲁士与丹麦的战争；1866年普鲁士与奥地利的战争；1870年普鲁士与法兰西的战争；1877年俄罗斯与土耳其的战争；1898年美利坚与西班牙的战争……

不仅是宗教原因、利益事由，甚至是王位继承问题都被用来当作相互打压、出手制衡的借口。卡洛斯二世在1665—1700年间是西班牙的国王。时为法兰西国王的路易十四和日耳曼的皇帝利奥波德是卡洛斯二世两个姐姐的丈夫。由于疾病缠身，卡洛斯二世虽娶过两任妻子，但仍未孕育传宗接代的儿女。于是，卡洛斯二世在1700年去世时立下了将王位传给路易十四孙子的遗嘱。但要求不能将西班牙与法兰合并到一起。这本来是个无关他人、履行遗嘱便可的事情。但已被本性放任左右的人们对风吹草动都变得十分敏感。已获益于本性放任的人们为保住已有的利益和地位，宁愿瞪着大眼僵持在那里，也不愿让其中一个变得强大。如果遗嘱被顺利履行，法兰西和西班牙肯定会成为一个鼻孔出气的利益联合体，于是英格兰出手联合荷兰与日耳曼，与法兰西和西班牙进行持续10年的战争。

被本性蒙蔽，无论何时都是人类的不幸。王族家事引发的战争不止这一例。1740年，日耳曼皇帝兼奥地利王查理六世过世。因只有女儿没有儿子，查理六世早就想好将王位传给其女儿玛丽亚·特蕾西娅，并在1713年时就以《国事遗诏》的形式确定下来。但他去世后，普鲁士公国王腓特烈二世背弃之前的诺言，以为玛丽亚·特蕾西娅软弱无能，便发动了抢占其占地的战争。这本来属于神圣罗马帝国内部此消彼长的争夺，却引来了英格兰、俄罗斯、荷兰、法兰西、西班牙等欧洲大多王国、公国、侯国的参与，战争又持续了近8年才结束。

难道欧洲的列强们就这样喜好战争吗？难道他们对生命的损失就那样冷漠吗？难道他们就那么有仇于和平安宁的生活吗？应该不是的。他们的国王，他们的君主，他们的决策者们也是为人儿女、为人父母，对世间美好都有一样的向往。只是，在历史的那一天，他们的先人没能把住本性的贪欲，并没有察觉到弱肉强食是动物的生存法则，因而进行了对全球的残酷掠夺与血腥殖民。由此，他们违背满足本能需求为顶点的生命之普世法则，不仅自以为追求超生存需求的占有是必要的，也使他们的臣民迷茫至是非不分，贪欲之火越烧越旺。英格兰殖民者塞西尔·罗德斯曾毫不掩饰地说："这个世界几乎已瓜分完毕，它所剩余的地区也正在被瓜分、被征服、被拓居。想一想你自己夜晚在星空中所看到的那些星球吧，那些我们永远无法到达的巨大的世界吧！我常常这样想，如果可能的话，我将吞并这些星球。看到它们这样清楚而又那么遥远，真使我感到悲伤。"[1]

不过，本性放任的副作用是巨大的。财富非正常聚集所产生的后坐力是其中的一个。后坐力是头上不长眼的蛮力，不论是国王，还是皇帝，只要是纵容了本性的放任，最终都难逃它导致人仰马翻的冲击。所以，从17世纪中叶起，自英格兰开始显现的后坐力效应，经过不断的发酵与演进，到1848年时变成了席卷欧洲的革命，那些王权，要么被推翻了，要么被边缘化了。再一个就是占有恐惧

---

① ［美］斯塔夫里阿诺斯：《世界通史》，北京大学出版社，2012年。

症。自己先去抢占了，然后就怕别人再去争抢，于是竭力防止新的争抢能力者的出现。然而防不胜防是人们对财富的觊觎。葡萄牙、西班牙没能防住荷兰、法兰西、英格兰的加入，后来它们又未能阻止住俄罗斯的加入。参与争抢的人多了起来，他们不得不相互认可而又恐惧，所以又不得不形成相互制衡的力量组合，防止任何一方一家独大。这就像难以自控的坠落，不是想停就能停住的。所以，他们就那样周而复始地进行着明争暗斗和聚散离合……

在这个过程中，王权一步步走向了垮塌，以家族为主导的王朝利益体渐渐向以族群为纽带的利益体转型。结果，1861年在古罗马帝国大本营的亚平宁半岛上出现了以拉丁人为主体的意大利族群利益体——意大利王国；1871年，在神圣罗马帝国的领土上出现了由普鲁士公国壮大而成的日耳曼族群利益体——德意志帝国；巴尔干半岛上的斯拉夫等族群的人们也在列强们围绕土耳其的博弈中趁机摆脱君士坦丁堡的统治，形成了保加利亚、塞尔维亚、蒙特内格罗等族群化利益体。与此同时，在美洲已获独立的美国没有审视本性放任行为，通过不断扩张，在大西洋的彼岸一家独大地发展起来；而在亚洲的东北岛屿上的日本，仿照英国模式更新自己的生存形式，在科技与工商的支持下快速强壮起来，毫不犹豫地加入了本性放任的争夺之中。

这不一定是什么好事，更不会是吉祥的征兆。因为，直到这时，人类还没有构建出我们如今所认识意义上的国家。虽然在讲述以往历史时，都喜欢以国家概念说事，但被我们说成国家的那些存在，其实就是一个个或大或小的利益体。在这些利益体之间，因没有形成过对领土与主权的普遍共识，所以构成国体的土地就很难保持固定不变的版图形态。唯独不变的是本土住民对家园的祖国化认知和这一认知能够得到他人尊重的希望。可遗憾的是，能够正面回应这一愿望的人类理性还没有足够地成长起来，以抑制不断制造创伤和痛苦的本性。所以，老牌列强依然健壮时，新列强的不断出现，所带来的只能是对世界更加激烈和复杂的瓜分之争。

也许，这才叫先知吧，一位叫格老秀斯的荷兰人在17世纪20年代就察觉到了人类的这一困境。他曾忧心地说："在基督教世界各处，我看见战争的掀起是被公然允许的，那即使是野蛮国家也会引以为耻，他们为了微不足道的理由，甚至根本没有理由就诉诸武力；一旦兵戎相见，所有对神圣法律及人间法律的尊崇都被弃置一旁，仿佛人类是经授权来犯一切罪恶，不受任何约束。"①当时的事态还没有19世纪末的这般复杂和严峻，但他已经意识到这种杂乱无章的情况只能用"自然法"和"人为法"来限制。他认为，"自然法"是"正确理智的指挥。它可以显示任何行为的道德邪恶或道德需要，端视此行为之是否符合理性本质"②，而"人为法"就是一切国家或多数国家合意采用和制定的一种法则。格老秀斯的设想也许很初步、很笼统，但它已经以人类理性的形式出现在世界的面前了。

可是，在那个竞相放任本性的年代，格老秀斯奉献给人类的理性未能立即转换成遏制本性的有效力量，列强们依然乐此不疲地进行着对地球的瓜分、再瓜分。不过，随着争夺的不断加剧，尤其随着一批新列强的出现，新老列强们都被一种不祥的预感笼罩起来，就像何炳松先生所说，西欧"各国政府无不年用巨费以训练军队和准备军器"③，以备不测。他们不再淡定，只好以抱团、联手的形式驱赶不断袭来的恐惧。1879年新生的德意志帝国与奥地利结成同盟，1882年壮大起来的意大利也不甘独处，参加到这个同盟之中，形成了以自保为目的的三国同盟。尽管以自保为目的，但力量体系的这一变化，马上使法兰西、俄罗斯及英格兰紧张起来，到1907年时，他们也形成了针对同盟国的协约三国。终于，对本性的无端放任将人类带到了发生大规模冲突、造成大面积灾难的危机面前。

情势之严峻，使列强们本身都感到不能继续了。俄皇尼古拉二世就是产生这一想法的一个人。为了阻止就在眼前的大规模冲突，他建议召开一个世界性的和平会议，为愈发激烈的争夺找到一些非武力的解决方法。于是，分别于1899年和1907年在荷兰海牙召开两次和平会议，探讨非武力解决争端的一些办法，就裁减军备、维持世界和平，签订了《和平解决国际争端公约》《陆战法规和惯例公约》等多个事关人类全体的文件。尽管俄罗斯曾是本性的豪迈放任者，但尼古拉二世的这个举动还是显示出了理性的成长和其对人类行为干预力的上升。

不过，他还很稚嫩，还没有形成完全修正本性贪欲的能力，所以，海牙和平会议的公约未能阻止争夺的进一步加剧和大面积冲突的发生。因为，相互冲突的根本前提和基础是大家对各自领土主权的相互承认，也就是说本土住民的祖国化认知必须得到充分的尊重。可是经过一轮又一轮的瓜分，列强们对地球陆地面

---

① 何炳松：《世界简史》，中国工人出版社，2007年。
② 同上。
③ 同上。

积的占有已经达到了极端不合理的地步。斯塔夫里阿诺斯先生在他的《全球通史》中举例亚洲情况说："在面积达 16819000 平方英里的亚洲地区，至少有 9443000 平方英里的土地处在欧洲统治之下。其中，6496000 平方英里的土地由俄国统治，1998000 平方英里的土地归英国统治，587000 平方英里的土地被荷兰统治，248000 平方英里的土地由法国统治，114000 平方英里的土地归美国统治，193 平方英里的小块领土被德国统治。"此一事例充分说明，对世界已经进行的瓜分，完全是违背本土住民对家园的祖国化认知和自主经略之天然权利的。但在人类理性还不能左右其行为的那个年代，世界正深陷在已经拥有的不想丢掉、没有得到的很想索取、而在他人统治下的人们又想摆脱而自主的三重矛盾之中。而这个矛盾因其难以调和的复杂性，很快就踏过海牙公约，走向了大规模的武装冲突。

1914 年 6 月 28 日，奥地利大公弗朗茨·斐迪南及妻子，到吞并不久的波斯尼亚省首府萨拉热窝访问。奥地利对波斯尼亚的吞并，是欧洲列强对奥斯曼土耳其进行瓜分的部分结果。波斯尼亚原被奥斯曼土耳其占有，1908 年奥地利经与俄罗斯密谋后吞并了波斯尼亚。波斯尼亚人与已经建立族群利益体的塞尔维亚人同是斯拉夫人种，所以，塞尔维亚人很想将波斯尼亚等统合进来，形成一个统一的族群利益体。所以，他们对奥地利的强行吞并深怀不满，便有以"团结所有塞尔维亚人"为目标的组织出来活动。弗朗茨·斐迪南及妻子到波斯尼亚的访问正好被这一组织利用，一个名叫加弗里洛·普林西普的青年就在 6 月 28 日这一天刺杀了正在访问中的大公及其妻子。

弗朗茨·斐迪南是奥地利的皇储，所以他的被刺杀使奥地利怒不可遏。奥地利立即向塞尔维亚提出了包括苛刻条件的最后通牒。塞尔维亚也比较配合，除了派官员到塞尔维亚参与调查的要求外，塞尔维亚接受了其他的全部要求。塞尔维亚方面这般有损尊严的前提下解决问题的努力，没有得到奥地利方面的正视。奥地利不再想协商解决问题，于是迫不及待地向塞尔维亚宣战了。

对人类负责是一切明智政权的必要义务，它们绝不该以任何一己之私将本国人民和人类种群带入人为的灾难之中。处在两大敌对阵营中的奥地利理应知道一旦发生冲突，其范围绝不可能仅限于双方之间，但被恼怒冲昏了头脑的奥地利皇帝还是一手推倒了灾难的多米诺骨牌。见奥地利已向塞尔维亚宣战，处事敏感的俄罗斯开始进行全国总动员，见俄罗斯磨刀霍霍，德意志立即站出来叫停，并在通牒规定的12小时刚过便宣布向俄罗斯宣战，仅隔一天之后又向俄罗斯的协约国法兰西宣战，见协约的两个伙伴已被拖入战争，英格兰也急忙向德意志宣战。很快，战争的火焰冲破协约和同盟两个阵营的范围，到1914年年底时已经扩展成了土耳其、比利时、蒙特内格罗和日本纷纷参加进来的大混战。

战争之火就这样大面积燃烧起来，到1915年参战方增加到12个，到1917年时增加到23个，且影响已波及全球各地。其中，同盟国一方是奥匈、德意志、土耳其、保加利亚四国，协约国则从起初的英格兰、法兰西、俄罗斯及涉事的塞尔维亚四国逐渐增多到比利时、蒙特内格罗、日本、意大利、圣马力诺、葡萄牙、罗马尼亚、美国、古巴、巴拿马、希腊、暹罗、利比里亚、中国、巴西纷纷加入进来的19国大阵营。意大利原来虽为同盟国成员，但战争一开始就转身到协约国一方来了。

不知怎样的一些文字才能表述这一空前灾难的复杂、严重、广泛、深重和戕害人类的程度。真想痛骂一下那些将自己的统治强加百姓头上，然后用他们的血肉来满足自我贪婪的帝王；真想痛骂一下那些肆意追求超生存所需的占有，将人类世界推入极端不合理之瓜分状态的君主；真想痛骂一下那些将有悖人类精神的抱负强加给民众，然后将他们当作刀枪来使用的权贵；真想痛骂一下无端放大自我喜怒，导致生灵涂炭之结果的恶人。不过，我也知道再怎么痛骂也消除不了我们的心头之恨，也不能阻止这场浩劫的发生，只希望人类的领袖们把握本能需求的刻度，放弃对超生存需求之占有的追求，让人类和平安宁地生活在各自的生命之中。

不过，就这场被称为第一次世界大战的浩劫而言，是人类本性肆虐的必然结果，也是形形色色的本性欲望和进一步上升起来的理性力量的综合交锋与有力博弈。被本性操控的国君和首脑们置生灵涂炭于不顾地推进战争时，俄罗斯人民不堪战争带给他们的苦难，便起来革命，推翻将他们带入苦难的罗曼诺夫王朝，成立了主张和平的苏维埃政权。政权一经成立，就将这场战争定义为"帝国主义对商业和领土的竞争"[①]，提议通过和平会议来解决争端。与此同时，随着美国的参战，加入协约国方阵的力量越来越多，和平解决争端的呼声也越来越高，到1918年年底时同盟国方的保加利亚投降了，土耳其也举起了白旗，引发战争的

---

① 何炳松：《世界简史》，中国工人出版社，2007年。

奥匈帝国也在国体分崩离析的情况下，以哈布斯堡王朝垮塌的结果放下了武器，而为急于成为新霸主而引燃全面战火的德意志帝国也因难以承受来自国内的革命浪潮和协约国的军事打击，同样以发起战争的霍亨索伦皇族绝祚的结果接受了失败。史料说，这场战争导致了850万战斗人员和1780万无辜百姓的死亡及1800万人的伤残。

险些流尽人类鲜血的战争总算停下来了，人们发现战争不仅没能解决问题，反而让问题更加复杂和棘手了。不过，经过战争的创痛，虽然本性还固执地存在着，但不断上升的理性却更加显示出了干预人类行为的迹象。同盟国放下武器之后，协约国一方马上于1919年1月在巴黎召开和平会议，讨论安排战后的世界格局。和会的召开并不是完全盲目和以重新瓜分世界为目的，因为美国在参战时，总统威尔逊是为纷争焦头烂额的世界带着14点和平原则走来的。其中包括公正处理殖民地问题，在决定一切有关主权问题时，应兼顾当地居民的利益和殖民政府之正当要求，根据旨在国家不分大小，相互保证政治独立和领土完整的特别盟约，设立国际联合机构等有助于阻止新老本性放任者们继续争抢的条款。

不过，遗憾的是主导和平会议的英格兰、法兰西、美利坚、意大利、日本等5国无一例外地都是本性放任的既得利益者，所以，一下子面对冰冻三尺非一日之寒的和会未能取得全面遏制本性，还自主权于各本土百姓祖国化认知的成果，但威尔逊成立国际联盟的构想获得了各方的认可，并于1920年1月被组建起来，人类开始有了共同来培育理性的平台。然而，和会的其他成果却没有这么光亮，而基本成了战胜国一方对战败国一方所占土地的分解和对战争责任的追究……

于是，在人类事务中开始出现本性依然不肯收敛，而受害者争取自我解放，理性虽很稚嫩但奋发用力的复合气象。本性的固执体现在英、法、日等国不仅不放弃原有殖民地，还趁处置德、奥等战败国时对他们占地进行再瓜分。他们的这一做法引起了被殖民地区人民的普遍反对，在英格兰殖民的加拿大、南非、澳大利亚、新西兰、印度、埃及、巴勒斯坦、约旦、美索不达米亚、波斯，在意大利殖民的的黎波里，在西班牙殖民的摩洛哥，在法国殖民的叙利亚，在日本殖民的朝鲜，在诸列强分割殖民的中国及亚洲其他地区都发生了反抗殖民、争取自主与独立的斗争，彻底证实了殖民行为在人类事务中的严重犯罪。与此同时，理性的发育也明显加快，不仅组建了国际联盟，还发起了裁减军备的活动，而且在"废止战争，必须有和平的办法，而且必须有实行和平办法的担保"[1]等认识上产生了共识。

但遗憾的是，理性的用力还是未能抵挡住本性的惯力。由于在追究战争责任时，战胜一方过分看重经济损失的补偿，而忽略了发动战争者个体责任的追究，无形中变成了对本已受害深重的人民大众的惩罚。就在裁减军备和战争赔偿艰难而缓慢进行时，因战时对生存资源的过度消耗和战后再分配方面出现的紊乱，在1929年时出现了经济大萧条。大萧条从美国开始，迅速波及列强国家和整个世界。据说即便在很繁荣的美国，也出现了小麦价格低到不足支付收割费而弃荒，因羊的价格还没有运费之贵而牧羊人不得不杀掉成群的羊，并把它们扔到山谷之中，而在城市里人们从弃货堆里寻找食物，从丢弃的罐头听里找肉吃的情况。

大萧条让人类有了一次深刻反思的机会。而这个反思应该从生命开始，以生命的本能需求为基点，检讨所有源自本性贪婪的罪恶追求，加大人类智慧向生存资源生产力的转化，理顺资本占有形式下的生存资源再分配机制，压缩本性空间，扩大理性共识，为走出大萧条找到一个稳妥的办法。可不知是因为人类的存在形态太复杂了，还是当年的领袖们尚不具备为人类所需考量的智慧，或是他们已经变得更加自私，除了惊恐和慌乱并未思考出一个智慧的成果。反而使一些本性痴狂者产生逆历史和人类的荒唐想法，他们认为这一困局是"生存空间"不足所造成的。德意志的希特勒、意大利的墨索里尼和日本的军部领导人就是这一荒唐想法的生产者。希特勒竟说："如果德国人不能解决他的生存空间缺乏问题，不能为他的工业打开国内市场，那么2000年就白费了。到那时德国将从世界舞台上消失，更具活力的民族将继承我们的遗产……我们比其他所有民族更有权利拥有土地……"[2]何等荒唐！

如果是佛教徒，我就会用"人类的劫数还没有结束"来形容接下来发生的事情。不过，并不是什么劫数，而是本性被从前的放任者警觉起来时，希特勒、墨索里尼和日本的军部领导人又使它猖獗起来了。他们毫不在意人类对本土天然拥有的自主权利，毫不顾忌对人类整体的犯罪，竟为拓展生存空间而开始大肆侵略他国土地。日本人首先行动起来，于1931年侵占了中国东北，接着于1935年意

---

① 何炳松：《世界简史》，中国工人出版社，2007年。

② ［美］斯塔夫里阿诺斯：《全球通史》，北京大学出版社，2012年。

大利也开始了对埃塞俄比亚的入侵，见日、意两国已经得逞，希特勒领导的德国也迫不及待地在1938年开始吞并奥地利和捷克斯洛伐克。当1939年9月，希特勒扩展生存空间的钢铁之脚踏入波兰时，人类的理性终于化作一股勇敢的力量，向他们大吼一声"停"！于是一场阻止本性猖獗的战争开始了。这场战争就是第二次世界大战，由英国、法国、中国、苏联、美国等50多个国家，对德国、日本、意大利为主的轴心国阵营。战争持续到1945年秋天才以同盟国的胜利宣告结束。据《全球通史》的统计，在参战的60余个国家中有5000余万人伤亡，其中2000万苏联人，1500万中国人，100万英国人和法国人，30万美国人，500万德国人和250万日本人。这是人类不该忘记的数字，也应该始终保持对制止战争而牺牲者们的敬仰和对所有被害者的悲痛！

该说什么呢？作为一个只能掌控一支笔的作家，面对地球上自有生命以来从未有过的大劫难，面对本性对天理、地伦、公道和人类愿望的疯狂冲击，只能是无语，再无语，叹息，再叹息。不过，叫人振奋的是战胜国方面的领袖们紧紧勒住本性的缰绳，不让跃跃欲试的它再次发作，而是尽量汇集与壮大理性的力量，在美国、苏联、英国、中国等的具体操持下，成立起了一个更体现人类愿望、更有利于汇聚理性力量，也较有约束力和行动力的人类组织——联合国。有一部《世界通史》是这样记述联合国成立盛况的：

"1945年4月25日，全世界反法西斯国家的代表齐聚美国旧金山，讨论联合国成立问题。下午4时，满载着46个国家代表的车队在蒙蒙的细雨中，驶向了旧金山歌剧院。美国有156名代表，中国有75名代表，英国有65名代表，苏联有15名代表。这4个发起国与其他国家的代表共850人同时进入了歌剧院。

"开幕式很快就结束了，歌剧院外成千上万伫立倾听的市民看见代表们高兴地走出会场，一起兴奋地高呼着'和平！和平！'，声音久久回荡在旧金山上空。"[①]

人们的高兴是应该的，欢呼更是值得的。因为，自从为生存而形成利益体，并向氏族部落、部落联盟、家族王朝到族群化利益体演进的过程中，地球上同时存在的利益体们从没有对各自领土、主权达成过相互承认的共识，所以，人类也就承受了几千年之久相互肆无忌惮地攻伐的苦难。而现在，他们通过加入联合国，承认各自的领土与主权，使人类的利益体形式终于推进到了国家化的时代。

---

① 《世界通史》，中国书店出版社，2011年。

是啊，这可是一个巨大的进步呀！人类本来就是个本能动物，而进化使他变成了人的同时也把他变成了本性的种群。然而，本性对人类造成的内伤太深重了，所以他不得不发育出理性，阻止本性的贪得无厌。如今，联合国已使近200个国家像马赛克一样固定在地球的表面，试图让他们和平、安宁、相安无事地生存下去。多么希望这个理性与日俱增，永远是马赛克间的黏合剂，而不是其他任何什么……

第十四章

未来足迹

岁月还将继续，故事还将发生，而生命是有限的。

所以，我只能将人类的故事写到这里，并将更长的时间、更多的故事、更深的思考留给后人，并托付他们写出更好、更精彩的文字。

本章就是留给他们的空白……

后 记

这是我秘而不宣地伏案写作3年半的作品，背后是几十年的巨量阅读和10余年以来的深度思考。之所以秘而不宣，是本想写一部温情的、不妄加褒贬的人类读本，帮助兄弟姐妹的人类认知自己。但能否写成，我对自己没有完全的把握，写成则罢，写不成却白白骚扰他人耳目。庆幸的是，作品终于写出来了，并且顺利得以出版，真是感谢生命的造化。

距今100多年前，一位非常知名的蒙古族学者忧伤地说："为投生蒙古而感到委屈。"可我不会，是蒙古祖先那马不停蹄的奔腾，使我闯入这部作品的内容之中。起初，是为创作其他作品，有必要弄清楚祖先们总是在纵马驰骋的内在原因，需要我走出一民族之历史，纵横观察其他民族人群相同或不同的历史表现，以便进行综合的分析与归纳。于是，我纵向看到了匈奴人、鲜卑人、突厥人、契丹人、女真人等民族人群的历史走向；横向看到了闪米特人、含米特人、希腊人、波斯人、罗马人、日耳曼人、维京人、斯拉夫人等民族人群的历史走向。又跟随他们执着前行的脚步，我看到了古代地球上仅有几处的生存资源的富产地，随即弄懂了他们冒死前往的原因，也发现了以这些生存资源富产地为中心形成的生存圈。发现的兴奋使我无法收住脚步，我的注意力又从生存圈现象继续向内里窥视，经过拨开遮挡视线的层层迷雾，终于看到了左右人类生存的种种奥秘。这是本书得以写作的前提，所以，我为投生蒙古而庆幸。

由于早早酝酿这部作品，所以在构思过程中有过种种的奇思妙想，其中一些已被忘记，一些已被写入书中，然而有一个奇想既没有被忘记，也未能写入作品，而我认为对人类可能有用处，所以记录在此，以免彻底忘掉。

这个奇想是我在一次定睛注视路边树木时产生的。不知是思维疲劳，还是意识模糊，玉米、高粱、谷子、稻米、豆类等各种农作物都被嫁接到了树木的枝杈上，路边那些近处和远处的树木，忽然变成了满山满川绿波荡漾的农作物的海洋。咯噔一下，我从幻觉中转过神来，立刻觉得这个想法很有意思，便顺着它进行理性的思考。如果，我们真的能把种在田里的农作物嫁接到树木之上，那该是多么伟大的创举呀！如能那样，我们不仅能把一年生的农作物转变成多年生的植物，省去年复一年的耕种劳作，还可以充分利用树木的根深，从大地深处吸取养分的强大能力，使我们的农业在大获丰收的前提下，又能避免化肥、农药等人为的污染；也可以把森林的面积扩展到现有的农田里，又能够极大地扩充我们种植的面积，使我们人类转身成为生活在空中农田下的惬意农人。如果我们能够那样，那么现有的某一种农作物，会因嫁接在不同种类的树木而衍生出多个不同的品种来，大大丰富人们的餐桌，为人类增添更多的口福。

历史是被冷藏的记忆，如何让它有温度，这是作家必须考虑的事情。但我愚笨，没有更多的办法，只好求助文学中的散文这一表述形式。尽管自亚里士多德以来，人类喜欢上了对存在万象进行分类的工作，并越发向精细化发展，对散文的理解也向压缩它容量方向拐弯，但我还是相信它在人类表述形式中的容量和潜能，且也知道唯独它能够容纳人类心灵最朴实、最真诚而复杂，综合思索之言语的大度。所以，我求助了它，让它给我冷藏的记忆以温度。

对一个作家来说，写作是快乐的，但为发表或出版而奔波是一种煎熬。可我很幸运，作家出版社兴安先生的热情免除了我难以省略的这一煎熬。那是在2019年8月，我与兴安先生一同参加一个文学活动。那时，我秘而不宣的写作已进行两年多，当兴安先生关切地问我在写什么时，我告诉他在写一部大格局的作品。虽然没有再多的沟通，但兴安先生自此经常打问写作进度、大致内容，并在完稿后的第一时间赶来试读。这份热情打消了我试投几家出版社的念头，使我欣然交给他书稿，带回出版社审读。我有20余年在出版社工作的经历，所以知道一部书稿投去之后没有大几个月的等待是不会有结果的。然而意外的是，作家出版社从审看把脉到做出决策仅用了11天。我听后不无感慨，有这样的职业精神，在内容经营的竞争中作家出版社的风采是可以想象的。

因人类习惯了对名家话语的信赖，作品中也引用了一些非常必要的名家意见，此若涉及了哪位的权利，请联系我，我会按中国有关法律妥善解决。

由于该作品的写作，需要我进行长时间的深度思考，中断一次则需要几天时间的蹒跚才能回到状态。所以，除了不得已之事，我曾冷落和躲闪过很多亲情、友情、人情所必需的，在此一并表示深深的歉意！

特·官布扎布

2020 年 9 月 28 日

呼和浩特

图书在版编目（CIP）数据

人类笔记 / 特·官布扎布著. -- 北京：作家出版社，2021.6
ISBN 978-7-5212-1213-6

Ⅰ. ①人… Ⅱ. ①特… Ⅲ. ①世界史 – 通俗读物 Ⅳ. ①K109

中国版本图书馆CIP数据核字（2020）第250846号

人类笔记

作　　者：特·官布扎布
责任编辑：兴　安
装帧设计：简　枫
出版发行：作家出版社有限公司
社　　址：北京农展馆南里10号　　　　邮　　编：100125
电话传真：86-10-65067186（发行中心及邮购部）
　　　　　86-10-65004079（总编室）
E-mail:zuojia@zuojia.net.cn
http://www.zuojiachubanshe.com
印　　刷：中煤（北京）印务有限公司
成品尺寸：170×240
字　　数：450千
印　　张：30.25
版　　次：2021年6月第1版
印　　次：2021年6月第1次印刷
ISBN　978-7-5212-1213-6
定　　价：68.00元